Papierfresserchens MTM-Verlag

Bibliografische Information der Deutschen Nationalbibliothek:
Die Deutsche Nationalbibliothek verzeichnet diese Publikation in der Deutschen Nationalbibliografie; detaillierte bibliografische Daten sind im Internet über http://dnb.d-nb.de abrufbar.

Titelbild: Konstantin Yuganov - Fotolia.com
Satz: Sandy Penner

1. Auflage 2012
ISBN: 978-3-86196-074-4


Heimholzer Straße 2, 88138 Sigmarszell, Deutschland

www.papierfresserchen.de
info@papierfresserchen.de

Uta Maier

# Triklin

---

## Die Feuertänzer

Für Birgit, deren
Herz und Seele Triklin ist

# Inhaltsverzeichnis

# Prolog

Er atmete das Feuer. Es strömte in seine Lungen und brannte in seinem Herzen. Fiuros Arrasari breitete die Arme aus und versank. Die Lohen gewährten ihm Schutz und schenkten ihm Stille. Eine Stille so tief, wie die letzte Wahrheit seines Elementes. Fiuros liebte das Feuer. Seine Flammen waren der einzige Spiegel, in dem er sich fand, und der einzige Ort, der ihn fühlen ließ, als sei er noch immer lebendig. Manchmal hätte er schwören können, er sei vor acht Jahren zusammen mit seinen Eltern in der einsamen Wüste gestorben. Doch die Zeit war sein unerbittlicher Zeuge, dass er lebte.

Für ihn kam der Saal des Heiligen Gralsfeuers einer Schutzburg gleich. Betreten hatte er diesen Flügel der Akademie erst wenige Male, aber zwischen ihm und den Flammen bestand ein inniger Bund, den er sich kaum zu erklären vermochte. Das Feuer verstand ihn, es lockte ihn und flüsterte ihm seine Weisheiten direkt in die Seele. Es berührte ihn dort, wo längst alles erloschen war. Solange er ins Feuer sah, verstummten die Schreie der Wüstennacht. Solange er ins Feuer sah, vergaß er die Tränen und die Erinnerung an seine Eltern. Solange das Feuer in ihm brannte, hüllte es ihn in sein tröstendes Gewand aus dem Stoff des Lebens.

Bedächtig machte er einen Schritt auf das Gralsfeuer in der Mitte des Raumes zu und blinzelte irritiert. Irgendetwas hatte sich eben verändert. Nicht nur sein Standort. Er macht einen weiteren Schritt nach vorne und das Element zuckte zurück.

Fiuros schüttelte kaum merklich den Kopf. Nein. Das hatte er sich sicher eingebildet. Er ging einen Meter nach rechts. Das Feuer wich mit ihm. Sekundenlang war er wie gelähmt.

*Das kann nicht sein. Nicht ich.*

Als er erneut den Kopf schüttelte, züngelten die Flammen nach rechts und links. Fiuros fing an zu lachen und das Feuer bebte. Er stand still und das Feuer schwieg. Er dachte mit allem Grimm an den einen Menschen, den er hasste ... und das Heilige Feuer wurde zur Stichflamme!

Erschrocken sprang er zurück. Das Flammenspiel brach sich in roten Schatten auf seinem Gesicht. Regungslos verharrte er eine Weile an seinem Platz, dann hob er die Arme höher und überließ sich mit ganzem Begehren seinem Element. Dieses stille Glimmen, welchem die Macht eines Infernos innewohnte, dieses Versprechen nach mehr, seine Seele wollte es wissen, sie wollte sehen ... und plötzlich, mit einem schürfenden Laut, als hätte er nach Gold gegraben, entflammte das Gralsfeuer auf seinen Handflächen.

Fiuros schloss die Augen. Er konnte es nicht glauben.

*Das ist unmöglich, wieso ich?*

Die Hitze auf seinen Handflächen prickelte wohlig. Er hatte die letzte Stufe der Meisterschaft erklommen. Er trug das Heilige Feuer auf Händen. Er war ein Tachar.

Das veränderte alles.

Während die Lichtblüten auf seinen Händen hüpften, fast ein bisschen übermütig, begann Fiuros' Herz schneller zu schlagen. Welche Möglichkeiten besaß er jetzt? Wenn er wollte, könnte er alles sofort beenden. Schweiß auf seinen Handflächen ließ das Feuer fauchen. Es schoss nach oben, fast bis an die Decke.

„Geduld, Geduld", ermahnte es Fiuros flüsternd, seine Stimme zitterte und er sprach eher zu sich als zu seinem Element. Obwohl, machte das jetzt noch einen Unterschied? Er atmete tief durch, beruhigte sein Herz, das im Angesicht seiner Flammen so aufgeregt pochte, und das Feuer wurde kleiner.

„Dein Raum wähnt sich wahrhaft ein wenig zu grenzenlos", sagte er fast ein wenig tadelnd. Dann schloss er die Hände zu Fäusten, um die Flammen zu ersticken. Er starrte in die Feuersäule in der Mitte, ein Sakrament für die Ewigkeit, geschaffen von einem der alten Meister vor Hunderten von Jahren.

„Dich werden wir nicht mehr brauchen", dachte er selbstzufrieden und trat einen Schritt zurück. Eine neue Macht kreiste in seinen Adern.

Sie war wild und ungestüm und ließ ihn sekundenlang fühlen, als sei er neu geboren worden. Und sie gab ihm eine Perspektive.

Doch das neue Gewand, das ihn kleidete – und war es auch aus Feuergold und Heiligkeit gewebt –, verbarg die schwelende Gefahr des machtvollen Elements. In der Kraft der Flammen loderte auch immer die Gefahr der furchtbarsten Vernichtung. Und innerlich verzehrte sie ihn ...

# Teil Eins

## Das Wasserreich

# Die Kontrahenten

Die vier großen Elementenreiche wurden in einer Zeit geboren, die jenseits des menschlichen Vorstellungsvermögens liegt. Dunkle Legenden und uralte Geheimnisse über die Kraft der Elemente wurden von Generation zu Generation weitergegeben, manchmal auch hinter vorgehaltener Hand.

Man sagte, das vorherrschende Element des Reiches präge die Charaktere seiner Bewohner, so, wie ein Siegel seinen Abdruck in heißem Wachs hinterlässt. Man sagte auch, dass jeder Mensch nur einem einzigen Element zugehörig sein könne. Zog man als Vergleich das ungestüme Temperament der Feuerländer und die Seelentiefe eines Wasserelementlers heran, leuchtete es ein, dass beide Eigenarten nur schwer miteinander zu vereinbaren waren. Aus der Sicht eines Feuerländers waren die Bewohner des Wasserreiches hoffnungslos gefühlsduselig und allesamt furchtbar nah am Wasser gebaut. Und sie besaßen exakt einundfünfzig Wörter für Regen.

Und genau so ein Wasserelementler war Seiso-me Leskartes ...

Seiso-me sog das Farbenspiel der untergehenden Sonne in sich auf. Wie so oft wünschte er sich, das orangefarbene Lichtgeleit auf dem Meer wäre sein Weg. Sein Weg in die Zukunft, der direkt hinter die Türen des Oberen Rates seiner Akademie führte. Diese starke Sehnsucht konnte ihn an manchen Tagen bis zum fernen Horizont des Venobismeeres tragen und an manchen verlor sie sich zwischen den einzelnen Wellenschlägen, dem Wind und der hereinbrechenden Dunkelheit. Heute hatte ihn der Traum so weit über das Meer getrieben, dass er gar nicht mitbekommen hatte, wie und wann die Sonne gesunken war. Er hatte sich auf dem warmen Sand niedergelassen und der Regelmäßigkeit des Wellenspiels überlassen …

Bis er durch einen unfreundlichen Aufschrei wieder unsanft in der Realität strandete:

„Hey Lessskartesss!"

Seiso-me seufzte und blieb einfach im Sand liegen. Es gab nur eine Person in ganz Thuraliz, die seinen Namen in dieser Härte aussprechen und dabei völlig verunstalten konnte. Er hielt die Augen geschlossen und hoffte, Iciclos Spike würde ihn in der Dunkelheit einfach übersehen. Hätte man ihn nach seiner Meinung bezüglich Iciclos befragt, wären ihm genau drei Dinge eingefallen: Erstens traute er ihm nicht, zweitens hielt er ihn für absolut unhöflich und drittens verbrachte er eindeutig zu viel Zeit mit Ana-ha Lomara. Der Rest war nebensächlich, außerdem gab es nie jemanden, der sich bei ihm über Iciclos kundig machte. Mit einer Ausnahme: Ana-ha Lomara. Und genau hier biss sich die Katze in den Schwanz.

Seiso-me unterdrückte einen unwilligen Laut. Eben noch war seine Welt im völligen Gleichklang mit dem Herzschlag des Kosmos gewesen, jetzt hörte er Iciclos' Stiefel rücksichtslos auf dem Sand knirschen.

„Hast du dich hier zur letzten Ruhe aufgebahrt oder berauschst du dich nur unglückselig an der Flut deiner Lomara-Träume?" Ganz eindeutig, Iciclos hatte ihn entdeckt.

Seiso-me versuchte sich seinen Ärger über die höhnischen Worte, die – vermutlich mittels bösartig eingesetzter Empathie – ins Schwarze getroffen hatten, nicht anmerken zu lassen und ließ die Augen geschlossen. Er hatte keine Lust auf eine harsche Diskussion über ihre gemeinsame Freundin. In der Regel setzten sie sich dabei wechselseitig schachmatt, sodass bis heute noch kein Gewinner daraus hervorgegangen war.

„Leskartes, du kannst gerne weiter vor dich hinträumen. Dann verpasst du aber vielleicht, was Ana-ha dir mitzuteilen hat."

„Ana-ha?" Seiso-me setzte sich augenblicklich im Sand auf.

„Entschuldigung, ich meinte Antares. Kleiner Versprecher."

Antares Muninges war das Oberhaupt der Wasserkunstakademie Thuraliz, die sowohl Iciclos als auch Seiso-me besuchten. Und sicher war er niemand, den man lange warten ließ, auch wenn man ihn wie Seiso-me schon von Kindesbeinen an kannte.

Widerstrebend stand er auf und wandte sich Iciclos zu. Manchmal konnte er ihn nicht ansehen, ohne dass der schale Geschmack verdorbener Krustentiere in ihm aufstieg. Iciclos war strohblond, kleiner und schmaler als er selbst und schürte die nebelhafte Mystik um seine Person wie ein übereifriger Feuerländer seine Glut. Dazu bediente er sich einer der größten Unsittlichkeiten ihres Landes – dem Tragen schwarzer Gewänder am helllichten Tag – und grinste auch noch spöttisch über seine abschreckende Wirkung auf andere. Was Seiso-me daran besonders reizte, war die Tatsache, dass Iciclos sich damit von all den anderen Studenten abhob. Schlimm genug, dass es ihm auffiel, aber wenn er Antares dann auch noch mit wohlgesonnenen Fremdelementlern scherzen hörte: „Wir haben genau neunhundertneun Studenten an der Wasserkunstakademie und wir haben Iciclos", verstand Seiso-me überhaupt keinen Spaß mehr. Ihn durch seine orientierungslose Extravaganz auch noch zu einer kleinen Berühmtheit zu machen ... als ob es nicht schon schlimm genug wäre, ihn ständig rastlos durch die Akademie streifend zu wissen, nie sicher, um welche Ecke er plötzlich bog und wem sein zynisches Lächeln diesmal galt. Das Allerschlimmste aber war, dass Ana-ha Iciclos damit genau in die Fänge ging. Und im Gegensatz zu ihm – und seiner tragisch-glücklichen Kindheit, wie es Iciclos immer gern formulierte – schien dieser schon viel größeres Unrecht erfahren zu haben. Alles hatte er sich selbst erkämpfen müssen. Auch wenn er sich in Schweigen hüllte, stellte er doch all die namenlosen Leiden stumm nach außen hin zur Schau, sichtbar durch finstere Gewänder und sein verschlossenes Wesen. Und dieses undurchsichtige Gebräu aus Melancholie und Sarkasmus zog Ana-ha an wie das Licht die Motten.

„Und wieso schickt Antares dich?" Seiso-mes Stimme signalisierte, dass er gerade Iciclos als absolut unwürdig erachtete, Antares Botschafter zu sein.

„Weil er mich gerade als Repräsentant unseres Reiches für eine Aufgabe in Wibuta auserkoren hat", schoss Iciclos zurück. „Und ich daher zufälligerweise direkt aus dem Oberen Rat komme." Seine Hände steckten tief in den Taschen seiner schwarzen Kluft.

„Wie bitte?" Seiso-me starrte ihn perplex an. Wibuta war die Hauptstadt des Feuerlandes. „Seit wann hast du den Status ins Feuerland reisen zu dürfen?"

„Antares meinte, es sei an der Zeit. Ich sei bestens für diese Aufgabe geeignet." Iciclos grinste so breit, dass selbst das Grübchen auf seiner rechten Wange selbstzufrieden aussah.

„Kein Wunder", konnte sich Seiso-me nicht verkneifen. „So oft wie du verbotenerweise mit Ana-ha trainierst." Es war ihm schon das ganze letzte Jahr ein Dorn im Auge gewesen. Natürlich gehörte es zu den wichtigsten Zielen eines jeden Studenten, die Kunst im Umgang mit dem Element zu perfektionieren. Aber Iciclos brach dafür ständig die internen Regeln. Und das bestimmt nicht, weil er sich und sein Leben dem Element verschrieben hatte. Er hatte weder Interesse an der Vergangenheit des Landes noch schenkte er der Bevölkerung des Reiches besondere Beachtung.

Dabei waren gerade die Studenten der Thuraliz-Akademie dafür bekannt, einen außergewöhnlich intensiven Kontakt zu der normalen Bevölkerung zu pflegen. Das rührte zum einen daher, dass viele Bewohner die empathischen Talente der Eingeweihten schätzten und für sich in Anspruch nahmen, zum anderen waren Freundschaften in diesem Reich immer von Tiefe und Beständigkeit geprägt, gleich ob Elementler oder nicht.

Nur Iciclos bildete hier wie immer eine Ausnahme. Sein einziger Freund kam aus dem Luftreich. Und selbst den traf er selten, da er sich lieber mit einem Haufen Lehrbüchern in seinem Zimmer verschanzte oder als schwarzer Schreck durch die Akademie schlich.

Einzig sein Ehrgeiz war etwas, das Seiso-me ansatzweise bewunderte. Iciclos trainierte härter als jeder andere, und öfter. Und genau das war das Problem! Trainingseinheiten unterlagen strengen Sicherheitsvorkehrungen und mussten immer mit allen Ländern koordiniert werden, denn geübt werden durfte hauptsächlich in speziellen Elemententoren, die die unangenehme Eigenschaft besaßen, sich ab und an mit anderen Toren – leider auch gerne mit fremdelementaren – zu verbinden. Durch diese Verbindung entstand dann ein inoffizieller Grenzübergang, welcher nur für einen schnellen Wechsel von einem ins andere Reich toleriert wurde und von oberster Hand genehmigt werden musste.

„Keine Ahnung, was du mit *verbotenerweise* meinst", entgegnete Iciclos jetzt lässig. Sicher stellte er sich absichtlich dumm. Aber Seiso-me wusste es besser: „Die Regeln unserer Toröffnungen haben etwas mit Sicherheit zu tun. Ihr brecht länderübergreifende Gesetze", wiederholte er die Worte, die er auch Ana-ha in den letzten Monaten immer wieder heruntergeleiert hatte.

„Jetzt tu nicht so, als würde durch eine Toröffnung mehr oder weniger die Welt gleich untergehen. Was soll, was kann schon passieren?"

„Eine Kreuzung von zwei elementfremden Toren zum Beispiel", sagte Seiso-me mit ironischem Unterton.

„Ja und? Dadurch wird nicht gleich der nächste Krieg ausgerufen, oder?"

„Nein, aber was macht ihr, wenn euch plötzlich die Feuerländer gegenüberstehen?"

„Freundlich grüßen, was sonst!" Iciclos spielte auf den furchtbar komplizierten feuerländischen Ritus an, mit dem man sich in Wibuta willkommen hieß.

„Würdest du deinen Rausschmiss aus der Akademie auch so ins Lächerliche ziehen?"

Iciclos starrte ihn feindselig an und Seiso-me wusste, dass er hier ganz nah an Iciclos' Schwachstelle gekratzt hatte. Obgleich er Thuraliz die kalte Schulter zeigte und es durch Unhöflichkeit mit Füßen trat, schien er keine andere Alternative zu besitzen. Iciclos den Verweis anzudeuten war allerdings immer eine seiner letzten Möglichkeiten, um sich noch hoch erhobenen Hauptes aus einer Diskussion zurückzuziehen. Natürlich hätte er Ana-ha niemals verraten. Aber Iciclos sollte sich bloß nicht in Sicherheit wiegen. Doch dieser wiederum kannte Seisomes wunden Punkt:

„Nie im Leben würdest du Ana-ha bei Antares anschwärzen", behauptete er so selbstsicher, dass Seiso-me sich noch mehr ärgerte. „Denn dann würde ihre ganze Zuneigung zusammen mit deiner Sonnenuntergangsromantik im Venobismeer versinken. Armer Seiso-me, *seiso-gut* und lass es bleiben."

Seiso-me ballte im Dunklen die Fäuste. Iciclos kannte seine größte Verletzlichkeit, seitdem er die empathischen Fähigkeiten erworben hatte. Und ausgerechnet Ana-ha hatte ihn mit dieser Gabe ausgestattet, es war zum Verrücktwerden. Seit dieser Zeit versäumte Iciclos keine Gelegenheit mehr, ihm den Mangel seines Lebens sehr deutlich vor Augen zu führen. Seine einzige Schwäche und einzige Angriffsfläche. Und dazu benutzte er ausgerechnet jene Fähigkeit, derer er selbst nie wirklich mächtig geworden war, so sehr er sich auch bemühte. Nicht dass es ihn sonderlich interessierte, was andere Leute den ganzen Tag fühlten, nein, aber das Erspüren von Gefühlsschwingungen gehörte mit zu den einzigartigen Fähigkeiten der Wasserelementler. Und er war ein besonders begabter Wasserelementler, er sollte es einfach beherrschen. Sogar Iciclos konnte empathieren.

Seiso-me klopfte sich den Sand von seinen Kleidern. Es war mehr eine Verlegenheitsgeste, als dass ihn der Glitzersand wirklich gestört hätte. Am liebsten hätte er Iciclos jetzt *gefriezt*. Leider war diese Methode jedoch strikt verboten. Nur die Mitglieder des Oberen Rates, die Elite, durfte sie erlernen. Dass Seiso-me das *Frizin* beherrschte, hatte er nur seiner guten Beziehung zu Antares zu verdanken. Beinah fühlte er schon die Kälte des Eises in sich klirren. Er bedauerte in diesem Augenblick, dass Iciclos nicht wusste, dass er jene Fähigkeit besaß, die im Krieg die drei anderen Elementenreiche in Angst und Schrecken versetzt hatte. Noch heute erzählte man sich die Legende von Asperitas und Obrussa – jenen Elementlern, auf die diese Methode zurückgeführt wurde – mit einer Gänsehaut auf dem Rücken, gefangen zwischen Furcht und Faszination.

Seiso-me schob den unvernünftigen Gedanken an Asperitas' Methode zur Seite. Stattdessen sagte er nur: „Weißt du Iciclos, es ist eigentlich kein Wunder, dass du hier keine Freunde hast. Und so wie es scheint, will ja noch nicht mal deine Familie etwas mit dir zu tun haben."

Mit dieser letzten Bemerkung wollte er sich umdrehen und das Feld als Sieger verlassen. Doch gerade, als er Iciclos den Rücken zudrehte, traf ihn ein knallharter Wasserstrahl am rechten Oberschenkel. Seiso-me wurde von der Wucht des Aufpralls drei Meter nach vorne geschleudert und landete mit einem Aufschrei auf allen vieren im Sand.

„Lass meine Familie aus dem Spiel", presste Iciclos hinter ihm durch die Zähne hervor. Er schien so wütend, dass er glatt sein gehässiges Lachen vergessen hatte. Und noch ehe Seiso-me aufgestanden war, sauste ein weiterer Strahl auf ihn zu. Er erwischte ihn genau zwischen den Rippen.

Seiso-me kippte zur Seite, lag japsend im Sand. Iciclos schlenderte auf ihn zu. „Jemanden rücklings anzugreifen ..." Seiso-me wollte aufstehen. „Feigling!"

Iciclos hob die Hände erneut. Doch dieses Mal reagierte Seiso-me blitzschnell und rollte sich nach links aus Iciclos' Reichweite. Der Wasserschwall raste an ihm vorbei und riss fünf Meter weiter Ana-ha Lomara von den Füßen.

„Verdammt, Iciclos", fluchte Seiso-me ungehalten und richtete sich auf. Er war zum Kontern bereit, hielt aber inne, als sein Blick bei Ana-ha hängen blieb. Sie saß wie ein begossener Pudel im Sand und schüttelte fassungslos den Kopf.

„Tut mir leid, Ana-ha", sagte Iciclos sofort, blieb aber auf Distanz. „Dein Freund hätte diesen dritten Treffer mehr als verdient."

Wasser tropfte Ana-ha von den Haaren über ihr Gesicht. Sprachlos sah sie von Seiso-me zu Iciclos. Dann sagte sie: „Könnt ihr eure Streitigkeiten vielleicht auf die Vorentscheidung zu den *Elementas* vertagen? Wäre das möglich?"

„Die *Elementas* kann sich Iciclos abschminken, wenn er noch einmal die Beherrschung verliert", behauptete Seiso-me. „Dort treten nämlich nur würdige Vertreter des Landes für ihr Reich an!"

„Ja, sicher", Iciclos' Augen funkelten. „Und natürlich weiß ich dieses Reich und sein heiliges Element sowieso nicht genug zu schätzen. Das ist doch zumindest das, was du hier jedem erzählst."

„Die *Elementas* sind geschaffen worden, damit wir Elementler unsere unterschiedlichen Kräfte aneinander messen können", erinnerte Ana-ha die beiden. „Damit es nicht wieder zu unnützem Blutvergießen kommt wie im letzten Krieg. Nur deshalb findet die Meisterschaft jedes Jahr statt."

„Und das sagt gerade diejenige, die letztes Jahr so glorreich gewonnen hat", zog Seiso-me Ana-ha auf und half ihr nach oben. Er hatte beschlossen, Iciclos einfach zu ignorieren. Damit schindete er mehr Eindruck bei Ana-ha.

„Du weißt, dass ich nicht wirklich teilnehmen wollte", erinnerte ihn Ana-ha. „Ihr wisst es beide."

Tatsächlich hatte Ana-ha sich nur für die Vorentscheidung ihres Landes gemeldet, um ernsthafte Streitigkeiten zwischen Iciclos und Seiso-me zu verhindern. Beide hatten sich allerdings gegenseitig ins Aus befördert und Ana-ha war übrig geblieben. Seiso-me wusste, dass sie Wochen vorher schon nicht mehr hatte schlafen können. Ana-ha hasste Kräftemessen und Kämpfen, gleich welcher Natur sie entsprangen. Und bei den Spielen musste sie damals unter anderem gegen Fiuros Arrasari aus dem Feuerland antreten. Von Anfang an galt dieser als klarer Favorit. Man gravierte seinen Namen beinahe schon auf den Pokal und doch ... Ana-ha Lomara hatte ihn geschlagen. Mit einem Wolkenbruch, der selbst die Sintflut wie einen Nieselregen hätte aussehen lassen. *Diluvia-ana* hatte man dieses Zwischenspiel des Himmels liebevoll getauft und Ana-ha hatte damit das einundfünfzigste Regenwort ihres Volkes erschaffen. Ihr war es gelungen, den Sieg ins Wasserreich zurückzuholen. Lange Zeit hatten entweder die Luftelementler oder die Feuerländer die Trophäe eingeheimst.

So wichtig Seiso-me auch die Meisterschaft war, so sah er die Mitgliedschaft im Oberen Rat als seine wahre Berufung an. Ein Ziel, von dem er Iciclos unterstellte, es ebenfalls zu verfolgen, wenn auch aus ganz anderen Gründen als er selbst. Und manchmal hatte er den Eindruck, dass ihr eigentlicher Wettstreit letztendlich nur diesen Hintergrund hatte: Wer schaffte es als Erster in die Elite von Antares. Denn sie wussten beide, was dieser Schritt bedeutete. Hinter den Türen des Oberen Rates wurde der Unwissende zum Eingeweihten. Zum Auserwählten. Hier trennte sich die Spreu vom Weizen, hier zeigte sich, wer wirklich Begabung besaß, denn nur den Ratsmitgliedern des Wasserreiches war es erlaubt, den Weg eines *Tachars* zu beschreiten, eines Großmeisters. Dass die letzte Generation der Tachare weit über fünfhundert Jahre zurücklag, störte dabei niemanden. Es ging um den Weg und das Eintauchen in alte Weisheiten. Aber vor allem ging es um das heilige Symbol des Wasserreiches. Niemandem mit Ausnahme der Oberen war es bekannt. Sie allein bewahrten es in ihren heiligen Hallen, genauer gesagt in ihrer sagenumwobenen Pyramide, auf. Ihnen allein wurde Zugang dorthin gewehrt. Etliche neugierige Studenten der Wasserkunstakademie hatten versucht, sich unerlaubt Zutritt zu den Räumlichkeiten der Pyramide zu verschaffen, und waren deshalb schneller wieder in ihren Heimatstädten gelandet, als sie „Heiliges Wasser" flüstern konnten. Es gab kein Tabu, welches Antares und die Oberen kompromissloser bestraften als dieses. In umgekehrter Schlussfolgerung bedeutete dies, dass das Geheimnis des Wassersymbols noch brisanter war, als alle glaubten.

Seiso-me jedenfalls würde alles dafür tun, diesem Heiligen Wasser einmal von Angesicht zu Angesicht gegenüberzustehen. Es musste ein irrsinniges Gefühl bar jeder Vernunft sein, dieses alte Sakrament zu sehen und seiner Kraft nachzuspüren. Nur ein Tachar konnte selbst zu Wasser werden und es aus dem Nichts in die Welt der Zeit schöpfen. Und da es derzeitig in keinem der Länder Tachare gab, wurden die Heiligen Symbole mit Argusaugen bewacht, wobei dem Wassersymbol eine ganz besondere Geschichte nachgesagt wurde ...

Ana-ha riss ihn aus seinen Gedanken: „Wenn ihr euch weiter mit eurem eigenen Element bekämpft, wird Antares keinen von euch antreten lassen. Und ich werde mich dieses Jahr sicher nicht mehr anmelden. Im Grunde kann es mir egal sein, ob ihr euch Wasserstrahlen, Hagel oder sonst was auf den Hals hetzt. Ich weiß gar nicht, wieso ich mir ständig Sorgen mache."

„Vielleicht weil du Iciclos genauso wenig über den Weg traust wie ich", half Seiso-me ihr auf die Sprünge.

„Blödsinn, Seiso-me", fuhr Ana-ha ihn an, „aber ich bin es einfach leid, immer Dreh- und Angelpunkt eurer ständigen Streitereien zu sein oder", sie warf Iciclos einen tadelnden Blick zu, „in eure Schusslinie zu geraten. Eigentlich ..." Sie stockte kurz und musterte Iciclos plötzlich eindringlich. „Eigentlich wollte ich mit dir sprechen. Aber ich glaube, das hat sich jetzt sowieso erledigt."

Mit diesen Worten drehte sie sich um und eilte davon. Nur noch einmal wandte sie sich den beiden zu: „Und mit so einem Verhalten schafft es im Übrigen keiner von euch je in den Oberen Rat!", rief sie zu ihnen hinüber, dann tauchte sie endgültig in die Dunkelheit ein.

# Ein neuer Traum

„Ana-ha!“ Iciclos rannte den jadegrünen Gang entlang. „Warte!“

Ana-ha drehte sich ruckartig zu ihm herum. In diesen fließenden Gängen der Wasserkunstakademie Thuraliz verschmolz ihr grünes Gewand beinah mit der Umgebung. Und Iciclos war sich sicher, dass es nicht nur ihre traditionelle Kleidung war, die sich perfekt den Windungen anpasste, sondern ihr gesamtes Wesen.

Ana-ha und Seiso-me, mochte er auch noch so sehr auf ihn schimpfen, entsprachen genau dem Bild, das man sich in den anderen Ländern von Wasserelementlern machte. Iciclos hegte manchmal sogar den Verdacht, Seiso-me könne in sämtlichen Lehrbüchern der fremden Reiche abgebildet sein ... als Anschauungsexemplar sozusagen, mit Bild und Beschriftung und vielleicht einem Querverweis, ihn bloß nicht zu lange aus seiner gewohnten Umgebung zu reißen, da dies üble Folgen für seine seelische Gesundheit nach sich ziehen könnte. Ihm gefiel diese Vorstellung so gut, dass er sie sich immer dann vor Augen führte, wenn er sich besonders über ihn geärgert hatte. So wie heute Abend zum Beispiel.

„Musste das eben sein?“, war Ana-has einziger Kommentar. Auf ihrem weichen Gesicht lag der grüne Schimmer der Steine, aber auch Enttäuschung.

„Ich weiß nicht, was über mich gekommen ist“, entschuldigte sich Iciclos. „Aber Seiso-me ist eindeutig zu weit gegangen.“

Ana-ha sah ihn mit Ernst und Argwohn an. „Du bist natürlich unschuldig.“

„Nein“, jetzt lachte Iciclos tatsächlich. „Das bin ich nie.“ Er verbarg wie so oft die Hände in seinem Gewand. „Antares hat mich auf die Suche nach Seiso-me geschickt. Dem konnte ich leider nichts entgegensetzen."

„Nun, Seiso-me konntest du eine Menge entgegensetzen und ich ..."

„Wolltest du eben mit mir noch einmal über das Frizin sprechen?", fiel Iciclos ihr einfach ins Wort.

„Nicht so laut", zischte Ana-ha erschrocken und sah sich verstohlen um. „Nicht, dass Kaira hinter der nächsten Biegung lauert und alles mitbekommt."

Iciclos lächelte. Er kannte Ana-has Sorge, der ebenso schönen wie unheimlichen Wasserseherin zu begegnen. Wenn es einen Menschen gab, der noch häufiger rastlos in der Akademie umherschwirrte als er, dann war es Kaira Mania. Nur dass sie den Leuten immer ungefragt ihre Visionen an den Kopf warf, während er selbst jedes gesellige Gespräch mied.

„Mehr Zeit", säuselte er jetzt in einem mystischen Tonfall, der Ana-has Miene sofort aufhellte. „Zeit, Iciclos, ist alles, was du brauchst ... brauchst."

Ana-ha lächelte breit. „Weißt du eigentlich, was du mit all der Zeit anfangen sollst, die Kaira dir ständig zukommen lassen will?"

Iciclos grinste. „Keine Ahnung ... vielleicht das Frizin erlernen? Womit wir wieder beim Thema wären! "

„Vergiss es!" Ana-ha drehte sich um und setzte ihren Weg fort.

Iciclos heftete sich schnell an ihre Seite. „Komm schon, immerhin kannst du es auch."

„Das stimmt, aber ich schieße auch keine Wasserstrahlen auf Leute, die mich provozieren."

„Ana-ha." Iciclos stellte sich ihr in den Weg. „Das ist nicht fair. Du hast gesagt, du würdest darüber nachdenken."

„Das habe ich ja jetzt! Und meine Antwort ist nein." Sie blieb stehen. „Als ich vorhin gesehen habe, dass du zum Strand läufst, wollte ich eigentlich in Ruhe mit dir darüber reden. Vielleicht hätte ich mich sogar durch gute Gründe überzeugen lassen, aber du hast mich eines Besseren belehrt. Immer wieder gebrauchst du deine Wasserkräfte ohne Seele, Iciclos. Dabei ist es genau das Tiefgründige, Unfassbare, was unser Element auszeichnet. In der Technik kann dir keiner etwas vormachen, aber du verstehst überhaupt nicht, worum es eigentlich geht."

„Ja, ja", fügte Iciclos in Gedanken hinzu. „Wasser ist die Seele, das Herz und die Kraft der Vorahnungen. Wasser ist nicht kämpferisch und es ohne Gefühl zu benutzen, ist wie ein Feuer ohne Leidenschaft." Sicher würde sie diesen Satz gleich anschließen. Aber sie schwieg.

Iciclos musterte sie gründlich, um herauszufinden, ob er sie nicht doch umstimmen konnte. Sie hatten so lange miteinander trainiert, dass er jede Regung ihres Gesichts kannte. Jedes Fältchen Konzentrationstiefe, jedes unschlüssige Kräuseln ihrer Nase. Im Moment sah er jedoch nichts außer Skepsis in ihren goldbraunen Augen und begann sich fürchterlich über sich selbst zu ärgern. Wieso hatte er sich nicht besser im Griff? Er wusste doch, worum es für ihn ging.

„Wo warst du eigentlich den ganzen Tag?", fragte er schließlich, um zunächst ein harmloseres Thema als Asperitas' Methode anzuschneiden.

„In meinem Zimmer. Ich musste nachdenken. Über einen Freund und sein Interesse an den verbotenen Fähigkeiten."

Iciclos ging gar nicht auf ihre Anspielung ein. „Und deswegen erscheinst du nicht? Ich habe in *Wassertransformation* ewig auf dich gewartet. Und in *Annäherung an das Wasserwesen, Meditation Teil fünf* warst du auch nicht."

„Ich hab mich bei Antares entschuldigen lassen."

Iciclos seufzte. Natürlich konnte Ana-ha einfach von ihren Stunden fernbleiben. Sie war ja beinah schon Antares' Tochter. Er blickte ein bisschen missmutig auf sie herab. „Sei nicht ungerecht", ermahnte er sich selbst. „Sie hat es auch nicht immer leicht gehabt."

Im Gegensatz zu Seiso-me hatte Ana-ha an der Wasserkunstakademie keinerlei Familie. Antares hatte sie nach dem Tod ihrer Mutter bei sich aufgenommen. Mit sechs Jahren hatte er Ana-ha für reif genug befunden, mit ihrem Studium zu beginnen. Antares hatte ihre Mutter Elana gekannt und geschätzt. Sie war nie ein Mitglied seines Oberen Rates gewesen, aber sie hatte Ana-ha unter seinen Schutz gestellt. Unter seiner liebevollen Förderung war sie gewachsen, körperlich, geistig und seelisch. Jedoch war Antares viel zu sehr in seine Arbeit eingespannt und so wuchs sie in der Akademie zwischen Seiso-me, dessen Eltern, Antares, der Wasserkunst und den grünen Gängen auf.

Genau wie er heute, war sie früher durch die Akademie gestrolcht, ein Kind, ein bisschen heimatlos, ein bisschen traurig, ein bisschen abenteuerlustig, auf der Suche nach etwas, das sie in der Akademie nicht finden konnte. Ein bisschen wie er. Aber dieses Wenige reichte ihm aus, um sie als Mensch in seiner Welt zu ertragen.

Die Wasserelementler mochten sie alle. Ana-ha war besonders. Das war sogar für seine Augen offensichtlich. Es war nicht nur ihre Zerbrechlichkeit, die zusammen mit ihrer leicht besserwisserischen Art das permanente Bedürfnis in ihm weckte, sie im Wechsel zu umarmen und durchzuschütteln. Es war auch nicht ihr stetig wachender Gerechtigkeitssinn, der sie immer Partei für die Schwächeren ergreifen ließ, auch wenn ihm das hier in Thuraliz zugutekam. Es war viel mehr als das. Aber er konnte es nicht in Worte fassen, obwohl er der Einzige in Thuraliz war, der Sachverhalte klar auf einen Nenner bringen konnte (Antares' Scherze, er könne vielleicht ein Luftelementler mit einem geheimnisvollen Auftrag sein, trieben Seiso-mes Mühlen des Misstrauens immer wieder aufs Neue an). Er hatte schon viele Worte miteinander verflochten, aber mit keiner Schöpfung kam er an das heran, was er über Ana-ha aussagen wollte.

Jetzt lächelte er zu ihr hinunter. Seiso-me würde ihm diese Freundschaft sicher nicht kaputtmachen. Ana-ha fing sein Lächeln auf und erwiderte es.

„Ana-ha ... niemals würde ich diese Fähigkeit anwenden. Man sagt, es sei eine Foltermethode des letzten Krieges!"

„Oder eine Kampftechnik. Sie setzt deinen Gegner binnen Sekunden außer Gefecht ... Ich weiß nicht, Iciclos. Ich habe Seiso-me versprochen, mit niemandem darüber zu sprechen."

„Na ja, dieses Versprechen hast du ja ohnehin schon gebrochen."

„Ich hätte es dir nie erzählen dürfen." Sie schüttelte bedauernd den Kopf.

„Gib mir eine Chance, eine faire Chance. Dann beweise ich dir, dass ich es verdiene."

Ana-ha zog die Augenbrauen hoch. „Was erhoffst du dir eigentlich davon?"

„Erkenntnisse!", kam es prompt von Iciclos.

„Asperitas' Geschenk?"

„Das auch, wenn ich ehrlich bin."

„Was weißt du darüber?" Ana-ha und Iciclos setzten ihren Weg durch die Akademie fort, ohne ein Ziel zu haben.

„Ich habe gehört, dass diese Fähigkeit einem den Weg weisen kann, ein Ziel zu erreichen."

Ana-ha unterdrückte ein Lächeln. „Ja, so kann man das auch nennen. Ich drücke es lieber so aus: Es offenbart dir deine größte Schwäche."

Iciclos sah sie plötzlich intensiv an. „Man sagt, nicht jeder bekommt dieses Geschenk. Wie war es bei dir?"

„Nichts als Licht."

„Wie ... nichts als Licht?" Beinah wäre er über seine eigenen Füße gestolpert.

„Ich habe nichts als Licht gesehen. Vermutlich hat sich das Geheimnis einfach nicht zeigen wollen." Sie sah traurig aus.

„Hm", brummte Iciclos nachdenklich. Wenn er nichts als Licht gesehen hätte, wäre er glücklich gewesen, aber das konnte er Ana-ha natürlich auf gar keinen Fall sagen. Ein kurzer, hässlicher Schmerz erschütterte ihn unerwartet.

*Nicht jetzt!*

Er legte die Fingerkuppen an die Schläfen und drückte dagegen, als könne er die scharfen Stiche stoppen.

*Nichts als Licht ...*

Das war lange her. Er erinnerte sich noch an seinen Weg durch die Gebirgsschluchten und Eishöhlen des Monroes. Ein schwerer Gang. Alles war schwer in diesem Reich: die Füße voreinander zu setzen, das Reden, sogar das verdammte Atmen. Er hatte stundenlang an den eiskalten Gebirgsseen gesessen, sich überlegend, ob er den Kampf aufnehmen sollte, hatte in das graue Wasser gestarrt und dabei erkannt, wie trüb seine Augen geworden waren. „Das Wasser", hatte er damals gedacht, „ist so seicht, so beeinflussbar." Und als wollte er dessen Gunst erwerben oder zumindest seine Stärke testen, hatte er mit seinen Fingerkuppen prüfend über die glatte Oberfläche gestrichen. Sein Gesicht war in dem aufgewühlten Gewässer verschwommen.

„Unbeständig. Ein Fingerzeig und du verlierst dich", hatte er laut gesagt und sehnsüchtig zu den zerklüfteten Bergen gestarrt, hinter denen die Sonne den Tag ein weiteres Mal verriet und ihn in der Dunkelheit sitzen ließ. Trotzdem hatte er seinen Fußmarsch nach Thuraliz fortgesetzt.

Lange war das her, wirklich lange ...

Iciclos schüttelte unwillkürlich den Kopf, wie um die Bilder aus seinen Gedanken zu vertreiben. Er konnte es sich nicht leisten, an einem Ort gut ausgebildeter Empathen an seine Vergangenheit zu denken ...

Ana-ha betrachtete ihn nachdenklich. Diese unerklärliche Sehnsucht in seinen Augen passte so gar nicht zu seinem harten Auftreten. Sie würde ihm wirklich gerne weiterhelfen, aber Seiso-me hatte ihr Wort. Noch dazu hatte Iciclos vorhin abermals bewiesen, dass er seine Wut einfach nicht in den Griff bekam. Sie hasste es, immer zwischen ihren Freunden zu stehen und fühlte sich stets verpflichtet, es jedem recht zu machen. Auf gar keinen Fall wollte sie zugunsten der einen Freundschaft die andere verlieren. Beide bedeuteten zu viel und waren zu einzigartig, um sie aufs Spiel zu setzen.

Seiso-me bildete den ruhenden Pol an ihrer Seite. Eine Quelle der Beständigkeit und des Vertrauens. Mit ihm begannen ihre ersten Erinnerungen. Wie ein großer Bruder hatte Seiso-me sie nach dem Tod ihrer Mutter überall mit hingeschleppt, besonders wenn sie wieder Streiche an den Bachläufen in der Akademie ausgeheckt hatten. Mehrere Male hatten sie, sehr zu Antares Entrüstung, die kleinen Flüsse mit dem lilafarbenen Harz des Sprudelbaums gefärbt. Seiso-me hatte damals dafür gesorgt, dass sie wieder lachte und er tat es noch heute. Ihn als Freund zu haben hieß, niemals allein zu sein. Seiso-me war großartig, ein anderes Wort gab es nicht.

Iciclos dagegen war wie ein Fremder, dem sie sich entgegen aller Vernunft innig verbunden fühlte. Auch optisch war er genau das Gegenteil von Seiso-me, der ihn sicher um zehn Zentimeter überragte und mit seinen dunklen Haaren stets die Aufmerksamkeit der weiblichen Akademiegängerinnen erregte. Richtig kennengelernt hatte sie Iciclos einige Wochen vor der letzten Elementas, sehr zum Missfallen von Seiso-me. Aber sie wusste heute kaum mehr über ihn als zuvor. Trotzdem war er ihr auf unerklärliche Weise näher, als es Seiso-me jemals gewesen war. Und Ana-ha wusste auch nicht sicher, ob ihre Freundschaft wirklich auf Gegenseitigkeit beruhte oder ob Iciclos sich ihr nur näherte, um seine wasserspezifischen Fähigkeiten zu verbessern. Manchmal schien er ihr wie ein scheues Tier, welches sie zähmen wollte, nur, dass sie ihm kein Futter auf der ausgestreckten Hand anbot, sondern die Fertigkeiten ihres Elements. Und dass sie ihm in einer schwachen Minute erzählt hatte, dass Seiso-me ihr – entgegen der Regeln, die er sonst so vehement vertrat – das gefürchtete Frizin beigebracht hatte, entpuppte sich jetzt immer mehr als Bumerang. Schon seit Wochen lag Iciclos ihr damit in den Ohren, ganz so, als würde sein Leben oder seine Zukunft von dieser Qualität abhängen.

„Weißt du, Iciclos", sagte sie jetzt und hoffte, ihn mit ihren weiteren Enthüllungen von seiner fixen Idee abzubringen. „Das Asperitas ... so leicht gibt es sein Geheimnis nicht preis. Du musst etwas dafür tun." Sie blieb stehen. Sie waren in den Kreuzgängen von Thuraliz angelangt, die direkt in die Unterrichtsräume führten. Um diese Zeit jedoch wirkten sie wie ausgestorben und boten Raum für ein vertrauliches Gespräch.

„Und was?"

„Einfaches Trainieren reicht nicht aus. Wasser in Eis zu verwandeln ist zwar an sich eine große Kunst, aber ... also, beim Frizin wird ja eigentlich nicht der Körper, sondern irgendwie das Gefühl, die Seele gefroren."

„Die Seele?" Iciclos' Augen flackerten kurz.

„Ja. Und das kann man nicht einfach lernen, verstehst du?"

„Nein ..."

„Man muss es fühlen. Nur dann kann man es hinterher auch benutzen. Erst wenn deine Seele diesen Zustand erlebt hat, ist sie in der Lage, ihn später auch zu verhängen."

Iciclos blinzelte.

„Und deshalb ... muss man erst selbst diesen Zustand über sich ergehen lassen. Nur so kannst du das Geschenk bekommen."

Iciclos wurde fast so grün im Gesicht wie der gekreuzte Jadegang.

„Ich dachte, es ist verboten an jedem lebendigen Wesen?"

„Mit dieser einen Ausnahme, ja."

„Wie ist es?", fragte Iciclos tonlos.

Ana-ha schüttelte den Kopf und schloss die Augen.

„Sag bloß, Seiso-me hatte den Mumm dich zu friezen?"

Ana-ha antwortete nicht sofort. Und auch als sie es tat, ging sie nicht auf Iciclos halbernst gemeinte Äußerung ein. „Beim Frizin musst du eine Kälte in dir sammeln, die die Grenze deines Ichs sprengen kann. Es ist eine Sache, die Kälte nur aus dem Wasserelement zu beziehen, eine andere, sie aus seinen Gefühlen heraus fließen zu lassen."

Iciclos sah sie wie hypnotisiert an. „Weiter." Zu vollständigen Sätzen war er vor Anspannung nicht mehr fähig.

„Das Frizin benötigt eine recht hohe Luftfeuchte, weil du den Wasserstoff aus der Luft brauchst", fuhr Ana-ha fort und sah sich unbehaglich nach unerwünschten Zuhörern um. Es war unnötig, Iciclos zu bitten, in ihren Privaträumen weiterzusprechen, denn er lehnte solche Treffen kategorisch ab. Sie schwang sich auf das steinerne Fensterbrett hinter ihr und Iciclos tat es ihr gleich. „Danach verbindest du alle Faktoren zu einem einzigen Schmerz. Das ist es!"

„Wie lange ..."

Ana-ha wusste, auf was er anspielte. „Eine Minute. Aber es erscheint wie ... eine Eiszeit."

Beide schwiegen.

Irgendwann begann Ana-ha erneut zu sprechen: „Du bekommst alles mit. Die ganze Zeit." Sie hielt sich am Fensterbrett fest, als sie weitersprach. „Es ist ... das Blut, Iciclos. Das Blut." Ihre Augen weiteten sich. „Dein Blut fließt noch, aber sehr, sehr langsam ... Und du atmest, du atmest ... *Eis*!" Erstaunen und Schmerz malten sich auf ihr Gesicht, als würde sie selbst gerade im Frizin feststecken. „Es ist wie ein Frostfeuer in deinen Lungen, atmen tut ... weh, aber du musst Luft holen ... die Kälte fordert es ... und du zählst Sekunden ... du zählst zu schnell ... du weißt es ... du bist taub und blind vor Schmerz, aber du fühlst ALLES."

Iciclos sah sie bestürzt an. Ana-ha hatte sich regelrecht in Trance geredet und nahm nichts mehr wahr außer ihrer Erinnerung.

„Wenn deine Seele gefriert, gefriert dein Blut, es fließt zu langsam ... um zu leben ... nicht langsam genug, um zu sterben ... Ewigkeit gerinnt in deinen Adern ... dieser Schmerz kennt keinen Schrei, der ihm genüge täte ... aber du bleibst stumm. Jedes Wort verlierst du in Asperitas' Angesicht ... es ist so *kalt* ..."

Iciclos glitt von dem Sims, seine Augen funkelten beinah schwarz. Ana-has Stimme alarmierte ihn viel mehr als die Beschreibung der Frizin-Hölle.

„Bewegen ist unmöglich ... Schreien ist unmöglich ... du versuchst zu ... aahh!" Ana-ha spürte Iciclos' Hände hart an ihren Schultern, sein Blick hielt sie noch fester.

„Ich will nichts mehr hören." Behutsam rüttelte er sie an der Schulter, wollte den Albtraum von ihr nehmen, der sich in sie geschlichen hatte, und überlegte dabei, ob sie das Ganze nur inszeniert hatte, um ihn von seinem Vorhaben abzubringen. Doch ihr blasses Gesicht bewies das Gegenteil.

„Vergiss das Frizin, Iciclos. Ich kann es dir nicht zeigen. Es wäre unverantwortlich."

„Aber dass Seiso-me es dir gezeigt hat, ist nicht unverantwortlich?"

„Das ist etwas anderes." Ana-ha wich seinem forschen Blick aus. Prinzipiell hatte er recht. Aber sie hatte eine ganz andere Motivation besessen, als nur ihre Fertigkeiten erweitern zu wollen. Sie hatte Seiso-me bekniet, sie diese Methode zu lehren, um etwas über das Leben zu erfahren und um sich die Einsamkeit zu ergründen, die seit je her zu ihr gehörte wie die Flut zu den Gezeiten. Sie konnte es schlecht formulieren, denn sie war ein bildhaft denkender Mensch, aber sie fühlte sich im Leben allein gelassen. Wer immer sie dorthin ausgesetzt hatte, hatte einen schrecklichen Fehler gemacht. Sie gehörte nicht hierher, sie fühlte sich hier nicht heimisch. Und sie wusste, dass es nicht nur daran lag, dass sie ihre Mutter mit knapp vier Jahren verloren hatte. Ihr größter Wunsch war, sich im Leben zu Hause zu fühlen, es zu lieben und sich den göttlichen Sinn hinter allem zu erschließen. Aber leider hatte Asperitas geschwiegen.

„Ich habe auch besondere Gründe, Ana-ha", sagte Iciclos jetzt, der ihre Gedankengänge empathisch begleitet hatte.

„Wirklich?" Ana-ha sah ihn aufmerksam an. Vielleicht tat sie ihm unrecht, wenn sie dachte, er wolle das Frizin nur, um damit Seiso-me ebenbürtig zu sein und notfalls die gleichen Möglichkeiten zu besitzen wie dieser. Sie trainierte seit einem Jahr mit ihm. Sie mochte vielleicht wenig über seine Person wissen, aber seinen Charakter konnte sie in etwa einschätzen. Noch dazu wurde die Anwendung des Frizins rigoros bestraft. Und wenn Iciclos eines nicht verlieren wollte, dann war es seine Mitgliedschaft an der Akademie.

„Ana-ha, ich bin doch nicht blöd", sagte Iciclos heftig und fuhr sich durch die blonden Haare, eine Geste, die Ana-ha immer an ihm beobachtete, wenn er ungeduldig oder nervös war. „Ich würde niemals das Frizin an einer unschuldigen Person anwenden, das weißt du doch?"

Ana-ha bedauerte fast, dass sie aus ihm einen so guten Empathen gemacht hatte. Seine Augen schimmerten und er hielt den Blick länger als für ihn üblich.

„Das weißt du doch, oder?", wiederholte er, diesmal leiser und weniger impulsiv. „Ich möchte die Chance, Asperitas' Geschenk zu bekommen."

Es war keine Lüge. Ana-ha spürte es. War sie es ihm nicht schuldig? War sie nicht immer auf Gerechtigkeit aus? Verdiente nicht jeder diese Chance? Sie biss sich unschlüssig auf die Lippen.

„Ana-ha, ich schwöre dir: Ich werde es niemals benutzen."

Ana-has nachdenklicher Gesichtsausdruck glättete sich ein wenig.

„Ich werde es niemandem erzählen."

„Auch nicht deinem Freund Cruso aus dem Luftreich?"

Iciclos' schmale Nasenflügel blähten sich kurz überrascht auf, dann schüttelte er den Kopf. „Wieso kommst du denn jetzt auf ihn?"

„Wasserelementares Bauchgefühl."

„Ana-ha ..."

„Iciclos ... also gut."

„Ich sage es niemandem. Versprochen." Iciclos machte ein hochfeierliches Gesicht.

Ana-ha konnte nicht anders. Sie musste über Iciclos' freudvolles Gesicht lächeln. Selten sah er sie mit einem solch glückseligen Blick an, der sogar seine Augen in das Lächeln einschloss. Wie hätte sie Nein sagen können?

„Ich habe aber noch eine Hausaufgabe für dich."

„Was du willst!"

„Du findest alles über die Legende von Asperitas heraus. Und damit meine ich auch alles, klar? Es gibt da gewisse Dinge, die die Feuerländer besser wissen müssten."

Iciclos nickte nur. Er würde die Legende sogar auswendig lernen. Tatsächlich, er würde alles tun, das war kein Witz.

Noch lange an diesem Abend saß Iciclos in der kreisrunden Halle der Thuraliz Akademie. Zwischen den munter plätschernden Wasserfällen, den blauen Oleanderarrangements, dem geöffneten Glasdach und unter all den Sternen des Abendhimmels erlaubte er es sich zum ersten Mal seit vielen Jahren, von einer Zukunft zu träumen. Er saß an einem schimmernden kristallgrünen Bassin und beobachtete den Weg des Wassers durch die unterschiedlichen Becken. Er sah zu, wie es Kaskaden hinabfiel oder in Fontänen in funkelnden Strahlen nach oben geworfen wurde, fast so hoch, als wolle es die Unendlichkeit mit in seinen Kreislauf einschließen. Er tauchte seine Hand in das Element und dachte daran, dass das Wasser, gleich welche Hindernisse es zu überwinden hatte, seiner Form immer treu blieb. Genau wie er musste es sich anpassen, genau wie er konnte es Jahre brauchen, um sich einen Weg zu bahnen. Eigentlich hatte es jede Menge mit ihm gemeinsam. So unbeständig, wie anfangs gedacht, war es gar nicht, das Wasser. Im Gegenteil. Und heute wusste er auch endlich, dass sich der lange Weg, der im Monroe-Gebirge mit einem zögerlichen Streicheln der Seeoberfläche begonnen hatte, auszahlen würde.

Er hatte nicht gelogen, als er Ana-ha gesagt hatte, dass er das Geschenk von Asperitas wollte. Er musste es einfach sehen. Asperitas – und das war ihm ganz klar – würde ihm nur eine einzige Sache offenbaren. Etwas, dass seinem Ziel im Weg stand, eine Schwäche, laut Ana-has Worten. Er konnte nicht warten, bis man ihn in den Rat berief. Alles, was er sich im Zustand größter Kälte erhoffte, war das Heilige Wasser, das Symbol von Thuraliz.

# Kairas Vision

Ana-ha starrte Antares entsetzt an. Sie sprang so ungestüm auf, dass ihr Stuhl nach hinten zu kippen drohte. Im letzten Moment packte sie ihn bei seiner hohen Lehne und richtete ihn wieder auf.

„Ich kann nicht ins Feuerland“, wiederholte sie zum bestimmt dritten Mal. „Antares, ich habe Fiuros Arrasari letztes Jahr in Larakas vom Elementasplatz gespült. Was, glaubst du, wird er mit mir machen, wenn ich jetzt nach Wibuta komme?“

Antares lächelte sie vom anderen Ende seines Schreibtisches gutmütig an. „Fiuros ist der zweite Vorsitzende der Akademie. Auch wenn er noch jung ist und sein Temperament gezügelt werden muss, ich glaube kaum, dass er sich dir gegenüber in irgendeiner Weise unangemessen verhalten wird.“

„Unangemessen?“, echote Ana-ha schwach. „Was ist für einen Feuerländer unangemessen?“

„Er untersteht Atemos Medes. Mach dir keine Sorgen.“

„Atemos Medes hat mir nach dem Sieg noch nicht einmal gratuliert“, sagte Ana-ha jetzt.

„Diese Elementler sind eben schlechte Verlierer. Aber sie vergessen recht schnell, vertrau mir. Und für dich wäre es doch eine große Ehre, dein Können endlich unter Beweis stellen zu dürfen ... einmal abgesehen von unserer Meisterschaft.“ Antares sah sie aufmerksam an. „Iciclos wird dich begleiten.“

„Iciclos?“

„Du kommst doch gut mit ihm aus, oder?“

Ana-ha nickte. Antares war der beste Empath des Wasserreiches. Ihn anzulügen hieß buchstäblich, ihn zum Narren zu halten. Ana-ha mochte Antares von allen Oberen am liebsten. Er hatte die Siebzig längst überschritten und sein Einfluss auf sie bezog sich nicht nur auf ihr Können, sondern auch auf die gesamte Palette an Lebenserfahrungen, die er ihr mit auf den Weg gegeben hatte. Doch sie ins Feuerland zu schicken, hielt sie weder für weise noch in irgendeiner anderen Art für sinnvoll.

„Antares, ich fühle mich wirklich geehrt, dass du mir einen Auftrag in einem anderen Reich anvertraust. Aber wieso ausgerechnet in Wibuta?"

„Nun, ich will dir nichts vormachen, Ana-ha." Antares erhob sich und sein dunkelblaues Gewand fiel bis auf den Boden. Für Ana-ha wirkte es in diesem Moment eher so, als sei für sie der letzte Vorhang gefallen. „Ich habe am Wochenende eine wichtige Sitzung im Oberen Rat. Ich brauche all meine Mitglieder. Viele sind es ohnehin nicht mehr, weil die Luftelementler in Triad uns dringend benötigen."

Ana-ha nickte nur. Sie hatte von dem Staudammbruch an der Luftkunstakademie vor zwei Tagen gehört. Unglücklicherweise hatten Bewohner des Wasserreiches den Damm konstruiert, sodass es jetzt eine Selbstverständlichkeit war, dort auszuhelfen ... und das, obwohl ihre Leute mit den tosenden Bränden um Jenpan-ar genug zu kämpfen hatten. Jenpan-ar lag im Nordosten des Wasserreichs und die Hitze des Sommers hatte dort katastrophale Waldbrände entfacht, die jetzt Kurs Richtung Stadt nahmen.

„Und wenn jemand anderes mit Iciclos geht?"

Antares lächelte wieder. Er hatte ein gütiges Gesicht, dessen Konturen leicht verwaschen wirkten, fast so, als habe das Leben mitsamt dem Element daran gespült wie eine stetige Brandung.

„Finde mir einen anderen Freiwilligen, der Iciclos begleitet, dann kannst du hierbleiben."

Ana-ha seufzte. Sie wusste, dass das so gut wie aussichtslos war.

„Du bist gut, Ana-ha. Beweise den Feuerländern, dass du nicht nur auf dem Platz eine gute Figur machst."

Sie winkte nur ab. Sie verließ Antares Büro, ohne sich von ihm zu verabschieden. Selbst die dunkelblauen Lapislazuli-Mauern des Oberen Rates ließen sie heute ungewohnt kalt. Normalerweise konnte sie sich an den fantasievollen Wasserspielen an den Wänden gar nicht sattsehen. Doch jetzt geisterte ihr unentwegt ihr Auftrag durch den

Kopf. Es war noch nicht einmal so sehr die Vorstellung, dass Fiuros Arrasari sich für seine Niederlage in irgendeiner Art revanchieren könnte. Das war eine naheliegende Vermutung, denn er war Feuerländer. Antares Anliegen hatte eine andere, dumpfe Vorahnung in ihr geweckt. Sie spürte sie durch ihren ganzen Körper kreisen, von den Fingerspitzen bis zu den Fußzehen, ja, sogar bis in die Haarwurzeln. Sie fand aber wie immer kein Wort dafür. Nur ein Bild. Und das roch nach Asche, schmeckte nach Leid und pulsierte im Rausch einer fremden Macht, die sie nicht begriff. Ana-ha wurde es richtig übel bei dem Gedanken an Wibuta. Sie musste unbedingt jemanden finden, der für sie diese Mission antrat. Wasserelementare Störfelder auszumachen war zwar nicht ganz so einfach, sollte aber in drei Stunden erledigt sein. Und drei Stunden Iciclos waren eigentlich jedem zuzumuten.

Wie am Abend zuvor hatte sich Iciclos im Schutz der Oleander an einem kleinen Becken in der Eingangshalle niedergelassen und schlug die Zeit damit tot, das sprudelnde Wasser zu beobachten. Seine Tage waren lang. Alleinsein konnte Stunden zu Ewigkeiten dehnen, aber er hatte diese Isolation bewusst gewählt. In der Eingangshalle der Akademie hielten sich die Studenten meist nie länger als zwei Minuten auf, und wenn doch, gab es hier genug Nischen, die ihn vor abwertenden oder aufdringlichen Blicken schützten. Heute aber war er nicht allein und die Unterhaltung, die zunächst leise begonnen hatte, schwoll so laut an, dass er jedes Wort verstand.

„Das ist ein Scherz, oder?" Das war eindeutig Seiso-mes Stimme. Er klang richtig böse, obwohl die zweite Stimme seiner angebeteten Ana-ha gehörte. Neugierig spitzte Iciclos die Ohren und lehnte sich weiter über das Bassin nach hinten.

„Ich soll mit dem Schwarzkittel nach Wibuta?", fragte Seiso-me jetzt ungläubig.

Iciclos wäre aus Versehen beinah rückwärts in das Wasserbecken gestürzt. Er wusste nicht, was ihn mehr ärgerte: der Schwarzkittel oder die Tatsache, dass Ana-ha sich durch Seiso-me ersetzen lassen wollte. Davon hatte sie heute Mittag kein Sterbenswort gesagt. Und überhaupt: War Ana-ha wahnsinnig geworden? Was sollte er denn mit dem Leskartes im Feuerland? Niemals würden sie so wasserelementare Störfelder finden, eher welche verursachen.

„Hör mir doch erst einmal zu ..." Im Gegensatz zu Seiso-me klang Ana-ha richtig ... hm, wie klang sie eigentlich? Diese Tonlage kannte er noch gar nicht. Er beugte seinen Oberkörper noch ein Stück zurück, sehr darum bemüht, nicht das Gleichgewicht zu verlieren. Aber er wollte unbedingt Ana-has Gesicht sehen.

„Nein, nein und nochmals nein!", wehrte Seiso-me Ana-ha jetzt ab. „Das kommt überhaupt nicht infrage. Ich und Iciclos im Feuerland? Da ist die Stimmung doch sowieso schon so aufgeheizt. Das wird nichts. Und hör auf, mich so anzusehen!"

„Seiso-me, bitte, ich kann nicht gehen. Ich habe eine ganz schreckliche Vorahnung, was Wibuta angeht."

„Überlass die Visionen Kaira. Ich hätte allerdings auch eine ganz schreckliche Vorahnung, wenn ich mit Iciclos nach Wibuta müsste."

„Seiso-me ..."

Iciclos hob die Füße an, um sein Gewicht auszubalancieren. Die nachtblauen Blüten des Oleanders verdeckten ihn so gut, dass er sich keine Sorgen machen musste, von den beiden beim Lauschen ertappt zu werden. Endlich hatte er die zwei im Blick.

Ana-ha kauerte auf einem der Becken, die Beine mit den Armen fest umschlungen. Seiso-me stand davor, die Hände in die Hüften gestützt und blickte grimmig auf sie herab, während Ana-ha richtig verzweifelt aussah.

„Ich bitte dich doch nicht ohne Grund um so einen Gefallen."

„Warum kann Iciclos denn nicht alleine gehen?"

„Das sollte er ja. Aber die Feuerländer – hör zu, Seiso-me – die Feuerländer haben extra mehr von unserer Sorte angefordert."

„Frechheit! Wo sie doch genau wissen, dass wir mit Triad und Jenpan-ar genug am Hals haben." Seiso-me ließ die Arme wieder sinken und stützte sich am Becken ab. „Das ist mal wieder typisch für Atemos. Kann man nicht Iciclos austauschen? Dann findest du sicher jemanden, der für dich geht. Mich zum Beispiel."

Ana-ha legte den Kopf auf die Knie. „Antares hat sich für Iciclos entschieden, weil er sich so gut mit diesen speziellen Feldern auskennt", murmelte sie so undeutlich, dass Iciclos es sich mehr zusammenreimte.

„Wem er das wohl verdankt?", warf Seiso-me trocken dazwischen. Iciclos fing dessen Ärger auf und führte ihn darauf zurück, dass Antares ihn und nicht Seiso-me für Wibuta ausgewählt hatte. Langsam begann seine Bauchdecke zu spannen, er nahm die Beine wieder ein Stück nach unten.

„Ich habe das gar nicht mit ihm trainiert." Unschuld stahl sich in Ana-has ertapptes Lächeln, wie großzügig verschenktes Diebesgut sich Rechtschaffenheit zu erkaufen versuchte.

Seiso-me ließ sich davon nicht beeindrucken: „Offiziell vielleicht nicht." Er stieß sich vom Beckenrand ab und lief vor Ana-ha auf und ab. „Du weißt ja, dass ich gegen eure privaten Übungsstunden bin."

„Seiso-me, bitte, kannst du nicht ein einziges Mal eine Ausnahme machen und mit Iciclos zusammenarbeiten?" Ana-ha hob den Kopf und sah Seiso-me so unverwandt an, als wolle sie ihn in ihren Bann schlagen.

„Wann ist denn dieser Termin?", fragte dieser auch prompt und Iciclos fing hinter seinem Oleander furchtbar an zu fluchen. Dem war wohl jedes Mittel recht, um bei Ana-ha zu punkten.

„Übermorgen, für zwei Tage. Nur vermeintliche Störfelder auf ihrem Bauland in der Nähe der Akademie aufspüren, mehr nicht."

„Oh Ana-ha, tut mir leid, das geht auf gar keinen Fall!" Seiso-me schüttelte energisch den Kopf. „Antares hat mir gestern gesagt, ich müsste hier für ihn eine wichtige Sache übernehmen. Vermutlich hat er sich auch deshalb für Iciclos und nicht für mich entschieden", fügte er dann noch nachdenklich hinzu.

Iciclos setzte die Füße auf dem Boden ab. Am liebsten wäre er jetzt direkt durch den Oleander gesprungen und hätte Seiso-mes Kopf in das Bassin getaucht. Nur die Tatsache, dass Ana-ha ihn dann vermutlich nicht mehr das Frizin lehren würde, hielt ihn davon ab.

„Oh." Ana-has Gesicht verdunkelte sich augenblicklich. Sie sah schrecklich aus ... so, als hätte Kaira ihr gerade offenbart, dass ihr nur noch wenige Stunden blieben.

„Wieso hast du eigentlich so ein schlechtes Gefühl? Was Spezielles?", hörte er jetzt Seiso-me fragen. „Oder liegt es zufälligerweise an Fiuros Arrasari?"

„Er soll unsere Arbeit begleiten. Seiso-me, ich weiß, es klingt lächerlich, aber es ist nicht wegen Fiuros. Zumindest nicht wegen der Elementas. Ich weiß es einfach nicht, aber mein Gefühl täuscht mich selten."

„Es ist bestimmt wegen deines Sieges, Ana-ha. Und Fiuros hat ja sowieso den Ruf, nicht besonders geduldig zu sein.“

„Wegen ihm hat sich das halbe Feuerland an der Akademie beworben! Alle wollen ihm nacheifern. Daher will Atemos ja auch erweitern!“

Seiso-me lachte laut auf. „Das sieht ihnen ähnlich. Wenn sie ein halbes Jahr warten könnten, würde sich das Problem von selbst regeln. Atemos müsste doch wissen, wie sich seine Leute verhalten. Heute noch Feuer und Flamme für eine Sache, morgen nur noch ein Schulterzucken. Wie ein Strohfeuer eben.“

„Würdest du ihm das an Antares' Stelle auch so sagen?“

„Um Himmels willen!“

„Siehst du.“

„Warum verschiebt Antares den Termin nicht einfach?“, schlug Seiso-me vor.

„Nein, das geht nicht. Sie waren sowieso angefressen, dass es noch bis zum Wochenende dauert. Sie dachten wohl, der Obere Rat würde sofort jemanden aussenden. Und wenn ich Antares recht verstanden habe, braucht er im Gegenzug Atemos Hilfe in Jenpan-ar.“

Jetzt sah Seiso-me tatsächlich selbst so aus, als wolle er sich im Wasserbecken versenken. Iciclos musste ein Lachen unterdrücken. Sicher gefiel es dem Patrioten Leskartes nicht, wenn sich Feuerländer in seiner heiligen Wasserwelt tummelten. Vermutlich sah er sie schon zeltend und Lagerfeuer entfachend im verwunschenen Wiesenland sitzen, statt Brände in Jenpan-ar zu bekämpfen. Vielleicht hatten sie in seiner Fantasie auch schon das ewige Eis des Monroe-Gebirges geschmolzen. Genau konnte er es weder aus seinen Gefühlen noch aus seinem Gesicht ablesen.

„Sind die Brandherde so schlimm?“, hakte Seiso-me jetzt nach.

„Wenn Antares die Feuerländer anfordert ... deshalb können Iciclos und ich auch erst in zwei Tagen weg. Er wollte noch diese Zeitspanne abwarten. Wenn sich bis dahin keine wesentliche Veränderung eingestellt hat, sollen wir direkt nach unserer Ankunft seine Nachricht überbringen.“

„Mit Brief und Siegel, so offiziell?“

Ana-ha nickte. „Ja, das hat mich auch verwundert. Aber es ist ihm wohl ein sehr wichtiges Anliegen.“ Sie blickte hoch, genau in Iciclos' Richtung. Ihm kam es vor, als sähe sie hinter die Oleanderzweige und ihm direkt ins Gesicht. Für einen kurzen Moment hielt er die Luft an. Das auf der Wasseroberfläche gebrochene Licht bildete bizarre Muster auf ihrer Stirn. Kreise, Wellen und Punkte. Er fand ihre Gesichtszüge eigenartig und gleichzeitig sehr schön, trotz ihres heutigen Zustands. Alles an ihr wirkte weich gezeichnet und harmonisch.

„Danke Seiso-me“, sagte sie jetzt und rutschte vom Beckenrand. „Danke, dass du für mich gegangen wärst.“

„Für dich sowieso.“ Seiso-me zupfte sie in einer liebevollen Geste an den langen Haaren. Iciclos verdrehte die Augen. Der würde es niemals kapieren. Es war hoffnungslos.

„Und abgesehen von Iciclos wird Wibuta bestimmt eine tolle Mission.“

Ana-ha schüttelte gespielt vorwurfsvoll den Kopf. „Du bist unmöglich, Seiso-me. Ich mag Iciclos!“

Iciclos lächelte und lehnte sich wieder ein Stück weiter zurück.

„Mehr Zeit, Iciclos ... Iciclos ...“ Kairas Stimme brach sich an sämtlichen Wasserfällen und hallte laut bis hin zum geöffneten Glasdach.

Iciclos sprang auf. Kaira stand keinen Steinwurf weit von ihm entfernt unter einem Wasserbogen. Ihre außergewöhnliche Begabung wallte an ihr herab wie ein unsichtbarer Talar. Jetzt verstand er zum ersten Mal Ana-has Aussage, dass Kaira selten einen günstigen Zeitpunkt für ihre Visionen erwischte.

„Ich brauche Ruhe“, sagte er unfreundlich. „Hast du das auch schon einmal von irgendwem eingegeben bekommen?“

Wie immer schimmerten ihre blonden Haare mit ihrer porenlos wirkenden Haut auf eine Weise, als wäre sie dem Glimmersand des Venobismeeres entstiegen. Iciclos fand ihre Schönheit unheimlich. Manchmal stellte er sich vor, sie würde sich tatsächlich nachts in den Tiefen des Strandes vergraben, um von dort ihre Visionen zu empfangen. Und diese Vorstellung hatte definitiv etwas Gruseliges. Zudem waren ihre Vorhersagen für ihn eine Gefahr. Er konnte froh sein, dass sein Zeitproblem das einzige für Kaira ersichtliche Manko war.

„Zeit ... Zeit ...“

„Ja, du hast recht“, zischte er daher leise. „Also verschwende sie doch bitte nicht weiter!“ Das „Hau ab“ ersparte er sich.

Ana-ha und Seiso-me hatten Kaira sicher gehört. Und da es nur einen in Thuraliz gab, dem die Zeit davonlief, wussten sie mit Bestimmtheit auch von seiner Anwesenheit. Aber was konnte er dafür, dass die beiden keinen besseren Ort zum Reden gefunden hatten?

Vorsichtig trat Iciclos aus den Pflanzungen und umrundete einen kleineren Springbrunnen. Es sollte bloß nicht so aussehen, als habe er absichtlich zugehört. Ana-ha hatte Seiso-me ein Stückchen abseits gezerrt. Anscheinend wollte sie ein Zusammentreffen mit Kaira unbedingt vermeiden. Iciclos sah sie hektisch um sich blicken. Doch Kaira hatte sie schon entdeckt und schwebte unaufhaltsam auf sie zu.

„Ana-ha ...", waberte es schleierhaft durch die Eingangshalle. „Ana-ha ... das Feuerland ... Feuerland ..."

Ana-ha sah so aus, als wollte sie direkt in Ohnmacht fallen.

„Was ist damit?", kam es ihr beinahe tonlos über die Lippen.

Kaira blieb dicht vor ihr stehen. „Nimm ihn mit ... mit ..."

Ana-ha sah fragend zu Seiso-me. „Ihn?"

Kairas androgynes Gesicht blieb starr. Ihre königsblauen Augen wurden dunkler. „Nein ... deinen Stein ... das Erbe ..."

„Ah ... ja ... aha, klar." Ana-ha schien plötzlich zu neuem Leben erwacht zu sein. Nervös trippelte sie auf der Stelle. „Daran habe ich schon selbst gedacht. Ich werde ihn auf keinen Fall vergessen. Vor Kurzem, als ich ihn gesehen habe, kam mir der Gedanke, dass ..."

„Sie ist weg", unterbrach Seiso-me sie plötzlich. Er musterte sie auf merkwürdige Weise, vermutlich, weil sie unruhig von einem Bein aufs andere trat.

„Zeit ... Iciclos ... hörst du ... du ...", echote es noch ein letztes Mal, dann wich Kairas Aura aus der Halle.

„Meine Güte! Egal was sie von sich gibt, jedes Mal habe ich das Gefühl, meine Beerdigung stünde gleich an", sagte Ana-ha aufgebracht. „Zu dir hat sie wieder überhaupt nichts gesagt", stellte sie dann fast ein wenig empört fest.

Seiso-me schüttelte den Kopf. „Das tut sie nie."

Iciclos konnte eine Begegnung mit den beiden nicht umgehen, also marschierte er aufs Geratewohl auf sie zu.

„Hi Iciclos." Ana-ha hatte ihn bemerkt.

„Was war denn heute mit Kaira los? So wenig Worte hat sie für dich noch nie gefunden."

„Hm, ich glaube, je ernster die Angelegenheit, desto schweigsamer wird sie", vermutete Ana-ha.

„Was für einen Stein meinte sie denn?“

„Nur meinen Glücksstein“, wich Ana-ha aus. „Er hilft mir oft in schwierigen Phasen.“

„Na dann kann ja in Wibuta gar nichts mehr schiefgehen.“ Iciclos schob sich an ihnen vorbei. „Und wiederhole zur Sicherheit auch deine Techniken. Antares will uns garantiert noch einmal prüfen, bevor er uns auf die Feuerländer loslässt. Du willst doch sicher einen guten Eindruck machen.“

Damit entfernte er sich von den beiden.

„Soso“, dachte er vergnügt und steuerte sein Zimmer in der Akademie an. Ana-ha war also nervös wegen ihres Auftrags. Irgendwie machte ihm das gute Laune. Bislang hatte sie ihn ja immer belehrt, jetzt schien es so, als müsste er ihr unter die Arme greifen. Und Fiuros – Iciclos musste ein Lächeln unterdrücken – der würde sicher schon dafür sorgen, dass sie die letzte Elementas nicht vergaß. Aber woher ihre ungute Vorahnung kam, konnte er sich nicht erklären, genauso wenig, weshalb Ana-ha wegen ihres Steins gelogen hatte. Unwahrheiten konnte er recht gut aus den Gefühlen herausfiltern. Er empfand sie als leichte Verzerrungen im Umfeld der Person. Ana-ha hatte keine Sekunde daran gedacht, ihren Glücksstein mit nach Wibuta zu nehmen.

Iciclos warf sich in seinem spartanisch eingerichteten Zimmer sofort auf sein Bett und starrte gedankenverloren an die Decke. Er würde in Wibuta sowohl Ana-ha als auch Fiuros im Auge behalten müssen.

# Bedenken und Erinnerung

Die Prachtstadt Wibuta blühte sogar in der Dunkelheit. Ihre Knospen bildeten orangerote Fackellichter, von denen sich jede einzelne mit schwärmerischer Hingabe der Nacht öffnete, bis ihre Flammen das tiefste Rot der Elementenreiche zur Schau stellten. Die Wahrzeichen des Feuerlandes hoben sich weit über die Dächer empor und krönten ihre Stadt mit blutroten Juwelen. Und so, wie Wibuta im Schein der Flammen zur Königin wurde, lobten sich ihre Bewohner in ihrer gegenwärtigen Situation mit Fiuros Arrasari in den Himmel.

Sie fühlten sich dieser Tage vom Glück begünstigt. Das Feuerland umfasste nach dem Erdreich das zweitgrößte Territorium, sein Element war weder langweilig – Erde – noch abgehoben – Luft – noch verklärt – Wasser – und hatte seit langer Zeit endlich wieder einen würdigen Vertreter für sich gefunden. Fiuros' Niederlage bei der letzten Elementas hatte ihm im Nachhinein mehr Sympathien eingebracht, als es ein Sieg jemals getan hätte. Seit jenem schicksalhaften Tag war er zur Kultfigur avanciert. Ihr geschlagener Held, ihr Favorit, ihr Idol, ausgerechnet besiegt von einer Vertreterin des Wasserelements. Jeder Feuerelementler teilte diese Schande mit ihm. Fiuros hatte seine Landsleute für sich gewonnen wie kein anderer vor ihm.

Atemos Medes hatte das erkannt und ihn in seinen Kreis der Elitetruppe aufgenommen, trotz seines jungen Alters von knapp einundzwanzig Jahren, und sein Anhängerkreis hatte sich weiter vervielfacht. Der Name Fiuros Arrasari zog sich nicht nur durch die eigenen Städte, sondern auch durch die kleinen Ortschaften der anderen Elementenreiche. Manch einer hätte eine Wette abgeschlossen, dass der Name Fiuros Arrasari, gerade wegen seiner Niederlage, bekannter war als der

der Siegerin – wie hieß die doch gleich? – und er hätte dieses Abkommen gewonnen.

Auch in dieser warmen Sommernacht trainierten überall auf den Wiesen die jungen Elementler ihre Feuerkunst, in der glühenden Hoffnung, einen der begehrten Akademieplätze zu ergattern, um in die Fußstapfen ihres Idols treten zu können.

Ein milder Luftzug begleitete ihre Übungen, er streifte die Berge und fiel an den Steilhängen hinab in die Ebene Wibutas. Eine leichte Brise, nichts im Vergleich zu den heftigen Herbststürmen, die sich bald über dem Gebirge zusammenbrauen würden. Jedoch brauchten die Feuerländer in den Zeiten dieses Unwetters keinerlei Beistand aus dem Luftreich. Diesen Sachverhalt betonten sie gerne und häufig. Feuerländer waren selbstsicher und stark. Hilfe von außen anzunehmen, lag ihnen fern. Doch manchmal ließ es sich nicht vermeiden ...

„Iciclos Spike und Ana-ha Lomara kommen am Wochenende ins Feuerland. Störfelder suchen." Zwei Gestalten, abseits von Feuerkunstakrobatik und Gelächter, standen oberhalb eines Steilhangs des Monsaes-Gebirges und blickten auf die Feuerstadt hinab.

„Iciclos?"

„Iciclos ist gut. Er hat Ahnung auf diesem Gebiet." Der Größere der beiden sah seinem Gegenüber in die gelbgrünen Augen, die mit schauriger Schönheit die Nacht durchbrachen. Fiuros Arrasari war im Spiegel dieser Augen und starrte sich selbst darin an. Er war hier. Die blanke Gegenwart. In dieser Sekunde. Daran bestand überhaupt kein Zweifel. Aber er ließ sich von diesem Abglanz nicht täuschen.

„Und Ana-ha Lomara?" Lesares Leras sprach den Namen mit viel Feingefühl aus.

„Ana-ha?" Elementasfetzen schossen stroboskopartig durch Fiuros' Gedanken. Das viele Wasser, seine Flammen, die dagegen kämpften, tapfer ... noch mehr Wasser, viel mehr Wasser ... und dann ... nichts mehr ... nur noch ... ihre Augen ... er erinnerte sich. Ihre Augen hatten ihn mit einer unsichtbaren Gewalt auf den Boden geschmettert. Mit von der Hitze noch glühenden Wangen feierte sie schon den Sieg über ihn, mit all ihren Freunden, während er nichts anderes tun konnte, als den Aufschrei zu unterdrücken. Seine schockierten Fans waren mitten in ihren Siegesgesängen verstummt. Sie alle hatten den bitteren Geruch seiner Niederlage atmen müssen. Den kalten, dunklen Rauch. Oh

Gott! Ihm wurde übel bei dem Gedanken an Ana-has teilnahmsvollen Blick auf ihn in diesen Sekunden ... Er wusste ganz genau, dass es nicht nur die verlorene Meisterschaft war, die dieses elendige Gefühl in ihm hervorrief.

„Ana-ha Lomara macht mir nur Sorge in Bezug auf Iciclos." Fiuros sah Lesares an. „Sie sind mir zu gut befreundet. Ich sehe Iciclos wirklich selten, aber Cruso sagt, jedes zweite Wort aus seinem Mund sei Ana-ha!"

„Immer noch ein angekratztes Ego wegen letztem Jahr in Larakas?"

„Nein. Aber niemand sonst trainiert ihn. Nur sie! Kommt dir das nicht auch komisch vor? Kein Mensch will mit Iciclos etwas zu tun haben."

„Sie mag ihn eben."

„Genau das ist der Punkt! Sie wird ihm noch den Kopf verdrehen, wenn es so weitergeht."

Lesares lachte herzlich über die Worte seines Freundes. „Oh Fiuros! Unterschätze Iciclos nicht. Er arbeitet seit Jahren auf nur ein Ziel hin. Gerade ihm solltest du vertrauen. Und Ana-ha hilft uns unwissentlich."

„Ana-ha Lomara ... am Ende müssen wir ihr sogar noch richtig dankbar sein." Zynismus und Ablehnung lag in Fiuros' Stimme. Dann überlegte er kurz, bevor er weitersprach: „Vielleicht ahnt sie etwas? Vielleicht hat man sie auf uns angesetzt?"

„Unsinn", tat Lesares energisch ab. „Sie ist ja noch nicht einmal im Rat der Oberen! Warum sollte gerade sie etwas wissen?"

„Ich weiß es nicht." Er konnte sich seine absolute Ablehnung ihr gegenüber auch nicht wirklich erklären. Aber definitiv ... es war nicht nur wegen seiner Niederlage.

„Iciclos ist ein Empath, Fiuros. Er würde merken, wenn Ana-ha ein falsches Spiel mit ihm treibt."

„Iciclos sollte weniger empathieren und mehr kommunizieren. Sonst wird man ihn nie in den Oberen Rat wählen."

„Die Wasserwelt war ein schweres Los für ihn!"

Fiuros lachte etwas erbost über diese Worte. „Es war für uns alle ein schweres Los, Lesares. Du brauchst ihn nicht in Schutz zu nehmen. Er ist bisher weder Mitglied im Oberen Rat noch weiß er, welches Symbol wir brauchen."

„Er macht es auf seine Weise. Vielleicht findet er das Symbol auch durch dieses merkwürdige Frizin. Fiuros, vertrau ihm. Iciclos war einer der besten Freunde deines Vaters."

„Das stimmt, aber es ist kein Garant. Acht Jahre sind eine verdammt lange Zeit."

„Für manche Dinge ist die Zeit nicht ausschlaggebend."

„Ich werde Iciclos und Ana-ha in Wibuta beobachten, sei dir sicher. Und wenn ich auch nur den leisesten Verdacht hege, dass sich meine Befürchtungen bewahrheiten ..."

„... dann kommst du zuerst zu mir, Fiuros. Klar?" Lesares musste auf alle Fälle verhindern, dass Fiuros unüberlegt einen Keil zwischen Iciclos und Ana-ha trieb, denn das würde ihr Vorhaben erst recht gefährden. Das konnte Lesares nicht zulassen. Er fühlte sich für Fiuros verantwortlich. Er war knapp achtzehn Jahre älter als dieser, also ungefähr so alt, wie Fiuros' Vater Tores jetzt gewesen wäre. Seitdem er Fiuros wiedergefunden hatte, als Erster seiner Kameraden, hatte er so oft wie möglich versucht, die Vaterrolle zu übernehmen. Er wollte diesen Jungen beschützen. So viel Leid war über ihn gebracht worden, dass es für zwei Leben gereicht hätte. Aber nun schien Fiuros diesen Schutz nicht mehr zu benötigen.

Lesares seufzte schwer. Die Erinnerungen an seinen früheren Freund waren immer noch lebendig, auch wenn die Jahre ihnen ein wenig die Farbe genommen hatten. Acht Jahre waren eine lange Zeit, damit hatte Fiuros recht. Aber es gab einige wunderschöne Momente, deren Glanz er sich bewahrt hatte. Er erinnerte sich häufig an Fiuros' Geburt und den Moment, an dem Tores ihm seinen Sohn in die Arme gelegt hatte. Sein Freund war so stolz gewesen. Zum ersten Mal nicht auf seine eigenen Leistungen, sondern auf dieses winzige Bündelchen Mensch in seinen Armen. Wenn er sich das Strahlen auf Tores' Gesicht abrief, konnte er es heute noch fühlen. Das Glück. Das vollkommene Glück dieser Tage.

Lesares atmete tief durch. An seinen zu Tode gekommenen Freund zu denken, war, als würde man ihm unsichtbare Gewichte in den Solarplexus rammen. Die Schuld haftete an ihm wie Pech. Es kam ihm vor, als hätte er dieses Glück zerstört. Das war natürlich eine falsche Schlussfolgerung, sein Verstand wusste das, aber sein Gefühl sprach ihn nicht frei. Und so hatte er in der Vergangenheit den einzigen Zoll bezahlt, der ihm möglich war: auf Fiuros zu achten und ihn zu beschützen. Aber Lesares fragte sich in letzter Zeit des Öfteren, vor wem er Fiuros noch beschützen sollte. Nachdenklich betrachtete er den Sohn seines Freundes. Er versank im Anblick Wibutas. Vollkommen.

„Die Fackeln werden mir fehlen, Lesares."

„Du wirst sie vergessen. Schneller, als du denkst. Ich werde die Dunkelheit am meisten vermissen."

„Ich habe fast keine Erinnerung mehr daran, wie es damals war."

„Du warst zu jung. Lass uns hoffen, dass du es bald wieder alltäglich nennen kannst." Lesares folgte Fiuros' Blick hinab.

„Ja, bald!"

„Wir sind schon so weit gekommen. Iciclos hat seine Fähigkeiten mittlerweile erstaunlich verbessert. Wenn alles nach Plan läuft, haben wir schon bald unser drittes Symbol."

„Das dritte Symbol." Fiuros nickte. „Ja."

Die Fackeln von Wibuta flackerten imposant im Wind um die Wette. Es waren weit über fünfhundert. Sie hielten die Kraft und die Energie des Feuerlandes aufrecht, wenn seine Bewohner schliefen. Fiuros genoss die Aussicht, allein der Anblick des Feuers gab ihm Energie. Er liebte das Feuer, weil er es brauchte. Er brauchte es so sehr wie die Luft, die er atmete. Er hätte einen Eid geschworen, dass er tot umgefallen wäre, hätte ihm jemand dieses Flackern, Flimmern und Schwelen genommen.

„Es ist wunderschön", flüsterte er völlig in sich gekehrt. Es war so beruhigend in das rote Züngelspiel der Flammen zu sehen. Dort war er, dort war sein Spiegelbild, nicht auf dem glatten Floatglas in der Akademie, nicht in Lesares' Augen. Er stand im Feuer. In der Mitte der Hitze. Wärme. Glut. Raserei. Gefühle. Er hielt sie solange, wie er das Prickeln des Feuers spürte. Rückte er davon ab, gab es nichts mehr. Nur noch Fiuros Arrasari hinter dem Glas. In der leeren Welt.

Lesares trat neben ihn. Seine Bedenken nahmen zu, je länger er Fiuros so stehen sah. Er glich in diesem Augenblick mehr denn je selbst einer der Fackeln von Wibuta, wie er da stand, mit wehenden Haaren, aufrecht, den Körper so voller Kraft, dass sie aus ihm heraus funkte, wie die orangeroten Lichter seiner zweiten Heimat. Iciclos war nicht ihr eigentliches Problem. Würde Fiuros letztendlich selbst ihrem Ziel im Wege stehen? Wie groß war seine Leidenschaft?

# Ana-has Erbe

Die strenge Kräutermischung war das Erste, was Ana-ha in Kairas Zimmer entgegenschlug. Das Zweite war Kairas Stimme, die sich aus der smaragdgrünen Spirale inmitten des Raumes zu ihr durchwand.

„Ich habe deine Schwingung schon von Weitem gespürt", sagte sie schlicht und ohne Wortwiederholung am Satzende.

Ana-ha hielt sich schützend den Ärmel ihres Gewandes vor die Nase: „Hast du jetzt Zeit für mich?" Ihre Augen tränten. Vor einer Stunde hatte Kaira sie wegen eines anderen Termins weggeschickt.

„Sicher, komm zu mir."

Noch nie hatte Ana-ha Kaira in ihren Privaträumen aufgesucht. Ein bisschen sorgenvoll betrachtete sie die Muschel, die sich vor ihr befand. Gehört hatte sie schon viel über dieses Traumgewinde der Seherin und nicht nur Erfreuliches. Mitunter sollte es aber der einzige Ort sein, der Kaira eine normale Satzkonstruktion erlaubte und so ein ordentliches Gespräch möglich machte. Laut einiger Elementler fände sie nur dort zu ihrer Mitte und könne klare Gedanken fassen, während gleichzeitig ihr Talent am intensivsten hervortrat. Und dieses Talent stieß einigen nachhaltig auf. Schreiend und um sich schlagend sollte manch einer schon von hier geflüchtet sein.

Ana-ha zögerte kurz, als sie daran dachte. Aber sie hatte beschlossen, mehr von Kairas Vision hören zu wollen. Vielleicht konnte sie ihr etwas über ihre dunkle Vorahnung sagen, ihr einen Tipp oder Ähnliches für Wibuta geben.

Sie betrat die Spirale und folgte dem dunstverhangenen Weg mehrere Umläufe, bis sie schließlich im Inneren stand.

Kaira saß im Schneidersitz auf dem Boden. Sie trug ein schneeweißes Gewand aus fließender Seide und sah aus wie eine Hohepriesterin des Eises. Dichter Rauch lag um sie herum wie kalter Winternebel. Dessen Quelle war ein daumendicker Holzstab, der an beiden Enden glomm und dabei Unmengen krautig riechender Dämpfe freigab.

„Was ist denn das für ein Zeug?", wollte Ana-ha wissen. Ihre Atemwege verengten sich mit jedem Luftholen.

„Kräuter aus dem Erdreich", erklärte Kaira ihr. „Sie sind in das Holz eingearbeitet. Hervorragendes Kunsthandwerk. Hat mir ein zufriedener Kunde aus Malesh liefern lassen."

Ana-ha betrachtete eine Weile die grau-weißen Schlieren. Dann fragte sie schließlich: „Du weißt, wieso ich hier bin?"

„Natürlich. Setz dich!" Kaira rutschte ein wenig an die Wand zurück und Ana-ha ließ sich ihr gegenüber in dem kleinen Innenkreis nieder. Der Rauch stieg nun zwischen ihnen nach oben. Kaira sah durch ihn hindurch:

„Du hast ihn dabei, nehme ich an." Es war keine Frage.

Ana-ha nickte trotzdem und sah auf ihre Hand, mit der sie ihren Stein umklammerte. Hier, in ihrem Zentrum, wirkte Kaira tatsächlich fassbarer und realer, nicht wie der mystische Nebelstreif, den sie verkörperte, wenn man ihr in der Akademie begegnete. Trotzdem fühlte sich Ana-ha unwohl. Obwohl Kaira mit ihren sechsundzwanzig Jahren nur wenig älter war als sie selbst, wirkte sie viel reifer.

„Wie bist du auf meinen Stein gekommen?"

„So wie immer. Sein Bild war in meinem Kopf", gab Kaira bereitwillig Auskunft. „Und ich dachte, du solltest das wissen."

„Iciclos hast du nur das Übliche gesagt."

„Iciclos blockiert sich prinzipiell in meiner Gegenwart. Du weißt, dass ich für meine Visionen Gefühle brauche. Ich kann nur mit Emotionen anderer in die Zukunft oder Vergangenheit blicken. Ich bin eine Gefühlsseherin. Gefühle entscheiden oft über unsere Laufbahn."

„Und zu Seiso-me sagst du nie etwas."

„Seiso-me geht seinen Weg ... so oder so", antwortete Kaira vage.

Ana-ha dachte eine Weile nach, bevor sie sprach. „Ich habe an Wibuta und Fiuros gedacht, als du kamst. Mir ist unser Auftrag im Kopf rumgegeistert."

„Dann war das der Anhaltspunkt für meine Vision. Fiuros Arrasari, das Feuerland und eure Aufgabe." Kaira strich sich ihre glatten Haare zurück, die funkelten, als habe sie Eiskristalle darin eingefroren. „Zeig mir mal deinen Stein."

Ana-has Finger schlossen sich reflexartig noch fester um ihr Erbstück. Es war ihr nicht viel geblieben aus den Jahren der frühesten Kindheit, aber sie hatte eine sehr deutliche Erinnerung: ihre Mutter, der Larimar und ein grüner Schimmer, der sich auf ihrem Gesicht spiegelte. Noch heute fühlte sie in manchen Momenten die Wärme des Steins, den Elana ihr damals in die Hand legte. Mit ihren Fingern hatte Elana ihre kleine Hand geschlossen, so als müsste sie ihn vor jedwedem Zugriff bewahren. Minuten später war sie gestorben. Ana-ha wusste, dass es die starken Emotionen dieses Augenblickes waren, die diese Erinnerung so tief in ihr verankert hatten. Da ihr Vater ebenfalls nicht mehr lebte, hatte sie den Larimar damals erhalten. „Ein Erbstück mit Tradition", wie es Antares ihr später erklärt hatte. Der Larimar war in ihrer Familie immer wieder von Müttern an ihre Töchter weitergegeben worden, es sei denn, es gab nur Söhne, dann bekam ihn der älteste. Ana-ha wusste nicht besonders viel über diesen Stein, außer, dass es mittlerweile nur noch wenige Stücke gab und er durch diese Rarität sehr an Wert gewonnen hatte. Selbst in der frühen Welt hatte es nur einen Fundort gegeben, aber dieser war geplündert worden, lange bevor die Länder dem Zorn der Naturgewalten zum Opfer gefallen waren. In ihrer eigenen Familie hatte sogar einst ein zweiter Stein existiert, aber dieser war vor circa hundert Jahren in den Kriegen verloren gegangen. Ana-ha konnte sich beim besten Willen nicht vorstellen, welchen Dienst ihr der Larimar ausgerechnet im Feuerland erweisen sollte. Sie trug ihn nie in der Öffentlichkeit. Er war zu kostbar und sie wollte bei anderen keinen Neid wecken. Die meiste Zeit lag er gut geschützt unter ihrem Kopfkissen.

„Dein Stein sah mir aus wie ein Larimar", sagte Kaira jetzt und ihr langer Arm mit dem weißen Flatterärmel streckte sich nach Ana-has Handgelenk aus.

„Hm ..." Zaghaft gab Ana-ha den Stein preis.

„Meine Güte, Ana-ha!" Kaira sah so sprachlos aus, dass Ana-ha fast befürchtete, von ihr heute keine bedeutsamen Auskünfte mehr zu erhalten. „Mit einem Larimar hast du für fünf Leben ausgesorgt, und zwar nicht nur für das Nötigste. Du weißt schon, was diese Steine heute wert sind?" Kaira ließ den Stein nicht aus den Augen.

„Ich weiß, was er mir wert ist", sagte Ana-ha leise. Das geschätzte Vermögen des Steins, den sie auf der Hand trug, war der Grund, seine Existenz geheim zu halten. Niemand, noch nicht einmal Seiso-me oder Iciclos, wusste davon. Unwillkürlich schloss sie die Finger darum, als könne sie den Larimar vor Kairas neugierigem Blick schützen, als bedürfe er des Schutzes.

„Wie kann ich dir denn weiterhelfen?", fragte Kaira jetzt und klang plötzlich ganz fachmännisch. Ratschläge und Weisungen gab sie täglich, mitunter sogar der normalen Bevölkerung und gelegentlich auch Fremdelementlern, die auf besondere Empfehlung von Antares kamen.

„Hm, ich würde gerne wissen, was der Stein mit Wibuta zu tun hat. Und ob Fiuros mich dort irgendwie ... bloßstellen möchte? Oder sich für die Elementas revanchieren will?"

Kaira lächelte nachsichtig. „Für Letzteres braucht es keine Visionen. Natürlich will er das, aber das weißt du selbst. Es ist der archaische Kern der Feuerländer, ihr wildes, ungestümes Temperament, das sie aufheizt. Ihr genetisches Los sozusagen."

Ana-ha verzog ihr Gesicht. „Und mein Stein?"

„Das finden wir jetzt heraus." Kaira nahm drei Kerzen aus einer mit Stoff ausgelegten Holzschachtel. „Rot für Wibuta, blau für den Larimar und dich, violett für die Schicksalsmacht oder eine höhere Kraft, die alles zusammenführt und wieder trennt", erklärte sie feierlich. „Das hat Symbolcharakter, Ana-ha", fügte sie an, als sie Ana-has zweifelnden Blick auffing. „Unterschätze nicht die Kraft von Symbolen." Sie zündete eine Kerze nach der anderen an, während sie weitersprach: „Das Symbol ist allerdings nicht zu verwechseln mit der Energie, die dahinter steht. Nimm den Heiligen Atem aus dem Luftreich: Er ist doch auch kein Teil des Himmelwesens über uns. Er ist nur ein Ausdruck dafür."

Kaira sah so schön aus, während sie sprach, dass Ana-ha wegsehen musste. Sie fragte sich, ob das Los dieser Schönheit nicht schlimmer war als das Los ihrer Begabung ... und ob ihre Schönheit irgendwie mit ihrer Gabe zusammenhing.

Die drei Kerzen brannten.

„Was immer du erfährst, Ana-ha, denk daran: Die Zukunft ist eine launische Diva. Kein Mensch kann den Weg eines anderen zu hundert Prozent voraussehen. Und du besitzt einen freien Willen, vergiss das nicht. Er ist mächtiger, als die meisten für möglich halten."

Sie nahm Ana-has freie Hand in die ihre und berührte mit der anderen leicht ihre Stirn. „Schließ die Augen."

Etwa eine Minute lang murmelte die Seherin unverständliche Worte, dann tauchte sie in ihre Wasserkraft und in ein beunruhigendes Schweigen ab. Ana-ha hätte gerne geblinzelt, um sie zu beobachten, aber sie hatte Angst, Kaira zu stören und damit ihre eigene Zukunftsvision zu verfälschen. Also dachte sie ganz fest an Fiuros, so wie sie ihn in Erinnerung hatte, an Wibuta und an ihren Stein. Und dann, nach einer endlosen Zeit hinter verschlossenen Augen und wachsendem Unbehagen, begann Kaira zu sprechen:

„Ich sehe etwas, schon die ganze Zeit, aber es war nur ... du und Iciclos, ihr sucht nach Störfeldern. Ihr werdet lange nicht fündig, Fiuros beobachtet euch ... er ist nicht sonderlich begeistert, aber ... er hat längere Haare ..." Ana-ha öffnete unwillkürlich die Augen. Kaira lächelte versonnen vor sich hin und sah aus, als studierte sie sein Bild sehr genau in ihrem Kopf.

„Hey, du sollst dich nicht mit seinem Äußeren aufhalten ..." Ana-ha kniff die Augen schnell wieder zusammen und hoffte, die Zukunft würde sich nicht davon beeindrucken lassen.

„Er kommt auf dich zu, er lächelt ... ich glaube, er hat gefunden, was er gesucht hat ... oder ihr habt gefunden, was er gesucht hat." Kaira nickte selbstbestätigend. Plötzlich fuhr sie zusammen: „Moment! Was war denn das? Halt, warte, das will ich noch mal genauer ..." Trotz ihrer geschlossenen Augen konnte Ana-ha förmlich sehen, wie Kaira die Stirn runzelte. „Da war etwas anderes, ein anderes Bild, eine ganz andere Umgebung. Ich sehe dich ... Ana-ha, du liegst auf dem Boden ... überall ist Feuer, oh mein Gott! Überall Feuer ... überall ... du bist gefallen, glaube ich zumindest ... und liegst Fiuros zu Füßen ..."

„Was?" Ana-ha riss entsetzt die Augen auf. „Was siehst du noch? Was siehst du jetzt?"

„Nichts mehr." Kaira schüttelte verwirrt den Kopf. „Es ist nichts mehr zu sehen. Alle Bilder sind weg." Sie öffnete ebenfalls die Augen. „Die Vision ist vorüber. Mehr als diese Bilder sind wohl nicht vorhanden. Das alles ist nicht wirklich zukunftsweisend, noch nicht wirklich festgeschrieben. Du selbst hast es nicht allein in der Hand."

„Das hat man doch nie. Kannst du es nicht noch einmal versuchen?"

„Nein, wenn eine Vision so kurz und unklar ist, sind noch zu viele Faktoren offen. Andere können eine große Rolle spielen. Solange ich die Gefühle dieser Personen oder dieser Person nicht habe, wird auch die Vorhersage nicht deutlicher." Sie überlegte kurz. „Eine Person ist es nur", sagte sie dann und sah Ana-ha nachdenklich an. „Du hast den Larimar getragen, glaube ich. Wirst du ihn mitnehmen?"

Ana-ha nickte bedächtig. „Ich denke schon."

Hätte sie ihn auch ohne Kairas Zutun mit nach Wibuta genommen? Als Trost in diesem unheimlichen Land, in dem Fiuros wohl schon darauf wartete, sie zu drangsalieren? Als seelischen und moralischen Beistand, sollten sich ihre Vorahnungen bestätigen? Der Larimar war für sie wie ein Anker im Leben. Verbunden mit dem Meeresgrund und ihrem Element, schwer von den Erinnerungen an ihre Mutter und der Traurigkeit, die sie manchmal überkam, aber voller Hoffnungen durch die Weisheiten von Antares.

„Das Leben siegt immer", sagte er häufig und Ana-ha spürte die magische Schwingung seiner bedeutungsvollen Worte. Sie ahnte, dass Antares um deren Wahrheit wusste. Aber sie selbst verstand die Bedeutung dieses Satzes nicht. Für sie hatte das Leben die größte Niederlage davongetragen, vor allem, wenn man es mit der Göttlichkeit verglich.

„Was war mit diesem Bild zum Schluss?", hakte sie jetzt nach. „Ich liege Fiuros zu Füßen? War das in Wibuta?"

„Ich glaube schon. Feuer gehört ins Feuerland und in meiner Vision hat es überall gebrannt. Es sah aus, als seist du in einem Feuerring eingesperrt."

„In einem Feuerring?", wiederholte Ana-ha schockiert. „Bist du sicher? Die gab es doch nur in den Kriegen. Wieso sollte mich Fiuros in einen Feuerring einschließen?"

„Ich weiß es nicht, Ana-ha. Es könnte alles Mögliche bedeuten. Vielleicht ist es auch nur bildlich zu verstehen."

„Ich liege ihm zu Füßen und brenne vor Leidenschaft?" Ana-ha lächelte. „Dieser Gedanke behagt mir eher als die Vorstellung, von seinem Feuer eingekreist zu sein."

Ihr kam eine andere Idee.

Vielleicht stand das Feuer für Jenpan-ar und die unangenehme Bitte, die sie und Iciclos überbringen sollten. Das wäre denkbar. Kaira sah es ähnlich, als sie ihr davon berichtete und Ana-ha verbannte dieses Bild zunächst aus ihren Gedanken. Jetzt blieb nur noch die Larimar-Frage. Sollte sie ihn mitnehmen? War es schicksalhaft, dass Kaira ihr in der Halle begegnet war? Oder hätte sie ihren Stein ohnehin eingesteckt? Vielleicht sollte sie eine spontane Entscheidung treffen.

# Seiso-mes Weg

Sein Jubelschrei hüpfte über die Wasseroberfläche wie ein Kiesel beim Steinschnellen. Seiso-me rannte im knöcheltiefen Wasser die Küste entlang. Sein Gewand hing mit dem Saum im dunkelgrauen Meer, umspült von den Schaumkronen der Wellen, die Richtung Strand wogten. Jeder Schritt war ein Triumph. Die Thuraliz Akademie lag eine Bucht weiter, hinter der rauen Steilküste. Ein Teil davon ragte in die See. Der heutige Abend zeigte wenig Sonne und tauchte das Wasserreich in kalte Farben. Das stählerne Meer, die grauen Wellenkämme, der silberne Streifen Licht am Horizont, das kühle Glitzern des Glimmersandes ...

Seiso-me blieb stehen, um Luft zu holen, und leckte das Meersalz von seinen Lippen. Dann trat er aus dem Wasser und lief in dem schmalen Streifen Sand weiter. Angespültes Treibholz zog eine Parallele zum Meer, ausgebleicht durch Sonne, Wind und Wellen.

Seiso-me kam diese Flutmarke heute vor wie die Grenze, die er am Wochenende überschreiten würde. Auf der einen Seite das tiefe Wasser, auf der anderen Seite nur dessen Ausläufer. Er stützte sich mit den Händen auf seinen Oberschenkeln ab und atmete tief durch. Sein Spurt hatte ihn erschöpft, er musste mehr trainieren. Sein Blick fiel auf die Akademie. Selbst Thuraliz lag an diesem Abend kühl-grün im Meer.

„Wie eine monumentale Welle", dachte Seiso-me jetzt laut. „Die Akademie sieht aus, als würde sie aus der See selbst geboren."

Thuraliz besaß weder Ecken noch Kanten, weder außen noch innen. Alles war glatt und fließend, selbst vermeintliche Winkel hatten einen feinen Rundschliff. Das orangefarbene Licht, welches märchenhaft durch die Fenster drang, ersetzte Seiso-me heute den Sonnenuntergang. Tief berührt von dem Bild und den Ereignissen lief er weiter. Er konnte sein Glück noch gar nicht wirklich fassen. Es schien so nah, als bräuchte er nur die Arme auszustrecken, um es zu berühren ...

„Am Wochenende werde ich dich in dein neues Amt einweisen", hatte Antares vor zwei Tagen gesagt, an dem Abend, als Iciclos ihn mit seinen Wasserstrahlen aus dem Hinterhalt angegriffen hatte. Der Leiter der Wasserkunstakademie hatte ihn ernst angesehen und dann gesagt: „Dein neues Amt bei uns ... im Oberen Rat, Seiso-me."

Er hatte Antares gar nicht antworten können. Seine Gefühle hatten ihn überwältigt und er hatte das Gespräch nur noch sehr verschwommen in Erinnerung. Antares hatte von einem Tareo gesprochen, welcher die Oberen aufgrund seines hohen Alters verlassen würde. Seine Verabschiedung sollte zeremoniell mit Seiso-mes Aufnahme am Wochenende gefeiert werden. Und nun wusste Seiso-me auch endlich, wieso Iciclos und Ana-ha den Wibuta-Auftrag erhalten hatten. Beide gehörten nicht zu den Mitgliedern des Rates und brauchten seiner Amtseinführung nicht beizuwohnen, obwohl er es sehr bedauerte, sowohl bei Ana-ha als auch bei Iciclos ... wenn auch nicht aus denselben Gründen. Und jetzt wurde ihm auch bewusst, weshalb Antares ihm Einblick in Asperitas' Kälte gegeben hatte. Er hatte es als Zeichen ihrer besonders guten Verbindung gedeutet. Dass er es an Ana-ha weitergegeben hatte, war seinerseits Ausdruck ihrer besonders guten Beziehung. Vielleicht war es aber auch ein stiller Angriff Iciclos gegenüber. Ein verzweifelter Versuch Ana-ha aus ihrem Blindflug zu befreien und ihr etwas zu geben, was Iciclos nicht konnte. Wieder einmal etwas mit ihr teilen, wo der Unerwünschte außen vor blieb. Genau wusste er es selbst nicht.

Mittlerweile hatte Seiso-me erfahren, dass Ratszugängen diese Methode immer vorab gelehrt wurde, vielleicht als erster Test, vielleicht als krönender Abschluss, denn die Erschaffung dieser Kälte war die Endstufe, abgesehen natürlich von den Tachar-Qualitäten.

Seiso-me lief immer weiter am Ufer entlang, nahm den engen Weg durch die Felsspalte, die die Bucht von der offenen Küste trennte, und lief auf Thuraliz zu. Die Aufnahme in den Rat machte seine Lebenspläne konkret. Auf Iciclos' Gesicht, wenn er davon erfuhr, freute er sich schon jetzt. Leider würde er bis nach dem Wochenende damit warten müssen, denn Antares hatte ihn um Stillschweigen gebeten.

Seiso-me betrat die Akademie durch den Seiteneingang. Er spazierte durch die glatten Gänge und gelangte in einen der Ruheräume, die alle vollständig unter dem Meeresspiegel lagen. Er wollte jetzt weder unter vielen Leuten sein, noch allein in seinem Zimmer sitzen. Und zu seinen Eltern wollte er auch nicht. Beide waren selbst Mitglieder des Rates und laut Antares wussten sie noch nichts von seiner baldigen Aufnahme. Aber sie zu sehen und ihnen nichts zu sagen ... er würde platzen vor Anspannung. Sein Vater Hagalaz würde unheimlich stolz auf ihn sein. Er war Antares' Stellvertreter, würde aber dessen Posten nie einnehmen können, da die Leitung der Lehranstalten – und dies wurde in allen vier Reichen gleich gehandhabt – nur in unvergebene Hände gelegt wurde. Für Seiso-me sah Hagalaz aber die große Chance, eines Tages dieses Amt zu übernehmen, sollte er sich nicht fest an Anaha binden.

Seiso-me zog die Tür hinter sich zu. Der gläserne Ruheraum diente der Entspannung und der Stille. Zum Glück war er leer. Er setzte sich genau an die vordere Glasscheibe und blickte hinaus. Die schwachen Sonnenstrahlen durchbrachen die Wasseroberfläche und warfen ein geisterhaftes Licht auf die atemberaubende Vielfalt an Pflanzen und Tieren. Die traumgleiche Schönheit des Lebens unter Wasser beruhigte Seiso-mes klopfendes Herz ein wenig.

Hier, viele Meter unter der Wasseroberfläche, stimmte einfach alles. Auch das allerkleinste Detail des Meeres war trotz ständiger Bewegung genau am richtigen Platz, fügte sich nahtlos in ein großes Gesamtbild ein. Wann immer er seinen Geist, seinen Körper oder seine Seele zum Schweigen bringen wollte, kam Seiso-me in diesen Raum. Ein paar Minuten in der gläsernen Kuppel und er fühlte eine neue Ruhe in sich, beinah so, als würde er selbst ein Teil dieser größeren Ordnung werden.

Seiso-me legte sich auf den Rücken und sah nach oben in die Tiefe des dunklen Ozeans. Ein schillernder Saionikelschwarm zog über ihm vorbei. Ein einzelner Fisch war zu klein, um ihn bei dieser Entfernung auszumachen, aber viele Tausende, jede Bewegung tänzerisch aufeinander abgestimmt, sahen aus, wie ein großes Ganzes. Anders als gewöhnliche Fischschwärme bildeten die Saionikel jedoch größere Meeresbewohner wirklichkeitsgetreu nach, ein Zeichen ihrer besonderen Intelligenz. Das Einzige, was Iciclos zu dieser Gattung einfiel, war die mit dieser Fähigkeit verbundene, perfekte Tarnung gegenüber Feinden. Das große Zusammengehörigkeitsgefühl, die Loyalität ... dem konnte Iciclos natürlich nichts abgewinnen. Wie auch. Diese Wörter existierten für ihn nicht einmal. Der Saionikelschwarm setzte bei einem Angriff auf alles oder nichts. Entweder die Gruppe überlebte geschlossen oder sie starb gemeinsam.

„Ihre einzige Schwäche", hatte er Iciclos schon mehrfach sagen hören.

Seiso-me zwang seinen Widersacher, aus seinem Kopf zu verschwinden. Es gab in dieser Ruhe keinen Platz für ihn und in seiner Zukunft erst recht nicht. Nun, wenn er erst einmal im Oberen Rat wäre, könnte er persönlich dafür sorgen, dass Iciclos entweder freiwillig oder gezwungenermaßen die Akademie verließ. Dann wäre er auch endlich aus Ana-has Reichweite. Denn die junge Wasserelementlerin war, so wie es jetzt aussah, der letzte Teil des Ganzen, der ihm noch fehlte.

# Teil Zwei

## Das Feuerland

# Der Mynix

Ana-ha hatte in letzter Sekunde ihren Larimar gegriffen. Sie war schon beinah aus ihrem Zimmer gewesen – Iciclos war mit extra lauten Schritten davor auf und ab gelaufen – da hatte sie sich noch einmal umgedreht, unter ihr Kissen gelangt und sich den Stein geangelt; gerade als Iciclos seinen Kopf vor lauter Ungeduld durch den schmalen Türspalt schob. Vor Schreck war ihr nichts Besseres eingefallen, als ihn schnell in der Tasche ihres Kleides verschwinden zu lassen.

Jetzt standen sie bereits in der Trainingshalle und warteten darauf, dass Mitras Lokas, ein Vertrauter von Antares und ebenfalls Ratsmitglied, ihnen das Tor öffnete, welches sie ins Feuerland bringen würde. Ana-ha wusste wenig über Mitras. Er war eine imposante Erscheinung, seine fast zwei Meter konnte man nicht übersehen. Sein tiefer Bass brummte gelegentlich durch die Mauern, die den Flügel des Oberen Rates von der restlichen Akademie trennte. Er war bekannt dafür, dass er mit dem Erdreich sympathisierte, und trug einen buschigen Vollbart, mit dem er gut nach Malesh gepasst hätte. Mehr wusste sie nicht. Doch, eines noch: Er war das einzige Ratsmitglied, welches neben Antares keine Vorurteile Iciclos gegenüber hatte.

Auch ihr Akademieleiter war dazugekommen und hatte Ana-ha das angekündigte Gesuch um Unterstützung ausgehändigt. Dieses hatte sie sorgfältig in ihrem Gepäck verstaut, welches Iciclos freundlicherweise zu sich genommen hatte. Sie hatte sich damit arrangiert, Botin einer derartigen Bitte zu sein, insofern sie diese nicht in einem Feuerkreis, vor Fiuros liegend, aussprechen musste.

„Schön, dass du angemessen gekleidet bist“, hatte Antares Iciclos vorhin begrüßt, als er dessen grüne Wassertracht gesehen hatte. Natürlich wusste er nichts von den drei schwarzen Gewändern in Iciclos Rucksack.

Ana-ha und er mussten noch eine lange Reihe Feuerlandregeln über sich ergehen lassen, damit sie sich dort keine Fehltritte erlaubten.

„Sie sind da sehr ungnädig“, erklärte Antares jetzt. „Gerade Ana-ha sollte ihnen unter keinen Umständen eine Angriffsfläche bieten.“

„Kennt ihr noch das feuerländische Willkommensgeheiß?“, fragte Mitras jetzt.

„Irgendwas mit: Hände auf die Schultern, Augen zu und durch“, grinste Iciclos lässig.

Antares runzelte über seine flapsige Antwort die Stirn. „Iciclos, wir möchten euch bitten, diese Angelegenheiten mit dem nötigen Ernst zu betrachten. Also noch einmal, bitte.“

Iciclos seufzte. „Leicht versetzt voreinander stellen, rechte Hand auf die rechte Schulter des Feuerländers. Der Arm des Fremden liegt unterhalb. Und die Feuerländer grüßen natürlich immer zuerst.“

„Immer!“ Mitras‘ fröhliche Bekräftigung klang wie ein Paukenschlag. „Lasst sie zuerst reden, gebt ihnen möglichst immer recht, auch wenn sie sagen, Wasserelementler wären furchtbar nah am Wasser gebaut und unerträglich tiefsinnig. Reizt sie nicht grundlos, erledigt ihre Aufgaben zügig und ohne Umschweife, auch wenn’s schwerfällt und ...“, er machte eine Kunstpause, um die Wichtigkeit seiner nächsten Worte zu unterstreichen, „... lasst sie aussprechen, egal, was kommt, egal, wie wichtig euer Einwand ist: Unterbrecht niemals einen Feuerländer mitten im Satz. Das ist dort eine der größten Beleidigungen überhaupt!“

„Fast so wie Schwarz tragen?“, fragte Ana-ha belustigt und ignorierte Iciclos‘ durchdringenden Blick.

Antares lächelte. „Schlimmer würde ich sagen!“

„Warum gibt es an unserer Akademie eigentlich keinen Kurs: Vom Umgang mit Feuerländern?“, wollte Iciclos unleidlich wissen. Dieser ganze Ehrenkodex ging ihm gehörig auf die Nerven.

„Iciclos, gerade für dich ist diese Mission eine gute Übung. Ich habe dich nicht ohne Grund dafür ausgewählt“, lächelte Antares gutmütig. Dann forderte er Mitras mit einem Kopfnicken auf, das Wassertor zu öffnen. „Wir sollten die Feuerländer nicht warten lassen“, schmunzelte er.

Dann ließ er sich von Iciclos und Ana-ha noch einmal erklären, auf welche Besonderheiten man bei der Suche nach wasserspezifischen Störfeldern achten musste. Als sie geendet hatten, zog sich bereits der Torbogen aus glasklarem Wasser quer durch die karge Halle, fast sieben Meter hoch.

Es brauchte eine Menge Elementarkraft und Konzentration, um diese Öffnung zwischen Realität und Fiktion heraufzubeschwören. In solchen Toren wurde normalerweise trainiert, denn sie boten Platz, um gefahrenlos mit der Wasserkraft zu spielen, zu experimentieren und sich eigene Welten zu erschaffen. Wie diese aussahen, bestimmte allein der Toröffner Kraft seiner Fantasie und Gedanken. Er allein kontrollierte das Geschehen.

Heute würde das Tor einem Übergang ins Feuerland dienen. Diese Elementler mussten hierzu ihr Tor zum gleichen Zeitpunkt öffnen, um den sogenannten Zwischenbereich entstehen zu lassen, der die Grenzen beider Länder verschmolz. Solche Torkreuzungen wurden nur erlaubt, wenn Aufträge zügig ausgeführt werden mussten, und erforderten immer die Anwesenheit des ersten oder zweiten Vorsitzenden der Akademie. Um unerwünschte Torkreuzungen zu vermeiden, gab es in jedem Rat spezifische Pläne, in denen die Übungsphasen der Länder koordiniert wurden. Der Rat hängte stets am Wochenbeginn die Liste mit möglichen Trainingsterminen vor den Unterrichtsräumen aus.

Leider waren es für Iciclos' Geschmack viel zu wenige und so hatten Ana-ha und er die Regeln eigenmächtig ein wenig gelockert und sich auch außerhalb der festgesetzten Zeiten getroffen. Zu ihrem Bedauern konnte man anhand der Pläne nicht ablesen, welches Reich wann seine Tore öffnete. Dieses Wissen blieb allein dem Rat vorbehalten und so trainierten sie meist nachts, um das Risiko einer Torkreuzung, welche Seiso-me immer so doktrinär prophezeite, zu verringern.

„Ihr müsst auf Turbulenzen achten", erklärte Mitras jetzt. „Feuer und Wasser bilden eine Dualität, eine Gegensätzlichkeit. Oft entstehen hierdurch erd- oder luftelementare Strömungen, da diese Elemente die duale Verbindung ausgleichen wollen. Störungen können euch in Form von Beben und Wirbelstürmen begegnen, je nachdem, welches Element bei der Balance die Oberhand gewinnt. Seid auf der Hut vor dem *Mynix*. Mit solch einem Sturm im Zwischenbereich ist nicht zu spaßen. Ein Mynix kann lebensgefährlich sein, wenn man ihm falsch begegnet. Bleibt auf alle Fälle im Zentrum und wartet, bis er sich gelegt hat. Manchmal dauert es Minuten, bis er sich verflüchtigt hat. Versucht nicht hindurchzukommen, solange er euch umkreist. Er würde euch meterweit durch die Luft katapultieren …"

Ana-ha tastete in ihrer Tasche nach dem Larimar und dachte an Kaira. Sie spürte die rauen Lederbänder, an denen sie ihn befestigt hatte, glitt tiefer und fühlte die Kälte des Kristalls. Irgendwie war die Berührung tröstlich. Ihre Vorahnung hatte sie immer noch fest im Griff. Sie hatte kaum geschlafen und fühlte sich allein deshalb schon wie gerädert. Die Tatsache, dass sie gleich von Fiuros Arrasari und Hyandra Lamas in Empfang genommen wurde, steigerte ihr Unbehagen ins Unermessliche. Hyandra galt als bissig und kompromisslos und würde Fiuros' möglicher Revanche sicher nichts entgegensetzen.

Ana-ha unterdrückte ein Schaudern und hoffte, die vermeintlichen Störfelder in Rekordzeit aufzuspüren. Hoffentlich hatte sich Kaira diesbezüglich geirrt. Sie war so in Gedanken versunken, dass erst Iciclos äußerst energisch ausgesprochenes *Ana-ha Lomara* sie wieder in die Halle zurückholte.

Er sah sie auffordernd an. „Komm jetzt, ewig wird die Passage nicht offen sein."

Ana-ha blinzelte irritiert, dann nickte sie geistesgegenwärtig in Iciclos' Richtung. Dieser schüttelte gespielt missbilligend den Kopf.

„Los jetzt!", kommandierte er und gleichzeitig passierten sie die Wand funkelnder Wassertropfen. „Seltsam, dabei nicht nass zu werden", sagte Iciclos. „Es ist jedes Mal wieder erstaunlich."

„Ja, im Grunde existiert das Wasser gar nicht, es verhält sich …"

„… wie ein Spiegelbild zu seinem realen Gegenüber, welches in diesem Fall aber nur als Energiemuster in Mitras' Kopf präsent ist", unterbrach Iciclos Ana-has Erklärung und grinste.

„Gut aufgepasst. Und Mitras ist der Spiegel." Ana-ha nahm die Hand aus ihrer Tasche und konzentrierte sich jetzt nur noch auf ihren Weg.

„Eine Toröffnung verlangt gut gelenkte, fokussierte Geisteskraft, gepaart mit dem festen Glauben an das Mögliche und einem tiefen Vertrauen in die Kräfte des Elementes", führte Iciclos die Erläuterungen scherzhaft fort und spielte dabei auf die unzähligen Male an, in denen sie am Anfang ihres Studiums diese Worte gehört hatten.

Ana-ha lächelte kurz. Sie war immer noch nervös. In sehr weiter Entfernung sah sie bereits die Flammen des Feuertores. Orangerot ragten sie in die Höhe, mit Feuerzungen, die weder verbrannten noch erhitzten und doch die Glut ihrer Landsleute in sich trugen. Ana-ha fühlte die fremde Mentalität, das andere Schwingungsmuster dieses Tores, trotz des noch vor ihnen liegenden Übergangs.

Iciclos und sie sahen sich an und betraten in stillem Einverständnis die nur zu fühlende Barriere der Elemententor-Kreuzung, die keine wirkliche Heimat besaß, ein Niemandsland, das schwerelos irgendwo zwischen dem einen und dem anderen hing und sich – glücklicherweise äußerst selten – als gefährlich instabil entpuppen konnte. Alles war ruhig, als die beiden eintraten, so wie Ana-ha es noch vom letzten Mal kannte, als sie auf ihrem Weg nach Larakas einen solchen Zwischenbereich passiert hatte. Iciclos und sie blickten sich um. Es war sehr still hier, es ging nicht ein Luftzug.

Sie liefen ein wenig schneller, um die Gefahrenzone hinter sich zu bringen. Der Zwischenbereich war ungefähr hundert Meter breit. Ein feiner Bodennebel legte sich um ihre Füße. Das Luftelement hielt bereits Einzug, aber das war nicht ungewöhnlich. Ana-ha sah zu Iciclos und er nickte ihr zu. *Alles in Ordnung* hieß das bei ihm. Sie liefen weiter. Iciclos war dicht an ihrer Seite und Ana-ha fühlte sich sicher. Und doch schlug ihr Herz plötzlich schneller.

Irgendetwas stimmte nicht. Und innerhalb von Sekunden machte die beunruhigende Stille einem surrealen Kreischen Platz. Noch bevor Ana-ha sich umdrehen konnte, wurden ihr die Füße weggerissen und in die Höhe geschleudert. Sie streckte instinktiv die Arme aus, um nicht kopfüber auf den Boden zu prallen. Doch ein nächster Ruck brachte sie komplett in die Waagerechte.

*Ein Mynix! Oh Gott, das war eine Turbulenz der Luftkräfte ...*

Dunkler Wind heulte in ihren Ohren und der Druck der Böen presste ihr die Luft aus den Lungen. Der Sog zerrte an ihrem Kleid, Nähte rissen entzwei, ihre Kopfhaut fühlte sich an, als verlangte der Mynix ihre Haare als Trophäe. Mehrmals drehte sie sich in der Luft, ihr Gesicht streifte den Boden. Verzweifelt versuchte Ana-ha mit den Füßen Halt zu finden, aber es war, als triumphierte der Sturm über die Anziehungskraft der Erde. Sie schmeckte Blut und ihre Panik wuchs. Verdammt, was musste man tun? Stillhalten?

Sie hörte auf, dagegen anzukämpfen. Und in diesem Moment spürte sie einen letzten machtvollen Impuls, dann schlug sie der Länge nach hart auf den Boden auf.

Ana-ha hob vorsichtig den Kopf. Zitternd rieb sie sich mit beiden Händen den Staub aus den Augen, dann richtete sie sich mühsam auf. Sie blinzelte verwirrt. Noch immer rotierten die Luftmassen um sie herum, sichtbar durch die vielen Erdpartikel, die sie mit sich rissen und zu einem wilden Tanz zwangen. Kein Laut war zu hören. Sie befand sich im Auge des Mynix. Es war beklemmend: diese gewaltige Kraft außen und diese Grabesstille innen.

„Iciclos!", rief sie, so laut sie konnte. Er war nicht zu sehen. Sie bekam keine Antwort. Mit Sicherheit kämpfte er mit denselben Schwierigkeiten wie sie. Aber sie konnte nicht in der Mitte des Mynix bleiben. Er bewegte sich zu schnell und zu unvorhergesehen mal in die eine, dann in die andere Richtung. Irgendwann würde er sie wieder zu fassen bekommen.

Besser wäre es, einen geplanten, kalkulierten Sprung durch die Mauern aus Erde und Luft zu wagen, um sich in Sicherheit zu bringen. Ana-ha versuchte durch den Strom einen Orientierungspunkt auszumachen und sah vage vor sich das glühende Rotorange des geöffneten Feuertores. „Jetzt oder nie", dachte Ana-ha, nahm Anlauf und tat genau das, vor dem Mitras sie rund zehn Minuten zuvor noch ausdrücklich gewarnt hatte.

In dem Moment, in dem sie sprang, in dem Moment, als der Luftwirbel sie streifte, erkannte Ana-ha ihren Fehler. Mitras' Worte hallten in ihrem Kopf nach ... zu spät.

Der Mynix traf sie mit stärkerer Wucht als zuvor, hielt sie gefangen wie einen Feind, den es zu besiegen galt. Ana-ha kam es so vor, als wollte er sie so schnell wie möglich loswerden, als hätte sie ihn mit ihrem Entschluss, das Auge zu verlassen, persönlich verraten. Sie wurde so schnell herumgewirbelt, dass ihre Augen keinen Fixpunkt mehr ausmachen konnten. Ihr blieb noch nicht einmal Zeit, Luft zu holen. Dann, plötzlich, mit einer ruckartigen Bewegung, schleuderten sie die Luftmassen mehrere Meter hoch aus dem Wirbel hinaus. Die Umgebung verschwamm vor ihren Augen, die roten Flammen streiften ihren Körper und Sekunden später prallte sie mit fürchterlicher Wucht auf den Boden, auf etwas Dunkelrotes, sehr Hartes. Sie lag einige Herzschläge lang regungslos auf der Erde, geschockt und gelähmt von ihrem Aufschlag.

„Ana-ha Lomara? Ana-ha, hörst du mich?“ Die Stimme klang nicht vertraut und schien aus einer anderen Dimension zu kommen, aber Ana-ha kannte sie.

„Geht es dir gut?“ Zwei Hände drehten sie auf den Rücken.

Ana-ha öffnete langsam die Augen. Ein kurzer Blick nach rechts zeigte ihr, dass das Feuertor immer noch geöffnet war. Ein etwas längerer Blick nach oben und ... sie sah in Fiuros Arrasaris von dunklen Locken gerahmtes Gesicht, das sich über sie beugte und eine eigenartig neugierige Sorge zur Schau stellte. Sie drehte ihren Kopf langsam nach links und begriff, dass sie vor ihm auf den Boden aufgeschlagen war. Sie befand sich auf Augenhöhe mit seinen dunkelroten Stiefeln. Ana-ha wusste nicht, ob sie lachen oder weinen sollte.

„Geht es dir gut?“, wiederholte Fiuros noch einmal laut und überdeutlich.

Ana-ha schüttelte den Kopf, nickte, verneinte abermals.

„Kannst du aufstehen?“ Fiuros streckte ihr hilfsbereit seine Hand entgegen.

„Nein“, wollte Ana-ha eigentlich sagen und es hätte der Wahrheit entsprochen, aber sie wollte auch nicht unbedingt länger auf dem Boden vor ihm liegen bleiben als nötig. Dankbar ergriff sie seine Finger und ließ sich von ihm in die Höhe ziehen. Kaum stand sie auf den Beinen, kippte die Trainingshalle vor ihren Augen zur Seite. Fiuros packte sie gerade noch rechtzeitig unter den Armen, bevor sie umfiel.

„Du brauchst wohl noch ein wenig Unterstützung? Ein Mynix, hm. Sah ziemlich gefährlich aus, dein Sturz. Ich dachte schon, du würdest dir sämtliche Knochen brechen. Von hier aus konnte ich allerdings auch nicht genau sehen, was sich im Zwischenbereich abgespielt hat.“ Er stand hinter ihr und hielt sie fest.

Ana-ha hatte das Gefühl, sich mitsamt der Trainingshalle und dem Feuerelementler im Kreis zu drehen. Ihr Kopf dröhnte und die Flammen, die eigentlich nur vor ihr hätten sein sollen, bildeten einen bedrohlich tanzenden Kreis um sie herum. Überall Feuer.

„Wo ist Iciclos?“ Ana-ha sah sich vorsichtig um. Er war immer noch nicht da. Das Feuertor gewährte keine Sicht ins Innere.

„Er ist noch drin. Ich bin sicher, es geht ihm gut. Er wird wohl auf das Ende des zweiten Mynix warten. Er scheint im Gegensatz zu dir zu wissen, dass man im Auge bleiben muss, bis sich der Sturm gelegt hat." Ana-ha spürte, dass er bei seinen Worten lächelte. Die Möglichkeit, ihr einen kleinen Seitenhieb zu erteilen, gefiel ihm offensichtlich.

Verärgert über sich selbst suchte Ana-ha nach der Ursache für ihre Unaufmerksamkeit. Wenn sie Kaira nicht in der Halle begegnet wäre, hätte sie sich nicht während Mitras' Vortrag mit ihrem Larimar beschäftigt. Der Sturz vor Fiuros' Füße wäre ihr somit erspart geblieben. War das alles nur Kaira zuzuschreiben? Sie beschloss in dieser Sekunde, den Stein nicht zu tragen. Wer weiß, was sonst noch passierte.

Ihre Finger suchten nach dem Erbstück ... und griffen ins Leere.

Oh nein! Ana-ha blieb sekundenlang die Luft weg. Alles, nur das nicht! Sie tastete erneut. Nichts! Sie hatte ihn verloren! Sie hatte ihren Larimar verloren! Der Mynix hatte ihn an sich gerissen.

Aber ... Ana-ha besann sich. Er konnte nicht verschwunden sein, sie war schließlich nur in einer Trainingshalle. Er musste da sein. Sie würde warten, bis die Tore geschlossen waren und dann nach ihm suchen.

Vorsichtig sah Ana-ha sich um. Der Schwindel hatte nachgelassen und das Feuertor flackerte nur noch vor ihr und nicht mehr in Kreisen um sie herum. Doch den Stein entdeckte sie trotzdem nirgendwo.

„Hast du etwas verloren?" Fiuros war ihr suchender Blick nicht entgangen.

„Ja ... ich ... ich vermisse meinen Sender!" Eine Halbwahrheit, denn tatsächlich hatte sich auch ihr Kommunikationsgerät von ihrem Gewand verabschiedet.

„Ist wohl dem Mynix zum Opfer gefallen", lächelte Fiuros breit. Die Vorstellung, dass sie ohne Verbindung zu ihrem Heimatreich war, schien ihm gut zu gefallen.

„Ich finde ihn bestimmt wieder." Ana-ha betrachtete erneut den Boden um sich herum und wurde immer verzweifelter. Wie hatte sie nur so dumm sein können, den Larimar in die Tasche ihres Gewandes zu stecken. Wo war ihr Verstand geblieben?

Fiuros ließ die Hände sinken, als er merkte, dass Ana-ha wieder in der Lage war, allein zu stehen. „Siehst du Iciclos Spike irgendwo?", fragte er jetzt an Hyandra Lamas gewandt.

Die Feuerländerin stand hinter ihnen, die Augen geschlossen, konzentriert darauf, das Feuertor offen zu halten. Sie schüttelte nur den

Kopf. Hyandra war eine hagere Frau, schätzungsweise Anfang vierzig, mit einem schmalen Mund und einer spitzen Nase. Ihr braun-graues Haar war raspelkurz. Ihre Gesichtsfarbe wirkte ungesund, fast wie mit Asche gepudert. Nichts an ihr erinnerte Ana-ha an das leidenschaftliche Temperament und die Glut eines Feuerländers, aber vielleicht war sie auch zu sehr mit den Turbulenzen und ihrem Tor beschäftigt.

Fiuros dagegen – Ana-ha warf ihm unauffällig einen kurzen Seitenblick zu – kein Wunder, dass man ihn hier so anhimmelte. Seine Statur besaß die Widersprüchlichkeit von enormer Kraft und kapriziöser Anmut. Er war mindestens so groß wie Seiso-me und seine Haare reichten ihm fast bis zu den Schultern. Von Weitem sah er aus wie ein ungestümer Feuerlandkrieger, doch wirkte die dem Volk zugesprochene Wildheit gebändigt und zeigte sich nur in seinen wachsamen, unruhigen Augen. Jetzt fuhr sein Blick über den Boden der Trainingshalle, Millimeter für Millimeter.

Ana-ha versuchte sich empathisch ein weiteres Bild von Fiuros zu machen. Es war keine Neugier, es war eine Angewohnheit. Sie nahm eine starke Aura von Macht und Autorität war. Auch feuerländische Leidenschaft, alles nichts Außergewöhnliches. Oder waren das Hyandras Emotionen? Ana-ha runzelte die Stirn. Sie empfing fast gar keine Schwingung von Fiuros. Das konnte nicht sein. Vermutlich war sie durch den Mynix zu durcheinander. Oder aber das andere Land begann bereits, ihre eigenen Kräfte abzuschwächen.

Ana-has Gedankengänge wurden von Iciclos unterbrochen, der lässig aus dem Feuertor herauskam. „Der Mynix war großartig", lachte er ausgelassen, als er näher kam. „Die Luftelementler sind wirklich zu beneiden." Er war gut gelaunt und absolut unversehrt.

„Wenn man weiß, wie man sich verhalten muss ..." Fiuros wandte seinen Kopf Richtung Ana-ha.

„Mein Gott, was ist denn mit dir passiert? Du siehst ja furchtbar aus", sagte Iciclos erschrocken.

„Danke." Ana-ha sah an sich hinunter. Erst jetzt wurde ihr bewusst, dass ihre Erscheinung wohl kaum der einer würdigen Vertreterin aus Thuraliz entsprach. Die losen Fetzen, die an ihr herunterhingen, konnte man selbst mit viel gutem Willen nicht mehr als Kleid bezeichnen. Ihre Handflächen waren aufgeschürft und blutig und von ihrem Gesicht wollte sie momentan auch kein Spiegelbild sehen. Es sah mit Sicherheit genauso grau und verfärbt aus wie das von Hyandra Lamas. Abgesehen davon hatte sie den rituellen Gruß vergessen, fiel ihr ein, als sie sah, wie Iciclos sich ordnungsgemäß vor Fiuros stellte und ihm die rechte Hand auf die Schulter legte. Dieser erwiderte die Geste und sprach die Begrüßung zuerst, Iciclos danach. Als sie es Iciclos gleich tun wollte, winkte Fiuros nur ab.

„Das ist schon in Ordnung, Ana-ha. Deine besondere Art der Begrüßung wird einen bleibenden Eindruck bei mir hinterlassen." Er lachte freundlich, aber Ana-ha konnte nicht sagen, ob seine Worte jetzt positiv oder negativ aufzufassen waren. Sie hatte in den ersten fünf Minuten alles falsch gemacht, was es falsch zu machen gab.

„Hattest du Probleme?" Iciclos schob sich zwischen Fiuros und Ana-ha.

„Ein bisschen", gab Ana-ha verlegen zu. „Ich habe vorhin wohl nicht richtig zugehört, als Mitras uns das mit dem Auge des Mynix erklärt hat. Ich habe versucht, durch die Luftmauer zu springen."

„Du hast was?" Iciclos starrte sie mit zusammengekniffenen Augen an. „Du hättest dich umbringen können. Mitras hat uns doch ausdrücklich davor gewarnt!"

„Ich weiß." Ana-ha schabte sich ein wenig Schmutz von den Handflächen und starrte auf ihre Fingernägel.

Iciclos hätte sie am liebsten angeschrien und durchgeschüttelt, aber die Anwesenheit der Feuerländer hielt ihn davon ab. Wie konnte sie nur so leichtsinnig sein? Bislang hatte er es noch amüsant gefunden, wie sie sich wegen des Termins in Wibuta gewunden hatte. Sie einmal unterlegen oder doch zumindest ein wenig eingeschüchtert zu erleben, darauf hatte er sich gefreut, weil sie ihm gegenüber immer so unübertrefflich tat. Er hatte allerdings keine Lust, ihre Überreste aus einem Zwischenbereich herauszukratzen. Wenn Ana-ha so weiter machte, würden sich ihre unguten Gefühle in Wibuta noch bestätigen. Eine sich selbsterfüllende Prophezeiung, die nur deshalb eintraf, weil man fest an sie glaubte.

„Geht es dir gut?", fragte er, mehr weil sie es sicher erwartete, als dass er es tatsächlich wissen wollte. Sie sollte ruhig ein wenig spüren, dass ihre Unaufmerksamkeit mittlerweile gefährliche Ausmaße annahm.

„Mein Kopf tut noch etwas weh und ich glaube, ich habe mir das

Handgelenk verstaucht." Ana-ha besah sich ihre rechte Hand, die um den Knöchel herum dick geschwollen war.

„Das sieht nicht besonders gut aus." Als Fiuros sie prüfend betrachtete, fiel Ana-ha auf, dass seine Augen nicht nur unnatürlich wachsam waren – beinah so, als wäre er auf der ständigen Suche nach etwas – sondern, dass auch sein Blick schwer auf ihr lastete. Das dunkle Mahagoni seiner Augen sah aus wie eine flackernde Glut. „Ich denke, du solltest dich erst ein wenig ausruhen und dich untersuchen lassen, bevor wir anfangen. Iciclos, du kannst solange mit mir kommen. Ich führe dich ein wenig in der Akademie herum", sagte er.

„Ich bleibe besser bei ihr. Trotzdem vielen Dank." Iciclos lächelte höflich in Fiuros' Richtung.

„Na gut, wenn du meinst. Die Akademie läuft dir nicht davon." Fiuros' Gesicht verdüsterte sich so kurz, dass Ana-ha erst dachte, sie hätte es sich nur eingebildet. Hatte Iciclos ihn jetzt damit beleidigt? Es gab sicher eine Menge Feuerländer, die Hab und Gut gegeben hätten, um von Fiuros persönlich durch die Feuerkunstakademie geleitet zu werden. Da war es fast ein Frevel, dies abzulehnen.

„Ein anderes Mal gerne", sagte Iciclos jetzt so freundlich, dass Ana-ha das Gefühl beschlich, er wollte all ihre Missetaten mit seinem Tonfall wettmachen.

Sie überlegte sich gerade, ob der Larimar noch im Zwischenbereich liegen konnte, als Hyandra mit einem lauten Zischen das Feuertor schloss. Ana-ha stockte der Atem, als sie die Feuerländerin mit offenen Augen auf sie zu kommen sah. Ihre Augen loderten wie ein Feuerwerk, blaue und grüne Funken, die nicht stillstanden, sondern in jeder Sekunde neu explodierten. Ihre mausgraue Erscheinung war wie weggeblasen. Hoheitsvoll und mit lang gerecktem Hals kam sie auf die Wasserelementler zu. Sie würdigte Ana-ha nur eines kurzen Blickes und begrüßte Iciclos traditionell feuerländisch.

„Vermisst du etwas?", wollte sie dann von Ana-ha wissen, die mittlerweile in den hinteren Bereichen der Halle umherstrich. Ihre Stimme war so dunkel, dass Ana-ha sofort das Bild eines ausgehenden Lagerfeuers in den Sinn kam. Beinah hätte sie gehustet.

„Meinen Sender und ... und eine Kette!" Der Larimar war zu bedeutend, um ihn nicht wenigstens irgendwie zu erwähnen.

„Eine Kette?" Fiuros kam näher. „Wieso sagst du das erst jetzt?"

„Es ist nicht so wichtig ..."

„Wie sah sie denn aus?" Iciclos schritt den dunklen Boden der Halle ab.

„Es ist ein ... türkisfarbener Stein an einem Lederband."

Iciclos lächelte. „Dein Glücksstein?"

„Ja!"

„Türkis sagtest du?" Ana-ha nickte Fiuros zu und betete insgeheim, dass ihr Larimar nicht im Feuerland gelandet war. Das würde nur Aufregung verursachen. Ein Larimar! So ein wertvoller Stein! Und sie verlor ihn unbedacht in einem Mynix. Der Hohn der Feuerländer wäre sicher so groß wie der Schmerz ihres Verlustes.

„Wertvoll?" Hyandra musterte Ana-ha unfreundlich, als wollte sie absichtlich Scherereien verursachen.

„Na ja ... ja, für mich auf jeden Fall."

„Für dich auf jeden Fall, aber es ist nicht so wichtig?" Fiuros bedachte sie mit einem Blick, der zwischen Ironie und Argwohn schwankte.

„Er ist mir wichtig. Aber ich will euch keine zusätzlichen Unannehmlichkeiten bereiten." Ana-ha dachte an Antares und seinen Appell an sie, sich unbedingt an die Feuerlandregeln zu halten. „Ich könnte ja noch hier bleiben und allein suchen", schlug sie daher hoffnungsvoll vor.

Fiuros tauschte einen ungläubigen Blick mit Hyandra. „Wir werden dich auf gar keinen Fall in unserer Trainingshalle allein lassen. Abgesehen davon sind wir ein viel beschäftigtes Volk und diese Halle wird gleich wieder für ein Training benötigt." Fiuros wies mit ausgestrecktem Arm Richtung Tür und wirkte zum ersten Mal seit ihrer Ankunft verstimmt. „Nach euch, wenn ich bitten darf!"

„Und wenn ich während des Trainings suche?", versuchte Ana-ha einzulenken.

Fiuros fuhr zu ihr herum und musterte sie von oben bis unten. Er sagte kein Wort, sondern wartete, bis Ana-ha sich so unwohl fühlte, dass sie sich ihre Antwort selbst gab.

„Ich habe keinen Berechtigungscode, ich weiß, es geht nicht." Sie war sich todsicher, dass Fiuros diesen Blick einstudiert hatte, um seine Schüler zu verunsichern. Sie seufzte resigniert und in diesem Moment sah sie etwas in seinen Augen aufblitzen. Es dauerte weniger als eine Millisekunde. Weniger als ein Zehntel einer Millisekunde. Seine Pupillen verfärbten sich blutrot und weiteten sich bis an die Ränder seiner Iris. Es war keine Reaktion auf ihre Antwort. Ana-ha wusste nicht, ob er es selbst überhaupt bewusst wahrgenommen hatte, so kurz war dieser Angriff gewesen, aber sie hatte ihn gespürt. Was ihn hervorgerufen, und ob er ihr gegolten hatte, konnte sie nicht sagen. Aber dieser kurze Moment hatte sie wie gegen die Wand geschleudert. Sie fühlte sich bedroht.

„Hast du deinen Sender noch, Iciclos?", wollte Fiuros jetzt wissen, nachdem er sich kommentarlos von Ana-ha abgewandt hatte.

„Ja!"

„Gut, dann seid ihr ja für Antares und den Rest eurer Truppe erreichbar!"

„Vielleicht hat Antares ja deinen Stein gefunden." Iciclos sah Ana-ha aufmunternd an. „Ich nehme später mal Kontakt zu ihm auf. Vielleicht ist er ja bei uns gelandet."

Vor der Trainingshalle nahmen die Feuerländer Ana-ha und Iciclos in ihre Mitte. Die Leidenschaft des Volkes schlug Ana-ha bereits in diesen unteren Gängen der Akademie entgegen wie Dampf aus einem siedenden Kessel. Es war stickig und laut und kaum eine Minute später waren sie beide von der Hitze schweißgebadet.

Unauffällig berührte Ana-ha die orangeroten Mauern. Sie waren erstaunlich kühl, erweckten aber den Anschein, als bestünden sie aus schwelendem Salzkristall. Jeder Stein des Mauerwerks hatte einen anderen Rotton. Manche von ihnen leuchteten von innen heraus, sodass sich Licht und Schatten einen geheimnisvollen Wettstreit lieferten. Im unteren Drittel der Wand zog sich ein schmaler Streifen echter Flammen den Flur entlang, der, wie Ana-ha bald feststellte, sie bis in die oberen Etagen begleitete.

Hier herrschte ein reges Treiben in den Gängen und kaum waren sie ins Blickfeld der Feuerländer geraten, bildete sich eine Traube Menschen um sie herum. Die Studierenden trugen beißend rote Gewänder, auffällig und ausladend, und Ana-ha spürte die fremde Neugier. Die Blicke der Elementler hafteten besonders auf ihr, der Elementassiegerin vom vorigen Jahr, aber sie hießen sie nicht willkommen. Die Nachricht, dass gerade sie hier nach Störfeldern suchen sollte, hatte sich bestimmt wie ein Lauffeuer herumgesprochen. Und ihr völlig zerschundenes Äußeres gab ihnen jetzt reichlich Anlass zur Schadenfreude. Sie gaben sich noch nicht einmal Mühe, ihr Lachen zu verbergen.

„Pass auf, Ana-ha“, flüsterte Iciclos ihr zu. „Heute Abend erzählen sie sich sicher, Fiuros hätte dir so zugesetzt!“

Ana-ha warf ihm einen unfreundlichen Blick zu, sagte aber nichts. Es gab in der Menge auch verachtende, böse Blicke, die schlimmer waren als das Gekicher. Fiuros und Hyandra waren enger an sie herangerückt und wirkten plötzlich wie ihr persönlicher Geleitschutz. Fiuros bahnte ihnen den Weg durch die Menge und sein strafender Blick hielt die übermütigen Heißsporne im Zaum, die ihnen folgen wollten.

Sie nahmen verwirrend viele Abzweigungen. Einsame Flure wechselten sich mit trubeligem Getümmel ab und Ana-ha bezweifelte schon nach fünf Minuten, dass sie den Rückweg jemals wieder alleine finden würde. Hoffentlich hatte Iciclos ihn sich eingeprägt.

„Wir sind da!“ Hyandra blieb plötzlich vor zwei gegenüberliegenden Türen stehen und reichte ihnen die Schlüssel. „Falls ihr euch einmal in der Akademie verirrt, achtet auf die brennenden Adern an den Wänden.“ Sie deutete auf die Felsmauern, an denen der Feuerstreifen nun im oberen Drittel seine Bahn zog. „Sie befinden sich immer auf der Höhe des Stockwerkes. Folgt ihr ihnen nach unten, gelangt ihr auf jeden Fall irgendwann in unsere Eingangshalle. Dort verläuft das Feuer genau mittig. Senkrecht brennende Streifen solltet ihr meiden, dort befinden sich die Zimmer unserer Studierenden. Spitze Winkel führen auf unsere Terrassen.“

„Ana-ha sollte sich noch einmal hinlegen, bevor wir beginnen, es wird sicher sehr anstrengend für euch. Ihr dürft die Hitze in Wibuta nicht unterschätzen.“ Fiuros überlegte einen Moment, während er Ana-ha musterte. „Außerdem schicke ich dir noch unseren Arzt vorbei, nur zur Sicherheit“, fügte er hinzu und studierte ihr Gesicht abermals in unangenehmer Intensität.

„Ich brauche keinen Arzt“, wehrte sie ab. „Aber ich muss dringend mit Atemos sprechen.“ Antares Gesuch fiel ihr wieder ein. In all der Aufregung hatte sie es glatt vergessen. Augenblicklich kam ihr die Idee, den Akademieleiter bezüglich des Larimars um Hilfe zu bitten.

„Weshalb?“

„Ein persönliches Anliegen von Antares.“ Das war die beste Idee, die ihr seit Langem gekommen war. So könnte sie Atemos allein die

Botschaft von Jenpan-ar überbringen und gleichzeitig fragen, ob sie ihren Stein suchen durfte. Atemos Medes pflegte ein einigermaßen vernünftiges Verhältnis zu Antares und würde ihr diese Bitte sicher nicht verweigern.

„Du bekommst dein Gespräch mit Atemos, aber erst ruhst du dich aus und wartest auf unseren Arzt." Widerrede war Fiuros eindeutig nicht gewöhnt.

Ana-ha schwieg. Sie würde ihm mit Sicherheit in Wibuta keinen Grund mehr geben, sich über sie zu ärgern. Sie hatte sich bereits genug Fehltritte erlaubt.

# Die vier heiligen Symbole

Seiso-me straffte die Schultern. Die größten Legenden des Wasserreiches warteten hinter diesem goldgerahmten Portal auf ihn. Die gigantische Pyramide von Thuraliz war das Herzstück der Akademie. Sie lag am Ende des Oberen Rates und jeder, der sie einmal vom Meer aus gesehen hatte, wünschte sich nichts sehnlicher, als das Heiligtum zu betreten. Hinter diesen Türen wurden die alten Sagen zu Wahrheiten. Schon mehrere Male hatte Seiso-me davor gestanden, zumeist, wenn er im Oberen Rat auf Antares gewartet hatte. Und in seinen Gedanken hatte er sich ausgemalt, wie wohl das Symbol des Wasserreiches aussah. Da Ratsmitgliedern als Einzigen der Zutritt gewährt wurde, hatte sich über die Jahre hinweg das hartnäckige Gerücht verbreitet, dass das heilige Symbol, was immer es auch sein mochte, nur hier aufbewahrt werden konnte.

Gleich würde er ihm selbst gegenüberstehen!

Seiso-me atmete tief durch. Zu behaupten, er wäre nicht aufgeregt, wäre glatt gelogen gewesen. Selbst ein Nicht-Empath hätte das erkannt. Ein letztes Mal strich er fast liebevoll über sein neues, dunkelblaues Gewand, welches ihn ab heute in der Öffentlichkeit als ein Mitglied des Rates kenntlich machte, dann stieß er die wasserblauen Eingangstüren voller Elan auf und blieb wie angewurzelt stehen.

Das Bild, das sich ihm bot, war atemberaubend schön. Es waren nicht nur die einzigartigen Rundschliffe der Ecken, die an sich schon ein kleines Wunderwerk waren. Es war vielmehr das Gesamtbild. Von seinem Standpunkt aus wellte sich schwarzfließender Marmor hinunter zu dem tiefsten Punkt der Pyramide, einem dunkelgrünen See, und die steinernen Wellenstiege sahen aus, als mündeten sie direkt dort hinein. Sie schienen gleichzeitig als Treppen und Sitzbänke zu fungieren, denn Seiso-me sah keine anderen Tische oder Stühle.

„Willkommen Seiso-me Leskartes. Willkommen in unseren Reihen." Antares stand mit ausgebreiteten Armen am Rande des Sees.

Seiso-me nickte ihm zu, sprachlos. Sein Blick wanderte über die vier Rundschliffe. Links neben ihm repräsentierte das mannshohe Ahornblatt das Volk der Erde. Ein Nebelhauch schräg gegenüber zollte dem Luftreich Respekt, während rechts von ihm der silberblaue Eiskristall schimmerte. Das Wahrzeichen ihres Reiches. Ihm gegenüber brannte das Fackelfeuer für die Wibutaner. Seiso-me gefiel es, dass in diesem Saal, in dem so wichtige länderübergreifende Angelegenheiten geregelt wurden, alle Elementenreiche bildhaft präsent waren.

Langsam stieg er nach unten. Die Wände der Pyramide bestanden ebenso wie die Ratsräume aus Lapislazuli, nur die obere Hälfte war verglast und ermöglichte einen Blick weit über das Meer. Seiso-me kam es vor, als könne er von hier aus bis hinter den Horizont sehen. Er lächelte, als er nach unten lief, denn genau genommen stand er nun genau dort, wo seine Träumereien am Venobismeer stets aufgelaufen waren. Eine unbändige Freude überfiel ihn und fegte die Nervosität beiseite. Von nun an gehörte er dazu, zur Elite, zu den Besten. Er betrat eine Welt voller Verantwortung und Pflichten. Endlich durfte er das jahrelang Erlernte seinem Land voll und ganz zur Verfügung stellen. In den Räumlichkeiten des Oberen Rates und in diesem Raum war er jetzt zu Hause.

„Gefällt dir die Konstruktion?"

„Sie ist fabelhaft!" Seiso-me widerstand der Versuchung, Antares einfach um den Hals zu fallen.

„Unsere Vorfahren wählten die Pyramide, weil sie unserem Weltbild am ehesten entspricht und sie durch ihre geometrische Form Energien freisetzt. Das sicherlich schwierigste Unterfangen war jedoch, unserem Baustil gerecht zu werden und Ecken und Kanten zu vermeiden."

„Nun, es ist ihnen gelungen." Seiso-me lächelte.

Das Leuchten seiner Augen bestätigte Antares in seiner Entscheidung, gerade ihn ausgewählt zu haben. Seiso-me war der Beste. Er war der Beste, weil er sein Land so sehr liebte. Er hatte lange darüber nachgegrübelt, welches seiner jungen Talente er in den Rat aufnehmen sollte. Ana-ha war eine fantastische Empathin, eine, die – wenn sie wollte und durfte – sogar in die Seelen anderer Leute blicken konnte. Ihre Begabung im Umgang mit der Wasserkraft war legendär. Auch Kaira besaß beachtliche Fähigkeiten, aber sie war emotional nicht belastbar. Oft entpuppte sich ihre Gabe eher als Fluch statt als Segen. Iciclos war der ehrgeizigste Schüler, den er je unterrichtet hatte, derjenige, der am schnellsten Neues begriff und umsetzen konnte. Er würde es mit Sicherheit noch sehr weit bringen, wenn er sein Temperament in den Griff bekam. Doch seine despektierlichen Unfreundlichkeiten waren für die Öffentlichkeit und die Präsentation ihres Landes in den anderen Reichen nicht tragbar. Und weder er noch Ana-ha oder Kaira besaßen diese innige Beziehung zu ihrem Reich und zu ihrem Element wie Seiso-me. Seiso-me vereinte beides: Können und Liebe. Er wäre bereit für sein Element zu sterben.

„Die Pyramide symbolisiert unsere Welt, Seiso-me", sagte Antares jetzt und legte väterlich den Arm um seine Schultern. Er deutete auf die vier Wahrzeichen der Elementenreiche. „Unsere Länder: Das Wasser, das Feuer, die Luft, die Erde, sie repräsentieren die sichtbare Welt, das, was wir kennen. Jedes steht für sich und kann doch ohne die anderen nicht sein. Vier Ecken, vier Elemente. Aber ...", Antares deutete nach oben zu der ebenfalls leicht rundgeschliffenen Spitze der Pyramide und Seiso-me folgte seinem Blick, „... all das gäbe es nicht, wenn es nicht das Eine, das Höchste, die unendliche Quelle aller Kraft, Liebe und Intelligenz gäbe. Diese Quelle, möge man sie nun Gott oder das Höchste nennen, ist es, aus der alles entsprungen ist. Ihre Kraft, ihr Wille, teilte damals mit unendlicher Macht das Chaos in die vier Elemente. So sind sie göttlichen Ursprungs, heilig und unantastbar. Ihr Bestehen und natürlich auch das Wohlergehen aller Reiche und ihrer Bewohner sollte uns am Herzen liegen, wenn wir sagen, dass wir dem Höchsten dienen wollen."

Antares nahm den Arm von Seiso-mes Schulter und sah ihm feierlich in die Augen. Dann wies er mit der Hand auf den See. „Was niemand sieht, ist die Tatsache, dass dieser Raum auch nach unten hin als Pyramide ausgerichtet worden ist. Ein Oktaeder. Der See erscheint flach und doch liegt in seiner Tiefe verborgen eine weitere abgerundete Spitze. Sie steht für die zerstörerischen Kräfte, möge man nun daran glauben oder nicht. Meines Erachtens ist die nach unten zeigende Pyramidenspitze nur ein sich ausdehnendes Prinzip, dessen Grundübel aber in den vier Ecken unserer Länder haust, nämlich wir selbst."

Antares' Blick blieb an Seiso-mes ehrlichen, braunen Augen haften und er machte ein ernstes, fast bekümmertes Gesicht. „Du weißt, ich glaube an den Menschen, Seiso-me. Ich vertraue darauf, dass wir unsere eigenen Probleme mit ein bisschen Hilfe von oben ...", er deutete kurz Richtung Himmel, „... lösen können. Die Rückbesinnung der übrig gebliebenen Menschen nach der Zerstörung der alten Welt auf die vier Grundgerüste der göttlichen Schöpfung war ein guter Anfang. Nun müssen wir unsere geistigen Schwächen in den Griff bekommen. Der letzte Krieg hat gezeigt, dass der Mensch seine Lektion noch immer nicht begriffen hat. Letztendlich wird das Leben siegen: Es liegt an uns, ob wir dabei sein wollen oder nicht." Antares deutete auf die Wahrzeichen. „Gehen wir nach oben, ich möchte dir etwas zeigen."

Seiso-me war etwas benommen von Antares' langer Rede. Er suchte nach seinem eigenen Bild, was er von den Menschen, dem Grundübel und dem Göttlichen hatte. Das Bild einer geometrischen Pyramide wäre ihm in diesem Zusammenhang niemals in den Sinn gekommen. Er fand den Vergleich nicht unpassend, aber mit der nach unten gerichteten Pyramidenspitze hatte er seine Schwierigkeiten. Er fand die Vorstellung bedrückend, dass eine sich ausdehnende, böse Kraft, die auch noch von den Menschen ausging, tatsächlich existieren sollte.

Antares war in der ersten Halbrundung der Pyramide stehen geblieben. „Was siehst du?", wollte er von Seiso-me wissen.

„Das Ahornblatt", antwortete Seiso-me einfach. „Das Wahrzeichen des Erdreiches. Es steht für seine üppige Vegetation, die Naturverbundenheit seiner Bewohner und für ..." Er brach seinen Satz unvermittelt ab. Diese simple Erklärung war mit Sicherheit nicht das, worauf der erste Vorsitzende hinaus wollte. Er inspizierte das Blatt von allen Seiten. Spuren von Erde klebten an den regelmäßig verlaufenden Blattadern. „Ich sehe Erde." Seiso-me glaubte zu wissen, was Antares von ihm wollte. Dieser lächelte, ein Zeichen, dass er zufrieden mit der Antwort war, aber er gab dennoch keinen Kommentar dazu ab.

„Gehen wir weiter." Antares' Schritte hallten durch den Raum, vor der Fackel des Feuerlandes blieb er stehen. „Und hier?"

Seiso-me starrte ins Feuer. Er wusste nun, worauf er zu achten hatte. Das Fackelfeuer erschien auf den ersten Blick nicht ungewöhnlich, aber sein Flammenschlag kam Seiso-me beim genaueren Betrachten seltsam vor. Schneller. Dichter. Und das Feuer blendete stärker.

Er sah Antares mit großen Augen an. „Gralsfeuer?“

„Ein Abbild davon. Ein paar simple Techniken reichen aus, um es wirklichkeitsgetreu nachzubilden.“ Antares war schon wieder weitergelaufen und warf Seiso-me seine Erklärung beiläufig hinterher. Er blieb vor dem zarten Nebel stehen, der sich gleichförmig in der Luft hin- und herwiegte, und wartete auf Seiso-mes Reaktion.

„An einer Stelle ist keine Luft. Es sieht aus, als befände sich dort ein Vakuum.“

Antares nickte. „Ich sehe, du hast verstanden, worauf ich hinaus will. Unsere vier Länder besitzen alle ihre vier verschiedenen Wahrzeichen. Aber jedes für sich besitzt auch sein eigenes, heiliges Symbol. Die Heilige Erde des Erdreiches, das Heilige Gralsfeuer des Feuerlandes, der Heilige Atem des Luftreiches und natürlich unser eigenes Wassersymbol … zu dem kommen wir später noch“, fügte er hinzu, als er Seiso-mes fragenden Blick auf sich ruhen fühlte. „Ich möchte dir zuerst noch eine kleine Geschichte erzählen. Sie ist schon fast hundert Jahre alt und ich selbst kenne sie nur vom Hörensagen, aber mein Vater, meine Mutter und meine Großeltern erlebten diese Ereignisse noch mit. Ich habe sie sozusagen aus erster Hand.“

Antares schritt weiter und Seiso-me folgte ihm. Er war gespannt auf das, was jetzt folgte, denn mit Sicherheit hatte es etwas mit dem Symbol des Wasserreiches oder mit seiner zukünftigen Aufgabe zu tun. Er sah zu dem silbrigen Kristall, sich überlegend, ob irgendwo dort ihr eigenes Symbol aufbewahrt wurde. Am liebsten wäre er sofort hinübergelaufen.

„Der letzte Krieg liegt nun fast hundert Jahre zurück, Seiso-me. Eine lange Zeit für uns. Aber die Geschehnisse von damals werfen heute noch ihre Schatten auf unsere Länder. Denk an die Bedeutung unserer Wettkämpfe. Du weißt sicher, was ich meine.“ Antares warf Seiso-me einen bedeutungsvollen Blick zu. „Du bist vertraut mit der Symbolik unserer Elemente, das habe ich schon bemerkt. Und ich nehme auch an, dass du weißt, weshalb der Krieg damals begann. Viel wichtiger ist mir jedoch, ob du Bescheid weißt, was sich damals vor hundert Jahren inmitten des Chaos‘ wirklich ereignet hat. Ich spreche von der Öffnung der vier großen Elemententore …“

„Von der Öffnung?", fragte Seiso-me verwirrt. „Aber ich dachte, man wüsste nichts Genaues darüber?"

„Das ist so nicht korrekt. Die Öffentlichkeit weiß nichts darüber."

„Ich weiß nicht mehr als alle anderen!"

„Und was wissen alle anderen?", hakte Antares nach. „Ich frage dich nicht, weil ich dich prüfen will, sondern weil ich mir immer wieder ein Bild von dem Gedankengut der Allgemeinheit machen muss."

Seiso-me sah Antares an, dann den Eiskristall und dann wieder Antares, bevor er zu sprechen begann: „Soweit ich weiß, gab es einmal eine große Gruppe Elementler, die sich mit dem Zusammenschluss der vier Elemente befasste. Sie waren der Überzeugung, dass sie in eine göttliche Dimension gelangen würden, wenn sie die vier Elemente miteinander vereinten, zumindest die gegensätzlichen, also Feuer und Wasser, Erde und Luft. Aber ob sie je den Versuch gestartet haben, weiß niemand so genau. Die vier heiligen Symbole sollen bei der Toröffnung eine wichtige Rolle gespielt haben. Wenn ich dir jetzt aber alle Gerüchte erzähle, die in der Akademie herumgeistern, werden wir noch morgen hier sitzen. Ein Faktum scheint allerdings zu sein, dass das alte Wassersymbol damals von den Elementlern geraubt wurde und seither verschwunden ist. Daher besitzt unsere Akademie jetzt ein neues."

Antares hatte genau zugehört und lächelte. „Du liegst nicht falsch mit dieser Theorie, trotzdem werde ich dem noch Einiges hinzufügen. Es gab in den Tagen des Krieges viele Unstimmigkeiten in den Ländern. Sogar untereinander. Die große Gruppe Elementler, die du erwähntest, waren Elementler aus verschiedenen Reichen. Es waren welche, die der Kräfte mächtig waren, aber auch solche, die in den Städten fernab der großen Akademien lebten. Die Suche nach der göttlichen Dimension verband diese unterschiedlichen Menschen. Sie gingen davon aus, dass eine Zusammenführung der Elemente, also eine Zusammenführung der Dualität Feuer und Wasser sowie Erde und Luft, den Weg zu einer göttlichen Dimension freilegen würde. Dabei war es wichtig, die heiligen Symbole in den dualen Toren zu platzieren, um die Gegensätze miteinander zu vereinen. Hierbei sollte, öffnete man alle vier Tore zur gleichen Zeit, eine Brücke zur Göttlichkeit geschlagen werden." Antares machte eine kurze Pause. „Ich weiß, dass diese Tore damals tatsächlich geöffnet wurden."

Seiso-me stockte der Atem. Gab es tatsächlich diese göttliche Welt, von der man zwar wusste, über die man auch munkelte, die aber aus sämtlichen Schriften und Aufzeichnungen konsequent verbannt worden war?

Wie zur Bestätigung nickte Antares und fuhr fort: „Ja ... die Tore wurden geöffnet. Während des Krieges, als niemand daran dachte, als niemand daran glaubte, dass die Anhänger dieser Bewegung überhaupt dazu imstande seien. Als die Wächter der Symbole nachlässig wurden und anderes im Sinn hatten, als ihre Heiligtümer zu beschützen, weil der Krieg immer heftiger tobte. In diesen Zeiten eigneten sich die Führer dieser Bewegung die vier heiligen Symbole an und öffneten die vier Großen Tore. Und viele gingen über die Brücke in eine andere Welt. Was wir allerdings nicht wissen, ist: Haben sie diese Reise auch tatsächlich überlebt? Und wenn ja ... wo sind sie jetzt? Oh!", sagte er, als er Seiso-mes wissbegierigen Blick bemerkte. „Falls sie überlebt haben, denke ich nicht, dass sie in einer göttlichen Dimension gelandet sind."

„Wieso nicht? Eine Aufhebung der Dualität ... es wäre eine Vereinigung von allem, was Gott erschaffen hat, eine Rückführung zum Ursprung!"

„Ja, aber ist es uns Menschen überhaupt möglich, diese Dualität aufzuheben? Haben wir die Macht, Gottes Gesetze außer Kraft zu setzen? Wenn der All-Eine gewollt hätte, dass die Elemente eins sein sollen ... er hätte sie niemals getrennt. Das ist der Punkt. Eine Öffnung der Tore ist eigentlich eine Zuwiderhandlung gegen den göttlichen Willen. Es ist eine Anmaßung des Menschen, mit den ihm zur Verfügung stehenden Mitteln Gott spielen zu wollen." Zorn in Antares' Stimme war eine Seltenheit, dennoch musste Seiso-me seine nächste Frage stellen:

„In was für einer Dimension könnten sie sonst gelandet sein? Falls sie es überlebt haben, wo sind sie dann hin?"

Antares wies auf den See. „Du erinnerst dich an das Bild der doppelten Pyramide? Die vier Reiche in jeder Ecke, oben das Göttliche, unten das Böse? Nun, die Welt, in die sie geraten sein könnten, liegt entweder in einer Dimension oberhalb unserer Reiche, näher am Göttlichen, etwas näher an der Vereinigung der Dualität oder aber unterhalb unserer Reiche, näher am Bösen. Näher am Getrenntsein von allem, was ist."

Seiso-me schauderte bei Antares' Worten. Näher am Getrenntsein, näher am Bösen. Das hörte sich grausam an.

„Tatsache jedoch ist", fuhr Antares jetzt fort, „dass das duale System nur bei Gott aufhört. In welcher Welt sie und ihre Nachkommen auch sein mögen ... falls sie überlebt haben, sie wird bestrebt sein, ihre Dualität wieder vollständig herzustellen. Eine Welt näher dem Bösen wird Licht in die Herzen ihrer Menschen schicken. Eine Welt nahe dem Licht legt Dunkelheit in die Herzen ihrer Bewohner."

Seiso-me schüttelte sich leicht. Weder das eine noch das andere hörte sich beneidenswert an. Aber – und das interessierte ihn nun immer stärker – welche Rolle spielte er hierbei? Welche Aufgabe gab es für ihn, in diesem Wust von Informationen und Geschehnissen?

Antares musste seine Unruhe gespürt haben, denn er sah ihn auffordernd an. „Und jetzt kommen wir zu dir und deiner Aufgabe, Seiso-me." Er wies auf das Wahrzeichen des Wasserreiches. „Komm mit, ich möchte dir jetzt den eigentlichen Grund verraten, weshalb du heute hier bist. Ich wollte dir vor den Feierlichkeiten heute Mittag die Möglichkeit geben, dich an all die Neuigkeiten zu gewöhnen."

Antares ging langsam auf den Eiskristall zu.

„Als meine Großeltern und einige Mitglieder der damaligen Oberen zu den noch halb geöffneten Toren kamen, fanden sie in jedem ein Überbleibsel des heiligen Symbols. Heilige Erde im Lufttor, Heiliges Feuer im Wassertor und einen Lufthauch im Erdtor. Nur im Feuertor fanden sie nichts, das Heilige Wasser hatte sich zu schnell verflüchtigt. Daher weiß niemand aus den anderen Ländern und auch niemand aus unserem eigenen Reich – mit Ausnahme des Oberen Rates von Thuraliz – welches Symbol unser Land seither besitzt. Und das ist gut so, denn so etwas darf nicht noch einmal passieren. Bei der Öffnung der vier Großen Tore werden solche immensen Kräfte freigesetzt, dass mitunter ganze Teile eines Elementenreiches ausradiert werden können. Damals wurde ein Teil des Luftreiches einfach dem Erdboden gleichgemacht. Man hat hinterher immer behauptet, dass vor allem die Erdelementler im Krieg diese Verwüstung angerichtet hätten, aber so war es nicht. So war es ganz und gar nicht." Antares seufzte, wirkte aber plötzlich ungeheuer entschlossen. „Niemals wieder darf so etwas geschehen."

Seiso-me hatte nachdenklich zugehört. Eine Frage drängte sich ihm auf. „Warum hat man denn die heiligen Symbole nicht einfach alle zerstört? Wenn sie solch eine gefährliche Macht besitzen, wieso hat man die Erde nicht einfach in alle Himmelsrichtungen verstreut und das Feuer gelöscht? Und den Heiligen Atem verwehen lassen?“

Antares schüttelte bedächtig den Kopf. „Unsere Symbole sind uns tatsächlich heilig, Seiso-me. Sie repräsentieren das Herz, die Seele unserer Länder. Keiner hat je vorgehabt, sie zu zerstören. Ihre Entstehung liegt Hunderte, wenn nicht sogar Tausende von Jahren zurück. Nimm beispielsweise das Heilige Gralsfeuer: Es ist damals einem Tachar, einem Großmeister des Feuers, gelungen, die letzte Hürde zu nehmen und tatsächlich nicht die gleiche, sondern dieselbe Schwingung in sich zu erzeugen, wie sie auch das Feuer besitzt. In diesem Moment konnte er das Feuer selbst entfachen, aus sich selbst heraus. Das Heilige Feuer braucht keine Nahrung, um zu brennen. Er und das Feuer waren in diesem Augenblick eins. Die Kräfte der heiligen Symbole sind Urgewalten. Ein Hauch göttlichen Geistes, der durch den Menschen auf die Erde gebracht wurde. Kein Feuerländer, der vor hundert Jahren davon Kenntnis gehabt hat, wäre bereit gewesen, es zu zerstören. Und den anderen Elementlern ging es ähnlich. Allen, bis auf unser Reich. Wir hatten nach dem Krieg kein Symbol mehr, welches wir schützen oder zerstören konnten. Und hier kommen wir nun zu deiner Aufgabe.“ Antares zeigte nach oben, auf den Kristall aus Eis. „Ich weiß, dass alle Welt denkt, dass sich unser Symbol in diesem Konferenzraum befindet. Aber ich muss dich enttäuschen, Seiso-me. Das Gerücht ist eine glückliche Fügung. Trotzdem möchte ich, dass du dir die Rückseite dieses Eiskristalls betrachtest. Dort ist ein Abbild unseres Heiligen Wassers zu sehen. Sieh es dir gut an, sieh es dir genau an. Nimm dir Zeit, damit du nichts übersiehst, denn ...“, Antares wollte die Spannung für Seiso-me noch etwas erhöhen und machte eine längere Pause als nötig gewesen wäre, „... denn du wirst ab nächster Woche unser erster Symbolwächter sein.“

Langsam drehte sich der Kristall um seine eigene Achse. Seiso-me hielt die Luft an vor lauter Anspannung. Ein Wächter des heiligen Symbols? Er? Ab nächster Woche? Unfassbar!

Seiso-me starrte auf den blendenden Kristall. Er hatte Mühe überhaupt irgendetwas zu erkennen. Glitzerfunken tanzten vor seinen Augen und dann, ganz langsam, als ob sich der Kristall verflüssigte und wieder erstarrte, formte sich ein Bild vor seinen Augen. Seiso-me blinzelte irritiert. Sein Pulsschlag stieg.

Das konnte nicht wahr sein. Völlig überrumpelt wandte er sich an Antares: „Wie, in aller Welt, habt ihr das gemacht?“

Antares lächelte weise. „Das haben wir nicht gemacht. Es war ganz einfach da. Wir sorgen nur immer für die Übergabe!“

„Welches davon ist es?“, wollte Seiso-me jetzt wissen. „Oder ist es das Zusammenspiel aller?“

Antares nickte. „Es ist die Kombination der drei Faktoren.“ Er ließ Seiso-me Zeit, das Gesehene zu begreifen, Zeit, die er auch dringend benötigte.

„Ich werde es mit allem beschützen, was mir heilig ist, Antares“, flüsterte Seiso-me ergriffen.

„Das weiß ich. Daher stehst auch nur du, und kein anderer, heute hier!“

„Trotzdem verstehe ich es nicht!“

„Die Erklärung bin ich dir noch schuldig. Natürlich gibt es auch hierzu eine Geschichte. Als ich dir vorhin gesagt habe, dass man in dem Feuertor kein Heiliges Wasser mehr fand, habe ich nicht gelogen. Man fand dafür aber etwas anderes ...“

# Larimar

Schweiß glitzerte auf Fiuros' Stirn, seine Hände waren feucht. Die letzten Minuten hatten ihn seine gesamte Selbstbeherrschung gekostet. Er hatte Hyandra in den Oberen Rat zurückgeschickt und war selbst noch einmal in die Trainingshalle zurückgekehrt. Mit zitternden Fingern hatte er seinen Code eingegeben und dabei beide Möglichkeiten, die infrage kamen, gedanklich durchgespielt. Nein, eigentlich waren es drei, die erste Variante schloss allerdings die Tatsache aus, dass der Stein von Ana-ha ein Larimar war. Die zweite bestätigte zwar seinen Verdacht, aber – und das war nun der alles entscheidende Punkt – war es möglicherweise ein ganz normaler Larimar, so wie die anderen vier, die er schon aufgespürt und untersucht hatte.

Aber wenn nicht?

War es möglich, dass das Schicksal ihm auf solch zufällige Weise den Stein in die Hände spielte, nach dem er jahrelang gesucht hatte? Fiuros atmete tief durch. Ihm war es speiübel, sein Herz raste. Er dachte an Ankorus, den Mann, den er von allen Menschen der Welt am meisten hasste. Der Mann, der ihm seine Familie genommen hatte. Der Mann, dem er früher einmal vertraut hatte.

Fiuros lehnte sich mit geschlossenen Augen an die kühle Wand der Trainingshalle und versuchte, sich zu beruhigen, bevor er einen Blick auf den Stein an der Kette warf, die sich von Ana-has langem Gewand gelöst hatte. Er hatte ihn entdeckt, nachdem sie ihn gefragt hatte, ob sie während des Trainings suchen könnte. Tief, fast am Saum ihres zerrissenen Kleides, hatte er gehangen. Kurz vor der Tür hatte der Stoff nachgegeben und die Kette war geräuschlos zu Boden geglitten. Welche Schicksalsmacht!

Fiuros öffnete die Augen und ging bedächtig auf die Kette zu. Wie in Trance griffen seine Finger nach dem Lederband. Seine bebende Hand brachte den türkisfarbenen Stein in Augenhöhe. Fiuros füllte seine Lungen mit Luft: Ein Larimar, er hatte es gewusst. Seine Färbung war zu markant, zu intensiv, als dass ein anderer Stein infrage gekommen wäre. Sein Blick wanderte über die weißen Strahlen, die jeden Larimar wie Adern durchzogen. Trikline nannte sie die Fachsprache. Beweise nannte sie Fiuros. Sie waren von solcher Reinheit, dass sie ihn blendeten wie Heiliges Feuer. Fiuros blinzelte. Die Trikline dieses Steins ... sie liefen in so vertrauter Anordnung ... es könnte sein ... ja ... ja, es bestand die Möglichkeit ...

Fiuros sank in der Trainingshalle auf die Knie. Sein Nacken brannte, während er kopfüber nach vorne fiel. Er fühlte sich so hilflos, als drückte man seinen Kopf gewaltsam unter eine Guillotine. Der altbekannte Schmerz raste auf ihn zu. Er nahm ihm die Sicht, er nahm ihm die Luft, er nahm ihm seinen Verstand. Wie wild warf er den Kopf zurück und unterdrückte den Aufschrei. Er wollte diesen Schmerz nicht fühlen. Er weigerte sich, ihn zu fühlen.

Fiuros ballte die Fäuste. Ankorus erschien in seinem Kopf, so wie er ihm in Erinnerung geblieben war ... das letzte Bild, das er von seiner Heimat hatte, bevor die Tore für immer geschlossen wurden. Er sah Ankorus lachen, widerlich, gehässig. Miene. Seine Stimme hallte in seinem Kopf nach, wieder und wieder, wie ein endloses Echo, das ihn verspottete: „Falls einer von euch den passenden Larimar zu meinem findet, grüßt doch die Trägerin von mir ... grüßt doch die Trägerin von mir ... grüßt doch die Trägerin von mir ..."

Die Trainingshalle um Fiuros färbte sich rot. Seine altbekannte Wut packte ihn und nahm wieder die Stelle seines Schmerzes ein. Er würde es Ankorus zurückzahlen. Wenn er erst einmal durch die Tore zurückgelangen könnte, würde er seine eigene Rechnung begleichen! Er würde Ankorus' Familie komplett auslöschen, alle, in denen sein verdammtes Blut floss. Ankorus sollte am eigenen Leib erfahren, was wahre seelische Schmerzen bedeuteten, bevor er ihn dann ebenfalls töten würde.

Der Wunsch nach Vergeltung brannte heißer in Fiuros, als es irgendeinem Feuer je möglich gewesen wäre. Gemessen an seinen Rachegedanken waren alle anderen menschlichen Leidenschaften in ihm nichtig. Sie allein gaben ihm seine Daseinsberechtigung, sie waren der

Grund seiner Existenz, waren Motivation und Ziel zur gleichen Zeit. Sie feuerte ihn an, flossen unstillbar und unersättlich durch seine Adern, verankert in jeder Zelle. Hass und Zorn waren die einzigen Gefühle, die er außerhalb des Feuers zu fühlen imstande war. Fiuros' Finger umschlossen den Larimar, als sei er der Feind. Beim Gedanken an seine Vergeltung wurde er wieder ruhiger.

Noch ein paar Mal atmete er tief durch, dann verließ er die Trainingshalle und lief mit großen Schritten zu seinem Zimmer. Die vielen Leute, die ihm begegneten, nahm er überhaupt nicht wahr. Seine Gedanken fluktuierten. Es bestand die Möglichkeit, dass dieser Stein das Gegenstück zu Ankorus' Larimar war. Und vielleicht war er auch einer der vier Schlüssel zur anderen Welt. Gleich würde er es wissen. Gleich!

Fiuros schloss die Tür seines Quartiers auf, warf sie hinter sich zu und zog aus seiner Schreibtischschublade eine alte Zeichnung hervor, eine Zeichnung von Ankorus' Larimar, so wie er ihm im Gedächtnis geblieben war. Schon damals hatte er gewusst, dass er das Gegenstück finden musste, allerdings nicht, um Grüße an dessen Trägerin auszurichten. Fiuros legte Ana-has Larimar an seine Zeichnung an und ... tatsächlich!

Er passte!

Die Trikline von Ankorus' Larimar setzten sich exakt in Ana-has Stein fort. Die Welt um ihn herum begann sich zu drehen, so schnell sauste diese Erkenntnis mitten in den Gedankenwirbel seiner Erinnerungen. Fiuros musste sich mit beiden Händen an seinem Schreibtisch abstützen.

Er hatte ihn gefunden!

Jahrelange Suche, jahrelange Nachforschungen, alles vergebens, jede seiner Hoffnungen ein Trugschluss. Und hier, im Feuerland, in einer der Trainingshallen, hatte er ihn gefunden.

Fiuros nahm den Larimar in seine Hand. Er loderte nun heißer als jedes Feuer der Welt. Der Stein der Verräter. Aber ... war er auch das heilige Symbol? Auch das würde er gleich wissen. Mit einer Mischung aus Bedacht und Ungeduld löste er den Stein vom Lederband. Fiuros hielt seine linke Hand in die Luft, konzentrierte sich und ein gleißender Feuerball entstand in seiner Handfläche. Vorsichtig, um ihn nicht zu beschädigen, hielt er den Larimar so über die Flammen, dass diese nur um dessen untere Hälfte züngelten. Seine Anspannung wuchs. Er starrte in das Feuer, das auf seiner Handfläche flackerte. Doch nichts tat sich. Keine grüne Verfärbung, nicht einmal ansatzweise.

Er seufzte resigniert. Er war sich so sicher gewesen! Seine Ahnung, dass es sich bei diesem Larimar um das geheimnisvolle Symbol aus dem Wasserreich handelte, hatte ihn getrogen. Im Grunde wäre es Iciclos' Part gewesen, dieses Symbol ausfindig zu machen. Aber dieser besaß nicht mal den Hauch einer Ahnung, welcher Gegenstand hierfür infrage käme. Hatte er tatsächlich auch nichts von dem Larimar gewusst? Er sah Ana-ha doch ständig. Hatte sie ihm nichts davon erzählt?

Ana-ha!

Blitze durchzuckten seinen Geist wie Trikline.

Ana-ha und Ankorus!

Er sah ihre Gesichter vor seinem inneren Auge. Er ließ sie auf sich wirken, ließ sie durch ein Raster laufen, immer und immer wieder.

Warum war ihm diese Ähnlichkeit nie aufgefallen? Warum hatte er das nie bemerkt? Es waren ihre hohen Wangenknochen ... und ihre Augen. Ana-ha hatte die gleichen Augen wie Ankorus. Augen, die ihm Schmerz bereitet hatten, Augen, die er hasste. Deshalb hatte er schon immer diese nie ganz nachvollziehbare Abneigung ihr gegenüber empfunden. Er atmete gegen die aufsteigende Qual in seinem Innersten an und es gelang ihm.

Fiuros Arrasari kannte keine Tränen. Das Feuer hatte sie für ihn getrocknet, Schmerz gehörte der Vergangenheit an. Wut und Hass waren an seine Stelle getreten ... und sie fühlten sich besser an. Schon lange wandelte er auf einem Pfad am Abgrund aller Dualität. Wahrheit und Lüge, Liebe und Hass ... Spiegelbilder, austauschbar. Für ihn existierten nur noch Kausalitäten, Ursache und Wirkung, Tat und Vergeltung.

Fiuros befestigte den Larimar wieder an dem schwarzbraunen Lederband. Er hasste diesen Stein, er hasste seine Trägerin und er hasste Ankorus. Er hatte sich geschworen, jeden Verwandten von Ankorus zu töten ... und das würde er auch tun.

Ausnahmen würde es nicht geben.

Atemos Medes hatte das Aussehen eines gealterten Löwen, schlohweiße Haare umrahmten sein herrisches Gesicht wie eine Mähne und bildeten einen gestochen scharfen Kontrast zu seinen holzkohleschwarzen Augen, die Ana-ha interessiert anblinkten.

„Sei gegrüßt, Ana-ha Lomara aus dem Wasserreich“, knurrte er jetzt aus voller Kehle.

„Unterdrücktes Raubtiergebrüll“, dachte Ana-ha und kam sich vor wie eine Antilope.

„Sei gegrüßt, Atemos Medes aus dem Feuerland“, erwiderte sie und zog dann vorsichtig ihre mittlerweile verbundene Hand von Atemos' Schulter.

Hyandra hatte sie zum Akademieleiter gebracht, nachdem Ana-ha fast zwei geschlagene Stunden auf den feuerländischen Arzt gewartet hatte. Da Iciclos über das Hilfegesuch von Antares ebenso wenig begeistert gewesen war wie sie – irgendwie hatte so eine Bitte immer einen faden Beigeschmack –, hatte er sich über ihren spontanen Entschluss, dies allein zu erledigen, gefreut. Ana-ha hätte diese Pflicht wirklich gerne ihm überlassen – er hatte immerhin keine Elementas gewonnen –, aber der Larimar hatte Vorrang vor ihrem Unbehagen vor Atemos, Fiuros und deren allgegenwärtigen Feuerlandstolz.

„Um welches Anliegen von Antares geht es diesmal?“, fragte Atemos gelangweilt, als Ana-ha ihm das Dokument überreichte.

Ana-ha runzelte die Stirn. Atemos' Tonfall hörte sich so an, als würde Antares ihn jede Woche um drei Gefallen gleichzeitig bitten. Außerdem ließ er sie einfach herumstehen, während er selbst gemütlich auf einem thronartigen Stuhl Platz genommen hatte. Ana-ha beschloss ohne Umschweife auf den Punkt zu kommen: „Wir brauchen eure Hilfe in Jenpan-ar“, fing sie an. Das *Wir* drückte ihre Solidarität zu Antares aus.

„Jenpan-ar? Die Brandherde?“ Atemos überflog das Schreiben.

„Ja. Wir bekommen die Feuer nicht in den Griff. Antares lässt fragen, ob ihr uns einige Elementler zur energetischen Eindämmung des Feuers schicken könntet.“

Atemos sah zweifelnd von den Zeilen auf. „Wer sollte ein Feuer besser in den Griff bekommen als Wasserelementler, Ana-ha Lomara? Gerade du hast es uns doch letztes Jahr demonstriert ...“

Sie hatte erwartet, dass es nicht einfach werden und Atemos auf die Elementas anspielen würde. Trotzdem ärgerte sie sich darüber.

„Glaubst du, Antares würde dich um Hilfe bitten, wenn er diese nicht dringend bräuchte? Die Brände toben schon lange in dieser Gegend, unsere Leute sind erschöpft. Der Sommer war einfach zu heiß.

Außerdem musste Antares noch Elementler nach Triad senden. Er sagte, es sei wirklich wichtig!"

„Ja ja, wirklich wichtig ist es immer. Aber gut, ich kann seine Bitte schlecht abweisen, wo er uns doch auch seine besten Leute zur Seite gestellt hat." Er musterte sie mit zusammengekniffenen Augen und Ana-ha wusste nicht, wie sie seine Worte deuten sollte. Einerseits war sie seit der Elementas die gefeierte Heldin des Wasserreiches, andererseits hatte sie nicht den Status eines Ratsmitgliedes, welche normalerweise außerelementare Probleme lösten.

„Antares wird das Tor direkt in Jenpan-ar öffnen. Er sagte, die Hilfe müsste schnell kommen! Außerdem", fuhr Ana-ha hastig fort, bevor Atemos irgendetwas dazu sagen konnte, „bräuchte ich ebenfalls deine Hilfe."

„Du?" Atemos legte beide Hände auf die Schreibtischplatte und lehnte sich gespannt nach vorne.

„Ich habe in der Trainingshalle eine Kette verloren. Ich hätte sie gerne gesucht, aber Fiuros wollte mich nicht allein zurücklassen."

„Absolut korrekt von ihm!" Atemos lehnte sich wieder zurück und verschränkte die Arme vor der Brust.

„Das habe ich auch nicht angezweifelt. Aber der Stein meiner Kette ist äußerst wertvoll und ich würde gerne noch einmal danach suchen ... in Begleitung versteht sich ..."

„Äußerst wertvoll?" Atemos hatte sich hinter seinem Schreibtisch erhoben.

„Ja, sehr!"

„Wie sieht der Stein denn aus?" Er hatte nicht nach der Gesteinsart, sondern nur nach dem Aussehen gefragt. Das war ungewöhnlich, aber willkommen für Ana-ha.

„Er ist blaugrün, eher bläulich."

„Ideeller Wert oder tatsächlicher?"

„Beides."

„Hm ..." Atemos betrachtete sie nachdenklich und schwieg. Sicher überlegte er, wie er sich geschickt aus der Sache herauswinden konnte. „Und warum hast du ihn verloren?", wollte er schließlich wissen.

„Ein Mynix!" Ana-ha hielt die Luft an und wartete auf die höhnische Zurechtweisung, die er gleich vom Stapel lassen würde. Doch sie folgte nicht.

„Dinge, die uns wichtig und wertvoll sind, bedürfen eines besonderen Schutzes, Ana-ha Lomara!“ Sein vorheriger Spott bröckelte wie maroder Putz von ihm ab und legte ein Fundament besorgten Interesses frei. „Kein Mynix und kein Beben des Zwischenbereichs sollten schuld an einem solchen Verlust sein.“

Ana-ha senkte reumütig den Kopf. „Ich weiß!“

Atemos starrte ins Leere, wie zu einem unsichtbaren Gegenüber, als würde dieser seine Ansicht teilen. Dann nickte er Ana-ha mechanisch zu und der geisterhafte Dritte im Raum löste sich auf.

„Antares und ich verstehen uns besser, als wir es uns selbst eingestehen mögen. Und ich bin mir sicher, dass er weiß, dass ich sein Gesuch um Unterstützung nicht abschlagen werde. Vor langer Zeit hat mir Antares selbst einmal geholfen, etwas sehr Bedeutsames zu bewahren. Seit diesem Tag respektiere ich ihn mehr als jeden anderen eures Volkes. Du stehst ihm nahe, soweit ich weiß?“

Ana-ha nickte.

„Dann sollst du auch nach deiner Kette suchen dürfen!“

Ana-ha lächelte zaghaft.

„Ich selbst werde dich begleiten. Zufälligerweise habe ich gerade ein paar Minuten Zeit!“

Ana-ha konnte ihr Glück kaum fassen. Sie wusste nicht, weshalb sie in Atemos’ Gunst plötzlich so gestiegen war, dass er sogar höchstpersönlich mitkam. Vielleicht wollte er nur freundlich sein, weil sie sich mit Antares so gut verstand. Vielleicht lag ihm auch etwas daran, die Beziehung zum Wasserreich ein wenig zu intensivieren. Vielleicht wollte er sie auch nur bei der späteren Störfeldsuche zu Höchstleistungen anspornen.

„Oder aber“, flüsterte ihr eine leise Stimme zu, „er vermutet einen Larimar hinter deinem Stein und möchte ihn mit eigenen Augen sehen.“ Kaira sagte, die Kette hätte eine Relevanz. Aber selbst wenn Atemos Kenntnis über ihren Reichtum bekam ... was sollte das verändern?

# Der Feuerstaub

Die großen Banner der Feuerkunstakademie hingen schlaff herab. Unbarmherzig brannte die Sonne vom strahlend blauen Himmel. Die bunt gemischte Gruppe Elementler stand auf der höchsten Terrasse, von der aus sie ihr Einsatzgebiet überschauen konnte. Es lag rings um die Akademie.

Fiuros ließ gerade eine lange Rede über den geplanten Anbau vom Stapel. Er redete von fremdelementaren Einflüssen, die sie ausschließen müssten, von Feuerkräften, die sich nicht richtig entfalten könnten und von der Kontrolle über das Element. Ana-ha hatte schon sehr bald die Lust an seiner selbstherrlichen Darstellung verloren und konzentrierte sich lieber auf Cruso Carusóh und Menardi Rousso, die beiden Luftelementler, die vorhin angekommen waren. Noch nie hatte sie Iciclos' Freund gesehen, nur von ihm gehört ... und das auch nicht allzu ausführlich, denn Iciclos sprach selten über Beziehungen, gleich, welcher Natur sie entsprangen.

Cruso war hochgewachsen. Mit dunklen Haaren und sehr fein geschnittenen Gesichtszügen sah er sensibel und ruhig aus, ein bisschen wie Seiso-me ... nur lag in seinen Augen nicht die Tiefe des Meeres, sondern die lufttypische Klarheit, die dem Volk zugeschrieben wurde. Menardi kannte sie von der letzten Elementas, bei der er gegen sie angetreten war. Menardi war um die Vierzig, verheiratet und hatte vier Söhne. Er war sogar noch größer als Fiuros und entsprach mit seinem blonden Schopf und den himmelblauen Augen genau dem typischen Bild, welches man sich von Luftelementlern machte. Beide trugen blütenweiße Gewänder, die, mit symmetrischen Ornamenten und Zierrat versehen, einen hochehrwürdigen Eindruck erweckten und sie sofort als Ratsmitglieder auszeichneten. Ana-ha kam sich daneben richtig deplatziert vor. Unauffällig sah sie zu Iciclos, der sich seiner Landesfarbe entledigt hatte und nun wieder schwarz trug.

Sie alle hörten Fiuros zu, der gerade zum Abschluss seiner Rede kam: „Eine Feuermeditation über einer Wasserader ist für einen Anfänger eine ähnliche Katastrophe wie für manch einen der Griff ins Gralsfeuer!"

„Das ist nicht nur für Anfänger eine Katastrophe, oder?", lachte Iciclos jetzt. Jeder wusste, dass die bloße Berührung der Flammen des Gralsfeuers sofort tötete. „Es sei denn, derjenige ist zufälligerweise ein Tachar des Feuers."

„Zufälligerweise gibt es seit siebenhundert Jahren keine Tachare mehr", sagte Fiuros jetzt. „Und Anfänger sind niemals Tachare."

„Natürlich nicht!", stimmte Iciclos zu und die Gruppe folgte Fiuros hinab zu ihrem Einsatzgebiet.

Wie roter Sinter zogen sich die verschiedenen Terrassen der Akademie bis zum Erdboden. Mit dem monumentalen Element Feuer wirkte der Bau fast altertümlich. Wibuta lag in einem etwas größeren Abstand um die Akademie herum, sodass diese den Kern der Stadt bildete. Im Gegensatz zu dem wellenförmigen Baustil des Wasserreiches legte man hier Wert auf scharfkantige Architektur. Manche Häuser hatten so viele Ecken und Kanten, dass Iciclos sie auch beim genaueren Betrachten nicht zählen konnte. Aber das eindrucksvollste war die rote Vegetation des Feuerlandes. Alles leuchtete in den unterschiedlichsten Rottönen. Jede Pflanze besaß ihre eigene Färbung und viele von ihnen hatte Iciclos noch nie zuvor gesehen. Es hätte ihn nicht gewundert, wenn die Feuerelementler sie extra gezüchtet hätten, um vor Fremden Eindruck zu schinden.

Iciclos ging stumm hinter Hyandra her, die mit Ana-ha in ein Gespräch über die verschiedenen Pflanzengattungen vertieft war. Ana-has ernsthaftes Interesse an ihrer Vegetation ließ Hyandra scheinbar ihre Vorurteile hintenanstellen.

Er dachte an das Gespräch, welches er vorhin mit Ana-ha zu führen versucht hatte. Aber statt ihrer Sorgen bezüglich Fiuros und dem Feuerland hatte sie ihm nur von ihrem Treffen mit Atemos berichtet. Und auch davon, dass ihre Kette weiterhin unauffindbar war. Sie hatte kein Wort mehr über ihre Vorahnungen verloren und Iciclos war erleichtert gewesen, denn Gespräche über Gefühle, ob es nun seine eigenen waren oder nicht, bereiteten ihm immer größtes Unbehagen. Und außerdem: Vielleicht hatten sich ihre Vorahnungen ja mittlerweile auch verflüchtigt.

„Was ist denn das?", hörte er Ana-ha plötzlich rufen. Sie hatte sich über eine steinerne Brüstung gelegt und betrachtete fasziniert eine wunderschöne, magentafarbene Kletterpflanze, die sich an der östlichen Akademiemauer emporrankte. Iciclos kam näher heran. Das Exemplar war wirklich außergewöhnlich. Die flammenförmigen Blätter waren mindestens einen Meter breit. Die feinen Härchen darauf, ungefähr zwei Zentimeter lang, standen senkrecht ab, als streckten sie sich der Sonne entgegen. Ana-ha beugte sich angestrengt noch ein Stückchen weiter vor und wollte nach dem Blatt greifen, das in der Sonne zu glimmen schien.

„Nein!", schrie Hyandra entsetzt. „Nicht anfassen!"

Ana-has Finger stoppten wenige Zentimeter vor der Pflanze. „Wieso? Ist sie giftig?" Sie zog ihre Hand langsam zurück.

„Nein, sie glüht!" Fiuros stand plötzlich so dicht hinter Ana-ha, dass sie sich nicht mehr umdrehen konnte.

„Sie glüht?", wiederholte Iciclos interessiert. So etwas hatte er noch nie gehört. Er stellte sich direkt neben Fiuros und begann sich zu fragen, ob dieser Ana-ha absichtlich so wenig Raum ließ.

„Kann man sich an ihr verbrennen?" Ana-ha war so mit der Pflanze beschäftigt, dass sie überhaupt nichts davon zu bemerken schien.

„Ja, bis auf uns Feuerelementler, die wir die Kräfte des Feuers und der Hitze beherrschen", antwortete Hyandra.

„Wirklich? Das ist ja ... heiß", entfuhr es Ana-ha.

Iciclos und Cruso lachten.

„Wie stark sind denn die Verbrennungen, die sie hervorruft?" Ana-ha beugte sich neugierig zur Pflanze hinunter. Für den Bruchteil einer Sekunde hatte Iciclos das Gefühl, dass Fiuros am liebsten ihre Hand gepackt und an das Blatt gehalten hätte, um es ihr persönlich zu demonstrieren. Verwirrt schüttelte er den Kopf, wie um lästige Schmeißfliegen zu verscheuchen.

„So stark, dass ich es an deiner Stelle nicht ausprobieren würde", warnte Hyandra. Sie hing ebenfalls halb über der Mauer und sah die Pflanze zärtlich an.

„Und wie heißt dieses *heiße* Gewächs?", wollte nun Menardi wissen.

„Ihr richtiger Name ist furchtbar kompliziert auszusprechen, daher nennen wir sie immer nur Feuerstaub."

„Feuerstaub?" Menardi schüttelte seine Haare zurück und schien sich prächtig darüber zu amüsieren. „Wie kommt ihr denn darauf? Für mich klingt das nach einem Namen aus einem Kinderbuch und nicht nach einer glühenden Kletterpflanze."

Fiuros warf ihm einen abschätzenden Blick zu. Dann lächelte er ein wenig und sah sich nach einem Geschöpf um, das er opfern konnte, um Menardi die Gefährlichkeit der Pflanze mit dem Kinderbuch-Namen nahezubringen. Er griff zielsicher in das Mauerwerk und angelte sich ein leuchtend rotes Insekt.

„Der Fortunas major, Menardi, hasst die Hitze und zieht sich tagsüber in die kühlen Mauern zurück", erklärte er, während der kleine Käfer in seiner Hand hektisch mit den Beinen zappelte. „Heute war das Glück nicht ganz auf seiner Seite." Fiuros drückte einen Punkt auf dem Rücken des Käfers. „Man muss nur wissen, wie man seine Flügel blockiert, dann kann er einem nicht mehr davonfliegen." Und mit einer blitzschnellen Bewegung schleuderte er den Fortunas major auf das ihm am nächsten befindliche Blatt des Feuerstaubs. Abgestoßen und gleichzeitig fasziniert sah die Gruppe zu, wie der Käfer auftraf. Er verwandelte sich innerhalb von Millisekunden in schwarze Asche.

„Mineralischer Staub ... alles, was übrig bleibt." Fiuros nickte zufrieden.

„Feuerstaub", sagte Menardi mit schwacher Stimme.

„Glück gehabt." Ana-ha betrachtete ihre linke Hand, als sähe sie sie zum ersten Mal und sparte sich bissige Kommentare über Tierquälerei. „Das hättet ihr aber eigentlich vorher erwähnen müssen. Es ist doch ziemlich gefährlich, so ein Ding, das alles in Schutt und Asche legt, einfach hier an der Akademie hochklettern zu lassen."

„Dieses Ding, wie du es nennst, ist das Ergebnis einer monatelangen Züchtung." Fiuros' Stimme war nicht unfreundlich, aber Ana-ha missfiel der Tonfall. Er hatte etwas Herablassendes. „Nur unsere Anfänger müssen sich in Acht nehmen. Und gelegentlich auch die Fortunas."

„Wir vergessen immer wieder, wie gefährlich sie für Fremdelementler ist. Und diese kommen sehr selten in unsere Akademie." Hyandra lächelte entschuldigend und setzte sich auf die Mauer. Sie griff nach demselben Blatt, auf dem gerade der Käfer verglüht war, und fuhr mit ihren Fingerkuppen hauchzart darüber. Nichts passierte.

„Unglaublich." Jetzt war Menardi tief beeindruckt.

„Zu deiner Beruhigung, Ana-ha", setzte Fiuros hinzu und trat einen Schritt zurück, „ihre Tödlichkeit bemisst sich an der Größe des auftreffenden Objekts. Für diesen kleinen Käfer war die Hitze zu stark. Für dich selbst wäre sie nicht sofort tödlich. Du müsstest deine Hand schon etliche Sekunden darauf lassen. Und glaub mir", er lächelte ein wenig abfällig, „das würdest du ohnehin keine Sekunde aushalten." Er nickte in die Runde. „Können wir weiter? Schließlich sind wir hier nicht auf einer Exkursion in der Botanik. Wir haben noch wichtigere Dinge zu erledigen." Ohne eine Antwort abzuwarten, schritt er weiter.

Iciclos folgte ihm als Erster, nachdenklicher als zuvor. Gerade eben hatte er bemerkt, was ihn die ganze Zeit schon unbewusst irritiert hatte. Er nahm von Fiuros überhaupt keine Gefühle mehr wahr. Es war, als wäre er gefühlsmäßig überhaupt nicht mehr präsent. Fiuros hatte Iciclos vor längerer Zeit einmal darum gebeten, ihm zu zeigen, wie er sich vor empathischen Angriffen schützen könnte. Und da Iciclos es für ihre gemeinsamen Zukunftspläne für das Beste gehalten hatte, wenn Fiuros sich emotional verschließen konnte, hatte er ihm einige Tipps gegeben. Fiuros schien diese Methode allerdings perfektioniert zu haben, denn ein absolutes Nichts hatte sich an die Stelle seiner Gefühle gesetzt. Fast so, als wäre er gar nicht da. Iciclos hätte zu gerne gewusst, weshalb er das tat. Er wusste, dass Fiuros generell ein Problem mit Empathen hatte, aber dass er sich jetzt grundsätzlich in deren Anwesenheit blockierte, hielt er für etwas übertrieben. Schließlich schalteten die meisten von ihnen ihre Fähigkeit bei normalen Tätigkeiten ab. Er würde ihn später, wenn sie allein waren, danach fragen. In der Gesellschaft der anderen war es zu riskant. Schließlich durfte keiner – ausgenommen Cruso – von ihnen wissen, wie gut sie sich wirklich kannten.

Hinter ihm hatte Ana-ha ein Gespräch mit Cruso und Menardi begonnen. „Ich habe gehört, du nimmst an den Elementas teil", wandte sie sich nun direkt an Cruso.

„Ja, ich habe dieses Mal das Auswahlverfahren gewonnen." Cruso warf einen flüchtigen Blick auf Menardi, gegen den er angetreten war.

Menardi grinste. „Ist schon gut, alter Junge. Ich habe dir meine Niederlage verziehen.“ Er schlug Cruso so fest auf den Rücken, dass dieser beinahe gestolpert wäre. „Cruso ist einfach fantastisch gewesen. Er hat einen solchen Orkan losgelassen, dass es mich glatt umgehauen hat. Habe gehört, du hattest heute ein ähnliches Erlebnis mit einem Mynix ...“

Ana-ha nickte verlegen.

„Ist nicht tragisch. Sei froh, dass du dich nicht ernsthaft verletzt hast.“ Er betrachtete Ana-ha wohlwollend. „Ich habe mir bei der Vorausscheidung eine zehn Zentimeter lange Schnittwunde eingehandelt. Was soll's. Ich sage immer: Gegen einen würdigen Gegner zu verlieren mildert den Frust der Niederlage. Wen schickt denn das Wasserreich an den Start?“

„Ich denke, es läuft auf Seiso-me oder Iciclos hinaus. Aber unsere Auswahlverfahren haben sich leider etwas verzögert, ihr wisst ja, nach der Sache in Jenpan-ar und der Triad-Geschichte ... wir haben unsere ganzen Leute dort. Auch die, die eventuell noch am Turnier teilnehmen wollen.“ Crusos und Menardis Gesichter hatten sich bei der Erwähnung von Triad verdunkelt.

„Ja, das mit Triad ist eine schlimme Geschichte ...“, begann Menardi.

„An der die Wasserelementler nicht ganz unschuldig sind“, warf Fiuros ein, ohne sich dabei umzudrehen. Er hatte sich von den anderen distanziert und lief mindestens fünf Meter voraus, aber nun war sein Interesse, sich an ihrem Gespräch zu beteiligen, scheinbar wieder geweckt worden. „Waren es nicht eure Leute, die den Staudamm entworfen haben?“

„Ja, schon“, gab Ana-ha widerwillig zu.

„Wir Luftelementler machen euch keine Vorwürfe“, wollte Menardi schnell die aufkommende, gespannte Stimmung beschwichtigen. „Fehler passieren, in jedem Reich.“

Fiuros war stehen geblieben und musterte Menardi düster. „Nur, dass bei diesem Fehler Teile eurer Akademie buchstäblich den Bach runtergegangen sind. Aber ... zum Glück war es ja nur der Fehler der Wasserelementler und nicht der der Erdleute. Dann sähe die Sache mit Sicherheit anders aus, nicht wahr, Menardi?“ Fiuros spielte auf die immer wieder aufflackernde Fehde des Luft- und Erdreiches an.

„Ihr habt mit dieser Geschichte nichts zu tun, Fiuros. Ja, es ist schlimm, was geschehen ist. Aber die Wasserelementler helfen uns, so gut sie können."

Fiuros grinste spöttisch: „So gut, dass sie ihre eigenen Probleme nicht mehr lösen können."

„Was meinst du damit?", fragte Iciclos angriffslustig. Sicher liebte er das Wasserreich nicht annähernd so hingebungsvoll wie der öde Seiso-me, aber er wollte es auch nicht von Fiuros in der Öffentlichkeit durch den Dreck ziehen lassen ... zumal er einen ganz anderen Teil der Wahrheit kannte.

„Was machen denn eure Brände um Jenpan-ar? Habt ihr sie mittlerweile im Griff?"

„Nein! Aber ich wusste gar nicht, dass unsere Angelegenheiten so interessant für euch sind, dass ihr darüber Kenntnis habt", sagte Ana-ha spitz.

„Ach, so etwas spricht sich schnell herum. Gerade bei uns!" Hyandra sah Ana-ha leicht mitleidig an.

„Was soll denn das nun wieder heißen?" Ana-ha zwang sich, freundlich zu bleiben.

„Es heißt, dass wir Feuerländer es sehr seltsam finden, dass Wasserelementler keine Brände löschen können. Ich meine, es ist doch ganz einfach: Da ist das Feuer, da ist das Wasser, dort ist ein Naturgesetz. Weshalb lässt du nicht wieder einen deiner berühmten Regen entstehen?" Wieder ein kleiner Seitenhieb. Fiuros war stehen geblieben und machte den Eindruck, dass das Gespräch ihm immer mehr gefiel.

„Wir brauchen keinen Regen, wir haben Atemos auf unserer Seite." Ana-ha lächelte freundlich in die halb erstaunten, halb entsetzten Gesichter von Hyandra und Fiuros. Sie sollte ja immer höflich bleiben.

„Ihr habt wen auf eurer Seite?" Fiuros' Augen durchbohrten Ana-ha fast.

„Atemos Medes. Ich war vorhin bei ihm und habe ihm Antares' Bitte überbracht, uns einige Feuerelementler auszuleihen, damit sie unsere Brände energetisch eindämmen."

„Auszuleihen?", wiederholte Fiuros empört über ihre Wortwahl. Man konnte förmlich zusehen, wie die aufgenommenen Informationen seinem Verstand zusetzten. Langsam und deutlich versuchte er den Inhalt ihres Satzes wiederzugeben, um die Möglichkeit auszuschließen, sich verhört zu haben: „Du warst bei Atemos, um ihn zu fragen, ob wir unsere Leute nach Jenpan-ar aussenden, um eure Brände einzudämmen? Weil ihr alle Leute in Triad habt, um einen Schaden zu beheben, den ihr selbst verschuldet habt?" Er starrte Ana-ha an, eine Mischung aus Faszination und Verachtung lag in seinem Blick. Er machte den Eindruck, als würde er annehmen, dass der Mynix ihren Verstand gründlich durcheinandergewirbelt hatte. Allein der Gedanke, um so etwas überhaupt zu bitten, erschien ihm ungeheuerlich.

Ana-ha nickte nur und sah Fiuros fest in die Augen. Plötzlich hatte sie den Eindruck, dass es ihm gar nicht um Jenpan-ar ging, auch nicht um Atemos, noch nicht einmal um Triad und am allerwenigsten um seine fast verjährte Niederlage. In Fiuros' Blick lag etwas viel Tieferes, Unergründliches. Aber seine Gefühle zeigten nicht die kleinste Regung. Trotz seiner offensichtlichen Mimik für Spott, Verachtung und leichter Verwirrung befand sich unter der Oberfläche ein absolutes Vakuum. Ob Iciclos das auch bemerkt hatte?

Fiuros starrte auf den Rasen unter ihnen: „Wenn Atemos euch unsere Leute zugesagt hat, bekommt ihr sicher die besten, die er finden kann. Ich kann selbstverständlich nicht mitkommen, das versteht ihr hoffentlich." Als er sich der Gruppe zuwandte, hatte er sein überlegenes Lächeln zurückgewonnen. Mit eiligen Schritten marschierte er weiter und sah aus, als würde er sich heute an keiner Diskussion mehr beteiligen wollen. Wer wusste schon, was man sonst noch von ihm und seinem Land fordern würde.

Seit vier Stunden irrte Ana-ha über das markierte Feld, ganz versunken in ihre Kräfte, so gut es bei der Hitze und den herumstreichenden Feuerländern um sie herum möglich war. Gefunden hatte sie bisher nichts. Iciclos schien es ähnlich zu ergehen. Ab und zu sah sie ihn ratlos den Kopf schütteln. Vielleicht gab es hier einfach keine Wasseradern. Die umstehenden Feuerländer patrouillierten wie Wachposten an der Grenzlinie, rotteten sich immer wieder in Grüppchen zusammen und sahen in beunruhigender Regelmäßigkeit zu ihnen hinüber. Ihren Mienen nach zu urteilen wurden sie stündlich übellauniger.

Ana-ha gestattete sich eine kleine Pause und setzte sich mit den Plänen, die Fiuros ihr und Iciclos persönlich ausgehändigt hatte, in Iciclos' Nähe an den Rand des Rasens. Das Trinkwasserversorgungsnetz verursachte keine Probleme. Seen und Flüsse gab es in der Nähe auch keine, also konnten sie Strömungen im Grundwasser ausschließen. Blieben nur noch die gefährlichen Untergrundströmungen, die manchmal bis zu tausend Meter tief liegen konnten. Kaira hatte prophezeit, dass sie lange nichts finden würden. Aber am Schluss hatte sie noch etwas anderes gesagt – ihr habt gefunden, was er gesucht hat – so oder ähnlich hatte sie sich ausgedrückt. Es musste also hier eine Störung geben.

Ana-ha betrachtete Iciclos nachdenklich. Er stand auf dem abgesteckten Feld, mit weit ausgebreiteten Armen und völlig versunken in die Kraft des Wassers. Sein schmales Gesicht war der Sonne zugewandt und seine blonden Haare leuchteten kräftig und hoben sich – sie lächelte – sehr deutlich von seinem schwarzen Gewand ab. Die vielen Feuerländer auf dem Rasen beeindruckten ihn scheinbar überhaupt nicht. Ana-ha fuhr ein Stich ins Herz, als sie ihn so stehen sah.

Er war so gut geworden. Er war so schnell so gut geworden. Er musste ein immenses Talent besitzen. Was konnte er noch alles erreichen? Wo würde er in zehn Jahren mit diesem Talent sein? Wo würde sie sein? Immer noch an seiner Seite? Würde er sie irgendwann einmal näher an sich heranlassen? Würde er überhaupt jemanden in seinem Leben dulden? Iciclos wollte keine Beziehung eingehen. Das hatte er einmal beiläufig in einem Nebensatz erwähnt. Sollte sie jemals mehr für ihn empfunden haben als reine Freundschaft, sie hatte diese Gefühle sofort im Keim erstickt.

„Ana-ha!" Iciclos drehte sich zu ihr um. Er lachte und seine blauen Augen strahlten im gleißenden Sonnenlicht. „Beobachtest du mich heimlich?"

„Nein, ich beobachte dich ganz offensichtlich." Ana-ha lächelte.

„Ich habe noch nichts gefunden, du?" Iciclos ließ sich neben sie auf den Rasen fallen.

Ana-ha schüttelte den Kopf. „Wenn sie Glück haben, ist hier nichts. Hast du was von Cruso oder Menardi gehört?"

„Bis jetzt ist auch bei ihnen alles in Ordnung. Keine sonderbaren ionisierenden Strahlungen oder so, keine Ahnung, von was die geredet haben. Die Feuerländer haben sogar die Erdelementler angefordert. Wegen terrestrischer Verwerfungen und so einem Zeug."

„Lass mich raten: Sie verspäten sich ... wie immer."

Iciclos nickte. Pünktlichkeit war sicher keine Tugend des Erdvolkes.

„Habt ihr schon etwas gefunden oder warum sitzt ihr hier so untätig herum?“ Fiuros war wie aus dem Nichts hinter ihnen aufgetaucht.

Ana-ha und Iciclos erhoben sich schnell.

„Nein, noch nichts ... leider oder zum Glück, je nachdem, wie man es nimmt“, sagte Iciclos rasch.

„Natürlich wäre es uns am liebsten, wenn ihr nichts finden würdet. Aber wer gibt mir dann die Garantie, dass es nicht nur daran liegt, dass ihr etwas übersehen habt?“

„Keiner.“ Ana-ha sah ihn an. Kaira hatte ihr diese Szene beschrieben, sie war sich ganz sicher.

*Ihr sucht nach Wasseradern ... ihr werdet lange nicht fündig ... Fiuros ist bei euch, er sieht nicht sonderlich begeistert aus ...*

Sie musste an Kairas verklärtes Gesicht denken, als sie Fiuros in ihrer Vision gesehen hatte. Interessiert betrachtete sie ihn aus der Nähe. Seine Gesichtszüge waren ebenmäßig, fast aristokratisch, mit hohen Wangenknochen und fein geschwungenen Lippen, die gestochen scharf umrissen waren, fast, als seien sie gezeichnet. Seine mahagonifarbenen Augen standen weit auseinander und schimmerten so wie Iciclos‘ im Sonnenlicht, intensiv und eindringlich. Doch seine augenscheinliche Attraktivität entsprang nicht seinen wie gemeißelt wirkenden Gesichtszügen, sondern seiner Aura. Ein herrschaftlicher Glanz, der vielleicht sogar dem Feuerelement entsprang, umschloss ihn lückenlos und ließ ihn mindestens zehn Jahre älter wirken, als er tatsächlich war.

„Du musst dich schon auf uns verlassen“, sagte Ana-ha jetzt und sah wieder zu Iciclos.

„Vielleicht sollte ich eure Ergebnisse doch noch einmal von einem eurer Ratsmitglieder überprüfen lassen“, überlegte Fiuros mit einem nachdenklichen Stirnrunzeln. Dann sagte er an Ana-ha gewandt: „Du machst jetzt wieder dort hinten weiter. Ich möchte nicht, dass ihr euch absprecht oder gemeinsam sucht, denn sonst können wir eure Ergebnisse hinterher schlecht vergleichen.“

Iciclos sah kurz zu Ana-ha, diese zuckte mit den Schultern und begab sich wieder an den Rand des abgesteckten Feldes.

Drei Feuerländer schlichen an den Markierungen herum und musterten sie lauernd. Ana-ha drehte ihnen den Rücken zu. Sie hasste diese ständige Belagerung. Sie kam sich vor, als stünde sie hier permanent unter Beobachtung.

Die Feuerländer lachten und einer machte eine abfällige Bemerkung über schilfgrüne Gewänder. Ana-ha schloss die Augen und versuchte, sich mit ihrem Element zu verbinden. Die Feuerländer kamen noch näher an die Markierung heran.

Einer hob die Stimme: „Hey, Diluvia-ana, hey ..."

Ana-ha öffnete die Augen wieder und drehte sich gereizt um.

„Wo hat sich wohl dein Element hier versteckt?", spottete der Feuerländer, der sie gerufen hatte. Er hatte rostrote Locken und einen stacheligen Dreitagebart.

Ana-ha warf ihm lediglich einen warnenden Blick zu, antwortete aber nicht.

„Wer Fiuros besiegt, wird ja sicher auch eine wasserelementare Störung finden, oder?" Der Größte der drei, sicher keine zwanzig, schlug dem Lockigen lachend auf den Rücken.

„Ihr behindert meine Konzentration", sagte Ana-ha knapp.

„Ach, Konzentration braucht ihr", der Dritte mischte sich nun auch noch ein. Er machte ein böses Gesicht, als er sie anstierte. „Ich dachte, ihr seid das Volk der Ahnungen, Träumereien und der Seele. Wusste gar nicht, dass man sich bei euch konzentrieren muss."

„Sie hat wohl keine Ahnung, wo die Störung ist", lachte jetzt der Lockige. Sein Gewand biss sich schrecklich mit seiner Haarfarbe.

Ana-ha machte ein paar Schritte von ihnen weg, doch die Gruppe folgte ihr feixend, der große Dunkelblonde vorneweg.

„Lasst mich in Ruhe meine Arbeit machen", wies Ana-ha sie unfreundlich an, lief aber weiter.

„Seit wann schickt denn euer Rat das Fußvolk nach Wibuta? Haben sie es nicht mehr nötig, selbst zu erscheinen?" Der Dunkelblonde wollte Ana-ha am Ärmel ihres Gewandes festhalten.

Plötzlich stand Menardi neben ihr. „Probleme?", wollte er wissen. Er warf den dreien einen finsteren Blick zu, der sie stehen bleiben ließ.

„Nur ein paar feuerländische Halbstarke", sagte Ana-ha laut. „Wollen wohl Fiuros beeindrucken."

Die Gruppe wandte sich von ihnen ab und tat plötzlich so, als habe sie etwas furchtbar Wichtiges an der Markierung zu schaffen.

„Ein kleiner Tipp von mir: Lauf niemals allein durch die Feuerkunstakademie." Als Ana-ha ihn fragend ansah, sagte er ernst: „Ihre Gedanken sind nicht so harmlos wie ihre Späße."

„Du beherrscht die Mentalkunst?", fragte Ana-ha beeindruckt.

„Ein wenig." Menardi lächelte bescheiden.

„Wie funktioniert es?", wollte Ana-ha wissen. Die Gedanken der Feuerländer sollte Menardi besser für sich behalten, sie würden sie nur beunruhigen.

„Du musst deinen Geist leicht machen. Er muss wie ein Hauch sein, der in die Gedanken des anderen strömen kann. Stell dir einen Raum vor, den du öffnest und betrittst. Nur auf geistiger Ebene."

„So ist es auch beim Empathieren. Nur auf der Basis der Gefühle."

Menardi nickte. „Es ist vergleichbar, nur dass wir nicht mitschwingen, sondern mit dem Wind segeln."

Ana-ha lachte. „Schön formuliert." Sie mochte ihn wirklich gern.

Menardi blieb die nächsten Stunden in ihrer Nähe und ließ sich auch von Fiuros nicht davon abbringen, den ihre Zweisamkeit deutlich verärgerte. Vermutlich machte er sich Sorgen, dass sie sich gegenseitig zu sehr ablenkten. Ana-ha hatte mehrfach versucht, eine Emotion von dem Feuerländer zu empfangen, aber sie konnte nichts fühlen, außer den Eigenschaften des Feuers, die ohnehin überall in der Luft lagen.

Am frühen Abend, auf dem Weg zu ihren Zimmern, berichtete sie Iciclos davon.

„Ich spüre gar nichts. Noch nicht einmal einen Funken schlechter Laune ... nichts! Und das ist doch gerade für einen Feuerländer sehr, sehr ungewöhnlich", endete sie schließlich.

Iciclos winkte nur ab: „Keine Ahnung, ich habe Empathie hier noch gar nicht eingesetzt, warum auch. Ich habe keine Lust diese miesepetrige Stimmung um uns herum noch zu intensivieren ... und das Gleiche würde ich dir auch raten." Er sah sie an. „Wo geht's jetzt lang? Geradeaus?" Ana-ha sollte sich bloß nicht zu viele Gedanken über Fiuros' Gefühlsabstinenz machen. Nicht, dass sie noch misstrauisch wurde.

„Links, glaube ich. Aber trotzdem ... ich finde es auf jeden Fall ungewöhnlich", bekräftigte Ana-ha nochmals ihre Feststellung, wenn auch mehr an sich selbst gewandt als an Iciclos. Sie würde es auf alle Fälle beobachten.

# Feuertanz

Sie hatten weder Wasseradern gefunden noch war ihr Larimar bislang aufgetaucht. Atemos Medes war ganz aufgeregt zu ihrem Zimmer gekommen und hatte sie gebeten, doch noch einmal ihr komplettes Gepäck auf den Kopf zu stellen. Nichts. Fehlanzeige. Ana-ha hoffte inständig, dass Antares ihn nur übersehen hatte. Was der Verlust des Larimars für sie bedeutete, konnte sie kaum in Worte fassen. Es ging ihr weder um das Geld noch um den Schmuck an sich. Es war die Verbindung zum Leben, welche sie mit diesem Stein verknüpfte. Immer, wenn sie sich wieder einmal besonders verloren gefühlt hatte, hatte sie sich ihren Larimar umgelegt und sich dabei vorgestellt, er würde sie mit all seinen gespeicherten Weisheiten und Erinnerungen in diesem Leben festhalten. Der Verlust kam ihr vor, als sei jetzt auch dieses letzte Seil gerissen.

Ana-ha seufzte, trat an den türhohen Spiegel in ihrem Zimmer und besah sich mit leichtem Unbehagen das feuerrote Gewand, welches daneben hing. Fiuros hatte es sich nicht nehmen lassen, ihr und Iciclos persönlich die Tracht seines Reiches vorbeizubringen. Er hatte von dem Zwischenfall auf dem Feld erfahren und beschlossen, dass es das Beste sei, wenn Ana-ha, und in diesem Sinne auch Iciclos, die Farben von Wibuta trug. Ana-has Gesicht war aufgrund der Größe des Elementasplatzes viel weniger bekannt als ihr Name. Die rote Kleidung würde ihr daher eine gewisse Anonymität im Pulk der vielen Studierenden verleihen. Die drei Störenfriede hatte Fiuros am frühen Abend einkassiert und für eine Woche aus der Akademie ausgeschlossen. Danach war er mit Hyandra und den Gewändern bei ihnen aufgetaucht:

„Damit ihr heute Abend weniger auffallt“, hatte er gesagt, und angefügt, dass es eine Ehre sei, diese Kleidung tragen zu dürfen und eine Beleidigung, sie abzuweisen oder gar nicht erst zu den Feierlichkeiten – zu denen er sie im gleichen Atemzug eingeladen hatte – zu erscheinen. Ana-ha bezweifelte jedoch stark, dass Fiuros in Thuraliz freiwillig in Schilfgrün herumgelaufen wäre. Und entgegen ihrer Erwartung hatte Iciclos sofort zugestimmt und so jeglichen Protest von ihr untergraben.

Ana-ha schlüpfte in das mehrlagige Kleidungsstück aus Scharlachrot und Purpur und begutachtete ihr Spiegelbild. Sie kam sich seltsam kostümiert vor, wirklich, wie aus einer anderen Welt. Oben saß das Kleid fast zu eng und war viel zu tief dekolletiert, während es sich in der Mitte ihrer Oberarme und unterhalb der Taille großzügig in einzelne Stoffbahnen unterschiedlichen Materials aufspaltete.

Ana-ha drehte sich um sich selbst, zog und zupfte an dem feuerländischen Gewand herum, bis sie sich einigermaßen wohlfühlte. Dass sie so weniger auffiel, hätte sie allerdings nie behauptet. Richtig schlicht mutete dagegen ihre eigene Tracht an, die zwar verspielt, aber um einiges schmäler im Schnitt und viel weniger pompös war. Ana-ha besah sich im Spiegel und löste die Klammern aus ihren Haaren, mit denen sie heute der Hitze den Kampf angesagt hatte. Jetzt, da ihre Haare offen über die Schultern fielen, sah sie tatsächlich aus wie eine junge Frau aus der Feuerkunstakademie. Unwillkürlich musste sie lachen. Wenn Seiso-me sie so sehen könnte …

„Ana-ha, bist du das wirklich?“ Iciclos fielen fast die Augen aus dem Kopf, als sie ihm die Tür aufmachte. „Du siehst echt feuerländisch aus.“

„Danke, gleichfalls.“ Ana-ha nickte Cruso und Menardi zur Begrüßung zu, die hinter Iciclos standen. Die Rottöne standen Iciclos wirklich ausgezeichnet.

„Du siehst wunderschön aus“, sagte Menardi jetzt und lächelte Ana-ha zu.

„Danke. Wenn du das sagst, beunruhigt es mich nicht. Komplimente von vierfachen Familienvätern machen mich nicht nervös.“

„Brandheiß trifft es besser“, setzte Cruso noch eins oben drauf.

Ana-ha zog die Augenbrauen hoch: „Jetzt weiß ich nicht mehr, ob ich nervös werden sollte oder nicht.“

Cruso lachte gewinnend und legte ihr kurz einen Arm um die Schulter. „Bei mir musst du dir überhaupt keine Gedanken machen. Gott sei

Dank haben wir Luftelementler einen so guten Draht zu euch Wasserleuten. Kommt, gehen wir! Menardi und ich zeigen euch etwas, das wir aus dem Luftreich mitgebracht haben. Es ist eine spannende Sache, die Feuerländer beißen sich die Zähne daran aus." Er lachte, leicht hämisch, als würde er sich darüber besonders freuen. Seitdem die Feuerländer ihren Kontakt zum Erdreich verbessert hatten, fühlte man sich dem Wasserreich gegenüber immer solidarischer.

„Was ist es?", wollte Iciclos wissen.

„Lasst euch überraschen. Wir haben es auf einer der unzähligen Terrassen aufgebaut. Ich hoffe, wir finden sie überhaupt wieder! Diese vielen verwinkelten Gänge und Treppen mit diesen komischen Griffen sind die reinste Zumutung."

„Diese komischen Griffe nennen sich Geländer", lachte Ana-ha belustigt.

„Bei uns gibt es überhaupt keine Treppen", warf Iciclos noch ein.

„Und bei uns keine Geländer an den Treppen." Menardi klopfte auf die schmiedeeiserne Konstruktion und schüttelte den Kopf. „So etwas Unnötiges habe ich noch nie gesehen."

„Ihr habt keine Geländer? Auch nicht in großer Höhe? Aber eure Akademie soll doch so weit in die Luft ragen?"

„Wozu denn? Wir sind Luftelementler."

„Na dann ..." Iciclos zwinkerte Ana-ha zu, aber diese hatte nur ungläubig die Augen aufgerissen und starrte Cruso und Menardi an, als seien sie Wunderkinder. Irgendwie kam es Iciclos so vor, als würde er sich ein bisschen darüber ärgern ... sicher war er sich nicht.

„Du könntest unsere Akademie ja mal besuchen. Wir können das für dich regeln", überlegte Cruso laut.

„Wir könnten dich für Triad anfordern, das wäre ein echter Grund", schlug Menardi vor.

„Vielleicht nehme ich euer Angebot tatsächlich an." Es wäre gar nicht so schlecht, mal ein wenig Neues kennenzulernen. Und die Gesellschaft von Cruso und Menardi war überaus angenehm. Ana-ha hatte im Laufe des Tages nicht nur mit Menardi gesprochen, sondern auch mit dem jüngeren Luftelementler. Er war zurückhaltend und hilfsbereit, aber auch ein wenig melancholisch, wie Ana-ha festgestellt hatte.

Luftelementler waren nicht nur für ihre geistige Wachheit bekannt, sie besaßen auch einen scharfsinnigen Verstand und die Fähigkeit, sehr schnell logische Schlussfolgerungen ziehen zu können. Darüber hinaus konnten sie Stürme günstig beeinflussen, Orkane dazu bewegen, die Richtung zu ändern und die Besten unter ihnen brachten es sogar soweit, die Schwerkraft zu überwinden. Levitation nannten sie es. Menardi hatte es ihr bei den letzten Elementas erklärt. Man musste versuchen, alle anderen Einflüsse, außer der Schwingung des Luftelementes, auszuschalten. Dann sei man in der Lage, Gegenstände – im besten Falle sich selbst – schweben zu lassen. Menardi beherrschte diese Fähigkeit ansatzweise und er hatte Ana-ha erzählt, dass er mit seinen vier Söhnen daran arbeitete.

Bei ihrem Weg zu den Terrassen durchquerten sie die Eingangshalle des Feuerlandes. In der Mitte des Saals, der einen achteckigen Grundriss besaß, brannte ein gewaltiges Feuer, das sicherlich zwanzig Meter hoch war. Mehrere antike Pfähle hielten eine Art Schutzwache vor den Flammen. Umrankt hatten sie die Feuerländer mit ihrem komisch-glühenden Feuerstaub, der sich dicht an den Flammen nach oben schlang ... er musste wirklich sehr heiß sein. Ana-ha bestaunte den rubinroten Boden und die schwarzen Holzwände, die einem das Gefühl gaben, in der Mitte eines Brandherdes zu stehen.

„Hier müsste jetzt irgendwo die Terrasse sein", sagte Menardi, als sie, den Brandstreifen folgend, viele lange Treppen nach oben gestiegen waren. Durch eine weit geöffnete Tür vor ihnen wehte eine leichte Brise in die Akademie.

Ana-ha trat nach den anderen ins Freie und atmete tief durch. Die kühle Luft strich sanft über ihre Haut. Der Vollmond hing schwer über der Akademie und der Geruch von Feuer lag in der Luft. Das vereinzelte Gelächter klang fröhlich. Der Abend schien recht unterhaltsam zu werden. Und Fiuros hatte mit den Gewändern richtig gelegen. Die Feuerländer gingen nun an ihnen vorbei, ohne sonderlich Notiz von ihr und Iciclos zu nehmen. Cruso und Menardi, beide in der hellen Tracht der Luftelementler, waren für sie auch keine größere Sensation.

Die beiden Männer aus Triad führten ihre kleine Gruppe an. Im Nachtlicht wirkte die Wibuta-Akademie verwunschen und romantisch. Die roten Terrassen liefen stufenförmig von oben nach unten und waren mit Treppen aller Art verbunden. Befand man sich auf einer, konnte man auf jede andere gelangen. Sie zu zählen wäre müßig gewesen. Es gab kleine, große, ausladende, verborgene, offizielle und sicher auch zweck- und gruppengebundene. Und auf jeder beleuchteten Fackeln die sternenklare Nacht.

„Da oben!“ Menardi wies auf eine der größten Terrassen, zwei Stockwerke über ihnen. „Kommt!“ Zwei Stufen auf einmal nehmend lief er zu der nächsten Etage und von dort eine schmale Treppe hinauf, die mit rotem Efeu überwuchert war. Die anderen drei folgten.

Atemlos blieben sie schließlich am Rande der Menschenansammlung stehen. Niemand schenkte Ana-ha oder Iciclos weiter Beachtung, doch den Luftelementlern bahnte man sofort eine Gasse zur Terrassenmitte. Ana-ha konnte es immer noch nicht glauben, dass niemand sie unangenehm anstarrte oder abfällige Kommentare von sich gab. Selbst als Menardi sie und Iciclos heranwinkte, erkannte sie keiner der Feuerländer.

„Was ist das?“, wollte Ana-ha wissen. Weiße Teilchen schwebten vor ihnen in der Luft. Ein merkwürdiges Gestänge in Form eines dreidimensionalen Quadrats bildete das Zentrum. Ana-ha trat näher heran. Sowohl das Gestänge als auch die anderen Teile besaßen verschiedene Öffnungen und Ausbuchtungen.

„Ein Puzzle?“ Iciclos sah überrascht aus.

„Ein schwebendes Puzzle!“ Ana-ha stand fasziniert davor. „Weshalb schwebt es?“

„Oh, das ist ganz einfach“ Menardi wies, nicht ganz ohne Stolz, auf zwei ungefähr dreizehnjährige Jungen, die neben den in der Luft kreisenden Teilen saßen. „Darf ich vorstellen, meine beiden ältesten Söhne, Vegos und Djage.“

Ana-ha lächelte ihnen zu. Es wäre unklug, sich jetzt namentlich vorzustellen. Die beiden konnten also bereits Gegenstände in Levitation halten. Sie freute sich für Menardi.

Iciclos umrundete die Teile mit kritischem Blick. „Sie sind alle dreidimensional. Ein schwebendes, dreidimensionales Puzzle. Nicht schlecht.“

„Das Gerüst in der Mitte nennt man bei uns Andoka, das ist der Zentralstein. An ihm werden alle kleineren Teile, die Sekundäras, angesetzt“, erklärte Cruso den beiden. „Das ganze Puzzle heißt Drichronon. Man muss es in einer bestimmten Zeit schaffen“, er senkte die Stimme, „zumindest im Luftreich.“

Iciclos betrachtete die Feuerländer, die immer wieder versuchten, ein kleineres Teil an den Andoka anzusetzen. Nie lagen sie richtig. Bei einigen machte sich schon Missstimmung breit. Manche verließen bereits nach kurzer Zeit fluchend das Geschehen. Iciclos unterzog einen Sekundära einer kritischen Prüfung, dann nahm er ihn und setzte ihn sofort an die richtige Stelle des Andokas. Es war der erste Stein, der passte. Einige Feuerländer pfiffen anerkennend, andere klatschten.

„Iciclos!" Ana-ha sprach leise, aber sie klang ehrlich bewundernd und das entschädigte Iciclos ein wenig für die Treppen ohne Geländer in schwindelerregenden Höhen der Luftakademie. Er studierte ein weiteres Teil. Nach wenigen Sekunden der Überlegung legte er es abermals richtig an. Wieder verdiente er sich die Anerkennung der Feuerländer.

„Das Drichronon hat seinen Meister gefunden." Fiuros hatte die Terrasse betreten, einen Elementler des Oberen Rates zu seiner Rechten, den er Menardi und Cruso als Tunjer Oskanjer vorstellte. Die Feuerländer bildeten augenblicklich einen Gang, um beide vorbeizulassen.

„Willst du es auch versuchen?" Menardi machte eine einladende Handbewegung.

„Ich bestehe darauf." Fiuros stellte sich neben Iciclos, als er plötzlich stutzte und seinen Blick von ihm auf Ana-ha lenkte. Ein wissendes Lächeln huschte über sein Gesicht, aber er sagte nichts.

Genau wie Iciclos betrachtete Fiuros zunächst einmal eins der kleineren Teile genauer. Es besaß zwei Ausbuchtungen und drei Öffnungen. Dann umrundete er den Andoka und verglich seine Andockstellen mit den Öffnungen des Sekundäras. Und genau wie Iciclos landete er mit seinem ersten Versuch einen Treffer. Die Feuerelementler applaudierten noch lauter als bei Iciclos, kein Wunder, er war schließlich Fiuros, zweiter Vorsitzender und Träger der neu eingeläuteten Arrasari-Ära. Er lächelte geschmeichelt.

„Der Trick ist zu wissen, welchem System das Gebilde folgt", erklärte Cruso jetzt den Umstehenden.

„Und welchem folgt es?", fragte Ana-ha verwirrt. Sie hatte überhaupt keine Ahnung, was am Ende herauskommen sollte.

„Es ergibt ein Fraktal."

„Ein Frak... was?"

„Ein Fraktal!"

„Und was soll das sein?"

„Ein Fraktal ist ein natürliches oder künstliches Gebilde oder ein geometrisches Muster, das einen hohen Grad Selbstähnlichkeit aufweist."

„Aha!"

Schmunzelnd fuhr Cruso mit seiner Erklärung fort: „Fraktal heißt so viel wie gebrochen. Das Wort stammt aus einer der alten, längst vergessenen Sprachen. Das Gebrochene am Fraktal ist die Dimension!"

„Ach!" Iciclos horchte interessiert auf.

„Ein Fraktal setzt sich quasi aus sich selbst zusammen. Dabei wird der Umfang immer größer, während die Fläche begrenzt ist. Hier zum Beispiel, das Quadrat. Es setzt sich aus immer kleiner werdenden Quadraten zusammen. Es könnte unendlich so weiter gehen, nur dass uns irgendwann die Sekundäras ausgehen. Die Fläche des Andokas ist allerdings immer die gleiche."

„Hm ..." Iciclos konnte förmlich sehen, wie Ana-ha versuchte, das Vernommene zu begreifen, aber irgendwo zwischen Vernunft und Logik blieben die Zahnräder ihres ratternden Verstandes stehen.

„Wenn es fertig ist, begreifst du es." Menardi trat zu Ana-ha. „Gebrochene Dimensionen sind schwer zu errechnen und noch schwieriger zu verstehen."

„Allerdings", sagte Iciclos hoch konzentriert und setzte ein weiteres Teil an.

„Dir scheinen sie aber kein Rätsel zu sein", stellte Ana-ha erstaunt fest. Sie sah eine Weile zu, wie das Drichronon immer mehr Gestalt annahm. Zu Iciclos und Cruso gesellten sich einige Feuerländer und versuchten es unter ihrer Anleitung erneut. Ana-ha wandte sich Fiuros zu, der mit Tunjer ein wenig abseits in ein Gespräch vertieft war. Schon wieder empfing sie keinerlei Schwingung von ihm. Kein einziges Gefühl. Das gab es doch überhaupt nicht! Er war Feuerländer. Feuerländer konnten sich nicht blockieren. So etwas musste man erst erlernen und Wasserelementler waren die Einzigen, die diese Technik kannten. Würde Antares bei seinem Bemühen um ein entspannteres Verhältnis so weit gehen, dass er ihre elementarsten Kräfte preisgab? Das konnte sie sich nicht vorstellen. Das wäre ein glatter Verrat! Antares hatte Atemos einmal geholfen, etwas Bedeutsames zu bewahren. Das hatte der Leiter der Feuerkunstakademie heute zu ihr gesagt. Doch nicht etwa seine Emotionen? Bestimmt nicht, das konnte nicht sein! Aber wie konnte Fiuros dastehen, so unumschränkt, so autoritär, so repräsentabel in all seinen Bewegungen, seinem Auftreten und seiner Mimik und doch innerlich so leer sein? Wie konnte jemand, der Glanz und Glorie verkörperte, ein Nichts sein? Er musste sich blockiert haben.

„Sollte dir langweilig werden, kannst du dich gerne unserer Musik und unserem Tanz widmen“, unterbrach Fiuros jetzt Ana-has Gedanken. Er hatte gemerkt, dass sie sich von der Attraktion der Luftelementler abgewandt und ihn angestarrt hatte. Ana-ha kam sich völlig überrumpelt vor.

„Tanz? Musik?“

„Unten auf dem Rasen.“

Sie folgte seinem Kopfnicken und bemerkte in der Mitte des roten Rasens unter ihnen einige Feuerländer mit Instrumenten, die sie noch niemals zuvor gesehen hatte.

„Sobald sie ihre ersten Töne spielen, wird der Rasen zu einem Meer unserer Leute. So, wie du heute Abend aussiehst, wirst du dich dort sicher wohlfühlen.“

„Kann sein. Eure Gewänder sind wirklich auffällig unauffällig, vielen Dank.“ Ana-ha lächelte ihn an und hoffte, dass er, wenn sie nur lange genug freundlich zu ihm wäre, seine Niederlage in Larakas vergaß. Fiuros versuchte, das Lächeln zu erwidern, aber es sah auch ohne Gefühle schmerzlich gezwungen aus. Ana-ha drehte sich schnell um und betrachtete das Geschehen unterhalb der Terrasse. Die Musiker hatten sich exakt in der Mitte der Wiese platziert und vier Feuerländer legten eine schmale Spur schwarzen Pulvers in immer größer werdenden Kreisen um sie herum.

„Für die Feuerringe“, erklärte Fiuros ihr.

„Während des Konzertes?“ Mit dem Wort *Feuerring* assoziierte Ana-ha Bedrohliches, vor allem, wenn sie es mit Kairas Vision in Verbindung brachte.

„Ja, es sind allerdings sehr gute Elementler vonnöten, dieses Feuer so lange brennen zu lassen. Die zerriebene Rinde des Erantos-Baumes ist nur ein wenig Starthilfe.“ Als der letzte Kreis gelegt war, sahen die vier zu Fiuros hinauf. Dieser nickte kaum merklich und es dauerte nur ein paar Sekunden, bis die ersten Flammen in die Höhe stiegen.

Gewaltig schossen sie dem Himmel entgegen und fielen wieder ein Stückchen hinab, wie orangerote, sprudelnde Geysire eroberten sie die Dunkelheit. Ihr Strahlen war mit nichts vergleichbar, was Ana-ha kannte. Gebannt trat sie näher an die Brüstung heran.

Die Feuerspitzen spielten mit der Nacht, züngelten über die schwarze Haut und drangen begehrlich ins Dunkle. Neckend wichen sie zurück, wenn der Himmel sie zu sich zog, mächtig stürmten sie nach oben, wenn er nachließ. Das Lichterspiel war hinreißend. Und um all das herum brannten die Fackeln Wibutas. Unerschütterlich sah ihr Feuer aus, weise und schwer, im Vergleich zu den jungen Flammen der Feuerringe.

Ana-ha war es nach Lachen und Weinen zur gleichen Zeit. Zum ersten Mal in ihrem Leben begriff sie, weshalb dieses Element so sehr faszinierte, so sehr verzauberte. Warum man in Thuraliz sagte, dass das Feuer rote Magie sei, die die Seele fing. Sie strich gedankenverloren ihre Haare zurück und beobachtete, wie der erste Musiker sein Instrument anstimmte. Eine Mischung aus Schellenklang und Flöte brach sich wie ein zärtlicher Lockruf an den Akademiemauern und verfehlte seine Wirkung nicht. Feuerländer aus allen Ecken und Winkeln stoben in einem irrsinnigen Tempo die vielen Treppen hinunter und färbten alles in noch kräftigere Rottöne. Unten auf dem Rasen positionierten sie sich wie abgesprochen in Kreisen, vor und hinter den Feuerringen, fassten sich an den Händen und begannen, einen nur ihnen bekannten Text zu der Musik zu singen. Es waren nur vier Zeilen und sie wiederholten sie unaufhörlich ... wie ein Gebet. Nach und nach fielen auch die anderen Musiker in das Spiel des ersten ein, wie zu einem Lobpreis seiner Melodie.

Ana-has Augen wurden riesengroß. Es war fantastisch. Feierlich. Wunderschön. So etwas hatte sie noch nie gesehen. Sie lehnte sich weit über die Mauer, als wolle sie ein wenig von diesem fremden Zauber erhaschen.

„Was ist das? Wie nennt man das? Ist es ein traditioneller Tanz? Oder ein traditionelles Konzert?"

„Wir haben keinen besonderen Namen hierfür. Nenn es Feuertanz, wenn es dir gefällt. Es ist ein Erbe aus früheren Zeiten."

„Und der Text? Einer der alten Sprachen?"

„Ja, seine Bedeutung kann man nur fühlen, nicht verstehen."

„Nur fühlen", wiederholte Ana-ha wie elektrisiert. Einzelne Freudenrufe brachen aus dem tanzenden Kreis hervor.

Fiuros beobachtete sie von der Seite. „Geh ruhig hinunter, wenn du möchtest", sagte er leise.

Ana-ha atmete tief durch. Wenn du möchtest ... sie wollte, sie musste hinunter, selbst in ihrer grünen Wassertracht wäre sie hinuntergelaufen. Dort unter ihr, auf dem Rasen von Wibuta, tanzte das Leben vor ihren Augen. Es schien in dieser Sekunde der einzig perfekte Ort zu sein.

„Komm mit!" Iciclos stand plötzlich neben ihr und hielt ihr die Hand hin. „Du gibst sowieso keine Ruhe, bis du dort warst. Und ich habe irgendwie das Gefühl, dir etwas schuldig zu sein, nachdem du diese Jenpan-ar Geschichte alleine gelöst hast."

Ana-ha lächelte nur und ergriff seine Finger. Gemeinsam rannten sie die Treppen hinunter. Wie Kinder, die mitspielen wollten, kamen sie sich vor, als sie sich durch die schmalen Öffnungen des Feuers schoben, um direkt vor dem letzten, inneren Kreis nahe bei den Musikern stehen zu können. Zwei Feuerländer ließen sich los, um sie in ihren Kreis aufzunehmen und sie ließen sich mitreißen. Nach einigen Runden konnten sie den fremden Text mitsingen und die Schritte tanzen, es war ganz einfach. Ana-ha hatte ihren Blick auf den inneren Feuerkreis gerichtet, damit ihr nicht schwindelig wurde. Doch schon nach kurzer Zeit begann er sich zu drehen, schneller als sie selbst und mit seinem Zirkulieren gewann er an Kraft und Schönheit und versprühte sie um sich wie eine transzendente Essenz des Lebens, wie eine Droge ohne Spätschäden ... Fiuros hatte recht: Man konnte es nur fühlen.

Fiuros und Tunjer standen auf jener Terrasse, von der eben noch Ana-ha dem Spektakel zugeschaut hatte. Beide standen unbeweglich, fast statuenhaft in der dunklen Nacht. In ihren Gesichtern brach sich gespenstisch das Licht der Feuerfackeln. Keine Miene regte sich bei ihnen, während sie nach unten sahen.

Fiuros hatte Iciclos und Ana-ha ins Visier genommen und durchbrach das Schweigen mit leiser, fast andächtiger Stimme: „Sieh sie dir an, unsere Freunde des Wassers, sieh sie dir an: Sie tanzen, sie lachen, sind ausgelassen, werden leidenschaftlich ..."

„Was glaubst du, wie lange es dauert?"

Fiuros zuckte mit den Schultern. „Ich gebe ihnen noch drei Runden."

Tunjer runzelte die Stirn. „Ich denke, es ist schon passiert, schau doch!“

Fiuros musterte beide sehr lange und gründlich. Er lachte auf. „Schätze, du hast recht.“

„Sollten wir sie da rausholen? Mit so einer Feuertrance ist schließlich nicht zu spaßen, wenn man sie nicht gewohnt ist.“

„Die vergeht wieder.“ Fiuros machte eine abtuende Handbewegung. Er erinnerte sich an das erste Mal, bei dem er diese Ekstase erlebt hatte. Mein Gott, war er hinterher tief gefallen. Aber jetzt war er immun dagegen. Er kannte das Feuer zu gut, es führte ihn nicht mehr in Versuchung, sich diesem orgiastischen Treiben hinzugeben. Er konnte es abblocken. Aber es würde ihm Spaß machen, zuzusehen, wie es Ana-ha und Iciclos gefangen hielt, wie sie sich in diesem Geschehen in höhere Sphären begaben, um anschließend mit unendlicher Macht nach unten zu stürzen. Ob es bei Wasserelementlern anders wäre? Vielleicht konnten sie den Fall mit ihrem Wissen um das ausgleichende Element abfangen? Vielleicht aber auch nicht. Vielleicht fielen sie tiefer? Er würde sich überraschen lassen. Er hatte Zeit. Und später würde er Ana-ha noch ihren Larimar zurückgeben. Aber er wollte sie alleine erwischen. Ohne Iciclos. Es war an der Zeit, die Fronten abzustecken.

Die Melodie verband sie alle. Sie hielt sie zusammen und fand ihren Rhythmus im Herzschlag eines jeden Tänzers. Ihre gefassten Hände waren Ausdruck der Gemeinschaft, das Lied eine Ode an die Leidenschaft. Ana-ha überließ sich den Feuerländern und dem Geheimnis ihrer Verbundenheit. Fast eigenmächtig führte der Tanz seine Bewegungen aus, als seien die vielen Elementler nur dazu da, ihn in jedem Schritt neu zu entdecken, als seien sie seine Schöpfung.

Ana-ha fühlte sich nach wenigen Runden wie in einer Trance gefangen, der sie nicht entkommen wollte. Musik und Feuer trugen sie ins Hier und Jetzt. Mit der Glut der Gegenwart auf der Haut und dem Geruch von Rauch und Asche in der Luft war dieses feuerländische Ritual wie eine Enthüllung des Ursprünglichen im Herzen des Träumers, wie eine feste Verwurzelung mit dem Willen des Lebens. Es war Passion und überfiel Ana-ha mit aller Macht. Magisch, unentziehbar. Sie verlor ihre Selbstkontrolle, sie gab sie freiwillig hin und ließ sie in den Flammen der Fackeln Wibutas verbrennen. Zum ersten Mal fühlte sie die ganze Kraft des Feuerelementes in ihrem Körper, flackernd in ihren Adern, heiß in ihren Lungen, warm in ihrem Herzen. Und sie liebte es. In diesem Augenblick lag Wille und Klarheit, keine Träumerei, keine unergründliche Tiefe, kein Seelenschmerz, nur glühende Leidenschaft unter einer klar umrissenen Oberfläche. Alles schien so einfach. Alles schien so klar. Alles schien so lebendig. Jede Sekunde eine Ewigkeit, jede Sekunde der einzige Augenblick, absolute Präsenz des Lebens, hier ... jetzt ... glänzte es so tief und doch so leicht, in seiner größten Weisheit. Fragen wurden zu Antworten, vorher Millionen Lichtjahre entfernt, lösten sich einfach auf und verschwanden mit dem Rauch in der Feuernacht.

Das Leben war verzaubert. Es war, als seien Musik, Tanz und Feuer der Schlüssel, den sie jahrelang gesucht hatte. Ihr ganzer Körper hatte danach gegriffen und sich die Tür erschlossen. Und hinter der geöffneten Tür lag dieselbe Welt. Der Schlüssel hatte ihr Sehen verändert. Sie entdeckte den Zauber überall. Er war in den geschmeidigen Körpern der Tänzer, er durchzog die Nacht mit glitzernden Schlieren seiner Magie, er sprang durchs Feuer und funkelte in jedem Stern der Nacht, er war in den Wellen der Musik ... und ... in Iciclos' Augen ...

Ihm stockte der Atem. Seine Füße und sein Herz verloren den Rhythmus, er strauchelte, ganz kurz nur, bevor er sich wieder fing. Seine Lippen hatten den Text vergessen. Ana-has Augen strahlten in nie da gewesener Intensität. Sie offenbarte sich selbst ... in einem einzigen Blick. Das Versprechen ihrer ganzen Welt. Ihrer Ideen. Ihrer Träume. Ihrer Treue. Ihrer Güte. Ihrer Lebendigkeit ... ihrer Liebe. Ihr Blick war wie ... das sanfte Streicheln der Seele mit nichts als den Fingerspitzen, wie die Berührung der Wimpern zweier Augen, wenn man sich nahe war ... ihm schwindelte, er verstärkte den Griff um ihre Hände, die Reinheit dieser Nähe ließ ihn zittern. Sein Blick war in ihren getaucht, viel tiefer, als er sich es je erlaubt hatte. Das, was er über sie nie hatte formulieren können, zeigte sich, war hier, neben ihm. Es war der erste heilige Moment nach vielen langen Jahren. Oh Gott, sie erinnerte ihn an ... er könnte sie nicht zurücklassen, er würde nicht ohne sie gehen ...

Und auch ein anderer sah diese Bilder. Die Musik verlor den Klang, die Flammen knisterten geräuschlos, das ausgelassene Gelächter verschwand. Die Gegenwart lief stumm. Friedvoll. Kurz. Ana-ha war das Zentrum dieser Ruhe. Sie tanzte in absoluter Stille einen wunderschönen, göttlichen Tanz. Und alles, alles, was um sie herum gewesen war, wiegte sich mit ihr, sah durch ihre Augen, sie waren Takt und Melodie des ganzen, absoluten Lebens. Sie waren der Mittelpunkt. Sie waren alles und er war ... viel weniger, viel, viel weniger als das Gegenteil. Das Gefühl ging weit über die Trance des Feuers hinaus. Er erkannte, dass sie etwas besaß, das ihm fehlte, etwas, das er in der Ylandes-Wüste und seiner alten Heimat zurückgelassen hatte, etwas, das eine Dimension weit weg von ihm zu sein schien. Ihr Blick war für ihn wie das letzte Geheimnis einer Welt, die er schon lange nicht mehr betreten durfte, die sich vor ihm verschlossen hatte, die er selbst verschlossen hatte, Stein auf Stein, sorgsam und mit Bedacht zugemauert, um ihn vor Dingen zu schützen und zu bewahren, die er nicht mehr verstand und die er fürchtete. Doch in dieser Nacht, in dieser Sekunde, packte ihn eine nie gekannte Sehnsucht nach diesem letzten Geheimnis. Und es nicht zu kennen, machte ihn rasend. Er wollte es fühlen, er wollte es begreifen, er wollte es verstehen und Ana-ha würde es ihm zeigen müssen. Stück für Stück würde er es bekommen. Er würde es schmecken, riechen, hören, sehen, fühlen, liebkosen, streicheln, durchdringen und sich überstülpen wie eine zweite Haut.

*Ein bunter Schmetterling, dem man die Flügel ausreißt, um die Unbegreiflichkeit seiner Schönheit zu erfahren ...*

Fiuros' rechte Hand schloss sich in seiner Tasche so fest um den Larimar, dass er beinahe zerbrochen wäre. Er starrte auf sie hinab und sein Verlangen nach ihr und ihrer friedvollen Ruhe brannte stärker, je länger er sie betrachtete ... Wie sie tanzte, den Glanz seines Feuers in den Augen, wie sie Iciclos ansah ... er konnte seinen Blick nicht abwenden. Das Leben war auferstanden, dort unten ...

Ana-ha stolperte aus dem äußeren Feuerring hinaus. Sie fühlte sich seltsam, fast benommen. Iciclos war dicht hinter ihr. Irgendetwas war passiert. Plötzlich war es zu viel des Glücks und zu viel des Lebens gewesen. Sie war durchtränkt von Feuerlandlachen und Leidenschaft, unmöglich, mehr davon aufzunehmen. Sie ließ sich in das weiche Gras fallen und blieb – minutenlang – einfach liegen. Über ihr drehten sich die Sterne in dieser wunderschönen, einzigartigen Nacht. Das Gras duftete süßlich nach Chili und Zimt und das Feuer hinter ihr knisterte und prickelte wie ein Kitzeln in ihrer Seele. Iciclos war irgendwo in ihrer Nähe. Ana-ha wusste nicht, wie lange sie so da gelegen hatte, wie lange sie sich gewünscht hatte, die Welt würde jetzt einfach stillstehen und diesen Moment für sie für immer festhalten.

Doch auf einmal konnte sie kaum noch richtig sehen. Nebel legte sich vor ihre Augen wie Feuerdunst und ließ sich nicht vertreiben. Stimmen neben ihr brachten die Realität wieder ein Stückchen näher. Das großartige Gefühl, das Geheimnis der Welt entdeckt zu haben, eine Königin des Lebens zu sein, begnadet von den Engeln des Schöpfers, entzog sich Ana-ha erbarmungslos. Sie versuchte krampfhaft, es festzuhalten, aber es wich mehr und mehr und hinterließ ein Gefühl von Sinnlosigkeit und Leere. Rücklings auf dem roten Rasen drehte sie den Kopf nach allen Seiten. Sogar Iciclos war verschwunden.

Ana-ha kam wieder auf die Beine. Mühselig und taumelnd fand sie ihren Weg zu den Terrassen. Irgendwo dort oben musste er sein. Wieso hatte er nicht gesagt, dass er ging? Am Fuß der ersten Treppe fiel sie auf die Knie, ihr Körper begann zu rebellieren. Einen Wasserelementler solchem Feuer auszusetzen, war die reinste Tortur. Die Hitze des fremden Elementes wich von ihr, zog sich zurück und ließ sie zitternd in der lauen Nachtluft zurück. Ana-ha zog sich am Geländer nach oben, tastete sich schwerfällig an der Wand entlang. Langsam, ganz langsam kam sie vorwärts, Stufe für Stufe ...

Grenzenlos erschöpft stützte sich Ana-ha an der steinernen Mauer ab. Ihr Herz schlug viel zu schnell. Sie fand Iciclos nicht. Die Terrassen waren menschenleer und sie hatte völlig die Orientierung verloren. Wie durch einen sich auflösenden Traum hörte sie die Musik zu sich nach oben schallen. Sie schien weit weg ... oder hatte sie nur den Bezug zu ihrer Schönheit verloren? Sie starrte hinab auf die tanzende Gruppe, die sich noch immer im Gleichklang mit der Melodie bewegte. Das Bild verschwamm vor ihren Augen.

Ana-ha beugte sich weiter nach vorne. Ihr war es elend vor Kälte und Übelkeit, schwindelig, wie nach dem Genuss von zu viel Bowle, nur um das Zehnfache schlimmer. Was war mit ihr los? Empathisch versuchte sie sich ein Bild ihres Umfeldes zu machen. Doch ihr Blickfeld verengte sich nur noch stärker, so, als würde es jemand mit aller Macht zusammendrücken. Sie konnte kaum atmen. Es fühlte sich an, als habe man der Luft den Sauerstoff entzogen. Weshalb hatte sie nur dieses dringende Bedürfnis, wegzulaufen? Weshalb hatte sie nur das Gefühl, dass ihr Körper unentwegt Adrenalin durch ihre Adern pumpte? Und dann, plötzlich, registrierte sie es, und es war ihr, als würde sich eine furchtbare Vorahnung bestätigen.

*Er ist hier ... auf dieser Terrasse ...*

... und dieses Mal blockierte er sich nicht. Sein Hass traf sie unvorbereitet und mit aller Gewalt. Sie drehte sich um, vorsichtig, um nicht zu fallen. Er stand so dicht vor ihr, viel zu nahe. Er bot den Anblick eines Racheengels auf nächtlichem Streifzug, ein Abgesandter der Dunkelheit und sein Blick sagte ihr auch ohne Worte, dass sie Grund zur Furcht hatte.

„Ich habe deinen Larimar gefunden." Sein Tonfall hinterließ eine Gänsehaut auf Ana-has Armen. Und im gleichen Moment erkannte sie, dass ihre Kette an seinem Zeigefinger hing, direkt vor ihren Augen. Ihr Larimar! Er hatte ihn gefunden.

„Oh", war alles, was sie herausbrachte. Sie konnte nicht mehr klar denken. Sollte sie sich jetzt freuen oder fürchten?

Fiuros pendelte mit der Kette vor ihrem Gesicht hin und her, als wäre sie eine begehrte Trophäe. Ana-ha unternahm einen schwachen Versuch, danach zu greifen. Mit einem geschickten Griff und einem undeutbaren Lächeln umschloss Fiuros den Stein mit seinen Fingern und ließ die Hand sinken.

„Der Larimar gehört zu der Gruppe der Pektolite, hast du das gewusst?" Sein Atem streifte ihre Wangen so heiß, als würde er gleich Feuer speien.

Ana-ha schüttelte stumm den Kopf und wollte vor ihm zurückweichen, aber die Mauer machte es unmöglich. „Das ist nur ein Traum", sagte sie sich. Das Bild vor ihren Augen war immer noch unscharf. Ihr war so schwindelig, dass sie das Gleichgewicht zu verlieren drohte. Ihre Finger tasteten sich an den Steinen entlang, suchten Halt, um sich abzustützen. Wo war Iciclos?

„Pektolite sind normalerweise grau-weiß", fuhr Fiuros ungerührt fort. Sengende Hitze ging von seinem Körper aus. Ana-ha spürte sie auf ihrer Haut. Sie wollte weg von ihm, weg von dieser Terrasse, aber sie konnte sich kaum rühren.

„Hast du gewusst, dass sich ein Larimar nur türkis färbt, wenn er von heißer Lava berührt wird?" Und in seinen mahagonifarbenen Augen flimmerte die aufsteigende Glutlawine seines eigenen Vulkans. Unüberbrückbare Barrieren verwandelten sich in flüssiges Magma.

„Nein", flüsterte Ana-ha und spürte in ihrer Empathie neben seinem dunklen Hass ihre eigene Verzweiflung in der Nacht widerhallen.

Warum erzählte er ihr all diese Dinge? Weshalb gab er ihr nicht einfach den Stein und ließ sie gehen? Oder wollte er ihn am Ende doch für sich? Ana-ha presste sich enger an die Mauer. Sollte er ihn doch behalten, wenn sie zwischen ihrem Leben und dem Larimar wählen musste ...

„Was ist denn los mit dir?", wollte Fiuros jetzt beinah sanft lächelnd von ihr wissen und seine Hände streiften ihr das Lederband über den Kopf. Ana-ha hielt die Luft an. Er sah so aus, als hätte er sie am liebsten damit erwürgt. Aber stattdessen ließen seine Finger mit einer fast zärtlichen Geste ihre Haare über das Band gleiten, während sich sein Blick unbarmherzig in ihren brannte. Ana-ha schloss entsetzt die Augen.

Fiuros wandte seinen Blick keine Sekunde von ihr ab, wie sie zitternd und verängstigt mit dem verhassten Stein um den Hals vor ihm stand. Seine Sinne waren immer noch ein wenig von ihrem Tanz benebelt. Die Versuchung war groß, es jetzt, hier und auf der Stelle zu Ende zu bringen.

„Fiuros ... irgendetwas stimmt nicht ..." Ana-ha schwankte bedrohlich nach vorne und zum zweiten Mal an diesem Tag fing er sie auf, sein Griff fester und unnachgiebiger als am Morgen, sein Lächeln so eiskalt wie der Hauch des Frizins.

„Du hast zu lange an unserem Feuer getanzt. Ich habe dir zugesehen", sagte er und hörte sich an wie ein betrogener Liebhaber.

„Du hast mir zugesehen?" Ana-ha blinzelte verständnislos zu ihm auf. „Wo ist Iciclos?"

„Iciclos?" Fiuros wiederholte den Namen, als habe er ihn noch nie zuvor gehört. „Keine Ahnung!"

*Keine Menschenseele ist in der Akademie.*

*Niemand wird sie hören ...*

„Ich bringe dich jetzt besser zu deinem Zimmer. Allein schaffst du es wohl kaum."

„Doch ... wirklich", hauchte Ana-ha schwach und versuchte vergeblich, geradezustehen, in der Hoffnung, er würde sie dann endlich loslassen. „Du solltest ... Atemos Bescheid geben ...“, sagte sie. Um keinen Preis der Welt wollte sie allein mit ihm durch die verwinkelte Akademie zu ihrem Zimmer gehen. „Ich denke, er will ...“

„Oh, diese Larimar-Geschichte würde ihn sicher interessieren“, fiel Fiuros ihr ins Wort und seine Finger brannten wie Feuer auf ihren Oberarmen, „aber leider hat er unsere Akademie verlassen.“

„Verlassen?“, fragte Ana-ha erstickt. Ihre Beine wurden taub.

Fiuros' Mundwinkel zuckten spöttisch nach unten. „Er ist in Jenpan-ar, Ana-ha. Ich habe dir doch unsere besten Leute versprochen.“

Ana-ha schüttelte in verzweifelter Ungläubigkeit den Kopf. Fiuros' Gesicht verschwamm vor ihren Augen.

„Aber keine Angst, ich vertrete ihn in allen Angelegenheiten bestens. Und ich kann nicht zulassen, dass unser Besuch aus dem Wasserreich halb besinnungslos hier auf den Terrassen herumtorkelt. Das ist viel zu gefährlich. Du könntest herunterfallen oder“, er sah sie mit einem heimtückischen Funkeln an, „an unserem Feuerstaub zu Asche zerrieseln! Ich sorge jetzt dafür, dass du diese Nacht sicher überstehst. Ich bin dafür verantwortlich.“ Fiuros taxierte sie von oben bis unten. „Was war das für ein Gefühl an unserem Feuer?“

„Ein Gefühl?“

„Heute Nacht, am Feuer, was hast du gefühlt?“

„Ich weiß nicht, was du meinst ...“

„Doch, doch, das weißt du noch!“ Fiuros atmete tief durch, als würde er sich stark zurücknehmen müssen. „Es kam mir sehr besonders vor.“ Seine Augen suchten das in ihr, was sie selbst schon wieder fast verloren glaubte. Und etwas in dieser mahagonifarbenen Leere ließ ihre Beine noch schwächer werden.

„Fiuros, Ana-ha! Da seid ihr ja.“ Iciclos' Stimme klang verwaschen, aber Ana-ha hatte sich noch nie in ihrem Leben mehr darüber gefreut, sie zu hören. Er kam zusammen mit Tunjer und Cruso die Treppe zu der Terrasse hochgelaufen.

Fiuros schloss mit einem kaum hörbaren Fluchen die Augen und presste die Zähne aufeinander. Dann drehte er sehr langsam seinen Kopf zu den anderen um. „Iciclos! Was für eine Überraschung? Geht es dir wieder besser?“

„Was heißt schon besser? Und überhaupt, was hast du dir dabei gedacht?“ Er stutzte, als sein Blick auf Ana-ha fiel, die von Fiuros mittlerweile eher gepackt als festgehalten wurde. „Was machst du da mit Ana-ha?“

„Oh, ich musste ihr ein wenig helfen.“ Fiuros lächelte Ana-ha undurchsichtig an und lockerte seinen Griff. „Sie ist nicht ganz in ihrem Element.“

„Sie sieht fürchterlich aus. Ist sie auch einer Feuertrance verfallen?“ Cruso musterte Ana-ha besorgt.

„Feuertrance?“ Ana-ha sah Cruso durch den Nebel vor ihren Augen irritiert an.

„Ja, Feuertrance, Feuerrausch, du hast richtig gehört.“ Und wie zur Bestätigung seiner Worte kippte Iciclos fast zur Seite um. Cruso fing ihn gerade noch rechtzeitig auf. „Und das haben wir Fiuros zu verdanken. Er hat uns mitmachen lassen, obwohl er diese Gefahr kannte. Und noch dazu sind wir Fremdelementler. Er konnte die Wirkung überhaupt nicht abschätzen.“ Iciclos hatte die Fäuste geballt. Er sah ziemlich wütend aus. Doch dann bemerkte er etwas ganz anderes. „Ana-ha, du hast deine Kette wieder?“

„Ana-ha hat ihren *Larimar* wieder“, antwortete Fiuros bedeutungsschwer für sie und nahm endlich seine Hände von ihr. „Ich habe ihn letztendlich doch noch in der Trainingshalle gefunden.“

„Einen Larimar!“ Iciclos blieb vor Erstaunen der Mund offen stehen. „Dein besonderer Glücksstein ist ein Larimar? Das hast du mir nie erzählt. Seit wann ...?“

Ana-ha schlug die Hände vors Gesicht und schüttelte immer wieder den Kopf, als könne sie so all die Dinge abwehren, die auf sie einstürmten.

„Es ist ein ganz besonderer Larimar!“ Fiuros’ Augen begannen erneut, fürchterlich zu glühen. „Möchtest du ihr die Grüße von Ankorus überbringen, Iciclos? Oder willst du es Cruso oder Lesares überlassen?“

Ana-ha verstand den Sinn seiner Worte nicht. Das musste wohl an ihrem Feuerrausch liegen. Plötzlich verspürte sie eine mächtige Welle von Gefühlen über die Nacht hereinbrechen. Sie waren alle so verschieden und so stark, dass sie sie in ihrem geschwächten Zustand überhaupt nicht mehr verarbeiten konnte. Sie spürte Hass, Verwirrung, Erkenntnis, Ungläubigkeit, Wut und Trauer, alles gleichzeitig. Und es machte ihr Angst, dass ein solcher Satz, scheinbar unbedeutend und belanglos daher gesagt, ein solches Chaos um sie herum auslösen konnte. Sie musste hier weg. Sie taumelte an Fiuros vorbei und stolperte in die Akademie.

„Oh, diese sensiblen Wasserfrauen ... ich gehe ihr besser nach und bringe sie in ihr Zimmer“, sagte Fiuros jetzt entschieden und wollte hinterher.

„Nein!“ Iciclos’ Stimme war messerscharf. „Du rührst sie nicht an, hast du verstanden? *Du rührst sie nicht an.* Nie wieder!“ Er stieß Fiuros beiseite und stürmte Ana-ha hinterher.

# Vertrauensfragen

Iciclos stürmte die Treppen hinunter, die Fäuste geballt. Glücklicherweise hatte er in den Gängen Menardi getroffen, der sich bereit erklärt hatte, Ana-ha zu ihrem Zimmer zu bringen und solange bei ihr zu bleiben, bis er wieder da war. So hatte er gleich umkehren können, um seine Kameraden abzupassen. Gott sei Dank hatte er die Terrasse schnell wiedergefunden. Er sah Fiuros dort stehen, zusammen mit Cruso. Tunjer war wohl gegangen ... gut so! Die beiden unterhielten sich anscheinend über ein sehr brisantes Thema, denn er sah Fiuros wild gestikulieren.

Iciclos' Schritte wurden langsamer. Die Erinnerung an seine Vergangenheit war zu stark. Er presste sich die Hände an die Schläfen, aber es nutzte nichts. Die Bilder waren da. Fiuros Worte über den Larimar und Ankorus hatten sämtliche Schutzmechanismen in seinem Kopf außer Kraft gesetzt. Seine Stadt erschien ihm vor Augen, klarer und deutlicher, als in all den Jahren zuvor. Ihre reinweißen Mauern und Zinnen, ihre silbrig-schimmernden Wolken, ihr niemals enden wollendes, beinah ätherisch wirkendes Sonnenlicht, welches selbst kleinste Staubpartikel in kristallin-strahlende Funken verwandelte. Der überirdische Glanz ihrer strömenden Flüsse. Der süße Geruch ihrer Kiefernwälder. Die lieblich-tröstende Wärme ihres erhabenen Lichtes.

Emporia! Die Stadt ohne Nacht und Dunkelheit. Sein Herz krampfte sich zusammen. Wie er sie vermisste! Wie er sie liebte! Er sehnte sich so sehr dorthin zurück. In den letzten acht Jahren hatte er nichts, absolut nichts gesehen, was auch nur ansatzweise an Emporia herankam. Alles verblasste neben ihrem vollkommenen Strahlen, neben ihrer makellosen Reinheit. Kein Sonnenuntergang am Venobismeer, kein glimmer-glitzernder Sandstrand konnte dagegen bestehen. Sein Sinn für Schönheit hatte ihn nie im Stich gelassen, aber in den Elementenreichen gab es nichts, was man mit Emporia hätte messen können ... Und wie leicht hatte er sich dort gefühlt. Als sei sein ganzer Körper mit Licht bestäubt, als sei jeder Schritt ein Tanz auf den Wolken, als könne er mit dem Licht und dem silbernen Wind schweben. Hier in den Elementenreichen war sein Körper so schwer, dass jeder Schritt ihn anstrengte, als hätte er Bleiketten an den Fesseln, so schwer, als sei er schon erschöpft vom Leben, obwohl er noch jung war. Nur mit Mühe konnte er jetzt seine Tränen zurückhalten. Immer fester presste er seine Händen an den Kopf ...

„Ah, Iciclos." Fiuros hatte sich umgedreht. „Komm her! Wir haben gerade über dich gesprochen. Geht es Ana-ha besser? Sie sah ja schlimm aus." Er verzog seinen Mund zu einem zynischen Grinsen. Mit all seinem Schmerz in der Brust hätte Iciclos es ihm am liebsten aus dem Gesicht geprügelt.

„Über die Sache mit deinem Feuer und seinen Heimtücken reden wir später noch, mein Freund." Iciclos trat auf die Terrasse und ließ die Hände sinken. „Aber wieso hast du Ankorus und diese dämlichen Grüße erwähnt. Und überhaupt, woher willst du denn wissen, dass dieser Larimar das Pendant zu dem von Ankorus ist?" Er sah Fiuros herausfordernd an. Auf diese Antwort war er mehr als gespannt. Er selbst hätte nie im Leben den passenden Stein erkannt. Ankorus ... allein der Name raubte ihm die Realität der Gegenwart und schickte ihn augenblicklich acht Jahre zurück.

„Ich habe eine Zeichnung von seinem Larimar angefertigt. In den ersten Tagen nach unserer Verbannung. Er hatte ihn mir oft genug gezeigt. Ihr wisst ja, diese ganze Geschichte mit seiner Großmutter und ihrer Zwillingsschwester ..."

„Du hast eine Zeichnung gemacht ... Und es besteht kein Zweifel?" Iciclos zog die Augenbrauen hoch und fuhr sich nervös durch das schweißfeuchte Haar. Es durfte einfach nicht wahr sein. Er hasste Ankorus genauso wie die anderen.

„Nein, er passte so exakt an die Zeichnung wie der Sekundära, den ich vorhin an den Andoka angesetzt habe." Fiuros gestattete sich ein weiteres herablassendes Lächeln.

Iciclos lehnte sich weit über die Mauer der Terrasse und holte hörbar Luft. „Lass das nicht wahr sein“, dachte er immer wieder. „Lass das bitte nicht wahr sein.“ Ana-ha und Ankorus ... verwandt? „Cousine?“, fragte er und seine Stimme klang seltsam dumpf.

„Großcousine“, verbesserte Fiuros und hörte sich ein bisschen milder an. Dass Iciclos ebenso geschockt schien, stimmte ihn etwas friedlicher. „Du weißt, was das bedeutet, oder Iciclos?“ Fiuros starrte mit regungsloser Miene in die Nacht, die so dunkel war wie sein Gemüt.

Iciclos fuhr herum. Er besann sich auf seine empathischen Fähigkeiten. Unbändiger Hass, unbändige Rachegefühle, unbändiger Zorn umgaben Fiuros wie einen schwarzen Schatten, dessen Daseinsberechtigung um diese nächtliche Stunde abgelaufen sein sollte. Seine Gefühle waren so stark, dass Iciclos seine empathische Aufnahmebereitschaft ein wenig drosseln musste, sonst wäre ihm regelrecht schlecht geworden.

„Was bedeutet es?“ Iciclos traute sich fast gar nicht, diese Frage zu stellen, da er glaubte, die Antwort bereits zu kennen.

Fiuros sah ihm herausfordernd in die Augen. „Deine kleine Freundin aus dem Wasserreich ...“ Er vollendete seinen Satz mit einer sehr eindeutigen Geste.

„Bist du jetzt völlig übergeschnappt?“ Jetzt konnte Iciclos sich nicht mehr zurückhalten und er stieß Fiuros mit ganzer Kraft drei Meter zurück. „Für wen hältst du dich eigentlich, dass du es wagst, so etwas überhaupt zu denken?“, schrie er ihn an. Er ging zornig auf Fiuros zu, bereit, eine Attacke von ihm zu kontern.

Fiuros stand nur da und lachte. „Angst um Ana-ha? Gefühle sind eure große Schwäche, ihr Wasserelementler!“

Iciclos biss die Zähne aufeinander. „Ich bin kein Wasserelementler“, presste er mühsam hervor. „Ich bin ein Emporianer, genau wie du. Genau wie Ankorus.“

Fiuros machte plötzlich einen Riesensprung nach vorne und packte Iciclos am Kragen. „Stell mich nie wieder – nie wieder – auf dieselbe Stufe mit Ankorus, verstanden?“, brüllte er Iciclos ins Ohr. Dieser versuchte sofort, Fiuros’ Hände von sich loszureißen, aber es war ihm unmöglich.

„Du kannst deine Augen nicht vor der Wahrheit verschließen. Wir kommen nun mal alle aus demselben Reich.“ Iciclos schaffte es irgendwie doch, sich aus Fiuros’ Griff zu winden.

Fiuros starrte ihn feindselig an. „In Ana-has Adern fließt das gleiche, verräterische Blut wie in denen von Ankorus. Ich habe es mir geschworen! Ich werde sie alle töten und du wirst mich nicht daran hindern." Iciclos erschrak über die Härte, mit der er seinen Entschluss verkündete. Aber Fiuros war noch lange nicht fertig. Seine Worte überschlugen sich in wilder Erinnerung: „Hast du vergessen, was er getan hat? Hast du vergessen, für was ihr bestraft wurdet? Hast du vergessen, wer du warst, bevor Ankorus uns hierher verbannt hat? Hast du vergessen, wer wir waren? Hast du dich mit dem abgefunden, der du jetzt bist? Sie dich an!" Er lachte verbittert auf. „Sieh dich an! Ein Wasserelementler, der Angst hat, Angst vor einem Feuerelementler, der in Wahrheit seinesgleichen ist." Fiuros' Wangen glühten vor Zorn und Erregung, als er Iciclos anschrie. „Sag mir ins Gesicht, dass Ankorus sein Leben verdient hat! Dass Ana-ha ihr Leben verdient hat!"

Cruso mischte sich unvermittelt ein, noch ehe Iciclos antworten konnte: „Ohne Ana-ha wird dir Iciclos allerdings niemals das große Wassertor öffnen können."

Die simple Logik des einzig anwesenden Luftreichansässigen traf Fiuros wie ein Schlag in die Magengrube. Farbe wich aus seinem Gesicht. Über diese Tatsache hatte er sich in seinem blinden Wahn nach Vergeltung noch überhaupt keine Gedanken gemacht. Cruso hatte recht! Zum Glück hatte er sie vorhin am Leben gelassen. Nicht auszudenken, wenn er der Versuchung nachgegeben hätte, sie auf der Stelle mit ihrem Lederband zu erwürgen. Mal abgesehen davon, dass dieser Tod viel zu harmlos für Ana-ha gewesen wäre und ihm auch nur kurz Vergnügen bereitet hätte. Zudem wäre sie auch nicht imstande gewesen, ihm ihr letztes Geheimnis zu offenbaren, nach dem sich seine Begierde von Minute zu Minute mehr verzehrte. Tatsächlich war dieses Verlangen, welches nun so stark in ihm entflammt war wie seine Rachegedanken, der einzige Grund seiner Zurückhaltung gewesen. Ihr Blick hatte sich in sein Gehirn gebrannt, wie die alte Wunde in sein Herz. Der lebendige Glanz in ihren Augen konnte für ihn gleichsam Rettung oder Untergang bedeuten. Eine einfache Dualität, eine wandelbare Dualität, seine letzte Dualität. Seine Entscheidung war gefallen, sie stand fest. Er hatte sie schon vor langer Zeit am Rande der einsamen Wüste getroffen, unumstößlich, unwiderruflich.

Er lehnte sich an die Mauer und betrachtete die Sterne. Irgendwo auf seinem Lebensweg war ihm ihr Strahlen verloren gegangen, aber Ana-ha würde ihm diesen Glanz zurückbringen. Etwas in ihrem Blick hatte in seiner beinah resonanzlosen Seele eine feine, kaum spürbare Schwingung hinterlassen ... und er wollte mehr davon. Er wollte gerettet werden.

„Cruso hat recht", hörte er Iciclos' Stimme hinter sich. Er hörte sich unendlich erleichtert an. „Ohne Ana-ha werde ich niemals das Frizin erlernen ... und das brauche ich zwangsläufig für unser große Toröffnung. Vielleicht bekomme ich dabei ja auch das Geschenk von Asperitas und sehe das Wassersymbol."

„Das eine ist eine Theorie, das andere eine Legende. Möglicherweise stimmt beides nicht."

„Es wird trotzdem nützlich sein. Du weißt nicht, wer uns noch alles in die Quere kommen wird." Iciclos versuchte, sich überzeugend anzuhören. Er musste Fiuros unbedingt von seinen Racheplänen abbringen. „Du kannst dich meinetwegen an Ankorus rächen, ich werde dir nicht im Weg stehen ... aber du lässt Ana-ha in Ruhe. Wenn du es auch nur wagst ..."

Fiuros drehte sich gemächlich zu ihm um. „Was dann? Willst du mich dann friezen? Oh, das kannst du ja noch gar nicht, oder?" Er lachte so gehässig, dass Iciclos am liebsten ein zweites Mal auf ihn losgegangen wäre.

„Es war nicht klug von dir, Ankorus' Namen im Beisein von Ana-ha zu erwähnen", warf Cruso jetzt mit lufttypischer Diplomatie ein.

Fiuros winkte ab: „Sie wird sich morgen nicht mehr daran erinnern, glaub mir."

„Und wenn doch?", wollte Iciclos wissen, der Ana-has angeborene Neugier zu gut kannte.

„Dann lässt du dir halt etwas einfallen. Sei ein bisschen kreativ."

Iciclos warf Fiuros einen mörderischen Blick zu. Der hatte gut reden. „Und du blockierst dich morgen wohl besser wieder in Ana-has Anwesenheit." Iciclos runzelte die Stirn, nachdem er diesen Satz ausgesprochen hatte. Ihm fiel etwas ein. „Wie lange hast du eigentlich diesen Larimar schon mit dir rumgeschleppt? Und komm mir bloß nicht damit, du hättest ihn vorhin erst gefunden." Jetzt wusste er endlich, weshalb Fiuros den ganzen Tag wie ein wandelndes Vakuum herumstolziert war.

Fiuros lächelte selbstgefällig. „Tatsächlich habe ich ihn schon heute Morgen in der Trainingshalle entdeckt. Gleich, nachdem ihr sie verlassen hattet. Er hing an Ana-has Kleid, hat sich kurz vor dem Ausgang gelöst. Was für ein Glück für Ana-ha, dass ich ihn gefunden habe ... was für ein Glück für mich." Er lächelte gerissen. „Jetzt kann ich endlich mit meiner Suche nach diesen Raritäten aufhören."

„Du hast Larimare gesucht?" Cruso musterte Fiuros interessiert.

Dieser nickte. „Vier Stück habe ich schon ausfindig gemacht. Zwei im Erdreich, einen im Luftreich und einen im Feuerland. Keiner hat an meine Zeichnung gepasst. Aber heute ... heute habe ich Glück gehabt." Fiuros breitete zufrieden die Arme aus und betrachtete ein weiteres Mal den nächtlichen Sternenhimmel, der bald wieder für ihn glänzen sollte. „Leider war dieser Larimar von Ana-ha aber nicht euer Wassersymbol", bemerkte er fast beiläufig.

„Was?", entfuhr es Iciclos. Er riss die Augen auf. „Du hast gedacht, dass der Larimar, Ankorus' Pendant, unser Symbol sein könnte?"

Fiuros nickte. „Natürlich! Ein Larimar speichert eine minimale Menge Wasser. Diese Möglichkeit hätte durchaus bestanden. Aber ich bin ja anscheinend der Einzige, den so etwas interessiert."

Iciclos schüttelte verwirrt den Kopf. „Und wie hast du herausgefunden, dass er nicht das Symbol ist? Hast du ihn etwa über eure Gralsfeuersäule gehalten in der Hoffnung, dass sie sich grün färbt?"

„Ja, ich habe ihn ein wenig mit dem Heiligen Feuer in Berührung gebracht." Fiuros lächelte amüsiert. Die dualen Heiligen Symbole färbten einander. Und auch Feuer, Wasser, Luft und Erde der Großen Tore reagierten so auf ihr gegensätzliches Sakrament, weil sie in Kraft und Stärke machtvoller waren als gewöhnliche Elemente. Was Iciclos allerdings noch nicht wusste, war die Tatsache, dass er als Tachar keine mickrige Gralsfeuersäule mehr nötig hatte.

„Es ist meine Aufgabe, das Symbol des Wasserreiches ausfindig zu machen. Ich glaube kaum, dass du dich da einmischen solltest", sagte Iciclos jetzt heftig. Es passte ihm ganz und gar nicht, dass er nun auch noch Druck von Fiuros bekam. Schlimm genug, dass alle außer ihm bereits dem Rat angehörten, noch vertrackter war es jedoch, dass diese Position für ihn am wichtigsten war, wollte er jemals Kenntnis über das Symbol erlangen. „Ich denke nicht, dass du in der Lage bist, etwas darüber herauszufinden. Das haben schon viele vor dir versucht und sind gescheitert. Unser Symbol ist nur dem Oberen Rat bekannt. Das weißt du doch!“

„Dann sieh gefälligst zu, dass du endlich dorthin gewählt wirst“, knurrte Fiuros mit zusammengekniffenen Augen. „Du bist derjenige, von dem alles abhängt. Wir sind es leid zu warten!“ Er machte einen Schritt auf Iciclos zu, als würde er so seinen Worten Nachdruck verleihen wollen. „Ich habe keine Lust noch ein weiteres Jahr zu vergeuden.“

„Man wird mich nie in den Oberen Rat wählen“, seufzte Iciclos resigniert und ließ die Schultern hängen. Was immer das Symbol auch sein mochte, er würde es mit Sicherheit als Letzter erfahren.

„Was ist mit Ana-ha? Besteht für sie die Möglichkeit, in den Rat gewählt zu werden?“, wollte Cruso jetzt wissen.

Iciclos zuckte mit den Schultern. „Sie eher als ich. Aber meinst du, sie würde es mir verraten?“

„Ihr seid doch so gut befreundet.“

„Zu gut“, ergänzte Fiuros trocken.

„Vielleicht funktioniert der Larimar nur im Zusammenhang mit seiner Trägerin“, warf Cruso jetzt nachdenklich ein, nachdem er kurz vor sich hin sinniert hatte.

Fiuros schloss die Augen und atmete tief ein. An diese Möglichkeit hatte er noch überhaupt nicht gedacht. Cruso könnte recht haben. Das hätte ihm sogar einfallen müssen! Gerade ihm! Die Vergangenheit schrie geradezu danach.

„Überlegt doch mal“, fuhr Cruso fort. „Da ist dieses Zwillingsmädchen. Raela hieß sie, glaube ich. Ihre Schwester Ijalamá und sie trugen bei der Toröffnung beide den Larimar um den Hals, Ankorus hat es ja oft genug erzählt. Ihre Schwester Ijalamá gelangte mit ihren Eltern über die Brücke nach Emporia und aus irgendeinem Grund ging Raela verloren, wurde weggerissen, wie auch immer und konnte den Durchgang nicht passieren. Man erzählte sich in Emporia immer, dass das viel zu schnell verdampfende Wasser im Feuertor für das anschließende Chaos verantwortlich war. Was auch geschehen ist: Raela blieb mit dem Larimar zurück in den Elementenreichen und es gab keine Möglichkeit, sie zurückzuholen. Vielleicht ist der Larimar tatsächlich das neue Symbol, aber er schafft die Verbindung zur Vereinigung mit dem Feuer des Großen Tores nur mit seinem jeweiligen, rechtmäßigen Besitzer.“

„Das hätte uns jetzt gerade noch gefehlt." Fiuros stand da, wie vom Donner gerührt. Diese Theorie besaß – neben der Tatsache, dass sie nicht seinen eigenen Überlegungen entsprungen war – einen weiteren bitteren Beigeschmack. Zum Schluss wären sie alle noch auf Ana-ha angewiesen. Hätte Cruso doch diese Vermutung eine Stunde früher ausgesprochen. Ana-ha hatte direkt vor ihm gestanden ... mit ihrem Larimar. Verdammt! Es wäre ein Leichtes für ihn gewesen, es herauszufinden. Aber jetzt würde er mit Sicherheit nicht mehr so nahe an sie herankommen ... Iciclos würde es nicht zulassen.

„Du glaubst doch nicht ernsthaft, dass Antares sein heiliges Symbol einfach so durch Wibuta spazieren lassen würde", zweifelte Iciclos jetzt Crusos Überlegungen an. „Der ist doch sonst immer so vorsichtig."

„Na und, was soll er denn machen? Ana-ha und ihren Larimar in eurem geheimnisumwobenen Konferenzraum anketten?", verteidigte Cruso seine Idee. „Das wäre schließlich auch nicht ganz in Ordnung."

„Nicht ganz." Iciclos musste bei der Vorstellung lächeln. „Aber meint ihr nicht auch, dass Ana-ha dann über das Symbol Bescheid wüsste? Sie müsste doch Kenntnis davon haben, wer sie ist und was sie da mit sich herumträgt?"

„Um es dir dann gleich zu erzählen? Nein, so blöd ist doch euer Antares nicht. Egal, wer die Besitzerin des Larimars ist oder einmal war ... es wäre doch viel zu riskant, sie einzuweihen. Damit wird sie ja im Ernstfall erpressbar, falls tatsächlich einmal jemand verrückt genug wäre, die Tore öffnen zu wollen." Cruso zwinkerte kurz in die Runde. „Aber wer unwissend ist, kann auch nichts verraten. So simpel ist das, so perfekt!"

„Hm", machte Iciclos nur und dachte über Crusos Worte nach. „Falls tatsächlich alles so ist, wie du vermutest, geht der Obere Rat aber ein sehr großes Risiko ein. Was ist, wenn Ana-ha den Larimar nun wirklich verloren hätte? Dann wäre ja mit einem Schlag alles hinüber, oder?"

„Oder es ist eine Fälschung und das Original liegt in eurem Konferenzsaal", überlegte Cruso laut.

Fiuros starrte ihn an, als habe er den Verstand verloren. „Dieser Stein ist keine Fälschung, glaube mir ... und ich habe schon einige Larimare gesehen."

„Dann wäre Antares unvorsichtiger als ich dachte", resümierte Iciclos schulterzuckend und sah die beiden anderen herausfordernd an. „Und wie sollen wir nun herausfinden, ob Cruso mit seiner Idee recht hat?“

„Haben wir die Möglichkeit mit Ana-ha in eure Säle des Heiligen Gralsfeuers zu gelangen?“

„Wir müssen dazu nicht in die Säle des Heiligen Gralsfeuers ...“, begann Fiuros und beobachte gespannt die Reaktion der beiden anderen.

„Wieso nicht?“ Iciclos begriff es augenscheinlich nicht sofort.

Fiuros musterte ihn nachsichtig, bevor er seine Hand ausstreckte und zum zweiten Mal an diesem Tag das Heilige Feuer in seiner Handfläche entstehen ließ.

Iciclos blinzelte geblendet und Cruso schnappte hörbar nach Luft. „Ist das ... ist das etwa ...“

„Heiliges Feuer – *Gralsfeuer* – ja!“, beendete Fiuros Iciclos' Satz.

Iciclos und Cruso starrten ihn ungläubig an und betrachteten sprachlos das ungewöhnliche Lichtspiel der Flammen. Das Knistern des Gralsfeuers war so hell, dass es in den Ohren stach.

„Du hast es geschafft.“ Cruso hörte sich ehrfürchtig an. „Verdammt, du hast es geschafft, du bist ...“

„... der Beste, seit langer, langer Zeit. Seit Hunderten von Jahren ist es keinem Feuerelementler mehr gelungen, Heiliges Feuer zu entflammen.“ Der Feuerball tanzte anmutig in Fiuros' Hand.

„Es verbrennt dich nicht“, stellte Iciclos bewundernd fest. Dies ging über alles hinaus, was er bisher an Elementenkräften erfahren und gesehen hatte. Fiuros musste ein Genie sein, zumal er noch nicht einmal Feuerelementler war.

„Heiliges Feuer legt normalerweise alles Lebendige sofort in Schutt und Asche, was immer es auch nur ansatzweise berührt“, bemerkte Cruso leise.

„So wie der Feuerstaub“, fügte Iciclos jetzt noch hinzu.

„Meine Züchtung!“ Fiuros schloss seine Hand und die Flammen verschwanden. Er hatte das letzte Ziel der Akademie erreicht. Er konnte seine Körperschwingung exakt an die des Feuers anpassen. Es konnte ihn nicht mehr verbrennen, weil sie zu einer Einheit verschmolzen. Er hatte den Grad eines Großmeisters, eines Tachars, erworben.

„Seit wann hast du diese Fähigkeit?“, fragte Iciclos. Er konnte immer noch nicht glauben, was er da gerade gesehen hatte.

„Schon einige Monate."

„Weiß Lesares das?", wollte Cruso wissen.

Fiuros nickte. „Ich habe ihn letzte Woche auf dem Monsaes-Gebirge getroffen ... ihr wisst ja, weshalb. Aber er weiß es schon länger. Wir haben regelmäßig Kontakt."

„Und wer weiß es sonst noch?", erkundigte sich Iciclos weiter.

„Atemos Medes weiß es natürlich und Tunjer auch. Atemos wollte es allerdings noch eine Weile vor der Öffentlichkeit geheim halten. Er wollte einen passenden Moment abwarten."

Alle drei schwiegen eine Weile.

Iciclos brauchte Zeit, um diese Neuigkeit zu verdauen. Sie veränderte schlagartig alles. Sie erhob Fiuros plötzlich von seinem Mitläuferstatus in eine Anführerposition, obwohl er um einiges jünger war als sie alle. Und irgendwie passte ihm das nicht. Noch dazu schien er unberechenbar und ... wenn er Ana-ha nun wirklich etwas antun wollte ... was könnte er ihm noch entgegensetzen? Ein lächerliches Frizin?

„Gut, dann müssen wir ja auch nicht mit Ana-ha in eure so gut geschützten Säle des Heiligen Gralsfeuers. Das erleichtert die Sache natürlich erheblich", stellte Cruso jetzt fest.

„Meine Rede", bestätigte Fiuros selbstsicher.

„Aber sicher", lachte Iciclos sarkastisch auf. „Ana-ha reißt sich bestimmt darum, ihren Kopf mit dem Larimar um den Hals über Fiuros' Hände mit dem Heiligen Feuer zu hängen."

„Wie wäre es, wenn sie schläft? Du könntest ihr sagen, sie soll sich den Larimar umhängen, damit er nicht gestohlen wird", schlug Cruso vor.

„Hm, riskant, aber möglicherweise unsere einzige Chance." Iciclos atmete tief durch. Wenn sie dabei waren, konnte Fiuros Ana-ha eigentlich nichts antun, und doch ... es konnte einiges schief gehen.

„Wenn sie etwas merkt, wird sie mir nie wieder vertrauen", gab er zu bedenken. Er fühlte sich hundeelend bei dem Gedanken, Ana-ha so zu hintergehen. „Und wenn sie davon aufwacht? Was ist, wenn sie sich bewegt und selbst in die Flammen gerät?"

„Wie wäre es mit einem Schlafmittel? Traumloser Schlaf, keine hektischen Bewegungen. Der Rest ist ein Kinderspiel", schlug Fiuros jetzt vor. „Ich hätte da etwas sehr Erdiges, direkt aus dem schönen, idyllischen Malesh und aus erster Hand bezogen von unserem guten

Lesares Leras. Sorgt garantiert für einen tiefen Schlaf. Ich hab es schon öfter benutzt!“

Iciclos sah ihn argwöhnisch an und verkniff sich die Frage, zu welchen Gelegenheiten Fiuros dieses Mittel wohl benötigte. „Warum traue ich deinen Absichten immer noch nicht so recht?“

„Vielleicht, weil du meine Gefühle nicht mehr lesen kannst?“ Es stimmte. Fiuros hatte wieder begonnen, sich völlig zu blockieren.

„Hör auf damit, du machst mich wahnsinnig!“

„Ich dachte, ich solle mich verschließen“, grinste Fiuros ihn freundlich an.

„Doch nicht vor mir. Hör endlich auf damit und versprich mir, dass du Ana-ha in Ruhe lässt!“, forderte Iciclos ihn nachdrücklich auf. Er wollte es von Fiuros persönlich hören.

„Ja, ja, ich lasse sie in Ruhe“, versprach Fiuros lässig und versuchte, seine Gefühle zu zügeln. *Vorerst.*

# Ein Gefühl wie Sterben

Kaltschweißig und bleich setzte sich Ana-ha auf und sah genau in Iciclos' Gesicht.

„Wie geht es dir?"

Ana-ha fuhr mit den Händen über ihr Gesicht. Dann tastete sie über ihr Dekolleté, fand den Larimar und seufzte, weder erleichtert noch beruhigt. Sie sah an sich herunter. Noch immer trug sie das feuerländische Kleid. Es war zerknittert und kam ihr vor wie ein Totengewand, klamm und unheimlich.

Die Erinnerung kam bruchstückhaft zurück. Der Tanz, das Leben, der Larimar, Fiuros auf der Terrasse, der Tod, Iciclos in letzter Sekunde und ein Name, den sie vergessen hatte. Die erste Nacht in Wibuta hatte alles für sie bereitgehalten. Ana-has Hände zitterten, als sie versuchte, die Falten auf dem Kleid zu glätten. Sie strich über den Stoff, wieder und wieder, als wollte sie alles vergessen machen, als wollte sie die Spuren dieser Nacht beseitigen.

„Hör doch auf, Ana-ha!" Iciclos nahm ihre Hände in seine und hielt sie fest. „Es ist alles wieder in Ordnung. Ich bin da."

„Wo bist du gewesen? Ich habe nach dir gesucht."

„Tunjer hat mich auf dem Rasen gefunden und mich regelrecht weggezerrt."

„Warum hast du mich nicht mitgenommen?" Ana-ha wollte ihre Hände wegziehen, aber Iciclos hielt sie umklammert.

„Ich konnte selbst kaum laufen. Tunjer hat gesagt, er würde mich zu meinem Zimmer bringen und sich danach um dich kümmern."

„Ach so!" Ana-ha entspannte sich ein wenig. „Wieso bist du zurückgekommen?"

„Auf halber Strecke ging es mir plötzlich besser, ich wollte dir selbst helfen."

„Aber ich war weg."

„Ja ... und Gott sei Dank habe ich dich gefunden. Was wollte Fiuros denn von dir?" Iciclos versuchte, sich arglos anzuhören.

„Das weiß ich nicht. Aber er hat mir die Kette zurückgegeben. Und mir gesagt, er würde mich zu meinem Zimmer begleiten. Aber ich schwör dir, Iciclos, dass er mich nicht nur in mein Zimmer gebracht hätte. Er sah so aus, als wolle er ... Ich glaube, am liebsten hätte er mich an Ort und Stelle mit meiner Kette erwürgt!" Ana-ha entzog Iciclos ihre Hände und vergrub ihr Gesicht darin. „Was habe ich ihm getan?"

„Nichts."

„Aber er hasst mich so sehr! Weißt du noch, als ich dir gesagt habe, er sendet keine Emotionen aus?"

Iciclos nickte betroffen.

„Auf dieser Terrasse hatte er so viel Hass in sich ... er hätte damit töten können. Ich habe noch nie eine stärkere Emotion empfangen."

„Ich auch nicht", war Iciclos versucht zu sagen. Der Gedanke, dass Fiuros sogar in den letzten Jahren gezielt nach Larimaren gesucht hatte – was im Klartext hieß – nach Ankorus' Verwandten, damit er sie töten konnte, bereitete ihm größtes Unbehagen. Dass der Larimar eventuell auch das begehrte Symbol des Wasserreichs sein könnte, hatte bei Fiuros' Nachforschungen sicher nur eine zweitrangige Rolle gespielt.

„Meinst du, es ist wegen der Elementas?", fragte Iciclos und kam sich vor wie ein Verräter.

Ana-ha schüttelte den Kopf. Sie ließ die Minuten mit Fiuros Revue passieren. Er hatte ihr nicht gedroht, er war selbst die Bedrohung gewesen. Er hatte nichts Schlimmes gesagt. Viel Geplänkel über den Stein, mehr nicht.

„Ich glaube nicht, dass es mit der Elementas zusammenhängt. Aber einen anderen Grund sehe ich nicht."

„Meinst du, du hast die Situation vielleicht falsch eingeschätzt?"

Ana-ha überlegte. „Nein, das glaube ich nicht. Ich bin doch nicht blöd. Außerdem", fügte sie hinzu und sah ihn bedeutungsvoll an, „hatte ich schon in unserer Welt ein ungutes Gefühl, was Wibuta anging. Und dann begegnet mir auch noch Kaira und sagt mir, ich solle diesen Stein mitnehmen."

„Ach ja, diesen angeblich wenig wichtigen Glücksstein, wie heißt er doch gleich?"

„Larimar ... und das weißt du genau, Iciclos. Spar dir deinen Spott für die richtigen Gelegenheiten. Ich war ein weiteres Mal bei ihr!"

„Du warst bei Kaira? Nach diesem Zusammenstoß mit ihr in der Halle?" Ana-has Vorahnungen mussten sie tatsächlich viel mehr mitgenommen haben, als er gedacht hatte. Und er hatte sich einen Spaß daraus gemacht, sich sogar ansatzweise darüber gefreut, dass sie sich vor dem Feuerland und Fiuros ängstigte. Was war er nur für ein Freund? War er überhaupt einer? Und welchen Gefahren würde er sie noch aussetzen müssen? Heiligem Feuer aus Fiuros' Händen, welche sie am liebsten fürchterlich leiden lassen und töten wollten! Wie weit würde er gehen müssen? Konnte er das verantworten? „Was hat sie denn gesehen?", wollte er wissen und begrub die Flut seiner Gefühle unter dicken Sandsäcken.

„Dass wir uns schwer tun bei der Wasseradersuche! Und dass ich Fiuros zu Füßen liege ... aber das hat sich ja schon bewahrheitet."

„Der Sprung durch die Luftmauer, meine Güte! Und sonst?"

„Viel sagen konnte sie mir nicht. Nur, dass ihre Vision unklar wäre. Andere Personen könnten den Weg meiner Zukunft mehr beeinflussen als ich selbst."

„Andere?" Iciclos schluckte schwer. Durfte er zulassen, dass Fiuros so nah an Ana-ha herankam, wie es für den Test vonnöten war? Was, wenn er ihr wirklich etwas antat? Dann wäre er dafür verantwortlich. Dann wäre er der Andere!

„Sie hat gesagt, der Stein wäre wichtig. Er hätte eine wichtige Bedeutung."

„Oh ja", dachte Iciclos mit einem Anflug von schwarzem Humor. „Da könnte sie recht haben."

„Hat Kaira eigentlich gewusst, um welche Art Stein es sich handelt?", fragte er dann laut.

„Ja, sie weiß es."

„Hättest du den Larimar auch mitgenommen, wenn du Kaira nicht begegnet wärst?"

„Das ist genau die Frage, die ich mir selbst immer wieder stelle! Ich weiß es nicht. Aber eines weiß ich ganz sicher: Ich werde ihn niemals wieder ablegen, was auch kommen mag." Ana-ha überlegte kurz.

„Vielleicht hätte ich ihn tatsächlich mitgenommen. Vielleicht aber auch nicht. Dann läge er jetzt immer noch unter meinem Kopfkissen."

Iciclos zog eine Augenbraue hoch und lächelte belustigt: „Er lag unter deinem Kopfkissen? Ein Stein von diesem Wert?"

Ana-ha stand auf. Der Schwindel war verschwunden, ihr Geist wieder klar. „Feuerrausch ... so etwas Idiotisches habe ich noch nie zuvor gehört." Sie zog an den Säumen ihres Gewandes. „Iciclos, ich weiß nicht, was ich machen soll. Was geht in Fiuros vor? Was will er von mir? Ich möchte wieder nach Thuraliz, so schnell wie möglich."

„Das kann ich verstehen, aber ich glaube nicht, dass du hier so einfach verschwinden kannst."

„Fiuros hat mich angesehen, als wollte er mich erwürgen. Was soll ich denn machen?"

„Wenn er möchte, dass du hierbleibst, wirst du gar nichts dagegen ausrichten können."

„Dann kontaktieren wir Antares. Ich werde mit ihm sprechen."

Iciclos machte ein ganz zerknirschtes Gesicht. „Tut mir leid, Ana-ha."

„Was tut dir leid?" Sie sah ihn alarmiert an.

„Ich habe meinen Sender verloren. Heute Nacht am Feuer!"

*Heute Nacht am Feuer ... Was hast du gefühlt?*

Der Satz sprang sie an wie ein Raubtier aus dem Hinterhalt. Sie hatte keine Möglichkeit, sich in Sicherheit zu bringen. So leer waren sie gewesen, seine Augen. Das hatte sie bisher übersehen, weil sein Hass sie so gelähmt hatte. Diese andere Empfindung, die von ihm ausgegangen war, ein subtiles Gefühl, welches sie überhaupt nicht einzuordnen wusste. Und sie hatte davor noch viel mehr Angst gehabt. Ana-ha versuchte sich darauf zu konzentrieren. Was war es gewesen? Sie kannte das Gefühl nicht, daher hatte sie es mit ihrer Empathie nicht interpretieren können. Welches Bild passte dazu?

*Heute Nacht am Feuer ... Was hast du gefühlt?*

Alles, hätte sie ihm antworten können. Alles! Aber sie hatte ihm die Antwort verweigert, weil sie nicht wusste, welche Absichten er verfolgte. Welches Bild passte zu Fiuros' Emotionen in diesem Moment? Ein Gemälde ... aus Aquarell, dessen Farben von Wassertropfen verwischten. Tropfen für Tropfen nahmen sie alle Schattierungen der Farben, lösten sie auf ... Ein nachtschwarzer Himmel ohne Sternenglanz, ein endloses Universum ohne Halt ... besser, aber nicht vollständig ... Eine Symphonie, ja, eine Symphonie – so viele wundervolle Töne – deren Klang nicht erhört wurde, die erstickt wurde ... Kälte ... wie das Eis, das so kalt war, dass es brannte ... es war ein Gefühl wie ... Sterben?

Ana-ha keuchte und rang nach Luft. Sie hatte es übertrieben. Seine Gefühle waren ihr wieder so präsent wie vor wenigen Stunden, aber diesmal waren ihre Sinne klar und nicht durch die Feuertrance benebelt. Ein Gefühl wie Sterben! Undurchdringbare Dunkelheit hüllte sie ein, das Bedürfnis ihr nachzugeben war unwiderstehlich und schrecklich zugleich ...

„Ana-ha ... Ana-ha!" Iciclos riss das schwarze Tuch, welches sich über ihr auszubreiten drohte, hinfort. Sie spürte seine Arme um sich, seine Wärme an ihrem Körper. Er holte sie zurück.

Er ließ sich aufs Bett sinken und zog Ana-ha mit sich. Ihr Kopf lag auf seiner Brust, sie hörte sein Herz schlagen und dieser Takt war so nahe am Leben, dass das Gefühl von Fiuros in ihr immer mehr verblasste. Sie wurde ruhiger.

Er streichelte unbeholfen über ihr Haar, unfähig, etwas zu sagen. Er wusste nicht, was sie trösten konnte. Bezüglich ihrer Kräfte kannte er sie in- und auswendig, aber wenn es um mehr ging, versagte er völlig.

„Bleibst du bei mir?", fragte sie nach einer langen Zeit.

„Natürlich." In Iciclos' Brustkorb schnürte sich alles Gewebe zusammen. Irgendwann würde er ihr diese Frage nicht mehr bejahen können.

„Heute Nacht am Feuer", flüsterte Ana-ha vorsichtig. „Hast du es gespürt?"

Er wusste genau, was sie meinte. Und Ana-ha verdiente die Wahrheit. Er war bereit für diese Wahrheit. Er würde ihr eine Tür öffnen. Einen kleinen Spaltbreit.

„Ja, es war einzigartig. Wunderschön. Und es hatte nichts mit der Feuertrance zu tun, nicht wahr?" Iciclos dachte an ihr Versprechen. Er dachte an ihre Welt, die sie ihm geschenkt hatte, in einem einzigen Blick. Er dachte an Emporia und seinen Glanz. Er dachte an Seiso-me. Er dachte an dessen Liebe zu Romantik und Kitsch. Wenn er sich jetzt mit seinen Worten hätte ausdrücken müssen, hätte er gesagt, dass er heute Nacht am Feuer das Strahlen Emporias in dieser fremden Welt gefunden hatte. Einen Teil davon. Einen winzig kleinen Teil. Und wenn er am Ende ohne Ana-ha gehen müsste, würde er die Erinnerung an diese Nacht mitnehmen und sie niemals vergessen. Der ätherische Glanz Emporias würde ihn für immer daran erinnern. Noch vor wenigen Stunden war er sich so sicher gewesen, nicht ohne sie dorthin zu gehen. Aber jetzt würde er sie vermutlich in ihrem Reich zurücklassen müssen, wo sie vor Fiuros in Sicherheit war. In Emporia würde er sie nicht jede Sekunde vor ihm beschützen können. Fiuros hatte es ihnen heute Nacht in aller Deutlichkeit demonstriert: Seine Kräfte übertrafen ihre eigenen um Längen. Und wenn er wirklich wollte, könnte er jederzeit an Ana-ha herankommen.

Den ganzen Sonntag verbrachten sie auf dem markierten Feld vor der Akademie. Die Mittagssonne glühte vom Himmel auf sie herab und erschwerte ihre Konzentration. Ana-ha und Iciclos waren diese trockene Hitze nicht gewöhnt. In Thuraliz waren die Sommermonate viel lauer und das Meer brachte immer eine erfrischende Brise über die See. Die Feuerländer schlichen erneut um die Markierungen herum. Dieses Mal jedoch aus Neugier, ob ihrem geplanten Bau Störungen aus der Tiefe bevorstanden.

Ana-ha fiel es schwer, sich überhaupt auf ihre Kräfte einzustimmen. Ihr Kopf dröhnte, ihre Augen brannten und sie fühlte sich, als hätte sie nicht eine Sekunde geschlafen. Fiuros' Gefühl wie Sterben machte ihr zu schaffen. Außerdem versuchte sie, sich krampfhaft an den Namen zu erinnern, den er genannte hatte. Sie wusste nur noch, dass er mit A angefangen hatte. Und immer wieder suchte sie Iciclos' Blick, als könnte er ihr alle Ungereimtheiten erklären.

„Einzigartig, wunderschön", hatte er gesagt.

Ob sie ihn einfach nach dem Namen fragen sollte? Immerhin schien er diesen Mann ja zu kennen? Aber ... vielleicht hatte Fiuros ja auch gelogen? Trauen konnte man ihm ohnehin nicht.

Als sie am frühen Abend immer noch keine Ergebnisse hatten, wurden die Feuerländer nervös. Die Luftelementler hatten eine Störung in den Gitternetzlinien gefunden, die laut ihren eigenen Aussagen aber keine größere Relevanz hatte, wenn man nicht seine Nächte dort verbrachte oder einen Meditationsraum in dieser Parzelle errichtete. Ana-ha kam es so vor, als hätte sich seitdem der Druck auf Iciclos und sie verdoppelt.

Und unglücklicherweise war Fiuros ebenfalls extrem unzufrieden. Am Spätnachmittag hatte er sie beide zu sich in sein Büro bestellt. Ana-ha hatte sich auf dem Weg in sein Arbeitszimmer gefühlt, als würde sie zu ihrer eigenen Hinrichtung gehen. Den ganzen Tag hatte sie Fiuros nur außerhalb der Akademie gesehen, mit vielen Elementlern um sich herum. Doch innerhalb der Akademie fühlte sie sich extrem verunsichert. Sie kannte die Wege nicht genau. Sie und Iciclos verliefen sich des Öfteren und jedes Mal hatte sie Angst, Fiuros würde ihr hinter der nächsten Biegung auflauern.

In seinem Büro blieb sie direkt an der Tür stehen, auch wenn es ihr selbst unhöflich vorkam. Sie konnte einfach nicht anders.

Fiuros ignorierte ihr Verhalten glücklicherweise und kam ohne Umschweife zur Sache: „Ich mache mir Sorgen wegen eurem Mangel an Konzentration und um eure Arbeitsmoral", begann er ernst und sah von den Plänen auf, die ausgebreitet auf seinem antiken Schreibtisch lagen. Er trug Atemos' dunkelrote Robe und wirkte sehr autoritär und auf ehrwürdige Weise erhaben. Die Konturen seines Gesichtes stachen durch die zurückgebundenen Haare härter hervor und überschatteten sein junges Alter noch stärker als sonst. Die Sorgenfalten auf seiner Stirn gebührten ganz den Plänen vor ihm. Hätte Ana-ha nicht ihren Larimar um den Hals hängen, hätte sie glauben können, die letzte Nacht nur geträumt zu haben. Sie schwieg und ihr Blick sprang zwischen ihm und Iciclos hin und her.

„Mir ist zu Ohren gekommen, dass ihr euch zu leicht von den anderen ablenken lasst und gerade bei dir, Ana-ha", er wandte sich ihr direkt zu und Ana-ha stockte ganz kurz der Atem, „habe ich mir selbst ein Bild deiner Schwierigkeiten machen können." Als sie nicht antwortete, blätterte er kurz in ihren abgelieferten Notizen und Aufzeichnungen, dann sprach er weiter: „Ich sehe hier nur ein wirres Durcheinander irgendwelcher Linien, zu denen ich keinen Zugang bekomme. Natürlich bin ich kein Fachmann diesbezüglicher Störungen. Trotzdem sind Iciclos' Einträge für mich um einiges aufschlussreicher, auch wenn ich mit dem Ergebnis bei Weitem nicht zufrieden bin. Aber vielleicht kannst du mir deine Aufzeichnungen auch erklären, Ana-ha?"

„Wenn du sie nicht verstehst, werden dir meine Erläuterungen auch nicht weiterhelfen. Ich habe überall dort Einträge gemacht, an denen ich Fremdeinflüsse, gleich welcher Art, erspürt habe."

Fiuros drehte und wendete ihren größten Plan in alle Richtungen. „Überall auf unserem Feld?"

Ana-ha sah an ihm vorbei. Sie wusste, dass ihr Plan eine kleine Katastrophe war, hatte aber insgeheim gehofft, Fiuros würde die Auswertung nicht selbst durchführen. Sie schwieg zu seiner provokativen Frage und er sprach weiter: „Ich kann verstehen, dass die Nachwirkungen unseres Feuers und die Hitze nicht leicht zu bewältigen sind. Eigentlich sollten eure Untersuchungen heute abgeschlossen sein. Aber ich fürchte, ich kann euch heute Abend noch nicht abreisen lassen." Wieder redete er gegen eine Wand aus Schweigen. Fiuros sah von einem zum anderen. „Und da ich denke, dass euch ein wenig Unterstützung guttäte, habe ich Hilfe aus eurem Oberen Rat angefordert. Antares schickt morgen jemanden, der sich auf Wasseradern spezialisiert hat."

„Du hast Antares benachrichtigt?" Eigentlich hätte sie jetzt wütend werden müssen, da er ihnen offenbar so wenig zutraute. Aber die Gewissheit, von einem Ratsmitglied weiteren Schutz zu bekommen, wog stärker als der Ärger. Außerdem sah sie schlagartig noch eine weitere Möglichkeit für sich selbst:

„Du hast sicher nichts dagegen, wenn ich bei der Toröffnung morgen nach Thuraliz zurückkehre. Ihr habt ja dann die Hilfe, die ihr wolltet." Eine Nacht würde sie hier noch überstehen und morgen könnte sie zurück. Daran würde auch Fiuros nichts mehr ändern können. Doch sie hatte sich getäuscht.

„Iciclos und du, ihr habt noch eine Menge zu lernen. Ich habe Antares vorgeschlagen, dass ihr hier bleibt und euch gemeinsam mit eurem Wasserelementler auf die Suche begebt. Er fand die Idee fantastisch." Er sprach leise, aber mit einer bestimmten Raffinesse.

Ana-has Unbehagen wuchs. Sie sah sich schon wochenlang in Wibuta Wasseradern suchen. Das konnte doch nicht sein Ernst sein. Als hätte er auch nur einen Funken Interesse daran, dass sie und Iciclos etwas dazulernten. Ihm ging es doch lediglich darum, ihnen eins auszuwischen, weil sie sich seines Erachtens zu wenig Mühe gegeben hatten, trotz dieser Nacht und ihrer Ereignisse. Und natürlich vergalt er ihr auch so die letzte Elementas. Was für ein Triumph für sämtliche Feuerländer! Und nicht zuletzt wusste sie immer noch nicht, was er von ihr wollte. Was, wenn sie nur hierbleiben sollte, damit er sie doch noch in aller Ruhe ins Jenseits befördern konnte?

„Ich würde gerne selbst mit Antares sprechen“, entgegnete Ana-ha ihm nach einigen Schrecksekunden. Sie würde ihm alles erklären. Dann würde er Fiuros’ Idee sicher alles andere als fantastisch finden.

„Wenn ihr eure Sender nicht selbst verschuldet verloren hättet, wäre es kein Problem“, antwortete Fiuros mit einem Lächeln, so samtig weich wie seine Herrschertracht. „Ich sagte ja, ihr habt noch viel zu lernen!“

Ana-ha war sprachlos über so viel Unverfrorenheit und ihr wurde klar, dass sie in Fiuros einen Feind hatte, der mit allen Mitteln kämpfen konnte ... und leider am längeren Hebel saß. Aber wenn er sie noch einmal allein abpasste und ihr zu nahe kam, würde sie ihn friezen. Sie würde es tun. Sie versicherte es sich selbst immer wieder, um ihre Angst unter Kontrolle zu bekommen.

„Seid froh, dass ich euch noch eine Chance gebe, eure Fähigkeiten zu beweisen. Ich hätte euch einfach nach Hause schicken können.“ Fiuros erhob sich und legte die Pläne zur Seite.

„Sollten wir dir dankbar sein?“, schaltete sich Iciclos nun in das Gespräch mit ein. Er klang resigniert und wütend. Ana-ha vermutete, dass er sich absichtlich in den letzten Minuten im Hintergrund gehalten hatte. Sonst wäre er wahrscheinlich ausgeflippt.

Fiuros antwortete nicht darauf, sondern ging an ihnen vorbei und öffnete die Tür. Ana-ha hätte es am liebsten über seinem Kopf regnen lassen, nur um ihren Standpunkt zu verdeutlichen.

„Schönen Abend noch, ihr beiden. Und morgen sehen wir uns um Punkt neun Uhr in unserer Trainingshalle eins. Ihr könnt dann euer Ratsmitglied in Empfang nehmen.“

„Feuerfiuros ist ein Idiot!“, bemerkte Ana-ha, nachdem dieser die Tür seines Büros hinter ihnen geschlossen hatte.

„Hm“, brummte Iciclos nur nickend. Er fühlte sich schrecklich. Er hatte ja gewusst, auf welches Ergebnis die Unterredung hinauslaufen würde. Er hatte es mit geplant. Er hatte dem Larimartest zugestimmt. Er hatte sie ja schon verraten. Vielleicht war er schon der Andere. Und hoffentlich bemerkte Ana-ha nicht, wie oft er sie mittlerweile anlog. Seine Fingerkuppen strichen über den kleinen, silbernen Sender in seiner Tasche, den sie auf dem Rasen glaubte. Keine Verbindung nach Thuraliz, so hatten sie es gemeinsam beschlossen. Kein Hinauskommen für Ana-ha. Nicht, solange sie nicht wussten, ob sie und ihr Larimar ihnen die Brücke nach Emporia bauen konnten. Aber, dass Fiuros jetzt Hilfe aus ihrem Reich angefordert hatte ... das hatte er ihm verschwiegen. War ihm diese Suche tatsächlich so wichtig? Konnte es ihm nicht egal sein, ob die Feuerländer zukünftig über Wasseradern, Verwerfungen oder Gitternetzlinien meditierten? In spätestens ein paar Monaten würden sie in Emporia sein, was scherte sich Fiuros um die Akademie? Oder zeigte er seiner Zwangsheimat einfach nur Loyalität? Mehr als er selbst? Er hatte sich hier nie zu Hause gefühlt. Fiuros war noch ein Kind gewesen, als Ankorus ihn verbannt hatte. Möglich, dass ihm Wibuta und das Feuer so sehr ans Herz gewachsen waren, dass er sie nicht, ohne sein Bestes gegeben zu haben, zurücklassen wollte. Ob er hier Freunde hatte? Er hatte ihn nie gefragt. Immer ging er davon aus, dass sich seine Kameraden, so wie er, nicht auf wirkliche Freundschaften oder Beziehungen einließen. Was, wenn nicht? Wenn ihnen der Abschied schwerfallen würde?

Er dachte an Ana-ha und ihren Tanz, an ihr Versprechen und an Seiso-me. Seine Tage waren gezählt und auf einmal schmerzte es ein wenig. Und was würde er Ana-ha erzählen, wenn sie ihn nach Ankorus fragte? Noch hatte sie seinen Namen nicht erwähnt. Mit ein wenig Glück hatte sie ihn vergessen. Aber was sollte er ihr antworten, wenn ihr Fiuros‘ letzter Satz wieder einfiel? Er brauchte dringend eine passable Antwort. Eine, die keine weiteren Fragen aufwarf.

# Der Mann vom Oberen Rat

Iciclos stand neben Ana-ha in der Trainingshalle des Feuerlandes. Hyandra hielt das Feuertor offen und Fiuros lief wie aufgezogen hinter ihnen auf und ab. Es war bereits kurz nach neun.

„Hoffentlich weiß euer Abgesandter, wie man einen Mynix passiert", sagte Fiuros jetzt ungeduldig.

Iciclos ignorierte seine spitze Bemerkung. Er konnte nicht einschätzen, was von seinem Kameraden nur vorgetäuschte Entrüstung und was echt war. Dafür kannte er ihn zu wenig. Eigentlich – musste er ehrlich zugeben – kannte er ihn überhaupt nicht mehr. Fiuros, den Jungen, den hatte er gekannt und gemocht, fast geliebt wie einen kleinen Bruder. Aber wie verhielt es sich mit Fiuros, dem Erwachsenen? Dem Großmeister, dem Tachar, wie sie ihn hier fast schwärmerisch nannten, nicht, weil die Akademiegänger sein Geheimnis kannten, sondern weil sie in ihm einen Anwärter dieses Meistergrades sahen. Wie recht sie hatten. Fiuros-Tachar oder Tachar-Fiuros hatte er sie ehrfürchtig sagen hören, manchmal sogar direkt zu Fiuros selbst. Aber Fiuros-Tachar war von diesen Aufwartungen weniger begeistert, vermutlich, weil sie den Nagel auf den Kopf trafen.

Und er selbst – Iciclos – erkannte ihn nicht mehr. In den vergangenen Jahren hatte er ihn zu selten gesehen, für eine private Unterhaltung blieb meist keine Zeit zwischen den vielen Dingen, die sie besprechen und organisieren mussten. Als jeder noch in seinem eigenen Reich festsaß, war überhaupt kein Kontakt zueinander möglich gewesen. Erst als sie sich in den Akademien nach oben gearbeitet und die ersten fremdelementaren Aufträge erhalten hatten, war ein regelmäßiger Austausch zwischen ihnen zustande gekommen.

Lesares hatte er zuerst wiedergesehen. Nur mit viel Mühe hatte er damals seine Freudentränen zurückhalten können, als er plötzlich dem Freund aus seinem alten Leben gegenübergestanden war. Lesares war mit Tierrak Kass, dem Erdkunstakademieleiter, nach Thuraliz gekommen, um den Wasserelementlern bei einem Problem zu helfen. Innerlich hatte es ihn vor Freude und Trauer fast zerrissen. Niemand hatte erfahren dürfen, dass sie sich kannten. Nach fast fünf Jahren war es ihm wie ein kleines Wunder erschienen.

Iciclos hatte sich in all den Jahren immer wieder gefragt, wie es seinen Kameraden in den anderen Ländern ergangen war. Und Lesares hatte ihm stumm Antwort gegeben, die einzige, die er erwartet hatte und akzeptieren konnte. Er wollte zurück, zurück in seine Stadt, zurück nach Emporia. Jahrelang hatte er gebangt, dass die anderen sich vielleicht in ihr Schicksal gefügt und neu orientiert hatten. Die ersten Jahre an der Wasserkunstakademie hatte er in einem tranceartigen Dämmerzustand verbracht, der mit Leben vermutlich so wenig zu tun hatte wie das Frizin. Er hatte nicht gewusst, wo und wie er nach seinen Freunden hätte suchen können. Sie waren jeder in ein anderes Reich verbannt worden. Ankorus hatte keine Mühen gescheut. Er konnte sich nicht ausweisen. Es gab niemanden, der ihm seine Identität bestätigen konnte und so hatte er das Wasserreich nicht verlassen können. Er hatte Monate gebraucht, um sich nach ihrer Verbannung zurechtzufinden. Nur langsam hatte er in Erfahrung gebracht, dass es neue Symbole gab. Wie ein Geist war er anfangs durch die Ländereien der Wasserwelt geirrt, sich selbst fremd, seiner Umgebung und ihren Bewohnern fremd.

Die Fremde schmerzte beim Erwachen und beim Einschlafen. Wenn abends die Sonne unterging, hatte er Ankorus jedes Mal verflucht, jedes Mal. Dass es Menschen gab, die dieses Verschwinden des Himmelsfeuers am Horizont romantisch fanden – nun – davon verstand er heute ebenso wenig wie damals. Nach Monaten in den verschiedensten Ortschaften hatte er eine Menge über das Leben in den Elementenreichen gelernt.

Es waren einfache Leute, diese Menschen. Sie verzichteten, wann immer es ihnen möglich war, auf den Einsatz technischer Hilfsmittel, etwas, das in seiner Heimatstadt ebenso gehandhabt wurde und es ihm erleichterte, sich dem Leben anzupassen. Außerdem verehrten sie die Menschen an den großen Akademien, die ihr Leben ganz dem Element ihres Landes widmeten, um Traditionen, Kunst und Spiritualität zu wahren und weiterzugeben. Laut ihren Aussagen war es die Pflicht und die Aufgabe weniger, besonders begabter Elementler. Man beneidete sie nicht – höchstens im Feuerland – denn dieses Leben verlangte Entbehrung und Disziplin. Aber man bewunderte und achtete sie und es war überhaupt keine Frage, dass das Land nur von jenen regiert werden durfte, die diese alten Kräfte besaßen und unermüdlich weitergaben.

Nachdem Iciclos immer mehr Wissen über Land und Leute, Symbole und Elemente erworben hatte, war er über das Monroe-Gebirge Richtung Thuraliz aufgebrochen. Er hatte gewusst, dass der Weg nach Emporia unmittelbar an der Schwelle der Akademie begann. Da er keine Vorkenntnisse über das Wasserelement besaß, hatte er Antares damals gebeten, seine Lernfähigkeit zwei Wochen unter Beweis stellen zu dürfen. Er hatte in diesen zwei Wochen insgesamt kaum mehr als vierzehn Stunden geschlafen, so hart und unermüdlich hatte er trainiert und gekämpft. Antares hatte dieser Ehrgeiz begeistert und am Ende konnte Iciclos Wasserverwandlungen durchführen, die andere erst nach einem Jahr zustande brachten.

Trotz der Aufnahme an die Thuraliz-Akademie waren es die schlimmsten Jahre seines Lebens gewesen.

Aber irgendwann, an einem besonders kalten, glasklaren Wintermorgen, packte ihn neuer Lebensmut und er versprach sich selbst, endlich aktiv mit der Suche nach seinen Kameraden zu beginnen. Mittlerweile konnte er Trainingstore öffnen und war bereit, Risiken auf sich zu nehmen. Wie der Zufall es wollte, fand ihn Lesares keine drei Monate später. Ihr Wiedersehen würde er nie vergessen. Lesares war älter geworden. Es waren nur fünf Jahre, aber die Linien in seinem Gesicht verrieten, dass nicht nur Zeit, sondern auch Kummer daran gegraben hatte. Erst zu diesem Zeitpunkt erfuhr er selbst von Tores' und Salas Tod, weinte, fünf Jahre zu spät, litt mit Fiuros, nachträglich. Fluchte erneut über Ankorus und das Leben, welches er dem Jungen aufgezwungen hatte.

Es verging in den folgenden Monaten keine Stunde, in der er nicht an Fiuros dachte. Fiuros, den kleinen Jungen mit den dunklen Locken und den lebhaften braun-roten Augen, der nun ohne Eltern und Heimat aufwachsen musste.

Und nun war er Fiuros, der Erwachsene, Feuerfiuros und Fiuros-Tachar. Ganz ohne Vorurteile hatte er sich prächtig entwickelt. Sein Können und sein Status, sein Einfluss, sein Aussehen, sein Auftreten, seine Autorität ... all das war wahrlich großmeisterlich. Und doch lauerte hinter all diesen Äußerlichkeiten ein Abgrund, der Iciclos erschreckte. Fiuros war nicht zufrieden mit dem, was er erreicht hatte. Und noch nicht einmal die Rückkehr nach Emporia genügte ihm. Es musste Ankorus' Tod sein und am besten der seiner gesamten Blutlinie.

Iciclos schüttelte unbewusst den Kopf, als er auf die rote Feuerwand sah ... nein, er erkannte den Jungen in ihm nicht wieder.

Die Flammen vor seinen Augen teilten sich plötzlich wie ein zurückweichendes Meer. Iciclos hielt mitten in der Bewegung inne, seine Augen mussten ihm einen Streich spielen ... aber nein ... er schüttelte den Kopf ein paar weitere Male ... das gab es einfach nicht! Seiso-me Leskartes schlenderte durch die Feuerwand. Betont lässig und mit einem siegesgewissen Grinsen im Gesicht. Was machte denn dieser Vollzeitlangweiler hier? Wo war der Mann vom Oberen Rat?

„Seiso-me!", rief Ana-ha neben ihm freudig überrascht und sauste so schnell auf ihn zu, dass Fiuros scheinbar Angst bekam, sie würde gleich durch die beiden Tore in der Wasserwelt verschwinden.

„Schließ das Tor", wies er Hyandra daraufhin schroff an.

„Das hat ja ewig gedauert. Ich dachte, Antares würde jemanden vom Oberen Rat schicken", sagte Iciclos nun und seine Stimme klang ein wenig konsterniert.

„Iciclos, ich bin euer Mann vom Oberen Rat." Man merkte es Seiso-mes Stimme an, dass er sich diesen Satz auf der Zunge zergehen ließ, und Iciclos erkannte den Hauch diebischer Freude auf seinem Gesicht, den er sonst nur im Spiegelbild sah.

„Du bist was?", stammelte er völlig überrumpelt, als er begriff, was Seiso-me ihnen da eben verkündet hatte. Erst jetzt bemerkte er das dunkelblaue Gewand.

„Ich bin vorgestern offiziell in den Oberen Rat berufen worden", erklärte Seiso-me es ihm noch einmal in aller Freundlichkeit. In seiner jetzigen Lage fiel es ihm erstaunlich leicht, nett zu einem Iciclos Spike zu sein.

„Du bist jetzt im Oberen Rat? Ich fasse es nicht! Herzlichen Glückwunsch!" Ana-ha hängte sich an Seiso-mes Hals und drückte ihn so fest an sich, dass es Iciclos noch schlechter wurde. „Das hast du dir doch schon immer gewünscht!“

*Wirklich super! Gratulation!*

Und dann traf es Iciclos wie einen Hammerschlag auf den Kopf.

*Seiso-me ist im Oberen Rat. Seiso-me weiß, was unser Symbol ist!*

Dass Seiso-me nun von dem Kenntnis hatte, was er selbst so dringend wissen musste, schickte seinen Geist sekundenlang in die unendlichen Tiefen des Weltalls. Seine rotierenden Gedanken umschlingerten seinen Verstand wie ein aus der Umlaufbahn gebrachter Mond seinen Planeten.

*Er weiß es! Er weiß es! Seiso-me weiß es! Seiso-me weiß es ...*

Es war eine himmelschreiende Ungerechtigkeit! Wieso berief man gerade Seiso-me in den Oberen Rat! Ausgerechnet Seiso-me! Weshalb nicht ihn? Iciclos verschränkte die Arme vor der Brust und versuchte angestrengt, ein unbeteiligtes Gesicht zu machen. Aber so recht wollte es ihm nicht gelingen und Seiso-me registrierte es mit einer gewissen Genugtuung.

Hyandra gesellte sich nun wieder in die Runde und begrüßte Seiso-me, nach dem dieser mit Fiuros das traditionelle Ritual durchexerziert und auch dessen Glückwünsche entgegengenommen hatte.

„Und du leistest unserem Wasserteam nun Erste Hilfe?“ Sie klang wesentlich freundlicher, als in den Tagen zuvor.

„Ich versuche es“, sagte Seiso-me würdig.

„Wasseradern sind dein Spezialgebiet?“, erkundigte sich Fiuros und geleitete sie aus der Halle.

„Eines meiner vielen Spezialgebiete.“ Seiso-me lächelte Ana-ha an. „Wie geht es dir? Du siehst krank aus.“

„Ich wollte eigentlich nach Thuraliz zurück, aber Antares und Fiuros hielten es wohl für das Beste, wenn ich bleibe und mir dein Wissen aneigne“, antwortete Ana-ha. Sie fühlte sich heute noch schlechter als gestern. Sie hatte fast die halbe Nacht nicht geschlafen und weder genug gegessen noch getrunken. Selbst Iciclos' Versuch, ihr einen komischen Feuerlandtrunk anzupreisen, mit dem sie garantiert gut und erholt einschlafen würde, hatte sie abgelehnt. Sie hatte ein weiteres Mal in seinem Zimmer übernachtet. Aber mehr als die Lagerstätte hatten sie nicht miteinander geteilt. Zu viele Dinge geisterten durch ihren Kopf. Da waren Kaira und der Larimar, da war Fiuros mit seinem unerklärlichen Gefühl wie Sterben und seinem Hang, sie bloßzustellen. Und da waren die Grüße von dem Unbekannten, dessen Name mit dem Buchstaben A begann. Es gab zu viele Fragen und zu wenig Antworten.

„Aber du kannst doch nicht lernen, wenn es dir nicht gut geht! Du solltest dich ausruhen", unterbrach Seiso-me ihren Gedankenstrom.

„Ich bin nicht krank, Seiso-me. Ich ..."

„Aber du siehst so aus! Fiuros, habt ihr noch Termine für eine Torkreuzung? Das jetzige Tor hast du leider schon schließen lassen und ich denke, Hagalaz wird auf der anderen Seite darauf reagiert haben. Aber vielleicht habt ihr heute noch einen anderen freien Platz?"

„Nein." Fiuros' Stimme klang entschieden und hart.

„Selbst wenn, du wolltest auch nicht, dass ich zurückkehre, oder?", hätte Ana-ha ihn am liebsten gefragt, aber sie traute sich nicht. Es wäre einer Unterstellung gleichgekommen und immer wieder fielen ihr Antares' Bemühungen um ein freundschaftliches Verhältnis ein. Wenn sie sich jetzt mit dem zweiten Vorsitzenden ernsthaft anlegte, konnte das seine Versuche um Jahre zurückwerfen. Ana-ha hatte sich ohnehin seit diesen zwei Tagen ständig aufs Neue gefragt, ob Antares wirklich nicht die wasserelementaren Kräfte weitergegeben hatte, um diese Beziehung zu stabilisieren. Denn Fiuros war wieder das Nichts selbst, was seine Gefühle anging. Einerseits war sie froh, nicht seinem Hass ausgeliefert zu sein, andererseits war es unheimlicher denn je, so starke Emotionen blockiert zu wissen. Es verlangte ein Ausmaß großer Kunst, die eigentlich nur den Wasserelementlern vorbehalten war.

„Ich habe Ana-ha gestern beobachtet. Sie scheint große Probleme mit ihrer Konzentration zu haben." Fiuros lächelte mild zu ihr hinüber, aber seine Augen waren abgespeicherte Hologramme, mit denen er jede Gefühlsregung abrufen konnte, ohne sie auszusenden. „Ich dachte mir, dass ein qualifiziertes Mitglied eures Rates ihr ein bisschen unter die Arme greifen könnte."

„Ich denke, du wirst es wohl jetzt mir überlassen, ob und wie Ana-ha von mir lernt. Und wenn ich sage, sie sieht krank aus und sollte sich ausruhen, wird sie das tun. Da es keine Möglichkeit für sie gibt, nach Thuraliz zu kommen, wird sie sich bei euch erholen ... was für uns Wasserelementler eher schwer sein dürfte."

Fast nebenbei bemerkte Ana-ha, dass Seiso-me genauso groß wie Fiuros war und in seinem dunkelblauen Gewand mindestens ebenso imposant wirkte, während sie stiefelklappernd nebeneinander herliefen. Er hatte mit jener freundlichen, doch unpersönlichen Höflichkeit gesprochen, die er sich normalerweise für Iciclos vorbehielt, wenn Antares in der Nähe war. Fiuros schien sie ebenso zu missfallen wie Seiso-mes Widersacher, denn er hatte Mühe, seine sterilen Hologramme aufrechtzuerhalten.

„Schön. Wie du wünschst." Fiuros Tonfall ließ keinen Zweifel an seinem Glauben in die eigene Überlegenheit. „Wenn sie sich den ganzen Tag ausgeruht hat, ist sie sicher stabil genug, um uns heute Abend in eigenen Reihen Gesellschaft zu leisten. Wir werden eine Feier veranstalten ... bei der wir hoffentlich auf dein Talent anstoßen können." Er lachte gekünstelt. „Ihr seid hierzu alle drei herzlich eingeladen. Eine Absage würden wir als Beleidigung auffassen!"

Mit dem Näherrücken des Abends erschienen Ana-ha viele Dinge auf einmal wesentlich klarer. Zum einen hatte sie für sich entschieden, dass der Larimar für Fiuros nicht besonders wichtig sein konnte. Warum hätte er ihn ihr sonst zurückgegeben? Zum anderen hasste er sie vermutlich doch wegen der Elementas und einer damit verbundenen inneren Leere oder Demütigung, die sie bislang unterschätzt hatte und die für ihn so schlimm gewesen sein musste, dass er allein ihren Anblick verabscheuungswürdig fand. Das einzige Rätsel blieb dieser Name, der zumindest Iciclos und Cruso an jenem Abend in ein Gefühlschaos gestürzt hatte. Sie wurde das Gefühl nicht los, dass Iciclos mehr wusste, als er zugab. Irgendetwas verschwieg er ihr. Wenn beim Klang dieses Namens seine Gefühle wie verrückt Purzelbäume in alle Richtungen schlugen, dann konnte es sich um keine Kleinigkeit handeln. Warum verlor er kein Wort darüber? Gestern hatte sie noch ihr ganzes Vertrauen in Iciclos gesetzt, aber da hatte sie auch in seinen Armen geschlafen – nicht mehr und nicht weniger – und seine körperliche Nähe war warm und beruhigend gewesen. Unmöglich, dass jemand, dessen Arme so ehrlich und sicher um sie lagen, fähig wäre, ihr Wichtiges vorzuenthalten! Aber heute? Sie hatte kurz an Seiso-me und seine Vorurteile Iciclos gegenüber denken müssen. Hatte er recht?

*Es war einzigartig. Wunderschön!* Iciclos' Worte hingen über ihr im Zimmer und ließen sie nicht los. Jemand, der es nicht ehrlich meinte, würde so nicht antworten. Daher erlaubte sich Ana-ha nur eine einzige

Schlussfolgerung: Selbst wenn Iciclos ihr etwas verschwieg, dann war das sicher nur zu ihrem Besten. Entweder durfte er oder konnte er ihr nicht die Wahrheit sagen. Vielleicht, um sie vor etwas zu schützen? Oder um sich selbst zu schützen?

Was immer hier in Wibuta geschehen war, es kam Ana-ha so vor, als würde es ihrem Leben eine neue Wendung geben. Als ob sich jedes Ereignis wie das Glied einer Kette aneinanderreihte, um am Ende ein großes Ganzes zu ergeben. Und vielleicht war ihre Kette, die Kaira gesehen hatte, tatsächlich nur ein Symbol für die Wichtigkeit dieser Ereignisse. Vielleicht würde sie durch diese Geschehnisse erkennen, was das Geschenk von Asperitas ihr vorenthalten hatte. Den größten Schmerz ... der, der dafür verantwortlich war, dass sie sich im Leben so verloren fühlte, ankerlos und einsam.

„Wir warten hier auf Iciclos." Seiso-me stand im Türrahmen von Ana-has Zimmer. „Fiuros und Tunjer wollten noch kurz mit ihm sprechen." Er fand, dass Ana-ha nicht wesentlich erholter als am Morgen aussah.

„Habt ihr denn etwas gefunden?", wollte sie jetzt wissen und zog ihre Zimmertür hinter sich zu.

„Eine Untergrundströmung, achthundert Meter tief, am östlichen Rand der Markierung."

„Also doch." Sie hatte selbst im Osten gesucht, zumindest bis die drei Feuerländer sie gepiesackt hatten. „Und? Wird sie den Bau beeinflussen?"

„Keine Ahnung wie sich die Feuerländer entscheiden, aber sie verläuft fast an der Grenze der Markierung. In der Nähe liegt auch das luftelementare Störfeld. Ich glaube nicht, dass das Feld Probleme macht."

„Wie konnte ich sie nur übersehen?"

„Ich weiß es nicht. Vielleicht sagst du es mir?" Seiso-me wölbte herausfordernd die akkuraten Augenbrauen.

Ana-ha wusste, dass sie ihm überhaupt nichts vorzuspielen brauchte. Er war kein Empath, aber er kannte sie zeitweise besser, als sie sich selbst. Also gab sie ihm in kurzen Stichworten eine Zusammenfassung der letzten Tage und Nächte, ließ aber den Unbekannten, dessen Namen sie ohnehin vergessen hatte, außen vor. Sie wollte Seiso-mes Zwietracht mit Iciclos nicht zusätzliche Nahrung geben. Es genügte, wenn sie sich selbst den Kopf zerbrach ... vor allem über Iciclos' Schweigen.

„Und du weißt immer noch nicht, worum es Fiuros eigentlich ging?“, wollte Seiso-me wissen, nachdem er sich erst einmal eine Minute lang laut schimpfend über den Stellvertreter von Atemos ausgelassen hatte.

Ana-ha schüttelte den Kopf. „Der Larimar war es jedenfalls nicht“, sagte sie.

„Gott sei Dank! Darf ich ihn sehen?“

„Sicher.“ Ana-ha zog den Stein unter ihrer Tracht hervor. Sie wollte ihn nicht mehr missen. Nie wieder würde sie ihn ablegen. Der Verlust hatte ihr gezeigt, wie wichtig ihr dieser Besitz war. Mit dem Voranschreiten der Dinge in Wibuta schien er ihr wie ein Wegweiser.

Seiso-me nahm ihn in die Hand und strich mit dem Daumen über die glatte, feingeschliffene Struktur. „Warum hast du mir nie davon erzählt“, fragte er leise. Es war kein Vorwurf in seiner Stimme, höchstens ein bisschen Traurigkeit. Er teilte so vieles mit ihr. Fast sein ganzes Leben hatte er mit ihr verbracht. Ana-ha ging bei seinen Eltern ein und aus. Er wusste alles über sie, kannte ihre größten Wünsche, ihre Träume, ihre Suche nach Wurzeln in diesem Leben. Aber noch nie, nicht mit einem Sterbenswörtchen, hatte sie ihren Stein erwähnt.

„Ich wollte keinen Neid wecken“, gestand sie ihm jetzt. Sie ließ seine Neugier gewähren und ihn den Larimar bestaunen. Und so intensiv, wie Seiso-me ihn jetzt betrachtete, mit diesem Funkeln in den Augen, hatte sie all die Jahre wohl die richtige Entscheidung getroffen.

„Ana-ha ...“ Mit einem Aufseufzen ließ Seiso-me seine Hand sinken. „Wie könnte ich auf irgendetwas von dir neidisch sein? Du kennst meine Gefühle. Ich war der Erste, der sich dir als Empathen-Opfer angeboten hat. Hast du jemals Neid oder Eifersucht bei mir gesehen, wenn es um deine Talente oder deinen Besitz ging?“

„Natürlich nicht! Aber dieser Stein ist von unschätzbarem Wert. Ruft das denn überhaupt nichts in dir wach?“

„Wäre es umgekehrt bei dir anders?“

„Nein, ich glaube nicht!“

„Warum dann bei mir?“

Ana-ha hatte darauf keine Antwort.

„Gott sei Dank?“

„Was?“

„Du hast Gott sei Dank gesagt, als ich bemerkt habe, dass es Fiuros nicht um den Larimar ging. Wieso?“

„Na, dann hätte er ihn dir wohl kaum zurückgegeben, oder?“

„Sicher nicht. Seiso-me, ich habe trotzdem Angst vor ihm! Mein ungutes Gefühl vor der Abreise hat ein Gesicht und einen Namen. Ich denke, seine Niederlage bei den Elementas hat ihn viel mehr mitgenommen, als ich dachte.“

„Du hast ihn entehrt, vor allen Leuten. Vor seinen Leuten. Unterschätze niemals das Ehrgefühl eines Feuerländers. Nach außen mag man es nicht registriert haben, aber wer sieht schon so tief in Wibuta? So weit habe ich auch nicht gedacht, sonst wäre ich für dich gegangen, ich schwöre es dir. Dann hätte Antares mich eben später ernennen müssen. Ich wäre für dich gegangen, ich schwöre es!“ Seiso-me war so ehrlich und selbstlos, dass Ana-ha die Tränen in die Augen schossen. Verdiente sie einen solchen Menschen? Für sie würde er alles opfern.

„Hey ... so schlimm?“ Er fasste unter ihr Kinn und zog es sanft nach oben.

„Nein“, flüsterte Ana-ha. „Nur glücklich, dass ich einen so guten Freund habe!“ Sie umklammerte seine Arme, lächelte.

Seiso-me legte seine Stirn an ihre und nahm ihr Gesicht in die Hände. Er roch frisch, nach Seife, Klarheit und Aufrichtigkeit. Alles an ihm war so eindeutig. Keine Geheimnisse, keine Spielereien, keine Hintertür ... es war ein gutes Gefühl nach den letzten zwei Tagen der Angst, des Zweifels und der Verwirrung. Sie atmete seinen Duft und fühlte sich wohl. Sie hätte stundenlang so mit ihm stehen können ...

Ana-ha hielt inne und drehte den Kopf nach rechts. Iciclos stand direkt neben ihr. Wie lange, konnte sie unmöglich sagen. Sein Gesicht war maskenhaft bleich und stach geisterhaft aus dem roten Mauerwerk hervor. Für den Bruchteil einer Sekunde hatte Ana-ha Angst vor ihm.

„Icic...los“, stammelte sie, schuldbewusst über ihre traute Zweisamkeit mit Seiso-me. „Seit wann ... ich meine ...“

Iciclos antwortete mit einem kalten Lächeln: „Ich bin eben erst gekommen, lass dich nicht stören!“

„Aber du störst doch nicht!“ *Du störst nie*, hätte sie sich am liebsten ihre Anspannung vom Leib geschrien. *Aber vertrau mir doch einfach! Hätte ich dein Vertrauen, würdest du nichts verschweigen!*

Iciclos sah sie länger an als gewöhnlich und diesmal wich sie seinem Blick aus.

„Dann wollen wir mal den Feuerelementlern die Stirn bieten", sagte Seiso-me jetzt beschwingt in die unangenehme Stille.

Ana-ha zuckte zusammen über diese unglückliche Formulierung. Sie wagte nicht mehr, Iciclos anzusehen. Er hatte sich unnahbar blockiert und marschierte voran. Orientierungsprobleme schien er nicht mehr zu haben, denn er führte sie direkt in den Rat der Oberen, welcher die Türen für sie weit geöffnet hatte.

# Asperitas und Obrussa

Die schwere Eingangstür fiel hinter ihnen ins Schloss. Ana-ha zuckte bei diesem Geräusch zusammen. Damit war ihr einziger Fluchtweg aus dem Verderben versperrt. Sie lief dicht an Seiso-mes Seite und hielt den Kopf gesenkt. Dass sie nun den ganzen Abend mit Fiuros verbringen musste, versetzte alles in ihr in höchste Alarmbereitschaft. Und das unausgesprochene Missverständnis zwischen ihr und Iciclos nahm ihr jegliche Konfrontationsbereitschaft.

„Willkommen in den Sälen des Oberen Rates“, begrüßte sie Hyandra gerade und führte sie durch das Reich der Höhergestellten.

„Wir haben für die Einladung zu danken“, nickte Seiso-me.

Die Wände des Rates waren Flammenzüge in Karmesinrot. Strotzend und wehrhaft brannten sie vom Boden bis zur Decke, an der sie sich beugten und zusammenfanden, als folgten sie einem unsichtbaren Befehl. Sie schluckten sich gegenseitig, spien sich aus, schluckten sich wieder und wurden ihres Wechsels niemals müde.

Iciclos ging schnurgerade durch das Feuer, während Seiso-me und Ana-ha sich unbewusst etwas kleiner machten. Iciclos spürte seine Wut auf Ana-ha in diesem anderen Element kochen. Niemals hatte er in den letzten Jahren jemand näher an sich heran gelassen wie sie in dieser Nacht. Und jetzt bereute er es, dass er sich so verletzlich gemacht hatte. Selbst für sie, der er vertrauen wollte und nicht konnte, weil Wahrheit relativ war, für den, der sie nicht sah. Wie konnte man Emporia einem Unwissenden beschreiben?

Wie konnte man Emporia ins rechte Licht rücken – ja, ihr Licht – wie konnte es Wahrheit sein, für den, der es nicht sah?

Iciclos sah Ana-ha und Seiso-me, wie sie die Köpfe zusammensteckten ... eine Geste der engen Vertrautheit, der Zusammengehörigkeit. Sie wussten nichts, sie konnten nicht urteilen über Emporia, sie verdienten seine Wahrheit nicht.

„Bitte, nach euch", sagte Hyandra nach einem langen Gang durch die Flammenwände.

Die Tür vor ihnen war verschlossen. Auf ihrem schmiedeeisernen Grund tanzten Buchstaben in glühendem Orange, beinahe wie eingebrannt. Ana-ha hob den Kopf und las den Vers vor, als wäre er ein Code, der ihnen Zutritt gewähren würde:

*Feuer*

*Dein Raum wähnt sich ohne Grenzen,*
*Zügellos brichst Du jeglichen Verstand.*
*Doch hab Acht in der Dunkelheit, die Du eroberst,*
*Ist immer noch ein Licht*
*– beständig und still –*
*Und ein besserer Richter als Du,*
*Denn in Dir vergeht Gut und Böse.*
*Leidenschaft nimmt alles*
*Und hinterlässt nichts.*

*Feuer*

Ana-ha schluckte schwer. Kein gewöhnlicher Feuerelementler hatte das formuliert, das wusste sie instinktiv. „Von wem ist das?", wollte sie von Hyandra wissen.

Diese zuckte mit den Schultern. „Es stammt vermutlich aus dem letzten Krieg. Es ist eine Warnung vor zu viel Selbstherrlichkeit."

„Nur ein Wasserelementler kann das geschrieben haben", meinte Iciclos.

Hyandra lächelte leicht gequält: „Ich glaube kaum, dass ein solcher je die Erlaubnis bekommen hätte, seine Meinung an der Tür unseres Oberen Rates zu verewigen. Ich denke, es ist die Einsicht eines Meisters, der seine Fehler erkannt hat."

Ana-ha nickte: „So klingt es. Es ist schön. Hab Acht in der Dunkelheit, ist immer noch ein Licht, schön, wirklich!" Die Worte berührten sie eigentümlich.

Hyandra öffnete die Tür. Hitze stob unerwartet in ihre Gesichter und hüllte sie sekundenlang in eine Wolke aus Dampf und fremdem Gelächter. Seiso-me wagte nach Hyandra die ersten Schritte über die Schwelle, Ana-ha und Iciclos folgten. Etwa zwanzig Feuerländer saßen an einer langen Tafel und hatten ihren Eintritt leicht amüsiert verfolgt. Die Decke über ihnen dekorierte ein lichterloh brennendes Feuerspiel. Ab und zu zuckten die Flammen unberechenbar und beängstigend tief nach unten. Ana-ha, Iciclos und Seiso-me starrten nach oben und versuchten, sich weder ihr Staunen noch ihr Unbehagen anmerken zu lassen. Die grauen Wände rings um sie herum kamen Ana-ha vor wie die Mauern eines Verlieses.

„Setzt euch!" Hyandra bugsierte sie in Richtung Ende des langen Tisches und wies Ana-ha und Seiso-me Plätze neben Menardi zu, der sich mit Cruso bereits eingefunden hatte. Iciclos platzierte sie auf der gegenüberliegenden Seite.

Ana-ha sah sich vorsichtig um. Fiuros war noch nicht da. Die restliche Gruppe trug dunkelrot. Sie bestand ausschließlich aus Ratsmitgliedern des Feuerlandes, alle im Schnitt um einiges jünger als der Rat ihres Heimatlandes. Hyandra stellte sie der Reihe nach vor, man verzichtete der Einfachheit halber auf den traditionellen Gruß. Ana-ha konnte sich nur zwei Namen merken: Bethyl Loika, eine ruppig wirkende Feuerländerin mit breiter Stirn, und Larian Kabaah, einer der Elementler, der sie gestern auf dem Feld mit seinen kleinen Habichtaugen genauestens überwacht hatte.

In Thuraliz sagte man, die meisten Feuerländer seien größer als die Bewohner des Wasserreiches, ihre Bewegungen schneller und ihre Gestik ausladender. Die hier Anwesenden unterstrichen dieses Klischee. Ana-ha sah zu Iciclos. Er mied ihren Blick, er redete demonstrativ laut mit Cruso und erwähnte immer wieder, wie froh er sei, dass sie die Wasserströmung doch noch gefunden hatten.

Wie er wohl heute mit Seiso-me klargekommen war? Ana-ha hatte noch gar keine Gelegenheit gehabt, ihn oder Seiso-me nach ihrer gemeinsamen Arbeit zu befragen. Ob Seiso-me seine höhere Position hervorgehoben hatte?

„Ah, willkommen, willkommen!“ Es war Fiuros, der soeben den Raum betreten hatte. Mit ihm senkte sich eine pathetische Stille über den Saal. Er schwieg länger als nötig, bevor er weitersprach: „Wie ich sehe, sind unsere Gäste bereits eingetroffen.“ Langsam nahm er seinen Platz am Kopfende des Tisches ein, während sich Tunjer, der ihm unmittelbar gefolgt war, gegenüber von Ana-ha niederließ. Jetzt hatte sie Fiuros beinah neben und seinen Lakaien vor sich. Sie seufzte leise und hätte ihren Larimar darauf verwettet, dass Fiuros das absichtlich so arrangiert hatte.

„Wir haben Grund zur Freude“, sagte Fiuros jetzt, immer noch stehend. „Unsere Fachkräfte des Wasser- und Luftreiches sind fündig geworden. Wie wir vermutet hatten, gibt es Störfelder im Baugebiet. Zum Glück beeinflussen diese Felder aber in keinerlei Weise den geplanten Anbau. Das Erdreich hat uns heute sogar sechs Elementler gesandt, aber keiner von ihnen hat Verwerfungen ausmachen können. Leider mussten sie sofort wieder abreisen, sonst hätten sie unserer Feier beigewohnt.“ Er hob sein Glas, in dem eine dunkelrote Flüssigkeit schwappte. Die Feuerländer taten es ihm gleich. Ana-ha begutachtete argwöhnisch ihr eigenes Getränk, welches ihr ungefragt serviert worden war. Fiuros würde sie sicher nicht in aller Öffentlichkeit vergiften wollen.

„Was ist das?“, fragte Seiso-me misstrauisch. Neuem stand er prinzipiell skeptisch gegenüber, besonders, wenn es aus einem fremden Reich kam.

„Rotwein, eine seltene Kostbarkeit aus dem Erdreich“, erklärte Tunjer und hob sein Glas ein wenig höher.

„Rotwein?“ Seiso-me sprach das Wort seltsam aus, vermutlich hörte er es zum ersten Mal.

„Ja, man macht ihn aus Trauben oder so ...“ Menardi ließ die Flüssigkeit in seinem eigenen Glas kreisen. „Wir Luftelementler bekommen solche Schätze natürlich nicht von den Erdleuten. Das gönnen sie uns nicht.“

Alle lachten.

„Lass das bloß Lesares nicht hören.“ Fiuros trank einen Schluck und die meisten folgten seinem Beispiel. Der Wein schmeckte ein wenig nach Holz und Erde. Ana-ha erkundete seinen Geschmack so ausgiebig wie den Namen Lesares, den sie jetzt zum zweiten Mal aus Fiuros’

Mund gehört hatte. Zum Glück stellte Seiso-me die Frage, die sie nicht an Fiuros richten wollte:

„Habt ihr häufig Kontakt zu den Erdelementlern? Beliefert Lesares Leras euch mit ihren Weinvorräten?“ Er klang ein wenig erheitert über diese ihm merkwürdig erscheinende Vorstellung.

„Nun, Seiso-me, wir haben den Erdelementlern mehr als einmal aus einer misslichen Lage herausgeholfen. Ja, ich würde sagen, wir pflegen einen recht guten Kontakt zu ihnen. Zum Dank bieten sie uns nicht nur ihre Freundschaft, sondern auch ihre Gaumenfreuden an. Findest du das verwerflich?“

„Nein, natürlich nicht“, antwortete Seiso-me hastig und stellte den Wein unversucht vor sich ab, als sei ihm die Lust darauf vergangen.

„Was macht denn Lesares, wenn er nicht gerade Wein an die Feuerländer liefert?“, fragte Ana-ha an niemand Bestimmten gewandt.

Iciclos starrte mit unbewegter Miene in sein Weinglas.

„Er ist Bebenspezialist in Malesh. Außerdem hat er dieses Jahr die Elementasausscheidung gewonnen“, erklärte Menardi ihr.

Ana-ha nickte kurz. Lesares, Cruso und Fiuros, alle drei waren Kandidaten der diesjährigen Elementas. Alle drei hatten mit diesem geheimnisvollen Namen zu tun. Aber Iciclos auch. Und er war noch kein Anwärter …

„Dann treten Fiuros, Cruso, Lesares und Iciclos höchstwahrscheinlich in Malesh gegeneinander an“, warf Seiso-me so lässig in den Raum, als ginge es dabei lediglich um eine Partie Schach.

Überrascht sah Iciclos auf. „Ich? Und was ist mit dir?“

„Ich nehme dieses Jahr nicht an den Auswahlverfahren teil. Die meisten anderen Interessenten sind in Triad oder Jenpan-ar, du bist übrig geblieben.“

„Warum nimmst du nicht teil?“ Ana-ha und Iciclos hatten gleichzeitig gesprochen. Etwas irritiert sahen sie einander an, zu kurz für ein Lächeln.

„Mein neuer Aufgabenbereich lässt es nicht zu“, antwortete Seiso-me knapp.

„Und ich bin der Übriggebliebene?“, fragte Iciclos zynisch. „Die zweite Wahl?“ Der Andere?

Seiso-me antwortete nicht und Ana-ha war zu beschäftigt mit der Verbindung, die Seiso-me ihr unwissentlich geliefert hatte. Iciclos, Lesares, Cruso und Fiuros ... alle vier Elementasanwärter. Dieser Name musste einfach mit den Kämpfen zu tun haben. Vielleicht einer der diesjährigen Schiedsrichter? Ließ er sie grüßen, weil sie letztes Jahr gewonnen hatte. Natürlich wäre Fiuros nicht erpicht darauf, ihr das auszurichten. War es das?

Iciclos' Blick klebte feindlich an Seiso-mes Gesicht. Er war keine zweite Wahl. Er war nicht der Übriggebliebene. Zu gerne hätte er es ihm bewiesen. Schade, dass er jetzt dazu keine Gelegenheit mehr bekam. Nach dem heutigen Tag wäre es für ihn noch befriedigender gewesen, Seiso-me des Platzes zu verweisen. Seines Platzes neben Ana-ha und seines Platzes in der Rangordnung um das Element.

„Dann hast du ja erst recht einen Grund zur Freude heute Abend", sagte Cruso jetzt zwinkernd zu Iciclos. „Herzlichen Glückwunsch!"

„Überstürze nichts, noch ist es nicht offiziell. Vielleicht melden sich auch noch andere."

„Mit denen nimmst du es doch mit Leichtigkeit auf", sagte Ana-ha direkt zu ihm. Dieser zuckte nur gleichgültig mit den Schultern, blockiert bis obenhin. Ana-ha wusste nicht, wie sie ihm die Situation von vorhin verständlich erklären konnte. Aber ... er war ihr eigentlich auch noch eine Erklärung schuldig.

Ana-ha registrierte, dass einige Feuerländerinnen den Raum betreten hatten und eine solche Unmenge an Essen auf den großen Holztisch aufluden, als müsste die ganze Akademie davon satt werden. Sie sah in die Runde, alle unterhielten sich angeregt. Die Elementas waren vergessen. Vielleicht waren die Anwesenden auch klug genug, dieses heikle Thema im Beisein von Ana-ha und Fiuros nicht weiter zu verfolgen.

Menardi hatte mit Seiso-me ein Gespräch begonnen. Ana-ha spitzte die Ohren. Es ging um das Frizin. Auch Iciclos' Interesse schien geweckt. Ana-ha musterte ihn düster. Durfte sie es riskieren, ihm diese Technik beizubringen, jetzt, nachdem sie wusste, dass er nicht ganz offen ihr gegenüber war?

„Stimmt es eigentlich, dass das Geheimnis von Asperitas mit den Legenden von Obrussa zusammenhängt?", wollte jetzt Menardi wissen. „Ihr könnt euch vorstellen, dass man im Luftreich nicht allzu viel darüber erfährt."

Seiso-me nickte. „Das ist richtig, ja. Wobei wir natürlich mit Asperitas besser vertraut sind als mit Obrussa. Zu ihr werden dir die Feuerländer mehr sagen können."

„Obrussa war die einzige Tochter des mächtigen Feuertachars Fehu", sagte Iciclos jetzt und warf Ana-ha einen wütenden Blick zu. „Man sagt, sie sei so schön gewesen, dass sich jeder sofort zu ihr hingezogen fühlte. Ihr Anblick ließ selbst das reinste Gold schmelzen, hieß es. Daher bekam sie den alten Namen der Feuerprobe des Goldes: Obrussa!"

Ana-ha und Seiso-me starrten ihn an.

„Vielleicht bist du in Wirklichkeit ein Feuerländer, Iciclos", sagte Seiso-me langsam. Es sollte scherzhaft klingen, aber Ana-ha hatte das Gefühl, er befürchtete dies wirklich.

„Obrussa hätte unter allen Feuerländern wählen können, aber sie verliebte sich unsterblich in Asperitas, einen jungen Mann aus dem Wasserreich", fügte Iciclos noch hinzu. „Das war natürlich ein tragischer Fehler."

„Sicherlich." Fiuros lächelte amüsiert. „Aber damit fängt doch die Legende eigentlich erst an, oder?"

Iciclos nickte. „Aus Gründen, die ich selbst kaum verstehe, fühlte ich mich in den letzten Tagen stark zu dieser Geschichte hingezogen."

Ana-ha hätte sich beinah an ihrem Rotwein verschluckt. „Erzähl weiter", bat sie dennoch.

Iciclos kniff die Augen zusammen, als er weitersprach: „Asperitas war wiederum der Sohn des gefürchteten Wassertachars Isa. Isa galt als herzlos und kalt. Aber seinen Sohn liebte er von ganzem Herzen, auch wenn er sich ihm immer widersetzte und sich weigerte, die Kräfte des Wassers zu erlernen." Iciclos räusperte sich kurz. „Daher wollte er ihn auf gar keinen Fall an die Feuerländer verlieren. Auch Fehu tobte und zog nach Thuraliz, um sich an Isa für den Verlust und die Verführung seiner Tochter zu rächen."

„Man sagt, sie kämpften sieben Tage und sieben Nächte, ohne dass es einen Sieger gab", führte Seiso-me Iciclos Ausführungen fort. „Sie kämpften immer noch, als Obrussa und Asperitas aus dem Luftreich zurückkamen, wo sie Zuflucht gefunden hatten. Und da passierte es schließlich zum ersten Mal."

„Rasend vor Hass und von einer Kälte erfüllt, die alles Dagewesene um Längen schlug, fror Isa Obrussas Seele. Was er tat, war ihm selbst nicht bewusst", erklärte Iciclos nun der gespannten Runde. „Und dann forderte er von seinem Sohn die Einweihung in die Künste des Wassers. Nur so würde er Obrussa wieder aus ihrem Zustand erlösen können. Er selbst weigerte sich und verbot es jedem anderen. Fehu soll Isa übrigens Jahre später mit Gralsfeuer verbrannt haben."

„Dann müsste doch das Frizin eigentlich nicht die Gabe des Asperitas, sondern die der Obrussa heißen", stellte Cruso fest.

„Die Wasserelementler hätten nie einen feuerländischen Namen für eine so starke Kraft verwendet", entgegnete Seiso-me. „Und Isa wollten sie diese Fähigkeit auch nicht nennen, denn sie sympathisierten mit Asperitas."

„Und? Hat er sie erlöst?", wollte Menardi wissen.

„Ja", nickte Iciclos. „Nach vielen Jahren. Die Geschichte endet traurig, denn Obrussa war nie wieder zu echten Gefühlen fähig. Asperitas war ihr gleichgültig geworden. Sie kehrte ins Feuerland zurück und führte ein Regiment des Schreckens. Asperitas verlor durch diesen Schmerz seinen Verstand und tötete die Tachare aller anderen Reiche. Aber dieses Ende ist natürlich nicht bewiesen." Er lächelte. „Manche sagen, Obrussa würde heute noch leben. Ihre über Jahrzehnte hinweg eingefrorene Seele wäre nicht mehr in der Lage gewesen, zu sterben ... so wie ein eingefrorener Körper nicht altert."

„Schade, dass es damals keine Methode gab, die das rückgängig machen konnte", sagte Ana-ha jetzt.

„Du meinst so etwas wie ein Feuer-Frizin?", wollte Fiuros wissen. „Ein Verbrennen der Seele?"

„Ein Verbrennen der Seele?" Ana-ha sog scharf Luft ein.

Seine Worte hatten speziell ihr gegolten, auch wenn er für die Allgemeinheit gesprochen hatte. Die letzten beiden Tage hatte sie seine Gegenwart gemieden. Doch jetzt saß er fast neben ihr und sie konnte weder seine Worte noch ihn selbst ignorieren.

„Ja, ohne den Körper zu zerstören. Eine schreckliche, nicht auszuhaltende Hitze." Er lächelte ein bitteres Lächeln, das die Grausamkeit seiner Worte unterstrich.

Ana-ha hielt unwillkürlich die Luft an, als könnte er sich sofort an dieser neuen Methode versuchen. Aber nichts geschah.

„Der Name mit A ...", dachte Ana-ha nur, während sie versuchte, seinem Blick standzuhalten. „Der Name mit A ... du hast ihn genannt, ich habe ihn gehört, ich kann ihn nicht vergessen haben. A wie Angst, Ang ... ja, ja ... so ähnlich ... Ang oder Ank ..."

Fiuros hatte sich erhoben: „Wie ihr sicher alle bemerkt habt, ist uns während unseres kleinen Exkurses in die Vergangenheit das Essen serviert worden, alles Spezialitäten unseres Landes. Ich wünsche euch guten Appetit. Eine kleine Warnung an unsere Gäste möchte ich dennoch aussprechen: Einige Gerichte sind extrem scharf, seid vorsichtig!" Seine Landsleute lachten und Fiuros setzte sich wieder.

Ana-ha beäugte mit kritischem Blick die Delikatessen des Feuerreiches. Alle waren rot, orange oder zumindest rosafarben. Sie erkannte Chilischoten in allen denkbaren Variationen; Reis, der aussah, als hätte er sich mit Blut vollgesogen; verschiedene gebratene Gemüse- und Obstsorten, unter anderem Erdbeeren mit einer Kruste aus frischem Pfeffer und einem Gewürz, das noch strenger roch, als es aussah; Nudeln, deren Anblick allein ausreichte, um einem die Tränen in die Augen zu treiben und lila Zwiebeln, die sich in einer grellen Soße langsam aber sicher auflösten, Ring für Ring.

Etwas ratlos sah sie sich um. Irgendetwas musste sie essen, allein schon, um ihren guten Willen zu zeigen und niemanden zu beleidigen. Was konnte man hier bedenkenlos zu sich nehmen? Sie sah unauffällig zu Iciclos, der sich wie selbstverständlich eine orangefarbene Suppe auf den Teller schöpfte. Mit ein bisschen Glück war es Kürbissuppe. Ana-ha füllte ebenfalls ihren Teller damit und beobachtete gespannt, wie er sie probierte. Sein Gesicht blieb ausdruckslos. Er begann nicht zu würgen oder das Gesicht zu verziehen! Na dann ...

Das Nächste, was Ana-ha wahrnahm, war das feuerheiße Brennen in ihrer Kehle und das Gefühl, flüssige Säure geschluckt zu haben. Sie griff sich an den Hals, unfähig zu sprechen oder Luft zu holen. Ihre Gesichtsmimik veranlasste den ihr gegenübersitzenden Tunjer zu schadenfrohem Gelächter, in welches nach und nach alle Rotgewänder einfielen, während ihr die Tränen über die Wangen liefen.

„Ja ja, das kommt davon, wenn man meine gut gemeinten Ratschläge ignoriert", sagte Fiuros spöttisch über die lange Tafel hinweg. „Das sage ich auch tagein, tagaus zu meinen Schülern, wenn sie sich mal wieder die Haare am Feuer versengt haben."

Ana-ha griff blind nach ihrem Rotwein und trank ihn in einem Zug aus. Tunjer lachte noch lauter, war aber gutmütig genug, ihr noch einmal nachzuschenken. Ana-ha atmete tief ein, ihr Hals fühlte sich so wund an, als hätte man sie gezwungen, das Deckenfeuer zu inhalieren. Neugierig betrachtete sie Iciclos beim Essen und stellte fest, dass seine Augen verdächtig feucht schimmerten. Seine Kiefermuskulatur trat unnatürlich stark hervor, so als würde ihm das Schlucken sehr zusetzen, aber er verzog keine Miene. Er fing ihren Blick auf und grinste hämisch löffelnd in sich hinein. Er hatte sie hereingelegt, absichtlich. Ana-ha war dennoch froh ... diese Art der Kontaktaufnahme war besser als gar keine. Ihr Hals brannte immer noch wie verrückt, sie schüttete das nächste Glas roter Flüssigkeit hinunter und überhörte beflissentlich Tunjers Bemerkung über die Verschwendung sündhaft teurer, terrestrischer Rotweine an wasserländische Grenzgänger. Gab es hier keine anderen Getränke?

Plötzlich hörte sie ein eigenartiges Geräusch. Sie wusste sofort, wer es von sich gegeben hatte und spähte vorsichtig hinüber zu Seiso-me. Und was immer sie gerade gegessen hatte, es war wohl nichts im Vergleich zu dem, was Seiso-me gekostet hatte – was immer es gewesen war – es schien ihm überhaupt nicht bekommen zu sein. Sein Kopf lag auf dem Teller und er hatte eine beängstigend blass-grüne Gesichtsfarbe angenommen. Seine Augen waren blutunterlaufen und erweckten den Eindruck, als wäre er schwer verstört. Ein seltsames Röcheln kam über seine Lippen.

„Seiso-me!", rief Ana-ha, erschreckt über seinen Anblick. Die Frage, ob es ihm gut gehe, erübrigte sich.

„Was, um Himmels willen, hast du probiert?"

Seiso-me deutete mit seiner rechten Hand schwach auf einige vertraut aussehende, rote Blätter, die in der Tischmitte kunstvoll arrangiert waren.

Fiuros seufzte vernehmlich, scheinbar resigniert über so viel Dummheit. „Leskartes", sagte er laut und deutlich, als könnte er ihn damit vor dem Bevorstehenden bewahren, „haben sie dir den Verstand gefriezt? Das ist unsere Tischdekoration!" Er schüttelte ungläubig den Kopf. Er hatte Seiso-me erst ein paar Mal gesehen, damals, als noch keiner von ihnen dem Oberen Rat seines Reiches angehört hatte und sie ihre Kräfte nicht an ihrer Schlagfertigkeit hinsichtlich Rotweinen oder Ana-has Grundkenntnissen über Wasseradern gemessen hatten. Seiso-me hatte auf ihn stets einen durchaus kompetenten und fähigen

Eindruck gemacht, auf gar keinen Fall so, als könnte er Delikatessen nicht von Dekorationen unterscheiden. Aber wer hätte gedacht, dass Seiso-me sich in dieser wichtigen Nacht selbst außer Gefecht setzen würde? Ihn mit Schlafmitteln aus Malesh zu betäuben wäre sicherlich um einiges komplizierter geworden als bei Ana-ha, die nach ihren zwei Gläsern Rotwein ohnehin leichte Beute war und – Antares sei Dank – vermutlich alles trinken würde, was man ihr vor die Nase stellte, wenn man die feuerländische Ehre nur ein wenig hervorkehrte. Jetzt schien sie ihm allerdings ein bisschen ungehalten und ... panisch.

„Seiso-me! Kannst du mich hören? Seiso-me!"

„Er kann dich noch hören, aber er wird nicht mehr reagieren", erklärte Fiuros ihr jetzt, der Situation unangemessen gut gelaunt.

„Wieso, was ist das, was er da gegessen hat?" Ana-ha nahm eines der glänzenden Blätter in die Hand. Die abstehenden Flimmerhärchen kamen ihr bekannt vor.

„Ach, nur die jungen Triebe unseres Feuerstaubes, keine Angst!" Fiuros war aufgestanden und begab sich zu Seiso-me.

„Keine Angst?", echote Ana-ha schwach und ließ das Blatt fallen. Sie würde sicher gleich ohnmächtig werden oder zu Staub zerfallen. Doch dann besann sie sich und sprang auf. „Keine Angst?", empörte sie sich. „Die Blätter verbrennen ihn doch innerlich, oder? Ihr müsst sofort etwas unternehmen!" Sie beugte sich über Seiso-me: „Seiso-me? Seiso-me, kannst du sprechen? Wieso hat mich das Blatt eben nicht verbrannt?", wollte sie beinah anklagend von Fiuros wissen.

„Abgeerntete Blätter glühen nicht mehr", sagte er nur und schob sie wie nebenbei zur Seite. Dann richtete er den zusammengesunkenen Körper von Seiso-me zum Sitzen auf und sprach ihn unnötig laut an: „Leskartes ... hey ... Leskartes, sag doch mal was!"

Ana-ha bekam das Gefühl, dass diese ganze Situation irgendeinen niederen Instinkt von Fiuros extrem befriedigte. Seiso-me gab keinen Laut mehr von sich.

Ana-ha umrundete seinen Stuhl und redete von der anderen Seite auf ihn ein. „Seiso-me, bitte, antworte mir doch!" Sie betrachtete seine gläsernen Augen. Sie waren ausdruckslos, als wäre er tot und das Weiß hatte sich mittlerweile komplett rot verfärbt. Die Situation war so surreal, dass Ana-ha beinah glaubte, zu träumen. Sie sah sich selbst aus der Vogelperspektive auf Seiso-me einreden, sah Fiuros, der Seiso-me leicht ins Gesicht schlug, sah die anderen Feuerländer ratlos diskutieren, sah Cruso und Menardi besorgte Blicke tauschten, sah Iciclos auf Seiso-me starren, spürte ein Wirrwarr von Gefühlen um sich herum und auf einmal war er da.

So, als hätte sie ihn nie gesucht, als wäre er schon immer in ihrem Kopf gewesen.

*Ankorus!* Der Name, den sie vergessen hatte.

Sie musste sehr an sich halten, um ihn nicht in die allgemeine Unruhe hineinzuschreien.

„Habt ihr jemanden an der Akademie, der ihm helfen kann?", erkundigte sich Iciclos nun pragmatisch. Offenbar wollte er ebenfalls nicht, dass Seiso-me etwas Schlimmeres zustieß.

„Wir bringen ihn zu Zakir Burgon. Er ist spezialisiert auf solche Ausfallerscheinungen." Larian hatte sich gleichzeitig mit Tunjer erhoben.

„Ausfallerscheinungen?" Ana-ha landete mit einem Ruck wieder in der gegenwärtigen Situation. „Was denn für Ausfallerscheinungen? Seiso-me ... Fiuros ... was hat er denn für Symptome?"

„Das sagte ich doch bereits. Er kann nicht mehr reagieren!" Fiuros wandte sich an Larian und Tunjer: „Beeilt euch lieber, bevor er nicht mehr laufen kann!" Er öffnete ihnen die Tür.

„Wie bitte?" Ana-ha stolperte rückwärts, als Tunjer sich an ihr vorbeidrängte, um Seiso-me zusammen mit Larian in die Höhe zu stemmen. „Was soll das denn wieder heißen?"

Fiuros seufzte genervt, als wäre sie ein Kleinkind, welches ungewollt an seinem Rockzipfel hing. Er winkte Larian und Tunjer Richtung Ausgang. Beide mussten all ihre Kraft aufbringen, um Seiso-me einigermaßen sicher zu führen. Er sah verheerend aus, hätte Ana-ha ihn jemals so auf sich zukommen sehen, hätte sie vermutlich das Weite gesucht. Ein Grund mehr, um ihn jetzt nicht allein zu lassen.

„Ich begleite ihn." Sie wollte hinterher, aber Fiuros hatte die Tür eilig geschlossen.

„Das geht nicht, tut mir leid. Seiso-me braucht jetzt erst einmal absolute Ruhe."

„Die werde ich ihm geben!"

„Du?", lachte Fiuros. „Du bist ein Nervenbündel. Sieh dich doch nur an." Dann wurde er ernst und seine Stimme eine Spur freundlicher. „Seiso-me ist reaktionsunfähig. Das heißt aber nicht, dass er nichts mitbekommt. Dich jetzt um sich zu haben, wäre für ihn schlimmer als eine Heuschreckenplage. Er empfindet alle Sinneseindrücke noch intensiver. Glaub mir: Absolute Stille und ein sehr langer Schlaf sind für ihn die beste Medizin. Und morgen früh, wenn es ihm besser geht, kannst du ihn selbstverständlich besuchen."

Hyandra setzte ebenso freundlich eine weitere Erläuterung nach: „Der Feuerstaub enthält an sich keine Giftstoffe. Es liegt an dem energetischen Schwingungsmuster der Pflanze. Es wirkt auf den Körper ähnlich wie ein starkes Beruhigungsmittel. Man nimmt noch alles wahr, kann aber auf die äußeren Reize der Umgebung nicht mehr adäquat reagieren. Diese Symptome gehören deshalb in ärztliche Behandlung, weil wir nicht wissen, wie viel Seiso-me von dieser Pflanze zu sich genommen hat und weil sich die Symptome zunächst kontinuierlich verschlimmern, bevor sie dann abklingen."

„Kann man daran sterben?", fragte Ana-ha leise.

„Blödsinn! Glaubst du etwa, wir würden mit so etwas dekorieren? Mach dir keine Sorgen, Ana-ha, Seiso-me kommt schon wieder auf die Beine!"

„Außerdem", fügte Fiuros an und ließ sich dabei eine Handvoll getrockneter Chilischoten in den Mund rieseln, die er schluckte, ohne eine Miene zu verziehen, „glaube ich kaum, dass Seiso-me viel davon intus hatte. Die Pflanze schmeckt nicht besonders deliziös."

Ana-ha erwiderte nichts. Sie war zu wütend. Wer weiß, was sie ihm sonst alles an den Kopf geworfen hätte. Nur Antares zuliebe hielt sie sich jetzt zurück. Nur eine Frage würde sie ihm heute Abend noch stellen ... denn morgen früh würden sie nach Thuraliz zurückkehren und die Gelegenheit wäre vorbei.

Die Schalen und Platten auf dem Tisch leerten sich, sämtliche Delikatessen waren verspeist. Nur der Feuerstaub glänzte durch Anwesenheit, wenn auch mit schalem Beigeschmack. Ana-ha dachte an Seisome und daran, wie es ihm wohl gerade ging. Sie wollte bei ihm sein.

„Ich schwöre dir, ich wäre für dich gegangen", hatte er ihr vor ungefähr einer Stunde noch versichert und sie ließ ihn in der schlimmsten Situation seines Lebens allein. Warum war sie nicht einfach hinter Tunjer und Larian hergelaufen? Sie hätte es zumindest versuchen können. Aber sie war keine Kämpfernatur. Und sich an Feuerfiuros und seinen Anhängern zu messen, war ihr eine Nummer zu groß erschienen.

„Ich schlafe heute Nacht bei dir", hatte Seiso-me noch gesagt, während sie zum Oberen Rat gelaufen waren. Iciclos hatte es zum Glück nicht gehört. „Auf dem Fußboden", hatte er noch schnell hinzugefügt und Ana-ha hatte verschwiegen genickt. Sie hatte Angst, die Nacht bei Iciclos zu verbringen, Angst vor dem, was – oder was nicht – passieren könnte.

Und Iciclos schien ohnehin so sauer zu sein, dass sie ihn nicht bitten wollte. Und allein in einem Zimmer, eine ganze Nacht lang, zu dem Fiuros sicher einen Zweitschlüssel besaß, nein ... dann lieber Seiso-me auf dem Fußboden.

Ana-ha widmete sich wieder den Menschen um sich herum. Sie schwatzten in einer munteren Lautstärke völlig sorglos vor sich hin. Es schien nicht der Rede wert, dass sie einem Fremdelementler beinah den Garaus gemacht hätten. Iciclos redete mit Cruso. Ana-ha sah ihn lange an. So lange, bis er ihren Blick spürte und sich ihr zuwendete.

*Wer ist Ankorus?*, fragte sie ihn stumm in Form einer emotionalen Enttäuschung. Gerne hätte sie jetzt die Gabe des Luftelementler, das Gedankenlesen, besessen. Iciclos fing ihr erschüttertes Vertrauen auf und gab es zurück:

*Was ist mit Seiso-me?*, deutete Ana-ha seine Schwingung. Sie schüttelte den Kopf. Nichts, sollte es heißen. Nichts. *Aber interessiert dich das wirklich? Wer ist Ankorus? Was verschweigst du?*

Iciclos schüttelte ebenfalls den Kopf und sendete ein ganz klares *es tut mir leid* zurück.

Ana-ha lächelte. Es war mehr, als sie sich erhofft hatte. Iciclos konnte ohne Worte so viel über seine Gefühle ausdrücken.

„Was macht ihr zwei denn da?" In Fiuros' Gesicht lag glühende Neugier. Er hatte sehr wohl mitbekommen, dass Ana-ha und Iciclos nicht nur Blicke wechselten. Und er fühlte sich an die vorletzte Nacht erinnert. Dieser Blick von Ana-ha zu Iciclos ... und zurück ...

Ana-ha und Iciclos lächelten sich an.

„Wir haben uns nur ein wenig ausgetauscht", erklärte Iciclos.

„Eine interessante Art der Kommunikation, gefühlsduselig würde ich es fast nennen", sagte Fiuros jetzt geringschätzig. Er nahm sein Glas in die Hand, um zu trinken.

„Ich habe Iciclos etwas gefragt", begann Ana-ha, ihre Chance witternd, und wartend darauf, dass er ihr in die Falle ging. Jetzt oder nie!

„Das muss ja eine sehr … emotionale Frage gewesen sein."

„Ja … schon", dehnte Ana-ha und legte alle empathischen Kanäle in sich frei. „Möchtest du sie hören?"

Fiuros nickte überrascht, gespannt und völlig unvorbereitet auf das Kommende.

Iciclos stockte der Atem. Er wusste um die Frage, noch ehe Ana-ha sie laut und deutlich aussprach. Er hatte keine Chance mehr, sie zurückzuhalten.

„Wer ist Ankorus?"

Die eintretende Stille um Fiuros war hörbar. Ana-has Sinne waren so geschärft, dass sie sich einbildete, die feine Rissbildung um die Perforationsstelle seines Weinglases zu hören. Er starrte sie an, unfähig, seine Blockade länger aufrecht zu halten. Die hologrammartigen Reflexionen wichen aus seinen Augen und legten einen spiralförmigen Tunnel zu seinem Innersten frei. Ana-ha holte Luft und sprang empathisch hinein. Seelenempathie, die tiefste Form innerer Schau, nannte man es.

Seine ihr bereits vertrauten Gefühle, sein grenzenloser Hass, seine tiefe Verachtung, sein ureigenes Bedürfnis nach Macht und Kontrolle, seine unbezähmbare Wut und sein kalter Zorn schlugen ihr ins Gesicht, wirbelten um sie herum wie farblose Glassteinchen eines zerbrochenen Kaleidoskops, unfähig dazu, sich wieder zu einem Gesamtbild zusammenzusetzen. Ana-ha wich diesen Bruchstücken aus, sanft, aber beharrlich, um sie nicht aus ihrem instabilen Gleichgewicht zu bringen. Sie glitt weiter nach unten, immer weiter nach unten. Rachsucht und ein Verlangen, das sie nicht benennen konnte, kreuzten ihre unsichtbaren Klingen. Aber Ana-ha war vorbereitet. Sie wand sich vorbei, schneller und wendiger, als diese vernichtenden Gefühle zustoßen konnten. Und sie ließ sich erneut fallen.

Weiter … immer weiter … immer kälter … immer dunkler …

Hier unten befand sich nichts … es war kalt, es war einsam, es war verlassen …

Ana-ha hatte ihren Sturz im endlosen Raum gebremst und schien zu schweben. Dieses weite Nichts war erdrückend. Ana-ha gab sich ihrer Empathie noch mehr hin und dann … fand sie es in der Leere.

WIE STERBEN …

Es war das Gefühl der Feuernacht, welches ihr hier, in seiner traumlosen Seele, in den Tiefen seines Innersten, entgegenwandelte. Es strahlte so blankes Schwarz, dass die Dunkelheit verblasste, es zog sie in seinen Bann, es griff nach ihr. Doch sie wich zurück.

*Wo bist du?*

Es war ein rein empathischer Ruf, der ohne Antwort blieb. Fiuros' Innerstes war wie ein verklungenes Echo einer längst vergessenen Person. Es gab keine Antwort mehr. Nichts. Das emotionale Vakuum war entsetzlich echt. Ana-has Herz krampfte sich zusammen. Sie verspürte ein so tiefes Mitleid, dass sie alles um sich herum vergaß. Seine Seele fühlte sich dem Tod mehr verbunden als dem Leben. Vergeblich hatte er sie mit dem Feuer zu wärmen versucht. Vergeblich hatte er sie mit der Hitze betäuben wollen, bis er sie fast ausgebrannt und verkohlt hatte. Das Feuer hatte ihn betrogen.

Was hatte Fiuros erlebt, dass er sich so entseelt fühlte? Wer hatte ihm das angetan? Ana-ha erkannte die fürchterliche Wahrheit hinter dieser Frage. Es gab nur diese eine Antwort.

*Ankorus!*

Die Perforationsstelle hatte nachgegeben. Fiuros war aufgesprungen und hatte die Scherben seines Glases in der Hand. Ein Gemisch aus Blut und Wein rann seinen Arm entlang. Er bemerkte es nicht einmal, zu erschüttert war Fiuros von dem, was Ana-ha getan hatte, was sie in ihm erblickt hatte. Er war kein Empath, aber er hatte seine untergehende Seele im Spiegel ihrer Augen gesehen ... in Ankorus' Augen. Sie war zu weit gegangen. Er hasste sie in diesem Augenblick mehr, als er Ankorus jemals zuvor gehasst hatte. Er hasste sie mit jeder Faser seines Körpers, mit jedem brennenden Atemzug.

Ja, Ankorus hatte ihm damals alles genommen: seine Träume, seine Eltern, seine Heimat, sein Glück ... und hier vor ihm stand Ana-ha und trug all diese begehrenswerten Dinge in sich, versprühte damit Funken um sich herum wie ein berauschendes Feuerwerk, weil sie so viel davon hatte. Und sogar noch mehr. All das, was Ankorus in ihm vernichtet hatte, all das würde er sich von Ana-ha wieder zurückholen. Es war ein Schicksalsstreich, dass gerade Ana-ha, die Trägerin des passenden Larimars, das für ihn verkörperte, was Ankorus zerstört hatte.

Eine weitere Dualität.

Und nun hatte sie es auch noch gewagt, in die Leere seiner Seele zu schauen, die ihr Verwandter erschaffen hatte. Es war ... ihm fiel nichts dazu ein, mit dem er es hätte beschreiben können, Worte versagten an dieser Stelle. Er war so aufgebracht, so tödlich getroffen, so direkt bedroht worden, dass er sie am liebsten sofort mit seinem Heiligen Feuer verbrannt hätte. Aber das ging in der Öffentlichkeit natürlich nicht und so stand er einfach nur da, unfähig, zu reagieren, als wäre er selbst den Symptomen des Feuerstaubs anheimgefallen.

Ana-ha spürte, dass sie einen schwerwiegenden Fehler begangen hatte. Oh Gott, sie hatte ja nicht gewusst, was sie vorfinden würde ... Alle Augen waren auf sie gerichtet. Den Feuerelementlern war natürlich nicht entgangen, dass sich am oberen Tischende eigenartige Dinge abspielten, auch wenn sie nicht wussten, was genau geschehen war.

„Es ... es tut mir leid", brachte sie nur hervor und es war die Wahrheit. Sie bereute es wirklich. Sie hätte es gern ungeschehen gemacht. Aber jetzt war es zu spät.

„Es tut dir leid?", echote Fiuros, benommen vor Zorn. „Es tut dir leid?" Er lachte hart auf. Langsam ließ er seinen rechten Arm sinken und wischte seine tropfnasse Hand achtlos an seinem Gewand ab. Ana-ha schluckte. Sie wollte aufspringen und den Raum verlassen, aber Fiuros infernaler Blick ließ sie erstarren.

Was hatte sie nur getan?

Der Saal verschwamm vor ihren Augen. Es fiel ihr nichts ein, was sie noch hätte sagen können, um ihren Fehler wiedergutzumachen. Fiuros beobachtete sie mit unverhohlener Verachtung, während er langsam wieder auf seinen Stuhl sank.

„Hast du deine Antwort gefunden?", fragte er sie jetzt scharf, als er merkte, dass die anderen Anwesenden langsam ihre Gespräche wieder aufnahmen.

„Meine Antwort?" Ana-has Stimme zitterte.

„Du wolltest doch wissen, wer Ankorus ist, oder? Hast du sie bekommen, deine Antwort?"

Ana-ha wischte sich über die Augen, bevor ihr die Tränen die Wangen hinunterliefen. Sie wusste immer noch nicht, wer Ankorus war oder woher er kam: Sie wusste nur, dass Fiuros durch ihn schreckliches Leid erfahren hatte. Sie schüttelte den Kopf.

Fiuros suchte die Wahrheit in ihrer Geste. Er fand sie. „Ich erkläre es dir eines Tages, verlass dich drauf", versprach er ihr jetzt, wieder mit seinem bedauernden Lächeln und der Grausamkeit in seinen Augen.

Ana-ha atmete tief durch. „Es tut mir leid", dachte sie immer wieder. „Es tut mir wirklich, wirklich leid." Sie sah zu Iciclos hinüber.

Er schaute sie an, lange und entschuldigend. Er machte sich Vorwürfe. Er hätte wissen müssen, dass Ana-ha den Namen Ankorus im Kopf behalten würde. Sie vergaß nie etwas, na ja, fast nie. Warum hatte sie nicht ihn statt Fiuros gefragt? Er hätte sich irgendeine plausibel klingende Erklärung einfallen lassen und ihr das hier ersparen können. Jetzt gab es vermutlich keine passende Antwort mehr. Die Sache wurde langsam kompliziert für ihn! Was hatte Ana-ha gesehen, das Fiuros so aufgebracht hatte? Würde er sich bei ihrem Versuch noch zurückhalten können? Angenommen, Ana-ha und ihr Larimar wären nicht das gesuchte Symbol, dann sank die Wertigkeit von Ana-has Leben auf Fiuros' persönlicher Skala auf den Nullpunkt. Ob es Fiuros als Argument ausreichen würde, dass sie die Einzige war, die ihn das Frizin lehren konnte?

Iciclos wurde es plötzlich ganz elend und es lag nicht an der höllischen Suppe, die er vorhin gegessen hatte ...

Das Essen war vorbei, die meisten Feuerelementler gegangen. Ana-ha war müde. Sie wollte schlafen, aber sie würde den Raum nicht ohne Iciclos verlassen. Aber dieser schien überhaupt nicht gehen zu wollen. Er unterhielt sich die meiste Zeit mit Cruso und Menardi. Anaha starrte vor sich hin und registrierte, dass Tunjer jedem von ihnen ein Getränk vor die Nase gestellt hatte. Ana-ha besah sich die grüne, schaumige Flüssigkeit genauer. Klar, dass man nach so viel rotem Essen einen komplementären Kontrast benötigte. Sie nahm ihr Glas und probierte vorsichtig einen Schluck. In diesem Reich konnte man ja nie genau wissen, was einem vorgesetzt wurde. Aber erstaunlicherweise schmeckte das Zeug besser als alles andere, was sie heute gekostet hatte. Sie leerte ihr Glas und bemerkte die bedeutungsvollen Blicke nicht, die Cruso, Fiuros und Iciclos tauschten.

Und endlich erhob sich Iciclos zum Gehen. Er bedankte sich für den Abend und die Einladung, Antares wäre sicher stolz auf ihn gewesen, wie er die Etikette so gut vertrat, im Gegensatz zu ihr und Seiso-me. Ana-ha verließ den Raum ohne Gruß und Dankesrede. Es gab nichts, was sie Fiuros mitzuteilen hatte ... außer dem, was sie bereits gesagt hatte: *Es tut mir leid ...*

Wo war er? Warum konnte er sich nicht bewegen? In was für einem entsetzlichen Zustand befand er sich? Seiso-me blinzelte. Warum waren die Farben so grell und die Stimmen neben seinem Bett so laut? Warum bekam er den Arm nicht nach oben und wieso konnte er nicht sprechen? Er schloss die Augen und öffnete sie wieder. Er konnte denken. Das war gewiss ein Vorteil. Und er konnte sehen. Zwei Menschen in knallorangeroten Kostümen standen neben seinem Bett und flüsterten miteinander. Himmel, der eine war ja Fiuros Arrasari! Ana-ha? Oh mein Gott, wo war Ana-ha? Eben hatte sie doch noch neben ihm gesessen?

*Überlege Seiso-me, was ist passiert? Denk nach, ganz ruhig!*

Was war geschehen, dass er sich in einer solch hilflosen Situation wiederfand? Er schloss erschöpft die Augen. Es war zu anstrengend, sie offen zu halten. Er war so müde ... überlegen ... er musste überlegen ...

Auf einmal hatte er ein Bild im Kopf. Ana-ha und Iciclos! Sie saßen sich gegenüber. Ja klar, das Essen im Oberen Rat der Akademie für Feuerkunst. Dort war er gewesen ... und dann ... und dann hatte er gegessen ... und dann ... dann hatte er Iciclos angesehen, ihn angesehen, während dieser Ana-ha angesehen hatte ... und dann ... dann ... hatte er ihn entdeckt, den Funken Glut in Iciclos' Augen, den er dort noch nie zuvor erblickt hatte. Es war dieser Funken, der ausreichte, um die Zündschnur in Brand zu setzen. Und wenn diese erst einmal gezündet war, konnte sie nichts mehr aufhalten. Auf diesem Gebiet war er Experte. Diesen Funken bei Iciclos zu sehen hatte ihn in tiefste Agonie gestürzt. War er sich doch bislang wenigstens in dieser Beziehung relativ sicher gewesen, dass, selbst wenn Ana-ha mehr für Iciclos empfunden hätte, er ihr diese Zuneigung nicht entgegenbrachte. Und jetzt das!

Er hätte es wissen müssen, er hätte es schon vorher begreifen müssen, als Iciclos sie vor ihrem Zimmer überrascht hatte. Aber er hatte sein Verhalten auf die leichte Schulter genommen, sich versichernd, dass dieser sowieso zu keinen tiefschürfenden Gefühlen fähig wäre. Aber heute Abend hatte er es ganz deutlich gesehen. Und Iciclos schien irgendwie gemerkt zu haben, dass Seiso-me ihn ins Visier genommen hatte. Er war sich ertappt und überrumpelt vorgekommen, so hatte er in blinder Hast zum nächstbesten Essbaren gegriffen, um von sich und seinen Gefühlen abzulenken. Er könnte es nicht ertragen, wenn Iciclos die Eifersucht in ihm spürte und ihn dann womöglich noch mit einem höhnischen Lächeln bedachte.

Und das, was er sich da so voreilig einverleibt hatte, hielt ihn jetzt gefangen. So musste es gewesen sein. Denn unmittelbar, nachdem er dieses widerlich schmeckende Zeug in sich hineingestopft hatte, waren ihm die Dinge entglitten. Und jetzt standen zwei Feuerländer an seinem Bett und begutachteten ihn, als könne er nicht Drei und Drei zusammenzählen. Er verstand alles. Ihrer Mimik nach sprachen sie leise, aber Seiso-me kam es so vor, als würden sie ihm ihre Worte direkt ins Ohr brüllen. Sie sagten, er müsse bis morgen früh hier bleiben und möglichst viel schlafen. Fiuros nannte einige Pflanzen, die er nicht kannte, ihn aber vermutlich wieder auf die Beine bringen sollten. Und dann verschwand er aus seinen Augenwinkeln, sagte, er müsse noch etwas furchtbar Wichtiges erledigen.

Seiso-me wurde es schlagartig noch schlechter. Was hatte Fiuros noch vor? Er musste hier weg, sofort! Er drehte den Kopf wieder zur schmerzhaft grellen Decke. Dieses schauderhafte Orange weckte seine Sinne wieder zu neuem Leben.

*Orange und ... Blau! Blau ... da war doch was ... Überlege, Seiso-me, was kannst du noch? Denk nach! Was kannst du?*

*Wasser ... Wasser, ja das Wasser ...*

Das Wasser konnte ihm helfen: Wasser floss, Wasser strömte, es reinigte, es klärte, Wasser würde diese Schlacken fortschwemmen ...

Seiso-me atmete erleichtert auf und versuchte einen gleichmäßigen Atemrhythmus herbeizuführen. Ja, das war die Lösung. Er musste sich auf seine Wasserkräfte besinnen.

# Gescheitert

„Komm rein." Iciclos öffnete Fiuros die Tür, bereit, alles in seiner Gewalt stehende zu tun, um eine Katastrophe zu verhindern.

Fiuros betrat den Raum mit langen Schritten und nahm ihn mit seiner Präsenz vollständig ein. „Tunjer öffnet Lesares das Tor in der Trainingshalle zwei, Cruso begleitet ihn. Sie kommen gleich her", sagte er jetzt und sah sich im Zimmer um. Sein Blick blieb an Ana-ha hängen. Sie lag auf ihrem Bett und schlief mit Sicherheit so tief und fest wie noch nie zuvor in ihrem Leben. Diese elende Verräterin! Dieser Blick in sein Innerstes würde ihr in Kürze noch sehr, sehr leidtun. Er würde dafür Sorge tragen, dass sie ihre gerechte Strafe bekam. „Gerechtigkeit", hatte Ankorus in Emporia gesagt, „misst sich immer an dem Leid des Opfers." Der einzig wahre Satz aus dem Mund des Stadthüters.

Fiuros bewegte sich nicht, aber Iciclos hatte das Gefühl, als wäre er mit seinem einnehmenden Bewusstsein dichter an sie herangetreten. Er spannte jeden Muskel seines Körpers an und kam sich dabei vor wie eine heruntergedrückte Sprungfeder.

„Kannst du Tunjer denn vertrauen?", erkundigte Iciclos sich jetzt zweifelnd, Bezug nehmend auf Fiuros' vorherige Worte. Er war überrascht, wie viele Dinge Tunjer für Fiuros tat oder vielmehr, wie viel Fiuros ihm überließ. Dieser stand immer noch regungslos im Zimmer, die Hände in seinem dunkelroten Gewand, seine Augen immer noch auf sie gerichtet.

„Tunjer tut alles, was ich will. Er fragt nicht viel und ist sehr verschwiegen. Ich kann mich auf ihn verlassen. Er ist nützlich. Nicht umsonst habe ich dafür gesorgt, dass er in den Oberen Rat aufgenommen wird, obwohl seine Fähigkeiten im Umgang mit dem Feuerelement genauso begrenzt sind wie sein kleingeistiger Verstand. Ich habe bei Atemos ein gutes Wort für ihn eingelegt. Dafür hat er mir geholfen, die Larimare zu stehlen und unbemerkt wieder zurückzubringen. Natürlich blieben ihm meine Beweggründe verborgen."

„Verstehe", sagte Iciclos knapp. Tunjer stand in Fiuros' Schuld. Wie praktisch. Er beobachtete Fiuros eingehend. Er wollte keine Anzeichen eines hinterhältigen Angriffs verpassen. Iciclos beschloss, seine empathischen Fähigkeiten einzuschalten, um Fiuros' Aktionen besser überwachen zu können ... falls er sich nicht wieder abschottete. Er lockerte seine verspannten Muskeln und öffnete sich. Und siehe da, da waren sie! Er blockierte sich nicht länger. Seine Gefühle füllten den Raum aus.

Fiuros' Blick hing immer noch auf Ana-ha, auf ihrem Gesicht, auf ihren geschlossenen Augen. Eine seltsame Erkenntnis verschaffte sich plötzlich und hartnäckig Zugang zu seinen Gedanken. Ohne ihre Ankorus-Augen sah sie unschuldig aus. Dieses Eingeständnis war fast beängstigend. Sein Blick wanderte über ihren Mund, ihre gleichmäßig hohe Stirn und ihre Nase mit den vereinzelten Sommersprossen. Ganz anders sah sie aus, nicht wie Ankorus. Der Schlaf gab ihrem Gesicht etwas Kindliches.

Er ging langsam einen Schritt auf die Schlafende zu, die vorhin so wagemutig in seine Seele geschaut hatte. Und plötzlich fand die Stille ihn wieder. Die Stille des Tanzes. Die Ruhe des Geistes. Der Hass hielt inne. Erstaunt. Fast fragend. Fiuros kannte dieses kurze, flüchtige Gefühl. Nur der sinnliche Duft des blühenden Kaeos, einer seltenen Pflanze des Erdreiches, vermochte es sonst, ihm diese Stille herbeizuzaubern ... wenn auch nur für wenige Augenblicke. Jener Pflanze, deren zerkleinerte Blätter er vorhin fast ebenso still an Tunjer weitergegeben hatte, mit der Anweisung, sie in Ana-has Getränk zu mischen. Und wie immer hatte er nur wissend gelächelt und genickt, wie immer, wenn er etwas Spezielles von ihm verlangte.

Fiuros atmete tief durch. Die Ruhe tat gut, sie dauerte länger als gewöhnlich. Er schloss die Augen und entspannte sich ein wenig. Fast bildete er sich ein, den Kaeo zu riechen. Unerwartet einnehmend, heimatbringend, umsäuselte ihn der Gedanke an die stille Blüte. Er trat noch einen Schritt näher an Ana-ha heran. Betörend! Fast schon tragisch! Mit geschlossenen Augen war sie perfekt.

*Welch Ironie! Welch tödliche Ironie! Deine Augen wecken die schlimmsten Erinnerungen in mir und locken mich mit dem süßesten Versprechen. Ich werde sie dir auf ewig schließen, Ana-ha. Und nehme dir vorher, was mir gehört!*

Das war sein Spiegelbild der Zukunft, das, was er sehen wollte, wenn er hineinsah. Ruhe, Stille und vollendete Gerechtigkeit!

Seiso-mes Beine zitterten bei jedem Schritt mehr. Er wischte sich über die feuchte Stirn. Sein Zustand jagte ihm furchtbare Angst ein. Er fror erbärmlich und gleichzeitig strömte ihm der Schweiß aus allen Poren. Sein Herz raste so sehr, dass er jedes Mal fürchtete, der nächste Schritt würde ihm den Exitus bringen. Es war schlimmer als jede verdammte Leuke-Grippe des Wasserreiches!

Seiso-me blieb stehen und keuchte. Eine Treppe. Sie erschien ihm in diesem Moment wie ein unüberwindbares Hindernis. Er wollte sich kurz ausruhen. Seine Hände griffen nach dem Treppengeländer, den Oberkörper nach vorn gebeugt, sein Herz hämmerte in seinem Brustkorb, aber er musste weiter. Sein Verstand fand die Stufen, die sein ausgelaugter Körper nicht zu schaffen glaubte. Aber sein eigenes Gewicht zwang ihn immer mehr nach unten, seine Arme konnten diese Last nicht länger abstützen. Auf den Knien nahm er die letzte, steinerne Stufe, rappelte sich auf und weiter ...

Immer nur einen Schritt ... Noch zwanzig Meter! Er sah nach vorne, die Tür zu Ana-has Zimmer ...

Iciclos konnte nicht fassen, welche Gefühle sich da bei Fiuros verirrt hatten. Hass und Wut schlummerten im Hintergrund einer Ruhe, die unwirklich schien.

„Friedlich, dieser traumlose Kaeo-Schlaf, oder?" Zugegeben, der Versuch war wirklich unbeholfen, aber Fiuros nickte trotzdem zustimmend. „Hast du noch einmal darüber nachgedacht?" Iciclos stellte sich neben ihn und versuchte, seine ausfüllende Präsenz zu imitieren, um sich stärker zu fühlen, als er war.

„Worüber nachgedacht?", wollte Fiuros wissen, ohne den Kopf zu drehen. Seine Augen konnten nicht aufhören, Ana-ha anzusehen. Er stellte sich absichtlich unwissend und Iciclos spürte, wie die Gefühle in ihm verschwanden, wie er sie wie einen Flaschengeist in sich einsperrte und den Korken daraufsetzte. Wieso hatte er ihm diese Fähigkeit nur beigebracht? Und wieso beherrschte er sie besser als er selbst?

„Das weißt du."

Fiuros lächelte auf Ana-ha hinab. „Ich weiß es nicht."

„Jetzt tu nicht so. Ich meine deine Rachepläne in Bezug auf Ankorus' Familie." Langsam wurde Iciclos ungeduldig.

„Sagte ich doch gerade: Ich weiß es nicht." Endlich drehte Fiuros den Kopf in seine Richtung und erwiderte seinen Blick. Sehr lange sah er Iciclos an, als würde er abwägen, ob er ihn für seine Pläne doch noch begeistern könnte. „Du weißt, was Ankorus getan hat. Du weißt, was er angerichtet hat. Du weißt, dass ihr zwar Mist gebaut habt, aber nicht genug, um so hart bestraft zu werden. Ankorus' Tat war reine Berechnung und du weißt auch, warum!"

Iciclos seufzte schwer. Ja, Fiuros hatte recht. Sein Magen krampfte sich allein bei der Erinnerung an Ankorus zusammen und er wusste nicht, was schlimmer wog: Schmerz oder Zorn.

„Was Ankorus getan hat, ist unverzeihlich. Wenn jemand deine Rache verdient, dann er. Ich habe dir schon letzte Nacht gesagt, dass ich dich nicht daran hindern werde. Aber alle anderen, alle anderen Verwandten, seien es nun Kinder, Brüder, Schwestern, Tanten oder Großcousinen, alle anderen sind unschuldig."

Fiuros unterdrückte ein gelangweiltes Gähnen. Immer die gleiche Leier bei Spike! Er wandte seine Aufmerksamkeit wieder Ana-ha zu. Er konnte sie nicht verschonen, sie hatte seine Augen und er wollte ihr Geheimnis. Mehr als alles andere auf der Welt wollte er es besitzen. Aber wenn Iciclos gegen ihn war, wäre es sehr schwer, an sie heranzukommen, falls sie und ihr Larimar nicht zufälligerweise doch das Symbol waren. Dies wäre nämlich der einzig einleuchtende Grund für Iciclos, sie in seine Nähe zu lassen. Und wenn er sie erst einmal im Feuertor hatte, während Iciclos im Wassertor beschäftigt war ... aber auch diese Zeit wäre eigentlich zu kurz, um aus ihr das herauszuholen, was er brauchte ...

„Wo bleiben denn Cruso und Lesares?" Fiuros zog ungeduldig die Augenbrauen nach oben. Er musste jetzt endlich wissen, ob Cruso mit seiner Theorie recht hatte. Er wandte sich abrupt von Ana-has Bett ab und stiefelte Richtung Ausgang. „Ich sehe mal nach, wo die beiden stecken!" Das war immer noch besser als sich das hilflose Gejammer von

Iciclos Spike anzuhören, welches ihn sowieso nicht umstimmen würde. Er öffnete energisch die Tür und ... blickte erstarrt in das vor Schreck und anhaltender Übelkeit gezeichnete, bleiche Gesicht von Seiso-me Leskartes.

„Seiso-me!", entfuhr es ihm entsetzt. Der hatte hier doch nun wirklich nichts zu suchen.

„Fiuros!" Seiso-me hielt sich die Hand vor den Mund und wirkte, als wolle er sich bei seinem Anblick direkt übergeben.

Fiuros machte eilig ein paar Schritte zurück in das Zimmer. Es war schwer zu sagen, welches der beiden Gesichter angewiderter aussah.

„Was machst du denn hier?", würgte Seiso-me jetzt hervor, nachdem er sich schwerfällig in den Raum geschleppt und sich auf den nächstbesten Stuhl hatte fallen lassen. Mit einem einzigen Blick hatte er sich davon überzeugt, dass Ana-ha unversehrt zu sein schien. Ihm war es gallespeiend schlecht, seine Hände zitterten und er war schweißgebadet. Und Fiuros auch noch in Ana-has Zimmer vorzufinden, die, wie er jetzt feststellte, schlafend und wehrlos in ihrem Bett lag, setzte dem Ganzen die Krone auf. Er war dem richtigen Instinkt gefolgt.

„Ich wollte Iciclos nur etwas bezüglich der Wasserader fragen", gab Fiuros Seiso-me nun Auskunft und seine Gesichtszüge verzerrten sich auf groteske Weise. „Du warst ja nicht in angemessenem Zustand!"

Iciclos sah buchstäblich den Korken, der seine Gefühle unterdrückte, davonbersten. Gott sei Dank war Seiso-me kein Empath! Fiuros raste über Seiso-mes plötzliches Auftauchen derart vor Zorn, dass er sich nicht länger blockieren konnte.

„Wie geht es dir?", erkundigte sich Iciclos jetzt, nach dem er Seiso-me eingehend studiert hatte. Er sah fürchterlich aus. Haut und Haare schweißnass. Totengrau im Gesicht, die Augen quollen aus ihren Höhlen. Beinahe tat er ihm leid. Aber nur beinahe.

„Nicht besonders!" Seiso-me legte den Kopf in die Hände, zu erschöpft, um zu lügen.

„Ich gehe jetzt, Iciclos. Gut, dass wir mit dieser Sache übereingekommen sind." Fiuros wandte sich nun ein zweites Mal zum Gehen. Er wusste: Das Spiel war vorbei. Seiso-me würde sich die ganze Nacht lang nicht mehr von der Stelle bewegen.

„Gute Besserung, Leskartes. Wenn du glaubst, dass du diese Nacht ohne ärztliche Versorgung klarkommst ... ich kann dich nicht zwingen. Aber es geschieht auf deine Verantwortung, ich kann das nicht gutheißen!" Die Tür krachte hinter ihm ins Schloss.

„Was wollte Fiuros hier?" Seiso-me hing auf seinem Stuhl, den Kopf über die Lehne nach hinten gelegt und alle Gliedmaßen von sich gestreckt. Aus den Augenwinkeln musterte er Iciclos jedoch so scharf wie ein Raubvogel.

„Er wollte mich etwas wegen der Untergrundströmung fragen, das sagte er doch!"

„Fiuros mag Ana-ha nicht ... gelinde ausgedrückt. Und sie hat Angst vor ihm. Das solltest gerade du am besten wissen! Und du bist so dämlich, ihn hier hereinzulassen? Noch dazu, wenn Ana-ha schlafend in ihrem Bett liegt! Hast du den Verstand verloren?"

*Ja, ich habe den Verstand verloren! Ich bin verrückt!*

„Ich habe mir nichts dabei gedacht! Fiuros stand plötzlich vor der Tür und meinte, er habe ein wichtiges Anliegen! Also habe ich ihn hereingelassen. Ich war schließlich die ganze Zeit über hier! Es hätte ihr doch nichts geschehen können. Und überhaupt: Was soll Fiuros ihr schon antun wollen?" Iciclos baute sich vor Seiso-me auf, froh, ihn endlich einmal zu überragen. „Ich habe sie nicht allein gelassen, was man ja von dir nicht behaupten kann! Ich habe nicht versucht, die Tischdekoration zu essen", setzte er jetzt noch einmal spöttisch nach und steckte die Hände in seine Hosentaschen.

Seiso-me war mittlerweile wieder in sich zusammengesunken. Iciclos hatte recht. Er war ein Versager! Eine Nullnummer! Aber das sollte er nicht spüren. Auf gar keinen Fall! Er konzentrierte sich lieber auf seine Wut auf Iciclos. Die durfte er fühlen!

„Ich kann nicht glauben, dass du so wenig auf Ana-has Gefühle gibst. Ihr hättet euer Gespräch doch auch draußen vor der Tür abhalten können. Glaubst du, sie findet es gut, wenn ich ihr morgen erzähle, dass Fiuros in ihrem Zimmer war?" Seiso-me versuchte, sich kerzengerade hinzusetzen, aber sein Mageninhalt schoss augenblicklich seine Speiseröhre empor. Ergeben lehnte er sich wieder an die Stuhllehne.

„Ana-ha wird es schon verstehen", gab Iciclos zurück, obwohl sein Herzschlag bei Seiso-mes Ankündigung für einen Moment auszusetzen drohte. Wie könnte er Ana-ha das jemals erklären? Er starrte Seiso-me feindselig an, unendlich wütend darüber, dass er ihn in eine solche Zwickmühle brachte. Er setzte zu seiner eigenen Rechtfertigung nach: „Zu deiner Information: Fiuros hat sich einfach ins Zimmer geschoben. Was soll ich denn dagegen machen? Er ist hier immerhin der stellvertretende Vorsitzende der Akademie! Hätte ich ihn rauswerfen sollen?"

„Ja! Das wäre angebracht gewesen!"

„Ja, und in deiner Position als Mitglied des Oberen Rates kannst du dir das vielleicht auch erlauben, aber ich nicht." Iciclos begann, von einer Ecke des Zimmers zur nächsten zu laufen. Was würde er denn Ana-ha morgen sagen? Er brauchte einen wirklich guten Grund und auch ein wirklich wichtiges Anliegen, um ihr Fiuros' Anwesenheit erklären zu können. Er sah zu Seiso-me hinüber. Er hing schon wieder halb apathisch über seinem Stuhl. Eine Chance hatte er noch, eine unfaire Chance, um eine gerechte Sache zu retten, aber eine Chance, immerhin … Irgendetwas in Seiso-mes Gefühlsschwingungen hatte ihn nämlich vorhin auf etwas aufmerksam gemacht …

„Antares fände es mit Sicherheit auch nicht gelungen von dir, wenn er erfahren würde, in was für eine gefährliche Lage du dich heute Abend gebracht hast! Nur, um von dir selbst abzulenken, Seiso-me! Was wirft denn das für ein Bild auf dich, jetzt, wo du gerade in den Rat aufgenommen worden bist!" Er stellte sich so dicht vor Seiso-me, wie er nur konnte. Er hoffte inständig, dass er damit einen wunden Punkt berührt hatte.

Seiso-me fühlte seinen unsichtbaren Faustschlag mitten im Gesicht. Iciclos musste seine Versagensängste doch registriert haben! Und seine Eifersucht oder vielmehr seine Verzweiflung beim Abendessen ebenfalls! Verdammter Empath! Iciclos war tatsächlich dabei, ihn zu erpressen! Und er konnte noch nicht einmal ahnen, wie viel Wahrheit in seinen Worten lag. Wenn Iciclos sein heutiges Dilemma bei Antares breittrat … wie enttäuscht er von ihm sein würde! Iciclos war tatsächlich noch gewissenloser, als er gedacht hatte. Man musste sich schon in einer sehr ausweglosen Situation befinden, um nach Mitteln wie Erpressung zu greifen. Aber weshalb war Iciclos so verzweifelt? Wegen Ana-ha? Damit sie nicht erfuhr, dass er Fiuros in ihr Zimmer gelassen hatte? Weil er Angst hatte, sie wäre dann wirklich sauer auf ihn? Seiso-me seufzte tief. Es war, wie er es befürchtet hatte: Die Zündschnur brannte bereits.

„So, du möchtest also, dass ich Ana-ha nichts von Fiuros‘ kleinem Zwischenspiel mit dir hier berichte. Korrigiere mich ruhig, wenn ich das falsch verstanden habe!“

„Du hast es absolut richtig interpretiert“, sagte Iciclos mit einem geeisten Lächeln.

„Und dafür erwähnst du bei Antares mit keinem Wort, was sich heute Abend beim Essen abgespielt hat?“

„Korrekt!“

Iciclos machte nun einen so gönnerhaften Eindruck, dass Seiso-me am liebsten das Risiko eingegangen wäre, ihren Handel rückgängig zu machen. Er verabscheute Iciclos immer mehr, je länger und besser er ihn kannte. Auf gar keinen Fall durfte Ana-ha ihr Herz an einen solchen Menschen binden. Iciclos sollte Ana-ha nie bekommen! Dafür würde er persönlich sorgen. Und wenn es das Letzte wäre, was er tat.

Er sah zu Iciclos hoch. Schon wieder trug er Schwarz, die Hände in den Taschen, um gelangweilte Überlegenheit zu demonstrieren. Seiso-me fand, dass es höchste Zeit war, ihn loszuwerden.

„Du hast bestimmt noch andere Dinge heute Nacht zu erledigen, oder?“ Seiso-me richtete sich mit letzter Kraft zum Stand auf und war froh, dass ihre Größenverhältnisse sich wieder in angemessener Weise verhielten ... auch wenn er dabei fast umkam vor Elend.

„Nein, ich bleibe bei Ana-ha. Sie hat mich vorhin darum gebeten.“

„Ja, weil ich nicht da war. Auf dem Weg zu unserer Einladung war sie einverstanden, dass ich die Nacht bei ihr verbringe!“

Iciclos hätte Seiso-me am liebsten wieder auf seinen Stuhl zurückgeschleudert. Er kam sich plötzlich vor wie ein Lückenbüßer.

„Hau endlich ab, Iciclos! Du hast hier nichts mehr verloren!“ Seiso-me wies auf die Tür, deutlicher konnte er jetzt nicht mehr werden.

Iciclos seufzte. Sein Blick fiel auf Ana-ha, wie sie so friedlich in ihrem Bett lag. Nein, heute Nacht war das Glück auf seiner Seite. Seiso-me wäre erstens sowieso nicht in der Verfassung und Ana-ha würde schlafen, schlafen, schlafen ... er grinste innerlich. Also war das Schlafmittel nicht ganz umsonst gewesen. Und mal abgesehen davon musste er ohnehin zu Fiuros und seinen anderen Kameraden. Sie hatten noch eine Menge zu besprechen. Ein geeigneterer Zeitpunkt würde sich wohl kaum mehr ergeben.

Iciclos rannte durch die Feuerkunstakademie. Seine Erleichterung darüber, dass der Larimartest gescheitert war und er Ana-ha nicht den Gefahren eines unkontrolliert aufgeheizten Fiuros hatte aussetzen müssen, überwog das leichte Bedauern, dass nun wieder wertvolle Zeit verstreichen würde. Iciclos suchte seinen Weg zu Trainingshalle zwei, in der Lesares ankommen sollte. Vielleicht waren seine Kameraden noch dort. Sein Gewissen regte sich ein bisschen, weil er Seiso-me heute mit seinen empathischen Fähigkeiten an die Wand genagelt hatte. Es war weniger ihr erzwungenes Abkommen, welches ihm so hinterhältig erschien, sondern die Tatsache, dass Seiso-me nicht empathieren konnte. Er hatte dessen Schwäche zu seinem Vorteil genutzt. Unschön, um es freundlich auszudrücken.

„Hey, Iciclos! Hier sind wir." Die vertraute Stimme seines Freundes vertrieb Seiso-me augenblicklich aus seinen Gedanken.

„Lesares!" Er fuhr freudig herum und stürmte auf ihn zu. Sekunden später lagen sie sich in den Armen und hielten sich so fest, als könne nur Gewalt sie trennen.

„Wie lange ist es her?", wollte Iciclos wissen, als er sich schließlich aus der Umarmung gelöst hatte.

„Zu lange!", antwortete Lesares jetzt und lachte. „Ich freue mich auf die Zeit, in der wir uns wieder ohne Heimlichkeiten in aller Öffentlichkeit treffen können." Er klopfte ihm freundschaftlich auf die Schulter.

Iciclos nickte. Lesares hatte er in letzter Zeit am wenigsten gesehen. „Ich auch." Er war dieses Doppelleben und Lügen müssen so unendlich leid.

„Was ich dir nur mal so mit auf den Weg geben wollte, Iciclos", Fiuros kam auf ihn zu und hatte ein leicht sorgenvolles Gesicht aufgesetzt. „Seiso-me besitzt mehr Willenskraft und Ausdauer, als du vielleicht annimmst! Falls er sich eines Tages in den Kopf setzt, dir das Leben schwer zu machen, hast du einen ernstzunehmenden Gegner!"

Iciclos lachte unwillkürlich auf. „Seiso-me? Ein ernstzunehmender Gegner? Der einfältige Seiso-me mit seiner verträumt-trotteligen Art? Ich bitte dich!"

Fiuros' Gesicht zeigte nicht einmal die Andeutung eines Lächelns. „Sich bei solch schweren Ausfallserscheinungen von unserer Krankenstation zu Ana-has Zimmer zu schleppen ist beinah ein Ding der Unmöglichkeit! Erstens liegen beide Zimmer in entgegengesetzten Richtungen der Akademie und zweitens hätte Seiso-me überhaupt nicht mehr laufen können dürfen. Die Symptome werden nämlich zunächst immer stärker, bevor sie dann allmählich abklingen! Und dann hat er sich auch noch heimlich an unserem Arzt vorbeigeschlichen. Ich denke, dass gerade Seiso-mes verträumte Art ihm diese Kräfte verliehen hat. Denk mal drüber nach!“ Fiuros hämmerte seinen Code entschlossen in die Entriegelungstastatur der Trainingshalle zwei ein, als würde er so diese unangenehme Wahrheit besser in Iciclos' Kopf bekommen. Seiso-me war ein Problem! Und jetzt noch dazu im Oberen Rat.

„So, hier sind wir erst mal ungestört.“ Fiuros betrat die Halle und die anderen drei folgten ihm. Cruso schloss die Tür. Das noch offene Feuertor flackerte unheimlich in der Dunkelheit der Trainingshalle.

„Iciclos, kannst du mittlerweile ein Tor offen halten, ohne selbst anwesend zu sein oder die Kontrolle über ein Tor von einem anderen übernehmen?“, erkundigte sich Fiuros jetzt.

„Wie du weißt, bin ich noch nicht im Oberen Rat, wo man so etwas lernt! Und nachdem du uns vor Antares so diskreditiert hast, Ana-ha und mich, wird wohl auch keiner von uns so schnell das Licht des Konferenzraumes erblicken.“

„Sogar Tunjer kann es mittlerweile, da siehst du es.“ Fiuros deutete auf das Tor und musterte Iciclos eingehend. „Ich bringe es dir bei.“

Iciclos drehte sich langsam zu Fiuros um und versuchte, seine plötzliche Hilfsbereitschaft richtig einzuschätzen.

„Weshalb solltest du das tun? Bisher waren dir meine Unzulänglichkeiten doch auch gleichgültig, mal abgesehen vom Frizin!“

„Ich habe nachgedacht! Die Sache mit Seiso-me gefällt mir gar nicht. Ich denke, es wäre besser, wenn du ein bisschen mehr Unterstützung hättest!“ Er lächelte, wahrhaftig ein echtes Lächeln, und in diesem Moment sah er aus wie sein Vater. Wie sein früherer Freund Tores. Es tat weh, ihn so lächeln zu sehen.

„Iciclos?“

„Entschuldigung ... ja“, begann Iciclos in Fiuros' Richtung zu nicken. „Danke, ich nehme dein Angebot an.“ Neue Fähigkeiten reizten ihn generell. Und es konnte mit Sicherheit nichts schaden, die gleichen Möglichkeiten wie Seiso-me zu besitzen. „Nur ... wie können wir uns treffen?“

„Ich kann eure Pläne bei uns im Rat einsehen! Trage dich einfach alleine ein. Einzeleinheit, das geht. Kann ja sein, dass du deine generellen Toröffnungsqualitäten verbessern möchtest."

„Und das stimmt ja dann quasi auch ...", grinste Lesares jetzt, der nun direkt hinter ihnen stand und ihre Unterhaltung mitverfolgt hatte.

„Gute Idee! Immer, wenn ich mich alleine eintrage, öffnest du auf eurer Seite das Feuertor und kommst rüber, um mit mir zu trainieren." Iciclos war zufrieden mit diesem Plan. Er hatte Fiuros schließlich auch das Blockieren beigebracht. Es wäre nur gerecht, wenn er jetzt einmal etwas Nützliches von ihm lernte!

„Und jetzt zu unserem eigentlichen Thema ...", fing Cruso aus dem Hintergrund an. „Wann haben wir die Möglichkeit, unseren Test durchzuführen?" Schweigen breitete sich aus. Jeder schien nachzudenken.

„Eigentlich können wir ihn doch zu jeder Zeit auch im Wasserreich ausführen, oder?", fragte Lesares jetzt leicht zögerlich.

Iciclos schüttelte bestimmt den Kopf. „Nein, ich habe leider nicht immer Ana-has offenkundige Zustimmung, mit ihr das Zimmer zu teilen. Das war nur hier möglich, weil sie wegen Fiuros nicht allein sein wollte." Er warf diesem einen strafenden Blick zu. „Und selbst heute Nacht hätten wir schon Probleme mit Seiso-me bekommen, denn der hatte offenbar auch Ana-has Erlaubnis, bei ihr zu bleiben."

„Ja, aber sollte er nicht sowieso ebenfalls ein Schlafmittel erhalten?", fragte Lesares jetzt irritiert. „Dann wäre es doch egal gewesen! Er hätte nicht gestört."

„Ja, klar! Aber wir hätten dann den Zweitschlüssel von Fiuros benötigt und auch nicht genau gewusst, wann die beiden fest genug eingeschlafen sein würden." Iciclos kratzte sich nachdenklich am Kinn. „Es ist nicht ganz so einfach, wie es scheint. Und um jetzt noch einmal auf das Wasserreich zu sprechen zu kommen. Wie sollten wir da unbemerkt in ihr Zimmer gelangen? Ich besitze keinen Zweitschlüssel dazu. Außerdem müssten wir sie dann schon wieder unter Drogen setzen ... Ich bin dagegen!", ergriff er nun Partei für Ana-ha.

Die anderen drei starrten ihn an.

„Seit wann scheren dich denn solche Dinge?", wollte Cruso wissen, ehrliches Staunen in den wachen Augen.

„Seit wann ...?" Iciclos blieb vor Schreck der Mund offen stehen. In seinem Geist setzte sich gerade ein sehr unerfreuliches Bild von ihm selbst zusammen. Eines, das Crusos Andeutungen gerecht wurde und in beängstigender Art mit der Sichtweise von Seiso-me übereinstimmte. Er setzte sich auf den dunklen Boden der Trainingshalle und fuhr sich durch die Haare.

„Ich finde es nur bedenklich jemanden ständig mit Pflanzenexsudat zu betäuben!“, warf er jetzt matt ein, immer noch ein wenig erschüttert über Crusos Äußerung.

„Hast du eine bessere Idee?“ Lesares begab sich neben ihn auf den Boden und Cruso und Fiuros folgten seinem Beispiel und bildeten einen Kreis.

Iciclos zuckte ein wenig hilflos mit den Schultern. „Nein, noch fällt mir nichts ein.“ Wieder herrschte eine Zeit lang Schweigen.

„Wie geht es dir eigentlich damit, dass du nun die Besitzerin von Ankorus' Pendantstein kennst?“, wollte Lesares jetzt leise von Fiuros wissen. Sein väterlicher Beschützerinstinkt meldete sich wieder. Er hatte noch gar keine Möglichkeit gehabt, in dieser Sache mit ihm zu sprechen, nachdem er vorhin von Cruso die volle Wahrheit erfahren hatte. Auch die, dass Fiuros sich anscheinend schon seit längerer Zeit häufiger in den anderen Elementenreichen herumgetrieben hatte, um diesen besonderen Larimar ausfindig zu machen.

Fiuros schwieg lange Zeit und betrachtete ungewöhnlich intensiv das Flammenspiel des Feuertors. Er wollte sich dazu nicht äußern, aber die anderen drei würden nicht eher Ruhe geben, bis er ihnen eine für sie zufriedenstellende Antwort gegeben hatte.

„Ich hasse es! Ich hasse sie und wünschte, ich hätte es nie erfahren“, sagte er jetzt und wusste genau, dass Iciclos ihn mit seinem empathischen Blick auseinandernahm. Er sollte seine Gefühle bekommen und sich in trügerischer Sicherheit wiegen, bis es zu spät war. Langsam löste er seine Blockade.

„Cruso hat mir erzählt, du hättest auch allen Verwandten von Ankorus Rache geschworen“, setzte Lesares jetzt nach.

Fiuros füllte seine Lungen mit kalter Luft und konzentrierte sich. Es würde schwer werden, sie zu täuschen. „Habe ich, ja!“ Er stand auf und lief vor dem Feuertor auf und ab. „Was wollt ihr von mir hören?“ Fiuros ließ seine Stimme so klingen, als würde er sich ergeben in sein Schicksal fügen.

„Dass du deine Rachepläne nur an Ankorus vollstreckst.“ Iciclos hatte sofort gesprochen. Schön, dass er jetzt endlich noch die Unterstützung von Lesares hatte.

Fiuros blieb genau vor Iciclos stehen: „Ich weiß genau, dass du versuchst, in meinen Gefühlen die Wahrheit meiner Worte zu überprüfen!" Er sah missmutig auf ihn herab, hob dann aber wie zu einer versöhnlichen Geste die Hände in die Luft. „Aber bitte, überzeuge dich selbst. In Ordnung, ich lasse alle anderen außen vor, auch deine Ana-ha! Aber nicht, weil ich es so will, sondern ihr." Er lächelte, immer noch mit Konzentration auf seine kühlende Atmung und dachte so fest an Ana-has Gesicht mit den geschlossenen Augen, wie es ihm nur irgend möglich war ...

*Ihre geschlossenen Augen, hinter denen das verborgen lag, was er am Dringendsten brauchte ...*

Er fühlte förmlich Iciclos' ausgefahrene Sonden, die ihn einem gründlichen Gefühlsscan unterzogen, er suchte die Wahrheit ...

*Die Stille des Kaeos um sie herum und ihre Lippen ...*

Iciclos suchte weiter ...

*Ihr friedfertiges Gesicht, ihre geschlossenen Augen ... geschlossen, still, ruhig ...*

Und endlich – unzählige, kalte Atemzüge später – bemerkte er Iciclos' erleichterten Blick. Fiuros wusste, dass er gewonnen hatte. Er hatte ihn getäuscht! Er hatte einen gut ausgebildeten Empathen getäuscht. Und wie leicht war es gewesen.

„Weshalb bist du jetzt so siegessicher?"

*Verdammt!*

„Ich bin nur froh, dass ihr mich jetzt endlich in Ruhe lasst." Er ließ sich neben Iciclos auf den Boden fallen und sah ihn betont offen an, damit er keinen Verdacht schöpfte.

Iciclos kniff die Augen zusammen. War das die Wahrheit? Sein Öffnen war ein Vertrauensbeweis! Gut, er verdiente eine Chance! Aber nur unter Vorbehalt! Ein bisschen gesundes Misstrauen konnte nicht schaden. Cruso und Lesares sahen ihn gespannt an. Sie warteten auf sein Urteil! Iciclos kam sich seltsam wichtig vor. Es war selten, dass man ihn in Thuraliz um seine Meinung bat, geschweige denn um ein Urteil.

„Ich denke, er meint es ehrlich." Hoffentlich war es wirklich so.

„Aber unser Problem mit Ana-ha und ihrem Larimar haben wir

noch immer nicht gelöst", gab Cruso jetzt wieder zu bedenken. Da es seine Theorie war, kam er auch immer wieder als Erstes darauf zurück.

Iciclos neigte den Kopf von einer Seite zur anderen. Fiuros erschien für Ana-ha nun weniger gefährlich zu sein. Wer weiß, vielleicht hatte ihr Seelenspaziergang am Ende doch etwas Gutes bei ihm bewirkt? Da hatte man doch jetzt noch ganz andere Möglichkeiten, den Larimar an ihr zu testen. Aber, sollte er seine Idee allen Ernstes vortragen? Er würde sie nicht mehr zurücknehmen können, wenn sie bei den anderen Anklang fand. Und es war Ana-ha gegenüber noch viel hinterhältiger, als sie nur mit Schlafmittel zu betäuben. Gemein, wäre das richtige Wort. War er das?

„Du bist sicher, dass du nicht nachts in ihr Zimmer gelangen könntest?", riss Cruso Iciclos aus seinen Gedanken.

„Bis jetzt sieht das so aus. Es sei denn, an unserer Beziehung ändert sich etwas." Er lächelte vor sich hin und bemerkte nicht, dass Lesares und Fiuros einen bedeutungsschweren Blick wechselten.

„Sollte sich denn etwas verändern?", hakte Lesares unvermittelt nach. Das Gespräch mit Fiuros auf dem Monsaes-Gebirge war ihm jetzt präsenter denn je. Hatte er doch recht gehabt? Empfand Iciclos mehr für Ana-ha, als er bisher gedacht hatte? Und wenn ja, änderte es etwas an seiner Einstellung?

„Für unsere Pläne wäre es sicherlich hilfreich." Aus Verlegenheit röteten sich seine Wangen.

„Oder auch nicht ..." Fiuros' Augen hingen an Iciclos' versonnenem Gesichtsausdruck. Dieser Narr war wahrhaftig dabei, sich in Ankorus' Ebenbild zu verlieben. Das war noch abstruser als ein buchstäblich liebestaumelnder Seiso-me.

„Hoffentlich lässt du dich nicht von deinen Gefühlen vom Weg abbringen." In Lesares' Stimme keimte Sorge.

„Von welchem Weg?", dachte Iciclos leicht verzweifelt. „Ich kenne ihn doch gar nicht. Ich kenne nur das Ziel, und das ist Emporia! Aber wie dort hinkommen, wenn ich das Symbol nicht weiß und keine Ahnung habe, wie ich es herausbekommen soll, ohne Ana-ha in diese Geschichte hineinzuziehen?" Mein Gott, war sein Leben plötzlich kompliziert geworden.

„Liebe begeht die größten Verbrechen. Sieh mich an", forderte Fiuros ihn auf. „Sieh mich an, Iciclos! Ich brauche es nicht zu sagen, oder?"

„Nein!“ Mit Fiuros würde er nicht darüber diskutieren, gebrannte Kinder scheuten das Feuer. Beinah hätte er wirr gelacht, aber seine Situation war zu ernst und er war zu überwältigt von seinen Gefühlen. Selbst sein Zynismus brachte ihn nicht weiter.

„Bist du noch dabei?“ Cruso sprach leise.

Iciclos sah ihn an. Das Licht des Feuertores verschwamm in den Augen seines Freundes. Plötzlich kam er sich vor, als würde er dessen Traum verraten. Von all ihren Motivationen war Crusos Sehnsucht die ehrlichste, die treuste. Iciclos wusste, was er dachte. Cruso verstand ihn oft nicht, wusste nicht, weshalb er so sehr an seiner Stadt hing.

„Welchen Klang, welche Bedeutung hat das Wort *Heimat* ohne Menschen, die dort auf dich warten“, hatte er ihn einmal gefragt. Cruso war der Einzige, der aus einer glücklichen Beziehung gerissen worden war. Acht Jahre wartete er bereits auf ein Wiedersehen mit Faiz. Acht Jahre mit verzweifelten Fragen. Lebte sie noch? Hatte sie ihn vergessen? Schmerzte sein Name in ihrem Herzen genauso wie der ihre in seinem? Das war Liebe, das war Heimat! Allein für Cruso musste er sich anstrengen und das Symbol schnellstmöglich ausfindig machen, das hatte er bei seinen Sorgen um Ana-ha beinahe übersehen. Waren die Gefühle seiner Freunde plötzlich für ihn nicht mehr so wichtig wie vorher? Wem schuldete er mehr: Cruso, seinem besten Freund, oder Ana-ha, seiner besten Freundin? Wer war es wert, dass er den anderen dafür verriet? Keiner! Bestimmt konnte man die Gefahr für Ana-ha beim nächsten Test minimieren. Klar würde das gehen, man musste es nur gut planen. Er sah in die Runde, brachte Klarheit in seinen Geist und lächelte defensiv:

„Ich behalte unser Ziel im Auge und im Herzen, keine Angst. Meine Gefühle ziehen mich nicht wie eine unberechenbare Unterströmung in die Tiefe, denn die Erinnerung an Emporias Glanz trägt mich auf meinem Weg immer weiter nach vorne, wie eine Welle, die ans seichte Ufer gespült wird.“ Alle lachten. Auch Cruso.

„Du warst definitiv zu lange in der Wasserwelt!“, spöttelte Fiuros über Iciclos’ hochtrabende Worte und klopfte ihm leicht auf den Rücken.

Dieser grinste. Nur ein Seiso-me Leskartes mit seiner abyssischen Seelentiefe hätte es dieses eine Mal noch besser formulieren können. Und dann holte er tief Luft und äußerte seine Idee.

# Die Erschütterung der Grundfeste

„Seiso-me, willkommen zurück!“ Antares stand unten am grünen Wasser des Konferenzraumes und winkte ihn hinunter. „Wir haben schon auf dich gewartet.“ Er wirkte trotz seiner Freundlichkeit sehr ernst.

Seiso-me versuchte möglichst selbstbewusst die schwarzen Wellenstiegen zu Antares hinunterzugehen. Hoffentlich stolperte er jetzt nicht und flog mitten in den See oder machte sonst irgendetwas Idiotisches, was ihn vor all diesen weisen und erfahrenen Ratsmitgliedern blamieren würde. Seine gestrige Feuerstaubeskapade steckte ihm noch in den Knochen und viel geschlafen hatte er auch nicht. Sie waren gerade erst zurückgekehrt, da hatte Hagalaz ihn schon in den Oberen Rat bestellt. Er hatte nur schnell seine Sachen auf sein Zimmer gebracht.

„Hallo“, begrüßte er Antares jetzt schlicht, schüttelte seine Hand und lächelte entwaffnend in die große Runde.

„Setz dich zu uns.“ Antares wies ihm einen Platz zu, der dicht bei seinem lag.

Seiso-me ließ sich auf die unterste Sitzreihe sinken und war froh, dem Publikum nicht mehr ganz so preisgegeben zu sein. Er besah sich die Anwesenden. Sein Vater Hagalaz saß rechts neben dem Akademieleiter. Daneben Mitras Lokas und Laokea Ona, eine grazile, ältere Dame, fast an die neunzig. Laokea und Antares besaßen ebenfalls Wächterfunktionen, genau wie seine Mutter Wunjo. Natürlich hatte er das erst nach seinem Amtseintritt erfahren, denn die Wächter des Symbols waren nur den Ratsmitgliedern bekannt. Er war aus allen Wolken gefallen, vor allem auch oder gerade wegen des zu schützenden Symbols. Plötzlich schienen viele Dinge der letzten Jahre in einem ganz anderen Licht. Hagalaz nickte zur Begrüßung kurz in seine Richtung. Seiso-me spürte, wie stolz er auf ihn war. Hagalaz hatte immer gehofft, Seiso-me würde eines Tages in seine Fußstapfen treten. Und genau wie Seiso-me schwebte auch ihm das Erreichen des Großmeistertitels vor.

Heiliges Wasser. Zu sein, zu halten, zu schöpfen ... das waren die Qualitäten, um die es bei ihrer Wasserkunst eigentlich ging. Das war das Ziel. Seiso-me blickte versonnen auf den Eiskristall. Ein Tachar des Wassers ... dann wäre das jetzige Symbol überflüssig ... aber noch nicht einmal der brillante Antares hatte es bisher geschafft.

„Seiso-me, der Grund, weshalb wir hier versammelt sind, ist bedauerlicherweise nicht erfreulich. Wie du siehst, haben wir alle Mitglieder vollständig beisammen. Sondertermine für die Tordurchschreitung von Triad nach Thuraliz und zurück haben wir von Lin Logan bekommen", Antares wies auf eine Gruppe weiter oben auf den marmornen Reihen, „und die Elementler aus Jenpan-ar sind ebenfalls angereist. Auch durch die Tore." Antares machte eine längere Pause, in der er Seiso-me mit einem leichten Stirnrunzeln betrachtete. Kaum war sein junger Auserwählter im Amt – er hatte noch nicht einmal Zeit gehabt, Routine zu bekommen – passierte das Unvorhergesehene. Hoffentlich war die neue Anforderung für Seiso-me nicht zu groß.

„Heute Morgen bekamen wir eine Nachricht aus Triad, direkt aus der Akademie. Lin Logan hat uns mitgeteilt, dass das Vakuum mit dem Heiligen Atem, das heilige Symbol, spurlos verschwunden ist."

Seiso-mes Übelkeit kehrte schlagartig zurück, fast so, als würde er wieder in Fiuros' Gesicht sehen, als dieser aus Ana-has Zimmer trat. Das durfte nicht wahr sein!

„Symbolräuber auf dem Weg in die andere Dimension?", spie er den ersten Gedanken heraus, der ihm einfiel, und spürte kalten Schweiß auf seinen Schläfen. So eine Katastrophe bei Amtsantritt! Er hatte sich in relativer Sicherheit gewogen, dass der Raub der Symbole eher unschöne Theorie als reale Praxis wäre. Eigentlich hatte er nebenbei noch seine Tachar-Qualitäten fördern wollen. Aus der Traum! Jetzt wurde es ernst. Und so einen Patzer wie im Feuerland durfte es nicht noch einmal geben.

„Es sieht danach aus", beantwortete Antares seine Frage. „Der Raub ist schon über eine Woche her. Die Luftelementler haben es anfangs noch geheim gehalten, wollten eine Hysterie verhindern. Zunächst haben sie selbst nach dem Verbleib des Vakuums geforscht, aber ihre Bemühungen waren vergeblich. Lin Logan sagte, sie würden heute noch das Feuerland und das Erdreich darüber in Kenntnis setzen. Atemos weiß es bereits ... ich musste ihm schließlich erklären, weshalb ich alle Wasserelementler so kurzfristig aus Jenpan-ar abziehe."

„Was sagt er denn dazu?" Seiso-me war froh, dass er trotz seines Schocks fähig war, ganze Sätze zu formulieren.

„Oh." Antares lächelte ein wenig spitzbübisch. „Ihr kennt doch Atemos. Er meinte gleich, das Feuerland bräuchte sein Heiligtum nicht vor so einer Räuberbande zu verstecken. Ihr Symbol sei zu gut geschützt, viel zu heiß und ihre Wächter ohnehin dreimal wachsamer als alle anderen zusammen."

Im Konferenzraum machte sich belustigtes Gelächter, aber auch empörtes Gemurmel breit. Stimmen wie: „Typisch, Atemos!", „Arroganter Flammenbeschwörer!" und „Als hätten wir keine guten Wächter!", schwirrten über Seiso-mes Haupt hinweg wie ein angriffslustiger Bienenschwarm.

„Ruhe!" Antares wartete einen Moment, bevor er weitersprach. „Atemos mag überheblich klingen, aber bedenkt, welche Arbeit er in Jenpan-ar leistet. Außerdem hat er nicht unrecht. Das Heilige Feuer ist das einzige Symbol, welches bei Berührung tötet, sofern es nicht ein Tachar selbst stiehlt. Dieser hätte allerdings keinen Grund dazu. Wasser- und Erdreich müssen viel mehr um ihre Heiligtümer besorgt sein. Tierrak Kass wird sicher entsprechende Maßnahmen ergreifen und wir, wir müssen unser Bestes geben. In unserem speziellen Symbol liegt unsere Chance und gleichzeitig auch unsere Schwäche. Wir haben einen entscheidenden Vorteil: Nur uns, die wir hier versammelt sind, ist unser Symbol bekannt. Stehen wir zusammen, brauchen wir nichts zu befürchten und die große Toröffnung wird kein zweites Mal stattfinden. Stehen wir geschlossen, sind wir ebenso sicher vor einem Diebstahl wie die Feuerländer." Er sah in die Runde und drehte sich langsam im Kreis. „Es darf keine weitere große Toröffnung geben. Das sind wir den Bewohnern der Wasserwelt und dem Höchsten schuldig. Unter keinen Umständen darf dieses Wissen weitergegeben werden, unter gar keinen Umständen!" Antares setzte sich wieder an seinen Platz.

Seiso-me sah ihn betreten an. Unter keinen Umständen? Was meinte er damit? Den Tod? Ein Schauer lief über seinen Rücken. Das

Frizin? Würde er darunter zusammenbrechen? Vermutete Antares die Räuber unter den eigenen Leuten? Was und wie viel könnte er ertragen? Hielt Antares ihn für stark genug?

„Hat man eine Ahnung, wie derjenige es geschafft hat, an das Symbol zu kommen? Es ist doch sicherlich bestens bewacht gewesen", fragte Hagalaz und betrachtete Seiso-me dabei.

„Nein. Alles, was wir wissen, ist, dass es dem ersten Wächter des Luftreiches an diesem Tag nicht sonderlich gut ging. Er hat nach dem zweiten Wächter schicken lassen. Und als dieser seinen Posten antreten wollte, war das Symbol bereits verschwunden."

„Also war der erste Wächter noch an seinem Platz, als das Vakuum geraubt wurde", resümierte Seiso-me nachdenklich.

„Wer immer hier am Werk war, muss gut mit den Räumlichkeiten, ihren Künsten und ihrem System der Bewachung vertraut gewesen sein. Ich denke Atemos hat recht, wenn er von einer Räuberbande spricht. Es muss mindestens einen Komplizen geben. Für einen Einzelnen wäre dieses Verbrechen aussichtslos."

„Es sei denn, er wäre durchsichtig und ätherisch wie Luft", kommentierte Mitras lautstark Antares' Worte.

„Ein angehender Tachar?"

„Möglich wäre es."

„Ich habe auch schon daran gedacht. Dann hätten die Erdelementler ein gewaltiges Problem."

„Und wir wären relativ sicher." Seiso-me sah Antares an.

„Ja, natürlich, hier liegt einer der Vorteile, nicht wahr? Aber sei dir deiner Sache nicht zu sicher, Seiso-me Leskartes", schaltete sich Mitras wieder dazwischen. „Bei dem Schutz des Symbols darfst du dich auf solche Eventualitäten nicht verlassen. Du darfst dich niemals auf irgendetwas verlassen!"

Seiso-me schüttelte eilig den Kopf. „Keine Angst, das mache ich ganz bestimmt nicht."

„Der Weg eines angehenden Tachars verläuft über verschiedene Stufen. Vielleicht ist dieser noch nicht so weit, dass er den Heiligen Atem erzeugen kann, hat aber bereits die Fähigkeit erworben, unsichtbar zu wandeln. Diese Fähigkeit geht dem größten Talent voraus."

„Ah", nickte Seiso-me. Das hatte er noch nicht gewusst. Welche Fähigkeiten begleiteten wohl einen werdenden Wassertachar? Viele solcher Dinge waren nicht bekannt, weil die Generation der Tachare so weit zurücklag. Und so, wie er es in all diesen erfahrenen Gesichtern las, war diese Information ebenfalls neu für sie.

„Ich habe mit Lin ausführlich darüber gesprochen", erklärte Antares nun sein Wissen.

„Wann genau ist denn das Symbol gestohlen worden?", erkundigte sich Hagalaz.

„Lin wollte sich dazu nicht über den Sender äußern, aber sie bat uns um Mithilfe. Sie sagte, es gäbe einiges zu besprechen, viele Wahrheiten seien verkehrt worden und müssten nun neu betrachtet werden. Wir werden Seiso-me nach Triad schicken. Er soll diese Dinge regeln. Du hast die Möglichkeit, dort mit ihren Wächtern zu sprechen, um dir einen besseren Überblick zu verschaffen."

„Gut!" Seiso-me wusste nicht genau, ob ihn diese Neuigkeit freute oder frustrierte. Einerseits war das eine spannende Angelegenheit. Er war neugierig auf diese verdrehten Wahrheiten, andererseits müsste er Ana-ha zurücklassen ... zurücklassen bei Iciclos, diesem erpresserischen Eisblock mit der angesengten Zündschnur. Und das wollte er ganz und gar nicht. Aber er hatte keine Wahl: Er musste nach Triad. Hoffentlich zog sich sein Aufenthalt nicht allzu sehr in die Länge. Nicht, dass Iciclos sich wieder an Ana-ha heranmachen konnte.

Ana-ha war auf dem Weg in den Ruheraum, in dem sie sich mit Iciclos verabredet hatte. Es war erst fünf Uhr morgens. Aber da sie ungestört mit ihm sprechen wollte und er die Privaträume pedantisch mied, hatte sie mal wieder auf die frühen Morgenstunden ausweichen müssen. Um diese Zeit waren die öffentlichen Orte der Akademie meist noch menschenleer. Thuraliz erschien ihr nach dem Aufenthalt im Feuerland stiller und ernster, aber auch unnahbar und kühl.

Die drei Tage im Feuerland kamen ihr nachträglich vor wie ein rastloser Traum. Ihre Erinnerungen an Wibuta waren lebhafte, feuerrote Bilder, die sie bruchstückhaft sah. Ihre Reihenfolge war willkürlich und manchmal konnte Ana-ha gar nicht glauben, alles selbst erlebt zu haben.

Die räumliche Trennung zog auch einen Schlussstrich unter ihre Seelenempathie. Gut, sie hatte einen Fehler gemacht. Sie hatte sich entschuldigt, mehr konnte sie nicht tun. Fiuros würde sie wenn überhaupt erst bei den Elementas wiedersehen, umgeben von vielen Menschen, sie brauchte keine Angst mehr zu haben. Und was Iciclos anging, war sie bereit, alle Missverständnisse auszuräumen. Die Ankorus-Geschichte ließ sie nicht los. Nach dem Blick in Fiuros' Seelenleben erst recht nicht mehr. Sie brauchte Iciclos' Antwort. Und sie hatte sich für ein ganz besonderes Manöver entschieden. Sie wollte diese angespannte Stimmung zwischen ihnen so schnell wie möglich aus der Welt schaffen. Seitdem er sie mit Seiso-me in dieser unglückseligen Situation überrascht hatte, war kein vernünftiges Gespräch mehr zwischen ihnen zustande gekommen. Noch nicht einmal über den Raub des Luftsymbols konnten sie sich unbefangen unterhalten. Dabei hätte sie darauf gebrannt, sämtliche Vorgehensweisen des Diebstahls mit Iciclos durchzudiskutieren, denn Seiso-me schwieg so verstockt wie selten. So hatte sie nur erfahren, was auch alle anderen wussten. Das Symbol war gestohlen, Lin Logan bestürzt, die Symbolwächter reuevoll und Seiso-me praktisch schon in Triad. Doch selbst diesem unverfänglichen Thema wich Iciclos aus.

Als sie den Ruheraum betrat, lag Iciclos schon ausgestreckt in der Mitte und starrte ins Wasser. Leise setzte sie sich neben ihn und folgte seinem Blick nach oben. Silberbeile, Laternenfische, Drachenköpfe, Saionikels, die Schönheit des Meeres zog an ihnen vorbei. Ein Igelfisch plusterte sich genau über ihnen zu voller Größe auf. Seine Stacheln waren beeindruckend.

„Iciclos?"

„Hm?", machte er und sah so friedlich zu ihr hoch, dass sie sich am liebsten neben ihn gelegt hätte.

„Du weißt sicherlich, was ich dich fragen möchte."

„Kann's mir denken!" Er setzte sich auf. Jetzt bloß nicht nervös werden. Er wusste doch, was er zu tun hatte. Er hatte es sich doch alles perfekt zurechtgelegt, damit er sie und ihre empathischen Kräfte austricksen konnte. Alles gar kein Problem.

„Ich habe mir lange überlegt, ob ich dir diese Frage überhaupt stellen soll ... aber die Antwort steht zwischen uns."

*Oh, ja, es steht so vieles zwischen uns. Aber glaub mir: Ankorus ist das kleinste Problem. Zwischen uns liegen Welten.*

Er nickte kaum merklich.

Ana-ha legte die Hände flach aneinander und hielt sie wie in stummer Gebetshaltung vor ihre Brust. „Iciclos, ich bin jetzt nicht empathisch, ich suche nicht in deinen Gefühlen nach einer Lüge, ich frage dich einfach nur als gute Freundin, die verwirrt ist über dein Verschweigen ... Wer ist Ankorus?"

Ein Teil seiner verborgenen Welt, die reinweißen Mauern Emporias, geriet über ihre Ehrlichkeit ins Wanken. Er konnte Ana-ha nicht antworten. Ungläubig starrte er sie an. So sehr vertraute sie ihm? Sie war wie blind ohne ihre Fähigkeit. Er musste sich abwenden, weil er dieses Vertrauen nicht ertrug. Er verdiente es nicht. Wie in Trance, als hätte ihr Glaube an ihre Freundschaft ihn berauscht und gleichzeitig tief verwundet, stand er auf und schritt auf die vordere Glasscheibe des Raumes zu. Erfüllt von der Erinnerung an ihren gemeinsamen Feuertanz in Wibuta, legte er beide Hände und seine heiße Stirn an das kühle Glas, hoffend, sein Geist wäre für sie jetzt ebenso durchscheinend wie die durchsichtige Barriere vor ihm.

*Vertrau mir nicht so blind, Ana-ha ... ich verdiene es nicht ... ich werde dich nur enttäuschen ... du darfst alles tun, aber vertrau mir nicht ...*

Stumme Gedanken hinter tränenden Augen und der brennenden Stirn seines kalkulierenden Geistes. Der vorbeiziehende Saionikelschwarm verschwamm, wurde gänzlich zu dem einen großen Tier, den er darstellen wollte, wurde zu einer Lüge. Iciclos wünschte sich, der Schwarm würde ihn verschlucken, ins Innere ziehen und nie wieder ausspucken.

*Wer bin ich? Oh mein Gott, wer bin ich?*

Iciclos hielt kurz die Luft an und blinzelte die Tränen weg. Die Konturen des Saionikelschwarms wurden wieder klarer. Einer von ihnen sein, nur einmal im Leben mit der Masse schwimmen, unbedeutend und klein, aber wissend, wo sein Platz, wo sein zu Hause ist. Noch nie hatte er sich etwas sehnsuchtsvoller gewünscht als in diesem Moment der grenzenlosen Erschütterung seiner Grundfeste. Er konnte noch immer nichts sagen. Er war wie gefangen. Er legte seine rechte Wange an das Glas und stand da, als wollte er sich in dieser kühlen, leblosen Umarmung trösten.

„Iciclos!" Ana-has Hand legte sich auf seine Schulter. „Was ist los?"

Ihre Stimme war so verständnisvoll, dass ihm beinahe schon wieder die Tränen kamen. Aber er konnte unmöglich vor ihr weinen. Er sog Luft in sich hinein, um seiner Emotionen Herr zu werden. Er konnte sich nicht zu ihr umdrehen. Er verdiente sie nicht, noch nicht einmal ihren Anblick.

„Du musst mir gar nichts sagen, wenn es dir so schwer fällt. Du wirst bestimmt deine Gründe haben." Ana-ha dachte an Fiuros, an sein Gefühl wie Sterben. Was, wenn Iciclos ähnliche Probleme mit Ankorus hatte?

*Lauf weg, bevor es zu spät ist, Ana-ha, lauf weg. Verlass unseren gemeinsamen Weg, bevor ich dich verlassen muss. Lauf mir nicht hinterher, wenn du nicht weißt, wohin ich gehe ... wenn du das Ziel nicht kennst ... wenn du mich nicht kennst ...*

Iciclos' Hände rutschten langsam an dem durchsichtigen Glas herunter. Drei Tage hatte er sich den Kopf darüber zermartert, wie er sie am besten täuschen und betrügen konnte. Jede Minute mehr und mehr an seine eigene Lüge glaubend. Er hielt sie beinahe selbst für wahr. Immer neue Tricks hatte er ersonnen, immer bessere Strategien entwickelt, um sie zu hintergehen. Und was er noch alles plante ... und jetzt stand sie hier bei ihm ... ohne ihre Empathie, ohne ihre Fähigkeiten einzusetzen. Sie würde ihm alles glauben, alles für wahr befinden, all die Lügen, die er ihr erzählen würde. Iciclos starrte wieder ins Meer hinaus. Er musste dringend etwas zu ihr sagen. Sie verdiente sein Schweigen ebenso wenig wie seine Lügen. Im Zeitlupentempo drehte er sich zu ihr herum, schützte sich gut mit den kühlen Steinen seiner Heimatstadt vor ihren offenen Augen.

„Es ist nichts", hörte er sich selbst die Unwahrheit sprechen und der Moment, dieser alles entscheidende, ihm alles ermöglichende Augenblick war unwiderruflich vorbei, Vergangenheit. Hätte sie der Wahrheit standgehalten? Oder hätte sie ihn irgendwann auch verraten?

*Reinweiße Mauern und dieses unwirkliche Licht verlassen dich nicht, sie verletzen dich nicht. Sie blenden dich vielleicht ein bisschen mit ihrer hellen Strahlkraft, aber sie verraten dich niemals.*

Emporia war ein sicherer Ort. Warum konnte Ana-ha ihn nicht einfach begleiten? Und was war mit Seiso-me und Fiuros? Welche Gefahren gingen von ihnen aus?

Selbst wenn Fiuros Wort hielt ... Vielleicht würde Ana-ha auch gar nicht mitwollen ... mit einem Emporianer, hinter dessen Handeln sich der pure Egoismus auftun würde, wenn sie erst einmal die Wahrheit kannte. Iciclos bekam Angst vor seinen Gefühlen, gleich, wie er sich entschied. Er wäre stets der Verräter, immer der Andere! Es war noch nie anders gewesen. Was sollte er machen? Zunächst das, was er seit acht Jahren am besten konnte: Lügen!

„Du bekommst die Antwort auf deine Frage, Ana-ha." Er ging an ihr vorbei und ihre Hand rutschte von seiner Schulter. Einfach so. Mit dem Rücken zu ihr begann er zu sprechen:

„Ankorus hat Fiuros einmal sehr übel mitgespielt." Das war sogar die Wahrheit. Keine Gefahr. Iciclos beschloss auf Nummer sicher zu gehen und sein kleines Theaterstück genauso vorzuführen, wie er es geplant hatte. So würde er sich nicht verhaspeln oder aus dem Konzept kommen. Er wandte sich wieder zu ihr um.

„So viel weiß ich auch schon!" Jetzt war es Ana-ha, die sich von ihm abwandte und aus der Glaswand hinaus ins Venobismeer blickte. Keine Kräfte einsetzen, ermahnte sie sich, sie hatte es ihm zugesichert. Auch wenn die Neugier ihr noch so zusetzte ... keine Kräfte! „Und wieso richtet Ankorus mir Grüße aus? Ich kenne ihn noch nicht einmal und er mich wahrscheinlich auch nicht."

„Wer kennt dich seit der letzten Elementas nicht namentlich? Ana-ha Lomara, die Frau, die Fiuros Arrasari in die Knie gezwungen hat? Sei dir gewiss: Ankorus kennt dich, zumindest vom Hörensagen." Iciclos formulierte die Lüge auf den Lippen mit der Wahrheit im Herzen und wusste, es hätte funktioniert, auch wenn sie empathisch gewesen wäre. „Und er weiß, wie sehr es Fiuros getroffen hat, wie sehr er sich aufgeregt hat. In dem er dir jetzt Grüße ausrichten lässt, erinnert er Fiuros wieder an seine eigene Niederlage." *Damals, vor acht Jahren*, fügte er noch wahrheitsgetreu in Gedanken hinzu. Keine Gefahr!

„Und weshalb möchte Ankorus Fiuros noch mehr schaden?"

„Er ist ein bösartiger Mensch, niemand, den man gern kennenlernen möchte", antwortete Iciclos, wieder absolut ehrlich. Na bitte, es war doch ganz leicht.

„Und wieso denkt Ankorus, dass du mir diese Grüße überbringen könntest? Woher weiß er denn, dass du mich kennst und woher kennst du ihn eigentlich?" Ana-ha runzelte die Stirn. Jetzt war sie aber wirklich gespannt auf das, was er zu sagen hatte. Langsam ging sie wieder auf ihn zu. Er stand in der Mitte des Raumes und wirkte in der Leere um ihn herum ganz verloren.

„Das sind jetzt aber ein bisschen viele Fragen auf einmal", lächelte

Iciclos sie beinahe liebevoll an. „Also, zunächst: Ich habe Ankorus über Cruso kennengelernt, aber nur flüchtig. Natürlich weiß er, dass ich dich kenne, wir besuchen immerhin beide die gleiche Akademie. Ich sagte es dir ja vorhin bereits: Wer sollte nicht die Siegerin des wichtigsten Wettkampfes unserer vier Reiche kennen? Noch dazu, wenn derjenige selbst auch aus dem Wasserreich stammt." Halb Wahrheit, halb Lüge, ein schwer durchbrechbares Gemisch aus Informationen, selbst für einen guten Empathen. Aber, er hatte doch ihr Wort, sie würde ihn doch nicht anlügen? Nein, nicht Ana-ha! Wieso sorgte er sich dann trotzdem? Er würde ihre Empathie doch spüren?

*Nicht, wenn du so konzentriert bist auf deine eigenen Lügenmärchen, Iciclos!*

Er wusste nicht, weshalb ihm dieser verabscheuungswürdige Satz durch den Kopf ging und er hasste sich selbst dafür. Und das, nachdem sie ihm ihr unerschütterliches Vertrauen in die Hände gelegt hatte.

Ana-ha lächelte trotzdem. „Und was haben Cruso und Lesares damit zu tun? Sie hätten mir ja auch die Grüße überbringen können, wenn ich Fiuros an diesem Abend richtig verstanden habe ... oder nicht?"

Sie wusste ja tatsächlich noch alles. Gut, dass er sich so gründlich vorbereitet hatte. Iciclos zuckte jetzt gespielt gleichgültig mit den Schultern.

„Möglicherweise eine Anspielung auf die bevorstehenden Meisterschaften. Ankorus weiß ja, dass Fiuros teilnimmt. Und dass Lesares und Cruso antreten, ist der Öffentlichkeit ebenfalls bekannt ..."

„Und wie kommt er dann auf dich?", unterbrach Ana-ha ihn, ganz gegen ihre Gewohnheit etwas ungeduldig klingend. „Seiso-mes Name ist nicht gefallen und der der anderen Anwärter auch nicht, das weiß ich genau!"

*Sicher weißt du das genau!*

Der rebellische Seufzer blieb in Iciclos' Gedanken. Er wandte sich wieder etwas von Ana-ha ab, bevor er weitersprach: „Ja, aber mich kennt Ankorus, Seiso-me nicht." Wieder eine ehrliche Aussage. „Und dass sich das Rennen um die Elementaszulassung eigentlich nur um uns beide dreht, war ja den meisten auch bekannt." Er gestattete sich diese kleine Prahlerei, es ging schließlich um eine gute Sache.

Ana-ha biss sich nachdenklich auf die Lippen und dachte angestrengt nach. Irgendetwas fehlte ihr noch. Alles erschien stimmig und logisch, aber ein wichtiges Teilchen im Mosaik fehlte noch. Welche Information war es, die sie vermisste? Aber ja, natürlich …

„Sag mal, Iciclos …", begann sie, während sie sich, wie dieser fand, wieder betont lässig der gläsernen Wand näherte und intensiv den auf- und abschwimmenden Saionikelschwarm beobachtete, „wann genau hast du eigentlich von diesen Grüßen erfahren?"

„Hm", machte er und tat, als würde er überlegen, aber natürlich hatte er die Antwort parat. „Es war in Wibuta", sagte er. „Du hattest dich hingelegt. Fiuros hat es mir erzählt, kurz bevor ich dich mit Cruso und Menardi abgeholt habe, an dem Abend des Feuertanzes … na, du weißt schon …" Jetzt lächelte er in ihren Rücken.

Ana-ha blieb stehen. „Ja, der Tanz!" Die braunen Augen leuchteten ihr bei der Erinnerung an dieses Erlebnis auf dem roten Rasen der Feuerkunstakademie im Glas der Scheibe entgegen. Für einen kurzen Moment erschreckte sie sich vor diesem gewaltigen Aufblitzen. Könnte sie nur die Zeit zurückdrehen, noch einmal empfinden, was sie dort gefühlt hatte. „Alles", flüsterte eine Stimme in ihr. Ihre Zeigefinger malten unsichtbar die oberen Bögen eines Herzens auf das kalte Glas und trafen unten an der Spitze zusammen. Die nächste Frage war eigentlich die wichtigste, aber – keine Kräfte – sie hatte es versprochen. Sie kehrte dem Herz den Rücken zu.

„Mal ehrlich, Iciclos: Findest du, dass mein Sieg über Fiuros bei den Elementas Grund genug ist, jemanden so anzusehen, als wollte man ihn erwürgen? An dem Abend des Feuertanzes … na du weißt schon …", wiederholte sie seine letzten Worte.

*Weiß sie mehr, als sie vorgibt?*

Iciclos war drauf und dran, sich durch die Haare zu streichen, aber er stoppte diese verräterische Geste der Unsicherheit rechtzeitig und kratzte sich stattdessen am Kopf.

„Nein, natürlich nicht, Ana-ha. Aber ich schätze, das hängt mit dem zusammen, was Ankorus Fiuros einmal angetan hat. Die Situation bei den letzten Wettkämpfen, seine Niederlage, sie muss ihn irgendwie daran erinnert haben. Und dann kommt Ankorus auch noch an und sagt Fiuros, er soll dich grüßen …", was nichts als die Wahrheit war.

Es stimmte, es stimmte tatsächlich! Ankorus hatte Fiuros einst alles genommen, was ihm etwas bedeutet hatte und Ana-ha hatte Fiuros damals das Feuer gelöscht. Alles, was er hatte, alles, woran er sein

Herz gehängt hatte, hatte sie vernichtet. Unglaublich, welche Parallele! Welche Erkenntnis! Fast schade, dass Ana-ha nicht empathisch war. Schade, dass er diese Einsicht nicht vollkommen mit ihr teilen konnte.

Ana-ha hatte sich rücklings an die Glaswand gelehnt. „Und ... weißt du, was es war?", fragte sie Iciclos leise. Wenn er wirklich die Wahrheit sagte, war es kein Wunder, dass Fiuros sie so sehr hasste.

„Was war?"

„Was Ankorus mit Fiuros gemacht hat, damals?" Das war jetzt nicht nur reine Neugier, sondern ernsthaftes, aufrichtiges Interesse. Sie hatte zu viel von Fiuros' Innerem gesehen, als dass sein Schicksal sie nicht berührt hätte.

Iciclos schüttelte den Kopf. Jetzt musste er lügen.

„Nein! Das hat er nie erzählt. Glaubst du wirklich, jemand wie Fiuros würde über Derartiges sprechen?"

„Nein. Nein, sicher nicht!" Ana-ha starrte wieder hinaus in das tiefblaue Meer, ohne es wirklich zu sehen. Sie dachte bekümmert an Fiuros' Seele, an ihr Gefühl wie Sterben, dachte an seine unsichtbaren Schwerter – Rachsucht und Verlangen – die er zum Selbstschutz so tödlich scharf gestählt hatte. Wollte er sich eines Tages an Ankorus rächen? War das sein Verlangen? Und ... was wollte er von ihr? Wollte er sie ebenfalls für etwas zur Rechenschaft ziehen, nur weil ihr Sieg ihn zufälligerweise an das erinnerte, was Ankorus ihm angetan hatte? Was mochte es gewesen sein, dass es ihn so dermaßen verletzt hatte? Sollte sie noch einmal versuchen, mit ihm zu reden? Aber das würde voraussetzen, dass sie ihn alleine irgendwo treffen musste ...

„Ist er eine Gefahr für mich?" Ganz leise, beinahe geflüstert und zögerlich waren ihre Worte und in dem Moment, als sie sie formulierte, wusste sie plötzlich, welche Verbindung, welche Information ihr die ganzen Tage über nicht ins Bewusstsein gekommen war: Wie gut kannte Iciclos Fiuros selbst? Und woher? Was kannte er nur vom Hörensagen und was von ihm persönlich? Und ... wieso hatte er nie von Fiuros gesprochen? Er erzählte doch auch von seinem Freund Cruso, zwar nur selten, aber immerhin ab und zu.

Iciclos trat direkt neben sie und sein Blick folgte dem ihren in das Venobismeer. „Ich weiß es nicht!" Und das war jetzt wieder absolut ehrlich, denn er hatte wahrhaftig keine Ahnung, hätte aber alles um diese Antwort gegeben. „Ich kenne Fiuros nicht so gut, als dass ich alles, was er denkt, plant und tut, nachvollziehen oder vorhersagen kann." Hoffentlich wurde sie jetzt nicht misstrauisch über sein vermeintlich freundschaftliches Verhältnis zu Fiuros. Er hatte es ihr gegenüber schließlich nie erwähnt. Im Gegenteil, er hatte es totgeschwiegen, wie so vieles.

„Du kennst ihn nicht so gut?" Ihre hochgezogenen Augenbrauen ... ein erstes Zeichen der Unsicherheit?

„Nein."

„Aber doch so gut, dass du seine halbe Lebensgeschichte kennst?"

„Ich kenne nicht seine halbe Lebensgeschichte. Ich weiß nur von dieser Sache mit Ankorus."

„Von ihm persönlich?"

„Teilweise."

„Wann und wo hast du ihn eigentlich kennengelernt?"

„Weiß nicht mehr genau, vor ein paar Jahren. Ich hatte mich mit Cruso in Triad getroffen. Zufälligerweise war er auch dort."

„Scheint ein recht geselliger Ort zu sein, das Luftreich! Ich glaube, ich melde mich doch freiwillig für Triad. Es ist jetzt mit Sicherheit die Anlaufstelle aller wichtigen Persönlichkeiten. Vielleicht treffe ich dort ja auf Ankorus, so rein zufällig. Wäre doch lustig." Ihr Angriff war provokativ und frontal.

„Solange du dort nicht rein zufällig auch auf Fiuros triffst!" Sein Rückschlag war gemein.

„Oh!"

„Oh!", imitierte er sie, leicht lächelnd, weil diese Runde ausnahmsweise an ihn ging.

„Das war richtig fies, Iciclos."

„Tut mir leid." Aber das tat es nicht. Sie sollte nicht ohne ihn nach Triad. Und schon gar nicht jetzt, wo auch Seiso-me in diese Stadt ging. Sie sollte bei ihm bleiben.

„Vielleicht erfahre ich dort noch mehr über den Symbolraub. Seiso-me konnte ich leider nicht allzu viel darüber entlocken. Es erscheint mir so unbegreiflich, dass man das Vakuum hat stehlen können. Es war doch mit Sicherheit hervorragend geschützt. Ich denke, ich werde dort mal ein intensives Gespräch mit Menardi und Cruso führen, die wissen bestimmt mehr", begann Ana-ha und bemerkte nicht, dass Iciclos plötzlich ein höchst sonderbares Gesicht machte. „Und außerdem kann ich mir dann auch endlich die Luftkunstakademie mit den Treppen ohne Geländer anschauen. Seiso-me schwärmt immer so sehr davon."

„Leskartes? Von was schwärmt der denn nicht, dieser Gefühlschaot ... vom Feuerstaub vielleicht einmal abgesehen? Was machst du eigentlich, wenn Fiuros wirklich in Triad ist?"

„Ach, Seiso-me ist doch auch dort. Er wird schon auf mich aufpassen. Er lässt mich sowieso keine Sekunde mehr aus ..." Ana-ha sprach nicht weiter, denn etwas in Iciclos' blauen Augen hinderte sie daran, ihren Satz zu vervollständigen.

„Seiso-me, der heldenhafte Retter, der dich in Wibuta so kläglich im Stich gelassen hat? Na, dann sieh dich mal schön vor, dass er sich dort nicht wieder von dem falschen Teller bedient oder von einer der gelobt-gepriesenen Treppen ohne Geländer stürzt?" Er lachte hart auf und wandte sich von Ana-ha ab.

Er war richtig wütend über ihr leutselig gesetztes Vertrauen in seinen Widersacher. Seiso-me war doch der letzte Mensch in dieser Dimension, dem man ein geliebtes Leben übergeben durfte. Der war doch viel zu verträumt! Gut, in Triad bestand für Ana-ha keine Gefahr, denn Iciclos wusste, dass Fiuros ganz bestimmt nicht dort sein würde. Er würde schließlich in den nächsten Tagen mit ihm trainieren. Er hatte Ana-ha nur Angst machen wollen, damit sie in der Wasserwelt blieb, bei ihm. Ja, er wusste selbst, dass das schon wieder eine hinterlistige Taktik war, aber er konnte nicht anders. Nicht, wenn es um Seiso-me und Ana-ha ging.

„Manchmal bist du so unfair! Er kann doch nichts dafür, dass er aus Versehen die Dekoration erwischt hat. Das kann doch jedem einmal passieren", verteidigte Ana-ha Seiso-me energisch. Er war ihr Freund und Iciclos besaß nicht das Recht, so über seinen Fehler herzuziehen.

„Also, ich weiß ja nicht, was mit dir ist, aber ich habe mir noch nie irgendeine Tischdekoration einverleibt", gab Iciclos zurück.

„Ich habe das nicht wörtlich gemeint, das weißt du ganz genau, Iciclos Spike!" Ana-ha lief empört hinter ihm her, als er anfing, durch den Raum zu spazieren.

„Ich auch nicht. Ich wollte damit nur zum Ausdruck bringen, dass ich ihm mein Leben nicht anvertrauen würde." Iciclos war stehen geblieben.

„Du würdest niemanden irgendetwas anvertrauen", fuhr Ana-ha

ihn an. Langsam verlor sie die Geduld. Er sollte Seiso-me endlich in Ruhe lassen.

„Besser, als mein Vertrauen so naiv und unbedacht zu verteilen, wie du es immer tust! Pass nur auf, dass dir das nicht irgendwann einmal zum Verhängnis wird“, schoss Iciclos zurück und eine Sturmböe erhob sich in seinen Augen.

Ana-ha starrte ihn an, entsetzt über seine Worte. Hatte sie ihm nicht eben den größten Vertrauensbeweis erbracht, in dem sie ihm ohne ihre Empathie begegnet war? Hatte sie ihm nicht alle Möglichkeiten offen gelassen? Was wollte er noch mehr? Sie hätte ihm ihr Leben, alles, was sie hatte, anbefohlen, um es zu schützen und zu bewahren. Was sollte denn jetzt dieses Theater um Seiso-me? Durften andere etwa nicht von ihrem Vertrauen profitieren? Und gerade Seiso-me verdiente es! Steckte Eifersucht hinter Iciclos' ungerechtem Verhalten? Aber sollte es so sein, sie freute sich keineswegs darüber. Im Gegenteil: Er hatte sie jetzt richtig verletzt, indem er ihr nun solch grundsätzliche Vertrauensseligkeit unterstellte. Wusste er nicht, wie sehr sie das jetzt traf? Wie viel Selbstbeherrschung sie vorhin gebraucht hatte, um nicht ihre Fähigkeiten einzusetzen?

„Wem ich mein Vertrauen leihe, ist meine Sache, Iciclos!“ Sie sprach seinen Namen härter als beabsichtigt aus und starrte ihn wütend an.

„Dann vertraue ihm doch. Aber beschwer dich hinterher nicht bei mir, wenn er dich enttäuscht“, giftete Iciclos sie an.

„Er wird mich niemals enttäuschen. Seiso-me ist der ehrlichste, glaubwürdigste Mensch, den ich kenne“, schleuderte Ana-ha ihm entgegen. Mit diesen Worten drehte sie sich um und stürmte davon.

Iciclos hatte das Gefühl, als hätte sie ihn gerade angespuckt und als Lügner bezeichnet.

*Du bist ein Lügner, Iciclos Spike, das ist alles, was du bist. Ein Lügner. Dafür brauche ich keine Empathie, du Verräter ...*

Ihre nichtreale Stimme war in seinem Kopf und er bekam sie nicht mehr heraus, so sehr er sich auch bemühte. Aber das Schlimmste war: Sie hatte recht!

# Teil Drei

## Das Luftreich

# Schmerz

„Mensch, jetzt konzentrier dich doch gefälligst, Iciclos! Große Tore öffnen sich nicht von alleine." Die immer leiser säuselnde Wasserwand stellte Fiuros' Geduld auf eine harte Probe. Es war jetzt schon das siebte Mal, dass Iciclos vergeblich versuchte, sein Tor offen zu halten, während er gleichzeitig Fiuros' Feuerbällen auswich.

„Tut mir leid", sagte Iciclos halbherzig. In Wirklichkeit war es ihm gleichgültig. Seit Ana-ha heimlich, still und leise mit Seiso-me nach Triad losgezogen war, kreisten seine Gedanken ständig um die Akademie der Luftkünste. Er fühlte sich furchtbar. Er hatte keine Lust auf Fiuros' Trainingsstunden, obwohl er wusste, dass er sie brauchte.

„Nichts tut dir leid! Konzentriere dich oder wir lassen es bleiben. Ich habe Erkundigungen eingeholt, Iciclos. Diese Fähigkeit, ein Tor offen zu halten und gleichzeitig andere Dinge zu tun, wird für die Öffnung der vier Elemententore von großem Vorteil sein."

„Warum?" Iciclos stützte die Arme in die Hüften. Er war ein bisschen außer Atem. Fiuros' Wurfgeschosse jagten ihn seit einer dreiviertel Stunde quer durch die Trainingshalle.

„Wie ich bereits sagte: Große Tore sind schwieriger zu öffnen als die kleinen Übungstore. Du wirst all dein Können brauchen und vielleicht sogar noch mehr."

„Woher weißt du das?"

„Literatur aus Atemos' Büro. Außerdem habe ich, seitdem das Luftsymbol auf so kryptische Weise verschwunden ist, viel mit Atemos über ein mögliches Täterprofil gesprochen."

„Du hast was?", krächzte Iciclos fassungslos.

Fiuros grinste breit und fuhr fort: „Wir wollen doch ebenfalls wissen, welche Fähigkeiten die Räuberbande hat, oder? Und Atemos meinte, dass die Öffnung der Elemententore kein Kinderspiel sei und selbst für einen geübten, trainierten und in allen Fähigkeiten bewanderten Elementler ein schwieriges Unterfangen darstellen würde. Er wollte mich sicher beruhigen ..." Fiuros machte eine flinke Handbewegung und plötzlich schoss ohne Vorwarnung ein Feuerball auf Iciclos zu. Es ging so schnell, dass er nicht ausweichen konnte. Im ersten, schreckhaften Augenblick dachte er schon, es sei Gralsfeuer. Doch das Feuergeschoss traf ihn mittig auf der Brust, ohne ihn ernsthaft zu verletzen. Aber es tat scheußlich weh. Von der Wucht des Aufpralls taumelte er zurück. „Mich machte es allerdings eher nervös und wütend", vollendete Fiuros seinen Satz und lachte über Iciclos' vor Überraschung aufgerissene Augen.

„Spinnst du jetzt völlig, oder was?", fuhr dieser ihn an und rieb sich über das Brustbein, wo der Ball ihn erwischt hatte. „Ist das deine Art der Motivation?"

„Nein, meine Art der Drohung sollten deine Gedanken wieder Richtung Triad davonfliegen!" Fiuros lachte nun nicht mehr. In seinem symmetrischen Gesicht haftete der Ärger und ließ es ganz schief aussehen.

„Seit wann kannst du dein Feuer aus der Luft zaubern, ohne dass es gleichzeitig auch Gralsfeuer ist? Braucht ihr Feuerländer nicht immer eine Feuerstelle?", fragte Iciclos irritiert.

„Andere ja, aber ein Tachar kann Feuer auf allen Ebenen schwingen lassen. Ich kann Gralsfeuer auch so herabsetzen, dass es nicht mehr tötet ... dann ist es natürlich nicht mehr Heiliges Feuer, aber dennoch nützlich." Er lächelte kurz, als er auf Iciclos' schmerzendes Brustbein deutete.

„Ich habe nicht an Ana-ha gedacht ..."

„Lüg mich nicht an, Iciclos! Du denkst an sie. Nur an sie!", unterbrach Fiuros ihn barsch. „Ich wiederhole mich ungern – da hat das Feuerland einen ungesunden Einfluss auf mein Temperament genommen –, aber ich sage es dir noch einmal: Die größten Verbrechen werden aus Liebe begangen. Klink dich aus, bevor es zu spät ist!"

Ausklinken? Wenn es nur das wäre ... Iciclos hatte nach seinem Streit mit ihr bewusst die Orte der Akademie gemieden, in denen er sie vermutete. Da er ihre Gewohnheiten so gut kannte, wusste er, in welchem vorgegebenen Rahmen sie sich bewegte. Das hatte er sogar schon vor dem letzten Jahr gewusst, wenn er ehrlich war. Nie hätte er gedacht, dass sie sich eines Tages mit ihm anfreunden würde. Ihm war sie immer unantastbar erschienen. Und dann hatte sie seine Nähe gesucht. Sie war auf ihn zugekommen. Und jetzt wollte er sie.

Alle drehten sich um sie. Menardi wollte sie für Triad, Seiso-me begehrte sie, Fiuros beabsichtigte sie zu töten und er ... er wollte sie für sein Leben in Emporia.

„Ich will dir doch nur helfen", fuhr Fiuros fort. „Ich will uns helfen, nach Hause zu kommen."

„Bist du nicht in Wibuta zu Hause?" Iciclos musste plötzlich an Fiuros aufopfernde Hingabe bezüglich der wasserelementaren Störfelder denken.

„Ich fühle mich wohl an der Akademie, aber sie ist nicht mein Zuhause!"

„Aber ... du lebst jetzt fast länger im Feuerland, als du in Emporia gelebt hast. Zumindest, was deine tatsächliche Erinnerung betrifft!" Oh mein Gott, das war ihm eben erst in den Sinn gekommen. „Was weißt du denn noch von Emporia?"

Fiuros schwieg. Er dachte nach. Er rief Emporia ab, wie ein erworbenes Wissen. Er konnte nur Bruchteile sehen ... und immer wieder seine Eltern, seine Kindheit, sein Glück ... Das Glück war die Hölle ... Er konnte es nicht anschauen. Blitzsaubere Straßen und ein Weiß, welches strahlender war als das Heilige Feuer. Licht im Überfluss – ja – es floss durch diese Stadt ... Fiuros hielt die Luft an. Das Licht tat weh. Es warf seinen übergroßen Schatten in den einen Menschen, den mächtigsten Menschen Emporias. Dieses Licht war so hell wie seine Dunkelheit tief. Doch die Dunkelheit war sanft und gütig, sie gewährte ihm die Auszeit, die er sonst nur im Duft des Kaeos fand. Für Sekunden. Bevor er wieder dem Hass gegenüberstand.

„Emporia ist meine Heimat, ganz gleich, welche Erinnerungen ich habe. Ich bin dort aufgewachsen. Und natürlich möchte ich meine Rache an Ankorus."

„Hast du dir je überlegt, was passiert, wenn Ankorus so mächtig ist, dass wir alle nichts gegen ihn ausrichten können?" Was, wenn er sie alle töten würde? Aber Fiuros hatte sein Feuer, er hatte dann das Frizin, Lesares und Cruso ihre Elementenkräfte, das musste doch ausreichen. Und wenn nicht? „Vielleicht sollten wir ihn am Leben lassen und nur verbannen?“, überlegte er jetzt weiter. „Dann würden wir den Emporianern gleichzeitig unsere Güte beweisen. Dann würden sie uns vielleicht eher glauben, was damals passiert ist.“

Über solche Dinge hatte er sich noch nie Gedanken gemacht, vermutlich, weil die Rückkehr nach Emporia immer so unerreichbar gewesen war. Aber jetzt, mit den beiden Symbolen und Fiuros' Tachar-Qualitäten … trotzdem, er musste das unbedingt noch mit Lesares und Cruso besprechen.

Iciclos war so in seine Gedanken versunken. Er bekam gar nicht mit, dass Fiuros unruhig in der Halle herumlief.

*Was weißt du denn noch von Emporia …*

Fiuros wehrte sich mit Händen und Füßen gegen die aufkommenden Bilder, aber dieses Mal konnte er sie nicht aufhalten …

*„Oh Sala, ich bringe ihn dir bald zurück. Wir werden nicht lange weg sein.“ Das falsche Versprechen klang beruhigend … noch immer.*

*„Aber es ist schon so spät.“ Sala warf einen unsicheren Blick nach draußen und dann auf ihren Sohn. „Gut, Fiuros darf mit dir gehen. Ihr zwei gebt ja doch keine Ruhe. Aber pass gut auf ihn auf, gerade nach der Sache, die mit Niray … du weißt …“*

*„Ja, ich weiß. Bei mir ist er sicher. Danke!“ Ankorus küsste sie leicht auf die Wange und sein amarant-blondes Haar streifte ihren Hals.*

*„Ist Tores nicht hier?“*

*„Nein! Er ist unterwegs.“*

*„Er verdient dich nicht.“ Ankorus' Hand wanderte in Salas ebenmäßiges Gesicht, strich über ihre Wange. Sala trat einen Schritt zurück.*

*„Bitte, sag das doch nicht immer! Ich bekomme ein ganz schlechtes Gewissen, wenn du so in seiner Abwesenheit über ihn sprichst.“*

*„Aber du hast doch nichts verbrochen. Du kannst nichts dafür, dass ich …“*

*Ein Finger auf Sala Arrasaris Lippen und ein kurzer Blick auf Fiuros ließ ihn seinen Satz abbrechen. Hätte er doch damals schon mit den Augen eines Erwachsenen sehen können …*

*„Wir sind bald zurück.“ Ankorus' warme Hand schob Fiuros durch die Tür nach draußen.*

*„Was machen wir heute? Erzählst du mir wieder etwas über die*

*alten Länder und ihre Elemente?" Seine eigene Stimme klang in seinen Ohren so jung und naiv wie damals, als er Ankorus durch die weißen Straßen Emporias folgte, zu seinem letzten Gang durch seine Heimatstadt ...*

*„Nein, heute machen wir etwas viel Spannenderes! Wir machen etwas ganz Besonderes. Wir versuchen, eine Möglichkeit zu finden, die Tore zu den alten Ländern zu öffnen."*

*„Zu öffnen? Darf man das denn?" Wie fasziniert hatte er den in weiß-gold Gekleideten angestarrt, tief beeindruckt vor so viel Autorität und Glanz.*

*„Wenn ich das sage, wird man es wohl dürfen, oder was meinst du?" Ankorus' goldbraune Augen lächelten ihm zu, vermittelten Vertrauen, gaben Wärme.*

*Er hatte diese Augen geliebt.*

*„Hm, klar! Aber, wie wollen wir das anstellen?"*

*„Nun, du weißt, dass unsere Vorfahren die dualen Elemente mit Symbolen vereinen mussten, um nach Emporia zu gelangen." Als Fiuros nickte, fuhr er fort: „Wenn wir das Tor von unserer Seite aus öffnen wollen, müssen wir folglich die Elemente wieder trennen. Feuer und Wasser, Erde und Luft. Ein Herz, welches ehrlich und aufrichtig ist, beherbergt die Eigenschaften der vier Elemente in ihrer vereinten Form in sich, das Herz eines Kindes, deines."*

*„Meins." Fiuros war erstaunt stehen geblieben und sah zu Ankorus auf. „Meins? Wie willst du denn da etwas trennen? Das geht doch gar nicht. Wie willst du denn da ran kommen?" Angst breitete sich in ihm aus. Die Vorstellung, dass Ankorus etwas mit seinem Innersten anstellen wollte, behagte ihm überhaupt nicht.*

*„Dir wird dabei gar nichts passieren, Fiuros, mein Junge." Ankorus strich ihm besänftigend über die Locken. „Ich meine nur, dass jemand, dessen Herz rein ist, geeignet wäre, das Tor zu öffnen. Wir Erwachsenen schleppen schon zu viel Schuld mit uns herum. Nein, nein, wir trennen etwas anderes." Ankorus' Hand umfasste den Stein, der an einem Lederband befestigt über seiner weißen Robe hing.*

*„Du willst deinen Larimar opfern?"*

*„Ja, wieso denn nicht? Was ist denn schon ein Stein im Vergleich zu der Suche nach den Spuren unserer Vergangenheit?"*

*„Aber ... aber er ist doch so wertvoll, nicht wahr?"*

*„Sollten wir es tatsächlich schaffen, Fiuros, brauchst du dir gar keine Sorgen zu machen. Du weißt ja, dass meine Familie in den Elementenländern noch einen zweiten Stein besitzt. Und wenn es nicht funktioniert, bleibt auch der Stein unbeschadet."*

*Mittlerweile liefen sie an der strahlenden Stadtmauer Emporias entlang. Fiuros versuchte, das Licht mit den Händen zu fangen. Es tanzte in allen Ecken, schimmerte an dem Mauerwerk weißer Steine. Vergnügt sprang er ihm hinterher. Wo Ankorus wohl heute mit ihm hinwollte? Sonst gingen sie immer zu ihm oder auf den großen Platz, wenn sie sich trafen, um über die alten Elemente zu sprechen. Er mochte die alten Geschichten. Manchmal gruselten sie ihn ein wenig, vor allem das, was Ankorus über die Dunkelheit erzählte. Ihm fiel etwas ein:*

*„Ankorus? Was ist mit der Nacht? Wenn wir das Tor öffnen, wird die Dunkelheit dann nicht zurückkommen?"*

*„Nein, Fiuros. Die Finsternis bleibt hinter dem Tor. Mach dir keine Sorgen! Niemals wirst du der Finsternis gegenüberstehen."*

*Erleichtert atmete Fiuros aus.*

*„Schau mal!" Ankorus war stehen geblieben, beugte sich zu ihm hinunter und hielt ihm den Larimar direkt vor das Gesicht. „Siehst du diese leichte Einkerbung auf der linken Seite? Sie ist von vorne kaum zu sehen."*

*Gott sei Dank – Gott sei Dank – hatte er sich damals den Stein so intensiv betrachtet!*

*„Ja!"*

*„Das ist die Bruchstelle, an der man den Larimar damals für die Zwillingsmädchen Raela und Ijalamá geteilt hat, kurz nach ihrer Geburt. Danach hat man sie einfach wieder glatt geschliffen. Perfekt, oder?"*

*Perfekt!*

*„Das Kristallsystem, die Trikline, die weißen Adern auf dem Stein, siehst du sie?"*

*„Ja!"*

Ja, ich sah sie ... und sehe sie, seit diesem Tag immerzu. Sie ziehen sich durch meine Nächte und Tage, wie ein roter Faden durch mein Leben, an dem ich mich entlang hangele, immer näher zu dir. Sie rauben mir den Schlaf, sie rauben mir den Verstand und dir ... rauben sie dein Leben, bald.

*„Sie verlaufen bei diesem Larimar ungewöhnlich deutlich und berechenbar. Triklin bedeutet eigentlich: ohne Dreh- und Spiegelachse, dreifach geneigt. Alle Achsen sind unterschiedlich lang, es gibt keine Symmetrie. Schau genau! Hier sind es sechs wellenförmige Linien, die jeweils untereinander wechselseitige Bögen schwingen. Der zweite Stein würde sich sicher exakt hier fortsetzen."*

*„Das klingt toll. Ich würde ihn gerne einmal sehen und es ausprobieren."*

*„Nun, vielleicht wirst du es schon bald sehen und testen können."*

*Ankorus richtete sich wieder auf und sie liefen zu dem großen Stadttor, welches in die weiße Stadtmauer eingelassen war. Ihre Vorfahren hatten den Schutzwall um Emporia errichtet, doch war Emporia die einzige Stadt dieser Dimension und würde es immer sein. Erbaut von den ersten Elementlern, die die Brücke überschritten und sich die göttliche Dimension erhofft hatten. Sie hatten eine andere Welt vorgefunden. Eine, die strahlte, die Licht im Überfluss bereithielt, aber Gott hatten sie dort nicht entdeckt. Ihre Fähigkeiten verkümmerten mit den Jahren, weil sie dachten, sie nicht mehr zu benötigen. Das neue Element schätzten sie weitaus mehr! So hatte es Ankorus Fiuros zumindest erzählt. Er wusste so vieles darüber und er selbst sprach so gerne mit ihm über diese vergangenen Zeiten. Ankorus war so klug …*

*So gerissen!*

*… so vertraut, beinah wie ein Vater für ihn. So feinfühlig, wie sein eigener Vater es nie gewesen war. Tores liebte ihn abgöttisch, das wusste Fiuros. Aber er war immer so beschäftigt, fast nie hatte er Zeit. Und wenn, dann redete er ständig über das Licht, das neue Element. Und Fiuros bekam jedes Mal ein ganz schlechtes Gefühl, weil Experimente damit ausdrücklich verboten waren. Es war zu gefährlich, weil die Vergangenheit gezeigt hatte, dass Versuche mit dem Licht die Dunkelheit zurückbringen konnten. Und das musste etwas ganz Furchtbares sein. Ankorus predigte immer davon. Er und Iciclos' Vater Sakalos hatten vor zwei Jahren schließlich ein generelles Verbot über die Aneignung von Lichtkräften verhängt. Es trat in Kraft, nachdem der unerfahrene Emporianer Neso Obsidialis, der Bruder des getöteten Nirays, eine geistige Vereinigung mit dem Element herbeiführen wollte. Dabei hatte sich rings um ihn ein überdimensionaler Schatten gebildet, der eine Woche an ihm gehangen hatte wie klebriges Harz. Seit diesem Tag fürchteten*

*die Menschen die Dunkelheit noch mehr und ebenso die Licht-Experimente. Leider hatte Tores vor dem neuen Gesetz und dem betreffenden Element überhaupt keine Angst. Er, Lesares und seine etwas jüngeren Freunde, Iciclos und Cruso, trafen sich regelmäßig und Fiuros glaubte, dass sie sich bei ihren Zusammenkünften ausgiebig mit dem Licht einließen. Gesprochen wurde darüber nicht, aber manchmal fielen vage Bemerkungen und Tores selbst sprach viel mit ihm über die neue Kraft, nicht jedoch, dass er sich ihre Kräfte aneignete. Fiuros wusste, dass er seine Freundschaft zum Stadthüter nur aus Liebe zu ihm duldete. Tores mochte Ankorus nicht, weder seine Herrschaft noch sein Wesen. Und wenn er nicht so oft seine Zeit mit Ankorus verbringen würde, hätte Tores ihm sicher schon längst das ein oder andere Mysterium des Lichtes gezeigt.*

*„Wo gehen wir hin?"*

*„Vor die Stadt." Ankorus schloss das Tor auf. „Wir brauchen Platz. Außerdem muss es auch nicht jeder gleich mitbekommen. Wir wollten die anderen doch damit überraschen, erinnerst du dich?"*

*Fiuros nickte. Er hatte ihre Abmachung über das Stillschweigen zu bestimmten Sachverhalten nicht vergessen. Ankorus sah sich kurz um.*

*Ein Blick, um sich abzusichern, dass alles planmäßig verlief …*

*Er folgte Ankorus einige Meter weiter. Dann blieb dieser stehen und machte ein feierliches Gesicht. Er hatte seine Kette ausgezogen.*

*„Mein Larimar …" Der Stein hing vor Fiuros' Augen. „Du bekommst ihn jetzt leihweise von mir für die Toröffnung. Der Larimar, das weißt du ja, trägt alle vier Elemente in sich: Kristallines Gestein, geboren aus dem Schoß der Erde, geformt durch Wasser, geprägt durch Feuer in den Farben des Himmels!" Ankorus sah seinen Stein liebevoll an, bevor er fortfuhr: „Der Larimar gehört zu der Gruppe der Pektolite, hast du das gewusst?"*

*„Nein!"*

*„Pektolite sind normalerweise grau-weiß. Hast du gewusst, dass sich ein Larimar nur türkis färbt, wenn er von heißer Lava berührt wird?" Ankorus streifte Fiuros das Lederband über den Kopf. So ein vertrauter Dialog. Er hatte ihn nun zu seinem eigenen gemacht.*

*„Ach?" Fiuros' Hand umfasste den Larimar und seine Augen studierten ihn noch einmal gründlich. Ein wundervolles, farbenprächtiges Exemplar war dieser. Nicht, dass er schon viele gesehen hätte …*

*Schreie zerrissen plötzlich die friedliche Stille. Stimmen hoben sich. Ankorus' Augen richteten sich auf das Stadttor.*

*„Was ist da passiert?" Fiuros versuchte ebenfalls einen Blick hinter die Mauern zu erhaschen. Der Tumult brach ohne Vorwarnung los. Emporianer strömten durch das Tor nach draußen, hoben es dabei fast aus den Angeln, die Stadtmauer war schlagartig menschenübersät. Männer und Frauen riefen laut Ankorus' Namen. Furcht griff nach Fiuros' Herz. Irgendetwas Schreckliches musste geschehen sein.*

*„Ankorus?" Er sah ängstlich zu dem Stadthüter auf, aber dieser schenkte ihm überhaupt keine Beachtung mehr.*

*Ankorus erhob eine Hand. „Was ist hier los? Was macht ihr für ein Geschrei?"*

*Die Menschen schossen weiter nach draußen, wie von Furien gehetzt. Erst als sie bei Ankorus angekommen waren, legte sich die Unruhe ein wenig.*

*„Wir haben sie ertappt, auf frischer Tat ertappt", meldete sich ein dicker Mann, den Fiuros namentlich nicht kannte, zu Wort.*

*„Ertappt? Wen?"*

*„Tores, Iciclos", stieß der Mann atemlos hervor, „Cruso und Lesares!"*

*„Genau!", pflichtete ein blonder, jüngerer Mann bei, den Fiuros als Karun Olas identifizierte. Er war einer von Ankorus' obersten Stadträten. „Sie haben sich mal wieder zusammengerottet und experimentiert."*

*Erst jetzt entdeckte Fiuros seinen Vater. Er wurde von zwei stämmigen Männern festgehalten. Ebenso seine drei Freunde, Iciclos, Cruso und Lesares, die neben ihm wie bei einer Verurteilung aufgereiht waren. Was war hier los? Die Menschen hatten mittlerweile einen Halbkreis um sie gebildet.*

*„Karun und Wero haben sie beobachtet", warf nun ein Dritter ein. Es war Custos Obsidialis, der Vater des getöteten Nirays. Er war mittelgroß und trug sein schwarzes Haar zu einem langen Zopf. „Wir wissen jetzt, dass sie für Nirays Tod verantwortlich sind! Sie waren es, sie haben ihn absichtlich getötet!" Die Menge begann erneut, zu toben.*

*„Das ist eine LÜGE!", wütete Tores durch das Stimmengetöse und versuchte, sich aus dem Griff der beiden Männer loszureißen ... vergeblich.*

*„Es war ein Unfall! Ein Unfall!“ Crusos Stimme war so laut wie die von Tores, sein Tonfall verzweifelt.*

*„Ihr habt ihn umgebracht! Er hat euch bei eurem Treiben überrascht und damit er euch nicht verraten kann, habt ihr ihn getötet!“, bezichtigte sie Custos erneut.*

*„Er ist in den Lichtstrahl gelaufen, er war selbst schuld!“, schrie Iciclos in seine Richtung und auch er versuchte, die fremden Hände abzuschütteln. Aber auch er bemühte sich umsonst. „Wir haben ihn gewarnt, aber er war wie besessen!“*

*„Du elender Lügner, Iciclos Spike!“ Custos rannte auf ihn zu und seine Faust traf Iciclos mitten ins Gesicht. Einmal, zweimal ...*

*„Hör auf, Custos!“ Ankorus griff energisch seinen Arm, hielt ihn zurück. „Nicht auf diese Art!“*

*Custos starrte den Stadthüter mit leeren Augen an, schüttelte ihn ab und wandte sich wieder Iciclos zu. „Ihr habt meinen Sohn auf dem Gewissen! Und du stehst hier und wagst es, mir ins Gesicht zu lügen!“, brüllte er ihn an und sein nächster Schlag an Iciclos’ Schläfe hätte diesen vermutlich von den Füßen geholt, wenn er nicht in der stählernen Umklammerung der beiden Männer festgesteckt hätte.*

*Diesmal fasste Ankorus fester zu. „Schluss jetzt!“*

*„Du musst etwas unternehmen, sonst werden noch mehr Menschen sterben!“ Custos’ Gesicht war rot vor Zorn. Rot wie Iciclos’ Blut, es lief ihm aus Mund und Nase, tropfte auf die hellen Steine.*

*Fiuros hatte alle Worte und Anschuldigungen gehört. Glauben konnte er nichts davon. Sein Vater würde doch niemanden absichtlich töten. Cruso und Iciclos auch nicht. Und Lesares konnte keiner Fliege etwas zuleide tun. Das musste ein großes Missverständnis sein. Er wollte etwas zu Ankorus sagen, aber er bekam keinen Ton heraus. Die vielen aufgebrachten Menschen jagten ihm noch immer fürchterliche Angst ein.*

*Ankorus schritt vor den vieren auf und ab. Er sah jedem Einzelnen dabei lange in die Augen. „Stimmt das? Habt ihr das Verbot gebrochen?“*

*„Ja, aber wir haben Niray nicht getötet!“, schrie Tores.*

*Fiuros hörte Wörter wie „Lügner“ und „Heuchler“ in der Menschenansammlung aufbegehren.*

*„Wie oft habe ich euch gesagt, dass diese Experimente gefährlich sind? Wie oft, Tores? Hm?“ Ankorus blieb vor diesem stehen und gab*

*einen bekümmerten Gesichtsausdruck preis. Doch in seinen Augen lag noch etwas ganz anderes, etwas, das Fiuros nicht verstand.*

*„Wir haben ihn nicht getötet!“, zürnte Iciclos wieder los und spuckte Blut auf den Boden, Ankorus genau vor die Füße. Er wurde direkt neben seinem Freund festgehalten und wehrte sich so heftig, dass ein dritter Mann zu Hilfe eilen musste. Er packte Iciclos’ Haare und zog seinen Kopf grob nach hinten.*

*„Ihr habt das Verbot gebrochen. Wieder einmal!“ Ankorus’ Augen verengten sich zu kleinen Schlitzen, als er seinen Blick Iciclos zuwandte. „Deinem Vater wird das gar nicht gefallen!“*

*Iciclos’ Atem ging heftig. Er antwortete nicht, sah nur zu Ankorus hoch.*

*„Dieses bescheuerte, engstirnige Verbot ist doch nur aus der Angst gezeugt worden, jemand könnte mächtiger werden als du, Ankorus.“ Tores Stimme war klar und deutlich und hatte sich wieder etwas beruhigt.*

*„Ich experimentiere aber nicht für diese Macht mit dem Licht. Meine Macht beruht auf Loyalität, Vertrauen und Gerechtigkeit! Integrität, schon mal was davon gehört?“*

*„Gerechtigkeit? Integrität?“ Iciclos’ Lachen war bitterkalt. „Uns auszuspionieren und verleumden zu lassen, nennst du Gerechtigkeit? Hätte man uns tatsächlich belauscht, dann hätten diejenigen die Wahrheit erfahren, nämlich, dass es ein Unfall war. Ihr alle, du und deine Stadträte, ihr treibt ein falsches Spiel. Und du selbst warst doch der Erste, der mit dem Licht herumgespielt hat.“*

*„Ich habe die Gefahr erkannt und gebannt. Allerdings gibt es in unseren Kreisen immer wieder Aufsässige, die meinen, unsere Gesetze gelten nur für die anderen. Wir wissen, dass ihr sie schon länger missachtet. Es war nicht das erste Mal, dass ihr das getan habt.“*

*„Gar nichts wisst ihr, gar nichts! Wir haben Niray nicht getötet! Er ist in den Lichtstrahl gestürzt!“*

*Ankorus kam so nahe an Iciclos heran, dass dieser sich sichtbar unwohl fühlte. Er wollte den Kopf von ihm weg drehen, aber der Mann hinter ihm zwang ihn, in Ankorus’ Richtung zu blicken. Braune Augen trafen blaue und sehnten sich danach, den Stolz darin zu brechen.*

*„Und wo kam dieser Lichtstrahl so plötzlich her? Wenn euer Gewissen tatsächlich so rein ist wie die weißen Mauern Emporias, lieber*

*Iciclos, weshalb seid ihr dann nicht sofort zu mir gekommen, nachdem Niray so ohne euer Verschulden gestorben ist? Wieso habt ihr geschwiegen?"*

*Iciclos erwiderte Ankorus' Blick tapfer, blieb ihm aber die Antwort schuldig.*

*„Hätte uns jemand geglaubt? Hättest du uns geglaubt?", schmiss Tores stattdessen für ihn in die Runde.*

*„Mein Sohn ist tot, Unfall oder nicht. Und ihr tragt Schuld daran. Eure Gier nach dem Licht hat euch die Gefahr vergessen lassen." Custos trat neben Ankorus, das zerfurchte Gesicht von Trauer und Wut gezeichnet.*

*„Sperr sie weg, sie sind schon so oft verwarnt worden. Oder noch besser, jage sie aus der Stadt. Sie werden immer wieder Verbote brechen und Regeln verletzen, die Vergangenheit trägt dem Rechnung", forderte nun auch Karun Ankorus auf.*

*Die Meute um sie herum wurde wieder lauter.*

*„Genau!"*

*„Sie werden sonst die Dunkelheit nach Emporia locken!"*

*„Sie beschwören immer nur Unheil herauf!"*

*„Sie werden Emporia verfinstern!"*

*„Verbann sie!"*

*„Ja, verbann sie!"*

*Die Menschen gerieten völlig außer Kontrolle.*

*„RUHE!", donnerte Ankorus jetzt so laut, dass sein Schrei die glitzernden Staubpartikel vor ihm durcheinanderwirbelte. „RUHE! Nun ... wenn ihr sie loswerden wollt, weshalb schicken wir sie dann nicht einfach zurück in die alten Elementenreiche?"*

*Totenstille folgte seinem Vorschlag. Eine gespenstische Stille.*

*„Geht ... das ... denn?", stotterte Custos zweifelnd in diesen Moment ohne Worte.*

*Ankorus schenkte Fiuros zum ersten Mal, nachdem das Chaos ausgebrochen war, wieder Beachtung. Sein Blick war so kalt, dass der Junge dachte, sein Herz würde vereisen.*

*War er auch wütend auf ihn? Was hatte er getan? Ankorus lief auf ihn zu, packte, zerrte ihn am Arm und stieß ihn Tores vor die Füße. Fiuros schlug auf dem Boden auf und spürte, wie sich die spitzen Steine in seine Handfläche bohrten.*

*„Ich denke, der Sohn von Tores hat die Fähigkeit dazu." Ankorus lächelte. „Ich wusste schon immer, dass mit ihm etwas nicht stimmt, daher habe ich ihn in letzter Zeit genauestens im Auge behalten. Und ich hatte recht. Ist das nicht ironisch, Tores, dass dein eigener Sohn das Tor öffnen wird, welches euch in die Verbannung schickt?"*

*„Ich ... ich kann das Tor nicht öffnen, ich ... ich ... will es auch gar nicht mehr ...", stammelte Fiuros konfus und rieb sich seine schmerzenden Handflächen an den Hosen ab, als er aufstand.*

*„Keine Angst, Fiuros, du musst nichts tun, was du nicht willst. Ankorus kann dich nicht zwingen", flüsterte Tores seinem Sohn zu.*

*„Was ist hier los? Wo ist Fiuros? Wo ist Tores?" Eine helle Stimme gewann die Aufmerksamkeit der Emporianer. Sala Arrasari kämpfte sich durch die Menschenmassen und blieb wie angewurzelt stehen, als sie ihren Mann und ihren Sohn entdeckte. Nach einem Moment der Verwirrung wollte sie auf beide zulaufen, doch Ankorus versperrte ihr den Weg.*

*„Wieso hält man Tores und die anderen fest? Ankorus, was geht hier vor sich?", wollte sie nun direkt von dem Stadthüter wissen, der sich vor ihr aufgebaut hatte. Und obwohl er sie nicht vorbei ließ, waren Augen und Mund bei ihrem Anblick sofort weicher geworden.*

*„Es tut mir leid, Sala ... aber es sieht so aus, als ob Tores mitverantwortlich für den Tod an Niray ist. Sie haben das Gesetz erneut übertreten und sind erwischt worden."*

*„Mitverantwortlich an Nirays Tod? Das ist doch lächerlich, Ankorus! Das kannst du doch nicht ernsthaft glauben!" Sala schüttelte heftig ihren Kopf und ihre roten Haare wehten um ihre Schultern.*

*„Was ich glaube, ist unwichtig. Die Menschen wollen ihre Verbannung."*

*Einige grölten zustimmend.*

*„Ja, schick sie zurück in die Welt der Elemente! Wir wollen sie in Emporia nicht mehr haben!"*

*„Unsere Sicherheit ist in Gefahr, wenn sie bleiben dürfen!"*

*„Und ihre eigene Sicherheit ist ebenfalls in Gefahr, wenn sie hier bleiben!", schrie Custos erbost und ballte erneut die Hand zur Faust.*

*Ankorus legte Sala eine Hand auf die Schultern und sah sie beschwörend an. „Da könnte Custos sogar recht haben. Ich kann dir hier nicht mehr für ihre Sicherheit garantieren."*

Salas Gesicht verlor immer mehr an Farbe. Ihre Stimme war nicht mehr als ein Wispern, als sie zu Ankorus sprach: „Aber die Elementenreiche? Wir können dieses Tor nicht öffnen ... und du kannst sie doch nicht einfach aus Emporia vertreiben. Ankorus, bitte, bring die Leute wieder zur Raison. Du hast doch Einfluss auf sie. Bitte ..."

„Aber sie haben Niray getötet", wandte Ankorus ein, sein mitfühlendes Lächeln galt nur Sala.

„Das war ein Unfall! Ich verlange ein ordnungsgemäßes Verfahren!", erhob nun Lesares seine Stimme.

„Bedauerlicherweise haben wir vor einem Monat unsere Gesetze ein wenig geändert", gab Ankorus ihm Auskunft.

„WAAAS?" Fiuros hörte den fassungslosen Ausruf seiner Mutter. Ein immer größeres Gefühl der Panik stieg in ihm auf. Irgendetwas stimmte nicht. Irgendetwas lief in eine völlig falsche Richtung. „Welche Gesetze habt ihr verändert? Wieso hat man uns nicht informiert?" Pure Empörung lag nun in ihren Sätzen.

„Wir haben alle Emporianer informiert. Wir haben es wie immer am großen Platz ausgehängt, an der Tafel vor unserem Stadthaus."

„Welches Gesetz ist geändert worden?", verlangte Iciclos nun zu erfahren. Er starrte Ankorus feindselig an und sah aus, als würde er versuchen, den Sinn hinter all dem Geschehen zu verstehen.

„Frage deinen Vater, Iciclos! Du bist doch derjenige von euch, der über solche Dinge am besten informiert sein müsste. Aber dein mangelndes Interesse an unserer Ordnung und an den bestehenden Regeln war schon immer betrüblich." Ankorus schüttelte bedauernd den Kopf. „Sakalos, erklär deinem Sohn, welche neuen Gesetze letzten Monat verabschiedet worden sind!" Seine Stimme drückte Herablassung und Verachtung aus, für den Sohn, aber auch ein wenig für den Vater.

„Weshalb? Was gibt es diesmal wieder für Probleme?" Sakalos kam den Gang entlang, den die Masse für ihn gebildet hatte. Als Ankorus ihm kurz den Sachverhalt wiedergab, sah Fiuros seine Augen immer kleiner werden. Nur ganz kurz huschten Kummer und Enttäuschung über sein Gesicht, beinah wie ein Reflex, dann spiegelte es nur noch Ablehnung wider.

„Ist das wahr?" Sakalos ging auf Iciclos zu. „Lasst ihn gefälligst los, wenn ich mit ihm spreche!", herrschte er die drei Männer an, die ihn festhielten. Sofort gaben sie ihn frei und traten einige Meter zurück.

*„Was glaubst du denn?" Iciclos wischte sich das Blut aus dem Gesicht und sah seinem Vater provokativ in die Augen. Fast war es so, als würde er vor einem Spiegel stehen. Sakalos' Blick strich über seinen Sohn, lange und mit einem tiefen, erschütternden Seufzen, als wollte er es nicht wahrhaben, so, als verabschiedete er sich von einem Traum, dem er zu lange nachgehangen hatte.*

*„Ich glaube Ankorus!" Seine Stimme hallte unpersönlich und monoton durch Emporias helle Nacht.*

*Iciclos öffnete den Mund, wollte etwas entgegnen, aber die über ihm zusammenstürzenden Gefühle lähmten seine Zunge. Zum ersten Mal in seinem Leben fand er keine Worte.*

*„Du hast mich schon so oft belogen und enttäuscht, Iciclos. Immer wieder haben wir euch gebeten, die Regeln zu achten. Immer wieder haben wir euch gesagt, ihr sollt das Licht meiden und euch von der Gefahr fernhalten. Und jetzt seid ihr mitschuldig am Tod eines Emporianers. Ihr habt euch zu Mördern gemacht. Du bist meiner nicht mehr würdig, Iciclos. Ich ertrage deinen Anblick nicht länger!" Und das, was Ankorus vorhin nicht geschafft hatte, zerstörte Sakalos nun von diesem Moment an unwiederbringlich. Iciclos sackte unter dem grausamen Gewicht seiner Worte zusammen, als hätten sie ihn in eiserne Ketten gelegt. Fiuros konnte zusehen, wie ehrlicher Stolz und hoffendes Vertrauen in Iciclos untergingen.*

*„Wir werden sie nach unseren neuen Gesetzen richten", erklärte Sakalos nun mit eisiger Stimme und winkte die drei Männer wieder heran. Er wandte sich von Iciclos ab, als sei er überhaupt nicht mehr vorhanden.*

Ich habe deinen Gesichtsausdruck nach diesen Worten nie vergessen, Iciclos.

*„Und was sind das für neue Gesetze? Werden wir jetzt alle hingerichtet oder was?" Tores versuchte es mit ein wenig Spott, aber Fiuros erkannte die Angst in seiner Stimme. Er trat enger zu seinem Vater heran.*

*„Nein, aber ihr dürft nicht in unserer Stadt bleiben. Wer das Gesetz bricht und das Licht für seine Zwecke missbraucht, wird aus Emporia verbannt. Ohne richterliches Verfahren und so schnell wie möglich. Außerdem hat euer Gesetzesbruch ein Menschenleben gefordert. Wir werden euch in die Welt unserer Vorfahren zurückschicken. Sakalos hat*

*recht. Ihr seid unserer nicht mehr würdig und zudem noch äußerst gefährlich."*

*„Da bin ich ja mal gespannt, wie ihr das anstellen wollt. Noch nie ist es jemandem gelungen, das Tor zu öffnen." Tores glaubte offenbar nicht an die Fähigkeiten seines Sohnes, die Ankorus ihm vorhin angedeutet hatte.*

*„Er kann es." Ankorus zeigte anklagend auf Fiuros.*

*Dieser schüttelte stumm den Kopf.* Nein, ich kann es nicht! Ich kann es nicht. Gott sei Dank kann ich es nicht! *Er sah seinen Vater dabei Hilfe suchend an.*

*„Allerdings sei hiermit auch gesagt, dass ich jemanden mit so großen Fähigkeiten nicht länger in Emporia dulden kann. Es ist ein zu großes Risiko, dass ein Kind mit solchen Möglichkeiten in Emporia bleibt, noch dazu, wenn es der Sohn eines Verräters ist!" Er sah Fiuros mit einer solchen Niedertracht an, dass dieser das Gefühl hatte, eine dunkle Macht wollte ihm sein Leben aussaugen.*

*Ankorus war doch sein Freund! Was hatte er falsch gemacht?*

*Ankorus war auf ihn zugekommen und kniete sich vor ihn. So leise, dass es nur er hören konnte, flüsterte er: „Deine wunderschöne Mutter, Sala, darf selbstverständlich in Emporia bleiben. Denn sie ist die Einzige in eurer Familie, die meinen Respekt verdient ... und mich. Sie wird dich vergessen, sei unbesorgt. Ich werde ihr genügend Kinder schenken." Und dann warf er Sala einen begehrlichen Blick zu ...*

*... und Fiuros verstand.*

*In diesem Moment verstand er zum ersten Mal wirklich ... er verstand, weshalb sich Ankorus in den letzten zwei Jahren so intensiv um ihn bemüht hatte. Er verstand, was Wahrheit war ... was Ankorus' Wahrheit war. Und diese Wahrheit tat weh!*

*In derselben Sekunde erstarben sein kindlicher Glaube und sein naives Vertrauen in das Gute im Menschen. Das alles war ein abgekartetes Spiel gewesen und es hatte nicht erst heute Abend begonnen. Sala war die Einzige, die Ankorus wirklich wollte. All dieses Gerede über die alte Welt, über das Licht, all die Fragen über seinen Vater ... Er hatte ihn missbraucht, um über ihn an Informationen über Tores zu kommen. Wer weiß, wie viel er unabsichtlich offengelegt hatte? Wer weiß, inwieweit er sogar mitschuldig an dem Geschehen heute Abend war? Und jetzt wollte Ankorus ihn auch noch loswerden. Ihn und seinen Vater.*

*Und nahm dabei in Kauf, dass auch Lesares, Iciclos und Cruso darunter zu leiden hatten ...*

*Er würde ihm dieses verdammte Tor nicht öffnen, niemals. Niemals würde er seine Mutter verlassen ...*

*Niemals!*

*Furcht und Zorn schnürten ihm die Kehle zu und in seinem Innersten breitete sich schlagartig ein ganz eigenartiges, unbekanntes Gefühl aus. Es zerrte an seinem Herz, es schmerzte scheußlich, es war kalt und unheimlich, und Fiuros war ihm schutzlos ausgeliefert. Keine Verteidigung konnte es brechen. Nichts konnte dieses Gefühl aufhalten. Es wollte etwas zerstören, es wollte zertrümmern und zerschmettern, um sich schlagen ... und plötzlich begann der Larimar, den er trug, glutartige Hitze auszustrahlen. Er brannte auf seiner Haut, so wie das neue, kalte Gefühl in seinem Herzen ... Schmerz ließ ihn taumeln. Er musste diesen Stein loswerden! Doch bevor er sich die Kette vom Hals reißen konnte, sah er vor sich etwas, das noch viel qualvoller war, als der Schmerz in und auf seiner Brust. Sein Atem versagte, er fiel vor Ankorus auf die Knie.*

*Ein nebliger, sich spiralig-drehender Kreis begann, keine zehn Meter vor ihm Gestalt anzunehmen. Er wirbelte sich immer größer auf, wuchs von einem Meter auf fünf an und ... er färbte sich in rhythmischen Abständen blau, rot, braun und weiß. Es war das Elemententor und Fiuros wusste instinktiv, dass er es selbst geöffnet hatte. Und in jener Sekunde, als er die Bosheit Ankorus' in seinem vollen Ausmaß erkannte, wurde das brodelnde Gefühl in ihm noch stärker und im gleichen Ausmaß das Tor größer.*

*Oh Gott, was war er gezwungen worden zu tun. Und er konnte sich nicht dagegen wehren.*

*„Ich hasse dich ... ich hasse dich ... ich hasse dich, Ankorus ... dich und deinen Larimar!" Fiuros sprang auf, riss sich das Lederband vom Hals und schleuderte es Ankorus ohnmächtig vor die Füße. Tränen der Enttäuschung, des Hasses und des Zorns liefen ihm über das Gesicht, als er den Mann betrachtete, der sich einmal seinen Freund genannt hatte. Dass ein Mensch zu so etwas fähig war, begriff weder sein Verstand noch sein Herz.*

*Unter den Emporianern um sie herum war eine besorgte Unruhe ausgebrochen. Ankorus hob unbeeindruckt seinen Larimar auf und be-*

*gutachtete ihn hochachtungsvoll, als hätte er soeben Unmögliches vollbracht, bevor er ihn sich wieder umlegte. Dann musterte er Fiuros noch einmal und sagte ruhig:*

*„Ja, unser Hass trennt die Elemente, das hast du doch gewusst, oder, Fiuros?“ Und dann kam er ihm wieder so nahe, dass nur er ihn verstehen konnte. Seine Hand schloss sich um Fiuros’ Nacken und er zog seinen Kopf ganz dicht zu seinem heran. Fiuros kniff die Augen zusammen, er wollte ihn nicht ansehen ... doch Ankorus wartete und verstärkte den Druck seiner Finger. Seine Hand brannte sich in seine Haut, schnitt hinein wie Glas, heiß wie die Sonne. Fiuros blinzelte in seine Tränen, öffnete die Augen.*

*Ankorus lächelte: „Licht und Hass sind keine Gegner. Sie buhlen um die Gunst des Stärkeren, das eine ergibt sich dem anderen. Mein Licht hat sich deinem Hass ergeben! Du hast es selbst getan, du warst stärker.“*

*Fiuros blickte in seine Augen, in deren Pupillen sich Licht bündelte. Die Helligkeit drang in sein Innerstes, in seinen Hass. Es schmerzte entsetzlich. In Wirklichkeit unterlag er, weil er sich benutzen ließ, weil er nicht stark genug gewesen war.*

*„Mein Licht hat diesen Stein so besonders gemacht und Hass bewirkt immer eine Trennung von Hellem, das war alles, was nötig war!“*

Hass kann auch zu einem tödlichen Antrieb werden und zu einer tödlichen Waffe, Ankorus! Das hast du doch gewusst, oder? Hast du dir nie gedacht, dass ich überleben und eines Tages zurückkommen könnte?

*Der Lärmpegel um Fiuros schwoll immer weiter an. Die Menschen warfen ihm ungläubige Blicke zu. Angst stand in ihren Augen, Angst vor ihm, einem Kind. Sie wussten ja nichts von Ankorus’ Machenschaften. Nichts wussten sie. Ankorus selbst hatte sich das Licht zu eigen gemacht. Und alle dachten, er, Fiuros, hätte mit dem Larimar und seinem Hass das Tor geöffnet. Aber Ankorus hatte ihm geholfen, unmerklich für alle Augen.*

Ja, Ankorus, der beste Blender wirft den größten Schatten. Und dieser Schatten fällt direkt in dein Herz. Du hast sie für eine Tat verbannt, die du selbst begangen hast, hast an ihnen auch die eigene Schuld gerichtet.

*Niemand außer Fiuros konnte die Wahrheit in diesem Augenblick so deutlich sehen. Nein, die Menschen würden ihnen nicht helfen. Fiuros war zu Boden gesunken und bekam kaum mehr etwas von den Ereignissen mit. Er stand unter Schock, war völlig gelähmt. Stimmen kreisten um ihn herum, aber er hörte nichts. Die Zeit stand für ihn still, zum ersten Mal in seinem Leben. Es war, als steckte er noch in der Vergangenheit fest, während für alle anderen die Zeit unbeirrt weiterlief. Die Distanz zur Gegenwart erschien unüberbrückbar und er wollte auch nicht mehr dorthin zurück ...*

*Hände packten ihn unter den Armen, schleiften ihn hinter seinem Vater her. Der Hass auf Ankorus zog ihm den Boden unter den Füßen weg. Er versuchte zu laufen, aber seine Beine knickten immer wieder ein. Und dann hörte er die Stimme seiner Mutter. Sie war so weit weg. Er wollte sie festhalten, sich daran festklammern.*

*„Du kannst mich nicht zwingen, hierzubleiben, Ankorus."*

*Fiuros streckte die Hände aus. In die Leere.*

*„Doch! Ich werde dich nicht gehen lassen. Du hast nichts verbrochen."*

*„Das kannst du nicht machen ... bitte, das kannst du nicht ..."*

*„Es ist zu gefährlich, durch dieses Tor zu gehen. Ich muss dich beschützen. Es ist zu deinem Besten."*

*„Aber meinen Sohn verstößt du trotz der Gefahr?" Er hörte seine Mutter weinen und hasste Ankorus noch mehr.*

*„Hast du gesehen, was er getan hat? Die Emporianer fürchten sich vor ihm."*

*„Ich fürchte mich vor dir."*

*„Weshalb? Weil ich für Ordnung sorge?"*

*„Nein, weil ich endlich klar sehe. Du bist kein Freund, Ankorus, du warst nie einer. Tores hatte schon immer recht! Du hast meinen Sohn benutzt. Ich werde mit Tores und Fiuros durch dieses Tor gehen und wenn es das Letzte ist, was ich tue!"*

*Ankorus lächelte nachsichtig. „Irgendwann, Sala, wirst du mein Handeln verstehen."*

*„Ist das das wahre Gesicht deiner so großen Liebe, die du für mich empfindest, mit der du mir schon seit Jahren Schuldgefühle machst? Immer wieder?"*

*„Es ist die Liebe eines Mannes, der alles für dich tun würde."*

*„Dann lässt du mich mit meinem Mann und meinem Sohn gehen!"*

*„Nein!"*

*Der Schmerz war in seinem Kopf. An seiner Stirn, ein harter Schlag und noch einer … und noch einer …*

„Fiuros! Fiuros! Hör auf!" Iciclos' energische Stimme fand einen Weg durch seinen Gehörgang und verschaffte sich unaufgefordert Platz in der Welt seiner Erinnerung.

*Sala, bleib stehen, bleib stehen …*

„Fiuros!" Iciclos packte ihn am Genick und die Härte seines Griffes verhinderte den nächsten Schlag von Fiuros' Kopf an die Wand der Trainingshalle.

*Sala, nicht!*

„Hör auf, Fiuros!"

Fiuros fuhr herum, wand blitzschnell seinen Hals aus der Umklammerung und schlug Iciclos' Hand nach unten.

„FASS MICH NICHT AN!"

„Ist ja gut! Ich dachte, du tickst jetzt völlig aus!" Iciclos sah ihn argwöhnisch an, nicht sicher, ob er Fiuros so ohne Weiteres sich selbst überlassen konnte. „Wo warst du gerade mit deinen Gedanken?", erkundigte er sich vorsichtig, ahnte es allerdings.

„Das hat dich nicht zu interessieren, Iciclos!" Fiuros hielt sich die linke Hand auf die pochende Stirn. Der Schmerz tat gut! Dann sah er Iciclos vernichtend an: „Aber solltest du es noch einmal wagen, mir vorzuschlagen, Ankorus am Leben zu lassen, schwöre ich dir, ist dein Kopf!" Und mit diesen Worten drehte er sich um und verschwand in Iciclos' Wassertor Richtung Feuerland …

# Für jedes Licht eine Dunkelheit

Die sieben Türme der Luftkunstakademie glichen einem flimmernden Traum, fesselten den Betrachter mit einem Trugbild von Schönheit und Ewigkeit, die sie für sich in Anspruch nahmen, und gaben das unhaltbare Versprechen, die Realität außerhalb ihrer atmenden Mauern zu lassen. Die Akademie war ein Kunstwerk: Luft – nicht greifbar, durchsichtig – in einer formgebenden Manifestation zum Ausdruck gebracht. Filigran und hoch aufgeschossen in ihrem Wesen, fast so wie ihre Bewohner.

Ana-ha und Seiso-me standen auf dem Hauptturm, dem höchsten von allen, und betrachteten die Weite unter ihnen. Triad lag am Fuß des Monsaes, während die Akademie hoch oben aus den Bergen ragte. Jeder einzelne Turm brachte es auf eine Höhe von über dreihundert Metern und Ana-ha wurde es allein bei der Vorstellung hinunterzusehen schon schwindelig. Holokristalline Treppen verbanden die einzelnen Türme weitläufig. Mit großzügigen Schwüngen bogen sie sich ihre Wege durch die Luft. Jeder einzelne Turm war mit seinen sechs Geschwistern verbandelt.

Sie hatten etwas Entrückendes, diese lichtbrechenden Treppen Triads ohne Geländer. Sie erschienen wie Himmelsleitern, die nur den Füßen der Engel standhielten. Doch Ana-ha wusste, dass diese monumentalen Treppen mit Leichtigkeit das Gewicht mehrerer Hundert Elementler tragen konnten. Und so sehr sich die Akademie oder vielmehr ihre Erbauer auch bemüht hatten, dem Traumbild von Luftschlössern gerecht zu werden, so zeigte spätestens der Blick in den Abgrund – und dieses Wort konnte man ruhig doppeldeutig verstehen, wenn es nach Ana-ha ging – am kleinsten Turm im Süden, dass die Realität sich nicht in Triad verlor. Das untere Drittel des Turms war halbseitig weggesprengt, mitgerissen vom Solucens, dessen Staudamm weggebrochen und dessen idyllischer Gebirgssee sich in eine reißende Flut verwandelt hatte. Ana-ha betrachtete die skelettartigen Überreste der Konstruktion. Finster, wie der alles verschluckende Schlund eines Raubtieres, wies er auf die lauernde Gefahr hin, in der die Reiche schwebten, seitdem man das Luftsymbol geraubt hatte.

Ana-ha hatte Angst vor den kommenden Wochen. Sie fragte sich, was wohl passieren würde, wenn die Täter alle vier Symbole beisammenhatten. Seiso-me hatte sie gestern nach ihrer Ankunft im Luftreich in sein Wissen um die Toröffnung während der Kriege eingeweiht. Zunächst war sie vollkommen sprachlos gewesen. Doch kurz darauf waren ihr tausend Fragen auf einmal eingefallen. Seiso-me hatte ihr alles so ausführlich wie möglich beschrieben. Ob die Menschen überlebt hatten? Ob sie in einer Gottesdimension waren, so wie sie es sich erhofft hatten? Seiso-me und Antares bezweifelten es, aber hatten sie recht? Seiso-me hatte sehr schnell ihren Traum von dieser Dimension entglorifiziert. Und seine Argumente waren schlagkräftig. Es leuchtete ein, dass eine unendliche Macht nicht zuerst alles in vier Elemente teilte, um sie sich dann von ihren Geschöpfen wieder zusammenschweißen zu lassen! Und nicht zuletzt war es wohl unmöglich, mit weltlichen Mitteln auch nur in die Nähe dieses Wesens zu gelangen.

Die halbe Nacht hatten sie geredet und gemutmaßt und Ana-ha hatte versprochen – hoch und heilig – dass sie nichts von diesem Wissen weitergeben würde. Und dieses Versprechen würde sie ehren, nicht wie das des Frizins, welches schon jetzt beinah so gebrochen schien wie die Dimension der Fraktale, der Fragmente der Luftreichpuzzles, die hier überall zur Beschäftigung in den Gängen herumschwebten. Nach all diesen Neuigkeiten war Ana-ha dann endlich auch ins Bewusstsein getreten, was sie vor lauter Fiuros und Iciclos überhaupt noch nicht registriert hatte, obwohl es für jeden ihrer Art so wichtig schien wie seine eigene Geburt. Aber ihre Gedanken hatten – ohne dass sie es willentlich hätte beeinflussen können – ständig dem hellblonden Iciclos nachgehangen. Die Frage nach dem Symbol ihres eigenen Landes war ihr tatsächlich entfallen.

„Ich kann es dir leider nicht sagen." Seiso-me hatte wirklich versucht, bedauernd und mitfühlend auszusehen, aber sie hatte seine unterschwellige Angst und auch die kleine Prise Freude über die eigene Wichtigkeit genau gespürt. Und Ana-ha war zum ersten Mal klar geworden, wie gefährlich und auch heilig dieses Thema tatsächlich war. Dass Seiso-me ihr etwas verschwieg, war noch nie vorgekommen. Gut, das Symbol des Wasserreiches ... das war etwas anderes, trotzdem ... irgendwie hatte sie doch gehofft, dass er es ihr sagen würde.

„Ich würde dich mit diesem Wissen in Gefahr bringen", hatte er dann erklärt. „Wenn du es kennst, wärst du leichte Beute für Symboljäger. Überleg mal, sie könnten Gedanken lesen. Und es aus deinem Geist holen? Und dich hinterher vielleicht ...? Nein, nein, Ana-ha, das ist viel zu riskant."

„Und dir können sie es nicht aus dem Geist ziehen?"

„Doch, aber Antares hat mir ein paar wertvolle Tipps gegeben. Extra für Triad. "Diese Argumentation hatte Ana-ha natürlich überzeugt.

Seiso-me war gerade eben erst zu ihr gestoßen, da er den ganzen Vormittag im Oberen Rat der Luftkunstakademie verbracht hatte. Natürlich trug er die dunkelblaue Ratstracht des Wasserreiches. Der Schnitt war einfach, aber eindrucksvoll, fand Ana-ha. Gesäumt wurde sowohl der V-förmige Kragen als auch der Armbund mit glänzendem Satin in einem fast schwarz-blauen Ton. Hellblaue Ornamente waren darauf gestickt und Ana-ha hatte durchaus bemerkt, wie manch junge Luftelementlerin ihm hinterher sah. Im Feuerland hatte sie seinem Äußeren überhaupt keine Beachtung geschenkt, da so viel Fremdes auf sie eingestürmt war.

Sie beobachtete ihn von der Seite. Er war so ganz anders als Iciclos. Er drehte sich zu ihr, lächelte.

„Es gibt Neuigkeiten", sagte er, immer noch lächelnd. Sie sah fragend zu ihm hoch und Seiso-me fuhr fort: „Lin Logan und ihr zweiter Vorsitzender, Tarano Tabah, haben alle Wasserelementler aus unserem Rat zu sich gerufen. Also alle, die hier im Überschwemmungsgebiet arbeiten. Es war eine unglaublich große Versammlung. Und erst einmal ihre Räumlichkeiten, Ana-ha! Dort ist alles aus Glas. Der Obere Rat nimmt fast den ganzen Turm ein und du kannst von oben bis zum Grund sehen. Sogar die Stühle sind durchsichtig."

„Unheimlich."

„Ein bisschen. Aber das, was Lin erzählt hat, ist mindestens genauso erschreckend."

„Ist das jetzt ein offizielles oder inoffizielles Geheimnis?“

„Es wird in einer Stunde gar kein Geheimnis mehr sein. Lin gibt es gerade in allen Elementenreichen bekannt“, erklärte Seiso-me. „Aber jetzt erst einmal die gute Nachricht: Die Wasserelementler sind nicht für den Staudammbruch verantwortlich.“

„Wie bitte?!“

„Der Damm brach am Tag des Symbolraubs. Zur selben Stunde. Ja, vermutlich sogar zur selben Minute.“

„Das gibt's doch gar nicht!“ Ana-ha blieb vor Schreck der Mund offen stehen.

„Das kann wohl kaum ein Zufall gewesen sein. Wahrscheinlich hat man so sogar den zuständigen Wächter abgelenkt. Ich habe selbst vorhin mit Menardi gesprochen.“

„Menardi ist ein Wächter?“, fragte Ana-ha erstaunt.

„Er war einer, ja.“

„In Wibuta hat er überhaupt nichts darüber gesagt.“

„Wieso sollte er? Auch die Luftelementler geben die Namen ihrer Wächter nicht der Öffentlichkeit bekannt. Nur ihr Rat kennt sie.“

„Aber er hat sich so normal benommen. Gar nicht so, als sei gerade das wichtigste Artefakt seines Landes abhandengekommen“, überlegte Ana-ha weiter. „Und das auch noch unter seiner Obhut.“

Seiso-me zuckte mit den Schultern. „Keine Ahnung, wie Luftelementler mit so etwas umgehen. Er hat mir gesagt, an diesem Tag wäre alles so gewesen wie immer. Mit einer Ausnahme: Es ging ihm nicht sonderlich gut. Als Cruso zufällig vorbeikam, hat er ihn gebeten, einen Ersatz zu suchen, den Zweiten Wächter. Doch bevor Cruso fortging, brach der Staudamm. Und das ist jetzt die eigentliche Neuigkeit: Der Bruch wurde durch einen Erdrutsch in der Tiefe des Solucens ausgelöst und war kein Konstruktionsfehler der Wasserelementler.“

„Durch einen Erdrutsch ... Und wann ist das Symbol verschwunden?“

„Das weiß keiner so genau. Menardi hat mir gesagt, dass der angeforderte Wächter den Verlust erst bemerkt hat, als er seinen Dienst übernehmen wollte.“

„Meine Güte, dann könnte man ja fast denken, Menardi hätte das Symbol selbst geraubt. Immerhin war er mit dem Heiligen Atem allein. Und er schien ihm in Wibuta auch keine Träne nachzuweinen, zumindest hatte es den Anschein, als sei alles in bester Ordnung." Ana-ha dachte kurz nach: „Aber nein ... das kann ich mir nicht vorstellen, nicht Menardi."

„Hm", brummte Seiso-me nur. „Und Cruso? Menardi hat zwar gesagt, er wäre öfter bei ihm vorbeigekommen ..."

„... die zwei sind ja auch gut befreundet", sagte Ana-ha schnell. „Im Feuerland waren sie ständig beisammen."

„Vielleicht haben sie es zu zweit geplant", überlegte Seiso-me. „Aber vielleicht ist Cruso auch nur deshalb immer wieder zu Menardi gegangen, weil er schon seit Längerem die Absicht hatte, das Symbol zu stehlen. Ich würde das auf jeden Fall so machen."

„Cruso ist doch kein Symbolräuber. Er ist Iciclos' Freund."

„Eben", sagte Seiso-me düster. „Ich wusste schon immer, dass mit den beiden etwas nicht stimmt. Wo war Iciclos eigentlich am Tag des Staudammbruchs?"

Ana-ha sah ihn empört an. „Also wirklich, Seiso-me! Iciclos war ganz sicher nicht in Triad. Wie auch?"

Er sah sie lange an. Seine Augen sprudelten wie zwei dunkle Quellen, aus denen etwas Unheilvolles emporstieg. „Was, wenn du wieder eine verbotene Trainingseinheit mit ihm hattest und er sich heimlich durch einen Zwischenbereich ins Luftreich geschlichen hat? Cruso hätte nur auf der anderen Seite ein Tor öffnen müssen. Er ist im Oberen Rat und kann unsere Pläne dort jederzeit einsehen. Du hättest Iciclos' Verschwinden gar nicht bemerkt."

Ana-ha fand im ersten Augenblick überhaupt keine Worte. Sie starrte Seiso-me an. „Ich hätte es gemerkt, ganz sicher. Ich war ja die Toröffnerin", sagte sie dann nur. Sie war sich wirklich sicher. „Und außerdem", fügte sie noch hinzu, „halten wir unsere Treffen meistens nachts ab. Und der Staudamm ist am helllichten Tag gebrochen."

Seiso-me lächelte beinah triumphierend. „Ich gehöre jetzt zu den Oberen, Ana-ha. Ich kann nicht länger zu euren Regelverletzungen schweigen."

„Ich glaube, dir ist deine Mitgliedschaft zu sehr zu Kopf gestiegen. Aber gut, ich werde andere Zeiten für Iciclos' Training wählen, nur, damit du nicht in Verlegenheit kommst."

„Ana-ha!" Seiso-me fasste sie kurz am Arm. „Ich mache mir Sorgen. Vertraue nur denen, die du wirklich kennst. In Zeiten, in denen

Symbolräuber agieren, darf es einfach keine heimlichen Toröffnungen mehr geben."

Ana-ha sah ihn unfreundlich an. „Weißt du, Seiso-me: Iciclos nicht zu mögen ist deine Sache. Aber ihn jetzt als Symbolräuber abzustempeln ... ohne Beweise? Bist du sicher, dass du nicht zu voreingenommen bist? Vielleicht bist du nicht der Richtige für diese Angelegenheiten in Triad."

Das saß. Seiso-me sah sie betroffen an und schwieg.

Ana-ha verschränkte die Arme vor der Brust und musterte den zerstörten Turm. Seiso-mes Worte hatten ein ungutes Gefühl in ihr hinterlassen, auch wenn sie es ihm gegenüber nie zugegeben hätte. Dass Iciclos selbst in Triad gewesen war, konnte sie jedoch ausschließen. Aber mit den heimlichen Toröffnungen hatte Seiso-me natürlich recht. Es war derzeit zu riskant. Zumal sie verschiedene, eigene Ungereimtheiten zunächst klären musste. Schmerzlich wurde ihr bewusst, dass sie Iciclos eigentlich wirklich kaum kannte. Gerade die Geschichte mit Ankorus hatte es ihr sehr deutlich gezeigt. Sie hatte den Namen des Grußüberbringers hier in Triad bislang nicht erwähnt. Sie hatte ihn auch von niemand anderem gehört. Also hatte Ankorus wahrscheinlich keinen höheren Status an der Akademie, vielleicht war er noch nicht einmal Mitglied. Laut Iciclos war er nicht gerade ein Vorzeige-Elementler. Vielleicht ... Ana-ha betrachtete den dunklen Abgrund vor ihr ... ein Gedanke kam ihr ganz spontan ... vielleicht plante Ankorus im Hintergrund eine Toröffnung?

Intuitiv griff sie nach ihrem Larimar, den sie nun als Halskette unter ihrer Kleidung trug. Das konnte tatsächlich sein. Wer sagte denn, dass man nicht auch luftelementare Fähigkeiten außerhalb von Triad erwerben konnte. Und ein normaler Bewohner würde nie in Verdacht geraten, weil seine Fähigkeiten nicht ausreichten.

Ihre Hand spürte den Konturen des Steins nach, der unter ihrer Tracht verborgen lag. Bisher war es zum Glück niemandem aufgefallen, welches Vermögen sie spazieren trug. Nur Antares war es natürlich nicht entgangen.

„Ich sehe, du trägst ihn wieder", hatte er gesagt, als sie ihn bei ihrem letzten Treffen gebeten hatte, sie nach Triad zu schicken.

„Ich trage ihn zum ersten Mal in der Öffentlichkeit", hatte sie geantwortet.

Antares hatte nur genickt und sich jeder Stellungnahme dazu verweigert. „Ein ganz besonderer Larimar", hatte er dann noch mysteriös angefügt. Dieser Satz hatte sämtliche Alarmglocken in Ana-ha schrillen lassen. Erst nach einigen Minuten war ihr bewusst geworden, warum. Es war genau das, was Fiuros über ihren Stein gesagt hatte. Es ist ein ganz besonderer Larimar. Der komplette Satz aus seinem Mund.

„Wieso ist er denn besonders?", hatte sie dann auch sofort nachgehakt.

„Das hat deine Mutter gesagt. Dieser Stein besitzt einen besonderen Wert. Außerdem ist er ein Zwillingsstein. Ich habe dir ja schon einmal erzählt, dass in deiner Familie früher ein zweiter Stein existiert hat. Im Krieg ging er verloren. Er ist das exakte Gegenstück zu deinem. Sie waren einmal eins und wurden für Zwillinge geteilt. So hat deine Mutter es mir berichtet und sie hat es aus alten Unterlagen aus Raelas Vermächtnis."

„Vielleicht ging er gar nicht verloren, sondern hat nur den Besitzer gewechselt", mutmaßte Ana-ha.

„Möglich wäre es."

„Und es ist auch gut so. Alle Trägerinnen dieses Steins sterben in jungen Jahren. Besser, der zweite ist komplett aus unserer Familie verschwunden und sei sie auch nur um hundert Ecken mit mir verwandt. Ich hoffe, es liegt kein Fluch auf diesem wertvollen Erbstück!" Ana-ha zog die Schultern zusammen, als würde sie frieren. Eigentlich glaubte sie nicht an solche Dinge, aber seltsam war es schon, dass die weiblichen Larimarträger ihrer Linie immer einen frühen Tod fanden.

Vielleicht hatte Ankorus ihn verflucht? Ihren besonderen Larimar? Wieso kannte Fiuros diese Worte oder war es ein Zufall? Warum war er für ihn dann so besonders? Besaß er vielleicht den Zwillingsstein? War Ankorus vielleicht ein Larimardieb? Hatte er Fiuros den Stein gestohlen? War er deshalb so wütend? War das die Parallele zur Elementas? Sie hatte ihm das Feuer in Larakas gestohlen, sein Element, und Ankorus hatte seinen Stein? Ana-ha hatte sehr intensiv über diesen Sachverhalt nachgegrübelt, sodass sie Antares nächste Worte fast verpasst hätte.

„Ein besonderer Larimar, das waren beinah ihre letzten Worte, Ana-ha", hatte er gesagt.

„Und ihre letzten?" *Warum habe ich mich das nie gefragt?*

„Die hat sie dir nur ins Ohr geflüstert. Ich weiß es nicht. Aber vorher sagte sie noch: Das Licht ist niemals die Illusion."

„Ich weiß, das hast du mir schon oft erzählt." Ana-ha hielt plötzlich inne.

*Licht?*

Das Geschenk von Asperitas fiel ihr ein. Sie hatte Licht gesehen. Hatte es doch etwas zu bedeuten? Aber wieso war das Licht ihr größter Feind, oder besser gesagt, ihr größter Schmerz? Das hieße ja, sich mit der Dunkelheit verbünden zu müssen.

„Deine Mutter unterteilte nie in Gut oder Böse, Licht oder Schatten, Ana-ha. Für sie war alles eins. Punkte auf einer Linie, die in Wahrheit ein Kreis ist. Unendlich. Nur der Blickwinkel sei entscheidend und unsere Beurteilung, sagte sie stets."

„Dann hätte sie auch sagen können: Die Dunkelheit ist nie die Illusion."

„Ja, richtig. Sie wusste wohl, dass alles austauschbar ist. Aber sie hatte einen Blickwinkel zum Licht hin. Zum Leben, Ana-ha."

Sein letzter Satz hatte sie tief getroffen. Bestimmt so sehr, wie sie eben Seiso-me verletzt hatte, indem sie ihn für seine Aufgabe als nicht würdig erachtet hatte. Schon jetzt tat es ihr leid, denn Seiso-me sah immer noch ziemlich gekränkt aus. Jedoch hatten die Worte von Antares sie nicht verletzt, sie hatten ihr nur gezeigt, dass der Akademieleiter sie sehr gut kannte. Das Leben siegt immer. Sicher spürte er bei diesem Satz stets überdeutlich, dass sie den Inhalt nicht begriff ...

„Ana-ha Lomara, Seiso-me?" Die Stimme hinter ihnen holte sowohl Ana-ha als auch Seiso-me wieder in die Gegenwart des Luftreiches zurück.

Ana-ha drehte sich um. Vor ihr stand ein Mädchen von ungefähr zwanzig Jahren, vielleicht auch jünger. Sie war mindestens einen Kopf größer als sie. Ihre ernsten Gesichtszüge waren fein und alles an ihr erschien schmal, angefangen bei ihren Augen, ihren Brauen, ihren Lippen und ihrer geraden Nase bis hin zu ihren Handgelenken und ihrem hellen bodenlangen Kleid. Einzig allein ihre zimtfarbenen Kringellocken gaben dem Mädchen etwas Jugendliches, das ihrem Alter gerecht wurde.

„Ich bin Annini Logan. Seiso-me und ich kennen uns schon", stellte sie sich vor und nahm zum luftländischen Gruß ihren Kopf ein wenig nach unten. Ana-ha hatte das Gefühl, sie würde ihr ganzes Sein vor ihr verneigen.

„Ana-ha Lomara", sagte sie und wiederholte die rituelle Begrüßung.

Die schwarzen Augen des Mädchens hafteten auf ihr, als würde sie in der ersten Minute ihr komplettes Wesen ergründen wollen. Sie waren fast so dunkel wie der Schlund des Abgrundes und Ana-ha kam sich seltsam beobachtet vor.

„Du hast letztes Jahr die Elementas gewonnen." Das war eine Feststellung.

„Und du bist Lin Logans Tochter", gab Ana-ha zurück.

„Du hast Fiuros Arrasari besiegt."

„Ja."

„Er und Atemos haben es heute noch nicht vergessen."

„Woher willst du denn das wissen?", fragte Ana-ha verblüfft.

„Auf jeden Fall weiß ich es besser als die meisten ..." Annini lächelte zum ersten Mal. Sie sah dabei aus wie ein Engel, der in die Hölle gesehen hatte. Ihren Augen fehlte jegliche Unschuld.

„Wie kommt das?"

„Ich erledige meist die Aufträge im Feuerland, das heißt, wenn es denn Aufträge gibt. Nur beim letzten durfte ich leider nicht mit. Zu unerfahren, hat meine Mutter gesagt."

Ana-ha zog die Augenbrauen hoch, sagte aber nichts weiter. Es kam ihr seltsam vor, dass man die junge Luftelementlerin überhaupt mit solchen verantwortungsvollen Aufgaben betraute.

„Ich soll Ana-ha zum Überschwemmungsgebiet bringen, damit sie dort helfen kann", erklärte Annini jetzt. „Du kannst auch mitgehen, Seiso-me. Ich begleite dich anschließend zum *Saal der geschützten Lüfte*, den Ort, an dem das Vakuum mit dem heiligen Atem aufbewahrt wurde. Dort kannst du dich gerne ein wenig umsehen."

Sie drehte sich abrupt um. Seiso-me und Ana-ha tauschten einen Blick und folgten ihr schweigend in den Turm hinein.

„Findest du sie auch besonders?", flüsterte Seiso-me Ana-ha fragend zu. Annini war keine hundert Meter weiter stehen geblieben und unterhielt sich mit angespannter Miene mit einem anderen Elementler.

Ana-ha nickte nur. Sie beobachtete Annini, wie sie während der Unterhaltung flink ein neben ihr schwebendes Drichronon zusammensetzte. Sie sah nur flüchtig auf die Teile, trotzdem passte jeder Sekundära sofort an den Andoka. Annini musste eine ungeheure Beobachtungsgabe besitzen.

„Wenn ich dir jetzt erzählen würde, sie wäre die Zweite Wächterin des Luftsymbols, würdest du das je vergessen?"

Ana-ha schüttelte unbehaglich den Kopf, denn so, wie sie Seiso-me kannte, wollte dieser auf etwas ganz Bestimmtes hinaus.

„Ich auch nicht", sagte Seiso-me. „Aber Cruso scheint es einfach so entfallen zu sein." Seiso-me sah Ana-ha eindringlich an und fuhr fort: „Nachdem Menardi Cruso losgeschickt hatte, um den Zweiten Wächter zu holen, ist dieser gegangen, kam aber nach ein paar Metern wieder zurück. Angeblich wusste er nicht mehr, wer der Zweite Wächter war. Aber ... angesichts Annini ist das eigentlich unmöglich. Noch dazu ist sie die einzige Frau in dem Wächterquintett."

„Wie kann Annini eine Wächterin sein? Sie ist doch noch viel zu jung. Ist sie überhaupt ein Mitglied des Rates?", wollte Ana-ha wissen. Seltsam war das alles schon, da musste sie Seiso-me recht geben.

„Sie ist Lin Logans Tochter. Und der Rat ist so von ihren Qualitäten überzeugt, dass er ihrem Einsatz als Wächterin zugestimmt hat ... obwohl sie kein Mitglied ist. Und außer dem Rat kennt ja niemand ihren Status."

„Hm", überlegte Ana-ha. „Vielleicht war das alles ein Missverständnis. Sicher hat Menardi nur gesagt, Cruso solle seine Ablösung holen. Cruso ist losgelaufen und hat einfach vorher vergessen zu fragen, wer denn für die nächste Schicht oder als Stellvertreter eingeteilt ist. Immerhin", und jetzt sah sie Seiso-me intensiv an, „war gerade der Staudamm gebrochen und Menardi ging es sehr schlecht. Wer weiß, ob er das wirklich noch alles so gut in Erinnerung hat."

Seiso-me sah sie skeptisch an: „Also, ich glaube Menardi. Er fand es ja selbst komisch, hat es aber einfach auf die ganze Situation geschoben."

„Womit er recht haben könnte."

„Oder auch nicht. Möglicherweise steckt ja auch eine ganz gerissene Taktik dahinter. Vielleicht war es noch nicht einmal Zufall, dass es Menardi an diesem Tag so schlecht ging."

„Ja, ja, wahrscheinlich behauptest du noch gleich, Cruso hätte ihn vergiftet", spottete Ana-ha zynisch.

Seiso-me sah sie an. „Sei nicht so sarkastisch, Ana-ha. Du hörst dich schon so an wie Iciclos."

Ana-ha lächelte.

„Übrigens: Beide studieren genau seit acht Jahren an den Akademien. Beide sind verbissen ehrgeizig und beide lernen erstaunlich schnell."

„So viele Gemeinsamkeiten", sagte Ana-ha nur. „Kein Wunder, dass sie sich so gut verstehen. Sie scheinen echt eine Wellenlänge zu haben."

Seiso-me schüttelte nur den Kopf. „Ich glaube, da gibt es einen ganz anderen Zusammenhang."

Ana-ha wollte gerade etwas Schnippisches erwidern, als sich Annini ihnen wieder zuwandte.

„Entschuldigung", sagte sie nur. „Aber es geht hier seit dem Symbolraub einfach drunter und drüber." Mit einem Kopfnicken forderte sie Ana-ha und Seiso-me auf, ihr zu folgen. Sie führte die beiden an der äußeren Plattform des Turmes entlang, hin zu den gläsernen Treppen. Von dort nahmen sie die kürzeste Verbindung Richtung Südturm.

„Kein anderer Elementler hätte wissen können, dass unser Symbol nicht in den Reihen der Oberen aufbewahrt wurde, sondern in diesem kleinen Südturm", sagte Annini jetzt. Leichtfüßig sprang sie über die gläsernen Stufen.

„Dann war der Symbolräuber also auf jeden Fall ein Luftelementler?", fragte Ana-ha.

„Das wissen wir nicht, aber wir vermuten es. Obwohl", Annini sah beide an, „manche von uns denken, es könnte auch Lesares Leras gewesen sein."

„Das hat mir deine Mutter heute Morgen auch gesagt", nickte Seiso-me. „Aber sie selbst hält es für unwahrscheinlich, nein, sogar für ausgeschlossen."

„Lesares Leras? Was hat der denn jetzt mit der Geschichte zu tun?" fragte Ana-ha, hellhörig geworden.

„Lesares Leras ist Bebenspezialist", erklärte ihr Seiso-me. „Und er war an genau diesem Tag in Triad."

„Lesares ...", murmelte Ana-ha vor sich hin. In ihrem Kopf überschlugen sich die Gedanken. Ankorus war Luftelementler. Lesares war Bebenspezialist. Das passte doch. Beide hatten sicher zusammen das

Symbol gestohlen. Aber wieso sandten ihr solche Leute Grüße? Beziehungsweise Ankorus? Was wollte er von ihr? Und was hatte Iciclos mit ihm zu tun? Vielleicht sollte sie Annini mal nach Ankorus fragen, wenn sie beide allein waren.

„Was hat denn Lesares an diesem Tag in Triad gemacht?", wollte Ana-ha wissen.

„Er hatte ein Gespräch mit Lin. Es ging um Erdrutsche am Schwarzen Pass und irgendwelche Maßnahmen, um diesen vorzubeugen. Lesares hat dort schon unheimlich oft geholfen. Daher hält Lin es auch für ungeheuerlich, dass manche diesen Verdacht überhaupt geäußert haben. Sie und der Rat geben viel auf Lesares, und das, obwohl wir normalerweise die Erdelementler meiden."

„Kennst du ihn persönlich?"

„Lesares? Klar. Er ist ein Menschenfreund, würde ich sagen. Er ist nett." Annini blieb stehen. „Aber wie gesagt, das sehen nicht alle hier so."

„Gibt es deswegen Schwierigkeiten?" Seiso-me sah sie besorgt an.

„Nein. Lins Meinung gilt. Und es ist auch die der Mehrheit. Und Lesares macht sich ohnehin genug Vorwürfe. Meinte, er hätte es doch merken und verhindern müssen."

Sie hatten die gläsernen Treppen fast überquert. Der zerstörte Turm lag nun genau vor ihnen. Aus der Nähe sah man die ausgehöhlte Struktur des Perlynx, einer Bausubstanz, die es nur im Luftreich gab.

„Es sieht schrecklich aus. Ein Wunder, dass der Turm nicht gekippt ist", sagte Ana-ha.

„Ja, das liegt am Baustoff. Das Perlynx gleicht die fehlende Masse wunderbar aus. Es verlagert seinen Schwerpunkt automatisch." Annini hüpfte auf den Stufen entlang, so nah am Rand, dass Ana-ha nicht hinsehen konnte. „Die Erdelementler wollen uns heute noch das Gebiet streitig machen, in dem das Perlynx liegt."

„Hab ich gehört", sagte Seiso-me jetzt.

Das Perlynx schimmerte pastellig in der Sonne. Durch den Lichteinfall sah es aus, als würde das Material im Inneren zirkulieren.

„So ein gewaltiges Luftschloss konnte man nur aus diesem Stoff bauen. Jedes andere Material wäre in sich nicht stabil genug. Perlynx ist flexibel, so wie wir", lachte Annini und sprang über drei Stufen auf einmal nach unten. Ana-ha sah demonstrativ in die andere Richtung.

Sie konnte Anninis Akrobatik auf den hohen Treppen schlecht aushalten, ohne etwas dazu zu sagen.

„Wieso ist denn das Perlynx nicht ausgelaufen, als der Turm brach?", wollte sie wissen. „Ist es nicht flüssig im Inneren?"

„Es härtet sofort aus, wenn es mit der Luft in Berührung kommt", erklärte Annini und lief wieder in der Mitte der Treppe weiter.

„Kein Wunder wollen es die Erdelementler." Ana-ha sah nach unten und erkannte inmitten der Fluten des Solucens ihre eigenen Leute. Alle waren es angesehene Ratsmitglieder und sie kam sich plötzlich furchtbar fehl am Platz vor.

„Das schaffst du schon", sagte Seiso-me aufmunternd, als er ihren Blick bemerkte.

Ana-ha musste lächeln. Seiso-me brauchte überhaupt keine empathischen Fähigkeiten. Er wusste sowieso immer, wie es ihr gerade ging. Und dass er sich Sorgen um sie machte, konnte sie ihm wohl kaum verübeln. Er war ihr Freund.

„Ich hoffe, ich liefere hier nicht ebenso ein schlechtes Ergebnis wie in Wibuta ab. Ich will doch Antares überzeugen, dass er mir vertrauen kann."

„Das wirst du. Ganz bestimmt." Seine Hand streifte wie zufällig ihren Oberarm. „Du machst deine Sache sicher sehr gut."

„Du bestimmt auch", sagte sie nur. Es tat ihr leid, dass sie ihn so angefahren hatte. Seiso-me nickte. Auch das wusste er wahrscheinlich schon längst.

Am Abend war Ana-ha von der Arbeit in dem überschwemmten Gebiet völlig ausgelaugt. Sie war froh, dass sie sofort Anschluss gefunden hatte. Kosmo Felis, ein guter Bekannter von Hagalaz und Wunjo, hatte sich ihrer angenommen und ihr die Technik, die sie benötigte, in allen Einzelheiten erklärt. Eigentlich war Ana-ha ganz zufrieden mit sich. Kurz vor Sonnenuntergang hatte sich die Gruppe dann getrennt, da ihre Kräfte für diesen Tag erschöpft waren. Elementler mussten in einem anderen Reich ihre Fähigkeiten stets bündeln, um ihr Element entfalten zu können.

Ana-ha war noch ein wenig länger geblieben, da sie später angefangen hatte. Doch nach einer Viertelstunde hatte sie aufgegeben. Alleine konnte sie nichts ausrichten. Und jetzt, eine weitere Viertelstunde später, musste sie sich eingestehen, dass sie sich hoffnungslos in dem zerstörten Turm verlaufen hatte. Wie auf ihrem Hinweg hatte sie die Wendeltreppe genommen, nach oben natürlich. Die einzelnen Stockwerke lagen ringförmig im Turm und waren jeweils nur über die hohle Turmmitte mit der Wendeltreppe erreichbar.

Ana-ha war weit nach oben gestiegen und hatte sich dabei Annis Worte ins Gedächtnis gerufen: „Für uns Luftelementler symbolisieren diese Treppen mehr als nur Verbindungen nach oben und unten. Diese Wendeltreppen erinnern uns täglich daran, Sachverhalte stets aus verschiedenen Blickwinkeln zu betrachten. Während man sein Ziel verfolgt, muss man beweglich bleiben. Natürlich sollte man sich dabei nicht verwirren lassen."

Ana-ha hatte an Ankorus, Lesares, Iciclos und Fiuros gedacht und dabei die Abzweigung verpasst, die sie hätte nehmen müssen. Leider besaß diese gewundene Treppe unzählige Verbindungswege zu den einzelnen Stockwerken des Turms, sodass es nach kurzer Zeit für Ana-ha nicht mehr möglich war, sie zu unterscheiden. Nur anhand der Höhe konnte sie ungefähr abschätzen, wo sie sich befand. Dummerweise wurde es jetzt draußen auch noch dunkel und der Turm im Inneren immer unheimlicher.

Ana-ha blieb mitten auf der Wendeltreppe stehen. Sie war im oberen Drittel des Turms. Irgendwo hier musste der Weg zu der gläsernen Treppe sein. Ana-ha lauschte in die Dämmerung. Doch es blieb still. Dieser Bereich schien wie ausgestorben. Ihr wurde schlagartig bewusst, dass sie mutterseelenalleine war. Und alle Treppen besaßen keine Geländer!

Ana-ha spähte vorsichtig über den Rand der Stufen. Ungefähr hundertfünfzig Meter ging es hinunter. Wenn die Sonne vollends untergegangen war, würde sie in diesem Turm nicht mal mehr die Hand vor Augen sehen können. Sie entschied sich für eine etwas breitere Brücke. Langsam balancierte Ana-ha über den Abgrund zu dem Stockwerk hinüber. Wenn sie jetzt schon wieder falsch gewählt hatte, würde sie wohl hier übernachten müssen.

Der verlassene Turm wirkte gespenstisch. Ana-ha lief den äußeren Gang entlang und fand eine weit geöffnete Tür. Genau durch so ein Portal waren sie vorhin gekommen. Erleichtert atmete sie aus und eilte durch den Flur. Das Perlynx der Wände schimmerte silbrig. Legenden erzählten, die alten Großmeister der letzten Jahrhunderte wären durch diese Substanz gewandelt.

Ob Ankorus das auch vollbringen konnte? Konnte er sich so durchlässig machen wie sein Element? Ana-ha legte ihre Hand auf die Bausubstanz der Turmakademie. Das Perlynx war kühl und irgendwie leicht. Für einen kurzen Augenblick zuckte sie zurück. Was, wenn Ankorus tatsächlich darin herumspazierte? Oder jemand anderes? Fiuros, der sie verfolgte? Der das Perlynx irgendwie schmelzen konnte? Ihr Herz schlug schneller.

Abrupt wandte sie sich von der Wand ab und sah durch eines der wenigen Fenster nach draußen. Sie konnte keine der kristallinen Treppen sehen. Unschlüssig sah sie sich um. Sie hatte keine Lust, schon wieder über die Brücken zu der Wendeltreppe zu steigen.

„Vielleicht", überlegte sie sich, „gibt es hier doch noch eine andere Verbindung zum nächsten Stockwerk."

Geschlagene zehn Minuten irrte sie in den dunklen Gängen herum, durchquerte Räume und Zimmer, die alle leer standen. Nur der äußere Turmring hatte jetzt noch so viel Licht, dass sie gut sehen konnte. Irgendwann blieb sie verwundert stehen. Der Raum rechts von ihr unterschied sich eindeutig von allen anderen. Er war geformt wie eine Acht, deren zwei Mittelkreise durch majestätische Säulen gefüllt wurden. Ana-ha ging neugierig hinein. Das Dämmerlicht reichte gerade noch aus, um alle Einzelheiten deutlich zu erkennen.

Der Saal war nicht sonderlich groß, aber seinen sakralen Atem spürte Ana-ha wie einen Luftzug auf der Haut ... als würde der Geist des alten Tachars hier umherstreifen. Zwei Schriftzüge zogen sich über die hellen Wände, die alte Sprache konnte Ana-ha allerdings nicht entziffern. Die Alabastersäulen selbst waren ungefähr einen Meter fünfzig hoch, glattwandig und jede ungefähr zwei Meter im Durchmesser. Ana-ha blieb stocksteif stehen, als hätte sie verbotenes Territorium betreten.

Es war der Saal der geschützten Lüfte.

„Willst du uns den Heiligen Atem zurückbringen?"

Ana-ha fuhr vor Schreck zusammen. Sie drehte sich zur Tür. „Anni", stammelte sie. „Wo kommst du denn her?" Sie hatte weder Schritte noch sonst irgendwelche Geräusche gehört.

„Seiso-me und ich suchen dich schon eine ganze Weile." Das Mädchen trug eine strahlend helle Laterne bei sich, die ihre linke Hälfte in Licht tauchte, während die rechte im Dunklen lag.

„Ich habe mich verlaufen", gab Ana-ha zu. „Wieso steht denn der ganze Turm leer?"

„Eine Taktik von Lin. Sie hofft immer noch, dass die Symbolräuber den Atem zurückbringen. Sie will ihnen die Möglichkeit geben, unerkannt zu bleiben." Sie sah Ana-ha an. Diese fühlte sich ertappt, obwohl sie nichts verbrochen hatte.

„Ich habe ihn aber nicht gestohlen. Ich habe mich wirklich verlaufen."

Annini nickte. „Ich weiß."

„Liest du meine Gedanken oder warum bist du so sicher?" Ana-ha lachte nervös. Sie hatte das Gefühl, sich irgendwie unter Anninis Blick bedecken zu müssen. Sie hatte sogar unbewusst die Arme vor der Brust verschränkt.

Annini erwiderte nichts, sah Ana-ha nur nachdenklich an.

„Wurde der Heilige Atem wirklich hier aufbewahrt?", fragte Ana-ha nach einer Weile und ließ die Arme wieder sinken.

Das Mädchen nickte und kam näher. Vorsichtig stellte sie ihre Laterne auf der Säule vor Ana-ha ab.

„So in etwa", sagte sie dann und korrigierte noch einmal den Platz des Lichtes. „So wie diese Laterne stand der Heilige Atem in seinem Vakuum, genau hier." Sie trat einen Schritt zurück.

Ana-ha schwieg und überlegte, wie sie ihre Frage nach Ankorus am besten formulieren konnte. Sie wollte schließlich nicht mit der Tür ins Haus fallen. Andererseits fand sie beim besten Willen keine andere Überleitung außer dem Symbolraub. Sie dachte angestrengt nach. Das Schweigen schien sich in dem heiligen Saal auszudehnen.

„Ich kenne ihn nicht", sagte Annini plötzlich. „Ich habe diesen Namen nie gehört."

Das war gespenstischer als der dunkle Turm!

„Führst du deine Unterhaltungen immer so merkwürdig?", wollte Ana-ha wissen und fühlte sich noch unbehaglicher.

„Nein." Annini sah ihr geradeheraus in die Augen. Sie sah sie so durchdringend an, dass Ana-ha ihrem Blick auswich. „Weißt du, Ana-ha, das Problem ist, dass du mich nicht kennst und deine Empathie hier versagt. Ich aber kenne dich schon sehr gut."

Ana-ha atmete tief durch.

„Das braucht dir nicht unangenehm zu sein. Im Gegenteil. Ich mag dich und auch deine Gedanken."

„Ich dachte, ihr Luftelementler benutzt diese Gabe nicht einfach so."

„Bei mir ist das anders."

„Wieso? Weil du Lins Tochter bist?"

„Natürlich nicht, Ana-ha. Ich habe keine Sonderrechte bis auf die Tatsache, dass ich Wächterin unseres Symbols war."

„Und weshalb ist es bei dir anders?", wollte Ana-ha wissen.

Jetzt wandte Annini den Blick ab. „Ich kann es nicht kontrollieren."

„Das habe ich noch nie gehört", sagte Ana-ha verblüfft.

Annini blickte auf ihre Füße: „Sie sind immer da."

„Wer?"

„Eure Gedanken. Alle Gedanken. Ich kenne jeden Gedanken Triads. Ich kann es nicht stoppen, ich kann es nicht aufhalten. Ich lebe in einer Welt voller Stimmen." Sie hob den Kopf und die nächsten Worte waren leise: „Ich kann alles sehen."

„Wirklich alles?" Ana-ha schluckte und musste plötzlich dummerweise an Asperitas' Geschenk, an Licht und an Dunkelheit und an die Aussage ihrer Mutter denken, dass das Licht nie die Illusion sei. Sie musste daran denken, dass sie verbotenerweise friezen konnte und dass sie Iciclos an dieser Gabe teilhaben lassen wollte. Aber der schlimmste Gedanke war der, dass die Toröffnung vor hundert Jahren funktioniert hatte, wenn auch mit ungewissem Ausgang.

Anninis Gesichtsausdruck veränderte sich fortlaufend, so, als würde sie gerade ein äußerst spannendes Buch lesen. Irgendwann sagte sie nur: „Nun, da gibt es scheinbar viele Dinge, die du klären solltest."

Ana-ha nickte stumm.

„Möchtest du wissen, wie ich über das Licht und die Dunkelheit denke?"

„Sicher." Ana-ha sah sie gespannt an. Annini Logans Augen sahen aus, als kannten sie alle Geheimnisse der Welt.

Das Mädchen trat wieder näher an die Säule heran: „Ich, als Luftelementlerin, würde dir sagen, dass das Licht nicht ohne die Dunkelheit existieren kann. Für jedes Licht gibt es eine Dunkelheit, für jeden Orkan eine Stille danach. Beides ist real oder beides ist eine Illusion."

Sie schloss kurz die Augen, bevor sie fortfuhr: „Als Feuerländer würde ich antworten, dass die Dunkelheit die Illusion ist, denn das Feuer, das Helle, kann sie jederzeit vertreiben. Das Feuer wird immer gewinnen, denn keine Finsternis vermag Feuer zu löschen." Annini sah traurig aus, als sie das sagte.

„Als Erdelementler würde ich sagen, dass Licht und Dunkelheit nichts weiter sind, als verschiedene Ausprägungen der Dämmerung. Also sind dort beide Ausprägungen sehr real. Realität wird bei den Erdleuten ohnehin großgeschrieben."

„Und", Ana-ha betrachtete die Laterne, die den Platz des Luftsymbols eingenommen hatte, „was existiert deiner Meinung nach in einer göttlichen Dimension?"

„Das weiß ich nicht." Annini flüsterte plötzlich. „Aber ich glaube an das Licht."

Ana-ha krabbelte eine eigentümliche Mischung aus Schauer und wohliger Wärme den Rücken hinauf. Die Worte aus der Feuerkunstakademie kamen ihr wieder in den Sinn: *Hab Acht in der Dunkelheit ... ist immer noch ein Licht ...* Tröstlich und traurig, so wie das Mädchen ihr gegenüber.

„Ich auch", sagte Ana-ha und Annini lächelte.

„Wir sollten gehen, bevor die Sonne ganz untergegangen ist. Sonst bekommst du nämlich ein echtes Problem." Annini wollte die Laterne greifen. Plötzlich zögerte sie und drehte sich zu Ana-ha um. „Ich habe dir heute etwas anvertraut, das ich bisher noch niemandem im Luftreich verraten habe. Ich möchte dich bitten, es keinem zu erzählen. Ich käme sonst in echte Schwierigkeiten."

„Du meinst, dass Lin den Turm leer stehen lässt, in der Hoffnung, die Symbolräuber würden das Symbol zurückgeben?", fragte Ana-ha vorsichtig.

Annini schüttelte den Kopf. „Nein, das meine ich nicht. Ich meine die Tatsache, dass ich Gedanken lesen kann oder vielmehr alle Gedanken in mir habe."

„Wieso hältst du es denn geheim? Es ist doch eines eurer Talente ...", wunderte sich Ana-ha.

Annini seufzte. „Es ist nicht normal, Ana-ha. Ich kann es niemals willentlich zum Stillstand bringen. Überlege, was das bedeutet: Ich weiß alles. Ich habe alles zur gleichen Zeit in meinem Kopf." Sie griff die

Laterne und drehte sich wieder herum. „Deswegen nehme ich alle Aufträge im Feuerland an. Es ist wie eine Flucht. Dort ist es still. Die meisten Feuerländer meiden mich. In Wibuta finde ich Ruhe, wenn auch nur für kurze Zeit. Ich habe lange gebraucht, um mit dieser Fähigkeit umzugehen. Mittlerweile schweige ich zu allem, was ich im Geist höre, reagiere nur noch auf Worte. Das vorhin bei dir war eine einmalige Ausnahme."

„Dann schweigst du auch zu all dem anderen, was du bei mir gesehen hast?", wollte Ana-ha hoffnungsvoll wissen.

Annini nickte. „Es ist ein schweres Stück Arbeit, sich immer wieder zu erinnern, was gesagt wurde und was nicht, aber ich halte mich ganz gut."

Wenn Annini sagte, den Namen Ankorus noch nie gehört zu haben, konnte sie ihn aber trotzdem in den Gedanken von jemandem gesehen haben. Allerdings würde sie das natürlich nicht preisgeben. Aber letztendlich profitierte sie ja auch von Anninis Verschwiegenheit. Plötzlich kam ihr ein abenteuerlicher Gedanke:

„Angenommen, du wüsstest, wer das Symbol gestohlen hat, würdest du es jemandem anvertrauen?"

„Nein!" Annini schüttelte entschieden den Kopf.

„Willst du denn nicht eine Toröffnung verhindern?"

„Jede Wahrheit muss aus verschiedenen Blickwinkeln betrachtet werden. Erinnerst du dich an die Wendeltreppen?"

Ana-ha nickte. Aber sie konnte ihr trotzdem nicht folgen.

„Nur mal rein hypothetisch, ich würde es wissen. Ich könnte zu Lin gehen und es melden ... und dann?"

„Dann könnte man die Schuldigen zur Rechenschaft ziehen."

„Ist die Öffnung der Großen Tore wirklich ein Verbrechen? Wer legt das fest?"

„Na wir, die Bewohner der Reiche, in Anlehnung an unseren Glauben."

„Hättest du einen Nachteil davon, wenn man die Tore öffnen würde? Wärst du nicht neugierig?"

„Doch!" Es war die reine Wahrheit. Ana-ha würde nichts lieber sehen, als die Brücke, die in die andere Welt, die göttliche Welt, führen sollte. Sie spürte, wie ihre Wangen sich röteten, und war froh über das Dämmerlicht. Ganz sicher wäre sie die Erste, die ihre Schritte darüber setzen würde, sollte sich die Möglichkeit dazu ergeben. Wenn sie schon ihr Leben hier nicht liebte, dann doch vielleicht aber jenes in der Gottesdimension? Aber ... da waren Antares' Worte und Seiso-mes Bedenken. Es gab keine göttliche Dimension, die man auf diesem Weg erreichen konnte.

„Ich glaube nicht an die göttliche Dimension hinter unseren Symbolen", sagte sie leise und resigniert.

„Das solltest du auch nicht. Ich halte es auch nicht für wahr", antwortete Annini. „Wenn es Göttlichkeit gibt, liegt sie in uns. Alles, was wir brauchen, um vollständig zu werden, tragen wir bei uns. Wir haben Wasser, Feuer, Erde und Luft. Die Elemente der äußeren Welt. Ihren inneren Wert erschließen sich einige ihr gesamtes Leben lang nicht."

„Ihren inneren Wert?"

„Ja, es ist so einfach, dass wir es nicht sehen können. Du musst nur überlegen, was sie repräsentieren."

„Wasser ist die Seele, Luft der Geist, Erde das Materielle, der Körper. Und Feuer ist die Leidenschaft", zählte Ana-ha auf.

„Das Feuer ist mehr", widersprach Annini beinah beschwörend. „Schau mal!" Sie trat aus dem heiligen Saal an eines der Fenster des äußeren Turmrings und deutete auf die untergehende Sonne. „Ist sie nicht mehr als Leidenschaft?"

Ana-ha kam ihr hinterher und ihr Blick wanderte zum Horizont. Die Sonne hing tief am violetten Himmel. Es sah aus, als spuckte sie ihr Feuer auf das nahe Gebirge. Der Schwarze Pass leuchtete, als würde er in Flammen aufgehen. Unwillkürlich musste Ana-ha an die Feuerringe denken. Wie sie emporgestiegen waren ... Ihr junger Tanz im Kreis der alten Fackeln, wie Feuergarben hatten sie die Dunkelheit verjagt ... *Hab Acht in der Dunkelheit, die du eroberst, ist immer noch ein Licht ...* Wie sie ihr ihren Willen geschenkt hatten ...

Das Feuer hatte ihr in dieser Nacht die Energie geliehen, sich mit dem Leben zu verwurzeln. Zum ersten Mal waren alle anderen Fragen verstummt. Es hatte nur noch diesen Willen gegeben und sie. Leidenschaft war nur das Gefühl an der Oberfläche gewesen.

„Das Feuer repräsentiert den Willen", sagte sie jetzt nachdenklich.

Annini nickte, fast eifrig. „Körper, Geist und Seele finden zusammen im Menschen. Es ist das göttliche Geschenk an uns. Unser Wille kann es annehmen oder ablehnen. Feuer ist auch immer eine Entscheidung. Es kommt unter normalen Umständen nicht in der Natur vor, der Mensch musste erst lernen, es zu entzünden! So ist es ja auch bei den Elementas: Das Feuer wird dem Anwärter bereitgestellt. Aber wenn es erlischt, ist es für den Teilnehmer vorbei. Der Wille sollte uns niemals verlassen!"

„Niemals verlassen ...", wiederholte Ana-ha leise. Sie wollte sich mit dem Leben verbünden und schaffte es nicht. Doch irgendwo gab es einen Weg. Die Ereignisse der letzten Wochen hatten es ihr ganz deutlich gezeigt und sie würde nicht aufgeben, ihn zu suchen.

„Ich habe noch niemals einem Menschen sofort vertraut, Ana-ha. Vielleicht gerade, weil ich alles sehen kann. Aber bei dir war es anders. Du bist so geprägt von der Suche nach dem Sinn deines Lebens und dem Willen zum Leben, dass das fast dein komplettes Denken einnimmt. Aber diese Sehnsucht ist wenigstens ehrlich. Ich habe schon so viele falsche Wünsche gesehen. Es macht mich traurig. Dein Suchen ist richtig. Vielleicht musst du nur deinen Blickwinkel ändern, um dein Ziel zu erreichen."

„Und welchen Blickwinkel soll ich einnehmen?"

Annini zuckte mit den Schultern. „Ich sehe nur, was du denkst. Könnte ich dir jetzt die Lösung sagen, hättest du sie sowieso."

Ana-ha musste über diese einfache Logik lachen. Irgendwie mochte sie Anninis sehr spezielle Art. In Thuraliz hatte sie keine wirklichen Freundinnen, sie hatte nur Seiso-me und Iciclos. Würde sie sich jetzt mit Annini anfreunden, hätte sie eine weitere Gemeinsamkeit mit Iciclos: einen Freund aus einem anderen Reich. Und sie hatte Annini wirklich gern, obwohl sie die Luftelementlerin kaum kannte.

# Feuersterne

Die Flammen des Heiligen Gralsfeuers wurden kleiner und kleiner. Wie eine welke Blüte krochen sie in sich zusammen. Das stolze Orangerot verschwand.

Fiuros beobachtete das sterbende Heiligtum und lachte. Mit einem kurzen Handöffnen schoss das Feuer wieder hart nach oben. So leicht ließ es sich bezwingen, doch diese Narren der Elementenreiche hielten es für unantastbar. Dabei konnte er es ihnen nehmen, jederzeit, seitdem er in sich die Tachar-Qualitäten entdeckt hatte. Genau an dem Platz, an dem er sich gerade befand. Beim allerersten Mal hatte er sich dermaßen erschreckt, dass er beinah laut nach Atemos gerufen hätte wie ein kleines Kind. Er war an diesem Tag von kalter Wut übermannt worden, kurz nach seiner Niederlage in Larakas, vielleicht drei Monate später. Atemos hatte ihn in den Sälen des Oberen Rates herumgeführt und eine kleine Gruppe hochnäsiger, aber neidischer Ratsmitglieder war ihnen entgegengekommen. Absolut respektlos hatten sie ihn ins Visier genommen und abschätzend betrachtet, so, als erlaube sich Atemos mit seiner Berufung einen kuriosen Scherz. Gelacht und gewitzelt hatten sie über sein Alter und seine verlorene Elementas. So wie Ankorus über ihre Verbannung. Und mit gesenkten Augenlidern hatte er von unten zu ihnen hochgesehen, obwohl er sie körperlich alle überragte. Atemos hatte die Bemerkungen der anderen bissig kommentiert und ihn dann in den Saal des Gralsfeuers geführt und allein gelassen, damit er sich in Ruhe umschauen konnte.

Aber das Feuer in der Mitte des Saals hatte sofort seine Aufmerksamkeit auf sich gelenkt. Wie magnetisch von ihm angezogen, war er auf es zugeschritten, den Blick gebannt von diesen Flammen. Es war ihm kostbar wie ein Königreich erschienen. Dieses zischende Flackern, diese Helligkeit. Weit und wertvoll, wahr und fast wie ein Spiegel, in den er tatsächlich sehen konnte. In den nächsten Wochen kam er öfter in diesen einsamen Flügel der Akademie. Und eines Tages hatte das Feuer auf seine Gefühle reagiert. So, dachte er, wie ein Gott auf sein Rufen hätte reagieren sollen, damals in der Wüste. Heilig nannten sie das Gralsfeuer. In diesem Augenblick hatte er erfahren, warum. Er wurde ganz in diesem Feuer. Ganz er selbst. Nichts fehlte mehr.

Das Feuer verstand seine Wut, es flackerte und brüllte mit ihm und er war zurückgesprungen, so sehr hatte ihn diese sich aufbäumende Flamme erschreckt. Doch wusste er sofort, dass er selbst den Weg eines Großmeisters beschritten hatte. Das Gralsfeuer in Größe und Form zu verändern, gehörte ganz klar zu den ersten Fähigkeiten auf dieser neuen Ebene. Nur wenige Minuten später hatte er es auf Händen getragen.

Und die lästernden Elementler von damals waren die Ersten, die ihm Fiuros „Tachar-sari" ins Ohr geraunt hatten, nicht weil sie es wussten, eher, weil sie es befürchteten. Aber da er alte Wunden nicht vergab, waren sie die Ersten gewesen, die er vergaß zu grüßen, wenn sie an ihm vorbei scharwenzelten.

Fiuros betrachtete das Gralsfeuer, eine schmale Flammensäule vom Boden bis zur Decke. Längst war sie nicht mehr das Produkt des alten Meisters. Es war das Erste, was er getan hatte, nachdem es ihm gelungen war, Heiliges Feuer zu entfachen. Er hatte das alte Gralsfeuer gelöscht und seines an die Stelle gesetzt. Nicht, dass es für irgendein Auge einen Unterschied gemacht hätte. Noch nicht einmal Atemos sah die Veränderung. Aber für ihn war es, als hätte er damit einen Thron bestiegen. Und in Zeiten rastlosen Wartens kam er gerne her und begutachtete seine Leistung, beruhigte sich an ihr.

Doch heute nutzten selbst die Flammen des Gralsfeuers nichts. Wenn er nicht bald erfuhr, ob Ana-ha und ihr Larimar das Wassersymbol bildeten, würde er wahrscheinlich durchdrehen. Fiuros wandte sich von der Feuersäule ab und trat an das Fenster des heiligen Saals. Die Nacht war stockfinster. Früher war er vor der Dunkelheit davongelaufen, vergeblich, weil sie ihn immer wieder fand. In den Elementenreichen gab es kein Entkommen, hatte er gelernt, egal wie schnell man rannte oder wie gut man sich versteckte. Mittlerweile liebte er die

Nacht fast wie sein Feuer. Seine sternenglanzlosen Nächte. Sie waren wie er, wie sein innerstes Wesen, wie die Person vor seinem Spiegelbild. Er liebte sie auf eine unerklärliche Weise. Vielmehr hatte er sie geliebt bis zu jenem Tag, als er Ana-ha in den Feuerringen hatte tanzen sehen.

Es war ihm, als hätte sie den hellen Schweif ihres Kometen auf sein düsteres Gewölbe projiziert und für einen ganz kurzen Moment hatte dieser Schein ihm den Bruchteil eines Himmels gezeigt, wie er für ihn hätte sein können, wenn Ankorus seine Sterne nicht hätte untergehen lassen. Sterne, die zu leuchtend klaren Wahrheiten hätten werden können, Sterne, die seine Träume hätten sein können, wenn man ihm nur ein einziges Mal die Möglichkeit gewährt hätte, sie funkeln zu sehen. Aber seit diesem Tag in Emporia, als Ankorus ihn gezwungen hatte, die Nacht kennenzulernen, fehlten sie ihm, die Sonnen der Finsternis. Und wenn die Feuerländer von diesen wunderbaren Lichtpunkten schwärmten, konnte er darüber nur ungläubig den Kopf schütteln. Sternenlichter seien Wegweiser und Hoffnungen, sagten sie ihm, Glaube und Vertrauen, aber er fand nichts davon in seinem Himmel. Schön seien sie und so verzaubernd, dass die Menschen der alten Welt ihnen die Namen ihrer Götter und Helden verliehen hatten. Und zunächst hatte ihm sein Unvermögen ohnmächtige Furcht eingeflößt. Sein Universum war endlos dunkel, zum Verlieren einsam, entglänzt und entstrahlt und ohne den Namen eines Gottes. Aber er konnte sich blind darin orientieren, weil ihm diese Schwärze so vertraut war, dass er begonnen hatte, sie zu lieben. Und in seinem Glauben fand er schließlich ganz andere Wegweiser und Hoffnungen, besaß seine eigene Sterne, Sterne, die nun wie dunkle Sehnsüchte an seinem schwarzen Himmel brannten und immer schneller verglühten, je stärker er versuchte, danach zu greifen. Eines Tages würden sie nicht mehr sein als ein Haufen Asche in seinen Händen, verkohlter Sternenstaub finsterer Träume. Ana-has Kometenschweif hatte ihm diese Wahrheit erhellt. Er brauchte nicht nur ihren Tod, er brauchte ihre Offenbarung von Wibuta. Er würde sie bekommen. Er hatte sich selbst gesehen in diesem kurzen Leuchtfeuer, das, was man ihm genommen hatte. Es war eine einzige köstliche Verlockung. Das Ende einer langen Suche, die mit dem Larimar begonnen hatte und bei ihm selbst endete. Das hatte er nicht erwartet. Niemals.

Fiuros straffte den Rücken und wandte sich wieder seinem Gralsfeuer zu. Heute war er nicht nur gekommen, um sich an den Flammen zu beruhigen.

Aufrecht und mit leicht erhobenen Händen besann er sich auf das Feuer. Zunächst ganz leicht, dann immer kraftvoller, fühlte Fiuros die stille Glut seines meisterlichen Elementes in sich. Er genoss diesen Zustand, er liebte diese stumme Wärme, der noch nicht die Kraft des voll entfachten Feuers innewohnte, die aber schon deren verheißungsvolles Versprechen gab. Eine vibrierende, kribbelnde Wärme. Es war wie eine Art leidenschaftliche Erregung auf das, was noch kam. Der Gedanke an Ana-ha und Ankorus rief mittlerweile dieselben Empfindungen in ihm wach: die reinste Vorfreude auf seinen Vergeltungsschlag, auf seine Macht über sie ... ein Gefühl, das berauschte und ihn höher trug. Höher als ein Trance-Ring aus Feuer in seinen jungen Jahren. Es entsprang derselben Natur wie seine stille Feuerglut. Minutenlang verharrte Fiuros in dieser Begehren auslösenden Wärme, mit der er ein Inferno ohnegleichen heraufbeschwören konnte, das er mit jedem neuen Glimmen näher zu sich heranzog, genauso schnell oder langsam, wie er es wollte ...

Nach einer ganzen Weile kam er gedanklich wieder auf seinen Plan zurück.

„Jetzt wollen wir doch mal sehen, wie heiß es in Jenpan-ar wirklich ist", murmelte er bedächtig vor sich hin und begab sich geistig ganz in die Schwingung des speziellen Feuers um Jenpan-ar.

Herrlich! Sofort spürte er die sengende Hitze des tobenden Brandes in sich, ohne dass sie ihm Schmerzen bereitete. Sie füllte ihn aus. Beinahe ganz, aber nur beinahe. Er hätte sich darin verlieren können, aber heute wollte er mehr. Er drosselte seine eigenen Emotionen ein wenig zurück, um sich ein Bild von der Entwicklungsstufe des Feuers zu machen. Er fühlte sich mit dieser Intention in die Flammen ein ... immer noch wild, aber nicht mehr so unkontrolliert ... immer noch vernichtend, aber nicht mehr so bösartig ... nicht mehr ganz so temperamentvoll ... Atemos hatte recht gehabt ... noch ungefähr eine Woche, höchstens zwei ... zu wenig ...

*Ich denke, wir sollten die Energie eures Feuers wiederbeleben!*

Jetzt kam er zum Zug. Fiuros schloss in völliger Hingabe die Augen, hob die Arme höher und brachte mühelos sein Element zum Lodern, züchtete die Flammen unablässig in die Höhe, verstärkte die Hitze darin und trieb Feuerwände weiter nach vorne … Richtung Stadt. Er legte den Kopf in den Nacken und ließ das Feuer tanzen.

*Sechs Wochen, Atemos, vielleicht auch mehr, je nachdem wie oft ich Zeit finde … Versuch dein Glück und pass schön auf dich auf …*

Sechs Wochen sollten genügen, um sich die anderen Symbole anzueignen. Fiuros lächelte triumphierend. Sechs Wochen absolute Kontrolle über die Feuerkunstakademie und deren interne Belange. Atemos hatte ihn in seiner Abwesenheit mit all seinen Sondervollmachten ausstaffiert. Sechs Wochen – und was danach kam – nun, das musste man einfach abwarten. Aber wenn es nach ihm ging, wäre er nicht unglücklich darüber, wenn es mit Atemos kein Wiedersehen mehr geben würde.

# Verdächtigungen

In den nächsten Tagen weilte Annini stets an Ana-has Seite. Irgendwie schien sie Ana-ha zu ihrer besten Freundin auserkoren zu haben und Ana-ha, die sich im Luftreich sowieso ein wenig einsam fühlte, weil Seiso-me ständig mit wichtigen Aufgaben betraut wurde, war dankbar dafür. Trotz dessen, dass sie Anninis besondere Gabe kannte, wurde die Luftelementlerin den Atem des Geheimnisvollen nicht los, und das lag nicht daran, dass Ana-has empathische Kräfte sie hier kläglich im Stich ließen.

„Ich fühle mich wie blind“, vertraute sie jetzt Cruso an, den Annini und sie zufällig bei einem Rundgang in der Akademie getroffen hatten.

„Dann kannst du dich ja mit Lin Logan zusammentun“, witzelte er, wurde aber gleich wieder ernst, als er begriff, dass Annini seinen Scherz wohl weniger lustig fand. Dass die Akademieleiterin tatsächlich blind war, war allgemein bekannt. Aber man vergaß es des Öfteren. Auch Ana-ha hatte nicht daran gedacht, als Annini sie gestern ihrer Mutter vorgestellt hatte.

„Ana-ha Lomara, das halbe Reich spricht von dir seit deinem grandiosen Sieg über Fiuros“, hatte sie gesagt und gelächelt wie eine Himmelsbotin. Ihre Erscheinung glich der von Annini, nur ihre Augen waren weiß und nicht tiefschwarz wie die ihrer Tochter. „Ich selbst sehe mir die Elementas nicht an, wozu auch.“ Lin hatte gelacht und Ana-ha dabei den Kopf so zugewandt, als könne sie sie trotzdem sehen.

„Kannst du die Elementas nicht mit den Gedanken verfolgen?“, hatte sie wissen wollen. Lin war das Oberhaupt des Luftreiches ... ganz klar, dass sie die große mentale Kunst beherrschen musste.

„Ach, das ist nicht dasselbe. Außerdem ... Gedanken an sich sind nicht so interessant, wenn die Gefühle fehlen."

Ana-ha hatte lange über diesen Satz nachgedacht. Das stimmte sicherlich. Einen Gedanken zu lesen war eine Sache, aber man konnte natürlich nie wissen, wie ernst dieser gemeint war, wenn kein Gefühl dazukam. Und Lin konnte sich anhand der Körpersprache auch nicht orientieren.

„Meine Mutter ist von Geburt an blind", erklärte Annini Ana-ha jetzt. „Sie vermisst nichts, weil sie es nicht kennt. Dafür hat sich bei ihr aber die mentale Kunst sehr schnell ausgebildet, sozusagen als Ersatz." Sie sah Ana-ha bedeutungsvoll an. „Kein Wunder ist sie Akademieleiterin geworden."

„Kannst du auch Gedanken lesen, Cruso", fragte Ana-ha. Sie wollte wissen, woran sie bei ihm war.

„Ich trainiere noch", antwortete dieser. „Aber sei unbesorgt: Ich verschaffe mir unaufgefordert niemals Zugang zu den Gedanken eines anderen. Das ist bei uns so etwas wie ein Ehrenkodex. Allerdings", er lacht kurz, „lernen wir Luftelementler sehr schnell, uns geistig ein wenig voneinander abzugrenzen. Ich hüte einige Gedanken wirklich gut, nur für den Fall, dass sich jemand nicht an unsere Regeln hält."

„Hm", machte Ana-ha nur und dachte an Fiuros, den sie mit ihren Fähigkeiten gefühlsmäßig fast seziert hatte.

„Ich bin auch noch nicht so gut, als dass ich ganze Gedankengänge mitverfolgen könnte. Meist erhascht man sowieso nur Bruchstücke, die man dann logisch verknüpft. Zusammen mit der Mimik und allem anderen. Es gibt nur sehr wenige, die wirklich alles sehen können."

Annini und Ana-ha tauschten einen kurzen Blick.

„Mein Vater sagt immer, man solle Gedanken dort lassen, wo sie sind. In den Köpfen der anderen. Er hat dafür überhaupt kein Verständnis", sagte Annini.

„Studiert er nicht an der Akademie?", wollte Ana-ha wissen. Sicher lebten Anninis Eltern getrennt, denn sonst wäre Lin Logan sicher nicht die Leiterin der Luftkunstakademie geworden. Aber sie war irgendwie davon ausgegangen, dass er trotzdem hier die lufttypischen Fähigkeiten erlernte.

„Nein, er ist kein Mitglied. Noch nicht einmal ein Luftelementler. Er wohnt außerhalb von Triad."

Ganz kurz kam Ana-ha der aberwitzige Gedanke, Ankorus könne vielleicht der Vater von Annini sein, aber das war unmöglich. Sie hatte ihr ja versichert, den Namen noch nie gehört zu haben. Annini verzog kurz das Gesicht zu einer Grimasse. Diesen Gedanken fand sie sicher ebenso merkwürdig wie Ana-ha selbst.

„Cruso ...", Ana-ha wusste nicht so recht, wie sie ihre Frage formulieren konnte, ohne wieder Unheil heraufzubeschwören. „Kennst du diesen ominösen Ankorus eigentlich auch?"

Cruso lachte trocken. „Diese Frage hat dich letztes Mal wirklich in Schwierigkeiten gebracht, oder?"

„Ja", gab sie zu. „Und?" Sie musste einfach wissen, ob Cruso eventuell auch mit Lesares und Ankorus in einem Boot saß. Sie hatte ihn schon die ganze Zeit über immer mal wieder in der Akademie gesucht, aber er schien furchtbar beschäftigt zu sein ... oder er ging ihr aus dem Weg.

„Ich gebe dir einen guten Rat, Ana-ha: Vergiss Ankorus", sagte Cruso. „Vergiss, was du gehört hast. Ankorus ist niemand, den man kennen muss."

„Aber Fiuros hat ..."

„Fiuros ist übel mitgespielt worden, ja. Aber das hat dir Iciclos doch sicher erzählt, oder?"

„Ja", musste Ana-ha ihm zugestehen. „Aber Fiuros hat ..."

Cruso schüttelte den Kopf. „Dann frag nicht weiter. Er ist es nicht wert."

Ana-ha sah von Annini zu Cruso. Zu gern hätte sie jetzt die Gedanken ihrer neuen Freundin gelesen. Was sah sie, was sie nicht sah? Welche Relevanz hatte es?

„Könntest du dir vorstellen, dass er das Heilige Luftsymbol gestohlen hat?", hakte sie nach. So leicht gab sie nicht auf.

Cruso machte ein überraschtes Gesicht. „Den Heiligen Atem? Ankorus? Hm ... interessanter Gedanke."

„Wer ist denn dieser Mensch, über den ihr dauernd sprecht?", wollte Annini jetzt wissen. Ana-ha ignorierte ihren Einwand. Sie wusste, dass sie sowieso alle Einzelheiten kannte. Zumindest die, die Cruso im Sinn hatte.

„Ankorus ist ein ... bösartiger Mensch. Aber ich kenne ihn kaum, Annini."

„Ach so. Dann lasst uns lieber über etwas anderes reden", schlug sie vor.

Cruso machte ein erleichtertes Gesicht und nickte zustimmend.

Doch Ana-ha machte keine Anstalten das Thema auf sich beruhen zu lassen. „Also, wenn Ankorus tatsächlich das Luftsymbol hätte stehlen können, dann solltest du es zumindest Lin oder dem Oberen Rat sagen, Cruso."

Cruso sah sie unfreundlich an. „Ana-ha", sagte er bestimmt und in einem Tonfall, der jeden Widerspruch von ihr sofort im Keim erstickte. „Ich habe Ankorus schon ewig nicht mehr gesehen. Ich kenne ihn kaum. Und ja, ich könnte mir aufgrund einiger Erzählungen über ihn durchaus vorstellen, dass er mit dem Diebstahl in Verbindung steht. Aber das ist alles, verstanden? Mehr gibt es nicht zu sagen. Ankorus ist noch nicht einmal Mitglied dieser Akademie. Und übrigens: Ich kenne noch ein Dutzend Leute, die ich für fähig hielte, das Luftsymbol zu rauben. Soll ich die jetzt alle dem Oberen Rat offenlegen?"

Ana-ha schüttelte den Kopf. Sie hatte ihn verärgert. Cruso war ein Mitglied des Rates und ihr dadurch in seiner Position überlegen. Sie musste wirklich aufpassen, was sie sagte, egal, ob er Iciclos' Freund war oder nicht. Aber vielleicht reagierte er auf das Thema Ankorus auch nur deshalb so empfindlich, weil auch ihm von diesem Mann nichts Gutes widerfahren war? Hatten sie alle – Fiuros, Cruso, Iciclos und Lesares – unter ihm zu leiden gehabt? Oder unter Lesares und Ankorus, den beiden Übeltätern?

Sie sagte nichts mehr dazu. Seiso-mes Verdacht fiel ihr wieder ein. Wenn Cruso selbst beteiligt gewesen wäre, dann hätte er jetzt sicher alle Schuld auf Ankorus abgewälzt. Eine Sache verstand sie jedoch immer noch nicht: Wieso war ihr Crusos Bild im Zusammenhang mit dem Frizin erschienen? Was konnte das zu bedeuten haben? Wenn er die Gedanken der anderen nicht las ... Ob er mit Iciclos seine Mentalkräfte trainierte und etwas gesehen hatte? Ana-ha musste lächeln. Ja, sicher, so musste es gewesen sein. Sie war beinah erleichtert. Von ihm hatten sie bestimmt nichts zu befürchten ... und er würde es Seiso-me auch niemals erzählen.

Sie dachte an das Gespräch, das sie gestern mit diesem geführt hatte.

„Ich verstehe eines nicht", hatte sie Seiso-me erklärt. „Wenn Lesares' herausragendste Fähigkeit tektonische Aktivitäten sind, wieso verdächtigt man ihn dann nicht? Es liegt doch auf der Hand?"

Sie waren gemeinsam zu einem Spaziergang auf den luftigen Treppen aufgebrochen. Sie hatten es sich zu einer Gewohnheit gemacht, die Abende dreihundert Meter über dem Erdboden zu verbringen. „Dabei wird der Geist klar und die Seele frisch", behauptete Seiso-me immer wieder aufs Neue. Ihre Gesprächsthemen drehten sich natürlich jedes Mal um den Symbolraub.

„Ich verstehe, was du meinst", hatte Seiso-me Ana-ha geantwortet. „Annini hat mir gesagt, sie nennen Lesares hier sogar *Lesares Leras, Erdbeben-Ass*, also ist allen Luftelementlern sein großartiger Umgang mit den Erdkräften bekannt. Er hat am Schwarzen Pass schon etlichen Menschen, die durch Erdrutsche verschüttet wurden, das Leben gerettet."

„Wie kann man ihn nicht verdächtigen? Ob Lin auch dahingehend einen blinden Fleck hat?"

Seiso-me hatte nicht einmal gelacht. Er hatte lange geschwiegen und dabei unheimlich traurig ausgesehen. Irgendwann hatte er dann doch wieder etwas gesagt: „So, wie es dir mit Lesares geht, geht es mir mit Cruso. Und du willst das ebenso wenig wahr haben, weil du Iciclos magst. Und der ist mit ihm befreundet."

„Das kann man nicht vergleichen."

„Doch, man kann. Lesares wird hier auch gemocht. Er hat einige Freunde im Luftreich."

„Kann man nicht ein netter Mensch sein und trotzdem die Tore öffnen wollen?" Ana-ha waren Anninis Worte über die verschiedenen Blickwinkel der Wahrheiten wieder eingefallen. „Wer sagt denn, dass die Toröffner schlechte Menschen sein müssen?"

„Keiner", war Seiso-mes Antwort gewesen und er hatte noch betrübter ausgesehen.

Ana-ha war sich nach diesem Gespräch absolut sicher gewesen, dass das mysteriöse Randfigurendasein von Bebentrumpf Lesares Leras absolut verdächtig war. *Ein Menschenfreund* hatte Annini gesagt. Wollte er deshalb die Tore öffnen? Weil er den Menschen helfen wollte, mehr zu sehen, als nur ihre Reiche? Ob er an eine göttliche Dimension glaubte?

Am besten wäre es, ihn persönlich kennenzulernen.

# Tödliche Strahlen

Fiuros saß in der Trainingshalle des Wasserreiches und sah gelangweilt zu, wie Iciclos versuchte, sein Wassertor offenzuhalten, während er gleichzeitig das Heraufbeschwören eines Nieselregens in Angriff nahm. Mittlerweile machte er seine Sache gut, trotzdem nervten die ganzen Übungen mit Iciclos.

Fiuros verschwand in Gedanken. Atemos hatte ihn heute Morgen kontaktiert, völlig außer sich, dass die Brände um Jenpan-ar wieder komplett unberechenbar geworden waren. Er und seine Leute aus der Feuerkunstakademie hätten so etwas in ihrer gesamten Laufbahn noch nie erlebt und er würde es sehr bedauern, Fiuros mitteilen zu müssen, dass sich sein Aufenthalt dort wohl doch noch über Wochen hinziehen könnte. Fiuros hatte nur mit Mühe ein Lachen unterdrücken können, mitfühlend Verständnis geheuchelt und versichert, dass er die Akademie gut unter Kontrolle hatte. Und wenn er sagte, *gut unter Kontrolle*, dann meinte er es auch genauso.

Seine Gedanken wanderten weiter. Er hatte noch so viele Dinge zu erledigen. Er musste demnächst noch einmal in die Ylandes-Wüste, um einen geeigneten Platz für die Toröffnung ausfindig zu machen. Trotz ihrer Abtrünnigkeit wollten sie den Elementenreichen keinen weiteren Schaden als den Symbolraub zumuten. Und wenn er ehrlich war, wusste er gar nicht so recht, ob er wirklich in Emporia bleiben wollte. Wenn er erst einmal Ankorus und seine Familie ausgelöscht hatte, könnte er ebenso gut ins Feuerland zurückkehren. Niemand würde erfahren, dass er für die Toröffnung verantwortlich gewesen war. Iciclos hatte vor ein paar Tagen tatsächlich einen wunden Punkt bei ihm berührt. Wie wichtig war ihm Emporia eigentlich?

Fiuros lehnte sich rücklings an die kalte Hallenwand und starrte in seine Umgebung. Dunkle Böden, dunkle Wände, so wie eine der Hallen im Feuerland. Eigentlich müssten ihn diese Farben motivieren, aber sie zogen ihn eher in die Tiefe. Selbst Iciclos verschmolz mit diesen Flächen. Wäre er nicht so blond gewesen, die Wände hätten ihn fast verschluckt. Kein Wunder hatte sich der Larimar von Ana-ha so gut von diesem Untergrund abgehoben.

*Der Larimar.*

Wieso konnte er keinen vernünftigen Gedankengang mehr zu Ende bringen, ohne an diesen verdammten Stein zu denken.

*Falls einer von euch den passenden Larimarstein zu meinem findet, grüßt doch die Trägerin von mir!*

Das ferne Echo, es ließ ihn nicht mehr los. Seitdem er Ankorus' Larimarpendant in den Händen gehalten hatte, wurde es immer aufdringlicher, kam immer näher ...

*Falls einer von euch den passenden Larimarstein zu meinem findet, grüßt doch die Trägerin von mir ... grüßt doch die ...*

Ankorus lachte in seinem Geist, lachte ihn aus ...

*Wie hast du nur so blind, so dumm sein können? Das hast du doch gewusst, oder, Fiuros?*

Bilder stiegen in ihm auf, alte Bilder, fast vergessene Bilder, die sich nicht mehr so gut beherrschen ließen wie früher, die einfach kamen, wie ungebetene Gäste ...

*Ankorus hatte Sala eingeholt. Er hielt sie gepackt, den Arm um ihren Hals geschlungen, als wolle er sie notfalls erwürgen, sollte sie erneut versuchen, ihm zu entwischen. Tores hatte Fiuros von hinten die Hände auf die Schultern gelegt, ihm Ruhe und Kraft vermittelnd, um das, was jetzt kam, zu ertragen und durchzustehen, gleich, was es war, gleich, wie schlimm es war.*

Verschwommene Bilder, durch seine damals tränenverhangenen Augen ...

*Cruso, Iciclos, Lesares, Tores und ihn hatte man direkt an dem Tor umringt. Ihre Wächter hatten sich in die Gruppe zurückgezogen, es gab keine Möglichkeit mehr zu fliehen angesichts der drängenden Menschenmasse. Nur drei Meter trennten sie von der anderen Welt, in der die Dunkelheit dasselbe Recht forderte wie das gleißende Strahlen.*

*Die Angst in Fiuros verweigerte ihm all seine Bedürfnisse. Er wollte nach seiner Mutter schreien, aber er bekam keinen Ton heraus. Er wollte nicht weg von ihr, nicht weg von Emporia. Keiner von ihnen.*

*Cruso strömten Tränen über die Wangen, während er verzweifelt Faiz' Namen durch die Menge schrie. Immer wieder und wieder. Aber seine Worte gingen unter und er selbst kam nicht an den Emporianern vorbei. Wie an einer Mauer prallte er an ihnen ab. Iciclos sah aus, als hätte man seinen Geist narkotisiert, zu betäubt, um Reaktionen zu zeigen. Seine aufrechte Haltung war die letzte, tragische Farce eines früheren Stolzes, der schon jetzt zu einem anderen Leben zu gehören schien. Regungslos stand er an seinem Platz, hatte aufgegeben, obwohl er immer der größte Rebell der vier Freunde gewesen war. Nur Lesares und Tores schienen sich noch geistesgegenwärtig auf die Geschehnisse zu konzentrieren. Sie tauschten immer wieder Blicke. Fiuros konnte sie nicht deuten, aber sie weckten eine schwache Hoffnung in ihm. Sie machten Pläne. Pläne, Ankorus zu besiegen. Tores hatte immer gute Strategien, das sagten zumindest seine Kameraden.*

*Vor ihnen tobten die Emporianer in einer gnadenlosen Lautstärke um ihre Verbannung. Ankorus hatte Custos und Sakalos herangewunken, damit sie Sala in Gewahrsam nahmen. Sie wehrte sich mit Leibeskräften, aber es war ihr unmöglich, sie abzuschütteln.*

*Ankorus kam auf die fünf Aufgereihten zu. Schritt für Schritt. Langsam. Selbstgefällig. Erhaben.*

*„Hey!" Seine Augen sprühten Hohn in vier Richtungen. Er hatte seinen Larimar in der rechten Hand vor der Brust umschlungen, wie zur Demonstration seiner sie überragenden Größe. „Falls einer von euch den passenden Larimarstein zu meinem findet, grüßt doch die Trägerin von mir!" Sein kaltgehässiges Lachen klirrte wie Glas, das auf Eis zerspringt.*

*„Und? Wer von euch sieht als Erster seiner neuen Heimat ins Gesicht?" Er tat, als überlegte er. Lange. Umständlich, um die Nervosität seiner Opfer zu erhöhen. Er sah von einem zum anderen. Dann blieb sein Blick zielsicher an Cruso hängen. „Du zuerst!", befahl er ihm. „Und solltest du den Weg nicht finden, wir weisen ihn dir gerne!"*

*„Ankorus ... nein ... ich möchte zu Faiz, ich möchte sie sehen, nur noch einmal, ein letztes Mal, bitte ..." Cruso weinte die wohl unterwürfigsten Tränen seines Lebens und sank vor ihm auf die Knie.*

*Ankorus lächelte nur. „Faiz wird mir dankbar sein, wenn ich ihr dei-*

*nen jämmerlichen Anblick erspare, glaub mir. Los, benimm dich wie ein Mann, steh auf und geh, wenn sich das Tor weiß färbt, kannst du deine Reise ins Luftreich antreten."*

*Crusos Gesicht war vor tiefer Trauer nicht einmal mehr fähig, seine Wut auf den gerissenen Stadthüter auszudrücken. Mutlos erhob er sich und drehte sich mit hängenden Schultern Richtung Tor. Doch in der letzten Sekunde, so, als hinge sein Leben davon ab, riss er sich herum und stürmte in wilder Agonie auf Ankorus zu, aber er kam nicht weit. Eine Handvoll Emporianer stürzte sich auf ihn, zerrte ihn zu dem spiraligen Kreis zurück.*

*„Nein! Lasst mich los, ich will zu Faiz, Faiz! FAIZ!!" Seine Worte wurden von der johlenden Menge einfach verschluckt. Fiuros sah entsetzt zu, wie die Menschen einen der besten Freunde seines Vaters gewaltsam durch das Tor stießen, welches er geöffnet hatte. Cruso war der Erste, an dem er schuldig geworden war.*

*Die Menge wurde nun immer lauter. Sie schien Gefallen an dem Leid der vermeintlichen Täter gefunden zu haben. Fiuros hörte sie in Sprechchören Iciclos' Namen rufen. Ankorus ließ sie eine Zeit lang gewähren, bevor er sie mit einer simplen Geste wieder etwas beruhigte. Er kam nahe an den Angeforderten heran, sichtbar triumphierend, das rebellische Blau schimmern zu sehen. Er lächelte herablassend, seine Stimme war leise. „Hörst du? Sie rufen deinen Namen. Sie haben dich ausgewählt, der Nächste zu sein. Bist du bereit?"*

*Iciclos funkelte Ankorus mit der letzten Würde an, die er aufbringen konnte. Es schien ihm unmenschliche Kräfte abzuverlangen.*

*„Ich bin ... immer bereit." Mehr sagte er nicht. Er kehrte Ankorus, seinem Vater und all den Menschen um ihn herum die kalte Schulter zu. Dieser letzte, harte Stolz brach sein Herz endgültig.*

*Fiuros weinte. Trotz seines jungen Alters wusste er, wie schwer und mühselig diese Schritte für Iciclos sein mussten. Er trug Schuld. Ankorus trug Schuld. Ihre Schicksale verbanden sich in der Öffnung dieses Elemententores. Irgendwann würde er dieses Band zerreißen. Irgendwann.*

BALD ...

*Iciclos war verschwunden. Eingeatmet von dem Spiraltor, das jetzt rot zirkulierte.*

*Lesares war dichter an Tores gerückt. Er flüsterte ihm etwas zu,* das Fiuros nicht mitbekam. Doch plötzlich hörte er Tores' Stimme ganz dicht an seinem Ohr:

„Wenn ich sage lauf, dann rennst du durch das Tor, verstanden? In den roten Wirbel hinein, klar?"

Fiuros nickte gebannt. Was gab es schon zu verlieren?

„Lauf, Fiuros! Jetzt!" Sein Vater versetzte ihm einen energischen Stoß Richtung Tor. Aber er stand wie paralysiert da, seine Füße waren unfähig, die verlangten Schritte zu tun. Stattdessen wandte er sich um. Lesares und Tores waren gleichzeitig vorgesprungen. In einer kraftvollen Attacke hatten sie Sala von den beiden Männern losgerissen, die sie hielten, etwas achtlos geworden durch das Drama vor ihren Augen. Sie reagierte sofort, rannte mit fliegenden Haaren auf die nahe Spirale zu.

Ankorus, der überhaupt nicht begriff, was sich da vor seinen Augen zutrug, rang sekundenlang um Fassung. Dann brüllte er los und stürmte hinter Lesares, Sala und Tores her. Seine Hände wollten Sala, bekamen aber nur Lesares zu fassen, zwangen ihn zu Boden. Tores drehte sich zu seinem Freund um.

„Nein!", schrie dieser. „RENN! Weiter ..."

„Lauf, Fiuros, lauf endlich!" Tores' Stimme erreichte den Jungen, bevor er selbst bei ihm angekommen war.

Fiuros drehte sich zum Tor, blickte sich nicht um und rannte los. Er schloss die Augen, als er durch den roten Wirbel hindurchflog, aus Angst vor dem, was sich dahinter zeigen würde. Wie gerne hätte er auf seine Eltern gewartet, aber er rannte in dem Wissen und der Freude, seine Mutter nicht zurücklassen zu müssen. Er hörte seine Eltern schreiend in den Wirbel hineinstürzen, ihm hinterher ... am liebsten hätte er vor Freude geschrien ...

Keiner von ihnen hatte sie kommen sehen. Keiner von ihnen hatte damit gerechnet, keiner von ihnen hatte je den Funken einer Chance gehabt. Fiuros' Kopf schnellte herum, von panischer Angst gepackt, die das laute Surren hinter ihm hervorgerufen hatte. Dann sah er sie: drei tödliche Strahlen, die in ihrer übernatürlichen, sphärischen Schönheit das Rot am Ende des Tores durchdrangen, als wären sie göttlich. Der Erste traf seine Mutter, schnitt sich von hinten durch ihre Brust. Der Nächste warf seinen Vater zu Boden, sein Sturz schien eine Ewigkeit zu dauern, als fiele er in Zeitlupe. Er fiel ... fiel ... lief in seinem Fallen weiter und riss Fiuros zu Boden. Der letzte Lichtstrahl raste über seinen Kopf *hinweg und endete im Nichts. Dann sank Tores mit dem ganzen Körper auf die Erde.*

*„NEIN!" Fiuros kniete neben seinem Vater. „Nein ... nein, bitte nicht." Das Rot um ihn lichtete sich urplötzlich und gab eine Schwärze frei, eine Schwärze, die so grausig war, dass eine gewaltige Furcht ihn vollständig in Besitz nahm. Gott, was war das? War das der Tod? War er gestorben?*

*„Fiuros!" Die Stimme seines Vaters holte ihn ein wenig aus der Angst zurück. Nur ein Flüstern war sie, ein Flüstern des nahen Todes. „Fiuros ... die Dunkelheit ... hab keine Angst, nur die Dunkelheit. Es passiert dir nichts. Wenn du zurück willst ... erzähl keinem, was geschehen ist. Die anderen ... die anderen werden dir helfen ... glaub mir, sie werden dir ..." Seine Stimme brach ab. Er schloss vor Anstrengung die Augen. Sein Atem wurde flacher. Sein Gesicht leuchtete im Dunklen so weiß wie Gips.*

*Fiuros begriff. Kristallkalte Angst fuhr in sein Herz. „Bitte, verlass mich nicht, lass mich nicht allein, lass mich nicht allein ... lass mich bitte nicht allein ..." Seine Tränen fielen in den Sand.*

*„Fiuros ..." Tores zog ihn mit allerletzter Kraft zu sich hinunter. „Ich liebe dich, Fiuros, vergiss das nicht ..." Seine letzten Worte stachen und schnitten die Wunde dieser Nacht noch tiefer in ihn hinein. Tores Arm rutschte schlaff von seinem Rücken und sein „Ich liebe dich" wurde zu einem Abschied für immer. „Neeeiiinnn!" Fiuros taumelte nach oben, hin zu seiner Mutter, aber es war zu spät. Ihre ausdruckslosen Augen verrieten ihm den Tod, noch ehe er sie erreicht hatte. Er stürzte sich halb wahnsinnig vor Schmerz zu ihr hinab in den Sand.*

*„Sag etwas, sag etwas, bitte ..." Er glitt neben sie, berührte ihr Gesicht, spürte ihre letzte Wärme. Er legte seinen Kopf auf ihre Schultern, hilflos, verzweifelt, allein, und blieb einfach liegen.*

*Zeit spielte keine Rolle mehr. In diesen Sekunden ging seine Welt unter, ging das Leuchten seiner Sterne unter. Es zerbrach, es zersplitterte, es verglühte und nahm alles mit, was zu ihm gehört hatte. Sein Vertrauen und die Geborgenheit der Vergangenheit, die Träume und Pläne der Zukunft und das Glück und die Liebe der Gegenwart. Heiße Tränen liefen über Fiuros' Gesicht. Er wollte sich auflösen, verschwinden, sterben ... jetzt sofort. Dieser Schmerz war so dunkel wie die Luft um ihn herum. Er war grausam wie die Hölle, wie Gottlosigkeit in Ewigkeit. Der*

*Schmerz war wie Treibsand, der ihn verschluckte, war unerträglich, so unerträglich, dass er ganz intensiv nach etwas anderem zu graben begann. Etwas, das zwar fürchterlich kalt war und auch schmerzlich, aber etwas, das er ertragen konnte, etwas, mit dem er überleben konnte, etwas, das er auch erst heute kennengelernt hatte und das ihn wieder füllte. Sein Hass auf Ankorus! Seine Wut und sein Zorn. Und er wurde fündig ... der Kältesturz in seinem Herz löschte das heiße Salz auf seinem Gesicht.*

*In dieser Sekunde schwor er sich, Ankorus zu töten. Und nicht nur ihn, sondern jeden, der zu seiner Blutlinie gehörte, wäre die Verbindung auch noch so fern. Es war ein einsamer Schwur, in einer einsamen Nacht ... seiner ersten. Er konnte die Worte, die er damals in die Finsternis geschrien hatte, heute noch auswendig. Sein Schwur hatte ihn am Leben erhalten. Er hatte ihm Sinn gegeben und allein schon deshalb musste er erfüllt werden ...*

Zu viele schwarze Nächte, viel zu lange. Fiuros dachte an Ana-has Blick, der ihn so hell und unmittelbar getroffen hatte wie Ankorus' tödliche Lichtstrahlen seine Eltern. Er würde sie zu sich in die Dunkelheit ziehen, sie mitnehmen, Ankorus mitnehmen ... und dann die Seiten wechseln. Ohne Reue, ohne Zurücksehen ... Rettung und Untergang ... Leben und Tod.

„Fiuros!" Iciclos' Stimme zog ihn in die Trainingshalle zurück.

Fiuros schüttelte verwirrt den Kopf. „Was ist?"

„Machen wir jetzt endlich weiter? Du wolltest mir noch erklären, wie ich die Torkontrolle von einem anderen übernehmen kann." Iciclos klang ungeduldig.

„Ach ja, das ..." *Als gäbe es nichts Wichtigeres auf dieser Welt ...*

„Manchmal würde ich gerne wissen, was sich hinter deiner Stirn abspielt, Fiuros."

Fiuros verzog sein Gesicht und stand auf. „Schätze dich glücklich, dass du es nicht einmal erahnst." Er schwieg eine Weile, mit Blick auf das Wassertor. „Du willst also die Torkontrolle erlernen. Das wird schwierig."

„Weshalb?"

„Weil ich dein Wassertor mit meinen Fähigkeiten nicht offenhalten kann! Folglich kannst du es nur mit einer Person aus deinem Reich üben. Aber ich kann dir erklären, wie es funktioniert."

„Na dann los!“ Iciclos wartete gespannt.

„Eine Torkontrolle von einem Toröffner zu übernehmen braucht viel geistige Kraft, klar? Reine Konzentration, kein diffuses Aufmerksamsein.“ Fiuros sah Iciclos nicken und fuhr fort. „Das ist der Grund, warum es den Luftelementlern so leicht fällt. Mit dieser geistigen Kraft veränderst du dann das Torinnere. Du nimmst Dinge weg oder fügst etwas hinzu. Irgendwann ist das Torinnere deine eigene Welt und nicht mehr die des Toröffners. Der bemerkt es erst, wenn es zu spät ist.“

„Für was benötigt man diese Übernahme der Torkontrolle überhaupt? Ist es nicht Zeitverschwendung, so etwas zu erlernen?“

„In den Kriegen wurde in diesen Toren teilweise gekämpft. Damals war es eine Taktik. Heute ist es sicherlich bloß eine Spielerei, wenn auch eine interessante.“

„Hast du dir jemals Ankorus oder Emporia in ein Tor geholt?“

Emporia – daran hatte er nie gedacht – er hätte es Ana-ha spiegeln können. Aber ließ es sich so wirklichkeitsgetreu überhaupt nachbilden? Iciclos starrte Fiuros an. Fiuros starrte zurück, lange und ohne zu blinzeln.

„Nein“, sagte er langsam. „Nein, das habe ich nie getan.“

„Weshalb nicht?“

„Weil es eine Illusion wäre und nicht die Realität. Der echte Ankorus würde trotzdem weiterhin sein Unwesen treiben.“

„Hm ... aber du könntest dich vielleicht ein bisschen abreagieren. Dein Drang, ihn zu töten, würde vielleicht nachlassen?“ War er jetzt wieder zu weit gegangen? Fiuros musterte ihn auf eine Art und Weise, die ihm missfiel. Iciclos dachte an seine letzten Worte in der vergangenen Trainingseinheit und griff sich unbewusst an seinen Kopf.

„Dieser Drang erlischt erst nach vollzogener Tat!“ Fiuros' Stimme war kalt und hart und sein Ton erklärte das Ankorus-Thema entschieden für beendet.

Iciclos überlegte, ob Fiuros das Wort *erlischt* in diesem Zusammenhang absichtlich gebraucht hatte.

„Hol du dir doch Ana-ha in dein Tor, für dich vermutlich die einzige Möglichkeit, sie zu erobern, nach allem, was ich von Cruso aus Triad gehört habe.“

Iciclos' Mund war plötzlich staubtrocken. „Wieso? Was hast du denn gehört?“

„Seiso-me und sie scheinen ein Herz und eine Seele zu sein. Wie Wasserelementler eben so veranlagt sind, wenn sie Gefallen aneinander haben." Fiuros rechter Mundwinkel zuckte verächtlich, während er diese Spitze geschickt in Iciclos' Herz platzierte.

„Sie waren schon immer Herz und Seele!" Iciclos vergrub die Hände tief in den Taschen und hätte doch lieber etwas ganz anderes versteckt. Wenn Ana-ha Seele war, was war dann er? Verstand? Berechnung? Nichts davon passte zu Seele! Der Andere! Er war immer der Andere! Nicht das passende Detail, sondern das andere. Schon immer, auch bei seinem Vater. Bei diesem Gedanken wurde ihm schlecht. Er war das Unpassende, das Fremde. Er würde es immer bleiben, egal, wohin er kam.

„Sie sind unzertrennlich." Fiuros' Blick hing gebannt an Iciclos' Gesicht, als er seine destillierte Bosheit durch die gesetzte Nadelspitze drückte.

„Und?" Iciclos' vorgetäuschte Gleichgültigkeit war beinahe rührend.

„Es trifft dich viel mehr, als ich dachte!" Fiuros lachte gehässig auf.

Iciclos sah Fiuros finster an. Da stand er vor ihm, der Stellvertreter von Atemos Medes, sein Kamerad, sein Kumpan in gleicher Absicht und gleichem Ziel und lachte ihn aus. Noch nicht einmal bei Seiso-me wäre er selbst so weit gegangen. Schmerzen zu sehen auf seinem hübschen Gesicht, welches so viele Frauen ins Schwärmen brachte, das wäre gut, aber er würde ihn dann nicht auch noch auslachen. Das hätte er dann nicht mehr nötig. Aber Fiuros reichte dies offenbar nicht.

Iciclos wandte sich ab. „Ich habe gehofft, wir ständen auf der gleichen Seite. Ich dachte, du wärst ein Gleichgesinnter. Ich habe mich geirrt."

„Iciclos, das bin ich doch, aber denk doch mal logisch nach!" Fiuros stellte sich so dicht neben ihn, dass sich ihre Schultern berührten.

„Wir möchten dich alle nur vor einem Drama bewahren. Selbst wenn Ana-ha dein neuartiges, eigentümliches, mir äußerst wunderlich anmutendes Interesse erwidern würde ... ihr hättet keine Zukunft. Sie würde niemals mit dir nach Emporia gehen, mal abgesehen davon, dass ich das auch nicht dulden könnte, denn sie würde mich allein mit ihrer Anwesenheit latent terrorisieren. Aber du würdest für sie Emporia auch nicht opfern, oder?"

Iciclos gab keine Antwort.

„Oder?"

Wieder drehte er Fiuros den Rücken zu.

„Ich weiß es nicht." War das seine ehrliche Antwort? Wusste er es tatsächlich nicht oder wollte er Fiuros jetzt nur weichkochen? Eine weitere Frage drängte sich auf: Cruso und Fiuros ... seit wann besprachen die beiden sein Liebesleben? Und, seit wann bezogen sie auch seinen Erzfeind Seiso-me mit ein? Was ging sie das an? Oder befürchtete Cruso allen Ernstes, er würde sich so sehr auf Ana-ha fixieren, dass er ihre Mission vernachlässigte? War das vielleicht ein gemeinsamer Plan, um ihn von Ana-ha wegzulocken? Dass Cruso sich an so etwas beteiligte! Für ihn hatte er doch seine neuste Idee für den Larimartest preisgegeben, obwohl es riskant war ... für Ana-ha. Misstrauen und Enttäuschung durchdrangen ihn. Wem konnte er noch trauen?

Stärker als jemals zuvor schmerzte es ihn: sein Gefühl, seine Sehnsucht nach dem emporianischen Licht. Iciclos schloss kurz die Augen und dachte an das reinweiße Schimmern. Sein Licht, welches der Dunkelheit trotzte, sein Licht, welches als einziges wahres Vertrauen verdiente.

„Komm schon, Iciclos, du liebst Emporia mehr, als wir alle zusammen. Mir kannst du nichts vormachen. Du würdest uns doch niemals im Stich lassen!"

Wieder Schweigen. Lange. Und dann ... erlöste Iciclos ihn endlich: „Du hast vollkommen recht, für nichts und niemanden würde ich Emporia opfern!" Das war die bittere Wahrheit, die er nun auf seiner Zunge schmeckte!

# Abschied und Wiederkehr

Ein wenig nervös saß Seiso-me in einem der Ratsräume der Luftkunstakademie und wartete auf Cruso. Er war Lin dankbar, dass sie ein Treffen mit ihm arrangiert hatte. Die Arbeiten in dem Überschwemmungsgebiet waren fast abgeschlossen. Morgen würden Ana-ha und er wieder heimkehren. Er selbst hatte alle wichtigen Fragen bezüglich des Symbolraubs gestellt, war aber noch zu keinem vorzeigbaren Ergebnis gekommen. Langsam beschlich ihn das Gefühl, dass auch niemand etwas anderes erwartet hatte. Die Luftelementler hatten ihnen nur die Chance geben wollen, sich selbst ein Bild zu machen, damit sie den Schutz für ihr eigenes Symbol intensivieren konnten.

Seiso-me musste an Antares' Worte vor ihrer Abreise denken:

„Ich habe einen zusätzlichen Schutz für unser Symbol bereitgestellt", hatte er gesagt. „Nein", Antares hatte die Hand erhoben und den Kopf geschüttelt, „ich kann es dir nicht anvertrauen. Diesbezüglich vertraue ich niemandem. Nur ich selbst kenne diesen Schutz."

Seiso-mes anfängliche Enttäuschung über Antares' Schweigen war sehr bald großer Erleichterung gewichen. Denn wenn niemand außer Antares den Schutz kannte, bedeutete dies, dass das Symbol zu hundert Prozent sicher war.

„Du wolltest mich sprechen?" Seiso-me zuckte erschrocken zusammen. Cruso lehnte urplötzlich im Türrahmen. Typisch Luftelementler, sich so lautlos heranzuschleichen.

„Ich habe noch ein paar Fragen bezüglich des Symbolraubes", sagte Seiso-me nur.

„Ich glaube kaum, dass ich dir helfen kann." Cruso blieb genau dort stehen, wo er war.

„Das sehen wir dann“, seufzte Seiso-me. „Ich wäre dir allerdings dankbar, wenn du die Tür schließen könntest.“

Cruso machte einen Schritt in den Raum und ließ die Tür energisch ins Schloss fallen. „Ich stehe lieber“, sagte er auf Seiso-mes einladendes Kopfnicken hin, mit dem er ihn zum Hinsetzen aufgefordert hatte. Er ging mit jeder Körperfaser auf Distanz.

„Wie du willst.“ Seiso-me stand auf. „Ich wollte dich eigentlich nur bitten, den Tag des Symbolraubes aus deiner Sicht zu schildern.“

„Gut.“ Cruso verschränkte die Arme vor der Brust. „Ich bin aufgestanden, habe allein gegessen, habe meditiert, habe mein Lufttraining absolviert, habe wieder gegessen, diesmal mit Menardi, bin wieder trainieren gegangen und habe anschließend Menardi einen kleinen Besuch bei seiner Arbeit abgestattet. Das habe ich öfter getan“, beendete er seinen kleinen Monolog, den er lieblos hinuntergeleiert hatte.

„Und dann?“

„Ich sah, dass es Menardi schlecht ging. Bevor ich aber los bin, um Hilfe zu holen, brach der Damm. Wir haben erst einmal minutenlang aus dem Fenster gestarrt. Eigentlich“, Cruso kratzte sich am Kinn, „wäre das der perfekte Moment für die Symbolräuber gewesen.“

„Versteht ihr euch gut, Menardi und du?“, wollte Seiso-me wissen.

Cruso sah Seiso-me merkwürdig an. „Seiso-me, halte mich bitte nicht mit solchen Fragen zum Narren. Frag, was dir wichtig ist. Direkt und ohne Umschweife, so verkürzen wir das alles.“

Es war ganz offensichtlich, dass Cruso ihn nicht mochte. Vermutlich, weil Iciclos kein gutes Haar an ihm gelassen hatte. Er seufzte ein zweites Mal. Gut, dann würde er die Dinge beim Namen nennen, auch wenn das nicht unbedingt seine Stärke war.

„Wieso hast du Menardi bei seiner Wache immer Gesellschaft geleistet?“

„Er ist mein Freund. Jeder der Wächter bekommt ab und zu Besuch. Wieso auch nicht? Niemand hat ernsthaft gedacht, dass eine Gefahr für die Symbole besteht. Das war doch alles reine Theorie.“

Dem musste Seiso-me widerwillig zustimmen. „Bekommt der Zweite Wächter auch Besuch?“, hakte er dann nach.

„Annini Logan? Glaube schon.“

„Hast du tatsächlich vergessen, dass sie die Zweite Wächterin ist?“

Cruso löste die Arme vor seiner Brust und lief langsam Richtung

Fenster. „Natürlich hatte ich es nicht vergessen. Menardi hat sich unklar ausgedrückt. Er sagte so etwas wie: Cruso, du musst meine Ablösung holen, oder so. Ich bin in der Hektik losgerannt und habe ganz vergessen zu fragen, wer den nächsten Dienst hat. Erst beim zweiten Mal hat Menardi etwas von dem Zweiten Wächter und Annini gesagt."

„Aha." Seiso-me runzelte nachdenklich die Stirn. Das klang plausibel. „Wo war Menardi denn, als ihr zurückkamt?"

„Er stand an der Wand neben unserem heiligen Saal, nicht davor, wie es üblich ist. Trotzdem wäre es ihm aufgefallen, wenn jemand hineingegangen wäre."

Das hatte Annini auch gesagt. „Irgendjemand muss es aber getan haben, sonst wäre der Heilige Atem noch da", entgegnete Seiso-me leicht genervt. „Wenn Menardi es nicht selbst war, muss derjenige ausreichend Kenntnis über eure Gänge und euer Sicherheitssystem gehabt haben und sich luftgleich durchsichtig an Menardi vorbeigeschlichen haben."

„Nun, Menardi war es auf jeden Fall nicht! Dafür würde ich meine Hand ins Gralsfeuer legen."

Seiso-me sah ihn skeptisch an: „Sag das niemals im Feuerland! Wenn Menardi euch allen nichts vorgespielt hat, hat man ihm beim Essen vielleicht etwas untergemischt. Hattet ihr dasselbe Gericht?"

Cruso sah ihn wieder ganz seltsam an, beinah so, als hätte er etwas Verbotenes gefragt. Hoffentlich las er nicht die ganze Zeit über seine Gedanken? Wusste er bereits, dass er ihn für den Täter hielt? Sicher nicht. Ana-ha hatte ihm ja erzählt, dass Cruso diese Fähigkeit erst trainierte. Und Antares hatte ihm gezeigt, wie er sich schützen konnte, wenn es um sein eigenes Symbol ging. Hierzu musste er nur versuchen, seinen Geist leicht zu machen.

„Ein leichter Geist, Seiso-me, ist für einen Luftelementler wie ein unbeschriebenes Blatt. Er kann darin nicht lesen. Also denkst du an etwas Erfreuliches, das dich aber nicht weiter betrifft. Es muss etwas sein, woran du keine großen Gefühle knüpfst. Gefühle machen den Geist schwer und behäbig. Sie sind für einen Luftelementler wie ein Festmahl, wenn es um die mentale Kunst geht. Sie können zwar das Gefühl nicht sehen, aber die Gedanken fluktuieren mehr und sind besser sichtbar."

Doch Seiso-me war jetzt so sehr dabei, sich auf seinen Verdacht zu konzentrieren, dass er ohnehin für nichts anderes Platz in seinem Kopf hatte.

„Menardi und ich hatten das Gleiche, ja", sagte Cruso jetzt langsam. „Aber mir ging es nicht schlecht danach." Er wippte auf den Fußballen auf und ab. „Das kann jetzt zweierlei bedeuten, Seiso-me." Er grinste und Seiso-me ärgerte sich maßlos, dass er ebenfalls sofort Schlussfolgerungen gezogen hatte. Und seine Frage hatte ihn überhaupt nicht weitergebracht. Entweder Cruso selbst hätte Menardi etwas verabreichen können oder ein unbekannter Dritter.

„Den Rest der Geschichte kennst du bereits", sagte Cruso jetzt. „Annini und ich kamen zurück. Sie wollte ihren Posten einnehmen und hat das Fehlen des Luftsymbols bemerkt." Er zuckte mit den Schultern.

„Wie lange hat es gedauert, bis ihr zurückgekommen seid?"

„Keine Viertelstunde schätze ich."

Alle Berichte, Anninis, Crusos und Menardis, stimmten beinah in allen Einzelheiten überein. Trotzdem wurde Seiso-me das Gefühl nicht los, dass er etwas übersah. Etwas, das entscheidend war. Und da er als Wasserelementler ein gutes Gespür für Ahnungen und nicht sichtbare Zusammenhänge hatte, musste er weiterhin auf der Hut bleiben.

„Hast du jetzt alle Fragen gestellt?", fragte Cruso ungeduldig. Er stand schon wieder dicht am Ausgang.

„Eine Frage habe ich noch."

Cruso seufzte renitent, die Türklinke schon in der Hand. Er wandte nur seinen Kopf zur Seite. „Und die wäre?"

„Glaubst du, man sollte sich um Menardis Gesundheitszustand ernsthaft Gedanken machen?"

„Wieso?" Crusos Augenlider flatterten kurz.

„Solche Aussetzer ... die sind doch nicht normal. Hatte er die schon öfter? Er sagte, er hätte sich wie gelähmt gefühlt. Und schwindelig war ihm auch."

„Frag ihn doch selbst!" Cruso drückte demonstrativ die Klinke nach unten. Er erinnerte Seiso-me mehr denn je an Iciclos.

„Mache ich. Ich werde außerdem in Wibuta nachfragen, ob die Wirksubstanz des Feuerstaubgewächses noch länger im Blut nachweisbar ist! Ich erinnere mich an meinen eigenen Aussetzer in der Akademie. Und die Aussage *wie gelähmt* bringt es dabei sehr genau auf den Punkt."

Beinahe wäre Cruso die Türklinke aus der Hand gerutscht. Er fixierte Seiso-me wieder mit einem seltsamen Blick.

„Na dann, viel Glück."

Seiso-me nickte. Noch lange starrte er auf die Tür, die sich hinter Cruso geschlossen hatte. Feuerstaub, eine spontane Eingebung ... ja das konnte es tatsächlich gewesen sein. Die Symptombeschreibung passte, erklärte aber immer noch nicht, mit welchem Trick man sich das Symbol zu eigen gemacht hatte. Aber Cruso war schuldig, Seiso-me war sich sicherer denn je. Er verbarg etwas. Sein Verdacht hatte sich durch Crusos distanziertes und provokatives Benehmen nur noch verhärtet. Nun, Atemos Medes würde von ihm hören. Wenn man erst einmal nachweisen könnte, dass Menardi dieses Höllengewächs verabreicht worden war, wäre auch der Beweis erbracht, dass ein Feuerländer seine Finger im Spiel haben musste, denn Cruso hätte diese Pflanze unbeschadet niemals ernten können. Ob es in jedem Reich einen Drahtzieher gab?

Im Wasserreich wurde Iciclos zur gleichen Zeit fast wahnsinnig bei dem Gedanken an Ana-ha und Seiso-me. Morgen würden sie zurückkommen und er sah sie schon jetzt Hand in Hand durch die Akademie tänzeln. Ana-ha und Seiso-me. Seiso-me und Ana-ha. Wie er es auch drehte und wendete, Fiuros' Aussage blieb unbestechlich standhaft. Herz und Seele. Seele und Herz. Ana-ha und Seiso-me. Iciclos lag auf seinem Bett und starrte Löcher in die Luft, hoffend, der Klang dieser beiden Namen würde sich beim x-ten Male Durchdenken in seiner Einheit unwirklicher und absurder anhören. Aber je öfter er sie aneinanderreihte, desto mehr schmückten sie sich aus, desto mehr verschmolzen sie miteinander, desto harmonischer fügten sie sich zusammen ... beinahe wie eine Akkordfolge. Und mit jeder neuen Kadenz verhöhnten sie ihn mehr, verspotteten ihn in ihrer verschlungenen Zweisamkeit.

Hatte Ana-ha ihn vermisst? Hatte sie an ihn gedacht, so beschäftigt, wie sie gewesen war? Hatte sie an der Seite des schönen Seiso-mes überhaupt je einen Gedanken an ihn verschwendet? Seiso-me ... an dem sie gehangen hatte wie ein siamesischer Zwilling? Ana-ha ... sollte sie doch sehen, wo sie blieb, sollte sie sich doch an Seiso-me zu Tode lieben. Er brauchte sie nicht, er wollte sie nicht brauchen. Er wünschte sich, sie würde aufhören zu existieren, dann wäre er von einem großen Problem befreit gewesen, von einem Problem, welches jetzt zwei Namen trug und bald jeder Interpunktion entbehren könnte ... Ana und Seiso ... zwei Wörter, die im Wasserreich bald genauso in einem Atemzug genannt werden würden wie Lug und Trug, Sein und Schein, Himmel und Hölle, Gedeih und Verderb: Ana und Seiso.

Herz und Seele brannten in ihm immer kälter. Es tat weh wie schon sehr lange nicht mehr. Aber der Schmerz in seinem Innersten war gut. Er konnte mit ihm leben. Er war sein Verbündeter, jemand, auf den er sich verlassen konnte. Er ließ ihn nie im Stich, wechselte nicht plötzlich die Seiten. Auch er blieb unbestechlich standhaft. Er war sein Wegweiser Richtung Heimat und er irrte niemals. Und weil er nun so heftig brannte, wusste Iciclos, dass der Weg steiler, aber kürzer, anstrengender, aber unkomplizierter geworden war. Ana-ha und Seiso-me hatte er dafür zu danken. Ana-ha schien entschieden zu haben. Ana hatte entschieden. Ana ... Ana ... Ana ... ha ha ha lachte sie in sein Gesicht. Lachte sie ihn aus. Sie würde kommen, er war sich sicher. Sie würde zu ihm kommen. Und so tun, als sei alles in Ordnung. Nun, sie würde sehen ...

Der Abschied von Annini, der Turmakademie und der grenzenlosen Weite war Ana-ha schwerer gefallen, als sie gedacht hatte. Sie musste an ihre Rückkehr aus Wibuta denken und daran, wie sich die Ereignisse dort überstürzt hatten. Körperlich und seelisch hatte sie sich damals krank und elend gefühlt. Der Aufenthalt hatte ihr nicht gut getan, im Gegensatz zu dem im Luftreich. Auch wenn sich ihre Kräfte an dem anderen Element müde gelaufen hatten, fühlte sie sich freier und unbeschwerter als zuvor. Trotzdem waren ihre Erlebnisse in Wibuta wichtig und bedeutend, so wie der Anfang einer Reise. Noch immer glaubte sie, dass dort der Grundstein – witzigerweise ja wirklich mit einem Stein, ihrem Larimar – für alles Weitere gelegt worden war.

Der Larimar war Grund für Fiuros gewesen, sie alleine aufzusuchen, der Name Ankorus war gefallen, Iciclos stand in Verbindung mit diesem Unbekannten und mit Lesares, der vermutlich das Beben verursacht hatte. Trotzdem waren Iciclos und Cruso unschuldig, denn einen schlechten Menschen zu kennen, hieß nicht automatisch, ihn zu unterstützen. Aber auch Annini spielte eine Rolle. Ana-ha hatte sie in den letzten Wochen besser kennengelernt als manch anderer Luftelementler in Jahren. Und ein bestimmtes Gefühl in ihr signalisierte ganz deutlich, dass Annini etwas wusste, was für sie wichtig war, auch wenn sie es nicht preisgab.

Kurz nachdem sie heute Morgen in ihre eigene Akademie zurückgekehrt waren, hatte Antares sie und Seiso-me rufen lassen, um sich für ihre Mithilfe in Triad zu bedanken und sie in den höchsten Tönen zu loben. Danach war er mit Seiso-me im Oberen Rat verschwunden und sie selbst in ihren eigenen Räumlichkeiten untergetaucht. Den ganzen Nachmittag hatte sie mit sich gerungen, ob sie Iciclos suchen oder lieber warten sollte, bis sie sich irgendwo zufällig trafen. Am frühen Abend hatte sie es dann einfach nicht länger ausgehalten. Sie war kreuz und quer durch die Akademie gelaufen, hatte ihn aber an keinem seiner Lieblingsplätze entdeckt, viele gab es ja nicht. Also hatte sie sein Appartement angesteuert, obwohl sie wusste, dass er es nicht gern hatte, wenn sie dorthin kam. Und jetzt stand sie genau vor seiner Zimmertür.

Ihr Herz klopfte so sehr, dass sie einen Moment innehalten musste. Hatte sie sich nicht vorgenommen, jeden sehnsuchtsvollen Gedanken an ihn zu unterbinden, weil eine Beziehung mit ihm hoffnungslos schien? Hatte sich nicht bei ihrem letzten Gespräch eindeutig herauskristallisiert, dass sein aufrührerisches Misstrauen und sein geliebter Sarkasmus jede Bindung zum Scheitern verurteilen würde? Hatte sie nicht wirklich alles versucht? Und trotzdem, jetzt stand sie hier, in ihrer Wasserwelt, aus der sie freiwillig vor ihm geflohen war und ihr beschleunigter Puls strafte all ihre guten Vorsätze Lügen. Allein die Vorstellung, ihn gleich vor sich zu haben, fegte alle Ereignisse, alle Erkenntnisse, alle Worte, alle Taten ihrer Auszeit im Luftreich mit einer mynixbedrohlichen Macht zur Seite, als sei diese Zwischenzeit in Triad nur ein Traum gewesen. Sie führte ihre zitternde Hand zur Tür und klopfte zaghaft.

„Es ist offen, komm rein!"

Iciclos lag rücklings auf seinem Bett, die Arme hinter dem Kopf verschränkt, so bewegungslos, als gehöre er selbst zum Inventar seines Zimmers.

Sie suchte das Lächeln auf seinem Gesicht.

„Hallo Ana-ha, wieder zurück?"

Ana-ha nickte nur. Seine teilnahmslose Unbeweglichkeit lähmte ihre Beine, sonst hätte sie all ihre Vernunft gebrauchen müssen, um ihm nicht vor lauter Freude des Wiedersehens um den Hals zu fallen.

„Kann ich einen Moment reinkommen?"

„Meinetwegen." Iciclos streckte einen Arm aus und winkte sie lässig heran.

Ana-ha schlenderte zu seinem Bett, bemüht, ihm dieselbe Gleichgültigkeit zu spiegeln, die er ihr entgegenbrachte. Sie setzte sich auf die Bettkante und wünschte sich, ihr Herz würde aufhören, wie verrückt zu rasen. Sie wünschte sich, er würde sie nicht so befremdlich ansehen. Sie wünschte sich mit ihrer ganzen Sehnsucht wieder zurück nach Wibuta, zurück in diese schicksalhafte Nacht, die ihr den größten Feind, aber auch den besten Freund näher gebracht hatte. Sie wünschte sich, Iciclos würde sie wieder so eng in die Arme schließen, dass sie seinem Herzschlag lauschen konnte, dem schönsten Rhythmus, dem ihr Körper je unterlegen gewesen war.

„Wie war's in Triad? Antares hat uns berichtet, ihr hättet im Überschwemmungsgebiet gearbeitet?" Iciclos wandte seinen Kopf in ihre Richtung, noch immer kein Lächeln.

Wieso verhielt er sich so abweisend? War er noch immer beleidigt, weil sie bei ihrem letzten Gespräch davongestürmt war? Ana-ha sah ihn betont offen an, um Versöhnung bemüht, aber seine Gesichtszüge blieben hart.

„Oh ja, ich war zuerst ein wenig nervös, weil ich dachte, ich wäre dieser Aufgabe nicht gewachsen, aber Kosmo Felis hat mich gut unterwiesen!"

„Und Seiso-me?" Seine Augen waren kaum merklich schmäler geworden. *Hat er dich auch gut unterwiesen?*

„Seiso-me hat uns gelegentlich geholfen, aber im Grunde hatte er andere Aufgaben. Er war natürlich viel im Oberen Rat unterwegs ... Du hast die Neuigkeiten ja sicher schon gehört, oder?"

„Ja, die Nachricht unserer Unschuld hat sich hier so schnell wie ein Lauffeuer verbreitet! Man hätte meinen können, wir lebten im Feuerland." Sein üblicher Zynismus war das einzig Vertraute zwischen ihnen. Iciclos setzte sich auf und streckte sich demonstrativ gelangweilt.

„Gibt es denn schon irgendwelche neuen Theorien?", erkundigte er sich beiläufig.

„Nicht für die Öffentlichkeit. Ich selbst weiß darüber leider auch nicht Bescheid!“ Sollte sie ihm von ihrem eigenen Verdacht erzählen? Vielleicht würde er ihr Recht geben? Vielleicht würde er ihr die Bestätigung geben, dass Ankorus so etwas zuzutrauen war? Vielleicht würde eine gemeinsame Verschwörungstheorie die gebrochene Brücke zwischen ihnen wieder zusammenführen?

„Ich habe eine eigene Idee bezüglich des Symbolraubes“, sagte sie daher und wartete gespannt auf seine Reaktion und – endlich – Iciclos verlor seinen feindseligen Gesichtsausdruck. „Lass mal hören!“

„Also gut, aber ich warne dich besser gleich vor: Einer meiner Mitschuldigen ist dir bekannt.“

„Ach?“ Iciclos rutschte neben Ana-ha auf die Bettkante. „Das ist ja interessant. Berichte!“

„Gut! Du hast ja sicher mitbekommen, dass der Bruch des Staudamms durch einen Erdrutsch ausgelöst worden ist. Und einem Erdrutsch geht in den meisten Fällen ein Beben voraus. Und Lesares Leras, Bebenspezialist der Extraklasse, war an jenem Tag in Triad!“ Ana-ha machte eine kurze Pause, um Iciclos die Möglichkeit zu geben, selbst über diese Zusammenhänge nachzudenken. Aber er sah sie nur unverwandt an, also fuhr sie fort: „Ich habe mir überlegt, dass Lesares dieses Beben absichtlich ausgelöst hat, ein Ablenkungsmanöver sozusagen, damit der andere Täter ungestört ans Werk gehen konnte.“

„Und wer soll dieser andere Täter gewesen sein?“ Iciclos stand adrenalingehetzt auf und fuhr sich durch die Haare. Wenn sie jetzt Cruso sagte, hätte er ein Problem.

„Ankorus!“

„Ankorus?“ Iciclos drehte sich zu ihr um und lachte kurz auf. „Ankorus!“ Ana-ha nickte eifrig.

„Ankorus, soso. Wie kommst du denn ausgerechnet auf ihn?“

„Na ja, er ist im Luftreich nicht bekannt ...“

„Wen hast du denn nach ihm gefragt?“, unterbrach Iciclos sie und ließ die Knochen seiner Fingergelenke knacken, als stände ihm unmittelbar ein Kampf bevor. Ana-ha zuckte zusammen. Sollte sie ruhig.

„Annini Logan. Und die kennt ziemlich jeden in der Akademie.“ Warum, behielt sie lieber für sich. „Aber vielleicht besitzt Ankorus ja luftelementare Großmeisterqualitäten. Er könnte hier neben uns stehen und wir würden es nicht bemerken.“

„Ein unsichtbarer Ankorus also? Der einfach so in den Saal der geschützten Lüfte schwebt und sich unbeobachtet das Symbol krallt? Keine schlechte Theorie, Ana-ha." Sollte sie lieber jemanden verdächtigen, den es in dieser Dimension nicht gab, als jemand, der hier existierte und tatsächlich schuldig war. So wie Lesares zum Beispiel. Hier lag sie richtig und das war gefährlich, sehr gefährlich. Es könnte alles zerstören, alles zunichtemachen, woran sie wochenlang gefeilt und wofür sie jahrelang trainiert. Es könnte Schein zu Sein, Himmel zu Hölle transferieren. „Hast du jemandem von deinem Verdacht mit Lesares erzählt?" Iciclos musterte Ana-ha eingehend von oben bis unten, aber es war nicht die Art von Betrachtung, die sie sich von ihm erhofft hatte, keine Bewunderung lag darin, sondern eher misstrauisches Wittern einer unbestimmten Gefahr.

„Dieser Verdacht ist öffentlich ausgesprochen worden. Aber die meisten Luftelementler halten ihn für unschuldig. Lin selbst hält es sogar für einen ausgesprochenen Frevel, Lesares zu verdächtigen. Ich habe lange mit Seiso-me darüber gesprochen, ob Lesares schuldig sein könnte oder nicht."

„Mit Leskartes?" Iciclos sah so aus, als würde er allein beim Aussprechen dieses Namens Gift und Galle spucken müssen. Leskartes und Lomara. Seiso-me und Ana-ha. Herz und Seele. Verflucht und verdammt noch mal! Wieso sprach sie ausgerechnet mit diesem Fantasten über Lesares? „Und?" Er baute sich vor ihr auf.

„Was und?" Ana-ha sah zu ihm auf. Seine zornige Nähe machte sie noch nervöser, als sie ohnehin schon war. Die Wut strahlte von ihm ab, wie die Hitze eines Lagerfeuers.

„Na was meint er dazu?"

„Er ist sich auch nicht sicher. Im Luftreich wird Lesares vergöttert. Lin lässt nichts auf ihn kommen. Noch dazu ist er mit einigen Elementlern dort befreundet. Mit Cruso übrigens auch, wusstest du das?" Ana-ha rutschte ein wenig irritiert auf Iciclos' Bett zurück, um seinem forschen Blick nicht mehr allzu dicht ausgesetzt zu sein.

Iciclos zeigte sein erstes Lächeln. „Na ja, als eng würde ich diese Freundschaft nicht gerade bezeichnen, aber ja, sie treffen sich ab und zu. Cruso mag Lesares. Er hat mir gesagt, er sei ein absolut verlässlicher Typ." Iciclos hatte sich, während er sprach, vom Bett abgewandt und war in einem Nebenzimmer verschwunden.

„Das hat Annini mir auch erzählt. Es ist auch nur mein eigener Verdacht, es muss nicht stimmen. Ich kenne Lesares noch nicht einmal. Vielleicht tue ich ihm unrecht." Ana-ha redete ein wenig lauter, damit er sie verstehen konnte.

„Und welche Rückschlüsse hat er sonst noch gezogen? Ähm … willst du was trinken?" Iciclos steckte seinen Kopf zur Tür heraus.

„Wasser wäre gut." Ana-ha nickte, erfreut, dass das Eis zwischen ihnen langsam zu brechen schien. Sie hörte ihn ein wenig herumhantieren und Sekunden später kam er mit dem Gewünschten zurück und drückte Ana-ha ein Glas in die Hand. „Danke!"

Wie naiv, wie vertrauensselig sie doch war. Wie weit konnte man ihr Vertrauen spannen, bis es zurückschnellte und sie umwarf? Welches Ereignis könnte hierfür Auslöser sein? Hätte Ankorus' Tat sie in die Waagerechte befördert? Nichts wäre einfacher gewesen, als Gift in das Wasser zu mischen, ohne dass sie auch nur den Hauch eines Verdachts gegen ihn gehabt hätte. Dann wäre Schluss gewesen mit ihrer riskanten Detektivarbeit. Schluss mit ihrem törichten, enervierenden Seiso-me-Gehabe, Schluss mit all seinen Skrupeln, Schluss mit Ana-ha und Seiso-me, Schluss mit Herz und Seele. Schluss mit …

Iciclos erschrak über seine bösartigen Gedanken. War ihm das eben tatsächlich durch den Kopf gegangen? Er würde irgendwann verrückt werden in dieser Wasserwelt. Blieb jetzt nur zu hoffen, dass sich dieser feuerstaubfressende Schmalspurelementler von Seiso-me nicht die richtigen Maschen zusammenstrickte. Denn dann mussten sie sich verdammt beeilen, um an die anderen Symbole heranzukommen. Dann mussten ganz andere Mittel her, dann wäre Fiuros vielleicht wirklich der Einzige, der ihnen den Weg zu dem Konferenzraum freibrennen könnte.

„Seiso-me hat am letzten Tag noch einmal mit Cruso gesprochen. Er meinte, er müsse sich erst mit Antares beraten", beantwortete Ana-ha jetzt seine Frage von vorher.

„Aha!" Iciclos spannte die Lippen an. Stimmte ihre Aussage oder wusste sie doch mehr? Hatten sie und Seiso-me möglicherweise die Abmachung getroffen, ihn unwissend zu lassen, weil er zu ihrer Tätergruppe zählte? Und – sein Herz setzte für einen Schlag aus – kannte sie mittlerweile sogar das Symbol? Hatte Seiso-me dieses Wissen mit ihr geteilt, um sich so ihre Gunst zu erwerben? Zuzutrauen wäre es ihm. Immerhin hatte er sogar angeboten, mit Iciclos nach Wasseradern zu suchen. Am liebsten hätte er Ana-ha sofort zur Rede gestellt, sie durchbohrt, sie durchlöchert, sie aufs Bett geworfen und es aus ihr herausgeholt, sie ganz dicht an sich gezogen ... Iciclos nahm seinen Blick von ihr, bevor seine Emotionen so stark wurden, dass Ana-ha ihn noch nicht mal mehr empathieren musste, um zu wissen, was los war ... Am besten tat er jetzt erst einmal so, als ginge ihn diese ganze Triad-Geschichte überhaupt nichts an.

„Na, dann lassen wir uns mal überraschen, wie es weitergeht!“ Mit einer einzigen Bewegung schwang er sich neben sie.

„Und? Was gibt es sonst noch Neues?“

„Nicht viel!“ Ana-ha trank ihr Wasserglas in einem Zug aus, stand auf und stellte es auf Iciclos’ etwas herrenlos wirkenden Nachttisch ab. Wie leer sein Zimmer war. Keine Bilder, keine Fotos, keine Erinnerungsstücke an Urlaube oder von Freunden. Ein Zimmer ohne Vergangenheit und Zukunft, noch nicht mal eines der Gegenwart. Außer dem mit schwarzen Klamotten sicherlich vollbestückten Kleiderschrank und den Regalen, die mit Fachbüchern über das Wasserelement so peinlich genau und akkurat gefüllt waren, wie Iciclos seine Vergangenheit hütete, gab es hier nicht viel, zumindest nicht viel Persönliches. Die kleine Sitzgruppe im hinteren Teil des Raumes sah auch mehr so aus, als stünde sie nur des Solls wegen hier. Und natürlich war sie schwarz. So wie auch die Regale und der Schrank. Ein leerer, dunkler Raum. Leer, als wäre er hier nur auf Durchreise, nicht darum bemüht, es sich ein bisschen wohnlicher zu machen. Ganz anders als das Zimmer von Seiso-me. Dort standen überall seine kleinen Kostbarkeiten herum, die er von irgendwelchen Reisen erworben oder selbst geschenkt bekommen hatte. Ob Iciclos es mit Beziehungen ebenso hielt wie mit seinem Zimmer? Keine persönlichen Dinge ...

*Es war einzigartig, wunderschön ...*

Fast war es, als hätte es diese Worte nie gegeben.

„Und was gibt es bei dir Neues?“ Sie setzte sich wieder neben ihn.

„Ich habe angefangen, für die Elementas zu trainieren. Mitras hat sich angeboten, an meinen Techniken zu feilen, bis sie perfekt sind.“

„Gut!“

„Die anderen sind starke Gegner. Cruso und Lesares darf man nicht unterschätzen.“

„Vielleicht helfen sie dir, Fiuros aus dem Rennen zu schicken.“

„Damit wird er rechnen. Ich denke, er wird sich etwas wirklich Grandioses ausdenken."

„Bestimmt. Er will schließlich bei diesen Elementas Geschichte schreiben, wo er doch letztes Jahr wie ein begossener Pudel seine Niederlage hinnehmen musste. Zwar bin ich wirklich nicht missgünstig, aber den Sieg gönne ich ihm nicht. Dieses Futter ist sicherlich keine gute Nahrung für sein Ego."

Iciclos grinste. „Aber sein ausgehungertes Ego ist dafür nur schwer verdaulich für seine Umgebung."

„Haben wir ein Glück, dass wir in einem solchen Fall weit weg von ihm in der Wasserwelt leben."

„Haben wir ein Glück." Sie schwiegen eine Weile, starrten vor sich hin.

„Was ist mit deinem Versprechen?", wollte Iciclos schließlich wissen. Ana-ha kam es vor, als habe er die ganze Zeit auf die Beantwortung dieser Frage gewartet.

„Das Frizin?"

Iciclos nickte.

„Es steht noch! Aber ich denke, die Elementas sind erst einmal wichtiger."

„Oh, ich lerne sehr gut parallel."

„Du unterschätzt diese Methode! Mir ging es sehr lange nach."

„So schlimm?"

„Schlimmer! Ich hatte tagelang Albträume. Und ich war wütend auf Seiso-me, weil er mich nicht davon abgehalten hat. Und weil er tatsächlich die volle Minute durchgezogen hat."

„Ich werde es aushalten, keine Angst!"

„Diese Kälte nimmt dich in Besitz. Du wirst noch Tage danach an sie denken. Es könnte dich am Lernen hindern."

„Das hast du ja noch nie erwähnt."

„Ich erwähne es jetzt!" Ana-ha warf ihm einen kurzen, scheuen Blick zu, dann betrachtete sie intensiv ihre Hände. „Ich hoffe, du hasst mich hinterher nicht."

„Ich ... dich hassen?" *Niemals wegen des Frizins!!!*

„Weil ich es dir nicht ausgeredet habe."

„Ich werde dich nicht hassen, Ana-ha. Und du hast es mir doch ausgeredet. Ich versuche dich doch schon die ganze Zeit zu überreden."

„Ich habe Seiso-me auch überredet“, erinnerte Ana-ha ihn und sah wieder auf. „Ich wollte es so unbedingt, dass ich fast alles dafür getan hätte.“

„Wieso wolltest du es lernen? Das Kämpfen liegt dir doch überhaupt nicht. Und es ist ja eigentlich eine Kampftechnik.“

„Hm ...“ Ana-ha begutachtete verlegen ihre Finger. „Ich wollte Asperitas‘ Geschenk.“

„Nur deswegen?“

„Welchen Grund könnte es sonst noch für mich geben?“

Er sah sie an. Ana-ha hatte einmal gesagt, sie hätte es der Erkenntnis wegen getan. Es war ihr scheinbar nur um die Erkenntnis ihres größten Schmerzes gegangen. Er selbst hoffte ja inständig, dass er während des Frizins auch das heilige Wassersymbol sah. Immerhin war diese Unwissenheit sein größtes Hindernis. Mit diesem Wissen könnte er sich endlich auf nach Emporia machen. Aber hätte er diese Qualität nicht auch für die große Toröffnung gebraucht, wüsste er nicht, ob er das Martyrium auf sich genommen hätte.

„Tja“, sagte er jetzt langsam, „welche Gründe könnte eine junge Wasserelementlerin sonst noch haben, sich die Seele gefrieren zu lassen?“ Er legte den Kopf ein wenig schief. „Vielleicht wollte sie lernen, Schmerz zu ertragen?“

Ana-ha wehrte stumm ab.

„Vielleicht war es Neugier?“

„Nein.“

„Vielleicht hat sie etwas gesucht, was sie sonst nicht finden konnte?“

„Ja, ich wollte meinen größten Schmerz sehen, um so das Leben zu verstehen.“

„Du musst sehr verzweifelt sein, Ana-ha“, sagte Iciclos schlicht. Sein Tonfall war weder spöttisch noch bemitleidend.

Sie schwieg.

„Meine Güte, Ana-ha, bei allen heiligen, unbekannten Wassern dieses Reiches: Sich einen Lebenssinn mit einer Foltermethode zu erschließen, ist ein bisschen sehr gewagt.“

„Ich weiß. Und ich habe nichts weiter gesehen als Licht.“

„Das sagtest du bereits. Aber wenn das nicht die Antwort war, müssen wir dich wohl in die Dunkelheit schicken.“

„In die Dunkelheit ...“

„Naja, ich könnte dir ein bisschen bei deiner Sinnsuche helfen."

Ana-ha zog skeptisch die Augenbrauen hoch. „Iciclos, bei aller Liebe zu deinen Vorschlägen, ich kann mir nicht vorstellen, dass ..."

„Mir käme gerade eine fantastische Idee."

„Werde ich sie ebenfalls so fantastisch finden?", fragte Ana-ha trocken.

Iciclos lächelte. „Das kommt darauf an."

„Und was hast du vor?"

„Eine Torprüfung – ein Kampf – nur für dich!"

„Ich habe aber keine kämpferische Seite."

„Du hast eine. Ganz bestimmt." Iciclos grinste frech.

„Woher willst du das denn wissen?"

„Jeder hat eine. Deine ruht vielleicht noch, schläft." Er beugte sich ein kleines Stück weiter zu ihr und dämpfte verschwörerisch seine Stimme: „Vielleicht sollten wir sie einmal aufwecken."

Ana-ha lachte. „Natürlich muss Sinnsuche bei dir etwas mit Kämpfen zu tun haben."

Iciclos wurde ernst. „Ich war nicht derjenige, der versucht hat, sich mit dem Frizin einen neuen Sinn zu erkaufen."

Ana-ha dachte nach. Sie hatte nichts zu verlieren. Ihre eigenen Wege waren stets aus dem Ruder gelaufen, vielleicht sollte sie Iciclos jetzt tatsächlich mal das Steuer in die Hand geben.

„Gut, ich mache mit", sagte sie nach einer Weile.

Iciclos lächelte ehrlich. „Schön, dass ich mich bei dir einmal revanchieren kann. Ich kümmere mich um einen freien Platz in den Toren!"

„Einen legalen, bitte."

„Einverstanden." Ein spielerischer Handschlag besiegelte ihr Abkommen.

# Iciclos, Ana-ha und Seiso-me

Ana-ha ließ den Glimmersand durch ihre Hände gleiten. „Du musst auf dich aufpassen", rannen Seiso-mes Worte mit dem Sand durch ihre Finger. „Halte mehr Abstand zu Iciclos."

„Warum diesmal?", hatte sie gefragt und gebetet, dass er ihr nicht irgendwelche neuen Theorien über Iciclos' Mitschuld am Symbolraub unterbreiten würde.

Daraufhin hatte er geschwiegen und schwieg noch immer. Er saß neben ihr am Rand der bunten Steine und warf kleine Kiesel ins Wasser.

„Warum?", fragte sie jetzt wieder und streute dabei die letzten Körner in den Sand.

„Er ist nicht gut für dich." Seiso-me versenkte einen besonders dunklen Kiesel im Venobismeer. „Und er könnte in Dinge verwickelt sein, die überaus gefährlich sind."

„Triad?" Ana-ha schleuderte den Namen von sich, als wäre er eine gezündete Handgranate. „Hast du mit Antares darüber gesprochen?"

„Ja."

„Und ... was meint er dazu?"

„Ich hätte keine Beweise."

„Immer noch nicht, aha!"

„Es ist nur so ein Gefühl ..."

Ana-ha lachte über seine Worte, obwohl ihr ganz und gar nicht danach zumute war. „Aber Iciclos hat doch mit Lesares gar nichts zu tun."

„Lesares ist möglicherweise unschuldig."

„Iciclos auch."

„Vielleicht! Der Punkt ist", begann er jetzt nach kurzem Durchdenken seiner Ideen, „dass ich Cruso immer stärker im Verdacht habe, das Luftsymbol gestohlen zu haben! Er verbirgt etwas. Ich weiß es einfach."

„Ist das das Ergebnis deines Gespräches mit ihm?" Sicher, Seiso-me wusste ja schließlich nichts von Ankorus und seinen Machenschaften. Kein Wunder, dass er sich mit Vorliebe weiter auf Iciclos' besten Freund konzentrierte. Aber jetzt durfte sie ihm auf gar keinen Fall von Ankorus berichten, das würde ihn bestimmt noch mehr gegen Cruso und Iciclos aufbringen, allein schon deshalb, weil die beiden solch eine delinquente Person überhaupt kannten.

„Cruso hätte die Möglichkeit gehabt", sagte Seiso-me.

„Ach so ... und weil er so gut mit Iciclos befreundet ist, ist dieser gleich mit eingeschlossen? Das hatten wir doch schon, Seiso-me."

„Es ist mein eigenes Gefühl, nicht mehr und nicht weniger!" Seiso-me konnte nicht anders, aber ganz tief in seinem Herzen wünschte er sich nichts sehnlicher, als dass Iciclos ein Mitschuldiger war. Er wünschte es sich, weil Ana-ha dann endlich bereit wäre, ihn aus einer anderen Perspektive zu betrachten und nicht ständig ihre Zeit für ihn opferte ... und sich am Ende noch ernsthaft in ihn verliebte. Er war weder dumm noch blind. Ana-ha mochte Iciclos auf eine Art und Weise, die ihm überhaupt nicht gefiel, die er fast schon für Schwärmerei hielt. Schwärmereien vergingen, wenn sie nicht erwidert wurden. Aber in Seiso-mes Gedächtnis haftete noch immer der verklärte Blick, den Iciclos Ana-ha beim Essen in der Feuerkunstakademie zugeworfen und der ihn anschließend in gewisser Weise ins Delirium geschickt hatte.

Der Feuerstaub!

Missmutig dachte er an das Gespräch, welches er mit Atemos Medes und Fiuros Arrasari bezüglich dieses Gewächses geführt hatte. Er hatte Atemos gestern in Jenpan-ar kontaktiert, aber diesem war nichts Besseres eingefallen, als ihn mit seinem Anliegen direkt an Fiuros zu verweisen, mit der Äußerung, dass sein Stellvertreter schließlich Züchter und Kenner dieser meisterhaften Gattung sei. Und die Unterhaltung mit Fiuros war eigentlich eher zu einem Monolog ausgewachsen. Das Getue dieses Möchtegern-Feuerhäuptlings hatte weder Ergebnisse noch sonst irgendetwas gebracht.

„Natürlich kann man es nicht im Blut nachweisen, noch nicht einmal im Blutserum, Seiso-me", hatte er erläutert und furchtbar überheblich geklungen. „Der Feuerstaub oder besser gesagt, die *Ianusso-*

*liscalidiumpulvisculusdivinitas*, ihr vollständiger botanischer Name, wirkt nur über ihr energetisches Schwingungsmuster und nicht über ihre zelluläre Struktur. Du bräuchtest schon ein aurasichtiges Medium, um ihren Verzehr nachzuweisen. Meiner Ansicht nach baut sich diese körperfremde Schwingung sowieso nach spätestens achtundvierzig Stunden wieder vollständig ab. Aber weshalb möchtest du es denn unbedingt untersuchen lassen? Du willst doch deinen Aussetzer nicht an die große Glocke hängen, oder?"

Seiso-me hatte gar nicht mehr geantwortet und einfach den Sender ausgeschaltet, so sehr hatte er sich über Fiuros' Worte geärgert. Und wer wusste schon, ob er überhaupt die Wahrheit gesagt hatte. Er sah unsicher zu Ana-ha.

„Ich sehe keinen Anlass zur Vorsicht. Ich habe ein gutes Gefühl, was Iciclos betrifft", betonte diese jetzt mit Nachdruck, obwohl sie sich dessen nicht wirklich sicher war. Schlagartig wurde ihr bewusst, dass sie ihre Gefühle diesbezüglich noch nie überprüft hatte. Alles, was ihr an Verdachtsmomenten begegnet war, hatte sie analytisch auseinandergenommen, aber nicht emotional. Seltsam, seit wann verließ sie sich denn nicht mehr auf ihre Gaben? Hatte sie Angst davor, was sie entdecken könnte?

„Du willst es einfach nicht wahr haben", entgegnete Seiso-me resigniert.

„Aber es gibt doch bislang nicht einen einzigen Beweis, dass Cruso schuldig ist, oder?"

„Nein", musste Seiso-me eingestehen, „aber sollte es einen geben, so werde ich ihn finden. Und bis dahin bitte ich dich doch nur um ein wenig Achtsamkeit Iciclos gegenüber. Ist das zu viel verlangt? Antares hat übrigens ausdrücklich zu verstehen gegeben, dass das hier unter uns bleiben soll. Noch nicht mal alle Ratsmitglieder wissen darüber Bescheid."

„Wieso denn nicht?", wunderte sich Ana-ha.

„Weil Antares – genau wie ich auch – davon ausgeht, dass es in jedem Reich einen Beteiligten gibt oder auch mehrere. Und er vermutet diejenigen eher in den oberen Reihen."

„Ach? Dann hält er Iciclos für unschuldig?" Ana-ha durchfuhr eine warme Welle Erleichterung. Wenn selbst Antares ihrer Ansicht war, bestand sowieso kein Grund zur Sorge.

„Sagen wir mal, mein Verdacht ist nicht unbedingt sein Verdacht. Aber er hält es auch nicht für ausgeschlossen."

„Also könnte seiner Meinung nach jeder der Täter sein?"

„So sieht er es."

„Ich auch! Du könntest es potenziell genauso sein wie Iciclos. Ich könnte es sein."

„Ana-ha!" Seiso-me warf ihr entsetzt einen strafenden Blick zu. „Jetzt bist du wohl komplett übergeschnappt!"

Ana-ha lächelte über so viel Empörung und legte beruhigend ihre Hand auf seine. „Ich rede nur von Möglichkeiten, nicht von Tatsachen."

Aber Seiso-me sah sie nur noch ernster an, ernster und irgendwie hilflos. „Es gibt so vieles, was du nicht weißt, so vieles, was ich dir nicht sagen kann ..." Seine Stimme brach ab. „Ich habe Angst um dich, Ana-ha, ehrlich!"

Er hatte immer alles mit ihr teilen wollen. Nun gab es so viel, was er ihr vorenthalten musste. Er dachte an ihre Großmutter Raela, das kleine Mädchen, welches Antares' und Atemos' Vorfahren verletzt und weinend im Feuertor gefunden hatten. Sie hatte nie erfahren, was ihre Eltern getan hatten, wohin sie gegangen waren. Diese Wahrheit hatte man ihr verweigert, so wie auch dem Rest der Bevölkerung. Die Gefahr, dass es Nachahmungstäter geben würde, wenn erst einmal bekannt wurde, dass die Toröffnung keine reine Theorie war, hatte man als zu gefährlich erachtet. Er hätte Ana-ha so gern erzählt, dass sie vielleicht Verwandtschaft besaß, dass sie möglicherweise gar nicht so alleine war, wie sie sich manchmal fühlte.

„Seiso-me." Ana-ha drückte seine Hand, „Angst zeigt nur unsere Sorge, sie sagt nicht unbedingt die Wahrheit."

„Ich weiß, aber ..."

„Da sieh mal einer an!" Die nahe Stimme über ihren Köpfen ließ beide herumfahren. Iciclos stand plötzlich wie aus dem Boden gewachsen genau hinter ihnen. Trotz der sengenden Hitze komplett in Schwarz verhüllt, wirkte er sprichwörtlich wie der schwarze Mann.

„Hallo Ana-ha ... und Seiso-me", verzerrte er sein Gesicht zu einem gekünstelten Gruß, der so aussah, als würde er ihm körperlichen Schmerz zufügen. „Schön, dass ich dich hier treffe", wandte er sich dann wesentlich liebenswürdiger direkt an Ana-ha.

„Hallo!" Sie versuchte verstohlen, ihre Hand von Seiso-mes zu ziehen, ohne dass Iciclos in den Sinn kam, dass sie je dort gelegen haben könnte. „Ist was passiert?“

„Wieso? Sollte es?“

„Na ja.“ Ana-ha wusste nicht genau, wie sie jetzt ausdrücken sollte, dass er sie normalerweise nie in Seiso-mes Gegenwart aufsuchte, wenn er nicht einen sehr wichtigen Grund dafür hatte. „Ich dachte nur, weil du doch sonst nie um diese Uhrzeit hier aufkreuzt“, sagte sie schließlich und ließ dabei die Hälfte ihrer Gedankengänge einfach außen vor.

„Ja, das liegt wohl an der dunkelblauen Woge Arroganz, die in ihrer Freizeit ständig hier herumplätschert!“

Seiso-me wuchtete seine ein Meter neunzig mit einer drohenden Gebärde zum Stand auf. „Was soll das heißen?“

„Ich bin soweit. Meine Idee steht und wir haben einen Termin. Du erinnerst dich an unser Gespräch?“ Iciclos ignorierte Seiso-me komplett.

Ana-ha nickte langsam. Es war ihr gar nicht recht, dass Seiso-me das alles mitbekam, gerade wegen ihrer eben geführten Debatte. Andererseits freute sie sich, dass Iciclos sich die Zeit genommen und ihr ein Übungstor ausgestaltet hatte, bei der wenigen Freizeit, die ihm die Elementasvorbereitungen im Moment ließen. „Danke, Iciclos, das ging ja schnell. Wann machen wir es?“

„Morgen früh um neun Uhr. Jemand hat einen Termin krankheitsbedingt abgesagt. Ich warte in Halle fünf auf dich.“

„Wieso denn das? Ich kann dich doch abholen?“

Iciclos machte ein geheimnisvolles Gesicht. „Das musst du schon mir überlassen. Morgen um neun in der Halle, in Ordnung?“

„In Ordnung.“ Ana-ha stand auf und vermied es, Seiso-mes bohrendem Blick zu begegnen.

„Was habt ihr vor?“ Seine Augen zuckten von Ana-ha zu Iciclos und wieder zurück.

„Keine Sorge, Leskartes, wir simulieren nur ein bisschen!“ Iciclos sprach in Ana-has Gesicht, als antwortete er nur einer körperlosen Stimme.

„WAS simuliert ihr?“ Seiso-me schien drauf und dran, Ana-ha zur Seite zu schubsen, nur um Iciclos zu einem Augenkontakt herauszufordern.

„Nur die große Toröffnung, keine Angst. Wir proben schon mal für die ferne Zukunft, wenn Ana-ha und ich alle Symbole geklaut haben und in die göttliche Dimension auswandern werden."

„Iciclos!" Ana-ha starrte ihn an, als sei ihm ein zweiter Kopf gewachsen. „Was redest du denn da?"

Ganz vorsichtig schielte sie hinüber zu Seiso-me. Sein Gesichtsausdruck war zum Fürchten und der Schweiß auf seiner Stirn bestimmt nicht nur das Produkt der schwelenden dreißig Grad Celsius.

„Wie lange hast du schon hinter uns gestanden, bevor du dich entschieden hast, uns direkt mit deiner Anwesenheit zu konfrontieren?", fragte er mit der Stimme eines herangrollenden Donners. „Was hast du gehört?"

„Sollte ich denn etwas gehört haben?"

„Beantworte meine Frage gefälligst! Du sprichst nicht mit einem deiner wenigen, seltsamen Freunde – Entschuldigung, Ana-ha, nichts gegen dich – sondern mit einem Mitglied des Oberen Rates."

„Ach ja, ich vergaß! Entschuldigung, Seiso-me, dass ich vor so viel dunkelblauem Sakrosankt nicht sofort auf die Knie falle und dir huldige!" Er warf theatralisch seine Hände in die Luft.

„Hör auf, Iciclos, bitte!" Ana-ha umfasste behutsam sein Handgelenk und wollte ihn ein Stückchen wegziehen. Doch sie hatte ihre Rechnung ohne Seiso-me gemacht.

„Was – hast – du – gehört?" Jedes Wort ein Schritt in Iciclos' Richtung. Seine warnende Geste hieß Ana-ha Abstand zu wahren.

„Was hast du mitbekommen? Du hast genau fünf Sekunden!", determinierte er aufgebracht.

„Nicht mehr, als ihr gesagt haben könnt, oder?" Trotz der unmittelbaren Bedrohung vor ihm war Iciclos nicht bereit, sein provokatives Verhalten einzustellen.

„Wir haben eine Menge besprochen, mehr, als für deine Ohren gut wäre, nicht wahr, Ana-ha?"

Sie schwieg und betrachtete intensiv die Füße der beiden Streitenden. Sie wollte dieses Debakel nicht noch schlimmer machen, indem sie für irgendjemand Partei ergriff.

Iciclos lächelte listig: „Normalerweise ist das umgekehrt. Und genau das ärgert dich doch auch, oder?"

Seiso-me erwiderte das Lächeln kalt. „Nicht mehr lange, glaub mir!"

„Was soll denn das nun wieder bedeuten?"

„Warte es ab, Iciclos. Und jetzt möchte ich sofort wissen, was du gehört hast!" Diese Geschichte war zu gefährlich, um sie auf sich beruhen zu lassen. Iciclos durfte auf gar keinen Fall Wind davon bekommen, dass er unter Verdacht stand.

„Nichts hab ich gehört! Gar nichts!"

Seiso-me ließ ihn nicht aus den Augen. „Stimmt das? Empathier ihn bitte, Ana-ha!"

Iciclos lachte, als habe er den besten Witz der Wasserweltchronik gerissen. „Meine Güte", lachte er und kriegte sich fast nicht wieder ein, „und du willst zur Elite gehören? Wirklich traurig, Seiso-me, ganz ehrlich!" Er lachte immer mehr und drehte sich mit ausgebreiteten Armen zu Ana-ha herum: „Los doch, empathier mich, Ana-ha, bitte, bitte empathier mich! Hahahaha!"

Seiso-mes Faust flog so schnell in sein Gesicht, dass Ana-ha sich nicht sicher war, ob Iciclos nicht schon vor dem Treffer in den Sand gestürzt war. Sofort war Seiso-me über ihm und zerrte ihn wieder auf die Beine, die Hand zum nächsten Schlag erhoben.

Für eine wasserelementare Technik war er wohl zu aufgebracht.

„Nein, Seiso-me!" Ana-ha sprang auf die beiden zu und umklammerte Seiso-mes angewinkelten Arm. Noch nie hatte sie ihn so wütend erlebt. „Lass dich doch nicht so provozieren. Du bist ein Mitglied des Oberen Rates."

„Ach was, Seiso-me, hör nicht auf sie!" Iciclos hing scheinbar ergeben in Seiso-mes Griff. „Du glitzerndes Wunderkind in Blau, du darfst doch jetzt alles, komm, schlag zu!" Er leckte sich ein wenig Blut von den Lippen und Ana-ha sah, dass er ebenfalls die Fäuste ballte, sich bereit machte.

„Hört auf!", schrie sie in nie gekannter Vehemenz.

Iciclos und Seiso-me starrten sie an.

„Halt dich da raus!", entfuhr es ihnen gleichzeitig und Iciclos neigte seinen Kopf noch ein wenig weiter zu ihr herum: „Hast du mich schon empathiert?", fragte er und klang neugierig-unschuldig.

„Nein!"

„Gut, dann weißt du ja auch nicht, was ich vorhabe!"

„Was hast du vor?" Seiso-me lockerte seine Hand, bereit, Iciclos' Geständnis entgegen zu nehmen, aber in dem Moment, in dem er die

Finger seiner linken Hand öffnete, begriff er, dass ihm ein folgenschwerer Fehler unterlaufen war. Iciclos' Fäuste trafen seine Brust und ließen ihn zurückstolpern. Sein erster, gezielter Schlag in Seiso-mes Gesicht war die Revanche für dessen vorangegangene Attacke, der zweite, härtere, in seinen Magen, seine ganz persönliche Rache. Seiso-me griff sich mit beiden Händen an den Solarplexus und rang nach Luft, das Gesicht schmerzverzerrt und in Erwartung des dritten Schlags angespannt, aber Iciclos setzte ihn verbal:

„Komm schon, Ana-ha, jetzt empathier mich doch endlich, los, komm schon, ich fühle mich großartig!" Er drehte sich im Kreis wie vor einem unsichtbaren Publikum.

„Ach, empathier dich doch selbst!", fauchte Ana-ha wütend. „Ihr führt euch auf wie wild gewordene Feuerelementler!"

Seiso-me stöhnte bei diesem Vergleich auf und nahm langsam seine Hände wieder nach unten. „Sei froh, Iciclos, sei froh, dass ich mittlerweile im Oberen Rat bin, sonst hättest du deinen Elementasantritt in einer Woche vergessen können!" Seine Augen öffneten sich ruckartig, sein Blick finsterer als Iciclos' Gewand.

„Oh, da kann ich mich ja richtig glücklich schätzen!"

„Ich warne dich, Iciclos, verhalte dich bloß unauffällig. Wenn du das nächste Mal eine Regel unsere Akademie brichst, sorge ich persönlich dafür, dass du hochkant rausfliegst!"

„Um der Regel willen oder um Ana-has willen?"

„Beides. Ich behalte dich im Auge, verlass dich drauf. Irgendwann machst selbst du mal einen Fehler!"

„Darauf kannst du lange warten! Und wenn du mich verrätst, verrätst du auch gleichzeitig Ana-ha!"

„Das ist etwas völlig anderes!"

„Nein, ist es nicht. Ich breche keine Regel mehr als sie!"

„Sie tut es nur, um dir zu helfen. Du stiftest sie dazu an. Ich habe dir schon vor Wochen gesagt, dass ich mir das nicht länger anschaue!"

„Und ich empfehle dir, deine kindische Eifersucht nicht an mir auszuleben. Denn das ist doch der einzige Grund, weshalb du mich loswerden willst, oder nicht? Damit du freie Bahn bei ihr hast! Empathier ihn, Ana-ha, bitte, bitte", säuselte er süßlich. „Ach, das kann ich ja selbst. Ich weiß, dass es wahr ist!" Iciclos verfiel wieder in seine gehässige Lache.

Seiso-me spürte seine Fingernägel blutige Wunden in seine Handflächen graben, so sehr musste er sich beherrschen, um Iciclos für diese Erniedrigung nicht sofort wieder in den Sand zu befördern.

„Irgendwann, Iciclos, irgendwann, bekommst du schon, was du verdienst. Und dann bin ich der Erste, der sich daran erfreut!", sagte er mit vor Zorn zitternder Stimme. „Komm, Ana-ha, wir gehen!"

Ana-ha blickte unschlüssig von einem zum anderen. Seiso-me hatte definitiv heute mehr gelitten als Iciclos. Und da ihr Herz immer für die Unterlegenen schlug, entschied sie sich dafür, ihm zu folgen. Diese Genugtuung, dass sie jetzt bei Iciclos blieb, brauchte er nicht auch noch vor Seiso-me auszukosten. Sie sah ihn entschuldigend an.

„Wir sehen uns morgen."

„Sei pünktlich!"

„Ja!" Ana-ha ging auf Seiso-me zu. Dieser legte sofort besitzergreifend seinen Arm um ihre Schultern und zog sie an sich heran. Dicht über sie gebeugt, flüsterte er ihr etwas zu, was Iciclos' Ohren nicht erreichte. Aber er beobachtete, wie sie zu ihm aufschaute und so lieblich lächelte, dass es ihn mehr schmerzte als Seiso-mes Fausthieb.

Ana-ha und Seiso-me ...

# Licht und Schatten

Ana-ha verriegelte die Tür der Trainingshalle von innen. „Ich habe kaum geschlafen", begrüßte sie Iciclos. „Ich musste die ganze Nacht an Seiso-mes Drohung denken."

„Ich musste die ganze Nacht an sein Gesicht denken, als er zu dir sagte, du solltest mich empathieren", grinste Iciclos.

Ana-ha warf ihm einen strafenden Blick zu. „Wir müssen aufpassen. Seiso-me ist derzeit so aufgebracht, dass er es glatt fertigbringen würde, dich tatsächlich von der Akademie werfen zu lassen. Er müsste Antares nur sagen, wie oft wir schon dieses Gebot gebrochen haben." Sie betrachtete Iciclos besorgt. „Wenn er uns auch nur einmal auf frischer Tat ertappt, kannst du deine Sachen packen. Denn selbst wenn Antares oder Mitras ein gutes Wort für dich einlegen sollten, der Rat steht ganz sicher auf der Seite von Seiso-me."

„Bist du sicher? Ist es so schlimm?" Iciclos sah sie irritiert an.

„Seiso-me wird sehr geachtet. Seine Meinung gilt viel. Glaub mir, du darfst ihn nicht unterschätzen. Noch dazu, wo auch Hagalaz dich ganz offenkundig nicht mag." Sie räusperte sich kurz. „Du bist ja auch selbst nicht ganz unschuldig daran."

Iciclos zog eine Grimasse.

„Und selbst wenn Seiso-me uns beide anschwärzen würde, wüsste ich nicht, ob Antares uns gleichbehandelt. Immerhin kennt er mich schon seit meiner Geburt. Also ... sei ein bisschen netter zu Seiso-me und reize ihn nicht grundlos."

„Grundlos?", wiederholte Iciclos. „Ich habe ihn noch nie grundlos gereizt." Dann seufzte er unleidlich. „Aber du hast recht. Niemand braucht einen Seiso-me, der wie eine aufgebrachte Wasserhose durch die Akademie wirbelt. Wir werden umsichtiger agieren. Diese Einheit ist sowieso absolut legal. Eingetragen, genehmigt und ... für dich bereit. Also mach, dass du ins Torinnere kommst."

Ana-ha lächelte: „Du hast sogar schon das Wassertor geöffnet, wie ich sehe."

„Ewig haben wir die Halle nicht. Und wir wollen uns ja an die Regeln halten."

„Iciclos?" Ana-ha ging auf die Wasserwand zu und wandte sich kurz um. „Du machst doch nichts Gefährliches, oder?" Sie hatte plötzlich Angst vor ihrer eigenen Courage.

„Na ja ..."

„Also nichts, was du nicht auch tun würdest?"

„Nein, abgesehen davon: Was soll dir denn schon in einem Übungstor passieren?"

„Hm ... die Luft hier ist ziemlich schlecht. Trocken, findest du nicht?"

„Kann schon sein, aber jetzt ab mit dir! Und denk dran, bei allem, was dir begegnet: Es hat mit dir zu tun! Mit Kämpfen und Sinnsuche!"

„Kämpfen und Sinnsuche", bestätigte Ana-ha wie eine lernwillige Schülerin und betrat mit einem Aufseufzen Iciclos' Prüfungstor.

Die Wasserwand zog sich langsam zurück und hinterließ ein graues Meer steinerner Felsen. Ana-ha blickte neugierig um sich. Es war keine Menschenseele hier. Sie war allein, umgeben von Felsenmauern und kleineren Gesteinsbrocken. Etwas hilflos zuckte sie mit den Schultern, als könne Iciclos sie sehen. Dann wanderte sie eine ganze Weile an hoch herausragenden Felswänden vorbei. Ihre Finger strichen zart über die moosigen Steine. Was wollte Iciclos von ihr?

„Was soll ich machen?", rief sie ihm nach draußen zu. Auch wenn er sie nicht sah, konnte er sie hören. Sie wollte nicht unnötig Zeit darauf verschwenden, seine Aufgabenstellung zu erraten.

„Aufhören zu suchen! Es ist alles da, was du brauchst. Und mehr verrate ich dir nicht", rief er zurück.

„Aufhören zu suchen", murmelte Ana-ha leicht verdrossen und in dem Augenblick entdeckte sie eine schmale Öffnung in einer der Felswände. Gerade mal so groß, dass sie sich seitlich hindurchzwängen konnte. Ana-ha spähte hinein. Hinter dem Eingang lag absolute Dunkelheit. Obwohl es nur eine imaginäre Welt war, hatte sie ein ungutes Gefühl.

Vorsichtig glitt sie durch die rauen Steine ins Innere. Sie machte einige Schritte in die Finsternis. Das hatte Iciclos also mit in die Dunkelheit schicken gemeint.

Sie wusste, dass sie weitergehen musste, wenn sie Antworten bekommen wollte. Ana-ha blieb trotzdem stehen. Wollte sich umsehen. Genau in der Sekunde zog sich das trübe Licht zurück, welches von draußen einen schmalen Streifen Hoffnung durch die Öffnung geworfen hatte. Die Dunkelheit umschloss sie wie eine Klaue. *Ich bin blind*, fuhr es ihr durch und durch. *So wie ohne meine Empathie.* Ana-ha lief ein Schauer über den Rücken. Iciclos hatte sie in der Höhle eingesperrt. Sie mochte die Dunkelheit nicht. Die Dunkelheit war wie das Leben. Unberechenbar und unerbittlich. Ihr erster Impuls war, zurückzulaufen und nach dem Ausgang zu suchen. Aber das würde kaum den Zweck dieser Einheit erfüllen.

„Iciclos!" Sie drehte sich um sich selbst. „Ich kann gar nichts mehr sehen! So kann ich nicht kämpfen!"

Er gab keine Antwort. Es blieb stockdunkel. Sie versuchte, ruhig zu bleiben. Monströse Wesen kamen ihr in den Sinn. Iciclos war ein Meister der Dämonen. Schon lange hatte sie keines seiner Tore mehr betreten, doch dies war auch kein gewöhnliches Übungstor. Es sollte nicht ihre wasserelementaren Kräfte trainieren, sondern ihr Aufschluss über das Kämpfen geben.

„Es hat mit mir zu tun", dachte sie. Mit Kämpfen und der Sinnsuche. Ja, ihre Sinnsuche schien ähnlich verzweifelt, ähnlich in der Dunkelheit unterzugehen, sie verlor sich in ihr. Wollte Iciclos ihr das zeigen? Ana-ha streckte die Arme nach vorne. Wie eine Schlafwandlerin tastete sie sich voran, alle Sinne zum Zerreißen angespannt. Ab und zu blieb sie stehen und nahm ihre Arme zur Seite, um sich ein inneres Bild von dem Raum machen zu können. Sie hörte nichts. Nur Stille umfing sie. Sie war völlig allein. Das war sogar schlimmer, als die Anwesenheit übler Kreaturen. Nach einer Weile ertasteten ihre Fingerspitzen ein kaltes Hindernis. Ana-ha legte ihre Hände darauf und strich über eine scharfkantige Fläche. Ein Gemäuer. Sie umrundete es bedächtig, versuchte, Größe und Höhe abzuschätzen. Etwas zittrig lehnte sie sich daran. Dass irgendetwas in diesem Raum war, ließ sie ruhiger werden. Selbst, wenn es keine Seele besaß.

„Hallo?" Ihr fragender Ruf verlor sich unbeantwortet. Es musste noch jemand hier sein. Wenigstens konnte sie sich schon ein Bild von Iciclos' Fantasie machen. Der Raum – oder was immer es war – umfasste mindestens hundert Quadratmeter und die Decke schien konvexer Bauart. Das schloss sie aus den weitläufigen Schwingungen ihres verhallenden Rufes. Die Mauer, an die sie sich anlehnte, endete in der Mitte, sowohl in der Höhe als auch in der Breite. Unglaublich, welcher Sinne man sich gewahr wurde, wenn den Augen das Licht fehlte.

Wenn man nichts sah ...

*Wenn dich niemand sieht ...*

Ana-ha blickte dunkel vor sich hin und das gerade erst gewonnene, gute Gefühl über ihre wie neu geborenen Sinne kippte ruckartig ins Gegenteil.

*Wenn dich niemand sieht, wenn du nichts siehst, wenn du nicht sehen sollst ... wofür bist du blind?*

Sie hatte schlagartig das irrsinnige Gefühl, in ihrem eigenen Unterbewusstsein zu stehen.

*Wofür bist du blind?*

Was wollte sie nicht sehen? Und wusste Iciclos darüber Bescheid? Das hier war sein Tor, seine Fantasie. Er präsentierte ihr hier seine Meinung über ihre Suche.

*Wie gut kennst du mich?*

Es war seine Illusion ihrer geheimen, schlafenden Anteile. Oder empathierte er sie die ganze Zeit und passte seine Welt ihren Gefühlen an? So etwas Subtiles? Nun, er war Iciclos Spike, er war nicht zu unterschätzen. Ihre Umgebung hätte treffender nicht sein können. Sie tappte sprichwörtlich im Dunkeln. Und die Schwärze veränderte ihre Form, je nachdem, was sie dachte und fühlte. Übermannte sie die Angst, schien sie sie einzuschnüren und enger zu werden, entspannte sie sich, wich sie von ihr, dehnte sich aus wie ein atmendes Universum. Ana-ha starrte in die Dunkelheit. Es war absolut still. Kein Geräusch hörte sie, außer ihrem eigenen Atem.

Es war zu still.

Mit einem Mal fühlte sie mit jeder Faser ihres Körpers die Anwesenheit anderer, ja ... mehrerer. Mehrerer Personen. Menschen wie Schatten, keine Monster, keine bösartigen Kreaturen! Verdrängte Anteile ihrer Selbst? Die sie in ihr Unterbewusstsein abgeschoben hatte? Noch immer kein Geräusch. Ihr Herz taktete schneller. Sie schaltete ihre empathischen Sinne schärfer. Aufregung lag in der Luft über ihr. Aufregung und Angst. Bestimmt waren das ihre eigenen inneren Gefühle. Sie ließ sich weiter darauf ein. Da war noch etwas anderes. Ein Wille nach Erkenntnis.

„Oh ja, dich kenne ich“, dachte sie seufzend. Das war bestimmt der Wille ihrer Sinnsuche. Auf was er wohl gründete? Sie durchdrang den Willen, spürte ihm hinterher. Welche Motivation lag dahinter? Die Antwort musste hier sein. In ihrem Unterbewusstsein oder in was auch immer Iciclos sie geschickt hatte.

„Wo bist du?“

„Du … du … du …“ Ihre Stimme brach sich an einem verborgenen Ort und schwirrte zurück.

„Du kannst dich nicht verstecken, ich finde dich, komm zu mir!“

„Mir … mir … mir …“, lockte es von allen Seiten wieder.

Und als hätte sie in einem Bühnenstück das passende Stichwort geliefert, flogen Angst, Aufregung und Erkenntniswille von oben auf sie zu. Ana-ha stürzte in die Schwärze, verlor jedwede Orientierung, oben und unten verschwammen in einer Spirale aus Gefühlen und Blindheit. Bevor sie reagieren konnte, lag sie auf dem Bauch; Rücken, Beine und Arme durch das Gewicht verschiedener Körper blockiert und eine schwere Hand in ihrem Genick. Die Finger pressten ihren Kopf so fest auf den Boden, dass sie kaum atmen konnte. Wie wild setzte sie sich zur Wehr, aber ihr Widerstand schien ihre Schattenwesen noch mehr gegen sie aufzubringen. Der Druck auf ihren Hals wurde stärker und ihr Kopf steckte plötzlich in einer massiven Umklammerung fest. Sie war absolut bewegungsunfähig. Sie wollte schreien, aber der unnachgiebige Boden und der Körper über und neben ihrem Kopf umfingen jeden Laut und erstickten ihn im Keim. Ana-ha unterdrückte die aufkommende Panik.

Nur ein Prüfungstor. Es hat mit mir zu tun.

„Meine Suche lähmt mich“, schoss es Ana-ha durch den Kopf. Sie blieb ganz still liegen, wartete, versuchte, so gut es ging, Luft zu holen. Stirn, Nase und Lippen wurden noch immer auf den kalten Stein gepresst. Doch als sie aufhörte zu zappeln, lockerte sich die Hand ein wenig.

„Also Erkenntnis Nummer eins: Hör auf, dich gegen deine abgeschobenen Anteile zu wehren“, kombinierte Ana-ha im Geiste. Sie begann aufs Neue, ihre Sinne zu schärfen. Da sie jetzt keinen Handlungsspielraum mehr hatte, musste sie sich auf ihre anderen Talente besinnen. Angst und Aufregung hielten sie gefangen, Angst ihre Beine und Aufregung ihren Kopf. War sie das? War sie vor Angst und Aufregung über das Leben so gelähmt, dass sie ihrem Erkenntniswahn blind folgte? In Wibuta hatte sie es getan und Fiuros damit bloßgestellt. Natürlich war es ihr nicht nur um Ankorus gegangen. Es war sein Gefühl wie Sterben, welches sie zu dieser Seelenempathie verführt hatte. Sie ging zu weit. Sie hatte Seiso-me überredet, ihr das Frizin beizubringen. Einen solchen Regelbruch hätte er normalerweise nie begangen. Sie hatte seine Zuneigung ausgenutzt. Sie musste damit aufhören. Sie hatte begonnen, anderen zu schaden, obwohl sie nur das Leben lieben wollte. Welchen Sinn hatte eine solche Suche, wenn sie anderen damit Leid zufügte? War das ihr falscher Blickwinkel? Ana-ha hatte keine Zeit, weiterzudenken. Der Anteil, der nach Erkenntnissen strebte, begann zu handeln. Die Hand in ihrem Genick wühlte sich durch ihre Haare und fand das Lederband mit ihrem Larimar.

„Nein!“ Ana-ha schürfte sich ihr Gesicht auf dem steinigen Untergrund auf, als sie versuchte, den Kopf zu heben und sofort wieder mehr Druck von oben bekam. Die Finger tasteten sich ihren Hals entlang nach vorne, suchten den Anhänger ihrer Kette ...

„Hilfe!“ Mein Gott, wenn es nun Ankorus war, der sich unsichtbar in Iciclos’ Tor geschlichen hatte und ihr jetzt den Larimar stehlen wollte.

„Icic...los ... Icic...“ Ana-ha brachte nicht viel hervor. Ihr Herz raste, von plötzlicher Furcht ergriffen. Die fremde Hand umschloss den Larimar, zerrte ihn nach hinten. Das Band ihrer Kette schnitt scharf in ihren Kehlkopf, schnürte ihr fast die Luft ab. Ana-ha regte sich nicht mehr. Was, wenn er hier zusammen mit seinen Komplizen agierte? Aber, dass es drei unbekannte, angehende Großmeister im Luftreich gab, die alle an Iciclos vorbeigekommen waren, war unwahrscheinlich. Ana-ha beruhigte ihre Gefühle mit der Vernunft. Es war nicht Ankorus, sondern sie selbst, die sich hier gefangen hielt.

Der Wille nach Erkenntnis hatte sein Ziel fast erreicht. Seine Hände hielten das Lederband straff hinter ihrem Genick, weit weg von ihrem Körper, in zielgerichteter Präzision. Ein lautes Zischen fauchte durch den Raum. Ihr eigenes Schattenreich ließ Ana-ha erzittern. Sie konnte das Geräusch nicht einschätzen. Es klang unnatürlich und bedrohlich. Sie ergab sich erneut ihrer Empathie. Sie brauchte alle Empfindungen. Angst, Aufregung und Erkenntniswahn waren so schmerzhaft kribbelig, wie ein eingeschlafener Körperteil beim Aufwachen. Konzentration gesellte sich dazu. Sie verdichtete sich, drängte die anderen Anteile zurück, bildete einen Fokus, der selbst die Finsternis zum Erliegen brachte. Ana-has Herz schlug noch schneller. Die Konzentration hob sich höher, stieg weit hinauf, zog alles mit sich empor, schwoll an ... und dann ...

Nur noch das Knistern. Fast lautlos.

Stille. Sekunden ohne Emotionen.

Wie gefühlstaub.

Es war das Ende des großen Konzerts, doch es folgte kein Applaus. Angst und Aufregung waren verstummt. Der Druck um ihren Hals löste sich. Ihre Beine und ihr Kopf wurden losgelassen. Ana-ha atmete erleichtert auf. Doch im selben Moment spürte sie eine schneidende Hitze in den Adern. Der letzte ihrer Anteile, der wichtigste, der, der nach Erkenntnis suchte, hatte sie noch nicht freigegeben. Der einschießende Schmerz katapultierte sie aus dem Reich ihrer Gefühle in die Realität. Sie begann sich zu wehren, doch sie bekam ihre Arme nicht frei. Die Hitze nahm zu. Der Körper auf ihrem Rücken war zu schwer. Sie konnte ihn nicht herunterstoßen. Sie kam nicht weg. Die Hitze wurde zu Feuer. Als würde sie verbrennen. Flüssige Flammen strömten durch ihren Körper. Ana-ha riss den Kopf nach oben, hörte ihren eigenen, entsetzten Aufschrei durch die Höhle vibrieren. Er klang unmenschlich und schrill. Die Dunkelheit vor ihren Augen färbte sich in loderndes Rot ...

„Ana-ha?“ Iciclos' Stimme klang alarmiert. „Was ist los? Alles in Ordnung?“

Der Schmerz verschwand schlagartig. Plötzlich war sie frei. Die Attacke hatte kaum länger als fünf Sekunden gedauert. Ana-ha spürte den Rückzug ihres letzten Schattens in die Finsternis.

„Iciclos ...“ Sie sprang auf, taumelte ein wenig von dem Schock des Schmerzes. „Ich will hier raus!“ Sie hämmerte auf die blanken Steine. „Wo ist der Ausgang?“

„Keine Angst, ich komme zu dir.“ Ein paar Sekunden später war er bei ihr und legte einen Arm um sie. Die Höhlenwelt schloss sich hinter ihnen.

„Was ist passiert? Du hast dich schrecklich angehört!" Er sah sie besorgt an. Sie war unversehrt, aber die Intensität ihres Aufschreis hatte sein Herz fast zum Stillstand gebracht. Langsam führte er sie aus dem Wassertor in die Halle zurück.

Für den Bruchteil einer Sekunde hatte er geglaubt, sie sei in Fiuros' Gralsfeuer verbrannt. Und in diesem Sekundenfragment hatte sich seine Welt verdreht ... doch jetzt stand sie vor ihm, ihr Blick eine einzige Anklage.

„Was hast du gemacht, Iciclos? Bist du verrückt geworden?" Ana-has Augen funkelten zornig.

„Ich habe nichts gemacht. Wieso hast du so geschrien?" Iciclos packte sie an den Schultern und drehte sie frontal zu sich herum.

„Ich dachte, ich würde innerlich gegrillt. Was war das denn für eine schreckliche Fantasie, die du da über mich gebracht hast?" Ana-ha schüttelte seine Hände energisch ab.

„Es war ein Teil von dir", erklärte Iciclos ihr. „Ich hatte damit überhaupt nichts zu tun."

Ana-ha strich sich erschöpft die Haare aus dem Gesicht. Ihre Finger zitterten immer noch. „Es war furchtbar", sie lehnte sich an die Hallenwand und vergrub ihr Gesicht in den Händen. „Ich kann mir gar nicht vorstellen, dass ein Teil von mir so schrecklich sein soll", murmelte sie.

„Mein eigenes Schattendasein hat mich lahmgelegt und mir Schmerz zugefügt ... Ich dachte schon, er tötet mich", fügte sie dann nach einer ganzen Weile hinzu.

„Wer wollte dich töten?" Iciclos' Augen wurden zu Sicheln. Ihm schwante nichts Gutes.

„Mein Schatten!"

„Warum sollte er dich töten wollen?" Iciclos ahnte, was sie sich zusammengereimt hatte. Er hatte die empathische Verbindung zu ihr die ganze Zeit über gehalten.

„Er hat etwas gesucht, was ich ihm nicht geben konnte. Keine Erkenntnis. Du hast gesagt, es hat mit mir zu tun. Meine Suche verliert sich in der Dunkelheit, so wie ich mich in deiner Höhle. Ich blockiere mich selbst. Ich füge mir selbst die größten Schmerzen zu."

Iciclos sagte nichts. Er würde Fiuros später zur Rede stellen. Was hatte er mit ihr gemacht, dass sie so geschrien hatte? Bei der Vorstellung, was ihr hätte passieren können ... ihm wurde so übel, als hätte er zehn Liter Jauche in den Gedärmen. Dass Ana-ha aber auf ihr Schauspiel genauso reagiert hatte, wie erhofft, war ein Pluspunkt. So musste er ihr keine umständlichen Erklärungen nachreichen.

Sein Gewissen regte sich, als er Ana-ha vor sich stehen sah. Er hatte ihre Sinnsuche für seine Zwecke ausgenutzt. Aber ... er musste nur an Seiso-me und sie denken und schon war es vorbei mit seinem Anflug von Mitleid. Ana-me und Seiso-ha, haha, diese Koppelung gefiel ihm am allerbesten. Seit zwei Tagen widmete er sich seinem neuen Hobby: Er setzte die Namen in allen möglichen und unmöglichen Varianten zusammen. Vorwärts und rückwärts – was die interessante Kombination von Em-osies und Ah-ana ergeben hatte – wobei er fand, dass sich Ah-ana wesentlich erotischer anhörte als Ana-ha und Em-osies den schlechten Beigeschmack einer Heiligkeit entwickelte, da es ihn an eine Mischung aus Messias und Hostie erinnerte.

„Vielleicht war es doch keine so gute Idee von mir, Ana-ha", gab er jetzt zu. „Ich wollte nur helfen."

*Mir selbst am allermeisten*, fügte sein Gewissen in Gedanken hinzu.

„Ich weiß." Ana-ha rutschte langsam an der Wand hinunter. „Ich dachte für einen ganz kurzen Moment, Ankorus hätte sich heimlich in das Wassertor geschlichen. Es war wie ein Albtraum." Wieder hier, in der Helligkeit, kam ihr der Gedanke völlig absurd vor.

„Ankorus?" Iciclos musste ein wenig lachen. „Was ist denn passiert?"

In kurzen Stichworten gab Ana-ha ihre Erlebnisse in seiner Torwelt wieder, die Iciclos natürlich sofort mit seinen drei Kameraden in Verbindung brachte. Aufregung stand ganz klar für Lesares, Angst für Cruso und Erkenntniswille für Fiuros. Das waren genau die drei Emotionen, die er auch gespürt hatte. Zusammen mit Ana-has sehr intensivem Gefühlsleben natürlich. Während Ana-ha erzählte, begann er, sich langsam zu entspannen. Ana-ha war nichts passiert. Der Test war geglückt. Sie hatte keinen Verdacht geschöpft. Und noch viel besser: Sie könnten sie jetzt aus dieser ganzen Symbolsuche heraushalten. Das musste sogar Cruso einsehen! Ana-ha und ihr Larimar hingen in keiner Weise mit dem Heiligen Wasser zusammen. So hatte er zumindest die Gefühle aller beteiligten Emporianer gedeutet. Wie groß seine Sorgen tatsächlich gewesen waren, wurde ihm aber erst jetzt richtig bewusst.

Er hatte die Gefahr für Ana-ha in den letzten Tagen einfach mithilfe seines Zornes verdrängt.

„Ich verstehe nur nicht, wieso der Schatten meinen Larimar wollte“, beendete Ana-ha verwirrt ihre Schilderung.

„Wenn du mich fragst, ist es symbolisch zu verstehen.“ Iciclos hatte sich hierfür natürlich eine Erläuterung zurechtgebastelt, denn mit dieser Frage hatte er gerechnet. „Was bedeutet denn dein Larimar für dich?“

„Er war immer wie ein Lebensanker. In letzter Zeit habe ich allerdings so einiges mit dieser Kette verbunden. Sie ist ein Symbol für den Weg, den mein Leben derzeit nimmt. Sie ist ein Symbol für die Unaufhaltbarkeit der Ereignisse. Mein Schicksal vielleicht.“ Ana-ha überlegte kurz, ob sie es noch trefflicher beschreiben konnte. „Sagen wir es mal so: Wenn mir jemand diese Kette stehlen will, will er auch mein Leben.“

„Du setzt diese Kette mit deinem Leben gleich?“ Iciclos sah sie überrascht an.

„Mit dem derzeitigen Teil meines Lebens“, verbesserte Ana-ha ihn. „In gewisser Weise ist sie die Ursache aller momentanen Verwicklungen. Mit Kaira hat es angefangen, Fiuros hat es weitergeführt und Ankorus bringt es vielleicht zu Ende, wer weiß. Er möchte sicher dieses Stück auch noch in die Finger bekommen.“

„Das wird er nicht, das schwöre ich dir.“ Iciclos stand abrupt auf.

„So sicher?“

„Ganz sicher, mach dir keine Sorgen! Aber stell bitte keine weiteren Fragen!“ Iciclos fuhr sich durch die Haare.

„Zum Schluss dachte ich, ich würde innerlich verbrennen. Es war schrecklich.“ Ana-ha fröstelte, bei dem Gedanken an die Hitzewelle in ihren Adern. Würde ihre Suche sie innerlich verzehren? War das die schmerzhafte Lektion, die sie heute erteilt bekommen hatte. Sollte sie ihre Suche wirklich beenden?

„Manchmal muss man etwas loslassen, um es zu bekommen!“ Iciclos hatte gespürt, was in ihr vor sich ging. Sein Tor hatte recht behalten, auch wenn es etwas ganz anderes verkörpert hatte, als Ana-ha dachte.

Ana-ha starrte kummervoll auf den Boden. Er hatte recht, sie wusste es. Sie hätte es schon viel früher erkennen müssen. Das Leben zu lieben, sich mit ihm zu verbünden – sich selbst dabei zu finden – all das musste vielleicht von alleine geschehen. So wie in Wibuta in den

Feuerringen. Sie konnte das Gefühl nicht einfach erzwingen. Dabei kamen nur so schreckliche Dinge wie ihre Seelenempathie oder auch gebrochene Versprechen heraus. Aber gut, selbst wenn sie ihre Suche losließ, diese Ankorus-Larimar-Lesares-Geschichte würde sie weiterverfolgen. Ganz ohne Hintergedanken, ob für sie ein Sinn dabei herausspringen würde oder nicht.

„Ana-ha ... Ana-ha, sieh mich an!" Iciclos beugte sich zu ihr, legte seine Hand unter ihr Kinn und zog ihren Kopf nach oben. Er kam sich vor, als hätte er ein Verbrechen an ihr begannen. Wie wütend wäre er auf sie, wenn sie mit seinen Träumen von Emporia so herumgespielt hätte? Er hatte ihren Traum für seinen geopfert. Mit welchem Recht eigentlich? Gerade ihr spielte er von allen am übelsten mit. Und das, obwohl sie ihm hier als Einzige vertraute. Sie war die Einzige, die sich seine Freundin nannte. Und er verriet sie.

Seine Finger streifte ihre Wange. „Dinge loszulassen heißt nicht, sie aufzugeben", sagte er leise.

Ana-ha blinzelte gegen ihre aufsteigenden Tränen an und nickte. „Ich weiß. Es tut trotzdem weh." Sie genoss die warme Berührung von Iciclos' Fingern. Einen ganz kurzen Moment schien alles wieder in Ordnung. Ana-ha und Iciclos sahen sich an. Es war wie in Wibuta. Aber es dauerte kaum mehr als fünf Sekunden, dann stand Ana-ha auf. „Es ist nicht deine Schuld, Iciclos", sagte sie. „Du kannst nichts für dieses Ergebnis. Wenn ich ehrlicher zu mir gewesen wäre, hätte ich es selbst schon viel früher erkannt."

Mit diesen Worten verließ sie die Trainingshalle und Iciclos blieb wie vor den Kopf gestoßen zurück. Er musste das unbedingt mit ihr klären, bevor er nach Emporia ging. Er konnte sie nicht mit dieser Lüge zurücklassen. Er nickte, wie um es sich selbst zu bestätigen, dann veränderte er das Innere des Wassertores. Das war das Zeichen für seine Kameraden, dass Ana-ha die Trainingshalle verlassen hatte. Keine drei Sekunden später passierten diese die Wasserwand.

Crusos und Lesares' Stimmen überschlugen sich, während sie auf Fiuros einredeten.

„Du!" Iciclos funkelte Fiuros böse an und lief ihm entgegen. „Du sagst mir jetzt sofort, was da drin los war!"

„Das wollten wir auch gerade von ihm wissen", schnaubte Lesares wütend.

„Nichts. Wir haben unseren Test durchgeführt." Fiuros sah ihn herausfordernd an. „Und wir haben kein grünes Licht bekommen."

„Das dachte ich mir schon." Iciclos baute sich vor Fiuros auf. „Was hast du da drin mit Ana-ha gemacht?"

„Keine Ahnung, was du meinst. Ich habe den Larimar getestet, wie du es angeordnet hast. Mit sehr großem Abstand zu ihr, so, dass ihr nichts passieren konnte."

„Du hast noch etwas anderes gemacht. Sie hat mir gesagt, sie hätte gedacht, sie würde innerlich verbrennen. Und außer dir war kein anderer Brandmeister zugegen, oder?" Iciclos kam noch dichter an Fiuros heran.

„Ach so, das meinst du. Entschuldigung." Fiuros lächelte übertrieben.

„Wie bitte?"

„Irgendwie war ich von meinem Gralsfeuer so aufgeheizt, dass sie wohl einen Rest der Hitze abbekommen haben muss. Natürlich nur die letzten Ausläufer, aber du weißt ja, wie das ist ..."

Iciclos presste die Lippen aufeinander. „Nein, das weiß ich nicht!"

„Stimmt, du bist ja kein Tachar ...", grinste Fiuros, doch dann wurde er wieder ernst. „Ich kann es nicht erklären, aber die Tachar-Qualitäten scheinen stärker und länger anzuhalten als die normalen Kräfte der Elemente. Du musst dir vorstellen, dass die Urkraft des Feuers in diesem Augenblick durch mich hindurchfließt. Oder anders: Ich werde zu dieser Urkraft. Ich beherrsche nicht irgendein Feuer, sondern *das* Feuer! Kannst du dir vorstellen, welche Energien das freisetzt?"

„Hm", brummte Iciclos zustimmend.

„Die Energien verklingen nur langsam und Ana-ha lag unter mir und hat sich wie verrückt gewehrt, als Lesares und Cruso sie losgelassen haben. Es tut mir leid. Ich weiß nicht, wieso es passiert ist."

Iciclos zog eine Augenbraue hoch. „Wirklich nicht?"

„Wirklich nicht. Du hast doch mein Wort. Ich lasse sie in Ruhe."

„Würdest du dich jetzt nicht blockieren, könnte ich dir sogar glauben", sagte Iciclos, der nicht so recht wusste, ob er Fiuros nun vertrauen konnte oder nicht.

„Iciclos ... Ana-ha und ihr Larimar sind nicht das Symbol des Wasserreiches. Wir brauchen Ana-ha nicht für unsere Rückkehr. Wenn ich ihr wirklich etwas tun wollte, hätte ich es vorhin getan. Keine Gelegenheit wäre günstiger gewesen."

„Wie geht es denn jetzt weiter?“, unterbrach Cruso die Diskussion. Er sah ganz deprimiert aus. Iciclos konnte gut verstehen, wie er sich fühlte, nachdem er sich seiner Sache so sicher gewesen war. Von seinen Freunden war er selbst wohl der Einzige, der sich aufrichtig über das Testergebnis freute.

„Iciclos muss in den Konferenzraum. Anders haben wir keine Chance“, überlegte Lesares.

„Dafür muss er in den Oberen Rat“, bemerkte Fiuros. „Und da er dort nicht hineinkommt, muss er das Frizin endlich lernen, um sich zu einem günstigen Zeitpunkt den Weg dorthin freizumachen.“

„Ich soll die Wasserelementler friezen, die sich mir in den Weg stellen?“, fragte Iciclos empört. „Das kannst du vergessen.“

„Hast du eine bessere Idee?“

„Nein!“

„Wir könnten uns auch Seiso-me greifen. Er kennt das Symbol. Vielleicht verrät er es uns, im Gegenzug zu Ana-has Leben?“

„Hör auf mit diesen verrückten Ideen, Fiuros. Schadensbegrenzung, das war doch immer unsere Devise!“

„Ja, was die Reiche angeht. Du willst doch auch so bald wie möglich nach Emporia zurück. Auf die rücksichtsvolle Art könnte es noch Jahre dauern. Oder wie lange brauchst du wohl, um Antares davon zu überzeugen, dass du der Richtige für seine Elite bist?“

„Du hast doch so viel Einfluss. Sag doch Atemos, für wie fähig du mich hältst. Er kann dann bei Antares zufälligerweise immer wieder meinen Namen erwähnen. Ich war es ja auch, der eure Wasserader gefunden hat.“

„Atemos würde nie mit Antares über eure Talente sprechen“, wies Fiuros Iciclos’ Vorschlag ab. „Und Antares hat seinen eigenen Kopf. Er hört sicher nicht auf Atemos.“

„Weitere Vorschläge, wie wir herausfinden, mit was wir Fiuros’ Feuer färben?“, fragte Lesares.

Cruso lief nachdenklich auf und ab. „Sag mal, Iciclos, Ana-ha ist doch wirklich gut mit Seiso-me befreundet.“

„Ja!“ Iciclos ahnte, worauf Cruso hinaus wollte.

„Nun, dann wird er ihr vermutlich auch verraten haben, was das Symbol ist.“

„Der regel-erlegene Seiso-gut?“ Das war leider genau der Gedanke, der ihm selbst vor zwei Tagen gekommen war. Aber er hätte es vor seinen Freunden niemals ausgesprochen, einfach, um Ana-ha ein für alle Mal aus der Geschichte herauszuhalten.

Fiuros' scharfsinnigen Augen entging sein Zögern nicht. „Er hat ihr auch das Frizin beigebracht, das ist auch gegen die Gesetze", erinnerte er ihn.

„Ich weiß. Aber Ana-ha hätte mir das doch gesagt." Schon wieder schabte die kalte Kralle der Eifersucht an seinem Herz.

„Blödsinn! Seiso-me und Ana-ha sind ein eingeschworenes Duo. Sie kennen sich schon ewig. Warum sollte sie dir etwas davon erzählen, wenn Seiso-me es nicht möchte?", entgegnete Fiuros.

„Meint ihr wirklich, sie kennt es?"

Seine drei Freunde nickten einstimmig.

„Es ist eine ernst zu nehmende Möglichkeit", sagte Lesares.

„Wenn du sie lieb darum bittest, teilt sie ihr Wissen vielleicht mit dir." Fiuros lächelte so anzüglich, dass Iciclos ihm am liebsten an die Kehle gesprungen wäre.

„Eigentlich hätte dir das schon viel früher einfallen können", sagte Cruso jetzt vorwurfsvoll zu ihm.

„Mir ist es eingefallen, aber erst kürzlich. Außerdem wollte ich zunächst mal unsere Testsituation abwarten", begann Iciclos sich zu verteidigen. „Abgesehen davon war Ana-ha auch die ganze Zeit über in Triad! Mit Seiso-me!"

„Vielleicht hat er es ihr dort erzählt", mutmaßte Lesares und strich sich gedankenverloren über den Dreitagebart.

„Vielleicht ... ja!" Diese Entwicklung passte Iciclos überhaupt nicht. Auch nicht, dass Lesares so dahinter stand, der von allen der Vernünftigste war.

„Setz deine Empathie mal für sinnvolle Zwecke ein und finde heraus, ob Ana-ha euer heiliges Symbol kennt", schlug Fiuros vor.

„Fiuros hat recht. Und wenn sie es weiß, musst du sie halt ein wenig überreden, ihr Wissen mit dir zu teilen", stimmte Lesares Fiuros bei.

„Und wenn sie es nicht kennt?"

„Dann haben wir nichts verloren. Du musst es versuchen, das bist du uns schuldig", mischte sich nun auch Cruso ein.

Iciclos seufzte widerwillig. Sollte er herausfinden, dass Ana-ha das Symbol bekannt war und sie es ihm nicht preisgab, fanden seine Freunde sicher wieder einen Weg, sie in irgendeine unangenehme Sache zu verwickeln.

„Wir könnten schon heute mit Fiuros' Gralsfeuer alle Symbole an uns bringen. Wir könnten in den Konferenzraum eindringen, uns das Symbol aneignen, eine Geisel aus unserem Rat nehmen und sie zwingen, das große Wassertor für mich zu öffnen", sagte Iciclos ungeduldig.

„Ja, das könnten wir versuchen", antwortete Lesares bissig. „Aber wer sagt, dass diese Geisel nicht das Symbol über ihr Leben stellen würde? Willst du das riskieren? Ich möchte mich ungern auf Ankorus' Niveau herablassen."

„Andererseits hat Iciclos recht", sagte Cruso zu Iciclos' maßlosem Erstaunen. „Wir haben schon so lange gewartet. Ich bin es müde, immer aufs Neue enttäuscht zu werden. Zwei Symbole haben wir. Das dritte bekommen wir in Malesh und dann fehlt nur noch das Wassersymbol. Warum sollten wir es nicht notfalls mit Fiuros' Gralsfeuer zu Ende bringen?" Dass der Sanftmütigste unter ihnen diese Eventualität auch schon in Betracht gezogen hatte, irritiert Iciclos. Für ihn selbst war es allerdings seit Wibuta Plan B, auch wenn er hoffte, das Problem anders lösen zu können.

„Notfalls machen wir es auf diese Art", nickte Lesares. „Aber ohne ein einziges Leben zu riskieren und", er blickte streng zu Fiuros hinüber, „ohne Geiseln zu nehmen! Und vorher lernt Iciclos auf jeden Fall das Frizin! Vielleicht bekommt er ja durch Asperitas' Geschenk das Wassersymbol gezeigt, wer weiß. Und außerdem: Irgendjemand muss dich ja bremsen können, solltest du in Emporia dein Gralsfeuer nicht unter Kontrolle haben!"

„Außerdem brauchen wir es vielleicht beim Kampf gegen Ankorus, wenn er sich uns in den Weg stellt", warf Iciclos ein. Es stimmte. Das Frizin brauchten sie. Nicht nur wegen der Toröffnung. Und Lesares hatte bezüglich Ankorus wohl ähnliche Befürchtungen. Sein Gespräch mit Fiuros in der Trainingshalle beschäftigte Iciclos immer wieder. Was würde nach Ankorus' Tod passieren? War dieser überhaupt zu besiegen? „Was machen wir eigentlich, wenn Ankorus' Kräfte so groß sind, dass wir nicht gegen ihn bestehen können?", teilte er seine Bedenken mit den anderen.

„Wir sind vier fähige Elementler. Mit der Kraft unserer Naturgewalten und dem Gralsfeuer sollte Ankorus doch zu besiegen sein, oder?"

„Sei dir nicht so sicher, Cruso. Ankorus war damals schon fast übermächtig!“ Lesares atmete tief durch. Er hatte gesehen, was keiner der anderen mitbekommen hatte. Er hatte am Boden gelegen, als Sala und Tores hinter Fiuros in dem Wirbel verschwunden waren. Ankorus war von einer Wut beseelt worden, in der selbst das Fegefeuer verblasst wäre. Mit der Kraft eines Wahnsinnigen hatte er seine Hände in den Sog gestreckt, ohne hineingezogen zu werden. Niemand der Außenstehenden hatte mitbekommen, was er getan hatte. Dafür kannten die anderen ihr Element, das Licht, zu wenig. Aber ihm selbst war es nicht verborgen geblieben. Er hatte die feinen Linien um Ankorus' Arme und Körper flirren sehen, er hätte sie sogar mit geschlossenen Augen wahrnehmen können, weil er das Element liebte. Und er hatte gewusst, wozu Ankorus es eingesetzt hatte, zu welcher Grausamkeit er sich hatte hinreißen lassen. Er hatte aufgeschrien vor Qual und Entsetzen und in dem Moment war Ankorus schon herumgeschwenkt, die stumme Drohung über ihm wie eine düstere Korona.

Lesares hatte gewusst, dass er genau zwei Möglichkeiten besaß: Zu sterben mit der Wahrheit auf der Zunge oder zu leben mit der Wahrheit in seinem Herzen. Und er hatte sich für Letzteres entschieden, da das Vertrauen der Emporianer entschieden auf Ankorus' Seite stand. Er hätte daran rütteln können und wäre dafür gestorben. Ankorus selbst hatte ihn auf die Beine und zum Tor gezerrt, er hatte keinen Widerstand mehr geleistet.

„Ich werde ihnen sagen, dass ich das Tor ins Feuerreich stabilisieren musste, Lesares. Hoffen wir für dich, dass dein Tor keine Hilfe benötigt“, hatte er geflüstert und dann haltlos gelacht wie ein Irrer, dem der letzte Funke Vernunft abhandengekommen war. Mit schwachen Beinen hatte er den Wirbel betreten. Er war sich fast sicher gewesen, dass Ankorus ihn töten würde. Er hatte keinen Grund mehr, ihn am Leben zu lassen. Der Hass, den sein fehlgeschlagener Plan entfesselt hatte, suchte ein weiteres Ziel. Bis zum heutigen Tag rätselte er über diese Unergründlichkeit seines Lebens.

„Fiuros' Gralsfeuer tötet in Sekunden“, sagte Cruso gerade.

„Ankorus' Licht ist vielleicht schneller. Wer weiß, wie weit seine Fähigkeiten gewachsen sind“, gab Iciclos zurück. „Möglicherweise hat er ganz Emporia verblendet.“

„Wie ist es denn, dieses Licht?“, wollte Fiuros jetzt wissen. Schlagartig wurde Iciclos klar, dass dieser es ja selbst nie wirklich erfahren hatte.

„Das Licht selbst ist neutral", antwortete Lesares ihm. „Es ist rein, weder gut noch böse. Du warst noch zu jung, um das zu verstehen. Aber dein Vater Tores hat es begriffen. Seine Fähigkeiten waren wie ein Rohdiamant, den das Licht unablässig schliff, immer feiner, weil er es nicht missbrauchte wie Ankorus. Ankorus hatte zu Recht Angst vor ihm. Eines Tages wäre er besser gewesen als er. Ankorus hat zu Machtzwecken mit dem Licht experimentiert. Hinter seiner Motivation steckten die falschen Ziele. Früher war Ankorus immer ein Außenseiter. So wie schon sein Vater und seine Großmutter. Und dann entdeckte er das Licht und seine spezielle Begabung. Ankorus hatte Talent! Er war gut! Und plötzlich liebte ihn halb Emporia. Nur merkten sie gar nicht, warum! Ankorus' Gemüt wurde dunkler und dunkler, je öfter er das Licht benutzte."

Iciclos lachte hart auf. „Uns hat er schuldig gesprochen, uns hat er es verboten, aus Angst, wir würden ihm auf die Schliche kommen. Uns hat er verbannt, obwohl wir nie etwas Gefährlicheres taten, als mit dem Licht zu meditieren. Wir waren positiv motiviert. Wir wollten lernen, erfahren. Wir wollten Wissen, wir wollten Glückseligkeit." Er schüttelte in Bitterkeit den Kopf und schluckte trocken. Glückseligkeit und Wissen, ja, das waren damals noch großartige Ziele gewesen. Und was hatte er jetzt? Ankorus hatte alles zerstört.

„Niemals wollten wir jemandem schaden. Auch Niray nicht. Ankorus muss ihn absichtlich auf uns angesetzt haben. Er platzte in unser Versteck, welches vorher noch nie jemand ausfindig gemacht hatte. Er hat geschrien und getobt und uns beschuldigt, wir wollten uns heimlich die Kräfte des Lichtes aneignen, um Ankorus zu stürzen. Was für ein Unsinn!"

„Ich habe ihm noch gesagt, er solle sich von dem Lichtstrahl fernhalten", fügte Lesares betrübt an. „Tores hat ihn beschworen, keinen Schritt weiterzugehen. Er hat ihn beschworen! Und bevor wir die Meditation abbrechen konnten, kam er herangestürmt wie ein Wahnsinniger. Er stolperte und fiel genau in unsere Kreismitte, direkt in den hellen Strahl! Es hat ihn sofort getötet."

„Emporianisches Licht in gebündelter Form ist so hell, so rein, dass alle Menschen sterben, wenn sie damit direkt in Berührung kommen.

Der Körper verkraftet diese Überdosis Helligkeit nicht. Aber je feiner deine charakterliche Prägung ist, desto langsamer tötet es dich. Deinem Vater hat es noch einige Minuten gelassen, er war ein wunderbarer Mensch, Fiuros", sagte Cruso leise mit todtraurigem Gesichtsausdruck.

„Ich weiß!" Fiuros nickte nur.

„Aber dieses Licht – dieses reinste Licht – es ist so hell, so weiß, wenn du es je in seiner positiven, seiner prachtvollen Absicht erblickt hättest, du wärst hinterher nicht mehr derselbe. Du wärst daran gefesselt für Stunden, Tage, Wochen, Monate. Du könntest an nichts anderes mehr denken. Es ist so wundervoll, dass alles andere daneben verblasst, seinen Glanz verliert. Du siehst es und weißt mit Gewissheit, dass du etwas Besonderes, etwas Einzigartiges gefunden hast. Etwas, das dich trägt, etwas, das dich führt, etwas, das dich liebt!" Lesares schwärmte mit einer ihm fremden, klangvollen, beinahe abwesenden Stimme von dem Höchsten, was er je erfahren hatte. Und Fiuros' Herz hatte begonnen, mit jedem seiner Worte schneller zu schlagen. Er wischte sich mit der plötzlich schweißfeuchten Hand über die Stirn. Er spürte ein eigenartiges Kribbeln in seinem Bauch. Den Flügelschlag eines Schmetterlings. Seines Schmetterlings! Den, den er auseinandernehmen und vernichten wollte, um an jenes Gefühl heranzukommen, von dem Lesares eben so begehrlich gesprochen hatte.

*Etwas, das dich trägt, etwas, das dich führt, etwas ... das dich liebt.*

Emporias Licht war hierfür nicht nötig. Er warf einen Blick zu Iciclos hinüber. So sehr hatte er sein Herz zu Emporias Sklaven gemacht, dass er das größte Glück vor seiner Nase nicht erkennen konnte. Ana-ha trug es in sich, dieses Licht. Er hatte es gesehen und Iciclos ebenfalls. Aber dieser Dummkopf kapierte es nicht und das war gut so. Er dachte an ihren Aufschrei in Iciclos' Tor, an den kurzen Schmerz, durch den er sie geschickt hatte und ein sündhaftes Verlangen zuckte wie ein Stromschlag durch seinen ganzen Körper ... er würde wieder anfangen zu leben. Richtig zu leben.

„Also, wir warten jetzt erst einmal ab, ob Iciclos von Ana-ha erfährt, was unser Symbol ist", sagte Lesares. „Dann sehen wir weiter."

„Da wäre noch etwas ganz anderes", sagte Cruso jetzt und legte die Zeigefinger aneinander. „Ich habe über das verlorene Wassersymbol nachgedacht. Es heißt ja, das Heilige Wasser habe sich damals so schnell verflüchtigt, dass sich die Brücke nach Emporia vorzeitig schloss. Dadurch wurde auch dieses Zwillingsmädchen zurückgeschleudert und konnte nicht hinüber. Was ist, wenn wir das gleiche Problem bekommen?“

„Ich denke nicht, dass die Menge so entscheidend ist“, entgegnete Fiuros. „Ich denke, es lag damals ein anderer Fehler vor, den man nur nicht registriert hat.“

„Oder man hat das Mädchen bewusst zurückgelassen, aus Gründen, die wir nicht einmal erahnen“, gab Lesares zu bedenken. „Und Ijalamá und den anderen Emporianern hat man einfach nie die ganze Wahrheit erzählt.“

„Unsinn!“, widersprach Iciclos heftig. „Wieso sollten Eltern ihr Kind zurücklassen?“ Das wäre absolut unverständlich. Aber, dachte er mit steinerner Last auf den Schultern, er konnte auch nicht verstehen, wie ein Vater seinen Sohn verbannen konnte und ihn eines Verbrechen für schuldig befand, welches er nicht begangen hatte. Wie würde es sein, ihm wieder ins Gesicht zu blicken? Wollte er das überhaupt? Und seine Mutter, die immer nur ihrem Sakalos hörig gewesen war? Am besten würde er seine Eltern nach ihrer Ankunft in Emporia direkt in die Elementenreiche verstoßen. Dann schmälerte sich Emporias Glanz nicht durch ihre Gegenwart.

„Vielleicht hatte es mit den Steinen zu tun?“, rätselte Cruso weiter.

„Ach Quatsch, das haben wir doch heute ausgeschlossen!“, tat Iciclos genervt ab.

„Mir fällt auch kein plausibler Grund ein“, sagte Lesares ratlos. „Wir finden erst einmal heraus, was das Symbol ist. Der Rest ist sicher ein Kinderspiel.“ Lesares sah auffordernd in die Runde: „Iciclos versucht sein Glück bei Ana-ha“, bestimmte er, „und wenn er nicht weiterkommt, setzen wir Cruso auf Seiso-me an. In Malesh bekommst du genug Gelegenheiten, ihn zu durchleuchten. Und wenn es dort nicht klappt, dann begibst du dich während der Monsaes-Stürme nach Thuraliz, um zu helfen.“

„Oh Mann, wieso denn ausgerechnet den Leskartes“, lamentierte Cruso unwillig. „Ich könnte jeden anderen aus dem Oberen Rat mit meinen mentalen Fähigkeiten durchsetzen, aber ihn? Der verdächtigt mich doch sowieso schon, das Luftsymbol gestohlen zu haben!“ Er hatte seinen Freunden kurz vor der Torprüfung von den Vorkommnissen in Triad erzählt. Fiuros hatte er allerdings schon Tage vorher vorgewarnt, damit er sich eine passende Erklärung für den Feuerstaub hatte einfallen lassen können.

„Ja, eben, ihr habt euch schon einmal intensiv über die Symbole unterhalten. Da fällt es gar nicht auf, wenn du dich ganz nebenbei einmal nach dem Wassersymbol erkundigst“, pflichtete Iciclos Lesares bei. „Seiso-me ist so trottelig, der kapiert das überhaupt nicht.“

„Seiso-me ist kein Empath, das ist unser Vorteil. Allerdings ist er clever und willensstark. Er hat schon die richtigen Fakten kombiniert, er kann sie nur nicht beweisen.“ Fiuros kniff die Augen zusammen, als er Iciclos betrachtete. „Unterschätze ihn zu keiner Zeit!“

„Auf die Idee mit dem Feuerstaub ist er nur gekommen, weil er ihn selbst gegessen hat. Und das war nicht meine Schuld.“ Iciclos lächelte kurz. „Wir müssen die Halle räumen. Alle Einzelheiten bezüglich Malesh besprechen wir dort.“

„Du hast das mit dem Tor übrigens gut hingekriegt“, bemerkte Fiuros beiläufig beim Gehen. „Deine Torkontrolle war so stark, dass Ana-ha sie dir nie und nimmer hätte entreißen können ... vorausgesetzt, sie hätte diese Fähigkeit.“

Iciclos lächelte über das Kompliment. „Wie war die Grenze zum Zwischenbereich?“

„Die Steinmauern waren perfekt. Ana-ha hat überhaupt nichts bemerkt.“

„Und danke auch, dass du die Luftfeuchte runtergeregelt hast, obwohl ich fast einen Hustenanfall bekommen hätte“, stimmte auch Cruso in das Lob mit ein.

„Besser als gefriezt werden, oder?“

„Sicher!“

Iciclos blickte ihnen hinterher, wie sie hinter seinem Wasserfall verschwanden und sich durch das Tor Richtung Feuerland aufmachten. Lesares in Braun, Cruso in Weiß und Fiuros in Dunkelrot.

Kannte Ana-ha das Symbol?

Er bekam Magenschmerzen, wenn er an die Konsequenzen dachte. Wenn sie es ihm verriet, würde ihr Reich sie vielleicht für den Diebstahl verantwortlich machen. Sie von der Akademie werfen oder sogar einsperren? Das konnte er nicht verantworten. Aber er musste sie fragen, das war er den Emporianern schuldig. Seinen Emporianern.

Er musste lächeln. Das hörte sich sehr gut an. Er durfte es nicht vergessen. Er war Emporianer. Wissen und Glückseligkeit hießen die Ziele, für die er eintrat. In der Heimat wartete das Licht auf ihn. Hier hatte er nichts, außer seiner Freundschaft mit Ana-ha, die ständig durch Seiso-me bedroht wurde. Er musste riskieren, dass sie Ärger bekam. Außerdem ... Antares und sie hatten ein sehr besonderes Verhältnis, so schlimm konnte es nicht für sie ausgehen.

# Verbindungen

„Eigentlich hatte ich damit gerechnet, dich viel früher wieder bei mir zu sehen“, hatte Kaira Ana-ha ohne Umschweife begrüßt, als diese sich durch die Spirale zu der Seherin herumgewunden hatte. „Hat sich denn in Wibuta irgendetwas mit deinem Stein und der Kette ergeben?“

Ana-ha warf ihr einen gewichtigen Blick zu: „Fiuros hätte mich beinah damit erwürgt, danke der Nachfrage!“

„Ach du meine Güte! Was um alles in der Welt ist denn passiert? Hast du das gemeldet?“

„Er ist so geschickt vorgegangen, dass ich es ihm nicht beweisen kann, aber mein Gefühl trügt mich nie.“ Ana-ha schnüffelte: „Ist das wieder dieses Maleshkraut?“

„Herbanasat, ja. Es befreit den Raum von Fremdenergien. Ich würde verrückt werden, wenn ich den ganzen Tag in den emotionalen Ausdünstungen all meiner Klienten sitzen müsste ... zumal mir dann auch irgendwann die Visionen verquirlt würden.“

Ana-ha schwieg dazu und setzte sich in den engen Kreis. Sie würde verrückt werden, wenn sie den ganzen Tag Herbanasat ausgesetzt wäre. Es roch wie eine Mischung aus altem Schweiß und Kloake. Aber das behielt sie lieber für sich.

Kaira sah wie immer wie eine engelsgleiche Märchenfee aus, auch wenn sie heute nicht weiß, sondern eisblau trug.

„Wenn Fiuros dich beinah erwürgt hätte, hasst er dich wohl immer noch“, stellte sie jetzt pragmatisch fest.

„Er hasst mich nicht nur wegen der Elementas ... und genau deshalb bin ich heute hier.“ Ana-ha strich gedankenverloren über den Stein unter ihrer Tunika. Mittlerweile hatte sie das Band verstärkt. Ihr kostbarer Besitz hing nun an zwei Lederschnüren. Seit ihrer Prüfung in Iciclos' Torwelt war sie nicht mehr Herr über ihre Gefühle und Gedanken. Dass sie ihre Sinnsuche aufgeben musste, um sie zu Ende zu bringen, fühlte sich an wie ein Kopfsprung von Triads Treppen. Es war, als hätte dieses Testergebnis ihr die Zukunft genommen und sie hatte jetzt keinen blassen Schimmer, wie es mit ihr weitergehen sollte. Doch plötzlich hatte sie ihren Larimar gespürt. Und als hätte er ihr eine Antwort gegeben, wusste sie auf einmal, was sie zu tun hatte. Sie hatte es schon in Wibuta geahnt. Alle äußeren Ereignisse strebten einem Ziel entgegen. Ihre Suche würde sich auf andere Weise für sie lösen. Sie musste nur der Gegenwart und den Geschehnissen noch mehr Beachtung schenken. Und daher hatte sie beschlossen, sich völlig auf all die anderen Ungereimtheiten in ihrem Leben einzulassen. Auch auf Iciclos.

„Kannst du jemanden in den Elementenreichen für mich ausfindig machen?", wollte sie wissen.

„Hast du denn eine konkrete Frage?" Kaira musterte den Stein, der sich unter Ana-has Oberteil abzeichnete.

„Nicht direkt, aber ein sehr starkes, ungutes Gefühl!"

„Das ist mir willkommen. Und nach wem soll ich fahnden?"

„Nach Ankorus!" Ana-has Antwort kam schnell wie ein Peitschenhieb, als hätte sie Angst, dass Kaira es sich anders überlegen könnte, wenn sie den Namen langsam und deutlich intonierte, weil sie schon an diesem das Übel abzulesen vermochte.

„Ankorus ... Ich habe nie etwas von einem Ankorus gehört. Ist er ein Elementler?"

„Kann sein." Selbst das wusste Ana-ha noch nicht einmal zu hundert Prozent. „Ich denke, er ist Luftelementler. Aber er könnte auch einfach der normalen Bevölkerung von Triad angehören."

„In Ordnung." Kaira griff aus dem bunten Vorrat an Kerzen hinter ihr zielsicher nach einer blauen, einer weißen und einer lilafarbenen.

„So ... nun aber zu deinem weiteren Anliegen. Nur ausfindig machen oder willst du auch was Bestimmtes wissen? Du weißt ja, je präziser du deinen Wunsch formulierst, desto exakter fällt die Antwort aus."

Ana-ha zerbrach sich den Kopf darüber, was sie denn nun eigentlich genau erfahren wollte. Ob Ankorus der Drahtzieher des Symbolraubes war und noch weitere folgen würden? Aber Kaira sollte nicht zu viel erfahren. Also musste sie anders an die Sache herangehen. Sollte sie fragen, was Ankorus Fiuros angetan hatte und welche Rolle sie dabei spielte? Oder lieber, wo genau sie ihn finden könnte? Dann wäre sie in der Lage, ihn selbst aufzusuchen und sich die Antworten persönlich abzuholen.

„Ich habe jede Menge Fragen, kann ich sie denn nicht alle stellen?“, fragte Ana-ha hoffnungsvoll.

„Dann kann meine Vision verschwimmen, darüber musst du dir im Klaren sein.“

„Was meinst du mit verschwimmen?“

„Nun ja, ich bekomme dann vermutlich sehr viele Bilder, kann sie aber den einzelnen Fragen nur sehr schwer zuordnen“, erklärte Kaira geduldig.

„Das kann ich ja dann selbst übernehmen. Sag mir einfach, was du gesehen hast“, schlug Ana-ha vor.

„Wenn du das wirklich möchtest ... ich rate prinzipiell eher davon ab. Oft hat der Betreffende hinterher noch mehr Fragen als zuvor.“

„Kannst du auch in die Vergangenheit sehen?“

„Sicher, das ist sogar viel einfacher für mich. Die Vergangenheit ist ja schon geschrieben. Aber ich gehe mal davon aus, dass du deine eigene Geschichte kennst.“

„Ich meine doch nicht meine Vergangenheit! Ich meine die eines anderen.“

„Du hast vielleicht Nerven. Dafür müsste derjenige ja anwesend sein! Wenn du Glück hast, zeigt sich mir spontan ein in der Vergangenheit liegendes Bild, aber nur, wenn es auch mit dir in Zusammenhang steht. Manchmal mischen sich die Ereignisse der Zukunft auch mit den zurückliegenden, weil sie auf die Ursprünge schicksalhafter Geschehen hinweisen wollen. Für mich ist das allerdings immer sehr schwierig, weil ich es nicht voneinander trennen kann. Es sei denn, es gibt sich offenkundig zu erkennen, beispielsweise am Alter einer Person oder etwas in der Art.“

„Dann schau doch einfach mal, was Ankorus und ich ... was uns verbindet, was wir gemeinsam haben, ob wir ähnliche Dinge getan haben ... und ob er ein guter Mensch ist oder nicht und wo ich ihn finden kann, geht das?“

„Das sind zwar relativ viele Wünsche auf einmal, aber ja, ich versuche es.“ Kaira nahm die Hände vor die Brust und murmelte ein paar unverständliche Worte Richtung Zimmerdecke. Dann zündete sie feierlich die drei Kerzen an.

„Du solltest jetzt nicht mehr sprechen", wies sie Ana-ha an, „es sei denn, ich fordere dich dazu auf."

„Alles klar."

„Dann schließ deine Augen!" Kaira umfasste rituell Ana-has rechte Hand und legte die linke sanft auf Ana-has Stirn. „Ankorus", flüsterte sie leise. Und noch einmal: „Ankorus", als wolle sie sein Bild heraufbeschwören wie eine Schlange. Dann schwieg sie minutenlang.

Ana-ha blinzelte unwillkürlich, starrte auf Kairas Gesicht, ihre Stirn, hinter der sich die Vision abspielen sollte. Sie blickte darauf wie auf eine Leinwand, als ob sie selbst den Film ihrer Zukunft dort sehen könnte.

„Ankorus ..." Kairas Gemurmel wurde eine Spur ungeduldiger. „Ana-ha und Ankorus ... Ana-ha, bist du dir sicher, dass er aus dem Luftreich stammt?"

„Relativ ... Wieso?" Ana-ha zwinkerte wieder und kam sich vor wie ein Kind, welches beim Versteckspiel schummelt.

„Ich finde ihn dort nicht. Soll ich es noch woanders versuchen?" Kairas Augen blieben geschlossen, während sie sprach.

„Ja, überall bitte!"

„Gut." Noch immer öffnete die Seherin nicht ihren Blick. Sie verfiel wieder in ihr tranceartiges Ankorus-Gemurmel und Ana-ha schloss die Augen ein drittes Mal.

„Ich bekomme einfach kein Bild von ihm, Ana-ha. Bist du sicher, dass er noch lebt?"

„Ähm ... nein." Ana-ha wurde es plötzlich eiskalt. „Aber neulich hat er mir Grüße ausrichten lassen."

„Er ist nicht da, so, als hätte er sich in Luft aufgelöst."

„Kaira!" Ana-ha konnte einen Aufschrei gerade noch unterdrücken, aber sie musste unbedingt ihren Geistesblitz loswerden: „Vielleicht ist er ja gerade unsichtbar? Vielleicht ist er Luft! Wäre das eine Erklärung?"

„Ein Großmeister? Aber dann müssten seine Emotionen aufzuspüren sein oder ein zukünftiges Bild. Er kann doch nicht ewig unsichtbar bleiben. Lass mal sehen, er hat dir Grüße ausrichten lassen ... Nein, ich sehe nichts. Immer noch nichts. Kein Ankorus, keine Grüße!" Kaira öffnete bedauernd die Augen. „Er erscheint mir wie ein Geist aus einer anderen Dimension. Er muss tot sein!“

„Tot? Bist du ganz sicher?“ Ana-has Stimme zitterte ein bisschen. Iciclos’ Worte tanzten in ihrem Kopf: *Das wird er nicht, das schwöre ich dir. Aber stell bitte keine weiteren Fragen!* Hatte Fiuros Ankorus getötet? Iciclos musste davon wissen! Hatten sie es vielleicht sogar gemeinsam geplant? Gemeinsam getan? Und ... wäre sie Fiuros’ nächstes Ziel? Die Grausamkeit seines Blickes in Wibuta, sein Lächeln ... sollte es eine furchtbare Tat in der Zukunft ankündigen? Aber wieso? „Ich habe deinen Stein gefunden“, hörte sie ihn sagen. Aber es war nicht das, was er ihr hatte mitteilen wollen. Er hatte so selbstzufrieden ausgesehen, so triumphierend. *Was hast du gefühlt? Heute Nacht am Feuer?*

„Du bist ja ganz grün im Gesicht.“ Kaira musterte sie besorgt.

„Ich brauche ganz dringend diese Information von dir. Ich muss wissen, wer Ankorus ist. Es ist lebensnotwenig. Bitte, Kaira! Ich muss wissen, wo ich ihn finden kann. Ich muss es wissen, versuch es noch einmal!“ Sie sah so verzweifelt aus, dass Kaira ihr diesen Wunsch einfach nicht abschlagen konnte.

„Hast du eine Idee, welche Fährte mich zu ihm führen könnte? Eine Geschichte über ihn, eine Anekdote? Eine Beschreibung seines Äußeren, irgendetwas, das mir helfen könnte, ihn zu finden?“

„Ja!“ Ana-has Antwort kam spontan und war direkt aus ihrem wasserelementaren Gefühl emporgestiegen. „Mein Larimar! Versuch es über meinen Larimar.“ Sie zog ihn unter ihrer Kleidung hervor.

„Darf ich ihn mir einmal genauer ansehen? Das könnte entscheidend sein.“

Ana-ha nickte.

Kaira nahm den Stein in die Hand und studierte den türkisfarbenen Anhänger intensiv. „Einen schönen Larimar hast du da. Manche leuchten nicht annähernd so hell wie dieser.“ Ihre Finger fuhren über den glatten Schliff und hielten inne. „An der rechten Seite ist eine deutliche Einkerbung zu spüren. Ist dir mal ein Teil davon abgebrochen?“

„Nein, aber in meiner Familie gab es früher mal einen zweiten Stein. Meine Mutter hat mir gesagt, dass es der Zwillingsstein dieses Larimars war. Sie selbst wusste das aber auch nur aus alten Unterlagen ihrer Mutter. Raela starb bei Elanas Geburt. Und die Adoptiveltern von Raela gaben die Aufzeichnungen an Elana weiter. Raela war eine Waise. Ihre wenigen Verwandten sind bei einem Unfall ums Leben gekommen. Man hatte den Larimar nach ihrer Geburt für meine Großmutter und ihre Schwester Ijalamá geteilt. Raela trug ihn, als man sie fand. Der andere Stein war und ist noch immer verschwunden, wird aber in den Unterlagen erwähnt. Wir wissen bis heute nicht, um was für ein Unglück es sich damals gehandelt hat, Raela war ja selbst erst drei oder vier Jahre alt. Sie konnte nichts darüber berichten. Der Stein ist verloren gegangen, wahrscheinlich hat ihn jemand gestohlen. Der Krieg tobte zu dieser Zeit noch in heftigster Form. Ich denke, das hat irgendwer übel ausgenutzt." Ihre Vermutung, dass er in Fiuros' Besitz gewandert und von diesem zu Ankorus gelangt sein könnte, verschwieg sie.

„Aber dann müsstest du ihn wiedererkennen können, wenn du ihn siehst, oder?" Kaira ließ Ana-has Stein zurück auf ihre Brust sinken.

Ana-ha nickte nachdenklich. „Das stimmt. An der Einkerbung müsste er zu erkennen oder zumindest zu ertasten sein."

„Und auch an den Triklinen. Sie verlaufen bei deinem Stein so deutlich, dass man den anderen wie ein fehlendes Puzzleteil direkt anlegen könnte. Schau doch mal!"

Ana-ha musterte ihren Larimar aufmerksam. Kaira hatte recht. Bisher hatte sie sich noch nie so intensiv damit auseinandergesetzt, aber die Trikline zogen sich wellenförmig untereinander und in strahlendem Weiß absolut regelmäßig durch ihr Erbstück. Das war ungewöhnlich, denn normalerweise verliefen sie eher unberechenbar. Ganz sicher ... sie würde den zweiten Stein sofort erkennen.

Kaira legte einen Finger auf die Lippen, um Ana-ha wieder zum Schweigen anzuhalten. Ohne Worte nahm sie den türkisfarbenen Stein wieder in die Hand. Ihre Augenlider sanken schwer herab wie zu einem tiefen Schlaf und Ana-ha konnte zusehen, wie sie sich erneut in ihre meditative Entspannung fallen ließ. Ihre Gesichtszüge und ihre Haut wurden wunderbar glatt und so durchscheinend wie fließende Seide.

„Entspann dich, dann ist es leichter für mich!" Kairas Worte flossen über ihre vollen Lippen und es schien, als sei sie längst sehr weit weg. „Und schließ die Augen!"

Ana-ha gehorchte, lockerte ihre verspannten Muskeln und konzentrierte sich auf ihren Stein und den Namen Ankorus, mitsamt all ihren verknüpften Emotionen.

Kaira schwieg noch immer und Ana-ha schoss kurz der Gedanke

durch den Kopf, dass dieser Ankorus vielleicht gar nicht wirklich existierte? Vielleicht war sein Name ein Codewort? Aber dann hätte Iciclos bewusst gelogen. Vielleicht handelte es sich bei Ankorus auch um das komplexe Gebilde einer kräuterinspirierten Massenhalluzination? Wer wusste schon, welche Kräuter es sonst noch so im Erdreich gab? Ana-ha fand gerade Gefallen an der Idee, dass dieser Ankorus möglicherweise tatsächlich kein lebendiges Wesen war, als Kaira zu sprechen begann. Sie stieß ihre Sätze fragmentartig und in einer Schnelligkeit hervor, als müsste sie einem Blinden einen Film beschreiben, den sie selbst gerade zum ersten Mal sah.

„Ich habe ihn, Ana-ha ... Ich sehe ihn ... Ankorus, ja! Er steht in einer weißen Stadt. Sie ist hell, sie strahlt, sie ... sie ist wunderschön ... wunderschön!" Ein Glanz kindlicher Freude ergriff Besitz von ihrem Gesicht. „Ankorus geht durch die Straßen. Er trägt weiße Kleidung, hat lange Haare ... er ist ein schöner Mann – und mein Gott, Ana-ha – er leuchtet selbst so geisterhaft hell, so unglaublich ätherisch wie diese Häuser und die Luft. Es ist wundervoll dort, zauberhaft, wie ich mir den Himmel vorstelle ..." Kairas Augen waren mittlerweile weit geöffnet. Mit dunklen, übergroßen Pupillen und starr wie unter Hypnose blickte sie durch Ana-ha hindurch, als sie mit Ankorus durch diese anderen Sphären reiste.

„Er muss tot sein, Ana-ha, vielleicht ist er in einer Art Übergang zum Himmel, gerade erst gestorben ... und er lächelt. Jetzt spricht er mit einem Jungen, seinem Sohn vielleicht ... er ... er dreht sich zu mir um ... meine Güte, er sieht mich an, als könne er mich sehen." Staunen malte sich auf ihre edlen Züge. Staunen und nicht erwarteter Schmerz.„Oh nein ... nein!" Kairas pechschwarze Augen saugten Ana-has an wie zwei Magnete. Diese lehnte sich unwillkürlich weiter zu ihr nach vorne, die Augen ebenso groß wie die von Kaira. „Er ist furchtbar wütend, nein, nicht wütend ... er ist entsetzt." Kairas Hand bebte und sie kämpfte zusehends mit sich, die Vision aufrechtzuerhalten. „Es ist etwas passiert. Etwas Schreckliches. Ankorus ist ... er hat ... Ana-ha ..." Sie umklammerte den Larimar und ihre Hand zog, riss und schüttelte in einer einzigen Bewegung, als wolle sie loslassen, könnte es aber nicht.

„Was?"

„Eure Verbindung ..."

„Welche?"

„Es sind … eure Augen?“

„WAS?“ Ana-ha zuckte zusammen.

„Eure Augen, sie sind gleich … in Form und Farbe … vor allem die Farbe! Ankorus ist …“ Sie stieß den Larimar von sich, als würden böse Dämonen durch ihn sprechen. Er schlug hart an Ana-has Brustkorb. Die weiße Kerze erlosch.

„Er hat meine Augen?“ Ana-ha schüttelte abwehrend den Kopf.

„Oder du seine.“ Kaira pustete die restlichen Kerzen geschwind aus, als wollte sie so jeglichen Kontakt zu Ankorus unterbinden. „Könnte er ein Verwandter von dir sein?“

„Nein“, antwortete Ana-ha wie betäubt. „Soweit ich weiß, habe ich keine lebenden Verwandten mehr. Diese Ähnlichkeit ist sicher purer Zufall, so was gibt es ja.“ Das konnte einfach nicht sein. Sie hatte an vieles gedacht, was sie verbinden könnte. Aber auf so eine Parallele wäre sie nie gekommen.

„Er hat großes Unrecht angerichtet, das habe ich gefühlt. Aber ich habe keine Einzelheiten gesehen.“

Ana-ha schwieg. Iciclos kannte Ankorus. Hatte er diese Ähnlichkeit nicht bemerkt? Falls doch, hätte er ihr das nicht sagen müssen? Und spätestens in der Nacht von Wibuta hätte er doch schalten können? Fiuros war diese Gemeinsamkeit sicher nicht entgangen. Aber würde er so weit gehen, sie zu töten, nur weil sie seinem Gegenspieler ähnlich sah und zufälligerweise noch die Elementas gewonnen hatte, eine weitere Tat, die ihn an Ankorus erinnerte? Wieso hatte Iciclos nichts gesagt? So blind konnte er doch nicht sein! Er war ein ausgezeichneter Beobachter! Hatte er sie nicht beunruhigen wollen?

Und Fiuros? Ihre Seelenschau wuchs sich nun zu einem noch viel größeren Schandmaß aus. Sie hatte sich Fiuros aufgedrängt, aufgezwungen, mit den Augen, die er hasste und verabscheute, ihn gebannt mit ihrem Blick und in die Leere gesehen, die er mit allem, was er hatte, zu verbergen versuchte. Die Leere, die Ankorus mit seinem Unrecht geschaffen hatte und die ihm in ihren Augen immer wieder erneut begegnete.

Ana-ha wurde es schlecht bei dem Gedanken an ihre Missetat. Sie hatte ebenfalls großes Unrecht begangen. Und in all diese Schuldgefühle und Schuldzuweisungen mischte sich eine Stimme wie aus großer Entfernung: „Ich habe deinen Larimar gefunden“, schlängelte sie sich geschickt durch sie hindurch. „Ich habe deinen Larimar gefunden!“ Ana-ha horchte in sich hinein. Sie schlug die Hände vor die Augen. Jetzt wusste sie, was Fiuros ihr in dieser Nacht hatte sagen wollen. Es war so naheliegend. So einfach.

„Ich habe deinen Larimar gefunden ... ich habe dich gefunden!“

Das war es. Die Emotion hinter diesen beiden Sätzen war exakt dieselbe. Ana-ha spürte es mit ihrer Wasserseele so deutlich, wie Fiuros' heißen Atem in jener Nacht. Er hatte sie ausfindig gemacht. Aber, warum war ihm das so wichtig? Es musste doch mit dem Larimar zusammenhängen. Irgendetwas hatte er an ihm wiedererkannt. Den Zwillingsstein? War es so, wie sie befürchtet hatte? Hatte Ankorus ihm seinen gestohlen? Das wäre auch eine Erklärung, weshalb Fiuros sich so gut mit dieser Gesteinsart auskannte! Aber wie war er eigentlich an den Stein ihrer Vorfahren gekommen?

„Ist Ankorus tot, Kaira? Bist du dir sicher?“

„Was heißt schon sicher. Die Umgebung, in der er sich mir präsentiert hat, spricht dafür.“

„Hast du schon oft Tote in deinen Visionen gesehen?“

„Nein, das war sozusagen die Premiere.“

„Weshalb bist du dann so davon überzeugt?“

„Dieser Ort existiert nicht, das wüsste ich. Ich denke, diese Stadt war das Produkt meines Geistes, ein eindeutiges Sinnbild für mich, damit ich die Fakten besser interpretieren kann. Denn so ähnlich stelle ich es mir wirklich im Himmel vor, sollte es ihn geben.“

„Aber weshalb war Ankorus dann so entsetzt?“

„Das kann auch einfach ein ganz anderer Zusammenhang gewesen sein. Möglicherweise hatte ich einen Zeitpunkt kurz vor seinem Tod mit drin. Oder vielleicht auch einen älteren, keine Ahnung. Ich habe dich ja gewarnt, dass einige Fragen auftauchen können oder offenbleiben. Aber in einem bin ich mir relativ sicher: Ankorus ist tot. Sonst hätte ich ihn in den Elementenreichen gefunden. Die Frage, wo du ihn finden kannst, hätten wir also geklärt.“

„Na prima! Soll ich ihm vielleicht nachfolgen, um ihn auszufragen“, wollte Ana-ha leicht verbittert wissen, aber sie sprach mehr mit sich selbst als mit Kaira.

„Eure Gemeinsamkeit habe ich dir aufdecken können, sei doch froh! Und – definitiv – er war kein guter Mensch“, wies Kaira auf Ana-has letzte, offengebliebene Frage hin und schüttelte sich, als wolle sie den Rest seiner unheimlichen Schwingungen loswerden.

„Und weshalb flaniert er dann in brillierenden Sphären herum und schmort nicht in der Hölle?"

„Weil ich daran nicht glaube. Und es ist doch nur ein Bild für sein Dahinscheiden gewesen. Sei dir sicher: Wenn ich an die nach dem Tod weiter bestehende Dualität glauben würde, hätte ich ihn dort unten sitzen sehen, keine Angst!" Kaira war offensichtlich zufrieden mit ihren Ergebnissen. „Eines würde mich aber an deiner Stelle doch noch interessieren ..."

„Was denn?" Ana-ha sah Kaira fragend an.

„Na, das liegt doch auf der Hand! Wieso war es mir nur möglich, über deinen Larimar diese Verbindung mit Ankorus herzustellen? Wieso hat es auf dem normalen Wege nicht funktioniert?"

„Na ja, ich kenne ihn halt nicht persönlich. Soweit ich es mir zusammengereimt habe, ist Ankorus vielleicht ein hinterhältiger Larimardieb gewesen, wer weiß. Vielleicht gab es deswegen diesen Kontakt, vielleicht besitzt oder besaß er sogar meinen Zwillingsstein."

„Wenn Ankorus tatsächlich so ein reges Interesse an diesen Steinen hatte, würde ich jetzt erst recht versuchen, ihn zu finden oder das, was von ihm hinterlassen wurde."

„Um meinen Zweitstein zu bekommen?" Da würde sie wohl zu Fiuros gehen müssen, aber das sagte sie Kaira nicht. Doch die Frage nach Ankorus' Tod ließ sie nicht los. Wenn Ankorus tot war, wer besaß jetzt das Vakuum? Lesares Leras? Würden er und seine Mittäter weitermachen?

Ana-ha richtete sich kerzengerade auf. Es gab neue Fragen, die Antworten bedurften. Sie musste nach Malesh. Sie musste in die Hauptstadt des Erdreichs, um Lesares zu treffen ... und ihren Zwillingsstein zu finden! Fiuros würde auch dort sein. Angst, sagte sie sich, durften ihre Schritte nicht daran hindern, die Wahrheit herauszufinden. Fiuros konnte ihr nichts tun. Sie hatte das Frizin und war ihm damit überlegen. Sie würde Iciclos' Angebot, seine Toröffnerin bei den Elementas zu werden, annehmen. Sie waren ein gut eingespieltes Team. Nur ihre Bedenken, dass Fiuros ebenfalls in Malesh wäre, hatten sie zögern lassen. Und auch Iciclos' mangelndes Vertrauen in sie würde sie gewiss nicht mehr aufhalten können. Sie hatte ja damit rechnen müssen, dass seine

Erklärungen nicht ganz stimmig waren, schließlich war sie ihm freiwillig ohne ihre Empathie begegnet, als sie ihn nach Ankorus gefragt hatte.

Sicher war sie jetzt enttäuscht. Aber hinter all diesen Ereignissen wartete das große Ganze. Ihr eigenes Fraktal setzte sich immer weiter zusammen. Sie würde es lösen, kein Zweifel.

# Teil Vier

## Das Erdreich

# Kaeo und Kimquarana

Das Land der Erde war anders, anders als alles, was Ana-ha in den letzten Wochen zu Gesicht bekommen hatte.

Lag in der Feuerkunstakademie die Hitze in der Luft, in Thuraliz die Tiefe und in Triad die Vergeistigung, so strahlte hier in Malesh in jeder Ecke und jedem Winkel – und es gab viele davon – eine körperbelastende Schwere und ein Verlangen nach allen denkbaren sinnlichen Verführungen vom Boden heraus. Die Düfte des Erdgartens stiegen einem so zu Kopf, dass man keinen Gedankengang zu Ende bringen konnte. Die prächtigen Farben der Pflanzungen betörten das Auge und luden zum Verweilen ein. Man verstand in Malesh, warum die Erdelementler als wenig ehrgeizig, ja, sogar als träge galten. Es war ein Reich der Freude und Fülle.

„Hinsetzen und zufrieden sein", so hatte es Seiso-me kurz nach ihrer Ankunft ausgedrückt. Und wenn so eine Bemerkung aus dem Munde von jemandem kam, der allem Neuen skeptisch gegenüberstand, bedeutete es eine ganze Menge. Fremdelementler spürten ihre Körpersinne stärker, das Riechen, Schmecken, Hören, Tasten, Sehen, all das trat in den Vordergrund. Ana-ha hatte diesen Sog hin zur Körperlichkeit schon nach wenigen Stunden gespürt und wusste, dass es Seiso-me und Iciclos ebenso erging. Ihre Art, sich zu bewegen, hatte sich verändert, langsamer, fast behäbig und in ungewohnter Weise lasterhaft. Seiso-mes Blicke hingen noch intensiver auf ihr und selbst Iciclos betrachtete sie manchmal mit einem für ihn untypischen Glitzern in den Augen.

Freja Vestis, Tierrak Kass' zweite Vorsitzende, hatte ihnen kurz nach der Torpassage die Unterkünfte zugewiesen: kleine Hütten aus dichtem

Flechtwerk, die anstelle einer Tür nur einen luftigen Leinenvorhang besaßen. Sie lagen inmitten des schönen Gartens, nahe der Akademie.

„Männer und Frauen werden hier strikt getrennt", hatte Freja erklärt und verschmitzt in die Runde gezwinkert, „die Erdkräfte können euch hier mitunter seltsame Streiche spielen."

Ana-ha würde sich mit Annini eine Hütte teilen. Sie freute sich auf ein Wiedersehen mit der Luftelementlerin. Elementasanwärtern und Toröffnern erlaubte man eine vorzeitige Anreise. Drei Tage waren hier jedoch das Maximum, da sich sonst die Kräfte der Teilnehmer zu sehr an der fremden Energie aufrieben. Diese Zeitspanne war gut gewählt, denn so konnten sich die Anwärter an die andere Kraft gewöhnen, ohne gleichzeitig zu viel ihrer eigenen Fähigkeiten einzubüßen. Annini begleitete Cruso als Toröffnerin, Tunjer würde Fiuros unterstützen und sie selbst hatte sich nach ihrem Besuch bei Kaira sofort den Platz als Iciclos' Torpartnerin gesichert.

In Iciclos' Freude hatte sich allerdings schon nach wenigen Minuten Unmut geschlichen, als er erfahren hatte, dass Seiso-me es wieder einmal geschafft hatte, sich mit in ihre gemeinsamen Unternehmungen zu stehlen. Antares hatte ohne Begründung seine Anwesenheit angeordnet, und es war von den Erdelementlern ohne Weiteres akzeptiert worden. Ana-ha und Iciclos waren sich ziemlich sicher, dass es wohl um irgendeinen internen Auftrag in den Oberen Reihen gehen musste.

Einerseits war Ana-ha froh, ihren verlässlichen Freund dabei zu haben, wäre andererseits aber auch gerne mit Iciclos ungestört gewesen. Sie wollte ihn zwar nicht auf ihre Ähnlichkeit mit Fiuros' Erzfeind ansprechen, hoffte aber insgeheim, dass er es noch selbst erwähnen würde, zufällig, in einem Beisatz vielleicht. Sie gab sich Mühe, hielt den Blickkontakt lange, länger, als es Iciclos vielleicht lieb war, aber er schwieg weiter. Manchmal glaubte Ana-ha beinah, er könnte es wirklich übersehen haben.

Ana-ha verbot sich irgendwann, weiter darüber nachzugrübeln, entschlossen, sich von jetzt an nur noch auf Lesares zu konzentrieren. Und auf Fiuros. Sie wollte unbedingt herausfinden, ob er jetzt den Larimar von Ankorus besaß. Sie hatte ernsthaft erwogen, seine Sachen zu durchsuchen, wenn er einmal seine kleine Hütte verlassen sollte. Aber leider lümmelte sich Tunjer seit seiner Ankunft darin herum, meist mit ein oder zwei jungen Erdelementlerinnen und einem ihrer terrestrischen Rotweine. Davon einmal abgesehen würde Fiuros seinen neuen Besitz sicher nicht aus den Augen lassen.

Die Feuerelementler waren kurz nach ihnen angekommen und natürlich hatte Fiuros es sich nicht nehmen lassen, die Leute aus Thuraliz in aller Tradition zu begrüßen. Doch Ana-ha hatte seinen Blick gemieden. Sie hatte die Begrüßungsworte auf den Boden gesprochen und dabei seinen Blick auf ihrem Hals gespürt, an dem die Lederbänder den Larimar verrieten. Nach dem kleinen Ritual war sie sofort in Seisomes Hütte verschwunden, die er ausgerechnet zusammen mit Iciclos hatte beziehen müssen.

Dieser hatte vor Zorn über diese Aufteilung nur seine Sachen aufs Bett gepfeffert und darüber gewettert, dass er so bestimmt keine Meisterschaft gewinnen würde. Dann hatte er fluchtartig den Hüttenzirkel verlassen. Und Ana-ha hatte beunruhigt festgestellt, dass nicht nur er, sondern auch Fiuros verschwunden war. Sie betete, dass sie keine Ankorus-Nachrichten austauschten.

Sie hatte sich vor einer Stunde in ihre eigene Hütte begeben und sich auf ihrem Bett ausgestreckt. Das Erdreich machte sie müde, es war erst halb drei. Für heute Abend war eine kleine Feier im Oberen Rat der Erdkunstakademie angesetzt, um alle Anwärter und Toröffner willkommen zu heißen. Ana-ha hatte beschlossen, sich für den Rest des Nachmittags zurückzuziehen, um in Ruhe nachzudenken und Pläne bezüglich Lesares zu schmieden.

„DREI TAGE!"

Ana-ha schnellte erschrocken in die Senkrechte. Annini stand im Türbogen und strahlte über das ganze Gesicht.

„Drei Tage?", wiederholte Ana-ha verwirrt und rieb sich über die Augen.

„Drei Tage Ruhe und weniger Gedanken." Annini warf ihr Gepäck auf das Bett und umarmte Ana-ha überschwänglich. „Schön, dich zu sehen."

„Schön, dich zu sehen." Ana-ha drückte Annini an sich und lächelte. Anninis luftiger Anblick nahm ihr ein wenig die Schwere der Erde, sie fühlte sich sofort munterer. „Hattest du eine gute Zeit?"

„Na ja, ich war lange nicht mehr in Wibuta, daher habe ich mich schon die ganze Zeit auf Malesh gefreut. Und es war überhaupt nicht schwer, Cruso davon zu überzeugen, dass ich genau die Richtige für den Job bin. Außerdem wollte kaum einer freiwillig hierher ... außer mir, versteht sich. Die Erdkräfte nehmen mir persönlich noch schneller meine ganz besonderen Fähigkeiten. Ich sollte mich wirklich gut mit Tierrak stellen, vielleicht lässt er mich dann öfter kommen."

Ana-ha grinste. „Ich glaube kaum, dass Tierrak Kass Lin Logans Tochter einen Freifahrtschein für Malesh überlässt. Mach dir nichts vor, Annini: Du kommst hier nur als Toröffnerin rein."

„Warte es ab! Wie geht's Iciclos?"

Ana-ha hätte beinah vergessen, dass Annini alles über sie wusste.

„Hm ..." Sie gab ein undeutliches Brummen von sich.

„Aha, du willst nicht darüber reden. Weißt du denn mittlerweile, wer Ankorus ist?"

Es war höflich, dass sie wenigstens so tat, als wäre eine normale Unterhaltung mit ihr möglich.

„Falsche Frage, Annini. Es muss heißen: Weißt du, wer Ankorus war? Er ist tot!"

„Wie bitte?" Annini sah sie etwas bestürzt an. „Wer sagt denn so was?"

„Kaira!"

„Diese Wasserpythia?" Annini kräuselte skeptisch die Nase.

„Sie ist gut."

„Sie ist schön. Aber sie reimt sich aus den Gefühlen der anderen fragliche Konstrukte zusammen."

„Sie kann halt keine Gedanken lesen, Annini. Eigentlich müsstest du doch aus dem Geist der anderen ebenfalls die Zukunft deuten können. Wenn du weißt, was sie denken, vorhaben ..."

„Und zum Schluss kommt doch alles ganz anders, weil einer in letzter Sekunde einen Rückzieher macht, wegen eines Gefühls, welches ich nicht wahrnehme. Wenn du denkst: *Meine Güte, ich würde Iciclos am liebsten den Hals umdrehen*, kann das entweder bedeuten, dass du ziemlich sauer auf ihn bist oder dass du ihn wirklich am liebsten lynchen würdest. Es ist schwer zu sehen. Für mich sowieso, weil ich so viele Gedanken gleichzeitig im Kopf habe."

„Verstehe! Kaira sagte mir, ein anderer hätte meine Zukunft in der Hand."

„Wirklich clever. Andere beeinflussen uns doch immer. Wer ist schon Herr seines Schicksals?" Annini sah Ana-ha an, als müsse sie sie zur Vernunft bringen. „Vielleicht ist sie selbst diese andere Person und hat dich mit ihren Fantastereien schon so verwirrt, dass du nicht mehr unbefangen bist.“

„Das kann sein, klar. Aber Ankorus ist wohl wirklich tot, das war kein Trugbild.“

„Bist du dir da wirklich sicher?“

„Wieso? Kennst du ihn doch?“

Annini schüttelte energisch den Kopf. „Nein, ich lüge nicht.“ Es klang fast ein wenig enttäuscht. „Ich sage nur nicht alles.“

„Entschuldigung!“ Ana-ha nickte ihr zu. „Ich weiß das ja. Das mit Ankorus muss unter uns bleiben, versprochen?“

„Keine Angst, ich schweige wie ein Grab.“

Ana-ha lief es bei ihren Worten eiskalt den Rücken hinunter. Die Vorstellung der letzten Ruhestätte Ankorus' war seltsam real. Sie kannte Ankorus nicht, hatte sein Ableben zu ihrem eigenen Schutz weit von sich geschoben, aber ihn irgendwo begraben zu wissen, machte ihn greifbar und seinen Tod unheimlich und real. Und Fiuros und Lesares, die mit ihm eng in Kontakt gestanden hatten, machte es verdächtig und noch unheimlicher. Und Iciclos? Er hätte ihr einen Eid geschworen, wenn sie darauf bestanden hätte, dass Ankorus ihren Larimar nicht stehlen würde. Er musste einfach wissen, dass Ankorus tot war. Fiuros hatte es ihm sicher erzählt.

Ana-ha stand auf. Sie würde mit Lesares reden. Am besten heute Abend.

„Tu das“, pflichtete ihr Annini bei. „Aber du brauchst keine Angst vor ihm zu haben. Er ist absolut harmlos.“

Ana-ha und Annini verbrachten den ganzen Nachmittag zusammen im Erdgarten. Seiso-me gesellte sich dazu. Sie streunten umher und bestaunten die vielen exotischen Früchte und Zierpflanzen, bis es Zeit für die Feierlichkeiten im Oberen Rat wurde. Sie versammelten sich alle vor ihren Unterkünften, um auf Tierrak Kass und Freja Vestis zu warten. Nach einer Viertelstunde Verspätung erschienen die beiden Vorsitzenden. Einen pünktlichen Erdelementler gab es nicht, und wenn einer doch die Unverfrorenheit besaß, diese Regel zu brechen, so unterstellte man ihm sofort eine feuerländische Blutlinie, irgendwo in seiner entfernten Verwandtschaft.

Ana-ha lächelte, als sie sich die beiden Vorsitzenden unter diesem Gesichtspunkt betrachtete. Auch mit viel gutem Willen fand man weder bei Freja noch bei Tierrak einen Funken feuerländischen Charme. Freja Vestis, Anfang sechzig, wirkte eher wie eine Höhlenbewohnerin, die den ganzen Tag für ihre Sippe Suppe kochte. Ihre braunen Haare waren grau gesträhnt und sahen genauso lebendig aus wie ihre Augenbrauen, die Ana-ha an kleine Pelztierchen erinnerten. Ihr Kinn war so energisch wie ihre gesamte Erscheinung und sicher ließ sie den Akademieabsolventen wenig durchgehen. Weder sie noch Tierrak Kass waren so hochgewachsen wie die Feuer- oder Luftelementler.

Tierrak selbst sah so aus, als habe er gerade höchstpersönlich den Erdgarten umgegraben. Ana-ha hatte Bilder seiner lange zurückliegenden Elementassiege gesehen, damals war ihm die Ausstrahlung eines Berserkers inne gewesen.

Seine Finger fühlten sich rau und grob an, als er Ana-ha die Hand reichte, um sie auf ihre wasserländische Art willkommen zu heißen. Dann nahm er ihren Kopf in die Hände und küsste sie auf die Stirn, die traditionelle, erdgebundene Art der Begrüßung. Sein Atem roch nach Eukalyptus und Harz. Bei jedem einzelnen der Gruppe wiederholte er diesen beidseitigen Willkommensakt, dann stellte er sich in die Kreismitte und lachte fast so laut wie Mitras. Während er sich die Ärmel hochkrempelte und die Hände rieb, wanderte sein Blick abschätzend über die Kandidaten und ihre Begleiter, als handle es sich bei ihnen um zu garendes Gemüse, welches er nach dem Reifegrad beurteilen musste.

„Willkommen im Erdreich", begann er dann, als er sich sattgesehen hatte. „Es tut mir leid, euch erst jetzt begrüßen zu können. In den letzten Stunden war ich sehr mit unserem Symbol beschäftigt." Mit einer Hand strich er sich die abstehenden Haare glatt. „Jetzt will ich euch aber nicht länger hinhalten und endlich durch unsere Akademie führen."

Bei ihrer Ankunft hatten sie die Akademie durch einen Seitenausgang verlassen und waren sofort in den Garten gelangt. Tierrak gab ihnen noch ein paar Informationen bezüglich der nächsten Tage, bevor er sie dann alle in die Tiefen der Erde entführte. Der Eingang der Erdkunstakademie glich einer blütenreichen Kaskade. Pflanzen unterschiedlichster Art und Herkunft rankten sich den steinernen Eingangsfelsen hinab und umkränzten das Portal wie eine üppige Haarpracht. Ana-ha sah, wie Iciclos übertrieben die Augen zusammenkniff. Vermutlich vertrug er diese vielen Farbvarianten nicht. Sein farbloses Dasein fristete sicher einer ihm ebenbürtigen, öden Landschaft entgegen. Sie wandte den Blick ab Richtung Seiso-me. Er schien reges Interesse an den verschiedenen Gewächsen zu haben: Er fasste sie an, bestaunte sie und redete mit Tierrak, obwohl er sich normalerweise selten für etwas aus einem fremden Reich wirklich begeisterte.

„Wie grundverschieden sie doch sind", dachte Ana-ha. Wäre Seiso-me doch die bessere Wahl? Hatte sie denn eine? Iciclos' für einen Abend aufgeglühtes Begehren hatte sie abgehakt. *Einzigartig, wunderschön* ... es hatte nicht gereicht. Einzigartig nur für den Moment, wunderschön nur für diese Nacht, so wie ihr Gefühl während des Feuertanzes. Das Gefühl, nach dem Fiuros sie gefragt hatte. Fiuros ... seine Blicke klebten auf ihr, zäh wie Sirup, aber leider nicht ganz so süßlich. Aber Ana-ha vermied weiterhin jeden Blickkontakt mit ihm. Ihre Augen würden ihn nur an Ankorus erinnern.

Fiuros hatte sich direkt an Tierraks Fersen geheftet, während dieser sie durch einen schmalen Abstieg in das Innere der Tropfsteinhöhle führte, dem Eingang der Erdkunstakademie. Tierrak sprach von säurelöslichem Gestein, Kalk und Dolomit, weißem Jura und davon, dass die Konsistenz der Felsen nach oben hin härter wurde, sodass der untere Teil der Höhle schneller von den unterirdischen Gewässern abgetragen worden war und ... plötzlich standen sie in einer schummrigen Halle, die so groß war, dass mindestens ein Viertel der Wasserkunstakademie hineingepasst hätte.

Ana-ha sah sich staunend um. Tropfsteine schichteten sich hier zu skurrilen Gebilden auf, und wenn Ana-ha es richtig beurteilte, hatte man sie in ihrer natürlichen Form belassen. Ganz hinten vereinigten sich die feuchten Steine mit denen der Decke und bildeten bizarre Muster gleich riesiger Scherenschnitte. Aber das Atemberaubendste an diesem Ort waren die acht lebendigen Blumensäulen, die das Höhlengewölbe zu tragen schienen. Durch Öffnungen in der Felsendecke wucherten die Pflanzen zylindrisch nach unten, jede Säule anders in Gattung und Farbe und mit einem Durchmesser von mindestens acht Metern.

Tierrak hatte ihnen die Erlaubnis gegeben, sich ein wenig umzusehen, bevor sie weitergingen. Annini hatte sich ganz gegen ihre Gewohnheit nicht an sie, sondern an Tierraks Seite geheftet. Bestimmt versuchte sie sich gerade im Schönwettermachen. Seiso-me unterhielt sich flüsternd mit Freja, und Ana-ha überlegte, ob die beiden gerade interne Angelegenheiten besprachen. Sie wollte sich Iciclos zuwenden, aber dieser hatte sich bereits mit Cruso an die Scherenschnitte abgesetzt. Also schlenderte sie alleine los und begutachtete die Pflanzenstämme genauer. Sie fragte sich, weshalb die Pflanzen trotz der mangelnden Helligkeit hier so gut gediehen.

Holzige Stränge bildeten das Zentrum jeder bauchigen Säule, um die sich Lianen und Blüten wie bunte Spiralen wickelten. An der ersten standen Blumen wie blaue Vogelschnäbel von einem roten Pflanzenhalm nach rechts und links ab. Ana-ha ging zur zweiten Säule. Sie war es, die ihre Begeisterung auslöste. Die Halle wirkte nicht wie ein Ort, den man nur betrat, um in die anderen Räume der Akademie zu gelangen. Sie sah eine Menge Erdelementler hier verweilen. Eine träge Harmonie floss durch ihre Empathie wie ein rauschender Gebirgsbach. Es war ihr unmöglich, die einzelnen Emotionen der Anwesenden zu trennen, da sie sich zusammenschlossen wie kleine Tropfen.

Interessiert betrachtete sie die zweite Säule. Auch hier reichten die holzigen Äste bis zu ihren Füßen hinunter. Schwarz-lilafarbene Blütendolden schmückten die kleinen Zweige und verströmten einen feinen Duft. Ana-ha hatte ihn schon die ganze Zeit über wahrgenommen, aber nicht einordnen können.

Sie ging näher heran und schnupperte an der Blütentraube. Der Geruch war herrlich, aber sie konnte ihn nicht beschreiben. Er war weder süß noch herb, weder schwer noch leicht, weder sanft noch stark. Er lag irgendwo in der Mitte. Schwer wie Samt und leicht wie Seide.

„Kaeo“, flüsterte Fiuros plötzlich halblaut über ihrem Ohr. „Ein Dämmerungsblüher. Nur im Zwielicht öffnet er seine zarten Blüten und gibt seinen Duft frei.“

Ana-ha hätte bei dem Klang seiner Stimme fast einen Sprung nach vorne gemacht, mitten in den Kaeo hinein. Ihre Nackenhaare stellten sich senkrecht. Das war wieder einmal typisch für ihn, dass er sie alleine irgendwo abpasste. Allerdings beruhigte sie sich. Sie war keineswegs allein, mindestens zwanzig Elementler befanden sich derzeit in der Halle. Es war unwahrscheinlich, dass Fiuros ihr hier etwas Übles wollte. Und seinem Tonfall nach zu urteilen, unterlag er ebenfalls der Harmonie des geheimnisvollen Duftes oder aber, er verstellte sich gut. Über den Kaeo hatte sie natürlich einiges gehört. Annini und sie hatten die Pflanze den ganzen Nachmittag vergeblich im Erdgarten gesucht. Keiner von ihnen, Seiso-me eingeschlossen, hatte genau gewusst, wie sie aussah.

„Rot", hatte Annini felsenfest behauptet. „Blau", war sich Seiso-me sicher gewesen. „Schwarz", hatte sie selbst vermutet und dabei mal wieder an Iciclos gedacht.

„Die Erdelementler haben hier für ihn die idealen Voraussetzungen geschaffen. Ein Raum im permanenten Zustand zwischen Tag und Nacht. Zwischen Aktivität und Schlaf, zwischen Hell und Dunkel. Ein Ausnahmezustand, so wie der Punkt zwischen Ein- und Ausatmen."

Ana-ha trat näher an den Kaeo und führte eine der Blüten zu ihrer Nase. Irgendwoher kannte sie diesen Geruch. Sie hielt inne. Sie atmete. Fiuros hatte recht. Ein Sekundenbruchteil zwischen zwei völlig konträren Dingen.

„Du kennst dich nicht nur mit Gesteinen gut aus, oder?" Das war nicht das Vorteilhafteste, was sie hätte sagen können, aber ihr war beim besten Willen nichts anderes eingefallen.

„Ich weiß alles über Larimare, solltest du darauf anspielen. Und dass ich mich mit botanischen Gewächsen auskenne, sollte dir doch spätestens seit Wibuta bekannt sein." Eine winzige Spur Ungeduld lag in seiner Stimme, verschwand aber, als er weitersprach. „Dieses Exemplar hier ist etwas Besonderes. Beschreib seinen Duft mit einem Wort!" Fiuros' Aufforderung lag kaeogleich zwischen Bitte und Befehl.

Ana-ha stand immer noch mit dem Rücken zu ihm. Keinem anderen Vorsitzenden gegenüber hätte sie sich je so unhöflich verhalten, aber kein anderer Vorsitzender hatte auch einen Todfeind mit ihren Augen. Sie tat, als widmete sie ihre Aufmerksamkeit ganz dem Kaeo vor ihr. Ein Duft zwischen zwei Gegensätzen ...

... die Stille des Kaeos rauschte durch seinen Körper.

Durch die Nase in seine Lungen, in sein Blut und dann war sie fort. Es war wie immer. Sie kam und ging zu schnell, viel zu schnell, er konnte sie nicht halten, er konnte nichts halten. Alle Gefühle blieben an der Oberfläche, spülten durch seinen Körper und hinterließen nur den

Dreck, fast wie bei Brackwasser. Freundschaft, Güte, Nähe, Sorglosigkeit, all diese Dinge verließen ihn, noch ehe er sie fühlen konnte. Aber jetzt war sie hier! Sie, nach der er sich so sehr gesehnt hatte.

Wie besessen hatte er auf dieses Wiedersehen gewartet. Wochen hatte er gezählt. Wochen, dann Tage, dann Stunden. Und nun war sie bei ihm ... und behandelte ihn auf die furchtbarste Weise, die er sich vorstellen konnte. Wenn sie ihn einfach komplett ignoriert hätte ... aber dies war viel schlimmer. Sie antwortete, verweigerte ihm aber dabei das Tor zu seinen Abgründen und Sehnsüchten. Zu allem, was er hatte. Zu allem, wovon er noch träumen konnte. Sie versuchte, sich ihm zu entziehen. Wie konnte sie es wagen?

Die ganze Zeit musste er sich aufs Äußerste zusammenreißen. Er betrachtete sie von oben, die goldenen Strähnen, die von ihrem Scheitel aus wellenartig das braune Haar teilten wie ... Nein, er wollte jetzt nicht an den Larimar, Trikline oder Ankorus denken. Er spürte seine zornpochende Halsschlagader anschwellen. Wenn sie ihr provokatives Benehmen nicht bald einstellte, könnte er seine Blockierung nicht mehr lange halten. Er brauchte ihren Blick. Ankorus' Blick. Er war Nahrung für Hass und Zorn und sein Verlangen. Sie durfte sich ihm nicht verweigern.

Er wusste nicht, was er tun würde, wenn sie ihn nicht bald ansah ...

„Frieden!", kam Ana-has verzögerte Antwort.

„Das hast du irgendwo aufgeschnappt, aber es ist ganz sicher nicht deine eigene Meinung!" Er hatte voll ins Schwarze getroffen, denn sie hatte auf die nächstbeste Erläuterung zurückgegriffen, die sie irgendwann einmal zufällig mitbekommen hatte. Fiuros brach vorsichtig einen kleinen Blütenzweig ab und hielt ihn ihr direkt unter die Nase. „Versuch es noch mal!" Seine Finger zitterten leicht.

„Aha, also nicht Frieden", sagte sie langsam, mehr, um Zeit zu schinden. Sie versuchte, sich in den Raum einzufühlen, aber Fiuros' Anwesenheit machte sie nervös, es gelang ihr kaum. „Ähm ... Stille?"

„Schon etwas besser. Aber das ist nur die Auswirkung. Vielleicht schraubst du mal deine Empathie ein wenig herunter, dann bist du freier für die anderen Sinne."

„Meine Empathie drosseln?" Woher wusste er überhaupt, dass sie sie benutzte? Oder hatte er nur geraten? Und er war mal wieder

der Einzige, von dem sie nichts empfangen konnte. Sie nahm ihn nur körperlich wahr, nicht jedoch als Resonanzkörper der emotionalen Schwingungen des Raumes.

Sie folgte seinem Vorschlag und verzichtete auf ihre Fähigkeit. Seine Nähe ging Ana-ha an die Substanz. Sie bemühte sich wirklich, aber sie konnte plötzlich an nichts anderes mehr denken, als an die Tatsache, dass Fiuros ihr mit einem einzigen Handgriff von hinten das Genick brechen konnte. Wenn sie doch nur seine Gefühle hätte lesen können!

„Tut mir leid, ich weiß es nicht genau." Sie hätte sich jetzt gerne umgedreht, um zu sehen, ob jemand in ihrer unmittelbaren Nähe war. Aber bestimmt würde sie so Fiuros' Blick begegnen.

„Dann konzentriere dich besser! Du weißt es."

Das einzige, was Ana-ha wirklich mit Sicherheit wusste, war, dass sie vor Fiuros' Nasenspitze wie verdörrendes Obst in sich zusammengesunken wäre, wenn der Kaeoduft sie nicht seelisch und moralisch gestützt hätte.

„Es ist weder Frieden noch Ruhe", fasste Fiuros nochmals ihre vermeintlich misslungenen Versuche zusammen, aber im Grunde wollte er sie nur wissen lassen, dass er – jetzt schon ungeduldiger – auf ihre Antwort wartete.

Ana-ha atmete tief ein und richtete ihre Gedanken erneut auf den Kaeo vor ihr. *Frieden. Ruhe. Stille. Die Erdelementler scheinen sich hier besonders wohl zu fühlen, aber die anderen Elementler ebenfalls. Geborgenheit?*

„Heimat?", fragte Ana-ha vorsichtig, als ob eine falsche Antwort die Todesstrafe fordern würde.

„Und was bedeutet Heimat?" Fiuros ließ nicht locker.

„Seele!"

„Falsch!"

„Leidenschaft?" Was wollte er hören?

„Völliger Blödsinn!"

Sie spürte, dass er fassungslos hinter ihr den Kopf schüttelte. Ein weiteres Mal wedelte er die Blüte mitten in ihr Gesicht.

„Ich weiß wirklich nicht, worauf du hinauswillst, Fiuros", sagte Ana-ha leise. Immer, wenn er mit ihr sprach, kam es ihr vor, als wollte er doch etwas ganz anderes von ihr. Sie starrte auf den Kaeo und überlegte, wie sie ihren Standort verlassen könnte, ohne ihn ansehen oder beleidigen zu müssen. Sie musste von ihm weg. Seine Anwesenheit kam ihr immer bedrohlicher vor. Sie hatte Angst und wusste nicht, wieso ... bis sie spürte, dass er seine Blockierung löste. Sein Hass legte sich um den wunderschönen Duft wie Fäulnis und Verderben.

„Feuer und Wasser so innig beieinander? Wenn mir das mal nicht nach Kaeo aussieht!" Der Erdelementler neben ihnen war kleiner als Fiuros, stand aber so breitbeinig und entschlossen an seinem Platz, als würden ihn keine zehn Pferde wegbewegen können. Sein Gesichtsausdruck war undurchsichtig.

Fiuros lächelte träge in seine Richtung. „Wir philosophieren gerade über seinen Duft."

„Er riecht nach Frieden, nach was denn sonst." Der Elementler schaute ein wenig freundlicher drein.

„Frieden trifft es nicht ganz." Ana-ha schüttelte den Kopf. „Aber mir fällt nichts Besseres ein." Sie musste diesen Fremden unbedingt in ein Gespräch verwickeln, damit sie, ohne Aufsehen zu erregen, aus dieser Situation herauskam. „Was fällt dir denn noch dazu ein?"

„Ach, Kaeo ist ein Zauberpflänzchen. Sie kann für jeden etwas anderes sein. Das ist nicht ungewöhnlich. Für mich ist ihr Duft die pure Harmonie. Frieden eben! Schade, dass man sie nicht rauchen kann."

„Rauchen?" Ana-ha wandte sich ihm ganz und gar zu und stieß dabei Fiuros' Arm leicht zur Seite. Sie murmelte eine kurze Entschuldigung und sah dem Fremden in die Augen. Sie waren gelbgrün und funkelten vergnügt durch das Dämmerlicht.

„Ja, wir in Malesh konsumieren unsere Gewächse in allen erdenklichen Formen. Rauchen, trinken, essen ... Kimquarana ist dir doch bekannt, oder?"

Ana-ha nickte. Dass die Erdelementler Kimquarana rauchten, war ebenso selbstverständlich wie ihre Unpünktlichkeit. Kimquarana war ein harmloses Kraut, welches die erdspezifischen Eigenschaften, die Ruhe und die Körperlichkeit, noch stärker hervorkehrte. Es war überaus beliebt, nicht nur in Malesh, das hatte sie schon oft gehört.

„Und was macht ihr mit Kaeo?"

„Nichts. Es sei denn, du möchtest traumlos schlafen. Dann ist es das beste Mittel."

„Ein Mittel gegen Albträume?"

„Und für einen tiefen Schlaf, ja! Du kannst es essen oder püriert trinken, das ist egal. Es ist nicht giftig. Nur vom Rauchen rate ich unbedingt ab!"

„Du hast es probiert?", fragte Ana-ha belustigt und trat weiter auf ihn zu ... und von Fiuros weg.

„Ja. Ich war noch jung, es war scheußlich!" Der Erdelementler lachte herzlich über seine eigene Verfehlung. Ana-ha schätzte ihn auf Anfang vierzig. Er sah gut aus, ein bisschen zu verwegen vielleicht, mit Dreitagebart und einer Sonnenbräune, die ihm den Charme eines echten Abenteurers verlieh. Sie konnte ihn sich sehr gut in einer lauen Sommernacht auf einer der Wiesen des Erdgartens vorstellen, Kimquarana rauchend natürlich und von der Freiheit eines Vagabunden träumend. „Zeit für euch", sagte er jetzt zu Ana-ha und Fiuros. „Eure Gruppe versammelt sich bereits dort hinten." Ana-ha sah sich um und entdeckte Annini und Seiso-me keine fünf Meter von ihr entfernt. Sie waren die Einzigen, außer ihr und Fiuros, die sich noch nicht am Ende der Halle zusammengefunden hatten.

„Danke", sagte sie zu ihrem Gegenüber. Er hatte ihr einen weitaus größeren Gefallen erwiesen, als ihm vielleicht bewusst war. „Kommst du auch mit?"

„Später!" Er verschwand ohne ein weiteres Wort.

Ana-ha wusste, dass Fiuros immer noch hinter ihr stand. Sie lief los.

„Ana-ha!" Annini war keine drei Sekunden später bei ihr, fasste sie am Arm und zog sie eilig mit sich. „Und, wie fandest du ihn?"

„Wen? Fiuros?", flüsterte sie zurück. „Furchterregend, wie immer!"

„Nein, ich meine Lesares!"

„Lesares?"

„Ja, du hast dich doch mit ihm unterhalten."

„Das war Lesares?"

„Immer noch ein Symbolräuber?"

„Lesares", murmelte Ana-ha kopfschüttelnd vor sich hin. Dieser sympathische, kaeorauchende Mensch war Lesares Leras? Das konnte doch nicht wahr sein! Ob Ankorus auch so ein Musterknabe war? Gewesen war?

„Und? Sieht er so aus, als sei er ein durchtriebener Toröffner?"

„Wem sieht man denn die Hinterhältigkeit schon im Gesicht an, von wenigen Ausnahmen einmal abgesehen?", hielt Ana-ha gegen Anninis Worte an. Sie rang allerdings immer noch nach Fassung. Eigentlich hatte sie sich das Kennenlernen von Lesares Leras, ihrem Hauptverdächtigen, ganz anders vorgestellt. Sie hätte ihn lieber erst einmal eine Weile aus dem Hintergrund beobachtet, um sich ein neutrales Bild zu machen. Ihr jetziger Eindruck war sicher kaum mehr neutral zu nennen. Ein Menschenfreund, hatte Annini schon in Triad gesagt. Sie hatte den Nagel auf den Kopf getroffen. Ein Menschenfreund, ein Freund aller, ein guter Kumpel, einer, dem man alles erzählen konnte, einer, der Verständnis für vieles hatte. Ganz anders als Menschenverächter Iciclos, den kaum jemand zum Freund haben wollte und der selbst kaum Wert auf menschliche Nähe legte.

Ana-ha folgte ihrer Gruppe schweigend. Sie gelangten ins Innere der Akademie, ein in den rohen Felsen gehauenes Meisterwerk, welches sich nahtlos an die Tropfsteinhöhle anschloss. Weitgehend naturbelassen, beschränkt auf das Nötigste. So bezaubernd, wie der Erdgarten anmutete, so rau und herb war es im Inneren der Akademie von Malesh. Monumentales Urgestein, Zeuge der früheren Welt, schob sich aus dem Boden; Gesteinsschichten, die so alt waren, dass bereits damals Mythen über ihre Entstehung erzählt wurden. Feuchter Sand und dunkler Staub hingen in den Räumen und erschwerten das Atmen. Das Gewicht der Tiefe drückte auf die Lungen. Ana-ha fühlte sich beinahe wie lebendig begraben.

Irgendwann gelangten sie in einen schmalen Gang. Das Tageslicht fiel durch schmale Risse der Felsendecke, aber nur wenige Strahlen erreichten den Grund, der sich immer weiter ins Erdinnere vorwagte. Irgendwann schlossen sich die Felsen über ihnen wie zu einem Tunnel und nur noch vereinzelte Spalten gaben der Schlucht Licht.

Ana-ha drehte sich zu Annini um, die angeregt auf Seiso-me einredete. Obwohl sie Luftelementlerin war, schien sie kein Problem mit der Tiefe zu haben. Ana-ha versuchte, sich auf das zu konzentrieren, was Tierrak über die Akademie zum Besten gab, aber es half nicht. Sie schnappte nur Wortfetzen auf.

„Was ist los?“, wollte Seiso-me wissen. „Auch Probleme mit der Luft?“ Er sah angespannt aus. Ana-ha nickte und blieb stehen. Der Gang war mittlerweile so schmal, dass sie sich rechts und links mit den Händen abstützen konnte.

„Ein Tiefenkoller“, vermutete Annini fachmännisch. „Passiert meist nur unserem Volk.“

„Ein Tiefenkoller? Was soll denn das sein?“ Auf Seiso-mes Stirn glitzerten Schweißperlen.

„Feuertrance auf Maleshianisch“, witzelte Ana-ha schwach, aber ihre Hände zitterten.

„Habt ihr Probleme mit den Erdkräften?“ Tierrak war zu der kleinen Gruppe zurückgekehrt.

„Ja“, sagte Ana-ha. „Geht ruhig weiter. Ich schaff das schon, ich brauche nur mehr Zeit.“

„Zeit ist alles, was du brauchst“, sagte Kaira immer zu Iciclos, fiel Ana-ha ein, gerade in dem Moment, als sie das Gefühl hatte, die Erde würde sich vor ihr auftun und sie mit zwei grabkalten Händen ins Innere ziehen.

„Wir sind gleich im Oberen Rat, Ana-ha. Dort wird es wieder besser.“ Tierrak reicht ihr seinen Arm. „Es liegt an diesem Gang. Er ist das Überbleibsel des letzten Elementenkrieges. Eine schreckliche Geschichte, die ich euch lieber nicht unmittelbar am Ort des Geschehens erzählen möchte! Schaffst du es allein, Seiso-me?“

„Natürlich“, sagte dieser knapp.

Ana-ha musste lächeln. Wer sich mit Feuerstaub im Leib allein durch die verwinkelte Feuerkunstakademie kämpfen konnte, der würde es wohl auch in den Oberen Rat der Erdkunstakademie schaffen. Vorfälle dieser Art war Tierrak offenbar gewöhnt, denn er wusste genau, was er zu sagen und zu tun hatte, um sie und Seiso-me sicher in den Oberen Rat seiner Akademie zu geleiten.

„Übrigens“, erklärte er kurz vor dem Eintritt in den Rat, „überkommt diese Tiefenpolarisation die Wasserelementler häufiger als die Luftelementler, Annini. Das liegt wohl an deren Sensibilität, Dinge deutlicher wahrzunehmen und zu spüren. Das mit den Luftelementlern ist nur ein haltloses Gerücht, welches die Erdelementler überall gerne verbreiten.“ Er lächelte kurz, dann öffnete sich wie durch Zauberhand die Tür in dem nackten Felsen vor ihm.

Der Obere Rat war ein Abbild des Erdgartens, kleiner natürlich und noch prächtiger an Farben, Düften und Blüten. Ana-ha ging es im Inneren sofort besser. Erstaunt stellte sie fest, dass alles hierin aus Vegetation bestand. Sitzgruppen, Tische, Regale ... alles war in irgendeiner Form lebendig.

„Wir haben ein verdammtes Problem", fluchte Lesares missgelaunt und zerteilte akribisch ein Kimquaranablatt mit einem in sich gewundenen Messer in kleine Stückchen.

„Wir haben mehr als eins", antwortete Iciclos scharf und beobachtete Lesares' geschickte Finger.

„Ich kann nichts dafür, dass Tierrak sich zu solchen Vorsichtsmaßnahmen entschlossen hat", gab Lesares zurück.

„Natürlich nicht."

Die vier Freunde saßen in einem der entlegensten Teile des Erdgartens, unter den hängenden und mit dem Boden verwurzelten Ästen einer Lisasweide. Niemand von außen konnte sie dort sitzen sehen.

„Brauchst du eigentlich noch lange? Du machst mich ganz nervös mit diesem wibutanischen Mördermesser!" Iciclos sah unbehaglich zu Lesares.

„Nicht mehr lang." Lesares schnitt mit grimmigem Gesicht weiter. „Wir müssen herausfinden, wo Tierrak das Symbol hingebracht hat und das innerhalb von zwei Tagen, sonst können wir unseren Plan vergessen."

„Ich versuche mal, ob ich ihm etwas entlocken kann. Dann muss Seiso-me eben warten." Cruso lehnte sich an die Weidenäste.

„Gute Idee. Den kannst du dir dann immer noch bei meiner Siegesfeier vornehmen."

„Wer hier wen feiert, Fiuros, sehen wir noch. Aber die Idee ist gut." Iciclos nickte. „Ich hatte leider noch keine Chance, Ana-ha zu fragen, ob sie das Symbol kennt."

„Und warum nicht? Wart ihr nie allein?", wollte Fiuros wissen.

„Doch schon, aber es gab keinen geeigneten Zeitpunkt."

„Den gibt es nie. Mach es einfach!"

„Mach es einfach, mach es einfach! Sie war nach dem Larimartest nicht mehr ganz sie selbst. Da wollte ich sie nicht auch noch mit dem Symbolkram belästigen."

Lesares hörte auf, das Kimquarana zu bearbeiten und hielt empört die blitzende Klinge Richtung Iciclos. „Symbolkram? SYMBOLKRAM?!", fragte er mit immer lauter werdender Stimme. „Was glaubst du eigentlich, was wir hier seit Jahren treiben? Was glaubst du, warum wir heute hier sitzen?"

„Ich frage sie noch, reg dich ab", antwortete Iciclos gereizt. „Pass du lieber auf, dass Ana-ha dich nicht empathisch auseinandernimmt. Sie hat dich im Verdacht einer der Symbolräuber zu sein. Zusammen mit Ankorus! Das hat sie mir selbst gesagt."

„Ja, ja, ich weiß. Das hast du schon erwähnt. Ich bin vorsichtig."

„Ana-ha kann hartnäckig sein."

„Ich habe mich ihr bereits von der besten Seite präsentiert! Ich glaube nicht, dass sie mich immer noch für schuldig hält."

„Nur, weil du dich in unser Gespräch eingeklinkt hast?", wollte Fiuros wissen.

„Ich glaube, Ana-ha war mir für diese Unterbrechung richtig dankbar." Lesares gab das Messer an Fiuros zurück.

„Wo könnte Tierrak das Erdsymbol hingebracht haben?", wollte Cruso von Lesares wissen, der angefangen hatte, das Kimquarana in ein Papyrusblatt zu wickeln.

„Keine Ahnung!" Lesares verklebte die Papierenden.

„Wo würdest du es versteckt halten, wenn du Tierrak wärst?"

„Es gibt hier einige Möglichkeiten ..."

„Also, ich würde es jede Sekunde bei mir tragen", unterbrach Fiuros ihn.

„Als ob wir das nicht wüssten", warf Iciclos trocken dazwischen.

„Nein, wirklich. Ich meine es ernst. Vertrauen ist gut, Kontrolle ist besser. Wenn ich es immer bei mir trage, besteht keine Gefahr und wenn, sehe ich sie kommen und kann mich verteidigen."

„Und wenn du schläfst?" Iciclos zog skeptisch die Brauen hoch. „Tierrak hat jetzt keine Wächter mehr, vergiss das nicht. Er ist ganz allein."

„Dann schlafe ich halt nicht mehr."

„Für ein paar Tage funktioniert das vielleicht. Und danach?"

„Danach sind die Elementas vorbei und ich kann das Symbol wieder an seinen alten Platz zurückbringen."

„Und dann schlagen die hinterhältigen Symbolräuber zu." Lesares grinste breit. „Gralsfeuer, bitte!", forderte er dann Fiuros auf.

Dieser streckte ihm genervt seine Hand entgegen. „Hast du schon wieder deine Streichhölzer vergessen oder was?"

„Ich bitte vielmals um Entschuldigung!" Lesares zuckte kurz zurück, als die hellen Flammen aus Fiuros' Hand züngelten. Iciclos legte sich geblendet eine Hand vor Augen.

„Ist das grell ... Hoffentlich sieht das keiner von außen." Cruso spähte durch die Zweige hinaus.

„Quatsch! Und außerdem ist hier normalerweise keiner, es sei denn, Seiso-me schleicht hinter uns her – vorsichtig, Fiuros – du fackelst gleich die Weide ab! Geht das auch ein bisschen kleiner?" Lesares reichte das Kimquarana an Fiuros weiter. „Das solltest besser du machen. Ich möchte nicht vor Emporia das Zeitliche segnen."

„Seiso-me weicht Ana-ha bei der Feier sicher keine Sekunde von der Seite", spöttelte Iciclos und sah zu, wie Fiuros, die Rolle zwischen die Lippen geklemmt, das Kimquarana vorsichtig über dem Gralsfeuer entzündete. Es sah irgendwie grotesk aus.

„Wenn Atemos wüsste, was hier mit seinem heiligen Symbol getrieben wird", sagte Cruso lächelnd, als das Feuer auf Fiuros' Hand wieder erloschen war.

„Um noch einmal auf unser Symbol zurückzukommen ..." Lesares nahm das Kimquarana von Fiuros entgegen und inhalierte es fachmännisch. Dann sagte er: „Also Fiuros denkt, Tierrak trägt das Symbol bei sich. Und ihr?"

„Na ja, euer Symbol besteht ja nur aus Erde, oder?", wollte Iciclos wissen.

„Heiliger Erde!" Lesares gab das Kimquarana an Cruso weiter.

„Ja, aber sie ist im Grunde nicht von anderer zu unterscheiden, richtig?"

„Richtig!"

„Dann könnte sie überall sein. In jedem Pflanzenarrangement, ja, selbst sogar hier, wo wir gerade sitzen."

„Und was macht Tierrak, wenn ein Wind aufkommt?"

„Vielleicht hat er sie vergraben, irgendwo in irgendeinem Beet?"

Cruso starrte Iciclos seltsam an. „Du glaubst, er hat sie in einen Beutel verpackt und eingegraben?"

„Das hätte ich getan."

„Cleverer Iciclos Spike", höhnte Fiuros. „Das ist ja auch überhaupt nicht auffällig, wenn der gute Tierrak sich hier im Garten herumtreibt und sich an den Beeten zu schaffen macht."

„Oh, er gärtnert öfter ... als Vorbild für die jungen Leute, wie er immer sagt", warf Lesares ein.

„Also", griff Iciclos seinen Gesprächsfaden wieder auf, ohne auf

Fiuros' verächtliches Gesicht zu achten. „Ich würde nicht unbedingt eine x-beliebige Stelle wählen. Ich würde etwas Prägnantes nehmen. Zum Beispiel über einer eurer Blumensäulen, da findet man sie auch leichter wieder."

„Das wäre aber unlogisch, es soll sie ja keiner finden", erklärte Cruso pragmatisch.

„Tierrak denkt aber nicht um tausend Ecken herum, er ist nur ein Erdelementler", gab Iciclos zurück.

„Was heißt denn hier nur?", empörte sich Lesares augenzwinkernd.

Iciclos lächelte entschuldigend und wollte gerade wieder ansetzen, als Fiuros ihm zuvor kam: „Hört mal, wenn ihr jetzt glaubt, ich würde mich hier nächtelang hinstellen und den kompletten Erdgarten umgraben ... das kommt überhaupt nicht infrage." Fiuros sah von einem zum anderen. „Iciclos' Theorie mag plausibel klingen, aber das Ganze ist doch viel zu aufwendig. Er könnte jedes Beet gewählt haben. Wenn überhaupt!"

Lesares nickte zustimmend. „Fiuros hat schon recht. Wir müssen uns an Cruso halten. Er muss Tierrak noch heute Abend während der Feier auf den Zahn fühlen. Sag Tierrak, wie wundervoll sein Erdreich ist! Sag ihm, dass du ihn schon immer bewundert hast und dass du hoffst, dass er sein Symbol gut geschützt hat."

„Warum bekomme ich eigentlich immer diese undankbaren Jobs?"

„Weil du der beste und übrigens auch der einzige Mentalleser bist, den wir haben, deshalb. Iciclos soll dich begleiten und die Gefühle von Tierrak überprüfen, wenn ihr auf das Symbol zu sprechen kommt. Ich helfe euch dabei, dass die Konversation in die richtige Richtung gelangt. Wir müssen es heute Abend unbedingt herausfinden, sonst haben wir keine Zeit mehr, uns eine Strategie zu überlegen."

„Das stimmt! Also gebt mir mal das Kimquarana, ich habe heute Abend keinen Auftrag mehr zu erfüllen." Fiuros griff nach der Papyrusrolle. Er sog den braunen Rauch so tief in seine Lungen, dass Iciclos dachte, er würde das Ausatmen vergessen. Einen irritierend langen Zeitraum behielt er das Zeug in sich, dann strömte es ihm aus Mund und Nase, sodass er kurz aussah wie ein zornesdampfender Kampfstier. „Werden wir die Großen Tore öffnen können?", fragte er in die Runde, als der letzte Rauch aus seinen Nasenlöchern gequollen war.

„Keine Frage. Wir finden das Erdsymbol!"

„So habe ich das nicht gemeint, Lesares. Ich meine vielmehr: Reichen eure Fähigkeiten dafür aus? Ich bin ein Großmeister, bei mir wird es klappen. Aber nach meinem Gespräch mit Atemos bin ich mir bei euch nicht mehr ganz so sicher. Ich habe neulich schon zu Iciclos gesagt, dass Atemos davon ausgeht, dass sich Große Tore nur von den besten Elementlern öffnen lassen."

„Sind wir das nicht? Wir sind immerhin Elementasanwärter", sagte Cruso und zog Fiuros das Kimquarana aus den Fingern. Der ließ es kommentarlos geschehen.

„Große Tore sind nicht nur von ihrer Größe her gewaltig. Sie offen zu halten, während wir die Symbole platzieren, wird ziemlich schwierig werden!" Fiuros saß im Schneidersitz an den Baumstamm gelehnt und hatte die Arme hinter dem Kopf verschränkt.

„Wieso denn das?"

„Erinnere dich mal an deine allererste Toröffnung", riet Fiuros Cruso. „Empfandest du es als einfach?"

„Nein! Aber das ist etwas ganz anderes."

„Ist es nicht. Wir wissen außerdem viel zu wenig über die Toröffnung. Alles, was wir haben, sind ein paar magere Aufzeichnungen von Atemos' Vorfahren und die Erzählungen von den Emporianern, allen voran Ankorus Amonaries. Und diesem würde ich nicht einmal trauen, wenn ich in seinem Stadtrat säße."

„Wieso sollte Ankorus über die Toröffnung Lügen erzählt haben. Seine Berichte deckten sich doch mit denen der anderen." Iciclos musterte Fiuros kurz von der Seite.

„Keine Ahnung. Wer weiß, wann er seinen Plan zurechtgestrickt hat. Vielleicht wollte er eine Rückkehr mit allen Mitteln verhindern."

„Was wissen wir denn konkret über die Toröffnung?" Cruso lehnte sich nach vorne. „Wir sollten uns nur auf Fakten verlassen, die wir ganz bestimmt als wahr erachten können."

„Dann wissen wir nichts, denn wir haben alles aus zweiter Hand", sagte Iciclos nüchtern.

„Na gut, aber was stimmt überein? Welche Aussagen haben Leute unabhängig voneinander gemacht? Lasst uns das mal zusammenfassen, es könnte wichtig sein!" Lesares nahm Cruso das Kimquarana ab und übergab es Iciclos. „Damit er seine Logik jetzt nicht verliert", sagte er lächelnd an diesen gewandt.

„Wir wissen, dass die Tore nur von Elementlern mit enormen Kräften geöffnet werden können. Man sollte alle Fähigkeiten seines Landes beherrschen, daher braucht Iciclos auch noch das Frizin", fing Fiuros an. „Das sagte Atemos, das sagte Ankorus, das sagte mein Vater ... und alle Leute aus Emporia ebenfalls."

„Gut. Da Ankorus einer der direkten Nachfahren von Kemon-rae und Lihija ist, den Elementlern, die damals das Heilige Feuer stahlen und auch Drahtzieher der Toröffnung waren, wird seine Aussage wohl korrekt sein. Sein Vater Lamánk hatte es sozusagen aus erster Hand", stimmte Lesares zu.

„Und Atemos' Vorfahren auch, denn sie kamen mit Antares' Verwandtschaft an die Unglücksstelle und fanden Raela, so sagt es Atemos. Und seine Großeltern bezeugten die Höllenkräfte der Großen Tore, also macht euch keine Illusionen: Es wird verdammt riskant, falls wir sie nicht stabil halten können!"

„Gut, keine Illusionen." Iciclos zog an der Papyrusrolle. Das Kimquarana schmeckte nach jungem Grün, der ganzen Frische eines Frühlingswaldes. Es füllte seine Atemwege mit einer Mischung aus Kühle und Ruhe.

Er schloss genussvoll die Augen.

„Wir wissen außerdem mit großer Wahrscheinlichkeit, dass in den Toren keine Landschaft der Fantasie auf uns wartet", fuhr Fiuros nun fort. „In jedem der Tore wird das eigene Element vertreten sein, wie stark, wissen wir nicht. Die Kräfte werden aber auf jeden Fall stärker sein als normales Wasser oder Feuer, Luft oder Erde. Aber sie sind nicht so mächtig wie die heiligen Symbole! Das Feuer wird bei bloßer Berührung nicht töten. Aber die Elemente in den Toren werden auf die heiligen Symbole reagieren und sich färben, so, als wären sie selbst das Sakrament!"

„Also wird das Wasser meines Tores durch dein Heiliges Feuer rot?", fragte Iciclos und blinzelte durch den Rauch. Er sah Fiuros nicken. Das musste ein seltsamer Anblick sein. Rotes Wasser. Aber schlimmer als das kunterbunte Erdreich würde es schon nicht werden. Die Nacht war hier eine richtige Wohltat. Sie schattierte diese Welt in erträgliche Grautöne.

„Das Feuer in meinem Tor färbt sich grün, so wie es auch das Heilige Feuer bei Symbolberührung mit dem Komplementärelement tut.

Lesares' Erde wird nahezu durchscheinend und Crusos Luft wird aussehen, als sei sie voller Dreckschwaden."

„Danke!" Cruso verzog sein Gesicht. „Ich habe deine ganz eigene Art, Dinge klar und deutlich auszudrücken, schon immer bewundert."

Fiuros lächelte schräg und übernahm von Iciclos den Papyrus.

„Wie bekommen wir eigentlich die Tore zu Großen Toren? Müssen wir nur an unsere Absicht denken oder gibt es da einen speziellen Trick?" Iciclos fiel auf, dass sie tatsächlich so gut wie nichts über ihr Vorhaben wussten, weil sie in all den Jahren immer noch so weit weg von diesem Plan ihre Anker gesetzt hatten. Große Tore öffnen, wenn man noch kein Symbol hatte ... aber jetzt besaßen sie zwei, bald sogar drei!

„Einen Trick gibt es nicht. Es ist die Anwesenheit der vier heiligen Symbole und das Können des Toröffners, welches ein normales Tor in ein Großes Tor verwandelt. Es wird eine Weile dauern und aufgrund der von den Toren verursachten Turbulenzen vielleicht einiges an Land kosten. Die Tore müssen wir im Quadrat anordnen, damit im Inneren der Übergang entstehen kann. Daher machen wir es ja auch in der Ylandes-Wüste."

„Um nichts zu verwüsten! Haha!" Lesares lachte. „Hast du schon einen geeigneten Platz gefunden?"

„Machst du Witze? Ich habe den Platz schon seit acht Jahren im Kopf." Fiuros schüttelte grimmig seine Haare zurück. „Ich sage es ungern, aber wir sollten uns jetzt besser wieder der Feier widmen. Wir dürfen nur für eine Kimquaranalänge verschwunden bleiben, alles andere wäre zu auffällig!" Er zog noch einmal tief an dem übrig gebliebenen Stummel, dann löschte er die Glut bedächtig mit den Fingern und warf den Rest des Papyrus achtlos in die Zweige.

Iciclos starrte auf seine Hand. „Wieso, verdammt, bist du ein Großmeister und wir nicht?", sprach er laut aus, was er dachte.

„Weil ich mit dem Element aufgewachsen bin. In jungen Jahren lernt man einfach schneller."

„Aber wieso bist du, ein Emporianer, Wibutas einziger Tachar?"

„Weil das Feuer dem Licht am ähnlichsten ist. Ich hatte es am leichtesten von uns. Und abgesehen davon bin ich einfach genial!" Er lächelte vor sich hin, während sie gebückt ihren kleinen Unterschlupf verließen.

Er war Lob gewöhnt. Im letzten halben Jahr hatte man ihn hier zum Vorbild aller jungen Erwachsenen gekürt. Lob tat gut, aber es stillte nicht seinen Hunger nach sich selbst. Er konnte sich im Lob der anderen nicht finden! Genau wie der Kaeo, rann es durch ihn hindurch und hinterließ nichts. Nichts.

Ana-ha bot ihm alles. Er wollte alles. Alles!

# Der Gang ohne Wiederkehr

Während des Abends hatte Ana-ha Lesares beobachtet, so wie sie es sich vorgenommen hatte. An seinem Verhalten gab es keinen Anhaltspunkt dafür, dass er diese Welt so schnell wie möglich verlassen wollte. Im Gegenteil: Er sah aus, als würde er das Leben in vollen Zügen genießen.

Zunächst hatte sie sein Gesicht studiert wie eine Wegbeschreibung seines Lebens. Die auffallend gelbgrünen Augen bildeten das Zentrum. Die Lachfältchen, die sich bis zu den Schläfen zogen, umkränzten sie wie heitere Sonnenstrahlen. Seine Nase war ausgeprägt und bildete zu der fast zarten Augenpartie einen energischen Kontrast. Sein Mund wirkte entschlossen, beinah streng, auch wenn seine Lippen nicht ganz so schmal waren wie die von Iciclos. Sie verliehen ihm die Note des Verwegenen. Eine verwegene Härte, formulierte es Ana-ha für sich. Aber wenn er lächelte, brachten seine Augen die Wärme der Sonne in dieses Gesicht. Und er lächelte häufig. Also hatte sie versucht, in seinen Gefühlen zu lesen. Doch sie hatte nichts Außergewöhnliches gefunden. Nur eine alte Traurigkeit, die von Schuld herrührte. Ganz kurz ergriff sie immer wieder von ihm Besitz und verschwand, sobald sie tiefer gehen wollte ... so wie das Fünkchen Wehmut in seiner Stimme, welches sich gelegentlich hineinstahl. Dass Lesares sich schuldig fühlte, musste nichts mit den Symbolen zu tun haben. Ein Symbolräuber kannte keine Schuldgefühle. Im Gegenteil, er wähnte sich im Recht.

*Ist die große Toröffnung wirklich ein Verbrechen?*

Anninis Worte schienen wie Lesezeichen, die immer an den passenden Stellen hinterlegt waren. Ana-ha wollte gerade noch einmal in Ruhe darüber nachdenken, als sie Lesares allein an dem reichhaltigen

Buffet stehen sah. Er schenkte sich gerade Wein nach. Sie stellte sich neben ihn und hielt ihm ihr leeres Glas hin. „Mir bitte auch", sagte sie lächelnd.

Lesares blickte sie kurz an, dann kam er ihrer Bitte nach. „Erdchronik 47. Sehr alt, sehr gut. Den musst du genießen!"

„Das mache ich, danke. Weißt du, wo Iciclos steckt?"

„Ja, er ist im hinteren Teil des Rates. Wir Elementasanwärter haben gerade im Garten Kimquarana geraucht."

„Und mich nicht dazu eingeladen?"

„Hättest du denn Interesse?" Lesares lächelte sie an.

„Ja und nein."

„Eine klare Aussage!"

Ana-ha musste lachen. „Ich hatte erst vor Kurzem eine Feuertrance und vorhin beinah einen Tiefenkoller. Von fremdelementaren Gefühlen habe ich erst einmal genug. Trotzdem interessiert es mich."

„Kimquarana ist ganz anders als eine Tiefenpolarisation. Nicht vergleichbar", sagte Lesares und trank einen Schluck Rotwein. „Versuche ihn doch!"

Ana-ha trank einen Schluck der kostbaren Essenz. „Rosmarin und Thymian", stellte sie verwundert fest.

Lesares nickte. „Kompliment, die wenigsten können das sofort herausschmecken."

„Ich bin sehr gut im Auseinandernehmen von Faktoren." Ana-ha sah in ihr Glas, sammelte sich und setzte alles auf eine Karte: „Hast du Ankorus eigentlich auch gekannt?"

„Gekannt?" Lesares sah sie gebannt an. Die Vergangenheitsform irritierte ihn sichtlich.

„Er ist tot."

„Tot?" Lesares lachte ein wenig verunsichert. „Das kann nicht sein!"

Die Information war neu für ihn, seine Gefühle passten zu seiner Reaktion. So gut kannten sich Fiuros und er also nicht, als dass dieser ihm seine Tat sofort geschildert hätte. Nun, es war eine Sache, mit dem zweiten Vorsitzenden von Wibuta Kimquarana zu rauchen, eine andere, von ihm in all seine morbiden Geheimnisse eingeweiht zu werden.

„Ankorus ist tot. Daran gibt es keinen Zweifel. Ich frage mich nur ...", Ana-ha gestattete sich eine kleine Kunstpause, um ihn im Auge zu behalten, „... wer jetzt das Vakuum des Luftreiches hat."

„Das Vakuum?“ Lesares senkte plötzlich die Stimme und sah sich verstohlen nach allen Seiten um.

„Ja, das Symbol aus Triad“, konkretisierte Ana-ha.

„Woher sollte ich das wissen?“

„Keine Ahnung. Aber manche Luftelementler haben dich doch im Verdacht, oder?“

Lesares lachte. „Dafür, dass du kein Mitglied in eurem Rat bist, weißt du erstaunlich viel“, stellte er fest und zwinkerte ihr zu.

„Ich komme viel rum in letzter Zeit“, entgegnete Ana-ha etwas hilflos. Es war schwer, Lesares nicht zu mögen.

„Wer hat dir denn erzählt, dass Ankorus tot ist?“

„Kaira hat es gesehen.“ Ana-ha betonte das Wort gesehen besonders.

„Kaira?“ Lesares sah sie seltsam an und schien das erste Mal seit Gesprächsbeginn etwas aus der Fassung zu geraten. Er setzte sich in Bewegung. Kombinierte. Dachte nach. Er wusste, wer Kaira war. Ihre Schönheit war so legendär wie Fiuros' Können. Ihr Talent hinkte ihrer Erscheinung hinterher, wurde aber meist in einem Atemzug genannt. Ana-ha folgte ihm. Jetzt musste sie dran bleiben.

„Was hat sie denn genau gesagt?“, wollte er von ihr wissen. Er hielt am Eingang der Ratstüren an, dem einzig menschenleeren Ort in diesen Stunden.

„Sie sagte, er erscheint ihr wie ein Geist aus einer anderen Dimension“, wiederholte Ana-ha wortgetreu den Satz der Seherin. Lesares wurde blass, so blass, wie er vielleicht nach dem Genuss des Kaeos ausgesehen hatte. „Es tut mir leid, dir keine erfreulicheren Nachrichten überbringen zu können.“

„Nein, nein, das ist es nicht.“ Lesares hob abwehrend die rechte Hand. Er sah aus, als müsse er sich dringend auf etwas konzentrieren. „Warum warst du denn bei ihr?“

„Wegen Fiuros, Ankorus und meinem Leben“, sagte sie ehrlich. Dem Menschenfreund ließen sich irgendwie keine Lügen erzählen.

„Und da hat sie gesagt, sie sähe, dass Ankorus tot ist?“

„Ja, sie sah ihn in einer weißen Stadt. Keiner, die ihr in den Elementenreichen bekannt wäre. Sie sagte, sie sei ein Symbol für seinen Tod.“

„Aha!“

„Und sie sagte, ich sähe ihm ähnlich. Ist dir das auch aufgefallen?“

*Wenn er Nein sagte, war es Iciclos vielleicht auch entgangen ...*

„Du sollst ihm ähnlich sein? Lass mal sehen ...", forderte Lesares sie scherzhaft auf. Ana-ha hob ihren Kopf und sah ihm direkt ins Gesicht. Er musterte sie mit einem undeutbaren Blick. „Hm, dein Mund ist anders. Kleiner. Und Ankorus' Nase ist viel länger, aber ... eure Gesichtsform ist ähnlich. Und deine Augen ..." Lesares hielt kurz inne. „Deine Augen sind ihm wirklich ein wenig ähnlich, Ana-ha! Bist du am Ende noch mit ihm verwandt?"

„Verwandt? Mit diesem Intriganten und Symbolräuber? Nie im Leben!", stieß Ana-ha hervor. Die Fakten der Vergangenheit sprachen sie von jeder Blutsbande frei. Lesares sollte bloß nicht denken, sie sei für seine Pläne zu begeistern, nur weil sie seinem Anführer glich.

„Ankorus soll das Vakuum geraubt haben?", fragte Lesares jetzt leicht amüsiert.

„Er ist doch Luftelementler, vielleicht sogar ein angehender Tachar!"

„Und warum wartet dieser angehende Tachar dann nicht einfach noch ein paar Wochen und Monate, bis er selbst den Heiligen Atem erzeugen kann?", fragte Lesares geduldig wie ein Schulmeister, der aus einem Kind die richtige Antwort hervorlocken will.

„Ich ..." Oh nein, das war ihr bisher noch überhaupt nicht in den Sinn gekommen. Wenn Ankorus tatsächlich ein angehender Großmeister war, hätte er es doch niemals nötig gehabt, ein Symbol zu stehlen. Geschweige denn, Lesares für das Beben gebraucht! All ihre Theorien lagen von einer Sekunde auf die andere in Scherben. Warum hatte sie denn nicht weitergedacht? War Lesares so unschuldig, wie Lin, Tarano und all die anderen es beteuerten? Wer war schuldig? Seiso-mes Verdacht rückte in greifbare Nähe ... Cruso? ICICLOS? Nein, nein, er nicht. Sicher nicht er. Er fühlte sich nicht wohl in der Wasserwelt ... aber er in einer göttlichen Dimension? Warum machte er keine Zukunftspläne? Wieso sah sein Zimmer so aus, als sei er nur auf Durchreise hier? Aber sein Zimmer sah seit acht Jahren so aus. Eine sehr lange Durchreise. Nein! Iciclos war eben Iciclos. Ein bisschen unterkühlt, menschenscheu und im Herzen so heimatlos wie sie im Leben. Und Ankorus konnte doch als Übeltäter infrage kommen. Möglicherweise hatte er nicht länger warten wollen, möglicherweise hätte er es nie zum Großmeister gebracht und wäre ewig an der Vorstufe hängen geblieben ...

„Sei unbesorgt, Ana-ha. Ankorus erfreut sich sicherlich bester Gesundheit. Kaira hat dir Unsinn erzählt“, sagte Lesares jetzt.

„Warum sollte sie so etwas tun?“ Ana-ha schwirrte der Kopf, als habe sie ihn aus Versehen in einen Bienenstock gesteckt. Sie war so durcheinander, dass sie sogar ihre Empathie aufgab.

„Keine Ahnung. Hat sie vielleicht ja gar nicht absichtlich gemacht.“

„Dann wird er bald ein zweites Symbol stehlen ... sollte er doch der Symbolräuber sein. Vielleicht bringt er es einfach nicht bis zu den luftelementaren Tachar-Qualitäten.“

„Möglich!“

„Lesares, mal ehrlich: Hältst du es für wahrscheinlich? Du kennst ihn doch! Könnte Ankorus ein Symbolräuber sein?“, wollte Ana-ha wissen. Sie lehnte sich an die Tür des Oberen Rates. Vor wenigen Minuten hatte sie Lesares verdächtigt, mit Ankorus gemeinsame Sache zu machen. Jetzt stand sie hier mit ihm und wollte seine Zustimmung für ihre nächste Theorie.

„Ich weiß es nicht! Ehrlich nicht.“ Lesares sah an ihr vorbei.

„Meinst du nicht, du solltest Tierrak warnen?“ Dass sie selbst nicht mit Antares oder Seiso-me über Ankorus reden wollte, hatte sie für sich entschieden. Aber es würde nichts schaden, diejenigen darauf aufmerksam zu machen, die Ankorus kannten. Vielleicht war er doch ein Einzeltäter? Falls er noch lebte ...

„Welches Symbol könnte denn die weiße Stadt gewesen sein, wenn sie nicht den Tod von Ankorus bedeutet hat?“, dachte Ana-ha laut ihre Gedanken weiter. Und auf einmal, noch ehe sie Lesares' unergründlich durchbohrenden Blick wahrnahm, wusste sie es selbst.

„Ein Geist aus einer anderen Dimension. Natürlich! Lesares ...“ Ihre Finger krallten sich um seinen Unterarm. „Kaira hat keinen Unsinn erzählt! Sie hat nur falsch interpretiert. Die weiße Stadt ist die göttliche Dimension. Ich war ja so dumm! Gott sei Dank hast du mir die Augen geöffnet! Deswegen hat sie ihn nicht finden können. Sie hat die Zukunft gesehen. Ankorus ist der Symbolräuber. Er wird es schaffen. Oh Gott ...“

Ihre Stimme erlahmte plötzlich, als sie die Konsequenz ihrer Worte begriff. Sie begann wie wild Lesares' Arm zu schütteln. „Er wird die Symbole stehlen! Alle! Kaira sagte noch, dass er etwas Schreckliches getan hat. Oder tun wird! Das war die Zukunft! Und dort passiert etwas mit ihm. Fiuros töt..." *Tötet ihn dort,* hatte sie sagen wollen, brach aber rechtzeitig ab.

„Ana-ha!" Lesares befreite seinen Arm aus ihrer festen Umklammerung. „Jetzt mach mal langsam. Ich will dir das ja nicht ausreden, aber findest du deine Theorie wirklich plausibel? Wie soll Ankorus das Heilige Feuer stehlen? Oder euer unbekanntes Symbol? Selbst wenn er ein angehender Tachar der Lüfte wäre, kann er sich die anderen Symbole trotzdem nicht alleine holen."

„Und wenn er Komplizen hat? Oder wenn er so gut ist, dass er sich auch die anderen Tachar-Qualitäten zulegt?"

„Dann wird er Jahre brauchen."

„Lesares, vielleicht gibt es Dinge zwischen Himmel, Erde und Toren, an die wir nicht einmal denken." Vor hundert Jahren, überlegte sie weiter, wurden die Tore schon einmal geöffnet. Damals hatte es keine anderen Großmeister gegeben. Trotzdem hatte man sich des Heiligen Feuers bemächtigt. Wie? Sie musste Seiso-me fragen! So schnell wie möglich!

„Ich glaube eher, Kaira ist komplett durchgedreht. Diese Vision hört sich an wie ein schlechter Traum. Weiße Stadt! Glitzernde Straßen! Mensch, Ana-ha! Vielleicht sollte es auch nur Ankorus' Unschuld symbolisieren."

„Seine Unschuld?" Ana-ha schluckte trocken und kam sich vor, wie eine Schlange, die einen zu großen Brocken herunterwürgen wollte.

„Ja! Ankorus mag ein unsympathischer Zeitgenosse sein, aber deshalb ist er doch noch lange kein Symbolräuber."

„Er besitzt etwas, das vielleicht mir gehört. Ich muss ihn unbedingt treffen. Weißt du, wo er sich zurzeit aufhält?"

„Das fragst du am besten Annini oder Cruso. Er ist doch wohl aus dem Luftreich. Ich habe Ankorus schon eine halbe Ewigkeit nicht mehr gesehen."

„Lesares ... fast keiner kennt ihn dort. Vielleicht ist Ankorus nicht einmal sein richtiger Name. Das ist derzeit das Wahrscheinlichste. Kennst du denn seinen Nachnamen?"

„Amonaries. Ankorus Amonaries. Aber der mag dann ja auch erlogen sein."

„Vermutlich!" Ana-ha umschlang sich selbst mit ihren Armen. Sie fror und fühlte sich krank. Dieses viele Kombinieren und Wiederverwerfen tat ihr überhaupt nicht gut. Die weiße Stadt konnte tatsächlich alles oder nichts bedeuten. Sie war nicht weitergekommen, außer, dass Ankorus Lesares nicht benötigt hatte. Ankorus konnte tot und unschuldig, schuldig und lebendig oder alles andere sein. Wie sie es auch drehte und wendete ... sie lief im Kreis. Aber Kaira hatte die Verbindung zu Ankorus nur über ihren Larimar geschafft. Was immer er getan hatte, wer immer er war, er besaß ganz sicher ihren Zweitstein oder hatte ihn besessen.

„Kaira ist eine verdammte Gefahr! Sie muss verschwinden, bevor sie uns auch noch in der göttlichen Dimension findet!“ Lesares hatte seine drei Mitwisser zu sich gerufen und in einen der entlegensten Winkel des Oberen Rates bugsiert. In kurzen, knappen Sätzen hatte er ihnen sein Gespräch mit der Wasserelementlerin wiedergegeben.

Iciclos wusste nicht, über was er mehr schockiert war: von Kairas Fähigkeiten oder Ana-has Verschweigen der Fakten. Bislang hatte sie ihm immer alles erzählt. Sie begann, sich von ihm abzuwenden, immer mehr hin zu Seiso-me, mit dem sie hier jede freie Minute verbrachte. Aber warum hatte sie ihm ihre Ähnlichkeit mit Ankorus vorenthalten? Weil sie geglaubt hatte, er hätte sie ihr verschwiegen? Dabei hatte er bis zu dem Zeitpunkt in Wibuta wirklich niemals an Ankorus gedacht, wenn er sie angesehen hatte. Kein einziges Mal. Und selbst jetzt dachte er an alles Mögliche, wenn er ihr zu lange in die Augen sah ... nur nicht an den Stadthüter Emporias.

„Wenn Kaira gesehen hat, dass Ankorus dort stirbt, dann heißt das aber auch, dass wir unser Ziel erreichen“, warf Cruso ein und ein leichtes Lächeln umspielte seine Lippen.

„Ich weiß nicht genau, was Kaira gesehen hat. Ich habe mir das aus Ana-has Andeutungen zusammengereimt. Ich glaube, Ana-ha denkt, dass Fiuros Ankorus in der anderen Dimension töten wird.“

„Dann hält sie Fiuros jetzt auch für einen Symbolräuber?“, wollte Iciclos neugierig wissen.

„Hat sie nicht gesagt. Er könnte Ankorus auch einfach in die weiße Stadt folgen. Sie weiß ja, wie sehr Fiuros ihn hasst.“

„Hm“, brummte Iciclos nachdenklich. „Wieso hast du sie nicht in dem Glauben gelassen, er sei wirklich tot? Dann wäre sie auf diese Idee nie gekommen.“

„Ich war überrumpelt. Zunächst dachte ich schon, Kaira hätte vielleicht recht. Ana-ha kann aus allem irgendwelche Schlussfolgerungen ziehen, die schlecht für unser Vorhaben wären. Außerdem wollte ich sie von meiner Unschuld überzeugen. Es wäre ganz schön mies für uns, wenn Ana-ha mich für den Bebenauslöser und Mitschuldigen hält?“

Iciclos winkte nur ab.

*Sie hat dir nichts gesagt. Sie hat einfach geschwiegen. Ankorus' angeblicher Tod, ihre Ähnlichkeit, ihren zweiten Gang zu Kaira. Nichts davon hat sie dir erzählt. Dabei hat sie dir einmal ihre ganze Welt versprochen ...*

Wann hatte ihr Versprechen seine Gültigkeit verloren? War es zerfallen, wie atmendes Leben an den Flimmerhärchen des Feuerstaubes? Galt es jetzt Sciso mc?

„Was glaubt sie denn, was Ankorus besitzt, was ihr gehört?“, fragte er dann in die Runde, um diese Gedanken fortzuwischen.

„Den anderen Larimar, was sonst“, antwortete Fiuros sofort.

„Wie soll sie denn darauf kommen?“, wunderte sich Lesares.

„Gute Frage. Cruso hat es in Triad in ihren Gedanken gesehen. Außerdem hat Kaira den Larimar vielleicht an Ankorus entdeckt und ihren Verdacht bestätigt.“

„Die Sache wird mir zu gefährlich. Kaira muss aus Ana-has Reichweite verschwinden oder umgekehrt.“ Lesares runzelte nachdenklich die Stirn.

„Ich werde Ana-ha ins Feuerland beordern, dann kann sie Kaira nicht mehr aufsuchen.“ Fiuros' Augen flackerten bei seinem Lächeln unruhig wie eine Kerze im Wind.

„Ana-ha muss Iciclos das Frizin beibringen. Du kannst Kaira nach Wibuta rufen lassen“, sagte Lesares entschieden. „Du hast Atemos' Vollmachten. Erfinde ein paar Probleme, die nur sie lösen kann. Antares wird sicher nichts dagegen haben. Schließlich steht er so lange in Atemos' Schuld, wie Jenpan-ar brennt.“

„Und es wird noch lange brennen!“

„Vielleicht könnte Kaira für uns sogar nützlich sein. Du solltest dir schon einmal ein paar geschickte Fragen bezüglich unserer Mission überlegen“, warf Iciclos ein.

„Zu gefährlich: Wir lassen Kaira außen vor“, bestimmte Lesares. „Wer weiß, was sie sonst noch rausfindet.“

Fiuros nickte ihm zu. „Direkt nach den Elementas werde ich Antares kontaktieren und Kaira ins Feuerland holen. Mir wird schon ein guter Grund einfallen, warum wir gerade ihre Fähigkeiten benötigen."

„Dann hätten wir einen Störfaktor weniger." Lesares atmete erleichtert aus. Dann sah er Iciclos an: „Du musst unbedingt Ana-ha dazu anhalten, weniger nachzuforschen. Ihre Neugier wird lästig."

„Ich weiß. Aber ich wüsste nicht wie."

„Lenk sie ab! Mach ihr schöne Augen!", schlug Cruso vor.

„Unmöglich", kommentierte Fiuros staubtrocken. „Nicht bei diesen Genen!"

„Sie hängt an Seiso-me, zu spät." Iciclos wandte sich ein wenig zur Seite. Selbst wenn er mit Seiso-me nicht richtig lag, würde er nicht so tun als ob. Das wäre unfair, wenn es keine Zukunft gab. Für sie und für ihn. Wie konnte Cruso so einen Vorschlag machen, obwohl er seine Gefühle ansatzweise kannte? Hatte er Fiuros von Seiso-me und Ana-ha erzählt? War es doch nur eine Verschwörung gewesen? Hatte es in Triad gar keine innige Zweisamkeit gegeben? Und jetzt, wo es ein Vorteil wäre, setzte man ihn wieder auf sie an? Er hatte immer geglaubt, von all seinen Freunden derjenige zu sein, der am dringendsten nach Hause wollte. Aber wenn er sich nicht irrte, war es derzeit Cruso, der die schwersten Geschütze ausfuhr ... trotz seines sanften Charakters. War es die verzweifelte Sehnsucht, die ihn trieb? War sie so stark wie Fiuros' Rachegedanken? Und stärker als sein eigenes Sehnen nach dem Licht, nach Gerechtigkeit und Wissen?

„Hallo!" Annini stand plötzlich mitten in der Runde. Ihre Zimtlocken schimmerten von Blütenstaub, den sie irgendwo abgestreift haben musste. Ihre schmalen Augen glänzten. Es konnte Listigkeit, Schläue oder einfach nur ein Zuviel des terrestrischen Rotweins darin verborgen liegen.

„Kannst du dich seit Neustem unsichtbar machen?" Cruso musterte sie ein wenig argwöhnisch. „Wo kommst du denn so schnell her?"

„Ich habe dich gesucht. Und nein, ich bin nicht die gesuchte Tachar, die das Vakuum hat mitgehen lassen, solltest du darauf anspielen." Annini lächelte in die Runde. „Ich wollte euch holen. Tierrak erzählt gerade die Geschichte von dem *Gang ohne Wiederkehr*. Das muss ziemlich spannend sein. Außerdem wünscht er sich, dass die Elementasanwärter wieder einmal unter uns weilen."

„Das hat er gesagt? Zu dir? Einer Luftelementlerin?“ Lesares lachte überrascht.

„Nein, zu mir hat er es nicht gesagt. Ich habe es nur zufällig mitbekommen und dachte mir, dass ich Cruso vielleicht suchen sollte. Ich kann ja nicht ahnen, dass ihr hier Lagebesprechung macht.“

„Lagebesprechung?“

„Was macht ihr denn sonst?“

„Wir reden über die Meisterschaft.“

„Sag ich ja.“

Cruso tauschte einen kurzen Blick mit seinen Kameraden, dann folgte er ihr schweigend. Als sie bei Tierrak ankamen, hatte sich schon eine Traube Fremdelementler um ihn herum gebildet.

„Wieso ist es denn für die Luftelementler nicht so schlimm? Es ist doch das duale Element?“, fragte Ana-ha gerade.

„Es kann ihnen ebenfalls schwerwiegende Probleme machen, nur trifft es euch Wasserelementler noch heftiger. Wie ich vorhin schon erklärt habe, liegt es an eurer Sensibilität und an eurem Einfühlungsvermögen. Und an der Fähigkeit, euch anzupassen.“

„Und wir passen uns nicht an?“, wollte Annini herausfordernd wissen.

Tierrak lachte laut und schüttelte dabei den Kopf. „Nein, das kann man von euch wahrhaftig nicht behaupten. Diesen Gang zum Oberen Rat unserer Akademie haben wir übrigens dem letzten Krieg zu verdanken. Er war der beste Schutz in der damaligen Zeit.“

„Ein Schutz vor Fremdelementlern?“, erkundigte sich Seiso-me.

Tierrak nickte. „Er war die beste Fluchtmöglichkeit vor den Thuraliz-Kriegern oder den Thuraliz-Frizern, wie man sie bei uns in dieser Zeit nannte.“

„Thuraliz-Frizer? Ihr seid vor unserem Volk geflüchtet?“, fragte Ana-ha erstaunt.

„Alle sind vor eurem Volk geflüchtet. Das Frizin war die schrecklichste Waffe und die größte Angst eines jeden Elementlers. Man hat zu viele schlimme Dinge gehört.“

„Und sie kamen nie hier runter?“ Ana-ha sah Tierrak an. Noch nie hatte sie einen Erdelementler über den Krieg sprechen hören.

„Doch, sie kamen. Viele haben es versucht. Aber die Tür des Rates war für sie verschlossen und nicht zu erkennen. Also sind sie immer weiter gerannt. Immer tiefer in die Erde hinab." Seine Stimme war mit jedem Wort dunkler geworden. „Sie kamen nie zurück."

„Der Gang ohne Wiederkehr beginnt an den Türen eures Rates?" Seiso-me sah etwas aufgewühlt aus.

„Die wenigsten kennen seine Lage."

„Die wenigsten kennen ihn überhaupt."

„Was ist mit ihnen passiert?", wollte Annini wissen.

„Die Erde hat sie verschluckt", antwortete Lesares mit unbewegtem Gesicht.

„Verschluckt?" Ana-ha erschauderte.

„Sie rannten in den Tod. Die Erdkräfte verführten sie, immer weiter zu gehen. Sie liefen bis zur totalen körperlichen Erschöpfung, bis es kein Zurück mehr gab", erklärte Tierrak weiter.

„Und dann?", fragte Ana-ha etwas atemlos von dem furchtbaren Gedanken an das, was ihresgleichen damals widerfahren war.

„Wahrscheinlich sind sie dort gestorben, wo sie waren. Wir wissen es nicht. Niemand hat je erfahren, was mit ihnen geschehen ist. Sie kehrten einfach nicht mehr wieder. Unsere Vorfahren waren allerdings froh über jeden, der sich in dem Gang ohne Wiederkehr verirrt hatte."

„Kann man sich denn verirren? Ist es ein Labyrinth?", wollte Annini wissen.

„Nein, nein, es ist nur ein schmaler Gang. Wo er endet, weiß keiner, denn selbst für uns Erdelementler gibt es einen Punkt, an dem wir umkehren müssen. Wir kennen die Erde und ihre Kraft zwar sehr gut, aber sie überwältigt auch uns irgendwann. Nur ein Tachar könnte diesen Gang bis zu seinem Ende folgen."

„Nur ein Tachar?"

„Aber den gibt es in unserem Reich nicht, Ana-ha."

„Ein Feuerländer oder ein Luftelementler: Wer könnte weiter gehen?", fragte Annini interessiert.

„Du bist die Erste, die mir eine solche Frage stellt. Gott sei Dank haben wir die Elementas zum Kräftemessen und müssen euch nicht in diesen Gang schleusen." Tierrak lachte. „Aber wenn ich es mir recht überlege, würde ich fast sagen, dass die Luftelementler die besseren Chancen hätten, lebendig zurückzukommen."

„Aus welchem Grund?" Fiuros trat einen Schritt vor.

„Weil die Feuerländer leicht zur Selbstüberschätzung neigen, während die Luftelementler die Logik einsetzen und rechtzeitig umkehren würden. Die Feuerländer würden sicher weiterkommen, aber sie würden nie wieder das Tageslicht erblicken. Die Luftelementler haben die besten Voraussetzungen für eine Rückkehr. Das ist sicher besser als weiterkommen."

„Sind denn niemals Luft- oder Feuerelementler in diesen Gang gelangt?", wollte Annini wissen.

„Doch, ja, aber wenige. Diese Elementler haben die Erdleute mit ihren Kräften bekämpft. In der Akademie, in den Toren oder wo immer sie auf sie gestoßen sind. Nur von den Wasserelementlern hat man sich ferngehalten."

„Scheinen ja recht kriegerisch gewesen zu sein", stellte Iciclos zufrieden fest. Zum ersten Mal beglückwünschte er sich innerlich zu seiner Zwangsheimat.

„Es ist nichts, worauf wir stolz sein könnten", wies Seiso-me ihn unfreundlich zurecht.

„Kein Land kann auf irgendetwas in der damaligen Zeit stolz sein", nahm Tierrak Seiso-mes Rüge die Schärfe. „Wasserelementler in ihr Verderben rennen zu lassen ist genauso grausam wie das Frizin selbst. Soweit mir bekannt ist, haben auch die Luft- und Feuerelementler üble Dinge getan. Warum gerade das Frizin so gefürchtet war, lag wohl an den vielen Geschichten, die die Überlebenden weitergegeben haben. Bei den anderen Völkern hat selten ein Gefangener überhaupt je sein Heimatreich wiedergesehen."

Die Gruppe schwieg. Ana-ha hatte diese Version des Kriegsgeschehens so noch nie von Antares gehört. Seinen Erzählungen nach waren es immer die Wasserelementler, die die schlimmsten Grausamkeiten begangen hatten.

„Wie hat denn der Krieg überhaupt begonnen? Weiß man Genaueres?", erkundigte sie sich.

„Es ging damals doch um die Symbole, oder?", schaltete Annini sich dazwischen.

„Darüber weiß ich nicht viel", antwortete Tierrak ausweichend.

„Meine Mutter sagt immer, es hätten sich in jedem Reich zwei Lager herausgebildet. Die einen wollten die Göttlichkeit, die anderen das Leben."

„Das stimmt, aber das war nicht der Auslöser des Krieges."

„Aber man hat die Symbole gestohlen."

„Doch was daraus wurde, weiß keiner." Tierrak sah Annini durchdringend an. „Oder habt ihr in Triad andere Quellen?"

„Nein. Aber ich bin mir sicher, dass der Krieg aufgrund des Glaubens begonnen wurde."

„Wir wissen bis heute nicht, was der entscheidende Faktor war." Das Thema Kriege und Symbole war Tierrak sichtbar unangenehm.

„Selten gibt es nur einen Auslöser oder Schuldigen", sagte Ana-ha jetzt. Irgendetwas kribbelte in ihr. Es war ein Gefühl, etwas verpasst oder etwas Wichtiges überhört zu haben. Aber sie kam nicht darauf, was es sein könnte.

„Manchmal aber doch", widersprach Iciclos ihr. „Manchmal genügt eine Person, um einen Krieg zu beginnen."

„Dann muss diese Person aber sehr große Macht besitzen."

„Ja, das ist wohl richtig", stimmte Tierrak zu. „In der damaligen Zeit war die Machtverteilung anders als heute. Es gab verschiedene kleine Gruppen, die sich gegenseitig das Leben schwer machten. Die Elementler als Volk waren sich schon uneins."

„Glaubst du denn, es haben sich jetzt auch wieder zwei Lager in der Bevölkerung gebildet? Glaubst du, es sind viele, die hinter dem Symbolraub stecken? Wer weiß, was wir von der Bevölkerung vielleicht nicht mitbekommen?" Anninis Gesicht sah noch ernster aus als gewöhnlich.

„Ich denke nicht, dass sich unsere Leute in zwei Pole gespalten haben, aber da kann ich natürlich nur vom Erdreich sprechen."

„Habt ihr euer Symbol für die Zeit der Elementas ausreichend geschützt?"

„Ja. Ich habe einige Vorsichtsmaßnahmen veranlasst, mach dir keine Sorgen, Annini."

„Ich habe Angst, dass es einen weiteren Krieg geben könnte, wenn noch andere Symbole verschwinden. Ein Land wird das andere verdächtigen. Es wird Vermutungen und Beschuldigungen geben. Ich habe Angst, dass die Akademien zu Bruchstellen werden."

„Du bist viel zu jung, um dich mit solchen Sorgen herumzuschlagen." Tierrak lächelte sie mitfühlend an. „Ich bin mir sicher, es wird keinen weiteren Symbolraub und erst recht keinen Krieg mehr geben! Die Länder haben Frieden geschlossen. Antares, Atemos, deine Mutter und ich – sicher, es gibt Streitigkeiten – aber wir alle stehen zueinander. Sieh dir Atemos an. Er ist in Jenpan-ar und hilft den Wasserelementlern. Noch vor fünfzig Jahren wäre das ein Ding der Unmöglichkeit gewesen. Heute ist es unser täglich Brot einander zu unterstützen, wenn auch kräftig Spott und Spitzfindigkeiten ausgetauscht werden."

„Der Symbolraub ist aber nicht alltäglich."

„Nein! Aber er wird keine Kriegserklärung nach sich ziehen. Immerhin ist es euer Symbol, welches gestohlen wurde. Und Lin verdächtigt wohl keinen Fremdelementler."

„Dann gäbe es aber bei uns doch zwei Lager."

„Oder nur eine Handvoll Verrückte! Aber außer dem Vakuum werden sie nichts bekommen."

„Na hoffentlich", murmelte Annini. Sie sah Cruso, der neben ihr stand, von der Seite an: „Ich hoffe, sein Symbol ist so sicher wie der Tod in dem Gang ohne Wiederkehr", flüsterte sie ihm zu.

„Hm", brummte dieser nur, den Blick auf Tierrak geheftet ...

Fiuros lehnte an dem kalten Felsen und beobachtete Ana-ha mit zusammengekniffenen Augen. Jetzt wusste er endlich, weshalb sie ihm ihren Blick entzog. Sie wollte ihm keine Gelegenheit mehr geben, seinen Hass zu schüren. Sie glaubte, ihm dadurch keine Angriffsfläche mehr zu bieten. Irrtum!

Fiuros hob die rechte Hand zu seinem Gesicht und sog den verfliegenden Duft der Kaeoblüte in sich hinein, die er vorhin eingesteckt hatte. Er rieb mit geübtem Druck an den feinen Blättern, um den Duft zu intensivieren. Ana-ha war ihm die Antwort auf seine Frage schuldig geblieben. Wieder einmal. Das Gefühl am Feuer, der Duft des Kaeos ... es gab immer nur eine Antwort auf all seine Fragen. Am liebsten wäre er aus dem Oberen Rat geflüchtet. In ihrer Nähe zu sein und nicht das zu bekommen, was er wollte, war schrecklicher als jede körperliche Folter. Alles in ihm spielte verrückt. Am liebsten wäre er gerannt, davon gerannt wie früher. Damals, in der Wüste, nach dem einsamen Schwur in der dunklen Nacht.

Wieder atmete er den Duft aus seiner Hand. Zu schnell, viel zu schnell ... in der Nacht in Wibuta hatte er den Kaeo gespürt. Nicht gerochen, wie er erst gedacht hatte. Gespürt hatte er ihn in ihrer Gegenwart. Er folgte ihr mit seinen Augen. Sie unterhielt sich mit Annini und Seiso-me, der sie ansah, als würde er sie anbeten wie ein Heiligtum.

Seiso-me hatte eine Begehrlichkeit in Blut und Blick, die ihn anwiderte. Die Erdkräfte brachten die Körpersinne des Wasserelementlers gehörig auf Hochtouren. Fiuros verzog abfällig sein Gesicht. Ein Heiligtum war sie wohl, allerdings nicht das von Seiso-me, sondern seins. Sie war ein Symbol, ein Sakrament für sein neues Leben. So würde es sein: seine Rache, sein Nach-Hause-Kommen. Nicht Emporia war seine Heimat, sondern seine Vergeltung. Emporia war fremder, als alles, was er kannte.

Er ließ die Hand sinken und die zarte Blüte glitt auf den erdigen Boden. Er hatte ihren Duft genommen, jetzt war sie wertlos. Er betrachtete Ana-ha. Seiso-me hatte seine Hand auf ihrer Schulter und lauschte hingebungsvoll ihren Worten. Er konnte fast fühlen, wie ihre Haare ganz sanft Seiso-mes Finger streiften, als sie den Kopf zum Lachen zurückwarf.

In Wirklichkeit hatte Cruso ihm niemals irgendetwas über die beiden erzählt. Er selbst hatte auf diese Taktik zurückgegriffen, wissend, dass Iciclos viel zu gefühlsgefriezt war, um Cruso je darauf anzusprechen. Aber seine Gründe rechtfertigten diese Maßnahme. Der Erste war nahezu logisch und lag auf der Hand: Iciclos sollte sich voll und ganz auf seine Mission konzentrieren und sich nicht von irgendeiner Romanze ablenken lassen. Sein mögliches Interesse an Ana-ha war ihm schon ein Dorn im Auge gewesen, als er noch nicht einmal geahnt hatte, dass sie die Larimarträgerin war.

Jetzt gab es noch einen weiteren Grund: Iciclos sollte sein Herz nicht an eine Person hängen, die er auf alle Fälle töten würde. Nicht, dass er sich je um die Empfindungen anderer gesorgt hätte. Aber in Anbetracht der Tatsache, dass Iciclos sehr eng mit seinem Vater befreundet gewesen war, schuldete er ihm das einfach.

Aber es war der dritte und letzte Grund, der den Ausschlag für seine Lüge gegeben hatte, der ihm seine Wahrheit so gewichtig zufächelte, wie er die Luft zum Atmen brauchte: Er gönnte Iciclos nicht Ana-has Geheimnis. Er gönnte ihm nicht diesen Blick, der – nur für ihn bestimmt – in ihr schlummerte, nur darauf wartete, aufzublühen ... unter den richtigen Umständen ... Und das könnte Iciclos für Ana-ha sein, der richtige Umstand. Und wenn Iciclos ihn zuerst bekam, würde diese Essenz vielleicht seine Jungfräulichkeit einbüßen und wäre hinterher nicht mehr als eine irritierte Imitation, ein schwacher Abklatsch einer wirklich großartigen Idee. Und er wollte keinen Abklatsch, keine billige Kopie. Er wollte das Original …

„Fiuros!“ Cruso verstellte ihm die Sicht. Seine Stimme war kaum mehr als ein Flüstern. „Ich weiß es!“

„Wie?“

„Ich weiß, wo es ist!“

„Wo was ist?“

„Erde, Feuer, Wasser – verflucht und alles andere – wo bist du mit deinen Gedanken? Das Erdsymbol, was denn sonst!“, zischte Cruso zurück.

„WAS? WO?“

„Nicht so laut!“ Cruso nahm Fiuros am Arm, schob ihn ein wenig an die Seite und flüsterte ihm die Antwort ins Ohr.

„Verdammt! Und jetzt?“, raunte Fiuros.

„Wir müssen reden.“

„Reden wird hier nicht reichen.“

„Du weißt, was ich meine“, meinte Cruso gereizt.

„Heute Nacht im Erdgarten. Am selben Platz wie vor einer Stunde!“

# Die Verbündeten des Lichts

Iciclos' Hände waren schweißnass, als er Ana-ha beobachtete, die gerade sein Tor öffnete. Er war verrückt vor Sorge, dass irgendetwas heute schiefging. Es ging jetzt nicht mehr um das Gewinnen, es ging um alles. Tierraks Vorsichtsmaßnahmen hatten alles verändert. Es ging um das Unerkannt-Bleiben und das nackte Überleben.

Die Wasserwand des Tores stieg so schnell nach oben wie sein Pulsschlag. Ana-ha war eine gute Toröffnerin, dessen war Iciclos sich sicher. Das Tor fungierte bei den Elementas wie ein Verstärker. Die Anwärter schöpften daraus Energie, Kraft und elementare Fähigkeiten. Je besser Ana-ha war, desto länger würde er durchhalten. Iciclos blickte um sich. Die Tore, zwanzig Meter im Schnitt, waren nun komplett geöffnet. Von den Tribünen herab stimmten die Anhänger des Wasserreiches einen feierlichen Ana-ha-Diluvia-Gesang an, der mit seinem eigenen Namen zu einem Lied gereimt wurde.

Die Feuerländer, die ihnen gegenüber positioniert waren, schrien hysterische Fiuros-Hymnen, wobei *Kein finaler Regen, macht Fiuros heut verlegen* ihm wohl am wenigsten zusagte, während sich die Erdreichbewohner auf *Lesares Leras, Erdbeben-Ass* eingeschrien hatten und die Luftelementler völlig übertönten.

Das Startsignal ließ Sekunden lang alle Lieder verklingen. Es war soweit.

Iciclos nahm den Kopf hoch und schritt ein wenig zur Mitte des Platzes. Fiuros tänzelte ebenfalls dorthin. Zwei Feuerstellen brannten an seinen Torseiten. Er hatte sie noch nicht vergrößert. Nur kurz hatte er hineingegriffen und jonglierte jetzt andächtig mit fünf Feuerbällen in der rechten Hand. Letztes Jahr hatte er das noch nicht beherrscht.

Feuerbälle wurden üblicherweise aus den Feuerstellen geschöpft und sofort geworfen, da sonst das Risiko einer Verbrennung stieg. Daher war es auch immer die erste Handlung des Feueranwärters gewesen, seine Feuerstellen überall auf dem Platz zu verteilen. Aber Fiuros hatte so etwas nicht mehr nötig.

Das Publikum des Feuerlandes schrie begeistert auf. Fiuros kam langsam näher und spielte mit seinen Feuerbällen, als habe er die Welt um sich herum vergessen. Er breitete die Arme aus und ließ sie von dem rechten Handrücken über den Nacken zum linken gleiten, bevor er sie wieder in die Luft warf, so hoch, als wolle er die Sterne damit entzünden. Lodernd fielen sie vom Himmel direkt in seine geöffnete Handfläche, als gehörten sie dort – und auch nur dort – hin, bevor Fiuros sie anmutig über seine Handkante erneut auf die Reise schickte.

Iciclos beobachtete ihn fasziniert. Sein Heiliges Feuer hatte er ja schon bestaunt, aber diese Darbietung war anders. Es lag nicht an dem, was Fiuros tat, sondern wie. Sein Feuerspiel sah nicht aus wie eine einstudierte Akrobatik. Es war wie ein Zauber, als gehöre das Feuer zu Fiuros wie seine Gliedmaßen, als sei es kein anderes Element, als sei es nichts, was von ihm getrennt war, als existierte es nur für ihn und durch ihn, ja beinah so, als sei das Feuer nur ein anderer Ausdruck seiner eigenen Person.

Iciclos war stehen geblieben. Die vielen „Ahhs" und „Oohs", die ihn umkreisten, hörte er kaum. Er war wie in einem Bann gefangen. Emporias Licht fiel ihm ein. Fiuros sah aus, als lasse er sich vom Feuer streicheln, als sei es sein Trost in zu lange gelebter Einsamkeit. Als leuchtete er sich selbst die Schatten von der Seele. Emporias Licht bedeutete für ihn dasselbe. Es war Trost, Heimat und Sein zugleich. Iciclos zögerte. Fiuros' Selbstversunkenheit in sein Element hatte fast etwas Heiliges. Ein direkter Angriff wäre einem Verrat gleichgekommen, also wartete er. Und als ob Fiuros seine Absichten gespürt hatte, blickte er ihm plötzlich und unerwartet in die Augen. Iciclos erschauderte kurz, als er für einen Augenblick, kurz wie ein Photonenglühen, direkt dem Jungen von vor acht Jahren ins Gesicht sah.

Eine haltlose Sekunde lang verband sie eine fast unheimliche Brüderlichkeit, als kenne der Gegenüber alles, jeden Gedanken und jedes Gefühl des anderen. Aber im nächsten Moment scheuchte Fiuros mit einem sehr gehässigen Lachen die kindliche Unschuld aus seinem Gesicht. Er fing seine Feuerbälle wieder ein und ließ sie in einer Hand kreisen. Iciclos stand wie angewurzelt da, als von rechts plötzlich Cruso in Richtung Lesares losrannte, genau zwischen ihm und Fiuros hindurch. Ein mächtiger Luftstrom zog an Iciclos vorbei und riss ihn fast um. Auch Fiuros war kurz ins Straucheln geraten. Gerade rechtzeitig schoss er noch seine Elementarkraft Richtung Iciclos ab. Zwei Bälle verfehlten seinen Kopf nur um wenige Millimeter, aber mit den anderen hatte Fiuros volle Treffer gelandet. Iciclos spürte den brennenden Schmerz im Brustbereich. Die Luft blieb ihm weg und er taumelte ... beinah im Rhythmus zu den Gesängen des Feuerlandes.

Er atmete tief durch und rückte wieder nach vorne. Die Luft war extrem feucht, aber für Wasserstrahlen war es noch zu früh. Er würde diese Feuchtigkeit noch für eine andere Gelegenheit benötigen. Fiuros stand schon wieder an seinem Feuer, abermals griff er hinein und kam mit sechs Feuerbällen zurück. In seinen Augen lag ein verschlagenes Lächeln und Iciclos wusste, dass er die Schwingung dieser Waffe weiter verstärkt hatte. Die nächsten Treffer würden mehr als wehtun. Er sah zu Lesares und Cruso. Sie kämpften vor dem Erdtor miteinander. Beide lagen am Boden, Lesares hatte der Luftstrom umgeworfen, Cruso die Erdverwerfung unter seinen Füßen. Jetzt wurde es Zeit.

Iciclos brachte ein wenig Abstand zwischen sich und Fiuros und lief auf die Seite der Erdelementler. Natürlich sah es so aus, als liefe er vor Fiuros davon, aber das war jetzt völlig egal. Zwanzig Meter vor Veronje Malon, Lesares' Toröffnerin, blieb Iciclos stehen und reckte die Arme in die Luft. Er musste die Temperatur herabsetzen, die Temperatur des nicht sichtbaren Wasseranteils der Luft. Fiuros kam näher, die Bälle kreisten wie ein Feuerrad in seiner Hand. Er wirkte konzentriert wie ein Scharfschütze. So wie er durch sein Feuer die Hitze der Umgebung verstärken konnte, konnte er ihr ebenfalls Wärme entziehen, wenn auch nicht so perfekt wie Iciclos. Selbst seine Feuerstellen am Rand des Feldes wurden kleiner. Cruso und Lesares, immer noch sich gegenseitig am Boden haltend, verschwanden im aufsteigenden Nebel und unter dem aufgeregten Schreien ihrer Anhänger. Fiuros und Iciclos standen sich gegenüber und fixierten sich stumm. Die Bälle in Fiuros Hand flogen schneller.

„Gleich", dachte Iciclos. Er schloss die Augen und wurde selbst zu einem der Wassermoleküle der Luft, wurde selbst kälter und kälter. Er fror fürchterlich, vergaß jegliches Zeitgefühl. Aber als er die Feuchte auf Wangen und Stirn spürte, wusste er, dass sie es geschafft hatten. Er blinzelte vorsichtig und ein dichter Nebel belohnte seine Anstrengungen. Er konnte nicht sehen, wie weit er reichte, aber nach seinen Einschätzungen musste er schon über dem gesamten Spielfeld hängen. Er versuchte Fiuros auszumachen, fand aber nur ein verschwommenes Glühen. Die Feuerbälle kamen näher und Iciclos bewegte sich rückwärts auf Veronje zu.

Fünf Meter vor ihnen stieg Fiuros wie ein rotes Gespenst aus den Schwaden ins Sichtfeld. Immer noch jonglierend, grinste er breit und zielte auf Iciclos.

Dieser duckte sich wie ein geölter Blitz und die Feuersalve traf Veronje überall gleichzeitig. Sie schrie auf und stürzte vor Schmerz zu Boden. Wie betäubt blieb sie liegen und für eine Schrecksekunde wackelte das gesamte Erdtor bedrohlich von oben bis unten.

Iciclos hielt die Luft an und sah gerade noch, wie zwei Gestalten darin verschwanden. Er schielte zu Veronje. Diese erhob sich mühsam und blickte wütend um sich. Aber der Nebel lag wie ein schweres Laken über dem Feld ...

Unbemerkt waren Cruso und Lesares in das Tor der Erde gestürzt. Sie rannten durch den Zwischenbereich und fielen auf der anderen Seite des zweiten Tores zu Boden.

„Perfekt!" Cruso sprang auf. „Wie du vermutet hattest, war es das Erdtor von Veronje, das sich mit deinem verbunden hat! Wäre auch wirklich umständlich geworden, jedes einzelne Elementastor durchzutesten." Er blickte sich angestrengt um. Außerhalb des Tores war es stockdunkel.

„Ja, zwei gleiche Kräfte in einem Reich. Los, komm, wir müssen uns ranhalten!" Lesares griff nach der kleinen Laterne. Er hatte sie letzte Nacht direkt hier abgestellt. Es war gar nicht so leicht gewesen, sich unbemerkt in den Gang ohne Wiederkehr zu schleichen, um dort heimlich ein verbotenes Tor zu öffnen.

„Wir haben wirklich Glück, dass niemand dieses Tor entdeckt hat."

„So weit geht niemand hier rein."

„Außer Tierrak."

„Ja ... sollte er das Symbol tatsächlich in diesen Gängen versteckt halten.“ Es war Lesares’ größte Sorge gewesen, dass Tierrak diese Toröffnung bemerken würde. Hätte er sie geschlossen, wären sie jetzt, da alle anderen Länder zur Zeit der Meisterschaft keine Toröffnungen freigegeben hatten, vielleicht in einem der anderen Elementastore gelandet. Lesares und Cruso verfielen in einen leichten Dauerlauf.

„Wieso warst du eigentlich so sicher, dass kein anderer Elementler aus Versehen in dieses Tor gelangt?“

„Ich habe die Trainingszeiten eingesehen. Es ist vor den Elementas immer sehr ruhig.“

Cruso hinter ihm nickte nur. Sie rannten nun schneller. Das matte Licht der Lampe warf einen schwachen Schein vor ihre Füße. Lesares konnte hinterher nicht mehr sagen, wie lange sie den Weg hinunter gelaufen waren. Es schien ihm, als wäre auch die Zeit unter der Erde lahmgelegt, als drehten sich die Uhren zu ihrem Vorteil langsamer.

Ihr keuchender Atem und das Scharren ihre Schritte auf dem steinigen Untergrund waren die einzigen Geräusche in dem todbringenden Gang. Vor jeder Biegung, die sie nahmen, verlangsamten sie ihr Tempo. Jedes Mal waren sie erneut enttäuscht, dort nicht die Heilige Erde vorzufinden. Es ging immer steiler bergab, immer näher Richtung Erdmitte. Lesares spürte den Sog des Kerns. Er zog an jedem seiner Muskeln und Sehnen und Crusos Abstand zu ihm wurde immer größer.

„Alles klar?“

„Ich werde müde.“

„Ich weiß, du spürst die Kraft der Erde immer stärker. Ignoriere sie vorerst!“

„Du hast gut reden.“ Cruso hustete erstickt, blieb stehen und massierte seine Oberschenkel, als hätte er einen Krampf.

„Weiter, komm schon!“ Lesares begann erneut zu laufen.

Cruso biss die Zähne zusammen und stolperte hinter Lesares her. Seit seiner letzten Grippe hatte er sich nicht mehr so zerschlagen gefühlt. Es zog ihn immer tiefer zum Boden hin. Er kam sich vor, als steckte er bis zu den Hüften in einem dicken Morast fest. Die Erde lähmte ihn und zog ihn gleichzeitig mit einer Kraft an, die fremd und verführerisch war.

„Wie weit noch?“

„Ich weiß es nicht.“

„Wir haben schon eine irrsinnige Strecke hinter uns. Iciclos und

Fiuros können den Nebel nicht ewig halten!“ Cruso war schon wieder stehen geblieben.

„Fiuros und Iciclos halten den Nebel so lange wie nötig! Komm jetzt, weiter.“ Lesares zog Cruso hinter sich her. Die nächste Kurve, weiter geradeaus, nach rechts, wieder geradeaus und stetig bergab.

Langsam wurde Lesares ebenfalls nervös. Wie weit war Tierrak gegangen? Er spürte die gewaltigen Erdkräfte so stark, dass er seine Schritte verlangsamte. Nicht zu weit nach vorne wagen. Ein paar Meter zu viel konnten ihr Ende sein. Er war für Cruso verantwortlich. Wenn dieser erst einmal im Bann der Erde gefangen war, würde er nichts mehr für ihn tun können. Seine eigenen Kräfte würden nicht ausreichen, um sie beide heil zurückzubringen.

Er blieb abrupt stehen. Noch nie zuvor hatten ihn die Erdkräfte so extrem definiert. Er fühlte sich schwer wie Blei und doch gezwungen, ein Bein vor das andere zu setzen. Sie durften nicht mehr weiter. Vielleicht hatten sich Cruso und Iciclos getäuscht? Vielleicht war die Heilige Erde nicht hier unten. Vielleicht hatte Anninis Bemerkung sie alle in die Irre geführt?

„Ich weiß nicht, wie weit wir noch können, bevor es gefährlich wird“, gab Lesares besorgt zu bedenken.

„Wir sind bestimmt gleich da. Noch ein Stück schaffen wir.“ Cruso schob sich roboterhaft an ihm vorbei. „Komm Lesares, wenn ich es schaffe, kannst du es erst recht. Los jetzt!“

„Cruso, ich weiß wirklich nicht ...“

„Die Erde ist hier, bestimmt, bestimmt ...“ Irgendetwas in Crusos Stimme machte Lesares plötzlich furchtbare Angst. Er blieb wieder stehen.

„Nein, Cruso! Geh nicht weiter! STOPP!“ Aber Cruso war schon von der Dunkelheit vor ihm verschluckt worden.

„CRUSO!“ Lesares spurtete los, fand Crusos Füße mit dem Laternenschein und packte ihn rücklings. Die Lampe krachte auf den Boden und das Glas splitterte um sie herum. Kein Symbol war es wert, ein Leben zu opfern. Seit Triad war er viel vorsichtiger geworden. Seit Triad wusste er, dass er niemals wieder dazu bereit sein würde, ein Leben für ihre Rückkehr zu riskieren.

„Sei vernünftig! Benutze deinen Verstand. Das kannst du doch am besten. Das hast du hier doch acht Jahre lang gelernt!“, schrie er und umklammerte Cruso, als hinge sein eigenes Leben an diesem und als würde dieses eine alle andere Schuld von ihm reißen. „Du darfst nicht weiter gehen! Merkst du das nicht?“ Lesares lockerte seinen Griff.

Cruso drehte sich um. Wenigstens war er stehen geblieben. Lesares gab ihn frei, hob die Laterne auf und drängte sich energisch an ihm vorbei. Wenigstens hatten sie noch Licht. Wenn er doch jetzt nur fähig gewesen wäre, Crusos Beine mithilfe der Gravitation zu fesseln. Aber hier unten lähmte ihn die Erde selbst so stark. Seine Fähigkeiten wurden schwächer.

„Ich weiß, dass ich noch weiter kann. Wirklich, es ist kein Problem.“

Lesares leuchtete Cruso mit der Laterne ins Gesicht. Die Augen seines Kameraden glitzerten heiß wie im Fieberwahn. Seine Haut glänzte. Nur die Stimme schien er noch unter Kontrolle zu haben.

„Wir hatten doch besprochen, dass du hier unten auf mein Kommando hören musst. Jetzt ist es soweit.“

„Aber ich kann weiter“, presste Cruso hervor.

„Keinen Meter mehr!“

Cruso lief der Schweiß von der Stirn in die Augen. Mit fahrigen Händen wischte er sich über das feuchte Gesicht. Er fühlte sich körperlich schlechter als jemals zuvor, aber er wollte weiter. Er wusste: Das Symbol war hier unten. Hier unten war einer der Schlüssel zu Faiz. Er würde jetzt nicht aufgeben. Und die Kräfte der Erde taten ihr Übriges und zogen ihn unaufhaltsam zu ihrem Mittelpunkt.

Cruso taumelte auf Lesares zu. „Ich muss zu Faiz!“

„Du wirst Faiz niemals wiedersehen, wenn du jetzt weitergehst!“ Lesares stemmte sich rechts und links mit beiden Händen an den Felsen des schmalen Weges ab. Er würde Cruso nicht durchlassen, das schwor er sich in dieser Sekunde. Er war es Tores schuldig. Tores und Sala!

Cruso schien seine Chancen, an ihm vorbeizukommen, abzuwiegen. Dann stöhnte er auf und sank nach unten auf den Boden. Seine Beine versagten ihm den Dienst. Seine Finger krallten sich zornig und verzweifelt im Boden fest. Tränen fielen auf die braune Erde. Er würde es nicht schaffen. Die Erde barg den größten Schatz hier unten. Ihre Heiligkeit lag gleichsam in ihrer eigenen Verderbnis. Tierrak hatte den brillantesten Schutz für sein Symbol ausgewählt.

„Du hast nicht gesagt, dass es so schwierig würde.“ Cruso hob mühevoll den Kopf. „Ich bin so müde, aber ich muss weiter. Diese Kraft ist so stark, ich kann mich nicht wehren." Er sah zu Lesares hoch. Dann rappelte er sich schwankend wieder auf und versuchte gewaltsam, an Lesares vorbeizukommen.

Dieser wehrte ihn energisch ab. Er würde notfalls auch zuschlagen, wenn es das Einzige wäre, was Cruso retten konnte. Alles hing jetzt an ihm, weil Cruso nicht mehr eigenständig dachte. Die Erde hatte ihn besiegt. Ausgerechnet ihren Mann aus dem Luftreich ... oder gerade ihn. Tierrak hatte es an dem Abend zuvor einleuchtend erklärt. Die Luftelementler würden am ehesten von allen umkehren. Ihr Verstand würde sie umkehren lassen. Aber in Cruso waltete dieser Verstand nicht, wenn es um Faiz ging. Denn dann überließ er sich völlig töricht seinen Gefühlen. Das hatten sie gestern übersehen, als sie ihren Plan gemacht hatten.

„Wir gehen zurück", entschied Lesares und bugsierte Cruso grob in die andere Richtung.

„Du vielleicht, ich nicht!" Cruso fuhr jäh herum. „Ich gehe weiter, weiter ... Lesares, komm schon, aus zu weiter Entfernung kann ich nicht levitieren, so gut bin ich noch nicht ..."

„Wir gehen zurück!"

„Niemals! Das ist unsere einzige Chance!" Cruso stieß Lesares an den Schultern zurück. Sein Gesicht war vor Wahnsinn verzerrt. „Weißt du, was dein Problem ist? Du bist nicht mehr wie wir! Du bist nicht wie Fiuros, Iciclos und ich!" Lesares zuckte kurz zusammen bei seinen Worten. „Du hast keine eigentliche Motivation. Du willst nur deine Schuld bezahlen!"

„Ja, das will ich, Cruso." Lesares war blass vor Zorn und seine Stimme leise. „Das ist meine Motivation!" Er stellte die Laterne in der festen Überzeugung auf den Boden, seine beiden Hände demnächst einsetzen zu müssen.

„All das Gerede über Licht und Herrlichkeit, Emporia ist dir doch egal! Dir ist es doch gleichgültig, ob wir die Erde hier unten finden oder nicht!"

„Das stimmt nicht!"

„Du hast dich zu stark mit der Erde verwurzelt. Du gibst nicht mehr hundert Prozent." Crusos Augen funkelten mit einem gefährlichen Willen.

„Ich warne dich, Cruso, hör auf damit. Ich gebe nicht hundert Prozent, weil ich dein Leben retten will."

„Weil du das von Sala und Tores riskiert hast." Cruso drängte Lesares weiter in Richtung Tiefe.

Lesares wurde noch weißer und hielt sich schützend an den Wänden fest. Ihm war schwindelig von der Wahrheit seiner Schuld. Noch nie zuvor hatte er es selbst ausgesprochen, geschweige denn von einem anderen gehört. „Ich wollte ... nur helfen."

„Tores könnte noch leben, wenn du nicht diese bescheuerte Idee gehabt hättest, Sala mitzunehmen."

„Tores hat der Idee zugestimmt. Er hat mitentschieden."

„Wie lange hast du dir diese Entschuldigung eingeredet? Er hatte doch nur Bruchteile von Sekunden!", schrie Cruso ihn an.

„So wie wir alle."

„Sala könnte noch leben. Vielleicht hätte sie schon längst einen Weg gefunden, uns zurückzuholen! Oder vielleicht hätte Tores hier einen besseren Plan gehabt als wir!"

„JA, VERDAMMT! Das weiß ich selbst am allerbesten! Ich weiß, ich habe Schuld daran!", schrie Lesares heftig zurück. „Ich habe Schuld", wiederholte er leiser, erstaunt, die Worte sagen zu können. Es war duster um sie herum, die Laterne lag viele Meter weiter vorne. Der Gang ohne Wiederkehr schien wie ein Ort der Wahrheit, der mit Finsternis und Tod alle Geheimnisse in sich hineinsog und für immer bewahrte. Er erlaubte es, Dinge auszusprechen, die sonst ungesagt blieben.

„Ich habe Schuld", flüsterte er noch einmal in die Dunkelheit, direkt in das Gesicht seines Freundes. „Aber ich bezahle sie. Ich helfe euch, zurückzukommen." Lesares atmete tief und wich vor Cruso zurück. „Ich sehne mich ebenfalls nach dem Licht Emporias. Aber ich werde kein Leben mehr für irgendetwas riskieren. Nie wieder!"

„Für mich ... Lesares!" Cruso kam auf ihn zu, die Handflächen wie in einer stillen Kapitulation von seinem Körper abgewandt. Aber es konnte auch ein Trick sein. „Tu es für mich und Faiz. Bring mich zu der Erde! Bring es zu Ende! Ich werde zurückkehren, wenn ich sie habe. Sieh mich an!"

Lesares blinzelte. Crusos Gesicht war nur schemenhaft zu erkennen, aber seine Augen waren wieder klar und nicht mehr vom Irrsinn eines Getriebenen besetzt. Trotzdem war er auf der Hut.

„Ich glaube dir nicht, Cruso. Und selbst wenn ... wer sagt mir, dass du nicht wieder von der Erde in Besitz genommen wirst?"

„Ich kann wieder klar denken, warum, weiß ich nicht!"

„Vielleicht war es dein befreiender Ausbruch von immer zurückgehaltenen Beschuldigungen! Das war ebenfalls die Erde! Nichts bringt Realität stärker hervor als sie ... Wieso sollte ich dir glauben?" Lesares registrierte sehr deutlich, dass Cruso ihn immer noch zurückweichen ließ. Er war kleiner, aber stärker, doch gegen die Kraft eines Verrückten mit einer Vision vor Augen würde er verlieren. Und genau das wäre ihr beider Tod, denn er würde Cruso nicht im Stich lassen, egal, was er noch sagen und tun würde. Wenn doch nur Fiuros hier unten wäre. Oder Iciclos. Wieder musste er allein entscheiden, wieder hatte er nur Sekunden.

„Cruso", sagte er leise und beschwörend. „Wir können nicht zusammen weitergehen. Lass mich gehen! Warte du hier auf mich. Ich werde sehen, wie weit es ist und ob du es schaffen kannst. Ich verspreche dir, dass ich so weit gehe, wie ich nur kann! Wenn ich nur mein Leben gefährde, ist es mir egal."

Cruso war stehen geblieben. Er schien zu überlegen. Dann nickte er langsam, ging zurück und holte die Laterne. Ihr Öllicht schwächelte. Er übergab sie Lesares mit einem zurückhaltenden Lächeln. „Du wirst sie brauchen."

„Ganz sicher. Ich muss doch die Erde finden."

„Ja, das musst du! Denn wenn du ohne sie zurückkommst, werde ich gehen!" Sie sahen sich an.

„Ich habe Angst", sagte Lesares nur, dann drehte er sich ohne ein weiteres Wort um.

Er stürzte den Gang hinunter. Ganz kurz vergaß er die Gefahr. Die Erde gab ihm Kraft, er war nicht mehr müde. Er bog um die nächste Kurve. Wieder geradeaus. Es konnte und durfte nicht mehr weit sein. Lesares blieb stehen und leuchtete den Weg ab. Sein Körper wollte weiter. „Noch um diese eine Biegung", sagte sein Verstand. „Aber nicht weiter, es ist zu gefährlich." Er lief um die Rundung, leuchtete noch einmal den schmalen Pfad ab. Nichts. Die nächste Kurve war hundert Meter entfernt. Noch ein letzter Versuch ... Lesares setzte mechanisch einen Fuß vor den anderen. Nicht mehr lange und er würde nicht mehr umkehren können. Nur noch um die nächste Ecke, dann würde er aufhören, ja, nur noch diese Ecke … *Bitte lass den Krug mit der Heiligen Erde dort stehen, bitte lass ihn dort stehen …*

Lesares kroch mittlerweile auf allen vieren vorwärts. Die Angst vor seinem eigenen Element hielt ihn am Boden. Die Laterne fest umklammert, zwang er sich um die nächste Biegung. Das blasse Licht blendete plötzlich wie verrückt. Lesares blinzelte dagegen. Es brannte fürchterlich grell in seinen Augen. Irgendetwas warf seinen Schein zurück.

„Oh mein Gott", war alles, was Lesares noch herausbrachte, dann ließ er erschöpft den Kopf auf die schmutzige Erde sinken. Tränen der Erleichterung schossen in seine Augen. Er hatte sie gefunden! Er hatte sie wirklich und wahrhaftig gefunden! Der Krug war weit weg, viel zu weit für ihn. Diesen Weg konnte er nicht mehr gehen … Aber Cruso würde sie levitieren können. Cruso! Lesares kämpfte sich mühselig wieder auf die Beine. Wie viel Zeit hatten sie noch? Er konnte nicht abschätzen, wie lange er und Cruso schon hier unten durch den Gang geirrt waren, aber es kam ihm vor wie eine Ewigkeit. Wenn Fiuros und Iciclos den Nebel nicht gehalten hatten und ihr Verschwinden aufgefallen war …

Lesares nahm all seine verbliebene Kraft zusammen und begann zurückzulaufen. Er blieb nicht einmal stehen, bis er bei Cruso ankam.

„Ich hab sie!" Völlig außer Atem ließ er sich neben Cruso fallen. „Ich hab sie gefunden …"

Cruso strahlte so sehr, dass sich fast der Gang dadurch erhellte. „Nicht schlappmachen, Leras, nicht jetzt! Komm, beschreib mir, wie sie aussieht."

Lesares holte noch ein paar Mal tief Luft, dann schilderte er seinem Freund den blendend hellen Krug, den er gesehen hatte, in allen Einzelheiten.

„Ich hab ihn." Cruso hatte die Augen geschlossen und konzentrierte sich auf das von Lesares beschriebene Gefäß. „Ich kann ihn fast bildlich sehen. Beschreib mir, wie weit du ungefähr gegangen bist!"

„Ich weiß es nicht. Mir kam es unendlich lange vor."

„Du warst aber nicht lange weg, höchstens drei Minuten."

„Wirklich? Der Krug steht am Ende einer Geraden, vorher waren viele kleine Kurven. Wenn du ihn bis zum Ende der Geraden levitieren könntest, kann ich zurückgehen und ihn holen."

Lesares rannte wieder los. Mit dem Wissen, das Symbol gefunden zu haben und keine unberechenbare Strecke mehr laufen zu müssen, die ihn sein Leben kosten konnte, flog Lesares fast hinunter. Er nahm die Biegungen in Windeseile und wäre am Ende beinah mit dem schwebenden Krug zusammengestoßen. In letzter Sekunde bremste er seinen Lauf. Ehrfürchtig starrte er auf die helle Keramik vor sich in der Luft. Cruso hatte gute Arbeit geleistet und das Gefäß weiter levitiert, als er zu hoffen gewagt hatte.

Ganz vorsichtig nahm er es in beide Hände. Es war absolut glatt und die Lasur erfrischend kühl. Fast zärtlich drückte Lesares den Krug an sich, bevor er ihn langsam auf dem unebenen Boden abstellte. Er fingerte einen kleinen Stoffbeutel aus seiner Tasche. Mit klopfendem Herzen öffnete er den Deckel und da lag sie vor ihm: die heilige, Jahrzehnte lang wohlbehütete, kostbarste aller Erden. Sie roch alt, sehr alt, aber nicht unangenehm. Eine Mischung aus Moos, Engelwurz und Vetiver. Lesares tauchte seine Hand in den Krug, die Erde war samtig weich, locker und herrlich kalt. Beinah weihevoll ließ Lesares sie durch seine Finger gleiten. Ein wunderbares Gefühl durchströmte ihn von den Zehen bis zu den Haarwurzeln. Emporia ... Der Traum war greifbar geworden, rieselte durch seine Hände, war beinah real. Lesares musste sich einen Ruck geben, um sich von seinen Empfindungen loszureißen. Schnell füllte er das Heiligtum in sein Leinensäckchen, verschloss es sorgfältig und legte noch einmal einen Plastikbeutel herum. Das ganze Päckchen schob er unter sein Gewand, in das er vor den Spielen eine zusätzliche Tasche eingenäht hatte. Dann rannte er zurück.

„Wenn der Nebel verflogen ist, tun wir so, als hätte es darin ein paar Kämpfe gegeben und wir seien beide in mein Tor geflüchtet", rief er Cruso zu, als er ihn erreicht hatte. Er hielt gar nicht erst an.

Sie erreichten das Tor, eilten durch den Zwischenbereich und stürzten sich – vor lauter Anspannung vergessend zu atmen – auf der anderen Seite nach draußen. Ein weißer Schleier umfing sie wie zu einer herzlichen Umarmung. Noch nicht einmal Veronje konnte man an der Seite des Tores ausmachen. Und die war keine zehn Meter entfernt. Cruso und Lesares sahen sich an und fielen sich in die Arme. Sie hatten es geschafft! Wirklich geschafft! Niemand würde jemals auf den Gedanken kommen, dass ein Anwärter der Elementas etwas mit diesem Diebstahl zu tun haben könnte.

Iciclos stolperte durch das Weiß. Er fand das Erdtor nicht mehr. Einen so dichten Nebel hatte er bisher weder gesehen noch erzeugt. Völlig ohne Orientierung lief er auf dem Platz auf und ab. Selbst Fiuros war verschwunden. Woher sollten sie wissen, dass Lesares und Cruso wieder zurück waren, wenn sie sich nicht fanden? Die beiden blieben verdammt lange weg. Was, wenn das Symbol nicht dort war? Was, wenn sie auf unerwartete Schwierigkeiten gestoßen waren? Was, wenn ...

Und dann sah er Cruso durch den Nebel tanzen, direkt auf ihn zu. Lesares sprang hinter ihm her, das Siegeszeichen machend. Sie jubilierten wie Elementasgewinner, strahlten und lachten und rannten ihn fast über den Haufen, als sie ihn entdeckten. Keine drei Sekunden später war Fiuros bei ihnen und alle vier lagen sich auf dem Boden in den Armen. Das war besser als jeder Sieg. Die Emporianer feierten in eigenen Reihen. Übermütig beglückwünschten sie sich gegenseitig. Für diese wenigen Sekunden war jeglicher Groll zwischen ihnen verschwunden. Sie genossen das Hochgefühl ihres eigenen Triumphes, der wieder ein Stückchen näher gerückt war. In diesen Sekunden zahlten sich all die Anstrengungen, Mühen und Arbeiten aus. Es war einer der größten Momente ihrer letzten acht Jahre, noch besser, als der Raub des ersten Symbols, weil sie es zu viert gemeinsam gemeistert hatten und niemand Schaden erlitten hatte. Lesares und Cruso waren wohlbehalten zurück! Sie hatten alle ausgetrickst! All die Elementler, die hier auf den Sieg ihres eigenen Kandidaten setzten, nicht wissend, dass es unter den Teilnehmern nicht einen einzigen Elementler gab, sondern nur Emporianer.

Ja, in diesem Moment waren sie wieder voll und ganz Emporianer. Emporianer mit Vergangenheit und ... einer Zukunft!

# Elementas

Der schützende Nebel begann sich zu lichten. Sie trennten sich, verschwörerisch lächelnd, und wurden wieder zu dem, was sie repräsentierten: unerbittliche Gegner des wichtigsten Wettkampfes der Elementenchronik. Ein letzter Handschlag, ein letzter Blick, in dem die innige Verbindung schon wieder einem kampfeslustigen Glitzern wich und sie liefen zu ihren eigenen Toren zurück. Die letzten Nebelfetzen verflogen und die Zuschauer johlten um die Wette, als sie alle vier noch auf dem Platz entdeckten. Iciclos wandte sich kurz vor seinem Tor wieder dem Feld zu. Jetzt war alles erlaubt. Der Pflichtteil war vollbracht, die Kür begann. Keine Rücksichtnahme mehr. Der Beste sollte gewinnen, so hatten sie es abgesprochen. Nur bei Lesares mussten sie vorsichtig sein. Keine Treffer im Brustbereich, wo er ihr heiliges Relikt spazieren trug.

Iciclos wartete nicht. Er war vielleicht nicht der Beste, aber der beste Kämpfer. Und das würde er heute beweisen. Er lief nach vorne, fand die Luft durch den sich zurückziehenden Nebel wieder voll gesättigt und streckte die Arme aus, als er in Fiuros' Nähe kam. Dieser schürte gerade geistig seine Feuerquellen und dehnte sie in die Breite. Iciclos' ausgestreckte Arme waren ihm nicht mehr wert, als ein belustigtes Zucken um die Mundwinkel. Iciclos stoppte zehn Meter vor ihm, konzentrierte sich, packte seinen Ärger über Fiuros' Arroganz mit in seine Wasserstrahlen und schoss. Im nächsten Moment flog Fiuros von der Wucht des Wasserstrahls fast bis zu seinem Tor zurück. Sein irritiertes Gesicht über Iciclos' Können gab diesem noch mehr Auftrieb. Er lachte innerlich und rückte Fiuros noch dichter auf die Pelle. Dieser war aufgesprungen und rannte in Richtung seines Feuers, um nicht von Iciclos in sein Tor hineingestrahlt zu werden. Drei Sekunden später lag er wieder auf der Erde, diesmal auf dem Bauch. Iciclos hatte ihn am Kopf erwischt. Fiuros' Gesicht war wutverzerrt. Iciclos zögerte ein zweites Mal an diesem Tag. Ein Fehler. Fiuros Feuerbälle trafen ihn an Armen und Beinen, der Schmerz durchfuhr ihn wie ein Stromschlag. Iciclos spürte nasse Erde an seinen Wangen und registrierte, dass er gefallen sein musste. Wo war Fiuros? Er wandte den Kopf zur Seite und bereute es augenblicklich. Der helle Feuerschein, der auf ihn zuraste, ließ ihn beinah erblinden. Die Hitze durchschlug seine Augenlider und ließ ihn vor Schmerz aufschreien. Er drückte seinen Kopf in die Erde, um nicht noch einen solchen Treffer zu kassieren. Er musste hier weg. Fiuros war sicher ganz in der Nähe und bereitete die nächste Attacke vor. Blind sprang er auf die Beine, stolperte vorwärts, hörte zwei Feuerbälle an ihm vorbeizischen und spürte den dritten im Rücken. Die Hitze floss seine Wirbelsäule hinunter und er fiel erneut. Iciclos spürte Fiuros näher kommen und versuchte aufzustehen. Er zwang sich, seine Augen wenige Millimeter zu öffnen, drehte sich zu ihm um ... und sah seine Rettung.

Der kleine Tornado hinter Fiuros drehte sich heimtückisch lautlos und schneller als alles, was er je gesehen hatte. Ein Mynix schien nichts dagegen, doch Iciclos wusste, dass Cruso aufgrund der Sicherheitsvorkehrungen eine bestimmte Stärke nicht überschreiten durfte. Iciclos lächelte erleichtert und wich elegant zur rechten Seite aus. In diesem Moment streifte der Tornado den vermeintlichen Feuerelementler. Mit einem sehr hässlichen Krachen riss Fiuros' flatternder Umhang von seinem blutroten Gewand. Ein Aufschrei fuhr durch die Feuertribünen, doch Fiuros schaffte es mit einem gewaltigen Satz, den Fängen der Lüfte zu entkommen. Seine Feuerbälle rollten ziellos über das Feld und verglühten unverrichteter Dinge. Iciclos brachte vorsichtshalber einen Sicherheitsabstand zwischen sich und Fiuros, indem er dem Sturm hinterherlief. Doch auf halber Strecke sauste Crusos Tornado plötzlich zurück wie ein Bumerang. Iciclos wendete mindestens ebenso schnell, wusste jedoch instinktiv, dass Cruso sich jetzt auf Fiuros eingeschossen hatte. Er trat ein wenig beiseite, um seinem Freund freien Durchzug zu gewähren. Der Tornado fegte an ihm vorbei.

Iciclos hörte den Gesang von der Lufttribüne: „Siehst du den Orkan aufziehen, solltest du ins Tor fliehen."

Aber Fiuros flüchtete nicht. Mit geschlossenen Augen hantierte er in den Feuerzungen, fasste hinein, als suche er etwas. Fiuros wich nicht aus, und als der Tornado über seine Quelle hinweg zog, sah es so aus, als schöpfe er ein gewaltiges Potenzial seines Elementes in den Sturm hinein. Für einen Moment schrien die Fans hinter Fiuros entsetzt auf. Die zirkulierende Luft wurde zur Feuersäule. Abermals streifte sie Fiuros, aber diesmal hatte es den Anschein, als lenke er sie bewusst von sich weg. Die Säule zischte unkontrolliert über den Elementasplatz. Cruso, das Kommando über sein Element gänzlich verloren, stand still und fassungslos vor seinem Tor. Panik breitete sich auf der Lufttribüne aus, als der Wirbelsturm schließlich darauf Kurs nahm.

Um nicht in die Enge getrieben zu werden, blieb Cruso nur die Flucht nach vorne, haarscharf an seinem brennenden Sturm vorbei. Doch dieser rotierte wendig und folgte ihm auf dem Fuße. Iciclos hörte Crusos schnell gehenden Atem, als er keine zwanzig Meter an ihm vorbeirannte. In der Mitte des Feldes blieb Cruso abrupt stehen und hob beide Hände. Fast zeitgleich stoppte der Tornado hinter ihm seine wilde Hetzjagd. Die wirbelnden Flammen tanzten in Schatten über Crusos angespanntes Gesicht, knisterten und heulten zugleich, als wüssten sie nicht mehr, welchem Herrn sie gehorchen sollten. Ganz kurz zuckten sie noch einmal in Crusos Reichweite, dann, ein paar bange Augenblicke später, stand der Sturm wie festgewurzelt zwischen Cruso und Fiuros und drehte sich nur noch um die eigene Achse. Minutenlang war es totenstill auf den Tribünen, nur das Heulen und Knistern der Säule hallte an den vier Stadionwänden wieder und war Messlatte ihrer Kräfte. Fiuros und Cruso kamen körperlich immer näher an den Mittelpunkt heran, als ob diese Nähe ihr Können beeinflussen würde und trotz der Gefahr, bei der Überlegenheit des anderen sofort von dem Wirbelsturm erfasst zu werden.

Mit einem Mal wurde das Rotieren der Luftschichten ruhiger, das Feuer fiel wie in Kreisen zu Boden und brannte dort in einem flachen Ring weiter. Als Außenstehender konnte man unmöglich beurteilen, wer von beiden seine Kraft zuerst abgezogen hatte.

Iciclos nutze den Moment und schickte einen stahlharten Wasserstrahl in Fiuros' Richtung. Er traf ihn schmerzhaft zwischen die Rippenbögen und Fiuros flog sehr plump direkt über Cruso auf den Boden. Iciclos rieb sich die Hände und lief näher heran.

„Zwei auf einen Streich", dachte er nur und schoss erneut. Doch der Strahl entzog sich jeglicher Kontrolle, als Iciclos ohne jede Vorwarnung das Gleichgewicht verlor. Die braune Erde raste auf ihn zu. Er stürzte, nicht unweit von den anderen beiden, und das Wasser aus seinen Händen spritzte unkontrolliert in den Himmel und nieselte auf alle drei herab.

Lesares rannte flink wie ein Wiesel auf das Menschenknäuel zu und ließ es erneut beben. Weder Iciclos noch Cruso oder Fiuros schafften es in die Senkrechte. Lesares gesellte sich zu ihnen, um seinen Triumph auszukosten, begleitet von den eifrigen Rufen der Erdelementler: „Lesares bringt die Beben, lauft um euer Leben."

Laufen konnte allerdings keiner der drei. Iciclos hörte Fiuros fluchen und sah ihn in Richtung des flachen Feuerkreises robben. Der Einzige, der umherlaufen konnte, war Lesares. Er klebte am Boden und benutze mit Sicherheit hierfür seine paramagnetischen Fähigkeiten. Er schlenderte neben dem kriechenden Fiuros her, nicht mit Spott im Blick sparend, und kurz bevor er seine Feuerstelle erreicht hatte, sagte Lesares nur: „Nicht doch, Fiuros!"

Und wie durch ein Wunder verharrte dieser plötzlich still an seinem Platz. Natürlich war es kein Wunder, sondern nur der Schraubstock der Gravitation, der Fiuros auf den Boden spannte. Die Erde bebte weniger und Iciclos nutzte die Chance, dass Lesares sich jetzt auf Fiuros konzentrierte. Er rappelte sich auf und suchte ein Ziel.

„Tut mir leid", sagte er zu Cruso, als er ihn seiner Wasserstrahlattacke auslieferte. Cruso, auch gerade erst wieder auf die Beine gekommen, fiel erneut, als sich der Strahl in seinen Magen bohrte.

Ein jäher Schmerz an seinem rechten Bein ließ Iciclos innehalten. Er stand in Fiuros' Feuerring. Schimpfend hüpfte er auf einem Bein weiter, das andere mit beiden Händen löschend, und fiel über Fiuros, der immer noch in Lesares' Klammergriff gefangen war.

„Runter von mir, Wasserlurch!"

„Ich kann nicht!" Iciclos fühlte sich über Fiuros festgenagelt.

„Runter, sofort!"

„Geht ... nicht!"

„ICH HAB GESAGT RUNTER VON MIR! SOFORT!", schrie Fiuros erbost und in übermenschlicher Kraft hob er seinen Rücken gegen Lesares' Kräfte und Iciclos kugelte zur Seite. Erschöpft blieb er erst einmal bewegungslos liegen. Fiuros dagegen hatte durch sein Manöver neuen Mut getankt. Es zischte ein paar Mal, ohne dass Iciclos wusste, was geschah. Dann fühlte er Hitze. Es knisterte so laut an seinem Ohr, dass er sich vorsichtshalber auf den Bauch rollte und die Augen öffnete. Vor ihm lag ein Flammenteppich mit rotorangefarbenen Fasern. Er war mindestens sechs Meter breit und erlaubte nur einen Rückzug nach hinten. Aber Iciclos kam nicht weg. Er dachte, sein Herz würde aufhören zu schlagen. Er wollte aufstehen, doch Lesares' Element zog ihn zur Erde. Unter größten Anstrengungen schaffte er es auf alle viere. Hände und Füße schienen mit dem Boden verwurzelt und sein Kopf war so bleischwer, dass er ihn nicht einen Millimeter anheben konnte.

*Nein, so bekommt ihr mich nicht!*

Iciclos zerrte gegen eine unsichtbare Macht seinen Kopf in die Höhe und verlor den Kampf. Die Flammen wucherten unaufhaltsam in seine Richtung. Vor dem Feuer standen Fiuros und Lesares und beobachteten amüsiert sein Ringen gegen ihre Elemente. Die Musiker des Erdreiches stimmten einen unheilvollen Trommelmarathon an, während Iciclos versuchte, sich freizukämpfen.

*Nein, nicht so!*

Iciclos kroch langsam rückwärts. Die Flammen zogen ihm hinterher, erfassten ihn jedoch nicht. Fiuros und Lesares versuchten, ihn in sein Wassertor zu zwingen.

*Nein!*

Er starrte von unten in das rot gewebte Feuermeer und wünschte sich, er könnte sich darüber levitieren. Sein Herz begann zu rasen. Was sollte er jetzt tun? Wenn er doch nur seine Hände richtig vom Boden bekommen würde. Er musste JETZT etwas tun. Unglücklicherweise stimmten die Erd- und Feuerelementler jetzt auch noch einen gemeinsamen Chor an, der als Reimwörter ‚Lunte riechen' und ‚kriechen' vereinte. Iciclos biss vor Wut die Zähne zusammen. Er war schon viel zu nah am Wassertor. Aus den Augenwinkeln konnte er schon Ana-has schilfgrünes Gewand erkennen.

„Kräfte sammeln! Wasserkräfte sammeln!", schrie sie zu ihm hinüber, so laut, dass sie sogar das Stimmengeschwirr über ihm übertönte. Die hatte gut reden. Er würde gleich vor sämtlichen Elementlern öffentlich verkokeln. Aber gut ...

Er schloss die Augen. Er atmete tief durch. Er dachte an sein Element … blau und grün … das Meer, tauchte ab, seine Muskeln lockerten sich, als ob sie von warmer Flüssigkeit umspült würden, trotz Lesares' Erdkünsten. Sein linker Arm kribbelte, als warte er nur noch auf sein Kommando.

*Das war's!*

Er deutete an, die Hand ergeben zurückzusetzen, doch als er sie zehn Zentimeter von der Erde entfernt hatte, hielt er sie gegen die Flammen. Unter lautem Zischen und Gurgeln löschte er einen Streifen des Feuerteppichs vor ihm. Lesares war erschrocken zusammengezuckt und Iciclos hob die Handfläche höher und holte ihn endlich von den Beinen. Im Nu war er wieder frei beweglich und sprang auf. Seine Wasserstrahlen bombardierten das Feuer. Er lief hindurch, eine Hand auf Fiuros, die andere auf Lesares gerichtet und schoss. Beide Gegner taumelten zurück, das Feuer vor dem Wassertor erlosch.

Iciclos war wie von Sinnen. Er stürzte auf Fiuros zu und attackierte ihn mit zwei Strahlen zur gleichen Zeit. Sekunden später war dieser nass bis auf die Haut.

Von der Wassertribüne wurde prompt eine neue Persiflage losgelassen: „Diluvia-ana, Dilu-via, so nass, wie man ihn niemals sah!", schrie es in einem tausendstimmigen Chor.

Fiuros packte die Wut. Er rettete sich vor Iciclos an sein Element und mit einem Mal flammten seine Feuerquellen derart in die Höhe, dass sich seine linke Gesichtshälfte vom Ruß schwärzte. Plötzlich war Chaos auf dem Feld. Fiuros' Feuerstellen brannten zündkerzenschnell zusammen und bildeten eine Linie der Abwehr und des Angriffs. Iciclos witterte schlimmeres Unheil und trottete langsam zu seinem Tor.

Fiuros' Flammen streckten sich über zehn Meter in den Himmel und fraßen sich in einem geschlossenen Rundbogen zu allen drei gegnerischen Toren vor. Iciclos hörte ein unmenschliches Kreischen hinter sich und wandte sich mit ungutem Gefühl um. Das, was da auf ihn und seine Kameraden zukam, war ein Höllenfeuer, ein schrecklicher Beweis dafür, dass Fiuros sich die ganze Zeit nur auf Kindergartenniveau mit ihnen abgegeben hatte, um kein Spielverderber zu sein. Das Feuer schien wie ein lebendiges Wesen. Es brüllte und brodelte in unglaublichem Grimm und Iciclos verstand in jener Sekunde zum ersten Mal wirklich, was Menschen veranlasste, sich aus Angst davor in den Tod zu stürzen. Gegen diese eskalierende Naturgewalt konnte er nicht antreten. Seine

Wasserstrahlen würden von der abstrahlenden Hitze verdunsten, noch ehe sie das Flammeninferno erreicht hätten. Iciclos sah zu Ana-ha. Wie benommen starrte sie auf Fiuros' Feuer, dann hin zu ihm. Mit einem einfachen Kräftesammeln war es jetzt nicht mehr getan.

Von den Feuerelementlern hörte man lautes, ungläubiges Jubeln, welches schließlich von einem weiteren Sprechgesang abgelöst wurde: „Feuerglut, unsre Wut, wird verdampfen eure Flut. Fiuros, Fiuros, Flammenkrieger, heute gibt´s nur einen Sieger. Mit seinem roten Tanz löscht er euren Glanz! Fiuros, Fiuros ..." Der Rest ging in dem immer lauteren Toben der Flammen unter.

Sie hatten die Spielfeldmitte überquert und Fiuros schritt seinem Element wie ein Dompteur hinterher. Iciclos wusste, dass ihm nichts anderes übrig bleiben würde, als in sein Tor zu fliehen. Aber kampflos wollte er nicht aufgeben. Er blickte zum Himmel und verschmolz mit seiner Wasserkraft. Er änderte die Temperatur und stellte sich vor, er würde schwerer und schwerer, so schwer, dass er sich nicht halten konnte und fiel. Sanfte Tropfen auf seinem Gesicht kündigten den Beginn des Niederschlages an. Iciclos verstärkte seine Konzentration und dann prasselte es los. Es schüttete wie aus Kübeln und kurze Zeit später waren sie alle völlig durchweicht. Iciclos ließ das Feuer nicht aus den Augen.

*Lass es ausgehen! Lass es ausgehen!*

Letztes Jahr hatte es funktioniert und er war beinah so gut wie Ana-ha. Aber Fiuros war besser geworden und die Wut seines Feuers war beängstigend. Wie vom Tod gestreift, wand es sich nach allen Seiten, fauchte Iciclos ins Gesicht vor Zorn, spuckte Rauchschwaden in die Höhe, aber: Es gewann den Kampf, hatte nur etwas an Höhe und Breite eingebüßt. Der Regen geriet ins Stocken. Iciclos fühlte, dass der Luft die Feuchte ausging. Die Hitze des Feuers zog sie heraus, verdampfte sie wie in nach Luft ringenden Atemzügen. Die Tropfen wurden immer weniger und das Schreien der Feuerländer heulte wieder lauter: „Kein finaler Regen, macht uns heut verlegen!"

Der Gesang reizte Iciclos noch heftiger als sein misslungener Niederschlag. Er warf einen Blick auf Lesares und Cruso. Auch sie hatten sich vor ihren Toren eingenistet. Warum unternahmen sie nichts? Vielleicht könnte er sich mit ihnen verbünden. Er sah hinüber zu Fiuros, der durch eine kahle Stelle in seinem Brandherd erstmals ins Blickfeld geriet. Er lächelte großspurig, doch im nächsten Moment flog er beinah in seine Flammen.

Ein erneutes Beben! Iciclos freute sich richtig, ließ sich aber vorsichtshalber auf den Boden sinken, um nicht in sein Tor katapultiert zu werden.

Vielleicht konnte Lesares die Situation noch retten. Es bebte erneut und wieder und wieder und immer heftiger. Lesares stand im Angesicht der Flammen von Fiuros, die dieser, den gefährlichsten Feind entlarvt, verstärkt in seine Richtung hatte ziehen lassen. Iciclos hob den Kopf und beobachtete den Kampf zwischen dem Ältesten und dem Jüngsten. Und ein einziger Gedanke durchzuckte ihn: Was, wenn Fiuros vor lauter Zorn und Siegeswille die Abmachung vergaß, was Lesares anging?

Fiuros balancierte galant gegen die stärker werdenden Beben an. Angst vor seinem Feuer hatte er nicht, er wahrte überhaupt keinen Sicherheitsabstand, platzierte sich unmittelbar dahinter und dirigierte es immer näher zu Lesares. Und da sein Spiel ihm sichtlich Spaß bereitete, verkleinerte er seine Flammen, sodass er seinen Kontrahenten besser im Blick hatte.

„ANGST?“, brüllte er lauter als sein Feuer zu Lesares hinüber.

„NICHT VOR DIR, FLAMMENMEISTER!“, brüllte Lesares zurück. Das Feuer schlug in seine Richtung, als Fiuros die Hand hob.

Iciclos schüttelte fassungslos den Kopf. Fiuros' Feuerspiel zu Beginn ... was hatte er da gedacht? Es hatte ausgesehen, als sei Fiuros von seinem Element nicht mehr getrennt. Als sei er mit seinem Feuer zu einer Person verschmolzen. Und auch jetzt gehorchten ihm die Flammen, als steuere er sie mit seinem Willen. Das Feuer reagierte auf Fiuros' Gefühle. Wille und Leidenschaft, das war ja logisch. Er war ein Großmeister. Das Heilige Gralsfeuer war schließlich nur der angenehme Nebeneffekt dieser Qualifikation. Einem Großmeister flüsterte das Feuer all seine Geheimnisse zu. Gute wie Schlechte. Segen wie Fluch. Ein Großmeister des Feuers konnte Erleuchtung genauso erfahren wie die völlige Schwärze. All das hatte Iciclos gewusst! Aber es zu sehen war fürchterlich und fantastisch zugleich.

Die Beben kamen in immer kürzer werdenden Attacken. Fiuros' Feuer schwankte mit ihm um die Wette, griff aber weiter an. Lesares geriet mehr und mehr in Bedrängnis. Zwischen ihm und seinem Toreingang lagen nur noch wenige Meter und es schien allein an Fiuros' Willen zu liegen, dass er überhaupt noch Mitspieler war. Über Lesares schmetterten die Erdelementler unverwandt „Lesares Leras, Erdbeben-Ass!" und wurden von Erschütterung zu Erschütterung lauter, als kündigten sie von großem Unheil. Und dann gelang Lesares das Unglaubliche. Sein nächstes Beben riss Fiuros rücklings um, sein Feuer legte sich beinah mit ihm in die Waagerechte. Ein gleichzeitiges Ächzen aus den Tiefen des Feldes demonstrierte, dass Lesares die Vorherrschaft über den Platz zurückgewonnen hatte. Iciclos blieb am Boden und hielt Arme und Hände schützend über den Kopf. Sein Körper wurde so hart durchgeschüttelt, dass er zum ersten Mal, seit Cruso und Lesares zurück waren, richtig Angst bekam. Er riskierte einen Blick durch die Finger auf seine Toröffnerin, die mittlerweile neben seinem Tor saß, Arme und Hände wie ein Schutzschild um den Kopf gewickelt.

Und dann passierte es! Es ging so schnell, dass keiner wusste, noch nicht einmal Lesares selbst, wie ihm geschah. Die Erde zerbarst an mehreren Stellen, platzte auf, wie innerlich gesprengt, schleuderte ganze Erdbrocken aus sich heraus und die Zuschauer schrien entsetzt und freudig mit einem einzigen Ruf auf. Steine trommelten auf das Feld und Iciclos kugelte sich zusammen, hoffend, keiner der braunen Brocken würde ihm die Besinnung rauben und ihn vorzeitig ins Aus befördern. Das Beben zerlegte den Platz in Windeseile in viele unterschiedliche Plateaus. Eines davon schnitt Fiuros' Flammen den Weg zum Wassertor komplett ab und zog eine Diagonale zum Erdtor. Iciclos spähte unter seinen Armen hervor, die Erde hatte sich beruhigt, obgleich sie verwüstet war.

Die Schiedsrichter waren aufgesprungen. Sie rannten hektisch hin und her, gestikulierten wild und schrien aufeinander ein. Da alle Teilnehmer unverletzt waren, wurden die Elementas nicht abgebrochen.

Lesares war blitzschnell von seinem brennenden Stückchen Erde hinüber auf seine Erdplatte gesprungen, um sich in Sicherheit zu bringen, denn Fiuros war schon wieder auf den Beinen und versuchte zu retten, was noch zu retten war. Iciclos stand auf und seufzte erleichtert, als er die kleiner gewordene Feuerpracht sah. Jetzt bestand wieder Hoffnung. Über den Graben, der die Flammen von seinem Plateau abschnitt, würden sie so schnell nicht gelangen. Ihr Feuerelementler würde es jetzt schwer haben, sie alle drei gleichzeitig ins Tor zu jagen.

Iciclos rieb sich die schweißnassen Hände an seinem Gewand ab und versuchte, die neue Ausgangslage einzuschätzen. Fiuros, konfus, wütend, durchgeschüttelt und angriffslustig, ließ auf einmal achtlos seine zerrissenen Brandherde liegen und lief Richtung Cruso. Dieser hatte von ihnen derzeit die schlechteste Position. Die Flammen auf dem Landstück vor seinem Tor wüteten weiter, als sei nichts geschehen. Das Lufttor lag räumlich am weitesten vom Erdtor entfernt und so hatte das Beben hier den geringsten Schaden verursacht. Cruso schickte Luftzüge und Windstöße in den Brand, um seine Richtung zu ändern, aber damit lieferte er den Flammen nur zusätzliche Nahrung. Fiuros patrouillierte, ähnlich wie zuvor bei Lesares, hinter dem Feuer. Crusos Gesicht war rot vor Hitze und Anstrengung, aber einfach aufgeben wollte er nicht. Mit ein bisschen Konzentration gelang es ihm, einen annähernd luftleeren Raum vor sich entstehen zu lassen. Doch das frenetische Gekreische der Feuerländer: „Arrasari vor, jag ihn in sein Tor!" ließ sein Vakuum Risse bekommen.

Cruso machte einen kapitulierenden Schritt rückwärts. Die Luftelementler schrien in Panik, als Fiuros noch weiter nach vorne rückte. Iciclos rannte näher an das Geschehen heran. Cruso stand mit dem Rücken zur strömenden Torwand. Der nächste Schritt nach hinten wäre sein Aus.

Fiuros wandte sich um. Er hatte Iciclos' Herannahen gespürt. Er würde sich bestimmt nicht von einem Wasserstrahl durch sein Feuer spülen lassen. Er hob wie beiläufig die Hände und vergrößerte einen kleinen Brandherd vor Iciclos' Füßen. Dann wandte er sich wieder seinem jetzigen Opfer zu. Doch irgendetwas schien ihn plötzlich sehr zu irritieren. Iciclos sah ihn zunächst verwirrt den Kopf schütteln. Dann lief er nach links, dann wieder nach rechts, lugte durch seine Flammen zu Cruso und schüttelte wieder und wieder den Kopf. Etwas ratlos angelte er sich dann einen Feuerball aus seinem Element und schmiss ihn fünf Meter an Cruso vorbei ins Leere. Der Feuerball zerfloss funkelnd an der virtuellen Luftschicht des Elemententores. Cruso lachte ungläubig und mindestens genauso überrascht wie Fiuros selbst. Fiuros nächster Versuch brachte dasselbe Resultat. Iciclos umrundete den Brand vor sich, um aus der Nähe nach der Ursache für Fiuros' merkwürdiges Verhalten zu forschen ...

Seiso-me konnte es nicht fassen. Dort war die Lösung. Dort auf dem Elementasplatz!

Direkt vor seinen Augen spielte sich das gleiche Drama ab, wie es damals in Triad gewesen sein musste. Wieso, um Gottes willen, war er da nicht schon viel früher darauf gekommen? Fiuros stand vor seinem Feuer. Er wandte sich ab, war nur kurz abgelenkt – so wie Menardi von dem Dammbruch – und in dem Moment verdrehte sich die Wirklichkeit. Hinter seinem Rücken erschufen verschieden heiße Luftschichten eine ganz andere Welt. Oder vielmehr die gleiche, nur in einer anderen Position und Perspektive. Natürlich wusste er fachlich alles über eine Fata Morgana. Meist kam sie in Bodennähe vor und meist spiegelten sich die Dinge auf den Kopf gestellt, aber es gab auch Sonderfälle, bei denen es zu Seitenspiegelungen kam, so wie in diesem Fall. Manchmal gab es sogar Mehrfachspiegelungen und in Ausnahmefällen wurden sogar Dinge reflektiert, die hinter dem Horizont lagen. Fiuros sah möglicherweise zwei im Tor stehende Crusos oder drei, vielleicht aber auch nur den gespiegelten. So genau konnte er es von seinem Standpunkt aus nicht sagen. Auf jeden Fall konnte er nicht mehr zwischen Realität und Täuschung unterscheiden.

War es Menardi so ergangen? Geschwächt durch den Feuerstaub, verwirrt durch die Luftspiegelung, hatte er sich vor die vermeintliche Tür gestellt, die keine war. Er habe am Gang gelehnt, so hatten es Cruso und auch Annini wiedergegeben. Cruso ... aber sicher ... Er war nicht den Gang entlang gelaufen, sondern direkt in den Saal der geschützten Lüfte, um sich dort den Heiligen Atem zu eigen zu machen. Und dann war er mit der fadenscheinigen Ausrede angekommen, er habe den Namen des Wächters vergessen. Raffiniert! Da hatte er das Vakuum bereits gestohlen. Und erst dann war er tatsächlich verschwunden. Und bis er und Annini zurückkamen, hatte sich die Luftspiegelung aufgelöst. Und das Beben war zeitlich absichtlich so arrangiert worden, dass Cruso in den Sekunden von Menardis Abgelenktsein die Luftspiegelung inszenieren konnte. Vermutlich hatte man den Triaddamm gar nicht sprengen wollen.

Seiso-me blickte auf das Feld: Cruso sah nicht so aus, als habe er die Fata Morgana bewusst erschaffen. Das hätte er auch sicher nie riskiert. Er wusste ja, dass Seiso-me ihn für schuldig hielt und auf der Suche nach Beweisen war. Fiuros' Feuer verursachte mit seiner Temperaturfluktuation dieses Naturphänomen, aber Cruso war ein fähiger Luftelementler. Eine Fata Morgana herbeizuführen, nein, das wäre kein Problem für ihn. Derzeit war er sich allerdings nicht im Klaren darüber, dass er gerade selbst Teil dieses Täuschungsmanövers war.

„Du glaubst wohl, Fiuros kann nicht mehr durch sein eigenes Feuer schauen, du mieser, kleiner Symbolräuber", dachte Seiso-me in grimmiger Vorfreude über seine baldige Enttarnung. „Wenn die Elementas vorbei sind, kannst du von der Akademie direkt in den Gewahrsam von Triad gehen. Und vielleicht kannst du deinen schwarzen Freund Iciclos gleich mitnehmen. Vom möglichen Siegerpodest ab in die Gefangenschaft. Sieg und Fall!"

Das Leben schrieb die besten Geschichten. Seiso-me wünschte sich in seinem Herzen nichts sehnlicher, als dass Iciclos mitschuldig war. Dann wäre er endlich aus Ana-has Reichweite. Sie würde ihn vergessen und sich wieder voll und ganz ihm zuwenden. Ihm, Seiso-me Leskartes, der sie verdiente. Nicht diesen ewigen Zyniker Iciclos, der in seinem Leid aufging wie ein wibutanischer Hefekuchen. Jetzt würde er dafür sorgen, dass sein Leben den Rundschliff bekam, der es perfektionieren würde wie den wertvollsten Brillanten.

Seiso-me sah wohlgefällig auf Cruso hinab, dem sein Ausscheiden kurz bevorstand. Dann fixierte sein Blick Iciclos.

*Meine Güte, ich wünsche mir so sehr, dass du Schuld auf deinen schmalen Schultern trägst. Ich wünsche es mir so sehr ... es macht mir beinahe Angst ...*

„Hey, Flammenmeister, ist dir deine Wahrnehmung entgleist oder was ist mit dir los?", rief Iciclos Fiuros zu und reckte seinen Hals, um besser sehen zu können. Fiuros drehte sich nicht einmal um, als er abwinkte.

„Wenn ich den echten Cruso erwische, fallen alle anderen auch", gab er schließlich preis, wandte sich ab und warf einen neuen Feuerball, der sich wie seine Vorgänger einfach an der Luftströmung auflöste. „Und ich möchte ihn wirklich gern in sein Tor hineinfeuern." Er lachte kurz.

„Eine Luftspiegelung?" Iciclos' Stimme rutschte vor Schreck eine Oktave höher. Er vergaß jegliche Vorsicht und spurtete auf Fiuros zu. „Nimm sofort deine Flammen da weg!"

„Es ist zu spät. Ein Teil des Publikums hat es schon gesehen. Hör doch! Sie lachen mich aus. Sind deine Leute, oder?"

„Es sind nicht meine Leute", zischte Iciclos zurück, jetzt so nahe dran, dass er die Schöpfung der Flammen deutlich sehen konnte. Es waren vier Crusos nebeneinander.

„Ich weiß jetzt, welches der Echte ist." Fiuros' Finger fuhren Ehrfurcht einflößend langsam durch das rote Feuer.

„Willst du sie da nicht wieder herausholen, bevor sie alle wissen, dass du ein Großmeister bist?", fauchte Iciclos aufgebracht.

„Es könnte zu Gerüchten kommen, ja und?" Fiuros lächelte lässig, ließ aber die Hand in den Flammen.

„Jetzt schau mal, Iciclos, was du mich heute gelehrt hast. Vor lauter Gralsfeuer habe ich die einfachsten Dinge übersehen."

Iciclos schluckte nervös, konnte aber seine Augen nicht von Fiuros' Fingern nehmen, die er immer noch wie lebendige Fackeln durchs Feuer zog. Dann schloss er plötzlich die Hand zur Faust und mit einem unbändigen Aufschrei öffneten sich seine Finger wieder und ein pfeilschneller Feuerstrahl bohrte sich mitten in Crusos Brust. Alle seine Doppelgänger schrien getroffen auf. Mit Schreck in den Augen versuchten sie die Position vor dem Tor zu halten, aber Fiuros hatte wohl die schärfste Waffe aus dem Arsenal seiner Möglichkeiten aufgefahren, denn Cruso fiel zurück, die Hände an die Brust gepresst. Langsam und beunruhigend unwirklich verschwand er hinter der Strömung seines Tores, als würde er lebendig eingesaugt. Sein Schrei hallte aus dem Tor hinaus, wie aus einem tiefen Schacht und verklang. Auf den Tribünen war es plötzlich viel zu ruhig. Annini war zur Tormitte gelaufen.

„Du bist verrückt, Arrasari!", schrie sie erbost in die Stille hinein, die nur noch von dem Knistern des Feuers unterbrochen wurde. „Cruso? Bist du in Ordnung?" Sie rannte zu ihrem Toreingang. „Cruso?" Kopfschüttelnd tauchte sie in die Luftschicht des Tores ein und dann ... brach der große Tumult los.

Die Luftelementler tobten ungehalten. Iciclos hörte sie auf Fiuros und die Feuerelementler schimpfen. Die, die noch gesessen hatten, waren aufgesprungen und alle beugten sich so weit über ihre Absperrungen nach vorne, dass es so aussah, als ob sie gleich hinunterfielen. Iciclos wurde sich bewusst, dass sie den schlechtesten Blick auf ihren Kandidaten gehabt und zuletzt am wenigstens gesehen hatten. Er sah hinüber zu den Schiedsrichtern. Sie brachen nicht ab. Alles schien seine Richtigkeit zu haben. Wieso auch nicht? Man war sicher nur sauer, weil man zuerst ausgeschieden war. Aber bevor er selbst weiterkämpfte, wollte er erst einmal wissen, ob mit Cruso alles in Ordnung war. Es dauerte eine Weile, doch dann kam Cruso heraus. Müde, aber nicht wirklich unglücklich. Er hatte heute schon das schönste Geschenk erhalten. Annini hatte seine Hand ergriffen und hob sie feierlich. Der Sturm der Empörung legte sich ein wenig und die Luftelementler begannen, Cruso zuzujubeln. Gegen einen Arrasari zu verlieren war schließlich keine Schande. Sie riefen seinen Namen immer wieder und Cruso bedankte sich lächelnd, bevor er mit Annini das Feld verließ.

Iciclos fand es ein wenig schade, dass die Zuschauer nicht wussten, wie gut sich Cruso heute tatsächlich geschlagen hatte, als er mit Lesares das Symbol geraubt hatte. Er trippelte in die Mitte des großen Platzes.

Lesares hatte mit seiner Naturgewalt das Feuer vor seinem Tor einfach zugeschüttet.

„Erde ist ausreichend vorhanden", dachte Iciclos mit einem Anflug von Bitterkeit. „Und das Feuer ist heute auch nicht wirklich das Problem." Er hätte sich vorhin bei dem Niederschlag nicht so gehen lassen dürfen. Er hatte doch gesehen, wie sinnlos sein Unterfangen gewesen war. Dann hätte er jetzt noch ein bisschen Kampfkraft. Er starrte in die Kluft zwischen den Plateaus vor sich und fühlte sich plötzlich seltsam ruhig. Dort unten braute sich eine Elementargewalt zusammen. Etwas arbeitete sich kontinuierlich nach oben, allen Naturgesetzen zum Trotz.

„Schon müde, Iciclos?", höhnte Fiuros, als er etwa auf zehn Meter an ihn herangekommen war.

„Nein, ich warte nur."

„Du wartest? Auf was? Auf deine Luftfeuchte? Ich glaube, die hat mein Feuer verschluckt, tut mir leid! Aber du musstest ja unbedingt die Diluvia-Nummer abziehen!" Fiuros sah sich wachsam um. Er begriff, dass etwas Sonderbares vor sich ging. „Was zum ..."

Und in diesem Moment schoss das unterirdische Wasser in einer mächtigen Eruption aus allen Spalten, die Lesares geschaffen hatte. Zuerst überflutete es die niedrigeren Plateaus. Fiuros sprang wie von einer Tarantel gestochen zurück, hechtete von einem Plateau zum nächsten, bis er vor seinem Feuertor angekommen war. Er hatte Glück, denn diese Erdplatte lag um einiges höher als die anderen und wäre eine Weile vor den Wassermassen sicher. Fiuros hob beide Arme, schloss die Augen und setzte geistig die komplette Platte in Brand. Nur um Tunjer, seinen Toröffner, ließ er circa zwei Meter Platz. Iciclos watete durch die Fluten auf seinem Plateaus und konnte ein zweites Mal an diesem Tag sein Glück kaum begreifen. Eben noch mit einer so trockenen Luft geschlagen, dass man es hätte knistern hören müssen und jetzt das. Es wurde nun Zeit, diese Meisterschaft zu beenden. Als Gewinner.

Er nahm Lesares ins Visier. Diese erniedrigende Attacke von vorhin verlangte unbedingt nach einer Abreibung. Und ein Erdbeben würde dieser sicher nicht mehr riskieren. Seitlich von Iciclos freuten sich die Zuschauer des Wasserreiches über seine neue Chance zu siegen. Fleißig intonierten sie ihre einstudierten Leitsprüche, um ihm den Rücken zu stärken.

Iciclos zögerte nicht. Noch bevor Lesares ihm entgegenrennen konnte, stoppte er diesen mit einem heftigen Hagelschauer. Lesares verlor unter der Wucht der Körner die Balance. Iciclos lief nahe zu ihm hin und schoss eine Wasserfontäne direkt auf Lesares Arme. Dieser rutschte über den nassen Boden seiner Platte, vergeblich die Hände nach Halt ausstreckend, den er nicht fand und den Iciclos ihm auch nicht gewährte. Er zielte auf Lesares' Rücken, um nicht die heilige Fracht zu gefährden. Lesares kam nicht mehr auf die Beine. Mehrmals schon fast im Stand, warf Iciclos ihn einfach wieder um, die richtige Dosis Wasser exakt platziert an dem Punkt, der ihn wieder aus dem Gleichgewicht brachte.

Fiuros war wie ein Zuschauer an das Spektakel herangetreten und schätzte ab, welcher der beiden Widersacher wohl für ihn übrig blieb. Iciclos war gut, er war viel besser, wenn er richtig wütend war. Hoffentlich schickte er Lesares in sein Tor. Es würde ihm mehr Spaß machen, Iciclos öffentlich zu demütigen. Iciclos hatte Lesares fast vor seinem Tor. Seine Hände waren wie Wasserwerfer, die Luftfeuchte und das Wasser am Boden lieferten ideale Ausgangsbedingungen. Ausgangsbedingungen, die Lesares Iciclos selbst serviert hatte.

Fiuros schlenderte näher an den Kampf.

„Hey, Leras! Du hattest deine Beben noch nie so recht unter Kontrolle, was?“, höhnte er ihm jetzt zu, gerade so laut, dass es nur Iciclos und er, aber nicht Veronje verstehen konnte. „Erst der Patzer in Triad und jetzt öffnest du noch Iciclos Tür und Tor zu seinem Element." Er lächelte spöttisch.

Lesares hievte sich auf alle viere und warf ihm einen mörderischen Blick zu. Er öffnete den Mund, um zu antworten, aber ihm fehlte die Kraft. Iciclos' Wasserstrahl schob ihn ein weiteres Stückchen auf sein Tor zu. Die Elementler über ihnen schrien Zeter und Mordio, aber sie konnten nur schockiert mit ansehen, wie ihr Kandidat immer näher an sein Tor gespült wurde.

Iciclos schloss die Augen für seinen letzten Treffer. Instinktiv fand sein Wasserstrahl die richtige Position, Iciclos spürte die gewaltige Kraft seines Elementes durch ihn hindurchströmen, von seinem Scheitel hinunter zu seinem Herzen, hinein in seine Hände und mit seinem Strahl wieder in die Welt hinaus. Sie floss in ihm in unglaublicher Stille, wie eine Meditation, ohne Hast und ohne Anstrengung. Ohne dass er es sah, ohne dass er präzise gezielt hatte, ohne dass er seinen Verstand als Hilfe benutzte, wusste er, dass er Lesares in sein Tor geschossen hatte. Und augenblicklich hörte er die Bestätigung der Wasserelementler von der linken Seite.

„TOR! TOR! TOR!", schrie es hinter ihm und er hörte sie rhythmisch seinen Namen rufen, so laut, dass sogar der Protest der Erdelementler völlig darin unterging. Iciclos kam sich vor wie in Trance. Irgendetwas in ihm nahm Notiz davon, dass Lesares aus seinem Tor kam und mit Veronje den Platz verließ. Irgendetwas in ihm warnte ihn, zu warten.

„ICICLOS! ICICLOS!" Die Stimmen holten ihn jäh zurück. Er musste Fiuros direkt angreifen. Genau wie Lesares durfte ihm keine Chance mehr gegeben werden, sein ganzes Repertoire darzubieten. Er betrachtete seine Umgebung. Kein Feuer auf der Platte vor dem Erdtor, kein Feuer im Umkreis von mindestens hundert Metern. Nur vor dem Feuertor brannte es lichterloh. Und genau dort musste er mit Fiuros hin, wenn er ihn besiegen wollte.

Fiuros lief zurück in sein Revier. Nur eine Aufgabe von Iciclos würde ihm zum Sieg verhelfen, denn der Meisterschaftsplatz war überspült. Die Möglichkeit, dort Feuerwälle oder Sonstiges zu errichten, war vorbei. Aber der Gedanke an ein Ergeben des hier fast schon als Sieger gefeierten Iciclos gefiel Fiuros noch besser als die Torvariante.

Fiuros sprang behände auf sein Plateau, bahnte sich in geisterhaftem Können einen Weg durch die Flammen und verharrte dort. Iciclos war Fiuros direkt gefolgt. Schnell erklomm er mit einem kurzen Anlauf Fiuros' Areal und löschte, noch halb in der Luft, mit zwei Wasserstrahlen die Flammen am äußeren Rand, wo er landete.

Er brauchte hier dringend mehr Raum. Er hatte auf dieser Platte so wenig Bewegungsfreiheit, dass er in einem Kampf immer unterliegen würde. Iciclos löschte einige Brandherde und pflügte sich weiter nach vorne zu ihm durch. Er musste näher an ihn ran. Hüten musste er sich jetzt nur vor Fiuros' neusten Fähigkeiten. Sie waren es, die ihn eventuell zur Aufgabe zwingen könnten. Iciclos hustete ein wenig gegen den Qualm an und drehte sich im Kreis. Klar, Fiuros hatte sein Flammenparadies bereits wieder geschlossen. Etwas beängstigend waren die Feuerzungen hinter ihm doch, die Hitze in seinem Rücken konnte er kaum mehr ignorieren. Iciclos drehte sich um, hielt seine Hände dagegen. Das Feuer wich nur ein wenig zurück, dann drängte es sich wieder dicht an ihn heran, wie ein Wächter, der ihn nicht passieren ließ. Also weiter nach vorne.

Iciclos drehte sich um und erschrak, als er Fiuros plötzlich Auge in Auge gegenüberstand. Er wollte seine Hände heben, aber Fiuros war vorbereitet. Feuerbälle zischten auf ihn herab wie Gewitterblitze. Iciclos schrie unkontrolliert auf und vergaß, sich zur Wehr zu setzen. Er stolperte nach hinten und fiel in ein Tuch aus meterhohen Flammen, die ihn nicht auffingen, sondern zur Seite wichen wie ein sich teilendes Meer. Er landete unversehrt auf einem kleinen Stückchen Erde, Flammen links und rechts und Fiuros' Feuerstrahl in der Mitte, ohne Chance, ihm zu entkommen. Zusammen mit ihm schrie das Publikum auf, teils freudig, teils in empörter Erregung.

Iciclos wand sich nach allen Seiten, aber keine bot Schutz. Der Schmerz des Feuers brannte glühend heiß auf seiner Brust. Er drehte sich um die eigene Achse, um den Schmerz zu verteilen und hörte, wie Fiuros über ihm in schauerliches Gelächter verfiel. Ob es dieses Lachen oder sein eigener Siegeswille gewesen war, konnte Iciclos hinterher nicht mehr sagen. Er sprang vom Liegen direkt in den Stand und ließ Fiuros mit einem harten Stoß seiner beiden Hände – ohne Wasserstrahlen – zurücktaumeln. Fiuros verlor seine Feuerwaffe, und bevor er sich fing, stieß Iciclos ihn erneut zurück. Die absurde Idee, ihn in sein Tor zu prügeln, setzte sich fast hartnäckig in seinem Kopf fest. Allein die Tatsache, dass er Fiuros womöglich unterlegen war, wenn der Kampf anhalten sollte, ließ ihn sich beherrschen und wieder auf seine Wasserkraft zurückgreifen. Immer noch in Rage übergoss er schwallartig den gesamten Raum vor Fiuros' Tor. Das Feuer, genauso irritiert wie sein Meister, zuckte zurück und ließ sich vertreiben wie ein Rudel streunender Hunde. Es bildete einen Ringwall um Fiuros' Platte, als gäbe es für beide Kontrahenten nun nur noch dieses eine Fleckchen Erde.

Fiuros schritt an seinem Feuer entlang und versuchte Iciclos erneut einzuschätzen. Er war wirklich verdammt gut und verflixt unberechenbar, wenn er wütend war. Er runzelte die Stirn. Iciclos lag auf einmal still auf dem Boden, direkt vor dem Feuertor. War er verletzt? Fiuros warf einen Feuerball, um ihn zu einer Reaktion herauszufordern. Iciclos, weit genug entfernt, wich aus.

In Fiuros begann es zu brodeln. Hier öffentlich vorgeführt zu werden, von einem Wasserelementler wie Iciclos, war fast schlimmer als jeder Finalregen, den er je erlebt hatte ... Er feuerte nochmals. Iciclos lächelte, rollte sich im allerletzten Moment nach rechts und legte seinen Kopf wieder auf den überspülten Boden. Fiuros wurde vor Zorn so rot wie sein Gewand.

„Steh endlich auf und kämpfe!" Fiuros' Worte schossen schneller als seine Feuerbälle zu Iciclos hinab. „Oder bist du nicht bereit?"

Iciclos hob den Kopf: „Diese Frage verlangt niemals eine Antwort!" Er tat, als wolle er gähnen und wusste, dass er seinen Gegner damit zur Weißglut brachte. Und tatsächlich griff Fiuros erneut an. Aber diesmal begnügte er sich nicht mit läppischen Flammenbällen, sondern tarierte einen Feuerstrahl auf Iciclos. Zeit, aufzustehen.

Iciclos bewegte sich vorsichtig, um sich nicht zu verraten. Er schaffte es trotzdem, dem Strahl auszuweichen, es war genug Abstand zwischen ihm und Fiuros. Er musste schon näher herankommen. Der Strahl sauste durch das Flackern von Fiuros' Tor und endete im Nichts. Fiuros Zorn wucherte mit seinem Feuerring um die Wette.

„Willst du mich in dein Tor treiben oder fällt dir nichts anderes mehr ein, Arrasari?" Iciclos überkreuzte wartend die Arme vor der Brust und ging einige Meter nach vorne.

Fiuros entgegnete nichts, kam nur näher mit seiner Armee in Rot. Er begann diese Elementas langsam richtig zu hassen. Nie hätte er gedacht, dass es so schwierig werden würde, zu siegen. Diese Nichtskönner, diese Pseudoelementler! Sie waren keine Großmeister. Gegen sein

Gralsfeuer hätten sie keine Chance, niemand hatte eine. Nur gemeinsam hatten sie es geschafft, gegen ihn vorzugehen. Und Lesares hatte Iciclos mit dieser tektonischen Spielerei den Zugang zum Grundwasser geschaffen. Wenn er so weiter machte, entglitt ihm eines Tages noch sein Emporianerbonus.

Fiuros war fast bei Iciclos angekommen. Keiner von beiden hatte angegriffen. Iciclos blickte ihm in die Augen. Das Mahagoni glänzte dunkel, ein Zeichen reger Aktivität und Iciclos' Empathie bestätigte dies. Er wollte Fiuros' Zorn, er brauchte ihn, um zu gewinnen. Seine Wut ließ ihn sich überschätzen und falsch reagieren. Und darauf spekulierte er. Nur ein Fehler seinerseits würde ihm zum Sieg verhelfen ... und ein emotional gefasster Fiuros beging keine Fehler.

„Hey, Fiuros, wird nicht leicht sein, eine zweite Niederlage hinzunehmen", sagte er deshalb und lächelte süßlich. „Für einen Niederschlag gäbe es ja jetzt genug Luftfeuchte, aber ich möchte ungern auf die gleiche Art wie Ana-ha gewinnen. Das wäre auch sicher sehr peinlich für dich. Welch Demütigung!"

Fiuros verzog sein Gesicht, dann stürzte er auf Iciclos zu, das Feuer in einer schmalen Spur hinter ihm her, als sei es sein abhandengekommener Umhang.

„Jetzt", dachte Iciclos und tat so, als liefe er Fiuros aus Angst, lebendig von ihm verbrannt zu werden, davon ... direkt auf das Feuertor zu. Wer sagte denn, dass er nicht wirklich dorthin flüchten konnte? Fiuros griff in das Feuer hinter ihm, für Strahlen zu ungeduldig, und rannte Iciclos hinterher .... leider zu schnell.

Blitzeis konnte so heimtückisch sein für denjenigen, der es nicht sah. Im letztmöglichen Augenblick warf sich Iciclos auf den Boden, krallte sich mit Händen und Füßen an der hauchdünnen Eisschicht fest und schrie: „Aufs Glatteis geführt!"

Fiuros hingegen schlitterte ungebremst, ungläubig, fast mitleiderregend unbeholfen und mit wehendem Haar auf der spiegelglatten Fläche direkt auf sein Tor zu. Sein Gesicht zeigte Fassungslosigkeit und Hass in irrer Kombination und Iciclos würde niemals, nie, den Wutschrei vergessen, den er in dem Moment ausstieß, als er in sein Tor segelte. Es war ein höllisches Aufschreien und klang fast so beängstigend wie sein Feuersturm. Mit ungutem Gefühl starrte er ihm nach, fast sicher, Fiuros würde gleich herausstürmen und ihn mit Gralsfeuer bewerfen. Iciclos hielt den Atem an, doch der Toreingang blieb leer. Im Elementasstadion herrschte augenblicklich eine so bedrückende Stille wie auf einem Friedhof.

Sekunden vergingen, die Ruhe wurde noch unheimlicher. Dann – nach einem Moment des Schocks – prasselten Hasstiraden von der Feuertribüne auf ihn nieder.

Er musste hier weg.

Iciclos begann zu laufen und langsam, ganz langsam, begriff er, dass er der Letzte war. Der letzte Elementler auf dem Platz. Der Sieger! Der Gewinner! Nicht der Andere! Zum ersten Mal in seinem Leben hatte er gewonnen. Zum ersten Mal in seinem Leben hatte er etwas vollbracht, auf das alle stolz sein konnten. Von Weitem hörte er sie rufen, nein, schreien, feiern.

„ICICLOS! ICICLOS! ICICLOS! ICICLOS!" Seine Fans! Sein Name war der Siegerrhythmus, der Takt, der sie höher fliegen ließ. Sein Name war das Fanal des Triumphes. Sie riefen ihn! Tausende riefen ihn! Ihn, den Außenseiter, den unhöflichen Schwarzträger, den Geduldeten.

Benommen, verwirrt und irgendwie glücklich hob er beide Hände und die Zuschauer seines Reiches johlten noch lauter und begannen, den Platz zu stürmen. Sie rissen Absperrungen nieder und nahmen das Feld in Beschlag. Er registrierte, dass auch Erd- und Luftelementler in die Siegesrufe einstimmten, allesamt froh, dass Fiuros Arrasari ein weiteres Mal in die Schranken verwiesen wurde.

Plötzlich stand Ana-ha vor ihm. Komplett durchnässt, aber strahlend wie die Sonne Wibutas. Sie sagte nichts, sie lächelte nur, fast glücklicher als er selbst. Sekunden später lag sie in seinen Armen und drückte ihn so fest an sich, als wolle sie ihn nie wieder loslassen. Iciclos' Herz raste noch einen Impuls schneller, als er ihre Umarmung zaghaft erwiderte. Ganz ruhig standen sie dort auf dem Platz, als gäbe es nichts anderes um sie herum. Die Welt verschwand, ließ nur noch ihn und sie zurück, in einem watteweichen Vakuum ... still ... so still ...

Das Feuer auf Fiuros' Platte war erloschen und sein Rauch zog in den Himmel wie zum letzten Gruß, zusammen mit den Jubelrufen der Wasserwelt. Iciclos sah auf, Ana-ha noch immer in den Armen. Fiuros stand in seinem Tor und starrte geistesabwesend auf den Siegeszug der Wasserelementler, als begriffe er immer noch nicht, was gerade geschehen war. Seine Mimik war jedoch zu gefasst, als dass Iciclos sich richtig hätte entspannen können. Dann visierte er ihn. Ihn und Ana-ha.

„Der Sieg hätte ihm zugestanden“, sagte Iciclos bedrückt.

„Ja, der Umgang mit seinem Element ist fast großmeisterlich. Aber du bist schlauer. Fiuros mag perfekt sein, aber zu ungestüm für gut durchdachte Ideen.“ Ana-ha knuffte Iciclos liebevoll und bewundernd in die Seite. Die Fans hatten ihn gleich erreicht, gleich würde sie ihn mit den anderen teilen müssen. „Du hast das Wasser zu Eis gefroren, als du am Boden lagst, oder? Wie bist du nur auf so eine Idee gekommen?“

„Weiß ich nicht mehr. War eine ganz spontane Entscheidung.“

„Iciclos führt Fiuros aufs Glatteis ... diesen Spruch wird er wohl das ganze Jahr zu hören bekommen.“

Iciclos hätte beinah gelacht. Doch dann fiel ihm ein, dass Fiuros diese Schmach nicht lange würde ertragen müssen. Vielleicht keinen Monat mehr. Dieser Witz würde für Fiuros nur unter den vier Emporianern ausgesprochen werden, in ihrem Zuhause, als Anekdote aus der fremden Welt, in der man so lange gelebt hatte. Der fremden Welt, mit ihren bunten Elementen, ihren tumultartigen Feiern, ihren fast lieb gewonnenen Eigenarten und Bräuchen. Vielleicht würde man sich noch in zwanzig, dreißig Jahren von den Ereignissen damals erzählen, von der letzten Elementas, die in aberwitziger Weise von Emporianern ausgetragen wurde und von der Nacht ... Der Nacht, die wieder zum Tag wurde und Ankorus das Leben kosten würde. Der Nacht, die zum Tag wurde und zurückbrachte, was sie versehentlich verschluckt hatte. Der Nacht, die alles verändern würde, was Emporia betraf. Was das Wasserreich anging – er sah zu Ana-ha – würde zurückbleiben, was nötig war. Er schluckte gegen die aufsteigende Traurigkeit an und in dem Augenblick rissen seine Fans ihn aus Ana-has Armen.

Man hatte ihn zum Sieger gekürt. Nach ausgelassenem Toben und Feiern auf dem Feld hatte Tierrak irgendwann endlich wieder das Wort ergriffen und die Siegerehrung eingeläutet. Richtig klein und verloren war er sich so ganz allein auf dem Podest vorgekommen, vor all diesen Menschen. Er war Trubel nicht gewohnt und Menschenmassen machten ihn prinzipiell immer nervös. Und doch hatte er das Gefühl, in dieser Nacht zum ersten Mal dazuzugehören. Zu wissen, dass die Welt, die man verließ, einen letztendlich doch akzeptiert hatte, gab ihm ein gutes Gefühl. Er empfand keine Wehmut, nur eine Wärme in der Brust, eine kleine Versöhnung, für all die vielen kühlen Jahre. Ein Vorgeschmack auf Emporia. Jetzt freute er sich noch mehr auf seine Heimat, als jemals zuvor.

Tierrak hatte eine kleine Rede gehalten, in der er allen Kandidaten Respekt zollte. Natürlich hatte er auch Lesares' Erdbeben gerühmt, welches Iciclos den Sieg erleichtert hatte. Und selbstverständlich hatte Tierrak den Spruch über das Glatteis losgelassen. Alle hatten sie gelacht.

Auch Fiuros. Und jeder Empath auf der Tribüne hatte vergeblich nach seiner Wut gesucht. Fiuros zeigte nichts. Und genau das machte Iciclos mehr Sorgen als alles andere. Dass dieser es nach dieser Niederlage schaffte, sich zu blockieren, dass er den Geschlagenen so gönnerhaft mimte, war beunruhigend. Er wusste, dass das letzte Wort darüber nicht gesprochen war und überlegte fieberhaft, wie Fiuros versuchen könnte, es ihm heimzuzahlen. Doch als er später bei der Siegesfeier im Garten der Erdkunstakademie wieder mitten in das schillernde Treiben involviert war, schob er alle Bedenken beiseite. Für diesen einen Abend wollte er alles vergessen. Sie hatten das Erdsymbol, er hatte den Sieg, es gab hier und heute genug Gründe zu feiern. Cruso und Lesares wichen nicht von seiner Seite, die vielen Gratulationen seiner Landsleute geduldig abwartend, Rotwein trinkend, lachend und sich über ihre Aktionen auf dem Feld amüsierend. Immer wieder klopfte sich Lesares auf die Brust und Iciclos und Cruso lächelten über diese Geste, die nur sie beide verstanden.

Iciclos wusste nicht, wie viele Stunden vergangen waren, als er bemerkte, dass er seinen Blick immer wieder vom Geschehen um ihn herum abzog. Er vermisste Ana-ha bei sich. Das war auch ihr Sieg. Sie hatte ihm so vieles beigebracht: Die Ruhe zu bewahren, sich im entscheidenden Moment nicht zu verausgaben, seine Kräfte gezielt einzusetzen. Er wollte mit ihr feiern. Nach einer Weile entdeckte er sie an Seiso-mes Seite.

„Hey!" Er trat zu ihr, von einem ganz neuen Selbstbewusstsein erfüllt, als er sich neben Seiso-me stellte. Dieser mochte vielleicht zu den Oberen gehören, aber einen Fiuros Arrasari hatte er noch nicht bezwungen. Und wieder hatte er eine Gemeinsamkeit mit Ana-ha mehr.

„Selber hey!" Ana-ha lächelte.

„Gut gemacht, Iciclos!" Seiso-me streckte ihm seine Hand entgegen. Bisher hatte er noch kein Wort über Iciclos' Sieg verloren, aber dieser war auch permanent von Menschen umringt gewesen.

„Ein Lob von dir? Ich bin´s, Iciclos! Schon vergessen?"

„Nein, aber ich bin beeindruckt! Du hast unserem Reich heute große Ehre erwiesen." Seiso-me schob seine Hand noch ein Stückchen näher zu ihm hin.

Iciclos konnte das unmöglich ignorieren. Unbehaglich ergriff er sie, kurz und hastig. Als er sie losließ, drehte er sich zu Ana-ha: „Komm mit. Ich möchte mit dir sprechen."

Ana-ha sah Seiso-me fragend an. „Ist das in Ordnung?"

Seiso-me rang sich ein Lächeln ab. „Klar, geh schon. Was ich zu sagen habe, hat auch Zeit bis morgen."

„Ich dachte, es wäre wichtig?"

„Jetzt geh schon, Ana-ha. Es kann warten!"

Er starrte den beiden prüfend nach, als sie in der Nacht verschwanden ...

# Iciclos und Ana-ha

Er hatte geschwiegen, die ganze Zeit über, während er sie durch den Erdgarten geführt hatte, weg von der großen Siegesfeier nahe der Akademie: durch den Rosengarten, vorbei an friedenbringendem Kaeo, vorbei an den grünen Meditationswiesen, vorbei an den Wäldchen, den blühenden Kräutergärten und den Hügeln mächtiger Weißtannen. Immer weiter waren sie gegangen, ohne zu sprechen, der Stille entgegen. Weg von den ausgelassenen Rufen ruhmreicher Wasserelementler, hinein in etwas Neues, Unbekanntes.

Irgendwann war Iciclos stehen geblieben. Eine Armeslänge entfernt hatte er sie vor sich hingestellt und nur angesehen. Ganz kurz hatte er gelacht, heiter und herzlich, wie er sonst niemals gelacht hatte und dann hatte er gesprochen. Ganz leise, fast geflüstert, als ob sie jemand hören könnte, als ob er Angst gehabt hätte, die Magie der Stille zu zerstören, die sie umhüllte wie warmes Wasser. Als ob Worte etwas zerstören könnten.

„Ich wollte dir danken, Ana-ha", hatte er ganz leise gesagt. „Das heute war auch dein Sieg. Vieles, was ich kann, verdanke ich dir. Du weißt nicht, wie viel mir dieser Sieg heute bedeutet hat."

„Ich weiß es", war ihre Antwort gewesen. „Doch, ich weiß es!"

Iciclos hatte sie näher an sich herangezogen und sie umarmt, wie er es noch niemals getan hatte. „Ich werde dir das nie vergessen, Ana-ha!" Er hatte sie noch fester an sich gedrückt, mit einer Hand in ihren Haaren und der anderen um ihren Rücken.

Und Ana-ha hatte sich an ihn geschmiegt und gehofft, dass dieser Moment zu einer Ewigkeit würde. Dass sie festhalten könnte, was ihr Herz fühlte und ihre Sinne aufnahmen. Dass der Zauber dieser Umarmung in ihr blieb, wie ein Teil ihres Wesens. Dass Iciclos so blieb wie in diesen Sekunden …

Dann hatte er, mit seltsamem Glanz in den blauen Augen, ihr Gesicht mit seinen Händen umrahmt wie ein wertvolles Gemälde. Er schien so viel sagen zu wollen. Er schien so viel zurückzuhalten. Er erweckte den Eindruck, als sei er unendlich traurig. Sie hatten sich so lange in die Augen gesehen wie niemals zuvor.

„Ich werde dir alles sagen“, hatte Iciclos nur noch geflüstert. „Ich werde dir alles sagen. Irgendwann einmal. Bis dahin musst du mir vertrauen!“ Danach war er fortgelaufen. Aber seine Worte waren für Anaha wie die schönste Liebeserklärung gewesen, die sie je bekommen hatte.

# Teil Fünf

## Die Rache

# Frizin

Die Meisterschaft lag hinter ihnen. Wochen schienen vergangen, obwohl seit seinem Sieg erst wenige Nächte verstrichen waren. Er schlief noch schlechter als sonst, wälzte sich nachts von einer Seite auf die andere, fragte sich bis zum Morgengrauen, wie lange es noch dauern würde, bis sie die Tore öffnen konnten und wie schwer ihm sein Abschied von Ana-ha fallen würde.

Wenn er doch einmal in einen unruhigen Schlaf fiel, sah er Tore und Symbole an jeder Ecke, ganz verwundert, dass sie schon immer dort gewesen waren und er sie noch niemals zuvor bemerkt hatte. Ana-ha rannte stets durch seine Träume wie eine Fee, mit blonden Haaren, beinah wie Kaira sah sie in diesen nächtlichen Gespinsten aus, unwirklich wie ein Geist, aber Licht bringend wie Emporia. Iciclos wusste, dass er handeln musste, allein schon aus dem Grund, seinen Verstand zu beschäftigen. Noch immer gab es keine Meldung aus dem Erdreich bezüglich des fehlenden Symbols. Hatte Tierrak den Verlust noch nicht bemerkt oder verhielten sie sich mit einer bestimmten Absicht so ruhig?

Iciclos hatte keinen Kontakt zu seinen Kameraden gehabt, seit sie Malesh verlassen hatten. Zu gerne hätte er gewusst, was Lesares von dort zu berichten hatte. Kaira war, keine zwei Tage nach seinem Sieg, ins Feuerland verschwunden, das hatte er von Antares erfahren. Dieser Plan hatte also funktioniert. Aber er selbst verharrte in der Akademie wie ein Kaninchen, das das plötzliche Auftauchen der Schlange fürchtete. Mit ungutem Gefühl in der Magengrube und einem latenten Gefühl von Panik in den Gliedern.

Vorgestern hatte er Ana-ha gebeten, ihm das Frizin beizubringen, bald, damit er wenigstens das Gefühl hatte, etwas zu tun, um aus der Opferhaltung der Passivität herauszukommen.

Jetzt wartete er in der Trainingshalle auf sie. Er war viel zu früh, aber in seinem kahlen Zimmer wurde er fast wahnsinnig. Was ihm früher immer Auftrieb gegeben hatte – diese Öde, diese Gewissheit zurückzukehren, dieses Gefühl des Sich-nicht-Festlegens – verwirrte ihn immer mehr. Würden nicht schon die ersten Vorboten der Herbststürme rau über Land und Meer ziehen, er hätte sicherlich die Sonnenuntergänge gezählt, nur um dieser Leere zu entkommen. Er hatte keine Ablenkung in seinem Zimmer. Seine Bücher konnte er auswendig herunterbeten. In zu vielen Stunden der Verlassenheit waren sie seine Stütze gewesen und hatten ihm das nötige Wissen für seine Heimkehr vermittelt. Aber jetzt konnte er alles und die Prüfung stand bevor. Nur noch die Kenntnis über das letzte Symbol blieb offen. Und das Frizin, dessen Qualität er sich aneignen musste, um sein letztes Tor, das Große Wassertor, öffnen zu können und vielleicht sogar das Heilige Wasser offenbart zu bekommen.

Iciclos saß auf dem kalten Boden. Sie hatten ihre Übungsstunde ordnungsgemäß eingetragen, um nicht von Seiso-me oder irgendeinem anderen Ratsmitglied bei der verbotenen Tätigkeit überrascht zu werden. Heute gingen sie kein Risiko ein und doch: Iciclos' Nervosität wuchs, je näher der Zeitpunkt ihres Plans heranrückte. Er wusste zu viel über das Frizin, um angstfrei hineinzugehen. Ana-has Gesichtsausdruck allein bei der Erinnerung an diese heimtückische Methode war Grund genug. Noch eine Viertelstunde ...

Seiso-me lief aufgebracht in seinem Zimmer auf und ab.

Antares wollte die Fakten prüfen. Die Fakten prüfen! Bisher hatte er ihn immer für einen weisen Mann gehalten. Die Fakten lagen doch auf der Hand. Es war alles so klar: Menardi, mit Feuerstaub außer Gefecht gesetzt. Das Beben, die Staudämme. Cruso, der die Spiegelung inszenierte und das Symbol stahl. Iciclos, dessen bester Freund, der sich, seitdem er den ersten Fuß über die Schwelle der Akademie gesetzt hatte, schon für die alten Symbole interessierte ...

Es passte alles zusammen.

Und was tat Antares? Die Fakten prüfen!

„Man kann die Fakten nicht mehr nachweisen, das ist ja die Raffinesse des Plans!“, hatte er ihm zu erklären versucht, mehr als nur einmal.

„Der Feuerstaub zeigt sich durch keine Parameter im Blut, die Luftspiegelung löste sich auf, als Annini kam und ob es sich um ein natürliches Beben oder ein herbeigeführtes handelt, gut, das können die Erdelementler ja klären, sollte es überhaupt möglich sein.“

Antares hatte sich nachdenklich das Kinn gerieben. „Ich kann doch jetzt nicht mit so einer haltlosen Theorie zu den Vorgesetzten der anderen Reiche gehen und sie bitten, ihre besten Männer im Rat zu verhaften, weil sie vielleicht an dem Symbolraub beteiligt waren.“

Er hatte Seiso-me gemustert, seinen Schützling, den er so mochte, so sehr, dass ihm niemals Zweifel an ihm gekommen waren. „Ich gebe zu, dass ich es tatsächlich als eine der Möglichkeiten in Betracht ziehe, versteh mich jetzt bitte nicht falsch, Seiso-me. Ich gebe dir recht: Es kann so gelaufen sein und ich bin dir dankbar, dass du Augen und Ohren offen hältst. Trotzdem muss es mehr sein als das, bevor ich losgehe und Lin rate, einmal in Crusos Carusóhs Zimmer nach dem Heiligen Atem suchen zu lassen, falls er ihn dort überhaupt versteckt hat, was ich einem Luftelementler nicht zutrauen würde.“

„Aber Cruso hat ihn. Dann muss man ihn eben unter Druck setzen, um an sein Versteck zu gelangen. Ich weiß, dass es so ist!“

„Weißt du es oder willst du, dass es so ist?“

Diese Frage von Antares hatte ihn zum ersten Mal richtig wütend auf seinen Vorgesetzten gemacht. Und gestochen hatte es, tief in ihm drin, als hätte Antares an einem Nagel in seinem Herzen gehämmert. Als ob es nicht schon schlimm genug wäre, dass er diese Gedanken hatte ...

„Ich bin mir sehr sicher. Ich kann nicht verstehen, wieso wir jetzt nicht handeln.“

„Seiso-me, überlege doch bitte einmal logisch. Hättest du recht mit deiner Theorie, würde man Cruso vermutlich nie dazu bringen, den Heiligen Atem herauszurücken. Eher würde er sich einsperren lassen, denn seine Mitwisser sind sicher informiert über das Vakuum und seine Lokalität. Er würde darauf spekulieren, nach einiger Zeit wieder freizukommen, da ihm seine Schuld nicht nachgewiesen werden kann.“

„Lin könnte ihn geistig nach dem Ort durchsuchen.“

„Cruso wäre sich dieser Gefahr bewusst. Er ist ein Luftelementler!

Er würde das Vakuum vielleicht sogar einem Mittäter geben und er selbst wüsste nicht einmal, wo es ist."

„Dann müssen eben Iciclos und Lesares auch befragt werden!"

„Und das alles wegen irgendeines Verdachtes ohne konkrete Beweise? Wer sich so viel Mühe macht, ein Symbol zu stehlen, wird es sich anschließend nicht wieder nehmen lassen. Man wird es nicht finden, dessen bin ich mir sicher. Und was passiert danach? Man wird uns Wasserelementlern nachsagen, wir wollten bewusst irgendwelche Leute verunglimpfen. Auf uns werden sie schließlich ihren Zorn abladen und vielleicht auch die Schuld. Die Zeiten sind nicht so ungefährlich, wie sie vielleicht erscheinen. Ich werde mich hüten, irgendeinen Verdacht an die große Glocke zu hängen, der sich nicht halten lässt. Wenn es dich beruhigt, werde ich mich mit Lin zusammensetzen und ihr deine Theorie unterbreiten. Nur sie und ich, sonst niemand. Und ich werde es ihr überlassen, ob sie handelt oder nicht."

Antares war an ihn herangetreten und hatte in väterlicher Weise den Arm um ihn gelegt.

„Seiso-me, glaub mir, ich verstehe dich sehr gut. Du willst dein Symbol beschützen. Du bist in ständiger Alarmbereitschaft und das ist auch gut so. Aber für unser Symbol besteht vorläufig keine ernsthafte Gefahr, selbst wenn deine Theorie stimmt. Iciclos kennt es nicht und ich werde nach deinen jüngsten Berichten selbst darauf achten, dass er nicht einmal in die Nähe des Oberen Rates gelangt. Und Cruso, Lesares und der unbekannte Feuerelementler sind ebenfalls unwissend. Wer auch immer sich die verbliebenen Symbole aneignen möchte, muss scheitern. Denk nur mal an das Heilige Feuer ... wie sollte es transportiert werden, ohne seinem Räuber den Garaus zu machen? Außerdem, wie sollte jemals ein Elementler herausfinden, was unser Symbol ist, wenn er nicht Mitglied des Rates ist? Und nicht zu vergessen: Nur die Ratsmitglieder beherrschen das Frizin. Laut unseren Aufzeichnungen ist es die Fähigkeit, die man zur Großen Toröffnung benötigt."

Diesen Punkten konnte Seiso-me nur zustimmen. Doch noch bis vor einigen Wochen hatten auch die Luftelementler sich in trügerischer Sicherheit gewogen – fast so sicher wie der Heilige Atem in seinem Vakuum –, dass ihr Symbol unantastbar sei. Aber wenn der Verrat aus eigenen Reihen kam?

Seiso-me schüttelte unwillig dem Kopf und blieb stehen. Ein ganz schrecklicher Gedanke spukte durch seine Gehirnwindungen. Das Gespräch mit Antares ließ ihm keine Ruhe mehr. Er machte sich Sorgen um Ana-ha, Sorgen, dass sie die ganze Zeit mit einem der schlimmsten Übeltäter der Reiche zusammenhing und ihn naiv mit immer mehr Wissen ausstattete. Mit Wissen, das er brauchte, wenn er die Tore öffnen wollte.

Und der Verrat hatte in den eigenen Reihen begonnen! War er selbst es nicht gewesen, der Ana-ha das Frizin gelehrt hatte? Was, wenn Ana-ha Iciclos in diesem Moment mit ihren geheimen Kenntnissen beglückte? In Seiso-mes Kopf begann es unerträglich zu pochen. Es war seine Schuld! Er hätte es ihr niemals zeigen dürfen! Wenn Iciclos das Frizin lernte, würde er dann nicht sofort losziehen, alle Mitglieder der Akademie hinterhältig schockgefrieren und dann schnurstracks in den Konferenzraum laufen, um das zu sehen, weshalb er vor acht Jahren überhaupt erst gekommen war? Niemand würde ihn aufhalten können. Iciclos würde sehen, was ihm bislang versagt worden war ...

Oh Gott, jetzt wurde es Seiso-me so schlecht wie nie zuvor: Was, wenn es ihnen dann wirklich gelang, die Tore zu öffnen? Was, wenn Iciclos es nicht schaffte, sich von Ana-ha zu lösen? Wenn er sie einfach mitnahm? Und sie alle in den Tod rannten? Oder in eine andere Welt? In eine, die dem Dunklen näher war als dem Licht?

Seiso-me stob aus seinem Zimmer. Er musste jetzt sofort nach Ana-ha sehen und sich vergewissern, dass es ihr gut ging ... und anschließend Antares die Wahrheit sagen!

„Na, du Elementas-Gewinner!“ Ana-ha zog die schwere Tür hinter sich zu und augenblicklich fühlte Iciclos sich gefangen. Gefangen in seinem selbst auferlegten Schicksal, welches ihn in eine der schlimmsten von Menschen erfundenen Foltern zwang.

„Selber Gewinner.“ Iciclos versuchte zu grinsen und konnte nicht verhindern, dass sein Herz auf einmal doppeltes Tempo vorlegte. So lange hatte er auf diesen Tag gewartet. Auf diese Fähigkeit. Mit dieser Technik stand für ihn plötzlich alles offen und doch war alles, was er jetzt fühlte, reine Angst.

„Hör mal, Iciclos“, sagte Ana-ha und ließ sich neben ihm auf dem Boden nieder. „Wir müssen es nicht tun. Wir können auch etwas anderes trainieren.“

„Du bist auch nicht davon gerannt, damals bei Seiso-me, oder?"

„Nein! Aber ich hatte ja auch einen ganz eigenen Grund."

Den hatte Iciclos natürlich auch. Ohne diesen hätte er das Elend sicher nicht auf sich genommen. Kampftechnik hin oder her. Seine Vergangenheit hatte ihm jedoch nie eine Wahlmöglichkeit gelassen.

„Ich wäre auch vorher beinah abgesprungen", versuchte Ana-ha ihn zu beschwichtigen und stand auf. „Aber als Seiso-me dann kam und mich davon abbringen wollte, gab es kein Zurück mehr." Sie lachte leicht, aber Iciclos kam es so vor, als klirrte es dabei wie tausend zusammenstoßende Eiswürfel.

„Dann halt mich davon ab!"

„Tu es nicht, Iciclos. Du musst es ja nicht. Nicht heute, nicht hier. Ich hab sowieso ein ganz mieses Gefühl dabei", sagte Ana-ha bereitwillig und in dem Augenblick spürte sie, dass es sogar die Wahrheit war. Sie fühlte sich richtig unwohl. So, als ob sie etwas tun würde, was alles Kommende veränderte. Als wäre dies hier ein Wendepunkt in ihrem Leben, einer, der es in die falsche Richtung lenkte. Als würde ihre Entscheidung eine Kettenreaktion von Ereignissen nach sich ziehen, die für sie nicht mehr willentlich kontrollierbar wären. Fast so, als wäre sie ein ... Opfer? Ein Opfer des anderen?

„Iciclos! Spür mal nach! Hast du nicht auch ein ganz furchtbares Gefühl? Sei mal ganz kurz bei dem, was wir vorhaben!"

„Dabei bin ich die ganze Zeit. Und ich habe ein ganz furchtbar mieses Gefühl!" Iciclos sprang auf die Beine. „Komm, lass uns anfangen, bevor der Mut mich ganz verlässt!"

Ana-ha schüttelte sich kurz, jagte die dunkle Vorahnung hinfort und öffnete inmitten der Halle das Tor. Ihr war überhaupt nicht mehr wohl bei dem Gedanken, Iciclos zu friezen. Was war, wenn etwas schief ging?

„Iciclos, was, wenn ich dich nicht rausholen kann?"

„Jetzt machst du mir so richtig Mut. Vielen Dank! Mit dem Davonabbringen meinte ich etwas anderes, nur, falls du es nicht verstanden hast."

„Was, wenn ich es nicht kann?"

„Dann holst du Hilfe. Mitras vielleicht. Egal wen, bloß nicht Seiso-me. Und zuerst strengst du dich schön an und versuchst es selbst! Ana-ha, du kannst es! Du kannst es!"

Ana-ha nickte mechanisch: „Ja, ich kann es."

Aber es klang nicht so sicher, wie Iciclos es sich gewünscht hätte.

„Komm mit durch das Tor. Da ist die Luftfeuchte jetzt richtig. Ich mache es dort, das ist viel leichter." Ana-ha trat durch das Wassergefälle.

Iciclos folgte ihr irritiert: „Kannst du gleichzeitig das Tor offen halten und friezen?" Darüber hatte er sich noch gar keine Gedanken gemacht. Aber Ana-ha hatte ihm auch erst vorgestern erklärt, dass sie ein Tor für das Frizin brauchen würden.

„Das hat Seiso-me mir beigebracht. Man muss zum Üben ja selbst etwas einfrieren. Dazu brauchen wir natürlich Dinge aus der Torwelt. Das Tor soll der Frizer selbst öffnen, einfach um sicherzustellen, dass er sich auf mehrere Dinge gleichzeitig konzentrieren kann, falls etwas schiefläuft. Was ich nicht hoffe ... zu deinen Gunsten. Aber erst kommt der unangenehme Part." Sie versuchte ein Lächeln.

Iciclos nickte kurz. Ana-ha brauchte ja nicht zu erfahren, dass ihm diese Fähigkeit schon zuteilgeworden war. Sie würde sich höchstens wundern, wie schnell er wieder Wissen umsetzte.

„Bleib stehen, Iciclos! Da ist es genau richtig."

Er stand in der kargen Landschaft der Trainingshalle, die Ana-ha nicht wie üblich durch ein Fantasiebild ersetzt hatte, und fühlte sich schrecklich, fast wie vor seiner eigenen Hinrichtung. Ana-ha war keine drei Meter vor ihm. Sie lachte unsicher und bedeckte ihr Gesicht mit den Händen.

„Oh Gott, Iciclos: Ich will dich jetzt nicht wirklich fragen, ob du bereit bist", murmelte sie durch ihre Finger hindurch. „Ich will das gar nicht tun."

„Frag nicht! Fang einfach an! Bitte. Warte nicht so lange, sonst werde ich immer denken, ich könnte es schon hinter mir haben."

„Gut. Schließ lieber die Augen, denn ich bin mir nicht sicher, was passiert, wenn du sie auflässt."

Iciclos sah sie kurz an, als wolle er sich ihr Gesicht noch einmal einprägen, um es mit in sein Martyrium zu nehmen. Dann befolgte er ihren Rat und es wurde dunkel um ihn herum. Er wartete und spürte seine Fingerspitzen zittern, trotz der Wärme, die noch um ihn herum kreiste wie unbezahlbares Gut.

„Dunkelheit und Kälte", dachte er. „Die schlimmsten Feinde. Eine

Minute, das werde ich schaffen. Vielleicht weiß ich nach dieser Minute sogar, was das Thuraliz-Symbol ist. Dann ist alles ..."

Der Schock der Kälte kam ohne Vorankündigung. Sollte Iciclos gedacht oder gehofft haben, der Schmerz würde sich auf einer Skala von eins bis zehn hinaufarbeiten, so wurde er jetzt eines Besseren belehrt. Von einer Sekunde auf die nächste hörte alles um ihn herum auf zu existieren. Es gab nur noch ihn und das Eis. Der Schmerz radierte alles weg. Das Blut in seinen Adern gerann vor Angst und Kälte zu rotem, klumpigem Schnee, weigerte sich zu fließen. Seine Stimmbänder zogen sich zusammen, machten Schreien unmöglich und der Hall seines Schmerzes fluktuierte lautlos durch seinen ganzen Körper. Arme und Beine schienen starr und fest, während Tausende von messerscharfen Eisklingen seine Haut aufschlitzten und ihre Kälte in die gezogenen Furchen säten.

*Und du fühlst alles ...*

Ana-has Worte schwankten in seinem Kopf.

*EINS ... Oh Gott, erst eins!*

*ZWEI ... Noch achtundfünfzig ...*

Er klammerte sich an Sekunden.

*DREI ... VIER ... Ana-ha ...*

*Zehn ... elf ... zwölf ...*

Zu schnell! Er zählte zu schnell. Er wusste es. Schon jetzt hatten seine Lungen keine Luft mehr, als hätte die Kälte den Sauerstoff gefroren. Sein Körper brannte in diesem kalten Eis.

*Oh Gott, Ana-ha, hol mich hier raus ...*

Er sah aus wie immer. Nur bewegungslos. Hätte sie es nicht gewusst, hätte sie niemandem geglaubt, der ihr von den Qualen erzählt hätte, die er gerade durchlitt. Ana-ha ging näher an Iciclos heran. Sollte sie ihm einen Teil der Schmerzen ersparen und ihn früher herausholen? Zwanzig Sekunden waren um. Noch mal fünfzehn und sie würde ihn erlösen. Er brauchte es nie zu erfahren, er hatte keine Vorstellung von Zeit in seinem Zustand.

Das Frizin war einfacher gelaufen, als sie es in Erinnerung gehabt hatte. So lange war es nicht her. Sie hatte das Asperitas durchlitten und nichts von dem erfahren, was sie sich gewünscht hatte. Wieso hatte ihr niemals jemand geraten, ins Feuerland zu reisen? Noch immer rätselte sie herum, wieso sich ausgerechnet dort in Wibuta das Leben zu ihr heruntergebeugt und sie geküsst hatte, so unerwartet, so natürlich, als habe es schon immer genau dort auf sie gewartet.

Etwas Metallisches krachte in ihrer unmittelbaren Umgebung und zeitgleich schwappte eine Schwingung durch die Halle, stark wie eine Druckwelle. Ana-ha fuhr zusammen und stand für einen Moment genauso starr wie Iciclos an ihrem Platz. Unfähig zu blinzeln oder irgendetwas zu tun.

Schritte näherten sich. Wer immer es war, er war außerhalb des Tores ... und so musste es bleiben. Sie musste Iciclos befreien. Ana-ha sammelte sich, versuchte, sich zu konzentrieren. Es musste schnell gehen, schneller als üblich. Doch die Angst in ihren Adern versagte ihr die nötige Kraft.

Sie schaffte es nicht ...

„Ana-ha?"

*NEIN! Seiso-me! Nicht er! Nicht hier!* Oh Gott, wenn er sie jetzt hier erwischte! Er würde Iciclos von der Akademie werfen lassen. Und sie selbst vermutlich verschonen. Aber wie enttäuscht wäre er von ihr wegen dieses Vertrauensbruches. Ana-ha holte Luft, klaubte alle Reserven von Wärme und Hitze zusammen, die ihr gerade einfielen, konzentrierte sich wieder ...

„Ana-ha? Bist du da drin?" Die Schritte waren vor ihrem Toreingang. Ana-ha schnürte es fast die Kehle zu. Sie bekam Iciclos nicht frei. Nicht mit dieser Panik im Nacken. Die Minute war um. Was sollte sie tun? Iciclos befreien und riskieren, dass er abdanken konnte? Oder ihn stehen lassen und Seiso-me zähmen? Beides war indiskutabel. Was würde Iciclos wollen? Sie musste für ihn entscheiden.

*Ist das jetzt der Wendepunkt?*

War Seiso-mes Erscheinen die schicksalhafte Komponente, die sie erspürt hatte? Oder war es nur der falsche Weg, den sie gleich wählen würde? Sekunden rannen davon ...

*Bloß nicht Seiso-me ...*

„Oh Gott, Iciclos, es tut mir so leid!", flüsterte Ana-ha. Ihre Entscheidung nahm ihr die restliche Luft zum Atmen. Ihr war heiß vor Verzweiflung und eiskalt vor dem Grauen, Iciclos hier allein zurückzulassen. Das war Hochverrat. Aber ihn Seiso-me überantworten? Undenkbar! Seiso-me hatte angedroht, ihn bei dem geringsten Regelverstoß rauswerfen zu lassen. Doch durfte sie so eine Entscheidung überhaupt für ihn treffen?

Ana-ha rannte durch das Tor. Sie dachte an Obrussa und ihre Gefühlskälte. Je schneller sie Seiso-me loswurde, desto lebendiger bekam sie Iciclos zurück.

„Was ist los?“ Ihre Stimme klang zittrig und ungeduldig, als sie sich Seiso-me zuwendete. „Wir sind bei einem wichtigen Training. Musst du hier so reinplatzen?“ Meine Güte, Seiso-me sah ja noch übler aus, als Iciclos sich fühlen musste.

„Es ist wichtig, Ana-ha. Es ist lebensnotwendig, es ist ... es ist ... meine Güte, ich habe mir solche ... solche Sorgen um dich gemacht!“ Seiso-me schien genauso verwirrt und fassungslos zu sein wie sie selbst. Er war wirklich besorgniserregend blass, aber auf alle Fälle war er tausendmal besser dran als der starr gefrorene Iciclos hinter dem munter plätschernden Wasserfall. Iciclos hatte jetzt keine Zeit für seine Stammelei.

„Wir sind gleich fertig, warte draußen auf mich!“ Ana-ha versuchte Haltung zu bewahren. Am liebsten wäre sie auf der Stelle in Tränen ausgebrochen.

„Nein, es kann nicht warten, es ist viel zu wichtig. Dein Leben kann davon abhängen. Du musst mir zuhören. Jetzt!“ Seiso-me stolperte auf sie zu und legte ihr die Hände auf die Schultern.

„Seiso-me, ich übe mit Iciclos in einem Tor! Mein Leben ist nicht in Gefahr! Was soll mir in einem Trainingstor passieren?“ Ana-ha schrie fast, aber Seiso-me bemerkte es nicht einmal.

„Das Frizin“, hauchte ihr Seiso-me über ihre Schulter hinweg ins Ohr. Er stützte sich halb auf ihr ab.

„Das Frizin?“ Ana-ha drohte unter Gewicht und Worten zusammenzubrechen. „Was ist damit?“ Jetzt konnte auch sie nur noch flüstern.

„Iciclos darf es nie, niemals ... niemals erlernen, verstanden?“ Seiso-mes Finger gruben sich schmerzhaft in ihre Schultern.

„Seiso-me, hör auf. Warum darf er es nie erlernen? Und wieso denkst du eigentlich, dass ich es ihm zeige?“

„Weil ich dich kenne! Und weil es Grund zu der Annahme gibt, dass Iciclos tatsächlich in den Symbolraub verwickelt ist. Weil er es für die große Toröffnung braucht, weil ...“

„Seiso-me, bist du verrückt geworden? Wir reden hier über Iciclos!“ Ana-ha lachte ungläubig und entsetzt. „Iciclos will doch nicht in eine andere Dimension auswandern. Er hat gerade die Elementas gewonnen. Alle hier feiern ihn! Und seit wann braucht man das Frizin, um Dimensionstore zu öffnen?“ Irgendetwas in ihr meldete Alarm, aber der Zeitpunkt war denkbar schlecht. Sie ignorierte es.

„Ana-ha, versprich es mir. Bitte, versprich mir, dass du es ihm nicht zeigst! Es ist zu gefährlich. Er ist zu gefährlich!“

„Iciclos ist nicht gefährlich!“ Es sei denn, er steckte zu lange im Frizin. Die Sekunden vergingen. Sekunden, in denen Iciclos litt. In denen er betete und hoffte, dass sie ihn erlöste. Und sie stand hier mit Seiso-me. Es war so unglaublich grotesk. „Ich muss ins Tor zurück. Iciclos wartet. Ich beende das Training und komme zu dir, Seiso-me ... Seiso-me, ich rede sofort mit dir darüber, aber jetzt muss ich zurück!“

„Ana-ha!“ Seiso-me fiel ihr entgegen und Ana-ha stolperte rückwärts, fand sich fast vor dem Wasserfall wieder, als sie Seiso-mes Arm im Rücken spürte, der sie nach vorne schob. „Ana-ha, ich will dich nicht verlieren!“ Er zog sie an sich, wie ein Ertrinkender den Rettungsring und beugte sich tief zu ihr hinunter.

Es war der denkbar ungünstigste Zeitpunkt, den er hätte wählen können, alles andere als perfekt, aber vielleicht die letzte Chance. Iciclos schien selbst während ihres spielerischen Trainings wichtiger als er, der sie vor ernsthaften Gefahren beschützen wollte. Wenn Iciclos und sie erst fest gebunden wären, wäre es für ihn zu spät, dann hätte er nicht einmal seine geringe Chance genutzt.

„Ich habe viel zu lange gewartet, Ana-ha ... ich wollte dir sagen ...“

Aus irgendeinem Grund kam er ihr noch näher ...

*Oohhh!!!*

Ana-ha erschrak über seine eindeutige Absicht, doch ihr blieb keine Wahl. Kränkte sie Seiso-me jetzt mit schroffer Zurückweisung, würde sie ihn vermutlich viel weniger los und zu stundenlangen Erörterungen über Beziehungsgeflechte fehlte Iciclos einfach die Zeit.

Seine Lippen waren salzig-warm und in Ana-has Magen explodierte das Bedürfnis, ihn zurückzustoßen. Sie unterdrückte es, nicht wegen Seiso-me, sondern wegen Iciclos, der ebenso wenig gerade wusste, wie ihm geschah wie sie.

Hätte sie ihn doch vorhin entfriezt! Hätte sie es doch riskiert und verloren, dann wäre er jetzt frei. Doch der Wendepunkt war vorbei. Es war unmöglich, sich umzuentscheiden. Im Gegenteil, jetzt musste sie zügig weitermachen, um Seiso-me loszuwerden.

„Seiso..." Ihre Stimme versagte. Der verwunschene Glanz in seinen Augen tat weh, fast so sehr wie der Gedanke an Iciclos. Wenn sie Pech hatte, würde sie heute zwei Freunde verlieren.

„Seiso-me, nicht jetzt. Das ist kein guter Zeitpunkt. Bitte!" Sie legte ihre Finger auf seine Wange. „Wir treffen uns später. Lass mich nur schnell die Trainingseinheit hier beenden. Dann komme ich nach." Seiso-me strich über ihre Haare, über ihr Gesicht. Er war wie in Trance, als habe sich sein schlimmster Albtraum zum schönsten Märchen der Wasserweltchronik verwandelt.

„Ana-ha, was ist los mit dir?" Er nahm ihre Hand aus seinem Gesicht, ließ ihre Finger nicht los, seufzte tief, dann drückte er sie fester an sich als jemals zuvor.

Das Eis sprengte sich durch seinen Körper.

Er sah es.

Es hinterließ symmetrische Kristalle gnadenloser Schönheit. Er hatte versucht, mitzuzählen, mitzuraten, bei sechzig hatte er aufgehört und stattdessen angefangen zu beten. Jeder Gott wäre ihm recht gewesen, jedes Gelübde, jedes Zeugnis hätte er abgelegt, aber es kam keine Hilfe. Und Asperitas verweigerte ihm seine Gabe. Die Dunkelheit wurde tiefer, während die Kälte ihn auffraß.

Schmerz ... keine Taubheit ... nur Schmerz.

Kälte, die brannte. Ein Frostfeuer aus blauem Eis und blauer Glut.

*Du fühlst alles ...*

Er brauchte Luft, um zu schreien.

*Du atmest ... Eis ...*

Die Panik wurde größer, als er seine Lungen mit Luft füllte. Die Kälte schnürte ihm die Kehle zu, ließ ihn röcheln, aber nicht ersticken. Nadelspitze Zapfen schienen in seiner Luftröhre zu wachsen. Sie schnitten Wunden, als er lautlos nach Ana-ha schrie ... Er hielt es nicht aus ... Keine Töne für den Schmerz, der so groß war wie die ganze Welt ... Ana-ha ...

*Wieso hört es nicht auf?*

Die Minute war vorbei. Lange schon. Viel zu lange schon ...

Ana-ha schob Seiso-me behutsam von sich, ihre Hände zitterten verräterisch vor Ungeduld, so sehr sie sich auch bemühte, Ruhe zu bewahren.

„Wir sprechen später über alles, Seiso-me." Ihr war plötzlich eiskalt. Sie hatte so große Angst. „Ich gehe jetzt zurück. Schließ die Hallentür und warte draußen."

Seiso-me nickte. Gottlob, er nickte tatsächlich. Sie hatte es geschafft. Er schlich davon, verwundert, verzaubert, beruhigt. Doch vor der Hallentür drehte er sich ruckartig herum:

„Ana-ha, versprich mir, dass du Iciclos nicht das Frizin zeigst! Niemals!"

„Ich verspreche es", log Ana-ha. Ihr blieb keine Wahl. Noch hatte sie es Iciclos auch nicht beigebracht. Noch konnte sie zurück und das Versprechen halten, um ihres Iciclos gegenüber zu brechen. Aber all das war egal in diesem Moment. Die Hallentür flog hinter Seiso-me zu.

Ana-ha stürmte hinter die Wasserwand. Was sie jetzt brauchte, war Konzentration. Aber alles, was sie tun konnte, war dastehen und die Tränen zu unterdrücken, die sich aufdrängten.

„Nicht jetzt!", gebot sie sich selbst. Sie sammelte sich, wischte sich den Schweiß von der Stirn, dachte an Wärme und Wibuta, dachte an Liebe und Licht, dachte an Hitze und Feuer, sammelte all diese Gaben zusammen, zu einem Fluss aus warmem leuchtendem Orange und tauchte Iciclos gedanklich hinein. Sie umspülte ihn mit diesen Schätzen, immer wieder, löste die Wasserstoffbrücken und hoffte, dass es reichte. Sie stellte sich neben ihn, um ihn im Moment der Rückkehr aufzufangen. Aber das alles dauerte zum Verrücktwerden lange. Zehn Minuten, schätzte sie, war Iciclos dem Frizin ausgeliefert gewesen. Bis jetzt zehn Minuten. Und dann spürte sie eine zaghafte Fingerbewegung.

„Langsam ... langsam", flüsterte sie und nahm ihn stützend in die Arme.

Iciclos gab einen furchtbar schmerzerfüllten Laut von sich, der Ana-ha erneut die Tränen in die Augen trieb. „Es tut mir leid, Iciclos, es tut mir so leid!" Sie half ihm, sich auf den Boden zu setzen und hinzulegen.

„Bewege dich nicht, deine Knochen fühlen sich bestimmt noch so zerbrechlich an wie Glas. Das legt sich gleich!"

Sie sah ihn besorgt an. Iciclos sah aus wie immer. Besser als Seiso-me vorhin und gar nicht so, als habe er gerade minutenlang gelitten, aber das täuschte. Sie sprach nicht mehr. Sie wusste, wie laut einem selbst die leisesten Worte nach dem Frizin erschienen. Sie tat gar nichts. Sie saß einfach nur da und war glücklich, ihn zurückzuhaben. Hoffentlich hatte sie ihm keinen ernsthaften Schaden zugefügt!

Iciclos starrte an die Decke, das Blau seiner Augen schien immer noch vereist. Er blinzelte nicht. Ana-ha griff vorsichtig nach seiner Hand. Seine Fingerkuppen waren kalt wie Schnee. Minuten vergingen.

„Es ist schiefgegangen“, flüsterte sie in die Stille. Iciclos hatte sich noch immer nicht bewegt. „Es ist schiefgegangen, es tut mir leid, Iciclos. Sag etwas, irgendetwas, damit ich weiß, ob es dir ...“

Ana-ha verstummte. Iciclos’ Zustand erschreckte sie noch mehr als Seiso-mes unglückseliges Auftauchen. Wie hatte sie annehmen können, dass Iciclos das Frizin dem Rauswurf der Akademie vorziehen könnte? Wie hatte sie so blind für die Konsequenzen sein können? Was, wenn das Frizin sein Wesen verändert hatte? Nachhaltig? Was, wenn sie ihn nur körperlich zurückbekommen hatte?

„Soll ich jemand holen, Iciclos? Soll ich Hilfe holen?“ Ana-ha war fast schon auf den Beinen. Mitras! Sie würde Mitras suchen. Er besaß enorme Heilkräfte. Vielleicht wusste er, wie man Iciclos helfen konnte.

„Niemand ... Ana-ha ...“ Es war kaum mehr als ein Hauch. Aber dass er endlich gesprochen hatte, machte Ana-ha zu einem der glücklichsten Menschen dieser Erde. Sie sah, wie er die Augen schloss und wieder öffnete, schloss und schließlich offen ließ und sie suchte.

„Ich bin hier.“ Ana-ha sank neben ihm auf den Boden und nahm erneut seine Hand in die ihre.

„Was ist passiert?“ Iciclos drehte mühsam seinen Kopf in ihre Richtung. Er fühlte sich schrecklich. Seine Knochen waren noch immer eiskalt, obwohl sich Haut und Gewebe um sie herum schon wieder mit warmem Blut füllten. Er erinnerte sich an alles. An die fürchterliche Kälte und seine Angst davor, dass es nicht aufhörte. An die Sekunden, die er wie Dominosteine aneinandergereiht hatte, nur dass es viel länger gedauert hatte als gedacht. „Was ist passiert?“ Er hörte sich leblos an, ohne Sprachmelodie und Rhythmus in der Stimme.

„Ich ...“ Sie zögerte.

Was würde er zu ihrer Wahl sagen? Was, wenn er wirklich Schäden davontrug und sie verantwortlich machte? Wenn er genau wissen wollte, wie sie Seiso-me losgeworden war? Wenn er seine Worte aus Malesh dann zurücknahm?

„Ich habe das Frizin nicht brechen können." Ana-ha wusste, dass Lügen weitere nach sich zogen. Dass es nicht nur diese eine Unwahrheit gab, sondern dass sie bald ein Gebilde aus solchen würde bauen müssen, um diese erste zu halten. Aber soweit würde sie es nicht kommen lassen. Sobald es Iciclos besser ging, würde er alles erfahren.

„Du konntest nicht? Hast du jemanden geholt?"

„Nein, nein, ich habe es allein geschafft. Aber es hat gedauert."

„Wie lange?"

„Äh ... zehn Minuten!"

„Zehn?"

Ana-ha spürte, wie er vorsichtig seine Finger zusammenkrallte und wieder losließ, wohl um zu kontrollieren, ob sie ihm noch gehorchten.

„Geht es etwas besser?" Sie betrachtete seine Hände. Sie konnte ihm kaum in die Augen sehen.

„Besser?" Iciclos schloss die Lider. Ohne die Kälte war die Dunkelheit herrlich. Der Schmerz verblasste zusehends, körperlich war er wieder in Ordnung, bis auf die Tatsache, dass er sich vierzig Jahre älter fühlte und den Eindruck hatte, er hätte die Nacht in einer Gefriertruhe verbracht. Trotzdem fühlte er sich anders als sonst.

„Mir geht es gut", sagte er und streckte sich vorsichtig in die Länge, dann setzte er sich unbeholfen auf.

„Mir ging es fast eine Woche schlecht."

„Du bist ja auch nicht ich."

„Leider oder glücklicherweise?"

„Ich will genau wissen, was passiert ist, Ana-ha!"

„Nun, das Frizin an sich hat schnell funktioniert. Das hast du ja gemerkt. Und dann, als dich rausholen wollte, da ..."

„Da?"

„Da konnte ich nicht. Ich hab´s versucht, wirklich ... aber ich war so nervös und ich hatte Angst."

„Du hattest schon vorher Bedenken. Eine echte Vorahnung oder nur die Angst, es könnte eine Vorahnung sein?"

„Du meinst, ich habe versagt, weil ich mir eingeredet habe, es könnte etwas schiefgehen? Hm ... warum nicht, kann sein, ja!"

„Ich war deswegen zehn Minuten gefriezt!"

„Es tut mir leid. Ich hatte befürchtet, dass du sauer sein wirst nach dem Frizin ... egal, wie lange du da drin steckst. Ich war auch wütend auf Seiso...me ..." Jetzt wäre sie schon beinah über seinen Namen gestolpert. Sie musste Iciclos bald die Wahrheit sagen. Noch war er vermutlich zu schwach, um seine Empathie zu benutzen.

„Ich bin nicht sauer." Iciclos musterte sie mit einer stoischen Ruhe. „Nur verwundert. Du hast nie erwähnt, dass es so kompliziert ist, jemanden aus dem Frizin zu holen."

„Ist es doch auch nicht!"

„Wo war dann dein Problem? Warum die Angst?"

„Ich hatte plötzlich ein ungutes Gefühl! Das habe ich dir doch gesagt, aber du warst ja nicht davon abzuhalten. Und du hättest dich auch von mir friezen lassen, wenn ich dir gesagt hätte, du müsstest eine halbe Stunde in diesem Zustand sein: Weil es dir so wichtig ist!" Seiso-me und seine Warnung fiel ihr ein: die große Toröffnung! Ana-ha musste einfach nachhaken: „Wieso ist es das eigentlich?"

„Ich habe keine Lust, dir immer wieder das Gleiche zu erzählen."

„Dann erzähle mir mal was Neues! Wusstest du, dass man für das Erreichen der göttlichen Dimension das Frizin braucht? Um das Große Tor zu öffnen?"

„Natürlich weiß ich das! Na und? Ist es ein Verbrechen, Bescheid zu wissen?"

„Ich wusste es lange Zeit nicht, weil ich mich nicht mit so einem Düsterkram befasse!"

„Düsterkram? Ich dachte, die göttliche Dimension soll so wunderbar sein."

„Ja, aber die Schritte dorthin sind kriminell. Symbolräubereien, Täuschung, Lügen. Seiso-me hat gesagt, ich darf dir das Frizin nicht zeigen, vor allem nicht angesichts der Umstände. Ich darf es niemandem zeigen."

„Brichst du dein Wort?" Iciclos' Augen wurden schwarz wie Tinte.

„Ich weiß nicht, was ich tun soll!"

„Du lässt mich zehn Minuten im Frizin stecken, zehn verdammte Minuten, in denen ich gedacht habe, ich sterbe, zehn Minuten für NICHTS?" Das Taubheitsgefühl in seinem Innenleben wich langsam verzweifelter Wut. Das konnte Ana-ha ihm nicht antun. „Ich habe dein Wort!" Seine Stimme überschlug sich fast.

„Ja, das dachte ich auch. Aber ich möchte für mich erst noch ein paar wichtige Dinge klären. Wenn die Fronten klar sind, zeige ich es dir. Aber heute nicht. Außerdem musst du dich ausruhen. Jetzt, in dieser Verfassung, kannst du sowieso nichts friezen."

„An dieser Verfassung bist du schuld, nicht ich, Ana-ha!", presste Iciclos durch die Zähne hervor. „Natürlich kann ich friezen!"

„Ich lasse es aber nicht zu." Seiso-me kam ihr in den Sinn. Vielleicht wartete er noch vor der Halle. Sie musste unbedingt zu ihm. Andererseits wäre es Iciclos gegenüber unfair, jetzt zu gehen. Woher sollte sie wissen, wie es tatsächlich um ihn stand? Noch vor wenigen Sekunden hatte sie eine solche Angst gehabt, er hätte echte Verletzungen davongetragen. Aber seinem Auftreten nach zu urteilen, ging es ihm schon wieder viel zu gut. Doch dies konnte täuschen. Das Frizin beschäftigte den Menschen, der es erlebt hatte, mindestens eine Woche. Das würde bei ihm nicht anders sein, schon daher, weil er die zehnfache Zeit darin verbracht hatte, auch wenn er noch so abgebrüht tat. Später müsste sie sich unbedingt um ihn kümmern.

„Kannst du laufen?"

„Natürlich!"

„Ich denke, unsere Einheit ist bald rum. Wir müssen hier raus."

„Unsere Einheit hat noch mindestens eine halbe Stunde Zeit. Ana-ha, was ich nicht verstehe, ist Folgendes: Du hast wohl schon länger gewusst, dass man das Frizin für die große Toröffnung benötigt, und kündigst erst jetzt deine Bedenken an? Wieso?" Ana-ha schwieg. Er hatte recht, zumindest, wenn sie nicht gelogen hätte. Und eine Antwort hatte sie auch nicht für ihn. „Wieso?"

„Na ja ..." Ana-ha stand umständlich auf und sortierte akribisch die Falten ihres Rockes. „Sooo lange weiß ich es noch gar nicht. Vielleicht hat das ja mit meinem komischen Bauchgefühl zu tun, keine Ahnung, Iciclos, aber ich bin sehr verunsichert, um ehrlich zu sein."

Iciclos stand ruckartig auf und wankte derart zur linken Seite, dass er mit den Fingern den Boden berührte.

„Vorsicht!" Ana-ha fasste ihn stützend am Arm, aber Iciclos schüttelte ihre Hand energisch ab.

„Ich komme allein klar, ich brauche dich nicht!" Er blieb ruhig an seinem Platz stehen. Er hatte keine Lust, sich von Ana-ha wie ein kleines Kind führen zu lassen. Geradeaus laufen konnte er allerdings auch nicht. „Am besten gehst du schon mal vor. Ich brauche noch ein wenig Zeit. Allein."

„Jetzt sei doch nicht so wütend. Es tut mir leid. Bitte, Iciclos, sei nicht so ein Sturkopf und lass dir helfen!"

„Ich bin nicht wütend, weil du mich nicht befreien konntest. Du lässt mich ja nicht absichtlich im Frizin stecken. Ich bin wütend, weil du mir nicht vertraust!"

Es war die Wahrheit. Er war wütend darüber, obwohl Ana-ha das Recht absolut auf ihrer Seite hatte. Objektiv gesehen war er ein Symbolräuber, ein Krimineller, ein Täuscher, ein Düsterkrämer ... aber er fühlte sich nicht als Schuldiger. Seine Lügen besaßen Notwendigkeit. Er wollte nach Hause, das war kein Unrecht. Irgendwie hatte er immer gehofft, Ana-ha würde ihm zustimmen, sollte sie eines Tages die ganze Wahrheit kennen. So gerne hätte er ihr alles gebeichtet.

Er war kein Tagträumer, aber seit der Nacht in Malesh hatte er die Fantasie, dass Ana-ha ihm nach Emporia folgen würde. Fiuros würden sie schon irgendwie besänftigen, in seinen Gedanken war alles so einfach. Aber Ana-ha würde die ganze Wahrheit nie verstehen können, denn sie war Wasserelementlerin und Emporias Welt nicht die ihre. Wie konnte sie sein Handeln begreifen, wenn sie nicht das Glück Emporias als Grundlage seiner Aktionen heranziehen konnte. Sie würde niemals mit den Augen eines Emporianers sehen und so blieben Symbolräuber zwangsläufig Symbolräuber, egal, ob sie nun eine göttliche Dimension erforschen oder einfach nur nach Hause wollten. Was machte es auch für einen Unterschied? In ihm floss dasselbe Blut wie in solchen, die damals die Tore geöffnet hatten. Stammte Ana-ha nicht ebenfalls von jenen Toröffnern ab?

„Ich habe nicht gesagt, dass ich dir nicht mehr vertraue. Ich brauche nur Zeit zum Nachdenken." Ana-has Hand zuckte leicht in seine Richtung, aber sie unterließ es, ihn zu berühren. Natürlich war es für sie von Vorteil, dass er sie wegschickte. Falls Seiso-me tatsächlich noch vor der Halle wartete, würde er keinen Verdacht schöpfen, wenn er Iciclos in einer derart schlechten Verfassung sah. Trotzdem ... sie hatte ein ganz schlechtes Gewissen ...

Fiuros hatte die Wächter des Gralsfeuers fortgeschickt. Er blickte in die Flammensäule. Kaira war über ihre Versetzung nach Wibuta aufgebracht gewesen. Seine Gründe, gerade nach ihr zu verlangen, waren dürftig. Aber er hatte eindringlich darum gebeten und Antares gleich darauf hingewiesen, dass seine Akademie seit Wochen auf Atemos und etliche Ratsmitglieder verzichtete. Als Kaira dann aus dem Tor getreten war, hatte ihre Schönheit ihn regelrecht schockiert. Und das, obwohl Äußerlichkeiten ihm nichts bedeuteten. Er hätte jede Menge schöner Frauen haben können. Sie warfen sich ihm an den Hals, biederten sich an. Er war ihrer überdrüssig.

Kaira hatte sich in der unnachahmlichen Art der Wasserelementler erst einmal beleidigt in ihr zugewiesenes Zimmer zurückgezogen. Sie verhielt sich wie ein Einsiedlerkrebs, dem man das Haus gestohlen hatte. Erst Stunden später war sie wieder aufgetaucht, von einem Pulk männlicher Akademiegänger umringt. Fiuros hatte versprochen, sie durch den Oberen Rat zu führen ... als kleine Wiedergutmachung für ihren Aufenthalt hier. Und jetzt hatte er sie sogar mit in den Saal des Gralsfeuers genommen. Etwas, das fast keinem Fremdelementler je zuteilwurde, selbst den meisten Akademieabsolventen wurde dieser Blick verwehrt.

„Es ist so energiegeladen", sagte sie jetzt zu ihm. „Es ist Emotion pur. Seine Flammen erscheinen irgendwie viel voluminöser als bei normalem Feuer ... Feuer."

„Ja, es sieht massiver aus. Als hätte es auf dem gleichen Raum eine größere Dichte."

„Du wirst es finden, Fiuros ... Fiuros!"

Jetzt fing sie schon wieder mit ihren seltsamen Paraphrasen an. Den ganzen Tag über machte sie schon seine Studenten verrückt. Zu jedem fiel ihr etwas anderes ein. Die Feuerländer stoben seit Stunden wie aufgeregte Hühner in der Akademie umher und raunten sich gegenseitig ihre Prophezeiungen zu. Er musste Kaira dringend beschäftigen, damit das aufhörte.

Und dass er das Gralsfeuer finden würde, war nichts Neues für ihn.

„Iciclos sollte es entdecken, aber du ... du wirst es zuerst finden ... finden ..."

„Was finde ich?" Sie sprach definitiv nicht vom Heiligen Feuer.

„Das weiß ich nicht ... weiß ich nicht."

„Wenn du nicht Nägel mit Köpfen machen kannst, dann lass bitte dieses merkwürdige Orakeln. Und hör auf, deine Schlussworte immer zu wiederholen. Du machst den Menschen hier Angst … Angst, verstehst du?“, ahmte er sie spöttisch nach.

„Man sollte keine Furcht vor seinen Emotionen haben. Und auch nicht vor der Zukunft. Wenn du wissen willst, um was es bei dir geht, dann komm zu einer Sitzung! Und meine Schlussworte wiederhole ich immer, wenn ich nicht gerade in dem Schutz meiner Privaträume verweile, darauf habe ich keinen Einfluss … Einfluss.“

„Ja, ja, ist schon gut! Nur halte dich bei den Akademieabsolventen ein bisschen zurück. Das wird doch wohl funktionieren, oder?“

„Es ist meine Natur, Dinge vorauszusagen. Stoppen kann ich es nicht. Aber wenn du lieber jemand anderen willst … will …“

„Nein, will ich nicht“, unterbrach Fiuros sie seufzend. Er hatte sich keinen großen Gefallen getan, sie durch den Oberen Rat zu begleiten. Aber Tunjer hatte er diese Aufgabe nicht übertragen wollen. Ihm hing schon beinah die Zunge aus dem Mund, wenn er Kaira nur ansah.

„Erfüllen sich deine Vorhersagen öfter?“, wollte er jetzt von ihr wissen, als sie weiter liefen.

„Zu achtzig Prozent … Prozent.“

„Gute Trefferquote!“ Wenn er nicht zu den übrigen zwanzig zählte, würde er vermutlich schon sehr bald herausfinden, was das Wassersymbol war. Denn es war das Einzige, was Kaira gemeint haben könnte. Eine Sitzung bei ihr war ihm jedoch zu heikel. Aber wie sollte er, der im Feuerland festsaß, herausfinden, was das Symbol der Wasserelementler war?

# Während des Monsaes

Die Stürme waren über Thuraliz hereingebrochen wie Heerscharen feindlicher Soldaten. Antares hatte für alle Wasserelementler die Ausgangssperre verhängt. Dutzende von Luftelementlern hielten sich derzeit in der Wasserkunstakademie auf, um von dort aus Schadensbegrenzung in den Städten des Wasserreiches zu betreiben. Abends kehrten sie erschöpft in die Akademie zurück. Annini war eine von ihnen.

Ana-ha war froh, ihre neue Freundin um sich zu haben, auch wenn sie nicht so viel Zeit füreinander hatten. Seiso-me hatte sie in der letzten Woche gemieden, als hätte er die Leuke-Grippe und auch Iciclos gegenüber hatte sie sich rargemacht. Sie wusste einfach nicht, wie sie ihm schonend die Wahrheit beibringen konnte, ohne dass es zu Missverständnissen kommen würde. Sie hatte sich an Wibuta erinnert, an den Moment, als er sie mit Seiso-me entdeckt hatte. Natürlich war er eifersüchtig gewesen. Aber wenn er doch mehr für sie empfand, warum ließ er sich dann nicht auf eine Beziehung ein? Warum machte er immer nur vage Andeutungen?

Und Seiso-me … Er machte sich jetzt Hoffnungen. Wie versprochen war sie nach ihrer Einheit noch einmal zu ihm zurückgekommen, allerdings nur kurz, um ihm zu sagen, sie fühle sich nicht besonders und wolle lieber ein anderes Mal mit ihm sprechen. Es war ihr wirklich miserabel gegangen, daher hatte sie noch nicht einmal gelogen. Danach hatte sie sich in ihr Zimmer geschleppt und sich gewünscht, sie könne in ein tiefes Loch springen und am anderen Ende der Welt wieder auftauchen. Dabei hatte sie Seiso-me noch so vieles fragen wollen. Zum Beispiel, wie man damals das Gralsfeuer gestohlen hatte und warum er auf die aberwitzige Idee gekommen war, Iciclos könnte ein Symbolräuber sein. Diese Fragen waren wichtig, aber sie würde die Antworten nur bekommen, wenn sie Seiso-me mit der Wahrheit konfrontierte. Der Wahrheit, dass ihr Kuss bedeutungslos gewesen war und sie nichts für ihn empfand, was für eine dauerhafte Beziehung ausreichte. Ihre Freundschaft würde einen Knacks bekommen, der mit nichts zu kitten wäre. Es würde nie mehr sein wie vorher.

Sie hatte Angst davor. Sie zögerte den Zeitpunkt immer weiter hinaus. Sie verkroch sich in ihrem Zimmer, gab vor, sie sei krank und fühlte sich allmählich auch so. Und sie hoffte inständig, dass Seiso-me Iciclos gegenüber nicht erwähnen würde, was geschehen war. Aber da sich die beiden normalerweise nur bis auf hundert Meter annäherten, standen die Chancen gut, dass er es zuerst von ihr erfahren würde.

Am Abend nach ihrem missglückten Frizin war sie noch einmal bei Iciclos gewesen. Körperlich ging es ihm wieder sehr gut, mehr gab er nicht preis. Er hatte ihr noch nicht einmal verraten, ob er Asperitas' Geschenk erhalten hatte. Sicherlich war er wohl immer noch wütend über ihre Zweifel. Sie hatte ihn mit dem Angebot verlassen, jederzeit für ihn da zu sein. Doch sie kannte ihn gut genug, um zu wissen, dass er darauf nicht zurückkommen würde.

Nur einmal war er in den letzten Tagen in ihrem Zimmer aufgetaucht, natürlich nur, um – leicht zynisch – zu fragen, wann sie ihn endlich das Frizin lehren würde und ob sie ihr Vertrauen mittlerweile wiedergefunden hätte. Ana-ha hatte ganz gegen ihre Gewohnheit ebenso zynisch geantwortet, dass sie noch eine Weile suchen und er sich schon noch etwas gedulden müsse, da die Suche nach Vertrauen schwieriger sei als die Suche nach Wahrheit. Iciclos hatte das Gesicht verzogen und ihr Zimmer verlassen. Seitdem hatte sie ihn nicht mehr gesehen. Sie selbst lag die meiste Zeit auf ihrem Bett, starrte an die Decke und grübelte nach. Ihr Leben war tatsächlich durch das Frizin völlig verdreht worden. Sie ging ihren beiden besten Freunden aus dem Weg. Das musste aufhören!

Am nächsten Morgen begab sie sich ohne weitere Ausflüchte direkt zu Seiso-mes Appartement. Es lag einen Aufstieg weiter oben. Nach einem kurzen Klopfen und einem ebenso kurzen „Herein", öffnete sie die Tür.

„Hallo Ana-ha." Seiso-me lächelte nicht. Er legte ein Buch beiseite und erhob sich von seinem Stuhl.

„Hi! Ich dachte, ich komme mal vorbei."

„Bist du es leid geworden, mir aus dem Weg zu gehen?" Er kam zur Türschwelle, in der sie zögerlich stehen geblieben war.

„Ich ... ich muss mit dir reden."

„Ja, das fürchte ich auch." Seiso-mes dunkelbraune Augen waren voller Kummer. Vermutlich hatte er sich durch ihr Fernbleiben seinen Teil gedacht. Sein Gesicht wirkte eingefallen und schmal, fast so wie das von Iciclos. Er schloss die Tür hinter ihr.

„Ich will dir nicht wehtun, Seiso-me." Ana-ha sah ihn nicht an.

Er ging an ihr vorbei und sah durch das Fenster nach draußen.

„Das hast du schon. Schweigen ist auch eine aufschlussreiche Art der Kommunikation. Aber warum, Ana-ha? Warum hast du dich darauf eingelassen, wenn du mich hinterher behandelst, als wäre ich noch nicht mal mehr dein Freund?"

„Es tut mir leid, ich weiß es nicht. Ich weiß es wirklich nicht." Ana-ha schossen Tränen in die Augen und sie war froh, dass er ihr den Rücken zukehrte. Seiso-me am Boden zerstört zu sehen war schlimmer, als wenn er sie angeschrien und rausgeworfen hätte. Aber sie hatte kein Recht zu weinen. „Ich wünschte wirklich, es würde funktionieren. Aber das würde es nicht."

„Es ist wegen ihm, oder?" Seiso-mes Stimme klang anklagend. Er hatte sich herumgedreht und musterte Ana-ha, als wollte er keine ihrer Reaktionen verpassen.

Sie schluckte trocken und schüttelte den Kopf. „Nein, es ist nicht, wie du denkst. Iciclos und ich sind nur Freunde."

„Du empfindest für ihn mehr als Freundschaft!"

Ana-ha schwieg.

„Dein Schweigen ist wohl ein Ja!"

„Aber es bedeutet nichts. Iciclos und ich ... es würde genauso wenig gut gehen. Wir sind Freunde."

„Freunde, ja. Ich dachte, das wären wir auch." Seiso-me lachte bitter.

„Können wir das nicht bleiben?" Ana-ha fühlte die tiefe Kluft zwischen ihnen. Ihre Angst, alles zu verlieren, wuchs.

„Warum hast du mich geküsst, wenn es dir nichts bedeutet hat?", wollte Seiso-me wissen, ohne ihre Frage zu beantworten.

„Ich weiß es nicht. Irgendwie war da dieser merkwürdige Moment.

Du sahst so verzweifelt aus, so verstört und du hast mich doch zuerst geküsst!"

„Du hättest es nicht erwidern müssen."

„Vielleicht musste es so sein, damit wir merken, dass es keinen Sinn hat", log Ana-ha.

Dann schwiegen sie beide eine lange Zeit. Immer wieder kreuzten sich ihre Blicke sekundenweise und keiner wusste so recht, was er sagen sollte. Ana-ha kam es vor, als seien sie Schauspieler, die ihren Text vergessen hatten, als suchten sie im Gesicht des anderen nach dem passenden Stichwort.

„Weiß Iciclos davon?", fragte Seiso-me schließlich.

„Ich denke, ich sollte es ihm sagen, oder?"

„Mich brauchst du nicht um ein Urteil zu bitten."

„Wieso hast du diese seltsamen Sachen über ihn erzählt?", fragte Ana-ha, ohne auf seine Bemerkung einzugehen.

„Interessiert es dich jetzt doch?" Seiso-me setzte sich an den Tisch am Fenster und seine Augen wurden schmal vor Argwohn. „Es hatte erst den Anschein, als wäre es dir völlig gleichgültig."

„Es ist mir überhaupt nicht gleichgültig. Ich verstehe es nur nicht. Wenn du Beweise hast, dann nenn sie mir!"

„Setz dich!", forderte Seiso-me sie auf.

Ana-ha kam langsam in seine Richtung. Sie hatte Angst vor dem, was er ihr sagen würde.

„Was ich dir jetzt erzähle, darfst du niemandem verraten. Ich habe es lediglich Antares erzählt und dieser hat es an Lin Logan weitergegeben."

Ana-ha nickte und setzte sich zu ihm. „In Ordnung!" Ihr Herz schlug schneller.

„Diese Spekulationen sind gefährlich, sie dürfen nicht an die Öffentlichkeit gelangen. Man könnte den Wasserelementlern sonst vorwerfen, sie wollten andere Reiche absichtlich herabsetzen."

Ana-ha nickte noch einmal und Seiso-me berichtete von all seinen Beobachtungen in Triad. Zum Schluss erwähnte er die Luftspiegelung während der Elementas und ihren möglichen Zusammenhang mit dem Symbolraub. Alles, was er sagte, klang plausibel und richtig. Ana-ha war es abwechselnd heiß und kalt geworden. Alle Fakten sprachen gegen Cruso.

„Ich kann mir nicht erklären, warum Cruso das Symbol hätte stehlen sollen", sagte Ana-ha nachdenklich nach seinem Vortrag. Der sensible Luftelementler wirkte immer so unschuldig und einfühlsam.

„Weil er in eine göttliche Dimension möchte", sagte Seiso-me lakonisch.

„Warum sollte er das wollen?"

„Oh, Ana-ha! Warum? Warum? Warum wollten die Symbolräuber von damals unbedingt in die göttliche Dimension? Weil sie sich ein besseres Leben erhofften, ein göttliches Leben! Weil sie mit ihrem vielleicht nicht zufrieden waren!"

„Oder weil sie tief religiös waren und Gott suchten?"

„Jetzt klingt es schon so, als wolltest du sie verteidigen", seufzte Seiso-me resigniert.

„Nein, ich suche nur nach einer Erklärung. Wieso verdächtigst du Iciclos? Weil er Crusos bester Freund ist?"

„Deshalb auch", gab Seiso-me zu. „Überdies ist er wahnsinnig ehrgeizig. Er hat sich außerdem von Anfang an für die heiligen Symbole interessiert."

„Das ist doch nichts Schlimmes. Viele interessieren sich dafür."

„Bei Iciclos ist das aber anders. Ich habe das Gefühl, er wollte nur aus dem einen Grund so gut werden: um in den Oberen Rat zu gelangen ... damit er sich im Konferenzraum das Symbol ansehen kann."

„Aber er ist nicht im Oberen Rat. Du hättest dich gar nicht so aufregen müssen."

„Was, wenn Iciclos dich überredet, ihm das Frizin zu zeigen, damit er uns alle einfrieren kann? Dann könnte er ungestört in den Konferenzsaal. Er würde das Symbol zu seiner Toröffnung mitnehmen und für immer verschwinden. Uns würde er vielleicht noch nicht einmal mehr aus unserem Zustand erlösen!"

„Dich vielleicht nicht gerade", sagte Ana-ha lächelnd, belustigt über seine Sorgenfalten. „Aber ich würde dich befreien, keine Angst!"

„Mach keine Witze über diese Sache! Du weißt nicht, was für ein Dilemma das alles ist, denn einen Teil der Wahrheit habe ich dir verschwiegen. Ich darf dir das leider absolut nicht weitergeben!"

„Hat es auch mit Iciclos zu tun?"

Seiso-me schüttelte den Kopf.

„Nein ... nein! Es hat mit dem Symbol zu tun."

„Mit dem Symbol? Dem heiligen Wassersymbol?" Ana-ha sah ihn mit großen Augen an.

„Ja … du musst wissen: Ich bin sein Wächter!"

„DU BIST WAS?"

„Ein Symbolwächter!" Seiso-me machte ein Gesicht, als würde er seinen Posten am liebsten verfluchen.

„Das gibt's doch nicht! Das ist ja unglaublich! Was für eine Ehre für dich!" Ana-ha war aufgesprungen. Nie hätte sie erwartet, dass Antares Seiso-me gleich so ein wichtiges Amt übertragen würde.

„So habe ich das zunächst auch gesehen."

„Bis das Luftsymbol verschwunden ist", besann sich Ana-ha. Seiso-mes Berufung war derzeit sicher nicht so großartig, wie sie eben noch ausgerufen hatte. „Und du hast jetzt diese Verantwortung für unser Reich, ach Seiso-me …" Sie legte ihre Arme von hinten um seine Schultern. „Es tut mir leid." Alles tat ihr leid. Seine Verantwortung, seine Hilflosigkeit, seine falschen Hoffnungen.

„Es muss schwer für dich sein. Hast du andere Wächter, die dir helfen?"

Seiso-me legte sein Gesicht in die Hände. „Ja, hab ich", murmelte er. „Ich habe sogar Hilfe, von der mir Antares überhaupt nichts verrät." Er fuhr sich mit den Händen durch die Haare. „Keiner weiß, um welchen Schutz es sich handelt."

„Das ist doch gut. Dann kann es auch niemand den Symbolräubern verraten. Seiso-me, ich muss dich noch etwas fragen …" Ana-ha zog die Hände von seinen Schultern und setzte sich wieder ihm gegenüber.

„Wie hat man damals das Heilige Feuer gestohlen?"

„Du meinst im Krieg?"

„Ja! Es war doch ein Ding der Unmöglichkeit, wenn ich das richtig verstanden habe. Das Gralsfeuer tötet doch alles Lebendige innerhalb von Sekunden, oder?"

„Ja!" Seiso-me blickte von der Tischplatte auf. Er schien froh über den Themenwechsel. „Man hat es an seinen Ort gebracht, ohne es zu berühren. Es war eine Spielerei mit zwei Toren."

„Eine Spielerei?"

„Na ja, nicht ganz." Endlich lächelte er einmal. „Man hat zwei Tore geöffnet. Eins direkt so, dass das Gralsfeuer im Inneren war, das andere an dem Ort, an dem man die Toröffnung vollbringen wollte, irgendwo im Luftreich. Und dann haben diese beiden Toröffner ihre Tore und den Zwischenbereich immer mehr verlagert, sodass das Symbol hindurch gewandert ist, ohne dass sie es anfassen mussten."

„Unglaublich! Dafür brauchten sie sicher viel Zeit."

„Zeit, Können und Teamarbeit! Aber ich weiß nichts über die weiteren Umstände. Ich glaube, das weiß noch nicht einmal Antares."

„Und wieso hat man keine Angst, dass es wieder auf die gleiche Weise gestohlen wird?", erkundigte sich Ana-ha weiter.

„Weil man den Trick jetzt kennt. Atemos ist gewarnt. Er wird sicher mehr als ein Auge darauf haben, wer wo in seiner Akademie ein Tor öffnet."

„Atemos ist doch aber in Jenpan-ar."

„Tja, er wird es wohl an seine Ratsmitglieder und natürlich an seinen Stellvertreter weitergegeben haben." Seiso-me zuckte mit den Schultern. „Ich mache mir über das Symbol aus dem Feuerland keine Gedanken. Mehr um mein eigenes."

„Ist es schwierig zu schützen?"

Seiso-me sah sie intensiv an. „Ja, sehr. Es ist ... es hat Vor- und Nachteile."

Ana-ha blieb noch eine Weile bei Seiso-me. Sie hoffte so sehr, dass er ihr nichts nachtragen würde. Was Iciclos anging, war sie jetzt beruhigter als zuvor. Cruso mochte laut den Fakten vielleicht sogar schuldig sein, aber Iciclos sicher nicht. Und das Frizin-Versprechen stand immer noch im Raum. Seiso-me hatte jetzt viel mehr zu verlieren, als Iciclos zu gewinnen, wenn sie es Letzterem weitergab. Doch dafür hatte dieser zehn Minuten schlimmste Folter hinter sich. Was in aller Welt sollte sie nur tun? Sie hatte es Iciclos doch schon versprochen ...

„Guten Morgen!" Iciclos ließ sein Frühstückstablett laut neben Ana-has auf den Tisch knallen.

„Guten Morgen, Iciclos", flötete Annini sanft. „Schön, dass du dich zu uns setzt."

„Morgen", grüßte Ana-ha zurückhaltend und verschanzte sich hinter ihrem Becher mit Algentee.

„Ich habe dich hier schon eine halbe Ewigkeit nicht mehr gesehen", stellte Iciclos lauernd fest.

„Fünf Tage", erwiderte Ana-ha dumpf. Bewusst hatte sie ihr eigenes Zimmer dem öffentlichen Frühstückssaal vorgezogen. Doch seit ihrer Aussprache mit Seiso-me erschien ihr ein weiterer Rückzug als nicht besonders klug.

„Anscheinend geht's dir wieder richtig gut. Du siehst blendend aus."

Ana-ha sah ihn über ihren Tassenrand hinweg an: „Du aber auch", sagte sie nur und warf ihm einen wissenden Blick zu. Mal sehen, wie er sich in Anninis Gegenwart verhalten würde.

„Ja, mir ist es nur ein bisschen kalt in den letzten Tagen." Er trug ganz gegen seine Gewohnheit einen dicken, schwarzen Rollkragenpulli.

„Das machen die Stürme", sagte Annini arglos. „Ich friere auch ständig. Dieser eiskalte Wind pustet einem das letzte bisschen Wärme aus den Gliedern."

„Bei mir ist das mehr eine innere Kälte." Iciclos biss einem Tintenfisch geräuschvoll den Kopf ab und kaute energisch darauf herum.

„Vielleicht solltest du mal ein Bad in den heißen Thermen nehmen", schlug Annini jetzt freundlich vor. „Mir hat das gestern sehr geholfen."

„Danke, Annini, aber ich schätze nicht, dass es diese Art von Wärme ist, die ich brauche."

„Welche Art der Wärme benötigst du denn?", wollte Ana-ha wissen. Vielleicht konnte sie ihm ja doch helfen.

„Auf jeden Fall mehr als heißes Wasser!" Iciclos schluckte den Tintenfischkopf herunter und machte sich über die Tentakel her.

„Ich werde heute Abend auf alle Fälle wieder in euren warmen Gewässern schwimmen gehen. Wer möchte, kann sich gern anschließen."

„Mal sehen." Ana-ha wirkte unentschlossen.

„Ich dachte, du hast heute keine Zeit", sagte Iciclos zu ihr und sog einen Tentakelarm in sich hinein.

„Wieso?"

„Wolltest du heute Abend nicht dein Versprechen einlösen? Das, welches du einem guten Freund einmal gegeben hast?"

„Ach?" Ana-ha sah ihn herausfordernd an. „Habe ich das gesagt?"

Iciclos schüttelte kauend den Kopf. „Nein, aber es wäre an der Zeit."

„Soll ich euch vielleicht ein Weilchen allein lassen?", wollte Annini wissen.

„Nein!", sagte Ana-ha gleichzeitig mit Iciclos' „Ja!"

Annini musste lachen und stand auf. „Da sind sich zwei aber wirklich einig! Ich muss jetzt sowieso los. Die Tore in den Trainingshallen werden gleich geöffnet. Ich werde heute nach Thuraliz gehen, um dort eine Sturmfront abzuschwächen, die gegen Mittag die Stadt erreichen soll. Sie ist gewaltiger als alles, was ich bisher hier gebändigt habe. Mir ist schon den ganzen Morgen flau im Magen. Am liebsten hätte ich jetzt Cruso an meiner Seite. Wir sind so gut aufeinander eingespielt, aber Antares wollte aus irgendeinem Grund nicht, dass Cruso mit in unserer Schutztruppe ist."

„Wieso denn nicht?", wollte Iciclos sofort wissen.

Annini zuckte mit den Schultern. „Keine Ahnung! Weißt du das nicht? Er ist doch dein Freund!"

Ana-ha sagte nichts dazu. Antares hatte wohl auf Seiso-mes Verdacht reagiert und beschlossen, einen möglichen Symbolräuber nicht unbedingt in sein Reich zu lassen. Obwohl Cruso mit einer der Besten war. Antares wusste das und hätte ihn sicher gerne ausgewählt. Ana-ha spürte einen beklemmenden Druck auf der Brust. Jetzt fingen die Dinge an, richtig ernst zu werden. Wenn Antares einem den Eintritt verweigerte, dann standen die Zeichen sogar innerhalb der Akademie auf Sturm.

Da nützte es auch gar nichts, dass man gestern Jenpan-ar unter Kontrolle bekommen und die letzten Brände besiegt hatte, gerade rechtzeitig, bevor ein herannahender Tornado sie hatte erneut entfachen können. Ana-ha wusste das alles aus erster Hand von Annini, noch bevor es offiziell vom Oberen Rat verkündet worden war, denn gestern hatte man sie und einige andere in das Brandgebiet geschickt, um den Wirbelsturm zu kontrollieren. Völlig übermüdet waren die Luftelementler nach Thuraliz zurückgekehrt und die Feuerelementler hatten endlich die Heimreise angetreten. Atemos allerdings blieb zur Sicherheit noch drei weitere Tage im Krisengebiet, um ein erneutes Aufflackern sofort im Keim ersticken zu können. Man hatte ihnen allen außerordentlich gedankt und Antares hatte sich am Abend noch lange mit Atemos über den Elementensender unterhalten.

„Vielleicht hat Antares gedacht, Cruso würde alle anderen Luftelementler zu sehr ablenken", mutmaßte Iciclos. „Ein Elementasteilnehmer würde sicher die ganze Zeit nach der Meisterschaft befragt werden."

„Fragt man dich denn danach?" Annini nahm ihr Tablett vom Tisch.

„Ja klar! Es gibt kaum Tage, an denen ich durch die Akademie laufen kann, ohne von irgendjemand in Beschlag genommen zu werden. Unangenehm ist das!"

„Du bist halt der neue Held, gewöhn dich daran! Tschüss ihr zwei, bis heute Abend! Und drückt mir für Thuraliz alle Daumen!" Annini wandte sich schwungvoll um und wurde im selben Moment von Seiso-me über den Haufen gerannt. Das Tablett krachte scheppernd auf den Boden, Annini schrie erschrocken auf und stürzte rücklings mitten in Iciclos' Fischarrangement.

„Lästiger Leskartes!", zischte Iciclos wütend. „Musst du mir jetzt schon am frühen Morgen den Tag und das Frühstück versauen?" Er zog Annini hoch und klopfte ihr die Essensreste vom Gewand.

Ana-ha konnte Seiso-me nur anstarren. Sie wusste nicht, welcher Umstand diesmal Schuld an seinem Zustand hatte, aber es musste etwas sehr, sehr Schlimmes passiert sein. Er hatte schon nach seinem Feuerstaub-Erlebnis schlecht ausgesehen, von seinem Auftreten in der Trainingshalle neulich ganz zu schweigen. Und auch gestern hatte er alles andere als fit gewirkt. Aber heute sah er so aus, als hätte er herausgefunden, dass Antares selbst ein Symbolräuber war. Oder schlimmer noch, der Anführer aller Symbolräuber. Sein Gesicht war so blass wie der Kopf des Tintenfisches, den Iciclos verspeist hatte und seine Augen pendelten irrsinnig schnell von rechts nach links. Sein Mund stand weit offen für die Worte, die er zu sagen hatte, aber nicht fand.

„Leskartes hat es die Sprache verschlagen", höhnte Iciclos laut, sodass es jeder in seiner unmittelbaren Umgebung mitbekommen musste. Noch vor wenigen Wochen hätte keiner in seinem Umkreis irgendwelchen Worten von ihm Beachtung geschenkt, aber jetzt hatte er einzelne Lacher auf seiner Seite. „Wie wäre es mal mit einer Entschuldigung?"

„Lass ihn in Ruhe!" Ana-ha stand seufzend auf und sammelte Anninis Tablett und den zerbrochenen Teller ein.

„Du siehst echt nicht gesund aus", sagte Iciclos jetzt zu Seiso-me. Er klang richtig besorgt. Anscheinend war ihm auch aufgefallen, wie schrecklich dieser aussah.

„Brauchst du Hilfe?" Ana-ha schob Anninis Tablett auf den Tisch zurück und legte ihre Hand auf seinen Arm. Reflexartig umklammerte Seiso-me sie.

„Das Erdsymbol ist verschwunden“, sagte er monoton. „Man hat es gestohlen! Wir haben es vor einer Stunde erfahren.“

„Ach was?“, entfuhr es Iciclos.

„Oh mein Gott!“ Ana-ha wurde genauso blass wie Seiso-me. „Das ist ja furchtbar!“

„Jetzt ist endgültig klar, dass da jemand auswandern möchte“, sagte Annini leise. „Vorher hätte man echt nur an einen üblen Scherz denken können.“

„Es ist noch nie ein Scherz gewesen!“, fuhr Seiso-me sie ungewohnt heftig an.

„Wie und wann ist es passiert?“, erkundigte sich Iciclos und setzte sich wieder.

„Während der Meisterschaft vermutlich! Tierrak hat überhaupt keine Erklärung. Alle stehen vor einem Rätsel.“

Ana-ha zog Seiso-me zu sich auf die Bank.

„Tierrak hatte es extra in den Gang ohne Wiederkehr gebracht. Er hat es niemandem gesagt. Niemandem! Und doch ... es ist weg!“ Seiso-me schob einen Tentakel Richtung Iciclos.

„War er es vielleicht selbst?“

„Ana-ha, ich bitte dich“, sagte Annini tadelnd. „Tierrak ist Akademieleiter! Er könnte, wenn er wollte, jederzeit an das Symbol!“

„Stimmt“, gab Ana-ha zu. „Aber wenn er es keinem erzählt hat ...“

„Er ist mehr als schockiert“, berichtete Seiso-me weiter. „Er hat gesagt, dass es wohl nur ein Gedankenleser aus ihm hervorgelockt haben könnte.“

„Wie bitte?“

„Fühl dich nicht angegriffen, Annini, aber es ist tatsächlich die einzige Möglichkeit, die infrage kommt.“

„Das ist eine Frechheit! Ich habe noch seine hochtrabenden Worte im Kopf: Ja, es wird keine Beschuldigungen geben, die Reiche haben Frieden geschlossen. All dieses geheuchelte Zeug!“

„Es sieht derzeit wirklich alles nach einer Tat von Luftelementlern aus“, erklärte Seiso-me. „Es wird auch nicht mehr geheim gehalten, alle dürfen es wissen.“ Er seufzte. „Sie haben mit dem Luftsymbol angefangen und dann in Malesh weitergemacht! Vermutlich kann einer davon sich unsichtbar machen und beherrscht das Gedankenlesen. Vielleicht ist es sogar nur einer.“

Ana-ha starrte Iciclos an. Ihre Lippen formten lautlos das Wort *Ankorus*. Jetzt war es ganz sicher! Und laut Kairas Vision würde er es schaffen! Nur wie? Es gab etwas, das sie sich schon für den letzten Symbolraub überlegt hatte.

„Kann ein Luftelementler Heiliges Feuer levitieren?", fragte Ana-ha an Annini gewandt.

„WAS?" Seiso-me sah aus, als müsse er Erbrochenes hinunterwürgen. Schnell brachte Iciclos seinen Teller mit den noch essbaren Fischresten in Sicherheit.

„Keine Sorge!" Annini tätschelte Seiso-mes Arm. „Ich habe das noch nie gehört. Levitieren lassen sich nur greifbare Dinge. Heilige Erde zum Beispiel!"

Iciclos verschluckte sich an einer krossen Haifischflosse.

„Er könnte sie weglevitiert haben, dieser Meinung war auch der Rat. Dieser Hundesohn von Symbolräuber!" Seiso-me schlug mit der Faust auf den Tisch, während Annini Iciclos kräftig auf den Rücken klopfte. „Und Tierrak sagte noch so fröhlich, dass die Luftelementler in diesem Gang die besten Chancen auf eine Rückkehr haben!"

„Warum glauben eigentlich alle immer, dass es ein Er ist?", wandte sich Annini an Seiso-me.

„Weiß nicht! Ist halt so!"

„Nie habe ich jemanden Symbolräuberin sagen hören", wunderte sie sich. „Was, wenn ich es bin?"

Seiso-me schüttelte den Kopf. „Unmöglich, du warst doch während der Spiele auf dem Feld. Die Elementasteilnehmer und Toröffner haben das beste Alibi aller Zeiten." Er sah Iciclos kurz an, sah aus, als wollte er noch etwas anfügen, schwieg dann aber doch.

In ihm drehten sich noch immer alle Fakten, Vermutungen, Anklagen und Erkenntnisse. Seine Theorie war perfekt gewesen, trotzdem war sie nicht richtig. Cruso und Iciclos hatten sich auf dem Elementaplatz ihre Unschuld erkämpft. So, wie die Dinge lagen, war er doch froh über diese Entwicklung. Sollte er noch so sehr gehofft haben, Iciclos möge schuldig sein ... seine Mittäterschaft hätte größte Gefahr bedeutet. Für sein Symbol sowie für Ana-ha. Das war ihm in der letzten Woche klar geworden.

Er war einen Tag nach seiner Begegnung mit Ana-ha in der Halle mit hängenden Schultern zu Antares geschlichen und hatte ihm die Weitergabe des Frizins gebeichtet. Gott sei Dank hatte dieser ihn nicht sofort seines Amtes enthoben. Er hatte Antares' Moralpredigt über sich ergehen lassen und seine Verwarnung nickend zur Kenntnis genommen. Zum Abschluss hatte Antares ihm aufmunternd auf die Schulter geklopft und sich darüber gefreut, dass Ana-ha sich jetzt viel besser verteidigen konnte.

Trotzdem, sein Leben war seit gestern ein einziges Chaos. Noch vor einer Woche war er für einen Tag der glücklichste Mensch dieses Planeten gewesen. So glücklich, dass er diesen einen Tag sogar zusammen mit den Symbolräubern gefeiert hätte. Doch als Ana-ha ihr Treffen mit ihm immer weiter herausgezögert hatte, wurde Gewissheit, was für ihn niemals Gewissheit hätte werden sollen. Er hatte diese Wahrheit niemals wissen wollen, er hatte davor die Augen verschlossen, als befände er sich in einem endlosen, süßen Traum. Er hätte wissen müssen, dass auch der beste Traum nur bis zur Morgendämmerung währte. Er war erwachsen und ein hoffnungsloser Träumer geblieben. Iciclos hatte recht, wenn er ihn einen naiven Romantiker nannte. Ana-ha und er waren Freunde, mehr nicht. Ana-ha hatte das schon immer gewusst, nur er jagte dieser Fantasie von Verbundenheit hinterher.

Und jetzt tat es höllisch weh. Seit einer Woche aß er kaum, schlief kaum und hatte das Träumen aufgegeben. Dafür hatte er eine ganz erstaunliche Entdeckung gemacht. Er konnte empathieren! Von heute auf morgen hatte er plötzlich die Fähigkeit, Gefühle der anderen wahrzunehmen. Er hatte es jahrelang trainiert, immer wieder, war nur nie zu guten Ergebnissen gekommen. Und über Nacht gelang es ihm plötzlich. Es war wie eine kleine Entschädigung für seine schlimmen Stunden.

Aber er kannte die Erklärung dafür.

Sie war so simpel, dass er sich fragte, wieso er nicht schon viel eher darauf gekommen war. Das Empathieren hätte ihm viel früher schon die geschlossenen Augen geöffnet. Er hätte schon vor Jahren erkannt, dass Ana-ha ihn nicht liebte und auch niemals lieben würde. Sein Versagen war ein Selbstschutz auf der ganzen Linie gewesen. Er hatte so viel Zeit damit vertan, die Wahrheit nicht zu sehen. Und jetzt fragte er sich immer wieder, wie er nur so blöd hatte sein können. Er ärgerte sich über sich selbst und darüber, dass Iciclos immer recht gehabt hatte. Natürlich beherrschte er die neue Gabe noch nicht perfekt. Aber er arbeitete intensiv daran, vor allem, weil sie seine Aufgabe entscheidend erleichterte. Gerade in letzter Zeit hatte ihn dieser Mangel immer wieder gestört. Jetzt lief er ständig herum und empathierte alles und jeden, der ihm in die Quere kam. Und so hatte er während des Gespräches auch bemerkt, dass die Stimmung zwischen Iciclos und Ana-ha ebenfalls angespannt war. Ana-has Gewissen war ungewohnt schwarz und Iciclos blockierte sich wie sonst keiner in der Akademie. Und Anninis Gefühle waren seltsam flatterhaft, was vielleicht daran lag, dass sie aus Triad stammte ... so genau konnte er das nicht einordnen.

Durch das Verschwinden des Erdsymbols während der Elementas hatte sich die Hilflosigkeit der Länder in erschreckender Weise gezeigt. Tierrak hatte niemanden darüber informiert, wo er sein Symbol hingebracht hatte. So, wie Antares niemandem seinen zusätzlichen Schutz verraten hatte. Wenn es wirklich einen Luftelementler gab, der so gut Gedanken lesen konnte und noch dazu befähigt war, sich unsichtbar zu machen, dann hätte man kaum eine Chance. Im Grunde war es ebenso schlimm, wie wenn Iciclos der Täter wäre. Er müsste Antares zu einer Weitergabe des Symbols drängen, alles andere wäre viel zu gefährlich. Vielleicht konnte er selbst ...

„Ich muss jetzt gehen." Annini nahm ein zweites Mal ihr Tablett vom Tisch. „Wir sehen uns heute Abend, Ana-ha."

„Ach, Annini", rief Seiso-me sie zurück. „Viele Grüße von Antares: Cruso erwartet dich in Thuraliz. Antares hat ihn auf dein mehrfaches Drängen hin direkt aus Triad dorthin beordert."

„Wirklich?" Annini strahlte über das ganze Gesicht. „Jetzt geht's mir schon viel besser. Gott sei Dank! Hat er einen Grund dafür genannt?"

„Nein. Vielleicht bist du ihm mit deiner Fragerei auf die Nerven gefallen."

Annini kicherte belustigt, zwinkerte Ana-ha zu und verschwand. Auch Iciclos hatte es plötzlich sehr eilig. Er murmelte etwas von Trainingseinheit und flüchtete förmlich aus dem Saal.

„Du hast es ihm nicht gesagt", stellte Seiso-me fest, kaum dass Iciclos außer Sichtweite war. Ana-ha starrte auf den Tisch. „Warum denn nicht? Wenn es dir nichts bedeutet hat?"

„Ich weiß nicht, warum. Vielleicht, weil er immer so heftig auf dich reagiert und auf alles, was mit dir zu tun hat."

„Manche nennen das Eifersucht."

„Ich weiß." Ana-ha hob den Kopf. „Aber ich weiß nicht, ob ich es ihm je sagen werde. Also behalte es bitte für dich." Sie musterte Seiso-me düster. Sie ließ sich nicht gerne an das erinnern, was sie Iciclos zu berichten hatte.

„Sowieso", nickte Seiso-me. „Und was ist mit uns?"

„Uns?"

„Unserer Freundschaft? Wie sollen wir damit umgehen?"

Einerseits freute sich Ana-ha über seine Frage, andererseits wusste sie nicht genau, was Seiso-me von ihr erwartete. „Wie denkst du denn darüber?", wollte sie daher wissen.

„Ich denke, ich kriege das schon irgendwie hin. Natürlich kann ich es nicht einfach so abhaken. Die Tatsache, dass ich mir, was dich angeht, jahrelang Illusionen hingegeben habe ..."

„Habe ich dir denn unbewusst Hoffnungen gemacht?"

„Du hast keine Schuld daran, dass ich ein Volltrottel bin. Iciclos hat schon nicht ganz unrecht gehabt. Ich habe mir etwas vorgemacht."

„Ach Seiso-me." Ana-ha sah ihn an, aber sie legte nicht ihre Hände auf seine, wie sie es normalerweise getan hätte. „Ich habe es ja gewusst, aber irgendwie immer gehofft, deine Gefühle würden mit der Zeit schwächer. Und ich hatte Angst, unsere Freundschaft würde an der Wahrheit zerbrechen."

„Ja, die Wahrheit ist ein scharfes Schwert. Manchmal sticht sie dich direkt ins Herz."

„Ich ziehe prinzipiell die Wahrheit der Lüge vor, aber was Iciclos angeht ..." Ana-ha ließ den Kopf hängen.

„Du hast nichts verbrochen, Ana-ha. Du musst es ihm nicht sagen."

„Nichts verbrochen", dachte Ana-ha reuevoll. „Wenn du wüsstest, was ich getan habe! Ich habe Iciclos gefriezt und dich geküsst, damit du es nicht merkst. Ich habe dich verraten und im gleichen Augenblick auch ihn." Sie hatte sich auf diese Lüge eingelassen und jetzt sah es ganz danach aus, als gäbe es kein Zurück mehr. Sie konnte Iciclos nicht die Wahrheit sagen!

Seiso-me hatte ihr verziehen. Wenn er die harten Fakten von Iciclos in einem unbedachten Moment an den Kopf geworfen bekäme, würde es ihm so weh tun, dass sie seinen Schmerz nicht ertragen würde. Er würde sie vielleicht genauso hassen, wie Fiuros sie hasste.

Nein, die Wahrheit kam nicht mehr infrage. Iciclos würde es nie erfahren. Er brauchte es auch gar nicht zu erfahren. Er würde sich freuen, wenn sie ihm das Frizin beibrachte, denn dies konnte sie ja nun bedenkenlos tun. Alle Elementasteilnehmer waren schuldlos. Iciclos würde die Technik lernen und ihr dankbar sein. Er würde vergessen, dass er selbst einmal zehn Minuten im Frizin gesteckt hatte. Weder er noch Seiso-me waren der Andere, den Kaira ihr prophezeit hatte.

Ihr Leben war zwar um eine Unwahrheit reicher, aber dafür würde sie ihre Freunde behalten.

# Versprechen und Verrat

„Ana-ha!“ Ana-ha zuckte zusammen, als sie Iciclos ihren Namen rufen hörte. Sie war gerade auf dem Weg zu Seiso-me, dem sie sich irgendwie verpflichtet fühlte, ihre Zeit zu widmen. Seufzend blieb sie stehen und wappnete sich innerlich gegen alle aufkommenden Schuldgefühle. Es fiel ihr immer noch schwer, Iciclos ins Gesicht zu sehen und nicht an das Frizin und an Seiso-me zu denken.

„Hallo“, versuchte sie betont lässig zu grüßen und blieb stehen, bis er auf gleicher Höhe mit ihr war.

„Was ist mit deinem Versprechen?“, fragte Iciclos sofort. Irgendetwas an ihm sah anders aus. Es dauerte ein paar Sekunden, bis Ana-ha begriff, dass er eine schilfgrüne Tracht trug und dadurch um einiges vitaler und kräftiger wirkte.

„Was ist mit deinem?“, stellte sie die Gegenfrage. Sie sah ihm kurz in die Augen, die ihr seltsam hell erschienen.

„Ich habe dir nie eines gegeben!“

„Du wolltest mir alles sagen!“

„Ja, ich werde dir alles sagen, aber zu meiner Zeit. Deine – oder soll ich lieber sagen Seiso-mes – Befürchtungen haben sich ja nun in Luft aufgelöst, wortwörtlich sozusagen. Und meine Worte in Malesh waren kein Versprechen. Deine aber schon.“ Iciclos sah sie an.

„Und es war nicht nur dieses eine Versprechen“, dachte er dabei sehnsuchtsvoll. „Du hattest mir doch deine Welt versprochen. Die Welt deiner Träume, deiner Liebe ... es ist so lange her, Ana-ha, dass ich mich kaum noch an das Gefühl in dieser Nacht erinnere. Einzigartig ... fast ein wenig wie der Glanz meiner Heimat, es ist so lange her ...“

„Ja, das Frizin.“ Ana-ha begann loszulaufen, um den Augenkontakt auf ein gerade noch akzeptables Minimum zu reduzieren. „Ich bringe es dir bei. Aber du darfst es Seiso-me gegenüber niemals erwähnen. Auch nicht, wenn du wütend auf ihn bist."

„Das Versprechen kannst du haben."

„Das ist gut. Denn sonst komme ich in ernsthafte Schwierigkeiten." Ana-ha lief etwas schneller. Sie fand es schrecklich, Iciclos belügen oder ihm zumindest einen Teil der Wahrheit verschweigen zu müssen. Sie würde ihn am liebsten einfach stehen lassen.

„Soll ich uns einen Tortermin eintragen lassen?"

„Das mache ich selbst", entgegnete sie. Sie würde dieses Mal auf jeden Fall vorsorgen und den Termin so legen, dass Seiso-me zur gleichen Zeit Lehrstunden gab oder im Oberen Rat eingespannt war.

„Komm, lass uns gemeinsam nach einem freien Termin schauen", schlug Iciclos vor.

Ana-ha nickte zustimmend. Zum Glück kannte sie die Termine ihres anderen Freundes recht gut. „Gut. Ich wollte gerade noch kurz zu Seiso-me. Er muss später in den Oberen Rat. Beeilen wir uns ein bisschen."

„Ich bin gerade auf dem Weg zu Cruso." Iciclos fragte nicht nach, was Ana-ha bei Seiso-me wollte. Aus manchem wollte er sich einfach heraushalten, auch, wenn es ihm schwerfiel. Eine Woche hatte Fiuros ihnen noch anberaumt. Nur noch eine Woche und sie wären wieder in Emporia. Zum ersten Mal hatte Iciclos Kaira recht geben müssen: Er hatte viel zu wenig Zeit. Wenn er sich vorstellte, Ana-ha nur noch diese eine Woche lang zu sehen … und dann nie wieder … aber die Umstände sprachen alle dafür.

Cruso hatten sie hier, in Thuraliz, erneut auf Seiso-me angesetzt. Im Erdreich hatte ihm einfach die Gelegenheit gefehlt, Seiso-me bezüglich des Symbols auszuhorchen. Und da Cruso und Annini die einzigen Luftelementler waren, denen derzeit vollstes Vertrauen entgegengebracht wurde – den Elementas sei Dank – verhielten sich alle, auch die Ratsmitglieder, offen und freundlich ihnen gegenüber. Für Cruso wäre es vermutlich eine Kleinigkeit, jetzt Kenntnis über das Wassersymbol zu bekommen, zumal seine Kräfte noch frisch und unverbraucht waren. Jedoch hatte Fiuros ihm bei einem ihrer heimlichen Treffen auch von Kairas mysteriösen Andeutungen berichtet: dass letztendlich er es wäre, der das Heilige Wasser erhalten würde. Sie hatten sich überlegt, dass Cruso vielleicht herausbekommen würde, was das Symbol war, und Fiuros es durch seine Position an sich bringen könnte. Das würde bedeuten, dass es gar nicht im Konferenzraum der Wasserkunstakademie wäre. Ihm selbst war während des Frizins nichts, aber auch gar nichts erschienen, was in entferntester Weise dem Wassersymbol entsprechen konnte. Vermutlich hatte Asperitas diesbezüglich ein Schweigegelübde abgelegt oder aber, er hatte das Richtige gesehen und vor Schmerz vergessen oder falsch interpretiert.

„Die Luftelementler haben die Sturmfront erheblich abschwächen können. Der entstandene Schaden hält sich in Grenzen“, sagte Iciclos jetzt.

„Woher weißt du das?“, wunderte sich Ana-ha.

„Ich habe Cruso und die anderen bei ihrer Ankunft empfangen. Ich habe Antares gebeten, das Durchgangstor öffnen zu dürfen.“

„Seit der Elementas kann er dir wohl kaum noch was abschlagen.“

„Kaum noch“, lächelte Iciclos. Von seiner inneren Zerrissenheit einmal abgesehen, waren die letzten Tage hier wie ein Geschenk gewesen. Die Elementler, die ihm in der Akademie begegneten, waren ihm wohlgesonnen wie noch nie zuvor. Und seit Fiuros ihre Zeit in dieser Dimension auf eine Woche determiniert hatte, trug er sogar Schilfgrün. Es war der letzte Respekt, den er den Menschen hier zollte, obgleich jeder dachte, es sei die gewonnene Meisterschaft, die ihn bekehrt hatte. Aber es war seine Art, Würde und Wertschätzung einem Land gegenüber zu zeigen, welches ihm Heimat geboten und für das er gekämpft und gesiegt hatte. Heute war er durch die ganze Akademie gelaufen und hatte alles noch einmal genau in Augenschein genommen, damit er es sich bewahren konnte. Stundenlang hatte er in der Eingangshalle gesessen, bis er sich mit geschlossenen Augen jeden Winkel in Erinnerung rufen konnte, an dem er hier mit Ana-ha gewesen war. Wann sollte er ihr die Wahrheit sagen? Natürlich erst nach dem Frizin, das war klar. Sie sollte auf jeden Fall erfahren, dass ihre Suche nach Wurzeln im Leben nicht sinnlos war und dass er sie für den Larimartest benutzt hatte, um seinen eigenen Traum zu erfüllen. Ihren Zorn würde er ertragen. Nur musste er sichergehen, dass sie danach nicht gleich zu Antares oder zu Seiso-me rannte. Er brauchte noch genug Zeit, um in die Ylandes-Wüste zu gelangen ... Zeit, ja ...

Iciclos lief hinter ihr her und es wurde ihm schlecht vor Sehnsucht.

Wie sie durch den Gang lief, so perfekt angepasst an diese Welt ... es musste ein wunderbares Gefühl sein, so zu Hause zu sein. Er wünschte sich von ganzem Herzen, dass sie hier glücklich werden würde, dass sie fand, wonach sie suchte und dass sie ihm und ihrer Freundschaft nicht zu sehr hinterher trauern würde. In Malesh hatte es diesen Moment gegeben, in dem alles möglich gewesen wäre. Doch er war geflüchtet, um es ihnen nicht noch schwerer zu machen. Und jetzt verhielt sie sich ihm gegenüber so distanziert. Irgendetwas stimmte zwischen ihnen nicht mehr. Aber er wusste nicht, was es war.

Ana-ha war vor den Aushängen stehen geblieben. Sie studierte die Listen mit Sorgfalt und Sorgenfältchen.

„Noch drei freie Plätze“, stellte Iciclos überrascht fest. „Mehr als ich zu hoffen gewagt habe.“

„Ungewöhnlich“, stimmte Ana-ha zu. „Die Menschen haben wohl anderes im Kopf als Training. Ich glaube kaum, dass irgendein Ratsmitglied sich derzeit für eine Einheit anmeldet. Die haben ganz andere Sorgen.“

„Sicher. Die werden sich nur noch um den Schutz des Symbols kümmern.“

„Hm“, brummte Ana-ha und ließ ihren Zeigefinger über die drei freien Termine kreisen, als ob sie auf eine Eingebung wartete.

„Warum nehmen wir nicht den letzten“, schlug Iciclos vor. Der letzte offene Termin war in drei Tagen. Er würde ihm auf jeden Fall mehr Zeit lassen als der erste, der schon morgen früh wäre.

Ana-ha schüttelte den Kopf. „Der geht nicht, da kann ich nicht.“ Sie kniff die Augen zusammen, dachte noch einmal angestrengt nach, griff dann zum Stift, der neben den Plänen hing, und trug ihren und Iciclos' Sicherheitscode in den zweiten freien Termin ein. Sie wusste ganz sicher, dass Seiso-me zu diesem Zeitpunkt unterrichtete.

„Morgen Nachmittag?“, schluckte Iciclos nervös.

„Ja, freu dich doch. Es war dir doch immer so eilig.“

„Klar, ich freu mich!“ Iciclos zwang sich zu einem Lächeln.

*Mehr Zeit ... Kaira, du hattest recht. Ich brauche Zeit, ganz viel Zeit. Und wenn du bei mir recht hattest, dann wird Fiuros vielleicht auch das Heilige Wasser finden ...*

„Komm, gehen wir zu den Zimmern“, forderte Ana-ha ihn auf. „Hat Cruso was von Annini erzählt?“

„Nur, dass sie zusammengearbeitet haben. Sie sind wohl gemeinsam unschlagbar."

„Aber nicht so unschlagbar wie wir bei den Elementas!", entgegnete Ana-ha. „Da hatten sie alle keine Chance."

„Stimmt! Aber wir sind eben auch gut aufeinander eingespielt."

„Wenn man halt Monate lang fast jede Nacht trainiert. Meine Güte, hatten wir ein Glück, dass uns nie jemand erwischt hat! Im Nachhinein ist das fast nicht zu begreifen."

„Ja, der gute Seiso-me wird wohl keinen Regelbruch mehr geltend machen können", sagte Iciclos, während sie abwärts zu den Zimmern der Akademie liefen.

„Wieso? Heißt das, dass wir jetzt nur noch offizielle Termine wahrnehmen?"

„Das wäre doch besser für alle Beteiligten."

„Mir ist es recht. Wenn du kein Problem damit hast?" Ana-ha warf ihm einen fragenden Blick zu. Iciclos verhielt sich viel zu normal für ihren Geschmack. Er trug die Landesfarbe, er wollte keine Gesetzesübertretung mehr riskieren ... was war denn nur los mit ihm? Sie konnte nur hoffen, dass es keine Spätfolge des Frizins war.

Iciclos saß auf dem Rand eines Wasserbeckens der Eingangshalle und beobachtete die Bewegungen der sich ausdehnenden Kreise, die er mit dem Finger ins Wasser stach. Die Füße hatte er angezogen und bequem auf dem Rand abgestellt. Sein Kopf lag auf den Knien, dem Wasser zugewandt. Er war müde und traurig über die Schnelligkeit, in der die Geschehnisse ihren Lauf nahmen. Zum ersten Mal, seit acht Jahren, plagte ihn die Unsicherheit, ob die Entscheidung, nach Emporia zu gehen, die richtige war. Der Platz an diesen Becken hatte ihm immer Ruhe und Zuversicht geschenkt. Es war ihm stets so vorgekommen, als sei das hell schimmernde Wasser der Himmel seiner Heimat. Und in jeder klaren Sommernacht hatte er die Sterne darin leuchten sehen. Sterne, die Emporia nicht besaß, die er aber faszinierend fand, an diesem imaginären Himmel.

Sollte er in Thuraliz bleiben?

Noch nie hatte er diese Frage zu Ende gedacht, noch nie hatte er sich erlaubt, sie zu stellen. Was würde er gewinnen, wenn er blieb? Was würde er verlieren? Was würden seine Freunde sagen, wenn er jetzt ausstieg? Konnte er ihnen bis zu ihrer Rückkehr behilflich sein? Was würde passieren, wenn der Symbolraub hier auf ihn zurückgeführt werden konnte? Dann hätte er seine Freiheit für immer geopfert, geopfert für Ana-ha, denn sie war der Grund seiner Zweifel. Nie hatte er sich binden wollen, aus dem einzigen Grund, Emporia damit loslassen zu müssen. Aber jetzt schwankte sein Geist permanent zwischen diesen beiden Varianten hin und her. Innerhalb von Minuten entschied er sich immer wieder neu und verwarf seine Wahl anschließend wieder. Und die einzige Person, die ihm jetzt vielleicht noch etwas Nützliches hätte sagen können, befand sich in Wibuta. Kaira hatte etwas gesehen, das mit seiner Zeit zusammenhing. Wenn er doch nur ein paar Tage mehr hätte. Wenn er Ana-ha in Ruhe alles sagen könnte! Wenn sie doch Emporia sehen könnte! Wenn sie ihm nur sagen würde, er solle hier bleiben. Aber vielleicht konnte sie sogar mitkommen? Ob sie Thuraliz, mit dem sie so verbunden war, für ihn verlassen würde? Fiuros schien in Anbetracht dessen das viel geringere Übel. Er hatte schon lange keine Bemerkungen mehr über sie gemacht, die auf eine Gefahr hingedeutet hätten. Iciclos war sich fast sicher, dass er sich bei ihrem Test in der Halle abreagiert hatte und sich jetzt nur noch auf Ankorus konzentrierte. Den Eindruck erweckte er jedenfalls und Iciclos wollte es mehr als alles andere glauben. Er musste ihr dringend alles sagen. Direkt nach dem Frizin. Er stach einen weiteren Kreis ins Wasser.

„Das ist ein Versprechen, Ana-ha", dachte er mit schwerem Herzen. „Das ist ein Versprechen."

Cruso lief unruhig in den Gängen vor Seiso-mes Zimmer auf und ab. Wenn er herauskam, musste es so aussehen, als sei er nur rein zufällig hier vorbeigekommen. Er lief von rechts nach links, von links nach rechts und bemühte sich jedes Mal eifrig, geschäftig auszusehen. Zunächst würde er Seiso-me auf seine noch ausstehende Entschuldigung hinweisen. Immerhin hatte sich herauskristallisiert, dass er ein hieb- und stichfestes Alibi für den zweiten Symbolraub hatte und daher aus dem Kreis der Verdächtigen fiel. Und damit waren sie eigentlich auch schon beim Thema. Das Problem war nur, dass Seiso-me nicht auftauchte. Cruso wartete schon seit einer Stunde vor dessen Zimmer. Iciclos hatte ihm gesagt, dass Ana-ha bei ihm war. Aber eigentlich hatte sie, laut Iciclos, gar nicht lange bleiben wollen.

Cruso blieb stehen und blies sich seine Haare aus der Stirn. „Eine Woche", hatte Iciclos ihm gesagt. „Höchstens eine Woche!" Seitdem kribbelte es in seinem Bauch, als hätte er einen Ameisenhaufen gefrühstückt. In spätestens einer Woche war er wieder bei Faiz! Diese Aussage hatte ihm Auftrieb gegeben. Nur Iciclos machte ihm Sorge. Er sah schlecht aus, hagerer als gewöhnlich, als nage die Trauer an ihm. Auch ohne sein mentales Geschick wusste er, dass Iciclos die ganze Zeit an Ana-ha dachte. Er trauerte, wie stark, konnte er nicht abschätzen – dafür hätte er einen Empathen gebraucht –, aber doch so häufig und offensichtlich, dass Cruso Angst bekam. Er selbst fühlte sich beflügelt von ihrer baldigen Toröffnung. Aber auch er würde Freunde zurücklassen. Menardi würde ihm fehlen. Annini ebenfalls. Die verrückte Tochter der Lüfte hatte sich schon ein wenig in sein Herz geschlichen, auch, wenn er bei ihr nie wusste, woran er war. Aber in einem konnte er sich mittlerweile sicher sein: Sie beherrschte die Kunst des Gedankenlesens nicht. Sonst wären sie schon alle aufgeflogen.

Er selbst hatte sich vorgenommen, Iciclos gedanklich ein wenig zu überwachen. Man konnte nicht vorsichtig genug sein. Nicht dass dieser am Ende einen Rückzieher machte. Es war das alte Problem der Gedankenleser, dass Gefühle nicht in voller Intensität sichtbar wurden, dass nur die Wiederholung ein und derselben Gedanken darüber entschied, wie sehr jemanden etwas bewegte.

Cruso hörte ein Geräusch und wandte sich um.

„Bis morgen." Ana-ha sprach leise, als sie aus Seiso-mes Tür trat.

„Ja, wir sehen uns." Seiso-mes Lächeln verschwand, als er Cruso den Flur entlangkommen sah.

Auch Ana-ha hatte ihn entdeckt. „Hallo, Cruso", grüßte sie freundlich. „Willkommen in Thuraliz! Wie war es denn heute? Iciclos hat mir gesagt, ihr wärt sehr erfolgreich gewesen."

Cruso blieb bei ihnen stehen und reichte ihnen nacheinander die Hand. „Ja, wir hatten wirklich zu kämpfen. Es war eine abgeschrägte Sturmwand aus mehreren Orkanen. Ich war froh, dass Annini dabei war."

„Habt ihr sie denn komplett auflösen können?"

„Nein!" Cruso lachte leicht amüsiert. „Das wäre utopisch gewesen. Aber der Schaden hielt sich in Grenzen. Es hat nur ein paar Dächer gekostet."

„Habt ihr keine Angst, dass ihr von so einer Front mal umgeworfen werdet?“

„Doch, schon. Aber dafür haben wir ja unsere Vakuumspezialisten, die uns ein wenig abschirmen. Wir arbeiten Hand in Hand. Es gibt tatsächlich Trainingseinheiten, die sich nur auf den Monsaes beziehen.“

„Das nenne ich Loyalität.“ Ana-ha lächelte ihm zu. „Sag mal, ist Iciclos nicht bei dir?“

„Nein, ich suche ihn überall!“

„Er wollte vorhin zu dir. Ihr werdet schon ein paar Mal aneinander vorbeigelaufen sein.“

„Hm ...“ Cruso sah jetzt Seiso-me direkt an. Dieser räusperte sich ein wenig.

„Gute Arbeit in Thuraliz, Cruso!“, rang er sich schließlich doch noch ein Kompliment ab.

„Danke.“ Cruso sah ihn immer noch an. Ganz offensichtlich wartete er auf etwas.

„Übrigens, diese Sache in Triad ... ich habe wirklich gedacht, du hättest etwas mit dem Symbolraub zu tun“, sagte Seiso-me, der endlich begriffen hatte, warum Cruso ihn so hartnäckig anstarrte.

„Ich weiß!“

„Du warst dort! Bei Menardi! Was hätte ich anderes denken können?“

Cruso zuckte mit den Schultern. „Ich weiß es nicht! Vermutlich hast du nur deine Arbeit getan. Aber ich hoffe, du hast deine Verdachtsmomente mir gegenüber endgültig abgelegt.“

Seiso-me nickte zur Bestätigung. „Ich habe wohl zu sehr unter Erfolgsdruck gestanden.“

„Deine Aufnahme in den Rat? Ja, man will sich und den anderen am Anfang beweisen, dass die Entscheidung für die eigene Person genau die richtige war.“

„So oder ähnlich wird es wohl gewesen sein“, stimmte Seiso-me zu. Er dachte an seinen Patzer in Wibuta und daran, wie er Ana-ha allein gelassen hatte. In der Lufthauptstadt hatte er mehr als hundert Prozent geben wollen. Aber das hatten ja alle gewollt. Lin Logan, Tierrak Kass und Antares Muninges. Bei zwei davon hatte die volle Prozentzahl nicht ausgereicht. Und wenn er jetzt nicht wachsam war, würde auch Antares seinen Bemühungen hinterherhinken.

„Bist du denn mittlerweile mit deinem neuen Aufgabenfeld gut vertraut?“, wollte Cruso teilnahmsvoll wissen.

„Danke, ich komme klar“, antwortete Seiso-me knapp. Mit der Last der Trauer auf dem Brustkorb warf er einen flüchtigen Blick auf Ana-ha, die direkt neben Cruso vor einer langen Fensterfront stand. Der Sonnenuntergang in ihrem Rücken tauchte ihre Haare und Schläfen in rotorangefarbenes Licht und ließ ihr Gesicht im Dunklen liegen. Fast schien es wie die Ironie des Schicksals, dass sie jetzt genau in dem Licht stand, welches er immer so geliebt und in dem er immer von ihr geträumt hatte. Er kam mit vielem klar. Mit Fehlern und Ausrutschern. Aber nicht mit dem süßen Gefühl ihrer weichen Lippen auf seinen, dem Geschmack ihres Kusses und mit ihrem fein gehauchten, fragilen *Seiso*. Er schlug die Augen nieder und verdrängte die Erinnerung.

„Die Stimmung in allen Oberen Räten ist gespannt!“ Cruso sah ihn aufmerksam an. „Wir sollten viel mehr zusammenarbeiten. Wenn es nach mir ginge, müsste man die verbliebenen Symbole an einen Ort bringen, an dem sie von mehreren, gut ausgebildeten Elementlern, einer oder zwei aus jedem Reich, bewacht würden.“

„Guter Gedanke.“ Ana-ha konnte dem nur zustimmen. Sie fragte sich ohnehin, wie lange es noch dauern würde, bis man manche alten Grundsätze niederriss.

„Das geht nicht“, entgegnete Seiso-me und lehnte sich an den Türrahmen. „Du kannst doch nicht in Zeiten wie diesen das Wassersymbol dem Gralsfeuer so nahe bringen? Wenn dann zufälligerweise doch ein Symbolräuber unter den Wächtern wäre?“

„Dann wären da die drei anderen, die ihn stoppen könnten.“

Seiso-me seufzte tief. Sicher hatte Cruso nicht ganz unrecht, aber leider ließ sich dieser Vorschlag schon rein praktisch nicht umsetzen.

„Kein Wasserelementler aus dem Oberen Rat würde deinem Vorschlag je zustimmen“, sagte er nur. „Aber die Idee ist gut.“

Cruso lächelte ihm plötzlich zu. „Vermutlich hast du recht. Ich habe vergessen, wie pedantisch ihr euer Symbol geheim haltet. Das ist jetzt aber nicht abfällig gemeint.“

Seiso-me nickte kurz.

„Und? Was treibt ihr noch so heute Abend?“

„Also, ich wollte mich mit Annini treffen“, sagte Ana-ha. „Soll ich dir helfen, Iciclos zu finden?“

„Klar, warum nicht. Du kennst ja all die Plätze, an denen es sich hier nach ihm zu suchen lohnt."

Ana-ha lächelte. Ja, die kannte sie wirklich. Und es waren nicht viele. Sie verabschiedete sich noch ein weiteres Mal von Seiso-me. Dann führte sie Cruso in Richtung Eingangshalle, in der Iciclos den halben Tag gesessen hatte, warum auch immer.

„Ana-ha, es geht mich ja eigentlich nichts an ...", begann Cruso unvermittelt, kaum war Seiso-mes Zimmer außer Reichweite. „Aber Iciclos ist mein Freund. Und ich sehe, wenn es ihm nicht gut geht."

„Ja?" Ana-ha fuhr der Schreck buchstäblich unter die Haut. War Cruso ebenfalls eine Veränderung an Iciclos aufgefallen? Hoffentlich brachte er sie nicht auf irgendeine Weise mit dem Frizin in Verbindung. Sie musste aufpassen, was sie jetzt preisgab. Sie hatte Cruso gedanklich vor sich gesehen. Im Zusammenhang mit dieser Methode! Es schien zwar eine Ewigkeit her, aber sie hatte es nicht vergessen. Nur gut, dass er in seiner Gedankenlesekunst nicht so perfekt war wie mit den abgeschrägten Stürmen.

„Ja!" Cruso sah sie durchdringend an. „Was stimmt nicht zwischen euch? Ist es wegen Seiso-me? Ich meine, wenn du nichts dazu sagen möchtest, ist das kein Problem, aber ich bitte dich doch um einen Gefallen."

„Welchen?"

„Wenn es wegen Seiso-me ist, sag es ihm! Das wäre fair."

„Es ist nicht wegen Seiso-me", wich Ana-ha aus. Und doch irgendwie wegen Seiso-me. Sie hätte ihn niemals küssen dürfen. Nicht, als Iciclos im Frizin steckte!

„Weswegen könnte es ihm sonst noch schlecht gehen? Er hat doch gerade erst die Elementas gewonnen."

„Iciclos geht es gut. Ich habe doch vorhin noch mit ihm gesprochen."

„Er trägt Schilfgrün, Ana-ha!"

„Das habe ich auch bemerkt. Aber wenn das der einzige Hinweis darauf ist, dass mit ihm etwas nicht in Ordnung ist ..."

„Es gibt auch andere", sagte Cruso eine Spur schärfer als angemessen.

„Keine Ahnung, was du meinst." Ana-ha hatte plötzlich Angst. Sie wollte unter gar keinen Umständen weiter mit ihm über Seiso-me und

Iciclos sprechen. Nicht, dass er doch noch etwas herausfand und es Seiso-me erzählte, damit Iciclos bessere Chancen bei ihr hatte.

Cruso sah sie mit hochgezogenen Augenbrauen an. „Wenn du meinst ..."

„Hey, sieh an, da ist Iciclos ja!" Ana-ha lachte erleichtert über die willkommene Unterbrechung und zeigte auf die grüne Gestalt an einem der äußeren Wasserbecken. „Cruso hat überall nach dir gesucht!", rief sie ihm zu. Cruso war am Rande der Halle einige Schritte zurückgefallen. Ana-ha bildete sich ein, bei Iciclos ein dezentes Signal für Crusos Fernbleiben beobachtet zu haben, aber sicher war sie sich nicht.

„Ana-ha", sagte er mit ungewohnt rauer Stimme. „Komm her!"

Sie schwang sich auf das Becken zu ihm hinauf und ließ die Beine nach unten baumeln. Morgen würde sie ihm das Frizin beibringen und ihre Schuld tilgen. Alles würde sich klären und irgendwann in naher Zukunft würde Iciclos ihr all die Ungereimtheiten um ihn herum aufschlüsseln. Und sicher würde sie auch ihre Suche bald fortsetzen können. Denn Dinge loszulassen, hieß nicht, sie aufzugeben. Möglicherweise verhielt sich alles weniger unausgegoren, als sie gedacht hatte.

„Was starrst du denn so in das Wasser?", wollte Ana-ha neugierig wissen.

„Dein Besuch bei Seiso-me hat doch etwas länger gedauert", stellte Iciclos fest.

„Ja, wir mussten etwas klären", wich sie aus. „Ich dachte, du wolltest zu Cruso."

„Wir haben uns verpasst und ich habe mich entschlossen, hier auf ihn zu warten, bevor wir tausend Mal aneinander vorbei irren. Früher oder später wäre er hier aufgetaucht."

„Der zentralste Punkt, sicher. Du warst heute oft hier."

„Ich mag dieses Becken."

„Wirklich?" Iciclos' Feststellung klang verwunderlich in ihren Ohren. Sehr selten sprach er ungefragt irgendetwas seinen direkten Zuspruch aus.

„Ich bin abends oft hier."

„Ich habe dich nie gesehen."

„Du warst meist mit Seiso-me unterwegs. Sonst wo. Am Strand. In deinem Zimmer. Irgendwo. Keine Ahnung."

„Hm, kann sein."

„Hast du jemals abends im Sommer dieses Becken betrachtet?"

„Ja!"

„Was hast du gesehen?", fragte Iciclos mit gesenkter Stimme.

„Ein Meer voller Sterne. Wunderschön. Die Illumination lässt es wie einen taghellen Nachthimmel aussehen."

„Ein taghellen Nachthimmel. Würde dir das gefallen? Auch ohne Sterne?" Iciclos klang viel zu ernst für Sarkasmus. Ana-ha schluckte über diese Abwesenheit jeglichen Spotts in seiner Stimme. Es wirkte befremdlich und machte ihr Angst, weil sie glaubte, daran irgendwie Schuld zu sein.

„Hat das was mit Asperitas' Geschenk zu tun?", fragte sie vorsichtig. Vielleicht verhielt er sich so seltsam, weil ihn irgendetwas bekehrt hatte. Vielleicht trug er deswegen auch die Landesfarbe.

„Nein. Asperitas hat mir überhaupt nichts preisgegeben. Aber das ist nicht schlimm. Nicht mehr!"

„Ein tagheller Nachthimmel ohne Sterne?", wiederholte Ana-ha und schüttelte ratlos den Kopf, weil sie nicht wusste, worauf er hinauswollte.

„Stell es dir einmal vor!"

Ana-ha sah in das Becken. „Wenn der Nachthimmel so hell wäre, müsste es dann aber tagsüber dunkel sein."

„Wer sagt das?"

„Das ist ein Naturgesetz. Es kann nicht anders sein."

Iciclos lächelte sie an. „Bei Naturgesetzen verhält es sich wie mit Regeln. Manchmal werden sie gebrochen!" Mit diesen Worten glitt er vom Beckenrand hinunter. „So wie die Dimension der Fraktale! Denk mal bis morgen darüber nach!" Er ging zu Cruso. „Können wir los?"

„Ja, es ist allerhöchste Zeit." Cruso warf Ana-ha einen undurchschaubaren Blick zu. Dann legte er fürsorglich, fast beschützend, einen Arm um Iciclos' Schultern und zog ihn in einer an sich bindenden Vertrautheit aus der Halle, die Ana-ha seltsam schwer aufstieß. Wie sie nebeneinander herliefen, im Gleichschritt, in Weiß und Grün, die Köpfe so dicht zusammengesteckt und flüsternd, beschlich sie das ganz unangenehme Gefühl, dass Cruso längst wusste, was Iciclos ihr vorenthielt.

Es war wie ein Schlag in das Zentrum seiner Existenz. Ein sehr, sehr harter! Jadegrüner Stein explodierte in einer Geschwindigkeit von Millionen Stundenkilometern. Trümmer rissen ihn in die Lüfte und schleuderten ihn auf den Boden. Die Rundungen und Bögen konnten die scharfen Schnitte dieser Explosion nicht mindern. Thuraliz starb in Sekunden und konnte nicht wieder auferstehen. Er lag am Boden in der untergegangenen Welt und versuchte, das Licht zu finden. Seine Brust schmerzte, durchschnitten vom Aufprall der Realität. Er fuhr mit seinen Fingern über die getroffene Stelle, aber seine Hände blieben unbefleckt. Kein rotes Blut klebte an der Wunde. Es war wie ein böser Traum. Als sei er dort gestorben, aber immer noch lebendig. Er war wie ein Geist. Der Schock hatte ihn zu einem Wesen in einer fremden Welt gemacht. Da war sie, die andere Dimension. Er war tödlich verletzt, aber sein Blut floss nicht über seine Brust. Es sickerte innerlich in ihn hinein. Er konnte nicht mehr atmen. Seine Lungen waren gefüllt davon, von seinem verratenen Leben. Die Kälte des Frizins verblasste neben diesem Schmerz.

Dass sie ihm das angetan hatte! Dass sie ihn auf diese Art verraten hatte! Dass sie ihn so hatte leiden lassen! Warum?

WARUM?

Iciclos war gefangen in seiner Vergangenheit und der Ungerechtigkeit der Gegenwart. Er dachte nicht daran, dass auch er ihren Traum verraten hatte, dass auch er sie belogen hatte, dass auch er unrecht an ihr begangen hatte. Er dachte nicht daran, dass sie ihn alles gelehrt hatte und er jeden Millimeter ihres Gesichtes kannte. Er dachte nicht daran, dass er ihre Stimme liebte und dass er ihrem Versprechen nachgehangen war. Alles, an was er denken konnte und wollte, war an seinen Zorn und seinen Schmerz. Und daran, dass er nun keine Entscheidung mehr treffen musste. Sie hatte alles gesprengt. Sie hatte Thuraliz zerstört, so wie sie damals an den Mauern Emporias gerüttelt hatte. Fast hätte sie die Wälle zum Einsturz gebracht, aber Emporias Mauern waren uneinnehmbar. Sie ließen sich nicht blenden, sie waren für die Ewigkeit geschaffen. Thuraliz war das marode Fundament, gut, dass er das rechtzeitig erkannt hatte. Gut, dass er wusste, wo er hingehörte. Gut, dass er wusste, was er nun zu tun hatte. Gut, dass er so feste Freunde hatte!

Iciclos rannte durch die Gänge. Sie hatte ihn von sich gestoßen. Diese Gewissheit machte ihn schwindelig vor Zorn, Demütigung und Trauer. Immer wurde er weggestoßen von denen, die ihn lieben sollten, von denen, die er liebte. Ausgestoßen, ein weiteres Mal! Wie oft würde er so etwas noch ertragen müssen?

Wieso hatte Ana-ha gelogen? Und wieso hatte sie jetzt Seiso-me gewählt und nicht ihn? Er hatte ihr doch alles sagen wollen! Er hatte stündlich immer mehr erwogen zu bleiben. Seine Gefühle hatten begonnen, es zu planen, während sein Geist sich noch wehrte.

*Ana-ha, wieso auf diese Art? Wieso auf diese verdammte Art?*

Wie betäubt kam er an den Bogengängen an. Hier hatte sie ihm zum ersten Mal die Wahrheit über das Frizin gesagt. Genau dort, wo er jetzt stand. Mehrere Sekunden verharrte er an dieser Stelle, als könnte er die Zeit auslöschen, die dazwischen lag. Als könnte er noch mal hier beginnen und vieles besser machen.

„Nein", dachte er, wütend über sein Zögern und sein Festhalten an sinnlosen Träumen. „Ich würde nichts anders machen. Ich trage keine Schuld. Ich habe nur getan, wonach mein Herz gestrebt hat. Ich bin Iciclos Spike, ich habe nur einen einzigen Traum. Und ich träume ihn mit Treue seit acht Jahren. Ein für immer gibt es nur in Emporia. Dort bin ich sicher. Dort finde ich Ruhe. Dort ist der Klang, der Geschmack, das Licht der Geborgenheit, der Heimat." Langsam ging er weiter. Thuraliz war Vergangenheit. „Morgen", dachte er, „wird es für immer Vergangenheit sein. Ich lasse es hinter mir. Morgen!" Sein Blut tropfte, ertränkte sein Gewissen in einem roten Ozean aus altem und neuem Schmerz. Er hatte Mühe, in seinem Zorn den ersten freien Termin zu finden. Mit bebenden Händen nahm er den Stift und trug seinen Code ein. Er besiegelte Ana-has Schicksal. Er war der Andere!

„Du machst das schon sehr gut", sagte Ana-ha lächelnd.

Iciclos zweiter Versuch war nahezu perfekt. Sie standen zusammen in seinem Wassertor der Trainingshalle zwei und Iciclos übte erst seit fünfzehn Minuten. Er hatte den Wasserdämon komplett gefriezt. Normalerweise hatte Ana-ha Iciclos immer seine Kräfte an diesen Dämonen messen lassen. Doch heute mussten sie als Frizin-Ziel herhalten. Was Ana-ha erstaunte, war der Punkt, dass Iciclos es sofort geschafft hatte, das Tor offen zu halten und sich gleichzeitig auf das Frizin konzentrieren konnte. Wenn sie es nicht besser gewusst hätte, hätte sie ihm unterstellt, dass er heimlich mit einem anderen Elementler trainiert hatte.

„Ich habe nicht erwartet, dass es dir so leicht fällt", gestand Ana-ha liebenswürdig.

„Die Kälte in meinem Inneren ist wohl seit deinem Frizin gewachsen", antwortete Iciclos mit eigenartiger Stimme. „Vielleicht bin ich daher so gut."

„Vielleicht." Ana-ha nickte. Ganz abwegig war es nicht. „Fühlst du dich denn seit dem Frizin anders?" Sie dachte an Crusos Beobachtungen.

„Nein!" Iciclos schüttelte den Kopf.

Sie betrachtete ihn aufmerksam. Sie war sich nicht sicher, ob das stimmte. Aber sie würde ihn lieber später darauf ansprechen.

„Jetzt hol ihn raus! Denk an die Wärme, denk an die Sonne, das Feuer und das Licht! Und mach es langsam!"

Sie sah, wie er sich konzentrierte. Er kniff die Augen zusammen und atmete tief durch. Dann hob er die Handflächen nach oben, wie sie es bei seinem ersten Versuch für ihn getan hatte, und begann, den Wasserdämon zu erlösen. Es dauerte lange. Länger, als es sollte. Anscheinend hatte Iciclos mehr Probleme damit, an Wärme und Licht zu denken, als an Kälte und Eis.

„Ich schaffe es nicht." Iciclos brach seinen Versuch ab und ließ die Arme sinken. „Ich kann nicht."

„Denk an etwas Schönes, das hilft dir vielleicht. Denk an deinen Sieg bei den Elementas!", schlug Ana-ha vor.

„Ich weiß, woran ich denken kann." Iciclos schloss die Augen und hob erneut die Handflächen. Ana-ha wartete geduldig und überlegte sich, ob er wohl an das Feuer der Wibuta-Nacht dachte. Dass Iciclos solche Probleme mit dem Beenden des Frizins hatte, würde ihrer Geschichte noch mehr Glaubwürdigkeit verleihen.

„Der Abbruch ist schwierig, aber er muss dir ebenso gut gelingen wie der Einstieg."

„Du meinst, damit mir nie passiert, was dir passiert ist?" Iciclos ließ schon wieder seine Hände sinken.

Ana-ha nickte. Die Art, wie er sie jetzt von oben bis unten musterte, gefiel ihr überhaupt nicht. Er benahm sich schon die ganze Zeit so seltsam. Zänkisch und verschlossen, wie er sich sonst nur gewöhnlichen Absolventen gegenüber verhielt, zu denen er keinerlei Bezug hatte. Außerdem trug er wieder schwarz, was Ana-ha ein noch größeres

Rätsel aufgab. Sie hatte die halbe Nacht wach gelegen und überlegt, warum Naturgesetze wie Regeln gebrochen werden konnten und was die Luftreichpuzzles damit zu tun hatten, war jedoch zu keinem vorzeigbaren Ergebnis gekommen.

„Aber ich werde ohnehin niemals friezen“, riss Iciclos sie jetzt lässig aus ihren Gedanken. „Warum muss ich es eigentlich überhaupt lernen?“

„Weil es dazugehört. Ohne Ende ist es nur ein halbes Frizin. Wenn es ein Spiel wäre, würde ich sagen, es gilt sonst nicht.“

„Gut, dann gilt es jetzt!“ Iciclos startete seinen dritten Versuch und gewann. Der Wasserdämon drehte verwundert seinen Kopf in alle Richtungen, dann brach er in ein ohrenbetäubendes Gebrüll aus. Iciclos konzentrierte sich kurz und der Dämon verschwand.

„Sehr gut gemacht, Iciclos!“ Ana-ha nickte ihm lächelnd zu. „Noch ein letztes Mal, dann kann ich dich mit gutem Gefühl aus der Halle entlassen.“

Der Wasserdämon erschien wieder in der kargen Mitte des Wassertores. In der öden Landschaft sah er völlig fehl am Platz aus, so, als hätte man ihn einem Gruseltheater entrissen und der Realität preisgegeben.

„Ich setze die Luftfeuchte noch ein wenig herab, dann ist es eine echte Herausforderung.“

„Lieber nicht, zum Schluss klappt es nicht.“

„Na und? Dem da kann doch nichts passieren“, gab Iciclos leicht unfreundlich zurück.

„Wenn du meinst ...“

Iciclos konzentrierte sich. Der Dämon vor ihnen kam auf sie zu.

„Beeil dich!“, drängte Ana-ha. Sie hatte keine Lust, sich heute gegen ein Wassermonster zu behaupten.

Sie sah, dass Iciclos sich schon seiner Aufgabe widmete. Er presste die Kiefer so stark aufeinander, dass sich die Sehnen kräftig unter den schmalen Wangen abzeichneten. Seine Augen glitzerten unnahbar von dem kalten Eis, welches er in sich sammelte. Beinah sah er so aus, als wollte er Eiszapfen daraus schießen. Und dann blieb der Wasserdämon einfach wie festgefroren stehen.

„Siehst du“, lächelte er etwas gönnerhaft. „Ich habe es geschafft.“

„Noch steckt er fest. Los, hol ihn wieder raus!“ Ana-ha wartete auf die erste Regung des Monsters vor ihnen. Sie war so darauf konzentriert, dass sie den feinen Nebel im Tor zunächst nicht bemerkte.

„Ich schaffe es schon wieder nicht."

„Wärme und Licht!" Ana-ha trat einen Schritt auf Iciclos zu. „Wärme ..." Plötzlich sah sie sich um. „Wieso ist es denn hier so neblig? Was hast du mit der Luftfeuchte angestellt?"

„Nichts ... ich habe wohl einen Fehler gemacht." Iciclos verschwand hinter einer weißen Dunstglocke.

„Alles klar!" Ana-ha drehte sich im Kreis. Sie konnte fast nichts mehr sehen. „Das kriegen wir wieder hin. Vergiss den Dämon! Wir müssen die Luft wärmen! Du hast wohl deine ganze Kälte auch in die Luft abgegeben." Sie fror. Die Temperatur war schlagartig um mehrere Grad gesunken. Sie konzentrierte sich auf ihre Wasserkräfte. Im Geiste tat sie alles, was sie gelernt hatte, aber es funktionierte nicht. „Iciclos, du brauchst die Wärme jetzt für die Luft. Verstanden?"

„Klar und deutlich!" Es klang, als sei er etliche Meter entfernt.

„Ich bekomme den Nebel nicht weg! Ich verstehe das nicht. Normalerweise ist es überhaupt kein Problem. Wo bist du denn?" Ana-ha stolperte vorwärts. Sie blinzelte irritiert, konnte aber kaum mehr als die Hand vor Augen erkennen. „Wo bist du?"

Er gab keine Antwort.

„Hey, Iciclos, antworte doch!" Ana-ha drehte sich erneut um sich selbst. Was war hier los? Sie lief in Richtung des Dämons. Er war die einzige Orientierungshilfe, die sie hatte. Er stand fest an seinem Platz, genau in der Mitte des Tores. Sie wartete eine Weile und lauschte. Von weiter vorne hörte sie Geräusche, ein dünnes Rascheln, wie feiner Stoff, der sich aneinander rieb. Sie hatte es schon öfter gehört, konnte es aber nicht einsortieren. Der Intensität des feinen Rauschens wohnte eine nicht greifbare Boshaftigkeit bei, die Ana-ha einen leichten Schock versetzte.

„Iciclos?" Sie machte ganz langsam zwanzig vorsichtige Schritte geradeaus weiter. Plötzlich wusste sie, was geschehen war. „Eine Torkreuzung! Iciclos, das ist eine Torkreuzung mit dem Feuerland! Hörst du mich?" Sie wartete kurz. „Sie müssen ihre Pläne vertauscht haben! Antworte doch endlich!" Sie war am Zwischenbereich angekommen. Hier endete der Nebel und sie sah in der Ferne das feuerländische Tor schimmern. Doch es war nicht die Geräuschquelle, die ihr vorher eine

Gänsehaut bereitet hatte. Irgendjemand hatte wohl einen Fehler bei der Terminkoordination gemacht. Steckte Iciclos im Zwischenbereich fest? Hoffentlich flog ihr Frizin nicht auf. Nicht, dass plötzlich lauter Ratsmitglieder des Feuerlandes vor dem Wasserdämon standen. Weder sie noch Iciclos durften ihrem Status nach friezen. Sie drehte sich um. Sie würde sich jetzt selbst um das Monster kümmern. Iciclos musste sehen, wie er klarkam. Ana-ha irrte mit mulmigem Gefühl in der Magengrube durch die weißen Wolken zurück.

„Iciclos? Bist du hier?" Jetzt hatte sie eindeutig Schritte gehört.

„Natürlich bin ich das", antwortete er und als würde er ihn mit einem Ruck davon reißen, brach der Nebel entzwei und Ana-ha blieb vor Schreck einfach die Luft weg.

Fiuros Arrasari und Iciclos flankierten rechts und links den Wasserdämon wie albtraumhafte Geister. Es war nicht ihre Präsenz, sondern der Ausdruck genussvoller Schadenfreude auf ihren Gesichtern, der diese Szene auf gespenstische Weise entstellte.

„Hallo Ana-ha!" Fiuros' Lächeln war unwirklich schrecklich, so als ob der böse Traum kurz vor dem Höhepunkt stand. Ana-ha schüttelte den Kopf, weil sie nicht begriff, was hier vor sich ging.

„Was ... hast du dich in unserem Tor verlaufen?", fragte sie schließlich stockend, als sie ihre Sprache wieder gefunden hatte. Es war die einzige Erklärung, gesetzt den Fall, dass sie nicht träumte. Sie blieb auf Abstand.

„Nein, Iciclos war so nett, mir den Weg zu weisen. Dieser Nebel war aber auch wirklich ungewöhnlich dicht, oder Iciclos?"

„Fast so dicht wie der Elementasnebel, in dem Cruso und Lesares unbemerkt das Erdsymbol gestohlen haben." Iciclos sah Ana-ha dabei direkt in die Augen, als wollte er sie mit der Wahrheit hypnotisieren.

„Erdsymbol? Wer hat das Erdsymbol?", stammelte Ana-ha und sah von Iciclos zu Fiuros und wieder zurück.

„Natürlich habe ich es!" Fiuros schüttelte überheblich seine Haarpracht, den Tonfall keinesfalls verächtlich, aber doch so, als würde er die Frage eines kleinen Kindes beantworten müssen.

„Du? Ich dachte, Ankorus ..."

„Ankorus ... du warst zum Glück schon immer viel leichtgläubiger als dieser dämliche Romantiker!" Iciclos schnaubte verächtlich. „Ach, fast hätte ich den Dämon vergessen", fügte er plötzlich so beiläufig hinzu, als sei dies nur eine gewöhnliche Trainingseinheit. Er blinzelte kurz und der Dämon brüllte, als er aus dem Frizin entlassen wurde. „So geht das, Ana-ha! Hast du's gesehen? Oder möchtest du noch eine Sondervorstellung?" Das Wassermonster verschwand. „Vielleicht mit einer echten Person? Groß ist die Auswahl hier allerdings nicht, hm, mal sehen ..." Er kräuselte übertrieben die Stirn: „Fiuros, mein Freund, scheidet von vorneherein aus ..."

„Dein Freund? Was ist los mit dir, Iciclos?" Ana-ha wich zurück. Es kam ihr vor, als hätte sie durch den Nebel eine andere Wirklichkeit betreten. Eine härtere Wirklichkeit, die nur von denen verstanden wurde, die sie erschaffen hatten.

Unwichtige Einzelheiten drängten sich nacheinander in ihr Bewusstsein. Der Augenblick war zu surreal, um ihn als Ganzes erfassen zu können. Ihr Geist hielt lediglich Momentaufnahmen der verschiedensten Dinge fest: Iciclos, in Schwarz, bedrohlich vor ihr; Fiuros, heiter, fast gelassen, neben ihm, sein majestätisches Gewand, welches bei jeder kleinsten Regung, selbst jedem Zucken der Gesichtsmuskulatur, unnatürlich knisterte; der Wasserfall, der seine leutselige Melodie weiterplätscherte, als sei nichts geschehen; ihr eigener Versuch, dem Grotesken mit Haltung zu begegnen. Ana-ha wusste genau, dass sie nicht träumte, aber die Realität war unbegreiflich. Sie musste so schnell wie möglich in die Trainingshalle zurück. Ruckartig drehte sie sich herum und rannte auf den Wasserfall zu.

Fiuros und Iciclos blieben einfach stehen. Vielleicht waren sie gar nicht echt? Vielleicht erlaubte sich Iciclos einen ganz üblen Scherz mit ihr? Vielleicht wartete er lachend vor der Halle? Ana-ha hatte es fast geschafft – es fehlten ihr nur noch wenige Meter – doch schlagartig veränderte sich die Umgebung. Vor der Wand aus Wasser verfestigte sich ein Wall aus schwarzen Steinen. Ana-ha musste scharf abbremsen, sie streckte ihre Arme aus und fing sich ab. Ihre Handgelenke stachen von dem harten Aufprall wie von Nadeln durchbohrt. Schweiß sammelte sich in ihren Handflächen, als sie erkannte, was das bedeutete: Iciclos musste real sein, sonst hätte er das Tor nicht verändern können. Ihre Beine drohten unter ihr wegzusacken, als sie sich im Zeitlupentempo zu ihm umdrehte. Er kam langsam, mit zur Schau stellender Feindseligkeit, auf sie zu. Ana-ha starrte ihm entgegen, bemüht, seinem Blick Stand zu halten.

„Ich will hier raus. Zeig mir sofort den Ausgang!", verlangte sie von ihm.

„Alles zu seiner Zeit."

„Ich muss die Torkontrolle bekommen", dachte Ana-ha hektisch. „Ich muss ihm die Kontrolle entziehen." Sie versuchte, nicht daran zu denken, dass auch Fiuros hier war, in ihrer unmittelbaren Nähe, keine zwanzig Meter entfernt. Und Iciclos schien komplett den Verstand verloren zu haben. Ob Fiuros ihn unter den Einfluss von Feuerstaub oder einer anderen Züchtung gesetzt hatte? Oder war Fiuros nicht echt? Eine Torfantasie von Iciclos? Sie versuchte, die Mauern durchlässig werden zu lassen. Sie hatte nicht oft geübt, die Torkontrolle eines anderen an sich zu reißen. Ana-ha richtete ihren Geist auf das Tor und sein Innenleben aus. Sie brauchte einen Ausgang. Iciclos' Gemäuer wackelte schwach, ein schmaler Wasserfall grub sich eher mitleidig durch seine Festung. Ana-ha stürmte darauf zu. Doch sie kam wieder zu spät. Iciclos hatte sie fast erreicht und sein Geist die Mauer stabilisiert.

„Du hättest mehr trainieren sollen, Ana-ha." Er blieb mit gekreuzten Armen vor ihr stehen.

„Was soll das, Iciclos?" Ihre Stimme zitterte ein bisschen. Iciclos sah sie so eiskalt an wie den Dämon, den er vorhin in den Winterschlaf geschickt hatte.

*Zehn Minuten! Oh mein Gott, zehn Minuten!* Sie hatte den früheren Iciclos im Frizin verloren, ganz sicher, das war die Erklärung. Friezen ... notfalls müsste sie es tun, alle beide, nur kurz, um aus dem Tor herauszukommen!

„Seiso-me hatte recht", erklärte Iciclos ihr jetzt mit einem verschlagenen Augenzwinkern, mit dem er ihre Freundschaft ins Lächerliche zog. „Ich bin ein Symbolräuber! Das ganze letzte Jahr habe ich dich nur benutzt, um zu lernen. Am Ende brauchte ich nur noch das Frizin!" Er streckte die Hand nach ihr aus, aber Ana-ha schlug sie weg.

„Fass mich nicht an!" Ihr Verstand weigerte sich zu glauben, dass das wirklich Iciclos war. Vielleicht war es eine Teufelei von Fiuros? Vielleicht hatte er sich das alles hier ausgedacht? „Was hast du mit Iciclos gemacht, Fiuros?"

„Nichts. Das hast du ganz allein geschafft, Ana-ha." Auch Fiuros kam unausweichlich näher. Das engelsgleiche Rauschen seiner Schritte zerrte an ihren Nerven.

„Ich habe gar nichts geschafft. Iciclos, warum redest du denn so ein wirres Zeug?"

Iciclos sah Fiuros an: „Sehe ich verwirrt aus?"

Fiuros schüttelte den Kopf.

„Sehe ich aus, als sei ich nicht Herr meiner sechs Sinne?"

Fiuros schüttelte wieder den Kopf, diesmal mit einem Lächeln, das seinen Spaß an Ana-has Ungläubigkeit verriet.

„Du bist die Einzige, die verwirrt ist, Ana-ha."

Ana-has Augen zuckten von einem zum anderen, als versuchte sie, aus den beiden und sich einen Dreisatz zusammenzusetzen, dessen Lösung sie radikal überforderte.

„Könnte daran liegen, dass du sie monatelang belogen hast", sagte Fiuros an Iciclos gewandt.

„Könnte sein. Es wäre unfair von uns, gleich vollstes Verständnis zu erwarten, oder?" Iciclos fasste in Ana-has Haare.

„Hör auf!" Ana-ha stieß ihn zurück.

„Oh, Entschuldigung, Thuraliz-Prinzessin, das darf natürlich nur Seiso-me, oder?" Iciclos' Augen glitzerten gefährlich.

„Was hat Seiso-me mit all dem zu tun?"

„Ich glaube, das weißt du ganz genau."

„Nein! Was soll ich wissen? Ich weiß überhaupt nichts! Ich weiß überhaupt nicht, was los ist! Warum ist Fiuros hier? Was hat er hier zu suchen? Warum bist du so wütend? Und warum willst du mir weismachen, ihr hättet die Symbole gestohlen?", schrie sie Iciclos an.

„Weil es wahr ist", entgegnete er ruhig. „Weil es die Wahrheit ist."

„Die Wahrheit?" Ana-ha hatte das Gefühl, seine Worte hätten ihr die Beine einzementiert. Das konnte nicht die Wahrheit sein! „Nein, das kann nicht sein!"

„Das habe ich auch gedacht, als Cruso mir die Geschichte mit dir und Seiso-me erzählt hat."

„Cruso?", keuchte Ana-ha erschrocken. Sie wusste sofort, auf was er hinauswollte. Das war schlimmer als der furchtbarste Albtraum!

„Er hat es in deinen Gedanken gelesen. Er hat es in Seiso-mes Gedanken gelesen. Du brauchst mir nichts zu erklären!"

Cruso und das Frizin! Sie hatte recht gehabt!

„Was hat er dir gesagt?", fragte Ana-ha schwach.

„Dass du deinen Spaß mit Seiso-me hattest, während ich im Frizin steckte!“ Iciclos packte sie erneut an den Haaren und zog sie zu sich. Diesmal wehrte sie sich nicht.

„Ich wollte ihn loswerden“, flüsterte sie nur. „Er war plötzlich da.“ Sie traute sich nicht, ihn anzusehen. Ihr Herz schlug wie verrückt.

„Na klar“, imitierte er gekonnt ihren leisen, verängstigten Tonfall. „Das ist die richtige Art, jemanden loszuwerden! Gerade jemanden wie Seiso-me!“ Ihre Gesichter waren sich so nahe wie nie zuvor. Ana-ha spürte seine Lippen an ihrem Ohr, sah aus den Augenwinkeln die glitzernden Schweißperlen an seinen Schläfen. „Oder soll ich ihn lieber Seiso nennen? Das macht ihr Wasserelementler doch, wenn ihr euch für jemanden entschieden habt, oder?“ Der Zug an ihren Haaren wurde eine Spur stärker und Iciclos' Stimme wieder lauter. „Du hättest dir einen geeigneteren Zeitpunkt für deine Romanze aussuchen können!“

„Ich habe nicht gelogen. Seiso-me kam rein und ich wusste nicht ...“

„Hör auf, Ana-ha!“ Iciclos ließ sie so abrupt los, dass sie über ihr Kleid stolperte. „Ich weiß, was ich wissen muss.“

„Vielleicht hat Cruso etwas missverstanden!“, rief Ana-ha entrüstet. „Vielleicht hat er dich angelogen! Ich wollte dich doch nur vor Seiso-me schützen. Er hätte dich aus der Akademie geworfen! Du hast ihn nicht gesehen, Iciclos. Ich wollte dich nur schützen!“

„Schützen?“ Iciclos lachte hart. „Schützen wolltest du mich? Das ist aber nett, dass du dir so einen wunderbaren Schutz für mich ausgesucht hast! Weißt du überhaupt, was es heißt, zehn Minuten im Frizin zu stecken? Und nicht zu wissen, was los ist? Ich habe alle Götter gerufen, die mir einfielen! Ich hätte den Teufel beschworen, wenn er mir geholfen hätte! Aber Ana-ha wollte mich ja schützen! Warum habe ich mir Sorgen gemacht? Bei allem, was mir heilig war: ICH HABE DIR VERTRAUT!“ Iciclos gab ihr einen sehr heftigen Stoß Richtung Fiuros. „Ich habe dir vertraut! VERDAMMT NOCH MAL!“

Ana-ha fiel rückwärts um, doch Fiuros fing ihren Sturz mit seinem Körper ab. Er griff nach ihren Handgelenken und umklammerte sie so fest, als wollte er sie ihr auf der Stelle brechen. Hatte Iciclos ihn nur erschaffen, um ihr Angst zu machen? Und waren all die anderen furchtbaren Dinge, die er gesagt hatte, wirklich wahr?

„Ich habe dir auch vertraut“, sagte sie leise. Sie versuchte erst gar nicht, sich von Fiuros loszureißen. Fantasie oder Realität, er würde sie ohnehin nicht freigeben.

„Immer wieder. Jeden Tag habe ich dir vertraut. Ich wäre mit dir bis zum Ende der Welt gegangen ...“

„Schön, vielleicht musst du das sogar!“ Iciclos holte ein paar Mal tief Luft. Er war atemlos vor Zorn.

„An das Ende der Welt?“

„In die göttliche Dimension, wie ihr es hier nennt.“

„Was willst du wirklich von mir?“

„Das Wassersymbol!“

„Du bist verrückt, Iciclos!“ Ana-ha schüttelte den Kopf. „Ich weiß doch nicht, was unser Symbol ist.“

„Nein, du weißt es nicht. Du nicht! Aber Seiso-me!“ Iciclos ließ die Felsen in seinem Tor verschwinden. Die Wasserwand wurde wieder sichtbar. Aber sie war viel zu weit weg. Fiuros hielt ihr die Handgelenke auf dem Rücken fest und machte nicht den Eindruck, als wollte er sie so schnell wieder loslassen. Seine Hände waren feucht und er zitterte ein bisschen, obwohl sie doch diejenige war, die jetzt Angst haben musste. Aber seine körperlichen Reaktionen verrieten ihr mit erschreckender Klarheit, dass er garantiert keine Wassertorfantasie von Iciclos war.

„Cruso wird Seiso-me herbringen. Wenn ihm deine Unversehrtheit etwas bedeutet, dann wird er es uns schon sagen! So verabscheuungswürdig, wie er ist: Es war richtig von ihm, mir nie zu vertrauen. Und selbst wenn mir das Heilige Wasser aus den Händen gelaufen wäre, hätte er noch behauptet, ich habe eine undichte Stelle. Guter Seiso-me! Aber ob er immer noch dein Leben vor sein Amt stellt, wenn ich ihm sage, dass du sein Versprechen gebrochen hast?“

„Du bist gemein, Iciclos“, flüsterte Ana-ha, weil ihr nichts anderes einfiel. Ihr Entsetzen über ihn war so groß, dass sie weder Tränen noch Worte hatte. Dass er ausgerechnet Fiuros dazu geholt hatte. Auch wenn er ihn als seinen Freund bezeichnete, kannte er doch die Gefahr, die er für sie darstellte, am besten? War ihm das wirklich alles egal geworden? Glaubte er wirklich, sie hätte mit Seiso-me eine Beziehung und diese ausgerechnet in dem Moment seines Frizins begonnen? Was hatte Cruso ihm nur erzählt? Welchen Grund könnte Cruso haben, ihr so zu schaden? All die netten Worte, die sie mit dem Luftelementler gewechselt hatte. All die Fragen über Iciclos und Seiso-me. All diese Stunden, die sie mit Iciclos trainiert hatte! All diese Lügen!

*Die Wahrheit ist ein scharfes Schwert! Manchmal sticht sie dich di-*

*rekt ins Herz!* So hatte es Seiso-me gestern ausgedrückt und so fühlte es sich an. Es war ein bisschen wie Sterben, wie das Ende ihrer Welt.

„Welches Recht hast du für deinen Zorn, Iciclos? Du hast mich doch die ganze Zeit belogen. Mit welchem Recht bist du so wütend?“ Sie sah ihn an. Er antwortete nicht, aber er starrte zurück. Offenbar hatte er überhaupt keine Erklärung für sie. Seine Augen waren immer noch so kalt. Ana-ha dachte an ihren Vorsatz, beide einfach einzufriezen. Der Zeitpunkt wäre vielleicht nie günstiger als jetzt. Sie versuchte, sich zu konzentrieren, ohne dass Iciclos es mitbekam. Aber sie hatte zu viele Stunden mit ihm verbracht. Er erkannte in ihrem Gesicht jede feinste Regung samt ihrer Intention. Jeden Wimpernschlag Überlegung, jedes Fältchen Konzentrationstiefe. Nur die Wahrheit ... die hatte er nicht gesehen, die war ihm fremd geblieben.

Er schüttelte ganz leicht den Kopf. „Es wird nicht funktionieren, Ana-ha“, sagte er nur und klang fast ein bisschen so, als würde er es sogar bedauern. „Wir haben die Luftfeuchte unter das Niveau für ein Frizin gebracht. Du brauchst es gar nicht zu versuchen!“

Sie versuchte es trotzdem. Sie versuchte es wirklich. Immer wieder. Aber beim vierten Mal musste sie sich eingestehen, dass er ausnahmsweise nicht gelogen hatte. Er hatte an alles gedacht! Er hatte alles perfekt geplant! Er hatte sie in die Falle gelockt! Sie und Seiso-me! Hoffentlich würden sie Seiso-me nichts antun. Hoffentlich würde er ihnen sofort sagen, was sie wissen wollten und nicht um ihretwillen den Helden spielen. Seiso-me hatte sie immer schon gewarnt. Er hatte Iciclos schon immer durchschaut. Aber jetzt war es zu spät. Jetzt geriet er wegen ihr in eine solche Gefahr! Wenn es nach ihr ging, konnten sie mit ihren vier heiligen Sakramenten einfach den Abgang machen und für immer aus ihrer Welt verschwinden. Es war ihr beinah egal ... wenn Seiso-me nur heil aus der Sache herauskäme. Sie konnte nur hoffen, dass Iciclos ihn nicht in seiner ungerechtfertigten Raserei verletzte.

„Lasst ihr Seiso-me wieder gehen?“, fragte sie leise.

„Das ist alles, woran du denken kannst, nicht wahr? Und ich Idiot wollte Cruso zunächst gar nicht glauben.“

„Er kann nichts dafür, lasst ihn in Ruhe!“

Iciclos rang sich ein trübes Lächeln ab. „Das kommt auf ihn an! Und auf dich natürlich!“

„Auf mich?“

„Das Symbol hat etwas mit dir zu tun. Wir sind uns ganz sicher. Und Seiso-me ist einer deiner Wächter. Wir wissen nur noch nicht genau, wie das alles zusammenpasst."

„Mit mir? Seiso-me ... mein Wächter?", wiederholte Ana-ha verständnislos.

„Ja, Cruso ist gut in seiner Kunst, aber eben nicht perfekt. Vor allem nicht, wenn Personen versuchen, Dinge zu verstecken! Er hat die Gedanken von mindestens zehn eurer Ratsmitglieder gelesen. War ja auch einfach, an sie ranzukommen, nach dem er offiziell von aller Schuld reingewaschen wurde."

Deshalb war Seiso-me ihr in letzter Zeit kaum noch von der Seite gewichen. Ana-ha wusste nicht, wie viele Neuigkeiten sie heute noch verkraften würde. Eines wollte sie aber doch noch wissen, bevor die Dinge ungemütlich wurden.

„Und wer ist Ankorus?", fragte sie.

„Ankorus." Fiuros hinter ihr gewann plötzlich an Präsenz und seine Stimme wurde wieder zu dem schauerlichen Flüstern von Wibutas Terrassen. „Er ist der Hüter der göttlichen Dimension. Aber ich habe dir ja eine konkrete Antwort versprochen. Heute Nacht wirst du sie bekommen. Ich werde es dir höchstpersönlich erklären. Ich habe mir die ganz Nacht freigenommen!" Er lachte und zog sie blitzschnell und unerwartet aus Iciclos' Reichweite. In Sekundenschnelle schossen vor ihnen Flammen in die Höhe, die bis zu der Decke der Trainingshalle reichten und sie komplett von der anderen Seite des Tores abschotteten.

Ana-ha schrie vor Schreck auf. Im ersten Moment dachte sie, Fiuros würde sie hineinstoßen. Doch er hielt einen Abstand von mehreren Metern zu dem eigenartig stiemenden Flackern. Geblendet kniff sie die Augen zusammen. Das Feuer vor ihr sah ganz anders aus als auf dem Elementasplatz, es hörte sich auch anders an und es kam aus dem Nichts. Es dauerte einige Sekunden, bis sie es wirklich begriff.

„Du bist ein Tachar des Feuers!", wisperte sie bestürzt, als sie die Tragweite für sich selbst darin erkannte. Sie hatte ihm in die Augen gesehen, ohne es zu wollen. Fiuros registrierte es mit einem feinen Lächeln der Genugtuung.

„Ein Tachar des Feuers", bestätigte er sie und erwiderte ihren Blick, ohne zu blinzeln. „Es tötet dich in weniger als einer Sekunde, sei vorsichtig!"

„Was soll das, Fiuros? Lösch sofort deine Flammen!“ Iciclos auf der anderen Seite sah überrascht und nicht minder schockiert aus. Das gehörte offensichtlich nicht zu ihrem gemeinsamen Vorgehen.

Fiuros schüttelte bestimmt den Kopf. „Es tut mir leid, Iciclos. Aber es geht nicht anders. Ich werde finden, was dir zusteht. Ich allein finde das Wassersymbol! Ich versuche es auf meine Art!“

„Auf deine Art?“, echote Iciclos aufgebracht. „Was ist deine Art?“

Fiuros ließ seine Frage unbeantwortet im Raum schweben, sodass ihre Bedeutung noch bedrohlicher klang. „Kaira hat es so vorausgesehen. Und nur so wird es funktionieren!“, setzte er dann seinem Schweigen nach.

„Vergiss Kaira“, rief Iciclos zu ihm hinüber. „Wir werden das Heilige Wasser gemeinsam finden. Wir waren uns doch einig!“

„Wir waren uns nie einig. Ich habe mich nur zurückgenommen. Ich hätte Ana-ha nie bekommen, wenn ich nach euren Regeln spielen würde!“

„Was heißt: Du hättest Ana-ha nie bekommen?“, wollte Iciclos irritiert wissen. „Darum ging es doch gar nicht!“ Die Flammen waren so dicht, dass sie einander kaum sehen konnten. „Wir wollten ihnen doch nur Angst machen!“

Fiuros stieß Ana-ha ein Stück nach vorne, ohne sie dabei loszulassen, gleichzeitig sank sein Feuer auf Schulterhöhe.

„Mir ging es immer um sie. Dass sie mit dem Heiligen Wasser in Verbindung steht, hat es für mich nur einfacher gemacht, an sie heranzukommen!“ Sein Gesicht wirkte seltsam geklärt. „Du warst so blind.“

Iciclos zwang sich, tief durchzuatmen und seine Gedanken zu sortieren. Offenkundig war es Fiuros heute nur darum gegangen, Ana-ha aus ihrer Mitte zu reißen. Alte Angst stieg in ihm auf. Er erinnerte sich an Wibuta, an Fiuros' Hass, an seine Worte über Ana-ha und Ankorus. Erinnerungen, die er jetzt in seinem Zorn unterdrückt hatte. Fiuros' böses Verlangen brach immer stärker aus seinem Heiligen Feuer hervor, schürte seine Furcht, falsch entschieden zu haben. Nie und unter gar keinen Umständen hatte er Ana-has Leben aufs Spiel setzen wollen, so unversöhnlich wütend er auch gewesen war. Aber er hatte noch einen Trumpf.

„Wenn du ihr etwas tust, werden wir wahrscheinlich niemals nach Emporia kommen. Sie steht mit dem Wassersymbol in Verbindung.“

Fiuros zog Ana-ha dicht zu sich, als wäre das Antwort genug.

„Du hast gesagt, du würdest sie in Ruhe lassen. Du hast es versprochen!" Jetzt klang Iciclos richtig verzweifelt.

„Heute sind so viele Versprechen gestorben: Eines mehr macht die Waagschale der Ungerechtigkeiten kaum schwerer." Fiuros schob Ana-ha auf die Feuerwand zu, um Iciclos besser sehen zu können. Die Flammen wurden lichter, dünner, wie orangerote nach oben strömende Luft sahen sie jetzt aus. Iciclos' Konturen wurden klarer.

„Ich habe alles, was ich brauche, um nach Emporia zu kommen", erklärte er ihm. „Ich habe alle Symbole bei mir. Sogar das Wassersymbol, auch wenn ich noch nicht genau weiß, was es ist."

„Dann willst du alleine nach Emporia? Mit Ana-ha?" Iciclos rang hinter dem Feuer nach Luft und Fassung. „Das kannst du doch gar nicht!"

„Ich glaube auch nicht, dass mir die Große Toröffnung ohne euch gelingen würde. Aber ich möchte noch ein wenig Zeit mit ihr allein verbringen, bevor wir uns auf den Weg machen."

„Nein!", flüsterte Iciclos erstickt. „Du hast mir doch dein Wort gegeben!" Fiuros durfte sie nicht von ihm fortstoßen, bevor er ihr alles erklärt hatte.

„Worte", winkte Fiuros ab. „Worte sind flüchtig, Iciclos. Weißt du noch, was du heute Morgen zu mir gesagt hast?"

„Was?"

„Dass du so wütend auf Ana-ha bist, dass du sie mir am liebsten für zehn Minuten überantworten würdest! Ein bisschen Feuerfolter für ein missglücktes Frizin? Einen netten Freund hattest du, Ana-ha, nicht wahr?" Fiuros lachte ihr leise ins Ohr und Ana-ha fühlte sich wie in eine kataplektische Starre versetzt.

„Das habe ich nicht so gemeint!"

„Aber du hast es gesagt."

„Aber ich wollte doch nicht, dass du das wahr machst!", schrie er auf, fassungslos darüber, wie Fiuros Ana-ha seine Aussage verkaufte. „Ana-ha ... glaub mir!" Händeringend versuchte er, ihre Aufmerksamkeit auf sich zu lenken, aber sie sah durch ihn hindurch.

„Und? Glaubst du ihm das, Ana-ha?", fragte Fiuros sie mit gespielter Belanglosigkeit. Er stand hinter ihr und beobachtete Iciclos' Zwischenspiel wie ein gelungenes Bühnenstück.

Ana-ha konnte weder nicken noch den Kopf schütteln. Sie starrte durch die unüberwindbare Barriere vor sich, hinter der Iciclos völlig aufgelöst hin und her lief und gefangener wirkte als sie selbst.

„Meinst du nicht, er hätte wissen sollen, dass ich dich seit der Nacht in Wibuta nicht mehr aus meinem Gedächtnis streichen konnte? Er ist doch ein Empath. Hätte er es nicht von allen am besten wissen müssen? Wie kann er mir dann so ein Angebot machen? Wie hat er zulassen können, dass ich so nahe an dich herankomme? “

Ana-ha konnte ihm nicht antworten. Ihre Kehle war zugeschnürt von rot flackernder Angst und tiefer Enttäuschung.

„Komm schon, Iciclos, sag ihr, dass du es befürchtet hast. Dass du in deinem Zorn auf sie alles andere außen vor gelassen hast. Du hast sie deinem Zorn geopfert wie schon so vieles davor!“

„Nein, nein, das stimmt nicht!“, stritt Iciclos ab. Aber er wusste, dass Fiuros recht hatte. Sie war ein Opfer seiner Wut. Er hatte sie für ihren Verrat bestrafen wollen. Aber was auch immer sie getan hatte, das, was Fiuros mit ihr vorhatte, verdiente sie nicht. Seine Beine zitterten. Was hatte er nur angerichtet? Er musste Fiuros sofort zur Vernunft bringen. „FIUROS! Hör auf mich! Du weißt, dass ich es nicht so gemeint habe. Und das Wassersymbol finden wir gemeinsam.“ Er konnte Ana-ha nur sehr undeutlich erkennen, Fiuros hatte sie wieder einige Meter zurückgezerrt. Es sah aus, als suchte sie seinen Blick.

„Ich brauche Ana-ha“, erklärte Fiuros mit einer finalen Ernsthaftigkeit, die Iciclos’ Zuversicht vernichtete wie eine vollständige Rodung. „Auch ohne dein Zutun wäre es so weit gekommen. Fühl dich nicht allzu schuldig!“

„Ich ...“

„Du hast immer gut auf sie aufgepasst, ich weiß!“ Fiuros lächelte durch sein Gralsfeuer. Sein Lächeln war auf unerklärliche Weise so echt und heilig wie sein Sakrament. Ganz kurz war er abgelenkt, Iciclos und er wieder gefangen in einer unheimlichen Familiarität, die sie schon auf dem Elementasplatz verbunden hatte. Ganz kurz schien er wieder der kleine Junge aus Emporia zu sein.

In diesem Moment riss sich Ana-ha von Fiuros los und lief an den Flammen entlang, als hoffte sie, doch noch einen Durchgang zu finden.

Iciclos ließ Fiuros stehen und kam ihr auf der anderen Seite hinterher. „Ana-ha! Du musst mir glauben. Ich konnte seine Gefühle nie lesen! Er hatte sich blockiert.“

Sie hatte die linke Seite des Tores erreicht, aber das Feuer fraß sich sogar durch diese Grenze hindurch.

Hatte Iciclos die Gefahr tatsächlich nicht abschätzen können?

Vorsichtig drehte sie sich zu Fiuros um. Er kam langsam näher. Sie erinnerte sich an das Fehlen all seiner Emotionen in Wibuta.

„Ana-ha!“ Iciclos‘ Stimme klang kummervoll.

Stumm blickte sie zu ihm hinüber.

„Ana-ha ... Alles, was ich wollte, war nach Hause zu kommen! Ich wollte dich nie belügen! Ich hatte keine Wahl! Ich wollte dir alles sagen!“

Seine Worte ergaben keinen Sinn und doch spürte sie, dass er die Wahrheit sagte, vielleicht zum ersten Mal seit langer Zeit.

Iciclos war dicht an die Flammen herangetreten. „Ich wollte dir alles sagen“, wiederholte er seine letzten Worte leise. „Ich wollte dich immer aus allem raushalten ...“

Ana-ha zögerte. Seine Wahrheit klang so tröstend nach all den schrecklichen Dingen, die er heute zu ihr gesagt hatte. Sie wollte noch mehr davon hören, bevor Fiuros sie erreichte. Unsicher machte sie einen Schritt auf ihn zu. Iciclos stand kaum einen Meter entfernt.

Das Feuer flackerte heiß, millimeterfein und ohne Rauch. Es war wunderschön und furchterregend zugleich, so wie der Augenblick zwischen ihr und Iciclos. Sein Gesicht glänzte im Lichterzug der Heiligkeit, der letzten Barriere zwischen ihnen. Sekundenlang standen sie sich vor Fiuros’ Feuer gegenüber, blickten in die Augen des anderen, ohne Worte, ohne Lügen, ohne Wissen um die Hintergründe für all ihre Taten, mit Herzen so schwer, wie zerbrochene Träume Last sein können, wenn man wusste, dass es zu spät war. Es war Ana-ha, als verstehe sie alles, was er ihr sagen wollte. Nicht sein Handeln, aber sein Gefühl dahinter.

„Es tut mir leid, Ana-ha“, flüsterte Iciclos so leise, dass sie es mehr erraten musste, als dass sie es verstand. „Ich wollte nicht, dass es so endet. Es tut mir so leid ...“

Seine Worte klangen endgültig, fast wie ein Abschied, sodass die Furcht in ihr noch größer wurde. Was, um alles in der Welt, hatte Fiuros vor? Nur noch wenige Meter ... Wenn sie doch nur zu Iciclos hinüberspringen könnte, wenn sie einfach springen würde ...

In diesem Augenblick packte Fiuros sie im Genick. „Du willst mir doch nicht den Spaß verderben, oder?", fuhr er sie an und riss sie zurück.

„Ana-ha!", schrie Iciclos durch die Flammen, durch Fiuros' Eingreifen wieder aus dem verwirrenden Zauber unausgesprochener Geständnisse gerissen. „Ana-ha! BITTE, FIUROS, LASS SIE LOS!"

„NIEMALS!" Das Gralsfeuer bäumte sich mit herrischer Entschlossenheit auf. Fiuros zerrte Ana-ha mit sich in Richtung Zwischenbereich. „Deine Zeit läuft ab. Ich möchte sie ungern vergeuden, indem ich sie hier mit Iciclos verbringe! Und wir haben doch noch so viel vor!"

„NEIN, FIUROS!" Iciclos schrie sich die Seele aus dem Leib. „Wo willst du hin? WO BRINGST DU SIE HIN?"

Ana-ha entkam Fiuros' Griff, als dieser sich zu Iciclos umdrehte.

„Denk mal scharf nach! Mit ein wenig Glück bist du morgen früh dort! Sollte Ana-ha tatsächlich für unsere Rückkehr nötig sein, lasse ich sie bis dahin am Leben ... wenn man es dann noch Leben nennen kann. Wenn nicht ..." Er vollendete seinen Satz nicht und wandte sich ab.

„FIUROS! Nein ..." Iciclos schluckte heftig. Seine Augen brannten. „FIUROS, BITTE NICHT!", schrie er ihm verzweifelt hinterher. Doch er drehte sich nicht einmal mehr zu ihm um. Iciclos blieb allein zurück mit den Flammen, die Ana-ha heute Nacht foltern und töten sollten. Er atmete gegen das unsagbare Leid in seinem Inneren an. Sekundenlang starrte er wie betäubt hinter Fiuros und Ana-ha her.

Dann begann er zu weinen.

Ana-ha war in den Zwischenbereich gerannt, als Fiuros ein letztes Mal zu Iciclos gesprochen hatte. Noch nie hatte sie sich so sehr einen Mynix oder eine andere Turbulenz herbeigewünscht. Doch in dem Bereich zwischen Feuer und Wasser lag eine Ruhe, wie man sie selten erlebte. Fast so, als verschlossen sich die Elemente absichtlich vor den Gräueltaten, die Feuer- und Wasserländer heute aneinander begingen. Ana-ha war vor Furcht nicht mehr imstande, klar zu denken. Die vielen neuen Wahrheiten hatten sie körperlich ausgelaugt.

„Ich wollte dich nie belügen", hörte sie Iciclos' Ruf immer noch in sich nachhallen. „Sollte sie für unsere Rückkehr nötig sein, lasse ich sie bis dahin am Leben", antwortete Fiuros.

Oh Gott, was wollte er von ihr? Sie lief noch schneller. Sie hatte den Zwischenbereich passiert und beinahe schon das Feuer seines Tores erreicht ... aber das hieß überhaupt nichts. Er konnte es im letzten Moment von ihr abschirmen, so wie Iciclos es getan hatte. Die künstlichen Flammen funkten zehn Meter vor ihr nach oben. Wenn sie doch nur aus seinem Tor herauskam und in die Trainingshalle gelangen könnte. Fiuros würde sicher nicht stundenlang die Halle blockiert haben. Das konnte er überhaupt nicht, auch nicht als zweiter Vorsitzender!

Sie drehte sich um. Er kam langsam aus dem Zwischenbereich heraus. Sein selbstzufriedener Gesichtsausdruck ließ Ana-ha noch schneller laufen. Gleich hatte sie den Ausgang erreicht. Wenn er gewollt hätte, hätte er ihn schon längst blockieren können. Aber vielleicht machte er sich einen Spaß daraus, es im allerletzten Moment zu tun. Ana-ha schloss die Augen, machte einen großen Sprung durch sein Feuer ...

Und im nächsten Augenblick erkannte sie eine noch viel schlimmere Wahrheit. Er war es, der alles perfekt inszeniert hatte! Fiuros hatte Iciclos' Zorn auf sie ausgenutzt, um seinen eigenen Plan in die Tat umzusetzen. Sie stand in einer endlosen, gelben Weite. Nur Sand war um sie herum. Nichts als Sand, so weit das Auge reichte. Und sie war allein! Ganz allein mit Fiuros! Die untergehende Sonne wäre ihr einziger Zeuge für Fiuros' Grausamkeiten. Die Sonne ... der Wille!

„Das Feuer ist der Wille", fluteten Anninis Worte ihre Gedanken. „Denk daran! Die Sonne ist der Wille ..."

*Aber sie geht unter und lässt die Nacht zurück ... und diese Nacht ist mein Tod ... hab Acht in der Dunkelheit ...*

*Helft mir, bitte, irgendjemand ...*

So viele Möglichkeiten, so viele Richtungen und doch kein Ausweg! Es kam ihr vor, als stünde sie direkt hier in Fiuros' Seele. Dieses weite Nichts ... diese Leere ... diese Verlassenheit. Sie war grenzenlos. So weit sie sehen konnte, war alles einsam.

Oh Gott, sie hatte solche Angst ...

# In seinen Händen

„Was ist so wichtig, dass es nicht warten kann?“, wollte Seiso-me von Cruso wissen. „Du hast mich mitten aus dem Unterricht geholt. Warum bist du denn eigentlich nicht in unseren Städten?“

„Ich habe mich krankgemeldet. Ich hatte heute Morgen höllische Kopfschmerzen. War wohl ein bisschen viel gestern!“ Cruso eilte voraus. „Wir müssen in die Trainingshalle zwei. Ich habe Antares angeboten, dich zu holen. Wir hatten gerade eine Besprechung mit Lin über die Sender! Es gab wohl einen Zwischenfall bei einer Überquerung und Antares und seine Ratsmitglieder sind unpässlich.“

„Ich bin auch unpässlich.“ Seiso-me ärgerte sich ein wenig über Antares’ Entscheidung, seine Lehrtätigkeit wäre nur von zweitrangiger Bedeutung. Außerdem fand er es höchst seltsam, dass Antares einfach Cruso zu ihm geschickt hatte, als sei es die normalste Sache der Welt, einen Fremdelementler mit internen Angelegenheiten zu betrauen. Nur, weil er als unschuldig gehandelt wurde, und gehandelt war hier das einzig richtige Wort, musste man ihn ja nicht gleich in alle Aufgaben mit einbinden. „Und worum geht es?“

„Eine missglückte Überquerung, eine Turbulenz, keine Ahnung. Du sollst es dir selbst ansehen und den Luftelementlern mit deinen Kräften zur Seite stehen.“

Irgendwie passten Crusos Gefühle nicht zu seinen Worten, aber Seiso-me schob das zur Seite. Er war noch nicht so perfekt in seiner neuen Fähigkeit, als dass er gleich auf eine Lüge schließen konnte. Und da Luftelementler mit in die Schwierigkeiten involviert waren, schien Antares’ Vorgehensweise schon gleich in einem anderen Licht.

„Und wer ist der Toröffner?“

„Iciclos!“

„Das hat mir jetzt gerade noch gefehlt“, seufzte Seiso-me ärgerlich. Er hatte keine Lust, gerade demjenigen zu helfen, der Ana-has Herz gewonnen hatte. Und seit wann benötigte und bat Iciclos eigentlich um Hilfe? Das hatte er seines Wissens noch nie getan!

Cruso ging nicht auf seine Bemerkung ein, sondern lief einfach schneller. Er hatte sich keine weitere Strategie überlegt, als diese fadenscheinige Erklärung. Wenn Seiso-me sie angezweifelt hätte, hätte er ihm die Wahrheit erzählt, was dann leider den Überraschungseffekt verdorben hätte. Die Dinge hatten sich seit dem vorherigen Tag so rasant entwickelt, dass er noch nicht einmal Zeit zum Schlafen gefunden hatte. Ausschlaggebend waren die Gedanken von Seiso-me und Ana-ha gewesen, aber natürlich auch die der anderen Mitglieder des Oberen Rates. Und spätestens morgen wäre er bei Faiz, je nachdem, wie schnell sie an das Heilige Wasser herankamen! Dafür hatte es sich gelohnt, die Wahrheit für Iciclos ein wenig zu verdrehen. Ein schlechtes Gewissen hatte er nur bedingt.

Ana-ha und Iciclos ... darüber zerbrach er sich ja die ganze Zeit schon den Kopf. Und nun hatte Ana-ha diesen schwerwiegenden Fehler begangen. Man musste die wenigen Chancen nutzen, die sich einem boten. Und viele hatte er in letzter Zeit wirklich nicht bekommen! Er wäre dumm, hätte er sie ausgeschlagen. Nichts passierte ohne Grund, das trichterte man ihm seit acht Jahren in Triad bis zum Umfallen ein. Langsam glaubte er es sogar selbst.

Gleich nach seiner neuen Erkenntnis erzählte er Iciclos von Ana-ha und Seiso-me und ließ auch die besonderen Umstände nicht aus. Zunächst wollte sein Freund es gar nicht wahrhaben, aber schließlich musste er zugeben, dass Ana-has merkwürdiges Verhalten sicher von einem gebeutelten Gewissen herrührte. Und auch ihr mehrtägiger Rückzug, den sie wohl gemeinsam mit Seiso-me verbracht hatte. Iciclos hatte Cruso direkt danach weggeschickt. Was sich in der nächsten halben Stunde in seinem Zimmer abgespielte, wollte Cruso lieber gar nicht wissen. Als Iciclos herausgekommen war, mit einem Gesichtsausdruck, so bitterkalt und undurchdringlich, dass es ihm eisig über den Rücken lief, hatte er fast erwogen, alles aufzuklären. Dieser jedoch hatte sofort die Pläne der Toröffnungen angesteuert und sich allein in einen freien Termin am nächsten Morgen eingetragen. Für Fiuros, der im Oberen Rat des Feuerlandes Zugriff auf alle Einzelheiten ihrer Pläne hatte und als einer der Vorsitzenden für die tägliche Koordinierung zuständig war, ein klares Zeichen, dass ein Treffen zwischen ihnen gewünscht wurde. Sie hatten nur Lesares außen vor gelassen. Er war in letzter Zeit zu vorsichtig und überlegt aufgetreten, als dass sie ihn in ihre Pläne hätten einweihen wollen. Er brauchte nicht zu erfahren, mit welchen Methoden sie an das Wassersymbol gekommen waren.

„Du bist so nervös. Ist irgendetwas passiert?", wollte Seiso-me wissen. Langsam bekam er ein flaues Gefühl in der Magengrube.

„Ich bin nicht nervös. Besorgt trifft es eher! Wenn Antares dich aus dem Unterricht zitiert, wird es wohl keine Kleinigkeit sein, oder?"

„Da hast du recht. Wollen wir mal hoffen, dass es keine schlimmeren Turbulenzen gegeben hat."

„Kann ich mit reinkommen?", wollte Cruso wissen.

„Klar, es sind ja deine Landsleute, die in Schwierigkeiten stecken. Vielleicht kannst du helfen."

Jetzt hatten sie fast die unterirdischen Gänge erreicht. Gleich würden sich hier die Leben um ein paar Grad verändern. Cruso schloss kurz die Augen, um Konzentration zu gewinnen.

„Seiso-me!" Annini schoss blitzartig um die Biegung vor ihnen und rannte fast in sie hinein. „Seiso-me, wo ist Ana-ha?" Sie hatte ihre Locken zurückgebunden und ihr Gesicht sah ernster aus als jemals zuvor.

„Das weiß ich nicht!"

„Sie war in der Trainingshalle zwei! Gab es irgendwelche Übergänge in der letzten Viertelstunde? Ich kann sie gedanklich nicht mehr ausmachen!"

„Wie bitte?" Cruso und Seiso-me starrten sie entgeistert an.

„Was kümmerst du dich denn um Ana-has derzeitigen Aufenthaltsort? Und seit wann machst du das gedanklich?", fragte Cruso perplex. Er sah aus, als habe Annini ihm mit einem schweren Holzscheit auf den Kopf geschlagen.

„Ich habe unterrichtet. Ich weiß nicht, wo sie ist", sagte Seiso-me, bevor Annini Cruso antworten konnte. „Aber Cruso hat mich extra geholt, um die Schwierigkeiten in der Halle zu klären! Ich wusste nur nicht, dass auch Ana-ha da drin ist."

„Es waren nur Iciclos und Ana-ha in Trainingshalle zwei. Sonst keiner!"

„Das kann doch gar nicht sein", widersprach Seiso-me irritiert.

„Ich war fast die ganze Zeit hier vor der Halle!" Annini sah aus, als würde sie gleich zusammenbrechen. „Und Cruso hat dich nicht geholt, um Überquerungsschwierigkeiten zu regeln!"

„ANNINI!" Die Farbe wich aus Crusos Gesicht. Er starrte sie an. „Warum warst du wirklich hier?"

Anninis Augen wurden noch schmäler, als sie ohnehin schon waren. „Weil ich sie beschützen sollte! Ich dachte, sie sei hier sicher! Ich dachte, Iciclos wollte ihr nur ein wenig die Leviten lesen. Ich dachte, ihr wolltet nur erfahren, was das Wassersymbol ist!"

„Wer wollte erfahren, was das Wassersymbol ist?", hakte Seiso-me sofort nach, Misstrauen in der Stimme.

„Du schätzt die Situation bestimmt ganz falsch ein, Annini", versuchte Cruso ihre Worte abzuschwächen. „Das ist mir anfangs auch passiert, als ich mich mit der Mentalkunst beschäftigt habe."

„Ich beherrsche diese Kunst schon um einiges länger als du", unterbrach ihn Annini ungehalten und wandte sich an Seiso-me: „Ich bin Ana-has Schutz! Antares' zusätzlicher Schutz! Eine Wächterin des Heiligen Wassers. Ich sollte auf sie aufpassen! Ich war eingeteilt! Aber es ging so schrecklich schnell." Sie fuchtelte hektisch mit den Armen in der Luft herum. „Ich muss in die Halle! Iciclos ist noch da drin, aber ich habe keinen Sicherheitscode. Ich wollte eigentlich mit Cruso hineingehen!"

„Mit mir?" Crusos Stimme klang alarmiert.

„Antares' zusätzlicher Schutz?", wiederholte Seiso-me ungläubig. „Wieso bist du Ana-has Schutz?"

„Die Geschichte ist zu lang, um sie dir jetzt erklären zu können! Wir haben keine Zeit. Da drin stimmt was nicht! Öffne die Hallentür! Schnell!"

„In Ordnung!" Seiso-me, der den Ernst der Lage endlich begriff, entriegelte die verschlossene Tür mit dem Berechtigungscode des Oberen Rates. Sein Herz raste wie verrückt. Er hatte das Gefühl, dass alle Emotionen der Beteiligten verrücktspielten. Keiner wusste mehr, was er denken sollte, er selbst eingeschlossen.

„Stopp!" Cruso verstellte ihnen den Weg, aber Seiso-me drängte sich einfach an ihm vorbei. Dafür erwischte er Anninis helles Gewand. „Seit wann weißt du Bescheid?", fragte er mit bebenden Nasenflügeln.

Wenn Annini ihnen jetzt einen Strich durch die Rechnung machte, würde er die Tochter der Lüfte ganz bestimmt nicht davonkommen lassen. Er war nicht so weit gegangen, um kurz vor Schluss aufzugeben.

„Ach, Cruso, das spielt doch keine Rolle!" Annini wirkte richtig traurig. „Ich weiß es schon ewig."

„Warum hast du dann nichts gesagt?", schrie er sie mit verzweifeltem Zorn an. Er mochte sie wirklich. „Wieso hast du so lange damit gewartet?"

„Cruso", sagte Annini bestürzt und zeigte nur in die Trainingshalle hinein. Ihre Augen waren riesengroß geworden, so groß, dass Cruso sich mit einem sehr unguten Gefühl in die Richtung drehte, in die sie deutete.

„Oh, mein Gott", entfuhr es ihm, als er die gewaltigen Flammen sah, die neben dem Wassertor vom Boden bis zur Decke ragten.

„Heiliges Feuer!", hauchte Annini. Dann kehrte ihre Fassung zurück und sie stürmte in die Halle.

Cruso folgte ihr auf dem Fuß.

Fiuros trat gemächlich aus seinem Feuertor, wohl wissend, dass Ana-ha ihm in der Ylandes-Wüste nicht entkommen konnte. Ein leichtes Lächeln lag auf seinem Gesicht, als er sie keine zehn Meter vor seinem Tor wiederfand. Er sah, wie sie vor Entsetzen zurückwich. Endlich hatte er sie – ganz für sich allein – endlich! Keiner würde sie hier so schnell erlösen können. Iciclos würde viele Stunden benötigen, um an diesen Ort zu kommen. Acht Jahre hatte er auf diesen Tag der Rache und auf seine Rückkehr nach Emporia gewartet. Jetzt war es soweit.

Seine Sinne liefen auf Hochtouren. Er würde sich kein Gefühl dieses Augenblickes entgehen lassen. Das war sein Feuertanz, seine Transzendenz des Lebens. Am Ende dieser Nacht wäre er gerettet, wäre er wieder zum Leben erweckt.

Er stand einfach nur da und betrachtete Ana-ha. Die Luft um sie herum war glasklar und schien vor Spannung zu vibrieren. Ihr Atem ging schnell. Mit seinen geschärften Empfindungen konnte er es sehen und hören. Die Furcht pulsierte in ihren Augen ... im Rhythmus ihres schnell schlagenden Herzens. Das war besser als Duft und Stille des Kaeos. Besser als der Spiegel des Heiligen Feuers. Besser als alles, was er kannte. Sein eigenes Herz schlug in diesen Augen.

Er ging langsam auf sie zu, langsam genug, um ihr Zeit zum Flüchten zu geben. Er hatte so lange gewartet, jetzt wollte er alles. Ihr Blick hetzte die gelben Hügel entlang, um die Richtung zu bestimmen, in die sie rennen könnte. Aber alle Wege endeten in seinen Händen. Er wäre viel schneller als sie und sein Feuer konnte sie jederzeit einkreisen. Sie wussten es beide, aber Ana-ha begann dennoch zu laufen. Und er ließ sie. Sie sollte rennen, wie er vor acht Jahren. Durch dieselbe Wüste, denselben Sand, dieselbe Furcht. Die Furcht, alles verloren zu haben. Zu sterben vor Schmerz. Er folgte ihr, jetzt ein wenig zügiger. Ihre Enttäuschung über Iciclos war für ihn schon ein grandioser Einstieg gewesen. Allein deshalb hatte er dem Schauspiel so lange zugesehen.

Aber irgendwann war selbst das beste Vorspiel vorbei ...

Sie war noch nie schneller gelaufen. Und noch nie aussichtsloser. Fiuros hinter ihr kam immer näher. Sie hörte seine knirschenden Schritte im Sand und sie war schon jetzt so müde, dass sie aufgeben wollte. Aber immer, wenn sie sich am liebsten in den Sand hätte fallen lassen, um das Unausweichliche geschehen zu lassen, damit es schneller vorbei wäre, hörte sie Anninis Stimme: „Die Sonne ... der Wille, gib noch nicht auf, noch nicht ..."

Und sie rannte weiter, die Sonne am Horizont beschwörend, dass sie für sie an diesem einen Tag nicht untergehen möge. Aber auch der größte Wille unterliegt irgendwann der Erschöpfung. Und als es soweit war, sank sie auf den Boden. Der Ring aus Heiligem Feuer schloss sich schneller um sie, als sie den Sand unter sich spürte.

Es war vorbei. Sie hatte verloren.

Aber das hier war nicht der Elementasplatz und ihre Begegnung kein Wettkampf. Sie lag benommen vor Atemlosigkeit und Angst im Sand und sah in den Himmel. Über den Flammen schimmerte das Abendrot. Es war wie die letzte Ruhe, bevor der Sturm losbrach. In wenigen Momenten wäre Fiuros bei ihr. Die Sekunden zogen sich, gewährten ihr Zeit. Sie dachte an ihre Mutter und an ihre letzten Worte. Sie dachte daran, dass alle Larimarträgerinnen ihrer Familie zu früh den Tod gefunden hatten. Sie dachte daran, dass auch ihre letzten Worte vielleicht unwiderruflich verloren gingen, hier in der Wüste ... und dass Fiuros vielleicht der Letzte sein würde, der sie hörte.

Das Abendrot über ihr erstrahlte in Lila, durchzogen von rosafarbenen Streifen. Fiuros' Flammen züngelten um sie herum wie eine Schutzburg, in der sie sich sicher und bewahrt hätte fühlen können, wenn er kein Tachar gewesen wäre. So waren sie ein todbringendes Gefängnis ohne Ausweg. Sie drehte den Kopf zur Seite. Fiuros stand vor dem Feuerkreis. Ohne zu zögern, trat er hinein.

Ana-ha hielt unwillkürlich die Luft an, aber nichts passierte. Fiuros stand mit regungslosem Gesicht in seinem Feuer und verschmolz mit den Flammen. Die Umrisse seines Körpers flackerten und flirrten in unwirklichem Licht. Seine Haut zerfloss und sein Gewand verwandelte sich in das lebendige Wesen des Gralsfeuers. Er begann, sie in seinem Feuerring zu umrunden und Ana-ha kam es vor, als würde er sein Revier abzirkeln. Er hatte noch kein einziges Wort gesagt und sein Schweigen war für sie schlimmer als die bösartigsten Versprechungen.

Ihren Vorsatz, ihn nicht anzusehen, gab sie schon in diesen ersten Minuten auf. Er hatte ihren Blick mit seinem Feuerspiel gefangen und das Mahagoni schien ihm vor Hitze aus den Augen zu tropfen. Es sah grässlich, fast dämonisch aus, als bestünde er aus Wachs. Der Ring aus den lebensfeindlichen Zungen war keine fünf Meter von ihr entfernt. Und Ana-ha wusste zu diesem Zeitpunkt endgültig, dass Kaira im Spätsommer genau dieses Bild gesehen hatte. Es war nicht ihr Sprung durch den Mynix gewesen. Heute trug sie den Larimar, den Kaira als so wichtig erachtet hatte. Und auch heute lag sie vor Fiuros' Füßen.

Ihren Überlebensinstinkten zufolge konnte sie nichts anderes tun, als jede seiner Bewegungen genau zu beobachten. Sie hatte sich zum Sitzen aufgerichtet und drehte sich mit ihm im Kreis. Ihre Furcht versetzte ihn ganz offensichtlich in Ekstase und Ana-ha hoffte, mit allem, was sie hatte, dass er es dabei belassen würde. Gegen einen Tachar des Feuers war sie gänzlich machtlos, selbst wenn die trockene Luft ein Frizin erlaubt hätte.

Ihr Herz begann, wie verrückt zu klopfen. Er hatte den Feuerkreis verlassen ...

Seiso-me wusste im ersten Moment nicht, was ihn am allermeisten erschütterte. Die Tatsache, dass Ana-ha nicht hier war, dass das Heilige Feuer in einem ihrer Tore brannte oder die Angst, die ihm von Iciclos entgegenströmte.

„Was ist passiert?" Er lief auf Iciclos zu, der am Boden kauerte. Sein

Herz setzte einfach einen Schlag aus, als er die Tränenspur auf Iciclos' Gesicht entdeckte. Etwas Furchtbares musste geschehen sein! Iciclos sah ihn an und bekam kein Wort heraus.

„Wo ist sie?", tobte Seiso-me los. „Und wer hat das Gralsfeuer hierher gebracht?"

„Fiuros!", antwortete Iciclos schwach.

„Fiuros?", echote Cruso verwirrt. „Aber er sollte doch hier mit ihr warten!"

„Wieso sollte Fiuros hier mit Ana-ha warten?", donnerte Seiso-me weiter.

Alle schwiegen. Keiner schien ihm etwas erklären zu wollen.

„Was will Fiuros denn von Ana-ha? Gibt mir vielleicht irgendjemand hier mal eine Erklärung?"

„Am liebsten will er sie töten", sagte Annini zaghaft. Sie stand vor dem Gralsfeuer und seufzte tief. „Ich hätte nur nie gedacht, dass er ernst macht!"

„Töten?" Seiso-mes Unterkiefer klappte nach unten.

„Was tut sie denn hier?", wollte Iciclos von Cruso wissen. Die Anwesenheit der anderen gab ihm wieder neue Energie.

„Sie war vor der Halle. Sie weiß alles, Iciclos! Und nicht erst seit gestern! Sie ist eine Wächterin des Heiligen Wassers."

„Wie bitte?" Iciclos stand auf. Er wankte ein wenig.

„ICH WILL JETZT ENDLICH WISSEN, WAS HIER LOS IST!", brüllte Seiso-me so laut, dass es für eine Sekunde lang sogar so aussah, als hörte selbst das Gralsfeuer auf zu flackern.

Alle drei starrten ihn an.

„Seiso-me, wir haben keine Zeit für Erklärungen", sagte Iciclos beherrscht. „Fiuros hat Ana-ha. Er wird ihr die schlimmsten Dinge antun, wenn wir ihn nicht stoppen. Er weiß, dass sie mit dem Wassersymbol in Verbindung steht und Kaira hat ihm prophezeit, dass er es ausfindig macht."

„Kaira hat ihm das gesagt?" Seiso-me schüttelte verwirrt den Kopf.

„Nicht direkt. Aber sie sagte, er findet, was mir zusteht!"

„Wieso steht es dir denn zu, zu erfahren, was unser Symbol ist?", rief Seiso-me empört und tippte sich an die Stirn.

„Weil ich es brauche! Weil ich es ...", er hielt inne, von Scham und Elend bekehrt, „... brauchte." Er vergrub das Gesicht in seinen Händen.

Noch nie hatte er sich so schuldig, so allein, so verzweifelt gefühlt. Er hob den Kopf und sah Seiso-me an. „Ich wollte immer nur nach Hause. Die göttliche Dimension ist meine Heimat, Seiso-me! Du hattest von Anfang an recht, dass ich es mit dem Wasserreich nie ehrlich gemeint habe. Mein Herz hing immer nur an meiner Heimat, bis heute!"

„Bis heute? Heimat?" Zu mehr reichte es bei Seiso-me jetzt nicht mehr. Annini nahm vorsichtig seine Hand und hielt sie fest.

„Sie kommen aus Emporia. Emporia ist eine Stadt, die wir als andere, göttliche Dimension bezeichnen. Dort sind die Menschen damals bei der Großen Toröffnung gestrandet. Ankorus hat sie vor acht Jahren in die Welt der Elemente verbannt. Iciclos, Lesares, Cruso und Fiuros. Ankorus ist Ana-has Großcousin und gleichzeitig Schicksalsträger von Fiuros' Leben. Er hat seine Eltern bei der Passage getötet. Und jetzt fordert Fiuros Vergeltung!"

„Woher weißt du das?", flüsterte Iciclos tonlos.

„Weil es um mich herum ist! Weil ich es nicht stoppen kann. Es hört nicht auf. Sie sind immer da! Immer sind all eure Gedanken in mir." Sie griff sich an die Schläfen, als würde sie sie dadurch zum Verstummen bringen können. Sie lief hin und her und hielt sich den Kopf. „Ich kenne jeden Gedanken aus Triad. Jeden Gedanken aus Wibuta. Ich kann es nie zum Stillstand bringen! Keinen Tag! Und es wird immer schlimmer!"

„Und warum, Annini, hast du denn in all den Jahren um Himmels willen nie etwas gesagt?" Seiso-me ließ ihre Hand los und schluckte hart. Das begriff er so wenig, wie alles andere an dem heutigen Tag. „Warum hast du es nicht Antares oder Lin erzählt?"

„Weil ich nach Emporia möchte!"

„Nach Emporia?" Cruso sah so verdattert aus, als würde sich Ankorus in ihr manifestieren.

„Ich habe euch geholfen! Ohne mich hättet ihr nie von Tierrak erfahren, wo das Erdsymbol ist! Ohne mich hättet ihr es nie aus ihm hervorlocken können! Ich habe das Gespräch in die richtige Richtung gebracht. Ich habe alles getan, damit du es aus seinen Gedanken holen kannst!"

„Ich hoffe, sein Symbol ist so sicher wie der Tod in den Gängen ohne Wiederkehr ... ich erinnere mich!" Cruso nickte. „Das hast du zu mir gesagt!" Er schüttelte den Kopf und nickte wieder. „Du hast uns sogar extra zu diesem Gespräch dazu gerufen."

Annini nickte. „Ich habe euch Hilfestellung gegeben. Immer wieder. Ich musste nur aufpassen, dass ich mich nicht selbst verrate."

„Du bist eine Verräterin in eigenen Reihen", rief Seiso-me plötzlich dazwischen. Sein Gesicht war rot vor Zorn und er sah fast so aus, als wolle er auf sie losgehen. Er suchte in all der Verwirrung einen Schuldigen für den unglückseligen Verlauf der Ereignisse.

„Wie konntest du nur so dumm sein! Und wieso willst du nach Emporia?"

„In Emporia werden die Gedanken aufhören", behauptete Annini. „Ich muss in diese Stadt. Ich muss aus den Elementenreichen heraus! Und außerdem wollte ich ihnen helfen, in ihre Heimat zu gelangen. Ich habe ihre Sehnsucht gesehen." Sie war mutig genug, einen Schritt auf Seiso-me zuzugehen. „Es ist ihr Zuhause, Seiso-me." Ihre Stimme klang ganz weich. „Sie wollen die Symbole nicht, um in eine Gottheit vorzudringen. Die Vereinigung der vier heiligen Symbole bewirkt keinen Zusammenschluss der göttlichen Trennung. Es ist kein Verbrechen, nur ein wenig gefährlich!" Sie legte eine Hand zaghaft auf seinen Arm. „Wie kann man denn wirklich ernsthaft annehmen, die göttliche Dimension läge im äußeren Sein, Seiso-me? Ich habe diese Theorie schon früher nicht verstanden und damals gab es das Wort Emporia in mir noch nicht einmal. Wenn es tatsächlich eine göttliche Dimension geben sollte, dann liegt sie in uns selbst, in unserer Seele, nirgendwo sonst!" Sie schüttelte traurig den Kopf. „Trotzdem muss ich die Reiche verlassen. Ich kann mit diesem Wirrwarr an Eindrücken nicht leben. Es ist, als wäre ich nicht nur ich, sondern als wäre ich jede Person in meiner unmittelbaren Nähe. Ihre Individualität mischt sich mit meiner. Ich habe Angst, meine zu verlieren, wenn es so weiter geht."

„Wir nehmen dich mit", sagte Iciclos so knapp, als wolle er sie lediglich durch die Thuraliz Akademie führen. „Aber jetzt müssen wir in die Ylandes-Wüste. Es ist der einzige Ort, der mir einfällt, an den Fiuros Ana-ha hingebracht haben könnte. Es ist die Begräbnisstätte seiner Eltern und unser Fluchtpunkt für die Toröffnung. Kein Mensch wird dort von Turbulenzen gefährdet und es ist derzeit das einzige Gebiet, in dem die Monsaes-Stürme nicht wüten. Er ist in der Ylandes-Wüste. Und er ist durch dieses Tor gegangen! Wir müssen durch das Gralsfeuer!"

„Kein Mensch kann das!", sagte Seiso-me ernüchtert.

„Aber wenn wir von Wibuta aus durch die Wüste müssen, brauchen wir vermutlich die ganze Nacht. Dann ist es zu spät!", erklärte Iciclos heftig. Er musste zu Ana-ha. Sein Herz war so schwer von all dem, was er zu ihr in den letzten Minuten gesagt hatte, bevor Fiuros sie getrennt hatte. Er hatte ihr doch noch so viel zu erklären! Und immer wieder hörte er ihren Aufschrei. Damals, als sie den Larimar getestet und Fiuros zum ersten Mal die Grenze überschritten hatte. Er könnte sich ohrfeigen für seine Dummheit. Er hätte es besser wissen können ... müssen!

Aber er hatte seinen Zorn einfach über ihr Leben und ihre Sicherheit gestellt. Er war die jämmerlichste Kreatur aller Dimensionen! Schlimmer als Ankorus, den sie alle so hassten.

„Wir müssen sofort hier durch!", rief er jetzt und rannte vor den Flammen hin und her. „Wir brauchen Atemos!"

„Atemos kann dir hierbei nicht helfen! Er kann das Heilige Feuer nicht beeinflussen!", antwortete Annini ihm. „Außerdem wird er die große Toröffnung auf jeden Fall verhindern wollen! Und das lasse ich nicht zu!"

„Ana-has Leben ist mir aber wichtiger als die verdammte Toröffnung", schrie Iciclos sie an. „Dir etwa nicht?"

„Was glaubst du denn? Ich bin ihre Wächterin. Ich hätte sie vor euch beschützen müssen. Aber ihr wart nie eine ernsthafte Gefahr. Nur bei Fiuros war ich unsicher. Ich dachte, er spielt das vielleicht nur in seinen Gedanken durch! Aber ich wusste es nie zu hundert Prozent. Und Fiuros, Cruso und du, ihr wolltet doch heute nur erfahren, was es mit dem Symbol auf sich hat! Ich wollte mit Cruso und Seiso-me in die Trainingshalle und euch die ganze Wahrheit sagen. Ihr hättet Seiso-me gehen lassen können und wir wären zusammen nach Emporia geflüchtet. Bis Seiso-me Hilfe geholt hätte, wären wir längst verschwunden. Es wäre niemand verletzt worden, auch Ana-ha nicht. Es schien so verdammt einfach zu sein. Ich hätte Ana-ha bis zuletzt beschützen können, meine Aufgabe als Wächterin erfüllt und wäre dann mit euch gegangen."

„Du hast meine Frage nicht beantwortet. Was ist dir wichtiger? Emporia oder Ana-ha?"

„Gerade du spielst dich jetzt als Moralapostel auf, Iciclos! Du bist doch schuld an dem Debakel hier!" sagte Annini verbittert.

„Wir haben Fiuros gebraucht, um Seiso-me den Ernst der Lage klar zu machen. Er ist ein Tachar des Feuers! Außerdem sollte er doch vor mir erfahren, was das Wassersymbol ist!"

„Na und? Ihr wolltet doch eigentlich, dass Cruso es aus Seiso-mes Gedanken zieht! Ihr hättet warten können. Nur weil du so eine Wut auf sie hattest, wolltest du es beschleunigen!"

„Das weiß ich! Aber wenn du das heilige Symbol kennst, warum hast du es uns nicht schon lange verraten? Wenn du wusstest, dass wir auf der Suche sind, wieso hast du uns nicht vertraulich zur Seite genommen?"

„Weil ich mir bei Fiuros nicht sicher war, ob er Ana-ha nun wirklich etwas tun wollte oder nicht! Und da hast du sie, deine Antwort: Natürlich ist mir Ana-has Leben viel wichtiger gewesen als die Toröffnung! Deshalb habe ich es euch nicht gesagt. Ich hatte Angst! Ich habe euch geholfen, wo ich konnte, aber beim Wassersymbol musste ich passen. Und seit gestern sah es so aus, als müsste ich ganz schnell meine Entscheidung fällen. Und Fiuros' Gedanken zu eurem Plan habe ich nie gesehen! Und du, Iciclos, schienst dir so sicher zu sein, dass dieser Plan in Ordnung ist, dass ich es geglaubt habe. Du warst dir sicher, dass Fiuros Ana-ha nichts tut."

„Ich war mir so sicher, weil ich es glauben wollte. Ich wollte es ihr heimzahlen!"

„Was wolltest du ihr heimzahlen?", fragte Seiso-me verwundert. Mit offenem Mund hatte er die Unterhaltung verfolgt wie ein Ping-Pong-Spiel.

„Dass sie meine Freundschaft verraten hat!"

„Hat sie?"

„Ich weiß es nicht." Gar nichts war mehr sicher. Noch nicht einmal die vermeintliche Wahrheit. Aber Seiso-me jetzt alles zu erklären, würde zu lange dauern. Und er wollte auch keine Bestätigung von ihm hören. Viel lieber würde er Ana-has Geschichte Glauben schenken. Dass sie ihn hatte schützen wollen, so sehr hatte schützen wollen, dass sie sich auf Seiso-me eingelassen hatte.

*Ich wäre mit dir bis an das Ende der Welt gegangen ...*

Wieso hatte er sie nicht einfach gefragt, ob Cruso recht hatte? Verachten können hätte er sie ja danach immer noch! Aber er hatte ihr gar nicht die Möglichkeit zur Verteidigung gegeben. Dass Seiso-me ganz sicher unangemeldet in die Halle geplatzt war, das war ihm klar. Nur weshalb hatten Ana-ha und er sich geküsst? Und hatte sie dadurch seine Zeit vergessen? Wieso hatte er sie nicht gefragt? Er war ein Feigling. Er bewies seinen Mut lieber an einem Feind als an einem Freund. Lieber einen Kampf zu viel und eine Freundschaft weniger. Das war immer so gewesen. Schon in Emporia! EMPORIA! Er legte seinen Kopf in den Nacken. Ana-ha wäre mit ihm gegangen. An das Ende ihrer Welt. Jetzt endlich kannte er die Wahrheit. Und jetzt war es zu spät. Er ballte die Hände zu Fäusten. Er würde Fiuros umbringen, wenn er ihr etwas antat. Er würde ihn friezen und nie wieder herausholen. Nie wieder ...

„Dann bist eigentlich du dafür verantwortlich, dass Ana-ha jetzt bei Fiuros ist? Einem Tachar des Feuers, wenn ich nichts falsch verstanden habe?“ Seiso-me stemmte die Arme in die Hüften.

„Ja.“ Iciclos ließ den Kopf hängen. Sollte Seiso-me doch auf ihn losgehen und auf ihn einprügeln. Er besaß in seinen Augen die vollste Berechtigung dazu. Er würde sich nicht einmal zur Wehr setzen. Er würde jeden Schmerz willkommen heißen, als ob er dafür seine Tat sühnen könnte. Aber Seiso-me blieb wider Erwarten stehen. Nur seine Augen zeigten seinen Zorn.

„Wir konnten nicht ahnen, dass Fiuros unseren Plan so übel ausnutzt!“, verteidigte Cruso seinen Freund.

„Ihr hättet es euch denken müssen!“

„Diese Diskussion über Schuld hilft Ana-ja jetzt auch nicht weiter“, mischte sich Annini wieder ein. „Lasst uns lieber überlegen, was wir unternehmen können.“

„Wir müssen uns aufteilen“, schlug Seiso-me jetzt vor, nachdem er seine Gefühle wieder im Griff hatte. „Zwei von uns gehen den offiziellen Weg über Wibuta und zwei versuchen hier ihr Glück mit den Akademieleitern.“

„Nein, nein, nein! Wir müssen jetzt hier durch! Sofort! SOFORT!“ Iciclos sah Cruso an. „Kannst du das Feuer nicht levitieren? VERSUCH ES!“

„Nein, das geht nicht! Es ist nicht greifbar!“, erklärte Cruso ihm und Iciclos erinnerte sich an Anninis Worte bei ihrem letzten Frühstück. Er starrte in Fiuros' Feuer. Es schien ihm so übermächtig! Dabei war es doch einfach nur Feuer, in seiner ursprünglichsten, wahrhaftigsten Form. Geschaffen aus menschlichem Geist, aber nur Feuer! Nur Feuer entschied jetzt darüber, ob er Ana-ha würde helfen können, ob sie leben oder sterben würde. Es nahm die Trainingshalle zur Hälfte ein. Fiuros hatte nicht unüberlegt gehandelt. Er hatte die Halle komplett abgeriegelt, noch über das offene Wassertor hinaus. Iciclos atmete tief durch. Sie würden zu spät kommen.

Fiuros war mit einem Satz neben ihr und beförderte sie mit einem harten Griff zurück in die Waagerechte. Mit starker Hand hielt er ihren Kopf im Sand. Sie wollte etwas zu ihm sagen, irgendetwas, um sein unheimliches Schweigen zu brechen, aber seine Finger lagen quer über ihrem Gesicht.

*Fürchterliche Hitze, ohne zu verbrennen ...*

Sein Satz aus Wibuta schoss durch ihre Gedanken. Sie wollte sich wehren, aber sie hatte Angst, dabei in die Flammen des Feuers zu geraten. Fiuros hatte den Durchmesser bei seinem Eintritt ins Innere verkleinert und jeder Versuch, von ihm wegzukommen, wäre mit dem Risiko verbunden, von dem Gralsfeuer erfasst zu werden. Sie blieb ganz still liegen und bemühte sich, ruhig ein- und auszuatmen, obwohl sie dachte, gleich ohnmächtig zu werden.

Fiuros hielt sie eine ganze Weile am Boden. Dann, als er sich sicher war, dass sie vernünftig genug sein würde, keine Gegenwehr zu leisten, ließ er sie los. Er betrachtete sie lange. Sein Blick wanderte abschätzend über ihr Gesicht und ihren Körper, als müsse er anhand ihrer Statur ein Medikament dosieren. Ana-ha erkannte die sich anbahnende Gefahr, wenn sie auch nicht deren Ausmaß ahnte. Sie griff mit ihren Fingern in den Sand, um das Zittern ihrer Hände unter Kontrolle zu bringen.

„Keine Angst, ich mache es erst mal kurz", sagte Fiuros jetzt und gab vor, beruhigend zu lächeln, doch es glitt ab in Spott. In seinen Augen brannte das blanke Vergnügen. Und dann war sein Feuer überall. Seine Gradzahl stieg schnell und stetig. Es verwandelte ihr Blut in glutflüssiges Metall, geißelte ihren Körper schlimmer als tausend glühende, innerliche Peitschenhiebe, verbrannte ihre Arterien und Venen mit schrecklicher Geschwindigkeit ... immer heißer ... jede Sekunde heißer ...

Das Abendrot, sein Gesicht und die Flammen verschwanden in einer gleißenden Versenkung aus Schmerz und Todesangst. Sie konnte nichts mehr sehen als die eigene Furcht. Ihr Herz fühlte sich an, als würde es vor Hitze und dem Druck ihres tobenden Blutes explodieren. Sie hörte sich schreien, laut und gequält, aus Vergangenheit, Gegenwart oder Zukunft ... sie wusste es nicht ... sie hörte Fiuros reden, aber sie verstand kein Wort von dem, was er sagte und immer noch schrie sie ... endlos ... sie wollte ihn anflehen, aufzuhören, aber sie hatte alle Worte vergessen ...

Erst an der sich ausbreitenden Stille wurde ihr bewusst, dass er es beendet hatte. Der schlimmste Schmerz war verschwunden, die Hitze wich aus ihrem Körper, als habe Fiuros am passenden Ventil gedreht. Es dauerte eine Weile, bis sie den keuchenden Atem wahrnahm und als ihren eigenen erkannte. Sie hielt die Augen fest geschlossen. Um nichts in der Welt wollte sie jetzt Fiuros' Blick begegnen. Sie zuckte zusammen, als sie seine Hände spürte. Seine Fingerspitzen strichen an ihrem Haaransatz entlang, langsam, fast pathetisch.

„Sieh mich an", forderte Fiuros sie auf. Seine Stimme klang neugierig und überhaupt nicht so, als habe er sie gerade allergrößten Schmerzen ausgeliefert.

Vielleicht war er schon fertig mit ihr? Bitte ... Vielleicht würde ihm das schon genügen! Ana-ha blinzelte vorsichtig. Sekundenlang konnte sie überhaupt nichts erkennen, so, als habe sie direkt in die Sonne gesehen. Sie blinzelte erneut, orientierungslos. Irgendwann fand sie seine dunkle Gestalt. Ihr stockte der Atem. Sein Anblick erschreckte sie fast noch mehr als seine Fähigkeit, unerträgliche Hitze zu verbreiten, ohne zu verbrennen. Er kniete neben ihr. Sein Gesicht und seine Lippen waren lebhaft gerötet, seine Züge seltsam gelöst. Er hatte es zelebriert – jede Sekunde ein Freudenfest – und es war erst der Anfang. Ana-ha blieb bewegungslos und mit angststarren Augen liegen und hoffte, ihn durch keine ihrer Reaktionen zu reizen.

*Oh mein Gott, hilf mir, bitte, hilf mir ...*

„Meine neuste Fähigkeit", erklärte er ihr nun. „Sie ist fast zeitgleich mit meinen Tachar-Qualitäten erwacht. Du bist übrigens die Erste, an der ich sie testen kann. Vorher hatte ich nur die Möglichkeit, einfältige Wesen aus den Toren damit zu traktieren!" Er lachte kurz und zufrieden auf. „Aber das war natürlich weniger interessant. Ich bin gespannt, was du aushältst!" Er setzte sich ein wenig bequemer neben sie und ordnete in unerschütterlicher Ruhe sein Gewand. Hinter ihm leuchtete sein Gralsfeuer mit der untergehenden Sonne um die Wette. „Wenn du wüsstest, wie lange ich auf diesen Tag gewartet habe, Ana-ha. Es gibt in der hiesigen Welt kein Wort, welches die Stärke meiner Sehnsucht beschreiben kann. Vielleicht erfindest du mir eins, ein so schönes wie Diluvia-ana." Seine Finger tanzten an den Rändern ihres Gesichtes hin und her. „Wir werden sehen, wie weit ich gehen kann, bis du dich selbst verlierst."

Ana-ha gab einen schrecklich angstvollen Laut von sich, den er mit einem vergnügten Aufblitzen in den Augen beantwortete.

„Nein ... bitte", flüsterte sie. Allein die Erinnerung an den grausamen Schmerz, an das Brennen in ihren Adern, an die verstörende Auflösung von Realität und Zeit, ließen ihre Gedanken und alles, was sie zu ihrer Verteidigung, zu ihrem Schutz und zu ihrer Sicherheit hätte sagen können, verstummen.

„Was hast du gefühlt? Damals, am Feuer?", fragte Fiuros und ließ sie keine Sekunde aus den Augen.

„Das weißt du doch ..."

„Theoretisch. Aber Worte sagen gar nichts." Seine Finger hielten kurz inne. Er beugte sich zu ihr hinunter in den Sand, bis sich ihre Wangen berührten. „Ich möchte nicht, dass du es mir nur beschreibst. Ich möchte es fühlen. So wie du", hauchte er und sein Atem versengte ihr so siedend heiß die Haut, dass es ihr schlecht wurde vor Hilflosigkeit und Schmerz.

Er richtete sich wieder auf und griff nach dem Lederband. Ana-ha wollte seine Hände abwehren, aber Fiuros hielt ihre Finger mit einer Hand fest und zog unbeirrt mit der anderen den Larimar unter ihrer Tunika hervor. Ana-ha hatte das Gefühl, er zog und zerrte an ihrem Leben. Sie hatte den Stein damit verbunden. Sie wollte Fiuros weder das eine noch das andere freiwillig überlassen. Aber sie hatte keine Chance.

Er hob den Larimar etwas gegen die Sonne in seinem Rücken. Lange Zeit verlor sich sein Blick in den Triklinen ihres Steins. Ja ... das war das Ende. Das Ende seiner Suche. Das Ende einer langen, verfluchten Zeit. Das war Rettung und Untergang. Die Fortsetzung seines Lebens wartete am Ende dieser feinen, weißen Linien.

Er würde schon noch herausbekommen, was es mit Ana-ha, dem Larimar und dem Wassersymbol auf sich hatte. Und wenn nicht, wären Cruso, Lesares und Iciclos sicher am nächsten Morgen mit Seisome und der fehlenden Erkenntnis bei ihm in der Ylandes-Wüste. Dann würde er Ana-ha eben erst nach der Toröffnung töten. Leiden würde sie heute Nacht genug. Leiden, um preiszugeben, was er wollte.

„Eine ganze Nacht", dachte er. „Davon acht Stunden Dunkelheit in der Wüste. Acht Stunden für acht Jahre." Diesen Zeitraffer würde er ihr mit der Heftigkeit seiner Angriffe zu einer Ewigkeit ausdehnen. Er blickte auf sie hinunter, als er den Larimar losließ. Ihre Augen waren wieder klar, die Haut nicht mehr fiebrig, der Atem ruhig. Nach einem kurzen Zögern brachte er erneut die Hitze des Heiligen Feuers über sie. Er musste aufpassen, dass er sie nicht aus lauter Begehrlichkeit schon zu früh in den Tod schickte. Aber zu sehen, wie sehr sie litt, wie krampfhaft sie versuchte, nicht zu schreien, doch dann nicht anders konnte, wie sie sich aufbäumte vor Qual, all das war sein Leben, seine Rache. Sein Herz schlug bestimmt genauso schnell wie ihres. Er ließ den Feuersturm in ihren Adern tanzen und er selbst war der Rhythmus. Nichts war lebendiger, nichts war heißer, nichts, aber auch gar nichts, kam an dieses Gefühl heran! Nach einer Minute löschte er die Glut ein wenig. Er konnte nicht aufhören, sie anzusehen. Ihre Brust hob und senkte sich in dem Takt, den er ihr vorgegeben hatte. Ihre Augen waren geschlossen.

Sie zitterte unkontrolliert am ganzen Körper, so sehr, dass er sie jetzt beruhigend zu sich zog und ihren Kopf auf seinen Schoß legte. Als er ihr Gesicht streichelte, schluchzte sie auf und öffnete die Augen.

„I-Iciclos?"

„Leider nicht!" Er lächelte bedauernd. Sie wollte etwas sagen, aber sie konnte nicht. Er würde warten müssen, bis sie ein bisschen Kraft gesammelt hatte. Er konnte nicht so schnell weiter machen, wie er wollte. Aber sie hatten Zeit.

Ana-ha fand nur langsam und bruchstückhaft wieder in die Wirklichkeit. Sie wusste nicht sofort, wo sie war. Aber als der Schock des Schmerzes nachließ, kam die Klarheit zurück. Sie spürte, dass sie anders lag als zuvor, weicher und tröstlicher. Daher hatte sie angenommen und gehofft, Iciclos hätte sie gefunden. Aber es waren Fiuros' Beine unter ihrem Kopf und sein Atem, der sich von seinem Bauch bis zu ihrem Ohr wölbte. Sie versuchte, nicht daran zu denken, was dieser Auftakt von Nähe alles bedeuten konnte. Sie versuchte, nicht daran zu denken, wie ausweglos ihre Lage tatsächlich war. Aber je mehr sie sich Mut machte und die Realität verleugnete, desto wahrhaftiger bildete sie sich ab. Die verbliebene Hitze in ihrem Körper, der geschlossener

Feuerkerker um sie herum, seine fordernden Atemzüge. Sie wollte nicht weinen, nicht schon jetzt, wo die schlimmen Stunden erst ihren Anfang genommen hatten. Aber sie konnte das Zittern ihrer Lippen und die Tränen nicht aufhalten. Sie liefen aus ihren Augenwinkeln direkt in seine Finger. Alles endete in seinen Händen. Hier und heute. Das war die Antwort auf jede Frage, die ihr Fiuros gestellt hatte.

„Das Gefühl des Feuertanzes", sagte er jetzt und machte den Eindruck, als hätte er sich am liebsten ihre Tränen einzeln von den Fingern geleckt, um ihr Leid voll und ganz auszukosten. Sie spürte das unstillbare Verlangen hinter seinen Worten, welches jetzt schärfer gestählt war als die Klinge seines Hasses.

„Ich verstehe dich nicht, ich weiß nicht, was du willst. Bitte, ich verstehe es wirklich nicht!"

„Das wirst du noch", versprach er ihr. „Aber bis dahin muss noch sehr viel Zeit vergehen." Er sah sie ernst an. „Und sehr viel Schmerz in dich investiert werden!"

Ana-ha schüttelte wie betäubt den Kopf. Die Nacht war zu lange und ihre Aussichten zu schlecht. Es war ihr, als lebte sie nur noch für das Ziel, dem Schmerz zu entgehen.

„Ankorus", brachte sie jetzt mühsam hervor. „Warum ich?" Sie wollte seine Erklärung hören. Sie wollte wissen, warum er sie hierher gebracht hatte. Sie wollte wissen, warum er gerade sie jetzt durch dieses Martyrium jagte. Wenigstens das.

„Oh ja, Ankorus." Fiuros nickte zustimmend. „Das solltest du schon noch erfahren, bevor ich dich dem Tod überlasse. Ankorus ist der Hüter Emporias."

„Emporia?"

„Unsere Heimat! Meine Heimat. Iciclos' Heimat. Crusos und Lesares' Heimat. Sie liegt hinter den Großen Toren in der anderen Dimension."

„In der anderen Dimension?"

„Ihr nennt sie göttlich."

„Deshalb habt ihr die Symbole gestohlen ..." Ana-ha schloss kurz und erleichtert die Augen und musste sogar lächeln. Das hatte Iciclos ihr vorhin sagen wollen. Er war nicht einfach nur ein Symbolräuber. Er hatte nur nach Hause gewollt. Nur nach Hause!

„Ankorus hat uns damals in die Elementenreiche verbannt. Er hat uns ein schlimmes Verbrechen angelastet, eines, das er selbst begangen hatte.“ Er sah ihr fest in die Augen, dann fuhr er fort: „Er hat meine Eltern bei der Passage getötet.“

„Das tut mir leid!“ Ana-ha spürte, wie ihre Hände schon wieder ganz furchtbar anfingen zu zittern. Sicher würde er sie nach dieser Erklärung wieder durch seine Hitze schicken. Sie wollte, dass er mit ihr redete. Solange er ihr etwas zu sagen hatte, wäre sie sicher vor dem grauenhaften Schmerz. Dem Verbrennen der Seele?

„Was hat er getan?“

„Er hat mit dem Licht experimentiert. Viele sahen das Licht als neues Element an. Emporias Sonne geht niemals unter. Ihr Licht ist beständig und es gibt keine Nacht.“

„Keine Nacht?“, flüsterte Ana-ha, von Trauer jetzt stärker ergriffen als von Furcht. Eine vage Erinnerung meldete sich in all der Verzweiflung. Eine schöne, traumhafte Erinnerung. Eine Erinnerung, an der sie sich festhalten konnte, viele dunkle Stunden hindurch, wenn es sein musste.

*Ein tagheller Nachthimmel? Würde dir das gefallen? Auch ohne Sterne?*

Iciclos hatte von Emporia gesprochen. Er hatte es ihr sagen wollen. Er wäre das Risiko eingegangen, ihr die Wahrheit zu beichten. Wenn Cruso doch nur nicht alles verdreht hätte ...

„Ankorus hat sich heimlich mit dem Licht verbunden“, setzte Fiuros jetzt seine Erläuterung fort. „Offiziell hat er es verboten, weil er meinte, dass sonst die Dunkelheit nach Emporia zurückgebracht werden könnte. Und wir hatten alle Angst davor. Wir wussten nicht, was Dunkelheit ist. Dunkelheit war bedrohlich. Also hielten sich alle an seine Anordnung. Vielleicht wollte Ankorus am Anfang noch nicht einmal etwas Falsches. Aber irgendwann hat das Licht seinen Schatten in ihn geworfen. Seine Pläne wurden immer rätselhafter, sein Machtstreben größer. Und schließlich hat er herausbekommen, dass Iciclos, Cruso, Lesares und mein Vater ebenfalls das Licht für Erkenntnisse benutzten. Er hat sie verwarnt, aber sie hörten nicht auf ihn. Regelbrecher allesamt ... das weißt du ja!“

Er lächelte wieder, diesmal fast freundschaftlich. „Aber ihre Hintergründe waren ehrlich. Sie liebten das Licht, sie sahen eine Art göttliche Kraft dahinter. Nur leider verlor bei ihren Versuchen ein Emporianer das Leben.“

„Ein Emporianer …“ Iciclos war ein Emporianer. Wie schön das jetzt klang, jetzt, wo alles zu spät war und sie wahrscheinlich keine Möglichkeit mehr bekommen würde, es ihm zu sagen. Ein Emporianer. Sie wollte nicht mehr weinen, aber sie konnte nicht anders.

„Natürlich wollten sie ihn nicht absichtlich töten. Er ist in Ankorus' Auftrag hinter ihnen hergeschlichen und aus Versehen in den Lichtstrahl gefallen. Ankorus hat alle glauben gemacht, sie hätten ihn umgebracht, um sie offiziell wegen Gesetzesbruch anklagen zu können.“ Er schüttelte den Kopf, als würde er all das, acht Jahre später, immer noch nicht wirklich begreifen. „Iciclos hat dieses Licht so sehr geliebt, dass er an nichts anderes mehr denken konnte. Es hat ihn letztendlich ebenso verblendet wie Ankorus.“

„Das stimmt nicht“, flüsterte Ana-ha, obwohl sie wusste, was er ihr für jedes ihrer Widerworte antun konnte. „Iciclos ist nicht verblendet.“

Fiuros' Augen wurden ganz klein. „Meinst du, du bist in einer günstigen Position, um mir zu widersprechen?“

Ana-ha schluckte trocken und schüttelte stumm den Kopf.

„Du wärst nicht hier, wenn Iciclos nicht das Licht über alles andere gestellt hätte.“

Er hatte nicht ganz unrecht, musste Ana-ha sich eingestehen.

Trotzdem …

„Mich hat Ankorus dazu benutzt, ihnen das Tor zu öffnen“, fuhr Fiuros jetzt fort und alter Zorn übermannte ihn. „Mit seinem Larimar, meinem Hass auf ihn, den er geschürt hat, und dem Licht!“ Er packte die Lederbänder ganz nah an ihrem Hals und drehte sein Handgelenk so, dass sie Ana-ha hart in die Kehle schnitten. „Daher dachte ich erst, dass dein Larimar uns auf dieser Seite das Tor öffnen würde.“

Ana-ha versuchte vergeblich, ihre Hände zwischen das Band und ihren Hals zu schieben. Sie legte den Kopf zurück, um besser Luft zu bekommen, aber Fiuros hob seinen Oberschenkel an und drückte ihren Kopf nach oben.

„Erinnerst du dich an Iciclos' Test für dich? Wir waren alle dabei! Wir haben dich festgehalten und haben den Larimar in mein Heiliges Feuer gehalten. Wir wollten sehen, ob er das geheime Wassersymbol ist. Erinnerst du dich?“ Er lockerte die Bänder ein wenig.

Ana-ha zwang sich zu nicken, obgleich die Furcht sie lähmte. Sie erinnerte sich … vor allem an den Schmerz … Sie kombinierte die Fakten.

Sie sah zu ihm hoch, in das sternenumrahmte Gesicht. Für einen kurzen Moment hatte sie geglaubt, er würde jetzt gleich vollenden, was er in der Nacht von Wibuta nicht getan hatte. Doch so einfach und schnell würde er sie nicht sterben lassen.

„In Wibuta kam uns dein Seiso-me in die Quere. Er hat sich doch tatsächlich durch die halbe Feuerkunstakademie geschleppt, nur um dir Beistand zu leisten! Wir hatten dir extra ein Schafmittel verabreicht. Für einen tiefen, traumlosen Schlaf. Iciclos wollte kein Risiko eingehen."

„Ein Schlafmittel?" Das Ausmaß von Iciclos' Lügen war so ungeheuer groß, dass Ana-ha sie lieber gar nicht alle wissen wollte. Und es spielte im Nachhinein auch keine Rolle mehr. Aber Fiuros schien es Freude zu bereiten, ihr bisheriges Leben zu zerpflücken.

„Ja, Kaeo. Die Pflanze des Friedens. Ich glaube, auch hier schuldest du mir noch die Antwort." Fiuros fuhr mit dem Fingernagel die Linien ihrer Tränen nach. „Fast wie Trikline", dachte er. Er war innerlich noch lange nicht gesättigt von ihrem Leid. „Na? Fällt dir jetzt ein, nach was er duftet?" Er wartete ihre Antwort gar nicht erst ab. Er hatte ihr jetzt lange genug eine Pause gegönnt. Und er brauchte ihre Erklärung nicht mehr. Der Kaeo, das Gefühl am Feuer ... all das waren nur Synonyme ...

Ihre Augen weiteten sich vor Angst, als sie das Ansteigen der Temperatur registrierte. Sie klammerte sich verzweifelt an seine Unterarme, um überhaupt an etwas Halt zu finden. Aber als die Hitze zu stark wurde, rutschten ihre Finger nacheinander ab.

Fiuros schob den linken Arm unter ihren Rücken und umschloss sie mit seinem rechten. So hielt er sie die ganze Zeit. Erzählte ihr von all den schrecklichen Jahren, die hinter ihm lagen, von seiner Unfähigkeit zu sein und zu fühlen, von seiner Flucht durch die Wüste, von seinem Feuer und dem Verlangen nach ihrem Geheimnis. Sie konnte ihn nicht hören, denn ihre Welt bestand nur noch aus Schmerz. Liebevoll gebettet, in dem Schoß seiner Grausamkeit, schrie sie für ihn, für sein Leid und seine Vergangenheit.

# Die Tochter des Feuers

„Ich werde es versuchen!" Annini trat resolut den Flammen entgegen.

„Was willst du denn versuchen", fragte Iciclos, dem die Ausweglosigkeit ihrer Lage alle Kraft raubte.

„Ich werde das Heilige Feuer beeinflussen!"

„Hahaha, das ist der beste Witz dieses Tages." Iciclos wedelte mit der Hand vor seinem Gesicht herum, als ob er anzeigen wollte, dass sie nun endgültig verrückt geworden war.

„Spotte ruhig, Iciclos. Wenn es mir gelingt, darfst du mich Tachar nennen." Annini hob die Arme in einer weiten Geste nach oben und schloss die Augen.

„Hör schon auf! Versuch es lieber mit einer Levitation!"

„Ich bin in der Kunst des Feuers aber besser."

„Warum denn das? Jetzt sag bloß nicht, deine vielen Wibuta-Aufenthalte waren zum Lernen gedacht." Crusos lachte, obwohl ihm überhaupt nicht danach zumute war.

„Mein Vater meinte, ich müsse auch ein wenig über seine Kunst Bescheid wissen", sagte Annini ruhig.

„Dein Vater ist aus dem Feuerland?", fragte Cruso verwirrt.

Annini nahm den Kopf bescheiden nach unten, so wie ein echter Luftelementler beim traditionellen Gruß. „Er ist der Akademieleiter."

„Atemos ist dein Vater?", krächzte Cruso erschrocken.

„Ich fasse es nicht!" Seiso-me wirbelte zu ihr herum. „Das kann überhaupt nicht sein", sagte er bestimmt. Es war einfach zu unerhört, um wahr sein zu dürfen.

„Und warum sagst du das erst jetzt? Warum habt ihr das für euch behalten?“ Iciclos klang vorwurfsvoll, als sei ihre Geheimniskrämerei an allem schuld.

„Weder Lin noch Atemos wollten auf ihren sicheren Posten verzichten. Lin war damals schon Akademieleiterin, Atemos stand die Stelle in Aussicht. Sie haben sich geeinigt, es keinem zu sagen.“

„Aber Antares weiß es“, fiel Seiso-me jetzt ein. „Er hat es die ganze Zeit gewusst.“

Annini nickte ihm zu.

„Warum weiß es Antares?“, fragten Cruso und Iciclos gleichzeitig. Seiso-me musste entweder eine Information mehr als sie haben oder besser kombinieren können.

„Spielt jetzt keine Rolle“, tat Seiso-me ab. „Wir haben keine Zeit für umständliche Erklärungen. Annini soll ihr Glück versuchen!“

„Aber sie ist doch keine Großmeisterin! Wieso sollte sie es schaffen?“, wollte Cruso wissen.

„Ich bin keine Großmeisterin, nein, aber auf einem guten Weg dorthin.“

„Die Beeinflussung der Flammen! Du kannst sie verkleinern!“, rief Iciclos und seine Augen begannen zu funkeln.

„Vielleicht.“ Annini trat erneut auf das Gralsfeuer zu. Sie sah hinein, als sei sie auf das Innigste mit ihm verbunden. „Ich habe es noch nie erwähnenswert weit geschafft. Ihr solltet euch keine großen Hoffnungen machen.“

„Du kriegst das hin.“ Iciclos schob sie noch weiter nach vorne, als würde ihre Nähe zum Feuer ihre Fähigkeit unterstützen. Jetzt konnte er nur abwarten und hoffen. Und die ganze Zeit über quälte ihn die Frage, ob Ana-has Worte über Seiso-me wahr gewesen waren und ob Cruso gelogen oder sich zumindest einen Teil der Geschichte selbst zusammengereimt hatte. Letztendlich spielte es keine Rolle. Auch Cruso hatte all das nicht gewollt. Er hatte nur einen Weg zu Faiz gesucht. Liebe – hatte Fiuros gesagt – begeht die schlimmsten Verbrechen. Er hatte recht.

„Wenn sie die Flammen verkleinern kann, wie kommen wir dann darüber?“, wollte Seiso-me jetzt leise von den beiden Emporianern wissen.

„Springen und dabei levitieren“, schlug Cruso vor. „Je nachdem wie klein sie sind! Kann man sie denn nicht eigentlich auch friezen?“

„Heiliges Feuer friezen?" Seiso-me sah Iciclos an. „Hat noch nie jemand versucht. Es könnte funktionieren, aber die Luft ist hier zu trocken!"

Iciclos senkte den Kopf. „Ich weiß." Er war so ein elender Verräter. Er hatte Fiuros vorhin noch geholfen, die Luftfeuchte herabzusetzen. Und das Heilige Feuer tat jetzt ein Übriges. Er betrachtete die Flammen erneut. Sie waren doch ein heiliges Sakrament. Die früheren Tachare waren meist so weise und umsichtig gewesen. Wie hatte Fiuros es schaffen können, auf diese Stufe zu gelangen? Wie konnte ein Mensch mit solchen Rachegedanken zum Großmeister mutieren? Was war hier nur schief gelaufen? Er fragte Seiso-me leise danach.

Dieser zuckte mit den Schultern: „Ich habe keine Ahnung. Man sagt natürlich, dass die Großmeister ganz besondere Menschen waren. Aber Fiuros ist schließlich auch sehr besonders. Und denk mal an die Legende von Asperitas. Isa war weder weise noch gütig."

„Welche Grundvoraussetzungen muss man haben, um das Heilige Feuer entfachen zu können?"

„Es ist die Gabe, ohne Angst zum Feuer zu werden. So wie es bei uns mit dem Wasser ist. Du musst deinen Wesenszustand direkt an dessen Schwingung anpassen können. Mehr als bei jeder anderen Meditation. Du musst ein Stück weit deine Identität aufgeben! Das packen die meisten eben nicht."

„Die Identität aufgeben ..." Iciclos schloss kurz die Augen. Er dachte an Ana-has Seelenschau in Wibuta. Ihm fiel ein, wie Fiuros sie angesehen hatte. Wie sie sich sekundenlang in die Augen gesehen hatten, beide schockiert über das Ergebnis. Und jetzt wusste er endlich auch, was ihr dort begegnet war. Nichts, gar nichts, hatte sie dort gefunden. Und genau diese Leere ermöglichte es Fiuros, Heiliges Feuer zu entfachen: Weil er keine Identität besaß, weil er nichts besaß, nichts hatte, nichts sein Eigen nennen konnte. Genau das war der Grund. Weil der kleine Junge, der er gewesen war, in der Ylandes-Wüste mit seinen Eltern sein Leben gelassen hatte. Und nun konnte er alles Lebendige, alles, was ihm so fremd war, einfach zerstören. Und Ana-ha hatte dieses Nichts in ihm gesehen. Dafür würde er sie sicher bezahlen lassen. Ihm wurde ganz übel bei dem Gedanken, was Fiuros ihr wohl gerade in diesen Sekunden antat ...

Ihr Kopf hing über Fiuros' Beinen im Sand. Sie schrie nicht mehr. Sie weinte nicht mehr. Sie atmete ein, sie atmete aus, jeder Atemzug hielt sie am Leben. Es war zum Fürchten still, so still wie Kaeo. Ein Bruchteil zwischen zwei völlig konträren Dingen. Ein Bruchteil zwischen Leben und Tod. Er gab ihr Zeit, sich zu erholen. Er wartete geduldig, bis sie wieder sprechen konnte, bis das Zittern ihrer Glieder nachließ und sie die Augen öffnete, um zu sehen, ob sie endlich aus dem Albtraum erwacht war. Er empfing sie unter den Lebenden mit einem Lächeln.

„Schlimmer als Asperitas' größte Kälte, oder?" Er hob ihren Kopf ein bisschen an, weil sie es nicht konnte. „Es ist die Fähigkeit eines Tachars."

„Isa war auch einer." Ana-ha sah an ihm vorbei in den Himmel. Die Sonne war gesunken, das letzte Lilarot durchwoben von der hereinbrechenden Nacht. Sie dachte an Seiso-me und den Moment, als er sie in das Frizin geschickt hatte. Eine Minute, nicht länger, eine begrenzte Zeit, auszuhalten. Aber Fiuros war nicht Seiso-me. Heute würde sie ertragen müssen, was auch immer Fiuros wollte. Und er wollte alles, wobei sie noch nicht wusste, wie er es definierte.

„Trotzdem ist es anders. Isa hat kein Heiliges Wasser benutzt, um zu friezen. Das Heilige Feuer in den Adern zu spüren sollte ein Privileg sein."

„Es tötet das Lebendige ..."

„Ja, schnell oder langsam."

„Ich dachte immer, sofort ..."

„Nur im äußeren Sein. Aber ich trage es auch in mir."

Ana-ha schloss die Augen ... wie zum Schutz, das Einzige, was sie vor ihm verschließen konnte.

„Ich habe dir noch nicht alles zu Ankorus gesagt, was du wissen musst."

Ana-ha antwortete nicht. Egal, was Fiuros tat oder sagte, es änderte nichts an der Tatsache, dass ihre Zeit im Begriff war, abzulaufen. Weder Iciclos noch ein anderer würden sie hier rechtzeitig finden. Und sollte sie wirklich mit dem Wassersymbol in Verbindung stehen, dann würde Fiuros sie zwar am Leben lassen, aber – das hatte er selbst zu Iciclos gesagt – Leben würde man es dann nicht mehr nennen können. Sie starrte wieder angstvoll nach oben, die Hände dicht an ihren Körper gepresst.

Warum konnte das Universum nicht einfach stillstehen? Bis die Hilfe da war, die sie brauchte. Ihr war es kalt vor Einsamkeit. So kalt, wie es in Wirklichkeit zwischen all diesen aufgehenden Sternen war. Kalt und einsam, obwohl sie in den Armen eines anderen lag, war sie Lichtjahre von Nähe und Wärme entfernt.

„Emporia besitzt keinen einzigen Stern“, klammerte sie sich an Iciclos’ Welt und lenkte sich von der Trostlosigkeit ab. „Und es kennt keine Dunkelheit, es ist Iciclos’ Heimat! Es besitzt einen taghellen Nachthimmel. Und, ja, ich hätte es ganz sicher geliebt, hätte ich es je sehen dürfen. Es ist so fernab von allen Naturgesetzen. Vielleicht bricht auch mein eigenes Leben alle Regeln und übersteht diese Nacht ...“

„Ankorus wollte uns nur aus einem einzigen Grund loswerden“, sprach Fiuros gerade bedeutungsvoll weiter und zog ihre abgleitende Aufmerksamkeit wieder auf sich. „Er liebte meine Mutter. Er wollte sie ganz für sich allein.“

„So wie du mich heute.“

„So ähnlich!“ Fiuros lächelte mysteriös zu ihr hinunter. „Aber nicht nur ich habe mit Ankorus Gemeinsamkeiten.“

„Ich weiß.“

„Du weißt gar nichts! Er ist dein Großcousin, Ana-ha. Er ist der Neffe von Ijalamá, der Zwillingsschwester deiner Großmutter Raela. Darum besitzt er auch den anderen Larimar. Deinen Zweitstein!“

„Was?“ Sie drehte den Kopf ganz zu ihm herum. „Nein, das stimmt nicht. Ich habe keine nahen Verwandten mehr. Der Stein ging in den Kriegen verloren.“ Schon vorhin hatte Fiuros etwas von einem Larimar gesagt, aber sie konnte nur die Hälfte von dem behalten, was er ihr erklärte.

„Das hat man erzählt, um die Toröffnung zu vertuschen. Du hast noch einen Verwandten. Unglücklicherweise habe ich jedem seiner Blutlinie den Tod geschworen. Deine Vorfahren waren übrigens sogar Drahtzieher der letzten Toröffnung. Dabei verloren sie eine Tochter, deine Großmutter, die nicht durch das geöffnete Tor gelangte, aus welchen Gründen auch immer.“

„Meine Vorfahren haben die Tore geöffnet?“ Ana-ha wurde es schwindelig von diesen vielen Verknüpfungen.

„Lihija und Kemon-rae waren deine Urgroßeltern. Sie stammten beide aus dem Feuerland!“

„Aus dem Feuerland?" Ana-ha schnappte hörbar nach Luft. „Du musst dich irren!"

„Ich habe keinen Grund, nicht ehrlich zu dir zu sein", sagte Fiuros ärgerlich. „Dieser Tag vergeht und die Nacht birgt immer die Wahrheit. In ihrer Dunkelheit finden wir alles, was wir tagsüber unter dem Glanz unseres Egos versteckt halten. Ich werde dir heute nur Wahrheiten erzählen. Und das Gleiche rate ich dir."

„Aus dem Feuerland", wiederholte Ana-ha fassungslos. Es war, als habe erst Iciclos und nun auch er ihr ganzes Leben und ihr ganzes Sein infrage gestellt. „Woher weißt du das?"

„Ankorus hat es mir gesagt. Es waren immerhin auch seine Urgroßeltern und sie lebten schließlich in Emporia. Mit Ijalamá, der Tochter, die ihnen geblieben war."

„In meinen Adern fließt feuerländisches Blut, ich glaube es nicht", flüsterte Ana-ha schwach. Wenn die Umstände für sie günstiger gewesen wären, hätte sie später mit Seiso-me Witze darüber machen können. Bestimmt hätte es ihn zunächst schockiert, doch mit der Zeit hätte er begonnen, sie damit aufzuziehen.

Das Feuer ... ein Teil von ihr? *Ist es nicht viel mehr als Leidenschaft?* Hatte Annini das gewusst? Hatte sie es in den Gedanken von einem der vier Verbannten gelesen? Nein, nein, nein – Annini – sie hatte sie einfach ins offene Messer rennen lassen. Ihre Gabe hatte sie doch zur Mitwisserin gemacht. Sie hatte die Toröffnung nicht als Verbrechen verurteilt, weil sie den Hintergrund der vier gekannt hatte.

„Ich sage nur nicht alles", rief Ana-ha sich ihre Worte ins Gedächtnis. Aber dass Fiuros so Schreckliches plante, das hätte sie ihr sagen müssen. Und dass Ankorus ihr Großcousin war, das hatten alle gewusst und keiner hatte es erwähnt! Nun hatte sie es von Fiuros erfahren müssen.

So viele Gedanken kamen ihr in den Sinn, aber Fiuros ließ ihr kaum Zeit, das Aufgenommene einzusortieren. Er preschte voran, unerbittlich auf ein Ziel zu.

„Ankorus wird morgen auf die gleiche Art sterben wie du." Er sah hinauf in den Himmel und schwieg eine Weile. „Noch bevor ich eine weitere Nacht erlebe, werden wir in Emporia sein. Ich bringe die Wahrheit dorthin zurück. Das ist magisch, Ana-ha", flüsterte er ihr dann fast atemlos zu und fuhr mit dem Zeigefinger die Konturen ihrer Lippen nach. „Es ist meine und deine letzte Nacht in diesem Leben. Da haben wir schon wieder etwas gemeinsam. Und bald verbindet uns noch viel mehr als nur die Trikline. Dort, wo dein Leben endet, wird meins beginnen, Ana ..."

*Lass ihn aufhören, bitte lass ihn aufhören ...*

Er nahm ihren Kopf in beide Hände, wie Iciclos es in Malesh getan hatte, und Ana-ha kam es vor, als entweihte er damit den Zauber von dessen liebevoller Zärtlichkeit.

„Ich brauche noch so vieles von dir", fuhr er fort. „Jetzt, wo du weißt, wer Ankorus ist und was er getan hat, werden wir uns den vielen anderen Dingen widmen, die es noch gibt." Er lachte, über ihr erschrockenes Gesicht. „Mit was sollen wir anfangen? Mit deinen Träumen, deiner Liebe oder deinen Ängsten? Mit deiner Treue oder deiner Sinnsuche? Ich will alles, was dir gehört! Alles." Das letzte Wort zerging ihm auf der Zunge und schmeckte nach purer Lust. Seine Pupillen wurden so groß und dunkel wie die schwarzen Löcher im Weltall.

Ana-ha sah ihn panisch und verständnislos an. Sie wusste überhaupt nicht, von was er redete.

„Fangen wir doch mal mit den Träumen an", entschied Fiuros für sie. „Erzähl mir davon!"

„Erzählen?" Ana-ha kroch eine unbestimmte, eiskalte Furcht durch Mark und Bein. Sie verstand seine Intention nicht. Was gab es für einen Grund, sie danach zu fragen?

„Muss ich dir wirklich auf die Sprünge helfen?"

„NEIN! Nein, warte!"

„Also?"

„Ich träume von meinem Element und ... der Großmeisterschaft. Ich träume von einem glücklichen Leben, von Familie und ..."

„Willst du mich und mein Gralsfeuer zum Narren halten? Du und ich – wir – wollten doch heute nur Wahrheiten austauschen." Seine Stimme wurde dunkler, schaffte Intimität.

Ana-has Augen füllten sich erneut mit Tränen. Ihre wahren Träume gingen ihn nichts an. Sie gehörten ihr und sie hatte sie Iciclos versprochen.

„Ich teile meine Träume nicht."

„Du wirst es müssen. Jeden Einzelnen. Wie wichtig Träume sind, Ana-ha, verstehen nur die, denen sie verloren gegangen sind." Er schickte seinen Worten eine kurze, abgeschwächte Hitzewelle hinterher. Es war das vertraute Fließen von Schmerz. Er war es selbst, der dort in ihren Adern kreiste. Leer und brennend zugleich.

Ana-ha fing angesichts ihrer hilflosen Situation wieder an zu weinen. Er hatte recht. Sie könnte sich ihm nicht verweigern. Aber wie grenzenlos seine Macht über sie sein würde, wie unerbittlich er alle Schranken niederreißen konnte, hätte sie niemals geglaubt. Und sein Alles nahm Formen an. Es setzte sich vor ihren Augen zusammen wie ein Fraktal Triads. All die wunderschönen Dinge, die ihr gehörten, bildeten das Ganze.

„Meine Träume ... Fiuros ..."

Er stoppte die Hitze nicht.

„Du bekommst sie ... ich gebe sie dir ..."

„Ja, Ana-ha." Seine Stimme war so ruhig, während sie anfing, gegen das Leid zu kämpfen.

„Ich gebe sie dir ..."

„Das weiß ich doch", flüsterte er andächtig ... und dann überließ er sich und sie ihrem Schmerz.

„Ich schaffe es nicht." Annini drehte sich ruckartig herum. „Wir müssen nach Wibuta."

„Aber das dauert zu lange. Du darfst nicht jetzt schon aufgeben."

„Aber wir sollten die andere Möglichkeit auch in Betracht ziehen."

„Dann teilen wir uns auf", wiederholte Seiso-me noch einmal seinen vorherigen Vorschlag. „Ich gehe mit Cruso nach Wibuta. Und du, Iciclos, du bleibst mit Annini hier. Wenn wir in der Wüste sind, können wir für euch ein Tor öffnen, falls ihr es bis dahin noch nicht geschafft habt. Ihr müsst dann nur in eine andere Trainingshalle."

„Und wie erklären wir das hier?", wollte Iciclos entrüstet wissen und zeigte auf die Flammen.

„Gar nicht. Ihr verlasst einfach die Halle!" Dass er sich jemals um Regeln gekümmert hatte?

„Wann kommen eigentlich die Nächsten?", fragte Cruso.

„Verdammt, das haben wir ja ganz vergessen", fluchte Iciclos. „Die sind sicher gleich da."

„Ich kläre das, bevor wir aufbrechen. Ich lass mir was einfallen. Verlasst euch auf mich!", sagte Seiso-me nur.

„Wenn du mir das gestern gesagt hättest, hätte ich dich für verrückt erklärt", sagte Iciclos zu ihm und lächelte zögerlich.

„Ich mich auch." Seiso-me lächelte zurück.

Wie schade war es, dass sie nur durch dieses Drama zusammengefunden hatten. Iciclos war ihm viel ähnlicher, als er all die Jahre gedacht hatte. Er liebte seine Heimat sogar noch mehr als er selbst. Er hatte alles riskiert, um zurückzukommen. Er hatte sich von allen Beziehungen losgesagt und nur an seinem Ziel orientiert. Er selbst hätte das nicht getan und er wusste auch nicht, ob es richtig war. Aber ob richtig oder falsch spielte jetzt keine Rolle mehr. Richtig oder falsch hing meist nur von den Motiven und selten vom Ergebnis ab. Iciclos, auf jeden Fall, hatte sicher keine verkehrten Gründe für den Symbolraub gehabt. Und wer heute an was Schuld hatte, würde sich niemals klären lassen. Wenn es ihm möglich wäre, würde er Iciclos sogar helfen, zurückzukommen.

Er schüttelte den Kopf über sich und seine Gedanken. Dieser Tag war verrückt. Furchtbar und verrückt.

„Wir werden die Feuerländer bitten, sofort ein Tor zu öffnen. Aber vorher kümmern wir uns noch darum, dass ihr hier ungestört bleibt." Seiso-me klopfte Iciclos auf den Rücken. „Viel Glück!"

„Nehmt Sender mit. Ich besorge mir einen, während Annini hier beschäftigt ist. So können wir den Kontakt halten. Und, Cruso, du musst an Lesares rankommen. Nimm ihn mit in die Ylandes-Wüste. Er war immer der Einzige, der Fiuros etwas besänftigen konnte." Iciclos blickte von einem zum anderen. „Wer auch immer zuerst auf Fiuros trifft: Seid extrem vorsichtig. Ich weiß wirklich nicht, wozu er fähig ist."

„Du hast ja richtig Angst um uns, Iciclos", stellte Seiso-me fest.

„Scher dich weg!" Iciclos zwang sich zu einem Grinsen und schob ihn leicht in Richtung Ausgang. Dann wandte er sich wieder zu Annini um. „Wie kann ich dir helfen?"

„Ich weiß es nicht. Ich finde den letzten Absprung nicht. Ich stehe immer nur kurz davor."

„Fiuros hat kaum Identität, daher hat er es besonders schnell geschafft."

„Ich habe so viele Gedanken in meinem Kopf, Iciclos. Ich habe das Gefühl, meine Kapazitäten sind überlastet. Ich muss Ruhe finden, wo Stimmen sind. Wie kann ich meine Identität aufgeben, wenn ich gar nicht weiß, wo meine Gedanken beginnen und die der anderen aufhören?“

„Du hast also da zu viel, wo Fiuros zu wenig besitzt.“

„Ich glaube, das Feuer ist schuld“, sagte Annini entschuldigend. „Seit ich immer besser mit seinen Qualitäten umgehen konnte, wurde das mit den Gedanken immer schlimmer.“

„Und da willst du jetzt versuchen, das Heilige Feuer zu beeinflussen?“, fragte Iciclos entgeistert. „Ist dir noch nie in den Sinn gekommen, dass eine Luft-Feuer-Kombination ziemlich ungünstig ist?“

„Warum?“

„Weil beides haltlos ist. Wenig gefestigt, aber sehr vergeistigt. Feuer lässt sich genauso wenig greifen wie Luft und wie Gedanken. Hast du den Spruch an der Tür der Feuerkunstakademie einmal gelesen?“

„Klar!“, sagte Annini übereifrig, „Feuer, dein Raum wähnt sich grenzenlos, zügellos brichst du jeglichen Verstand ...“

„Ja ja, so ähnlich. Der Punkt ist: Das Feuer hat deine Luftqualitäten noch weiter verstärkt. Sie breiten sich in dir aus – dein Raum wähnt sich grenzenlos – weil sie durch das Feuer keine Grenze mehr haben. Feuer kümmert sich nicht darum, ob es eine gezogene Linie überschreitet.“

„Leidenschaft nimmt alles und hinterlässt nichts. So endet der Spruch, ich weiß. Aber, ob das wirklich so ist?“

„Was wäre denn, wenn du so sehr in den Gedanken eines anderen abtauchst, dass du dich selbst vergisst? Wäre es machbar?“

„Nein, das wäre wie ein Betrug. Ich kann doch nicht meine Identität loslassen und die eines andere annehmen. Dann bin ich ja der Andere, zwar nicht mehr ich, aber doch noch ein Ego. Ich brauche eher eine Abgrenzung, dann schaffe ich es auch. Mir fällt es leichter als anderen, meine Identität loszulassen, weil sie ohnehin ständig bedrängt wird.“

„Gut, wenn du sagst, du brauchst eine Grenze, dann werde ich dir eine bieten. Aber meine Wasserkräfte reichen nicht aus. Wir brauchen das Erdelement. Wir brauchen Lesares! Er kann es mit uns zusammen versuchen und dir die Hilfestellung geben, die du brauchst.“

„Das ist einen Versuch wert.“

„Ich bin nicht im Rat, aber wenn ich mich beeile, erwische ich Sei-so-me und Cruso noch!“ Iciclos rannte los. Er war sich sicher, dass die Theorie stimmte. Wenn er nur nicht zu spät kam ...

„Iciclos …“

„Er ist nicht hier, Ana-ha. Aber ich bin da. Ich gehe bis zum Ende mit dir. Ich werde da sein, wenn es soweit ist.“ Fiuros hielt sie noch immer in seinen Armen. „Aber vorher musst du mir alles sagen.“

„Iciclos …“

„Hör auf damit!“

„Von ihm hab ich geträumt … Das wolltest du doch wissen.“

Ihr ganzer Körper glühte, während ihr immer kälter wurde. Sie fühlte sich auch zwischen seinen Attacken kaum besser. Sie würde sterben heute Nacht, diese Gewissheit brannte am schlimmsten.

„Ich möchte ihn noch einmal sehen … bitte …“ Ihre Kehle und ihr Mund waren so trocken, dass ihr das Sprechen schwerfiel.

„Du hast noch viel mehr Träume außer diesem einen.“

„Ich wollte das Leben lieben. Ich habe diese Liebe gesucht, mein ganzes Leben lang … aber jetzt …“ Ana-has Stimme ließ sie einfach im Stich.

„Aber jetzt?“, wiederholte Fiuros leise.

„Hab ich keine Träume mehr“, flüsterte Ana-ha zurück. Sie war so unendlich erschöpft. Sie versank im dunklen Himmel. Er kam auf sie zu und nahm sie einfach mit. Sie erinnerte sich in diesem Moment an Fiuros’ Gefühl der Wibuta-Nacht. Es war, wie man sich Sterben vorstellte. Der Tod wachte in den Sternen über ihr, wartete, bis sie bereit war. Bei diesem Gedanken bekam sie plötzlich noch größere Angst. Konnte eine Seele tatsächlich verbrennen? Würde sie in Fiuros Feuer verglühen, bis nichts mehr übrig blieb?

*Ich bin nicht bereit, bitte noch nicht, ich bin nicht bereit …*

„Deine Treue? An was hast du dich gebunden? Was hat dich jemals so sehr beeindruckt, dass du ihm die Treue gehalten hast?“

„Iciclos“, wollte sie sagen. Aber es war nicht richtig, weil sie ihn während des Frizins an Seiso-me verraten hatte. Zumindest fühlte es sich für sie so an. Ihre Kräfte fielen ihr ein, aber sie hatte sie missbraucht, um in Fiuros’ Seele abzutauchen und sie hatte sie benutzt, um Iciclos zu friezen, was sie niemals hätte tun dürfen. Sie dachte nach und kam zu dem Schluss, dass sie in ihrem ganzen Leben nichts und niemandem echte Treue bewiesen hatte. Noch nicht einmal sich selbst, weil sie nie gewusst hatte, was wirklich ihre Wurzeln waren. Sie schwieg angespannt.

„Fällt dir gar nichts ein? Es muss etwas geben. Ich habe es in Wibuta gesehen."

„Ich habe dem Leben die Treue gehalten. Dem Leben und meiner Suche nach Liebe", sagte sie zaghaft, wusste aber nicht, ob es stimmte. Doch Fiuros durchbohrte sie so durchdringend mit seinem Blick, dass sie ihm unbedingt eine Antwort geben wollte.

*Letztendlich würde ich auch meine Suche verraten, wenn ich dafür mein Leben bekäme ...*

„Erzähl mir davon."

Ana-ha schüttelte den Kopf. Sie wollte nicht mehr sprechen. Es zögerte das Unvermeidliche nur hinaus. Oder würde ihr Schweigen ihr Leben verlängern?

„Wenn du es mir nicht sagst, kannst du es keinem mehr sagen. Vielleicht kann ich dir ja helfen, deine Suche zu Ende zu bringen."

„Du?" Ana-ha hob kraftlos den Kopf an.

„Vielleicht. Du sollest dir einmal überlegen, warum du nach all den Jahren der Suche immer noch nicht zu einem guten Ergebnis gekommen bist."

Irgendetwas in seiner Stimme verwandelte ihre Verzweiflung in Wut. Gerade ihm, der nichts von all diesen Dingen verstand, sollte sie sich anvertrauen? Sein Gesicht war dicht über ihrem und das Gralsfeuer brach sich in seiner Iris zu einem schauerlichen Flammenspiel.

„Ich glaube kaum, dass du überhaupt eine Ahnung von Liebe und Leben hast. Nach außen hin regierst du vielleicht ein Königreich, aber du hältst das Zepter in hohlen Händen. Da ist gar nichts, Fiuros! NICHTS! Ich habe es gesehen!" Ihre Wut wurde zu frizinkaltem Hass. Sie wollte nicht, dass er es so zu Ende brachte. Sie wollte nicht hier, in seinen Armen gefangen, auf den Tod warten und um eine Gnade betteln, die er ihr nicht gewähren würde. Sie wollte ihm nicht ihre Träume und Sehnsüchte offenbaren. Sie wollte nicht, dass er erfuhr, wer sie war und was sie ausmachte. Sie wollte nicht, dass er ihr alles nahm, was sie hatte, dass er sie benutzte, um sein Verlangen zu stillen. Seine Leere wollte sie mit Haut und Haaren verschlingen. Wenn Fiuros mit ihr fertig wäre, wäre in ihrer Seele das gleiche Nichts wie in seiner. Dann wäre sie tot und doch lebendig, dann wäre der Tod eine Gnade, mit der er sich barmherzig zeigte.

„Du hast mich in einem glücklichen Moment erwischt und bist von deinem eigenen Neid geblendet worden. Du tust mir leid!" Sie begann jetzt doch, sich zu wehren und bemerkte, dass Fiuros sofort seinen Feuerzirkel vergrößerte.

„Das wäre vermutlich das Schlimmste für ihn", dachte Ana-ha bitter und hielt kurz inne. „Dass ich mich in sein Feuer werfe und ihm damit alles zerstöre." Es würde ihr Leben verkürzen, aber auch ihr Leid. Fiuros würde das nicht zulassen und das Gralsfeuer löschen. Sie musste es versuchen. Es war der letzte Mut der Verzweiflung, der sich in ihr aufbäumte. Sie versuchte, sich aus seinen Armen zu winden. Sie schlug und trat um sich. Sie kratzte und biss ihn, sie wehrte sich mit allen Mitteln, die ihr zur Verfügung standen. Sie kämpfte, bis sie vor Erschöpfung und Hilflosigkeit weinte und er sie noch fester hielt als vorher. Das warme Blut, welches ihr von der Stirn über das Gesicht in den Mund lief, schmeckte bitter nach Verzweiflung, salzig nach Tränen und süß wie die Hoffnung, dass es vielleicht bald vorbei sein würde.

Fiuros schüttelte den Kopf. „Du hast nichts verstanden, Ana-ha. Kämpfen ist sinnlos. Du solltest dir deine Kraft lieber aufsparen. Du wirst sie später noch brauchen."

„Ich kann ... doch nichts dafür ..."

Fiuros sah sie nur an. Das dunkle Mahagoni glühte.

„Nein ... nein ... nicht ... Fiuros bitte ..."

Er zog sie noch näher zu sich und lächelte begehrlich, als sei ihr verzweifeltes Betteln eine unwiderstehliche Frucht aus dem paradiesischen Garten Maleshs.

„Ana-ha ... mein Herz ist doch kein Zentralstein eines Drichronons." Sie kam ihm vor, als würde sie verzweifelt versuchen, den richtigen Sekundära zu finden, mit dem sie an sein Mitleid andocken konnte. Jedes Mal griff sie daneben und wurde in ihrer Panik immer hektischer. Noch hielt er die Temperatur konstant unter dem nicht auszuhaltenden Siedepunkt. Er wischte mit dem Ärmel seiner Tracht das Blut aus ihrem Gesicht.

„Ich bin doch bei dir. Ich war damals ganz allein. Ganz allein in dieser Wüste. Gar nicht weit von hier. Die letzten Worte meines Vaters waren: Ich liebe dich, vergiss das niemals. *Ich liebe dich* ist immer ein Abschied. Auch für dich. Vielleicht lasse ich dich Iciclos wirklich noch einmal sehen, dann kannst du es ihm sagen! Und danach ... darfst du sterben."

„Nein …“ Er verkehrte ihre ganze Welt. Er brachte Tod, wo sie leben wollte. Er machte ein *Ich liebe dich* zu einem Abschied, wo es Neubeginn hätte werden können. War es auch der letzte Satz ihrer Mutter gewesen?

„BITTE …“ Der Schmerz raubte all ihre Worte, all ihre Gedanken. Er stahl alles. Er ließ ihr nichts. Sie wusste hinterher nicht mehr, ob sie geschrien hatte. Sie wusste nicht, ob die Nacht schon vorbei war, was sie am Leben hielt und warum sie noch atmete.

Als sie die Augen öffnete, war es ganz dunkel. Sie hörte sich weinen und es klang unendlich verloren. Die entsetzlichen Laute ihrer eigenen Trauer und Hoffnungslosigkeit waren fast genauso schwer zu ertragen wie die Schmerzen, denen er sie auslieferte. Und die Wüste gab keine anderen Geräusche preis. Selbst das Feuer flackerte jetzt in Stille.

Fiuros betrachtete sie und schwieg, als wollte er diesen Moment mit nichts zerstören. Er fühlte eine neue Ruhe: eine Ruhe der Gerechtigkeit, eine Ruhe der Rache, einen tiefen Schlaf seines Hasses. Alles war in Ordnung. Alles war, wie es sein sollte.

„Lesares! Gott sei Dank, dass du da bist!“ Annini rannte Iciclos und dem Erdelementler entgegen. Sie war schon fast wahnsinnig geworden vor Angst und Sorge. Eine Stunde war bestimmt schon vergangen, seitdem sie das Heilige Feuer in der Halle entdeckt hatten. Zum Glück schien es für Iciclos und Seiso-me kein größeres Problem gewesen zu sein, Lesares herzubringen. Lesares sah um Jahre älter aus. Das Funkeln war aus seinen lebhaften Augen verschwunden und er lächelte noch nicht einmal kurz, als er sie begrüßte.

„Was kann ich tun, Annini?“, fragte er mit rauer Stimme.

„Du musst mir mit irgendeiner Erdtechnik helfen, meine Identität abzugrenzen.“

Lesares sah sie ratlos an. „Das habe ich noch nie zuvor getan.“

„Dann lernst du es halt jetzt“, sagte Iciclos ungeduldig. Er hatte Lesares auf dem Weg in die Trainingshalle in kurzen Sätzen alles Geschehene wiedergegeben.

Noch erschütterte als über ihren Alleingang war er natürlich über Fiuros akribisch geplanten Rachefeldzug gewesen. Seine schlimmsten Befürchtungen hatten sich jetzt bewahrheitet und sein Ziel, Fiuros vor sich selbst zu beschützen, war gründlich misslungen. Seine Schuld war noch größer als zuvor. Jetzt hatte er nicht nur den Vater und die Mutter, sondern auch den Sohn auf dem Gewissen. Und natürlich Ana-ha! An sie mochte er am allerwenigsten denken. Er fragte sich, was Cruso und Iciclos überhaupt zu so einem risikoträchtigen Plan hatte bewegen können? Warum hatte man ihn nicht gefragt? Klar, weil er davon abgeraten, nein, sich geweigert hätte, mitzumachen. Wie groß musste Crusos Verzweiflung sein? Wie tief Iciclos' Misstrauen?

„Was soll ich denn konkret tun?", erkundigter er sich bei Annini.

Ihre Augen tränten von der Hitze des Feuers.

„Hilf mir, mich zu finden. Dämme ein, was nicht zu mir gehört!"

„Mit einer Meditation?"

„Ja, daran dachte ich. Ich werde gleichzeitig versuchen, die Flammen zu verkleinern."

„Und was tue ich?", wollte Iciclos wissen.

„Du hilfst Lesares. Bau Staudämme zu meinen Gedanken. Mach irgendetwas, was mir helfen könnte! Sei kreativ!"

„Staudämme zu deinen Gedanken ...", wiederholte Iciclos perplex.

Sie setzten sich auf den Boden der Trainingshalle und bildeten ein Dreieck.

„Seid ihr soweit?", fragte Iciclos und nahm Anninis Hand. Sie nickte und griff nach Lesares' Fingern.

Dieser reichte Iciclos seine andere Hand.

„Dann los. Für Ana-ha", sagte Iciclos.

„Für Fiuros", erwiderte Lesares.

„Für Emporia", sagte Annini. Sie lächelten einvernehmlich und schlossen die Augen.

# Der letzte Tanz

Die Stille war nur von kurzer Dauer. Die Magie des Moments wich, sein Hass kam zurück, sein Verlangen trieb nach vorne. Er wusste nicht, wie oft er Ana-ha in der letzten Stunde durch seinen eigenen Schmerz geschickt hatte. Er hatte nicht mehr aufhören können. Jetzt lag sie in seinen Armen und rührte sich nicht mehr. Vielleicht war er zu weit gegangen. Bei der letzten Hitzewelle hatte er sich selbst verausgabt und Ana-ha nicht mehr geschrien. Da hatte er aufgehört. Jetzt wartete er.

Sie atmete noch. Unruhig, nicht regelmäßig, aber sie atmete. Es war noch nicht zu spät. Er strich ihr die verschwitzten Haare aus der Stirn. Er musste besser aufpassen. Ihre Wangen glänzten hochrot, aber die Schläfen, der Mund und ihre Augenlider schimmerten blau und bleich, beinah edel. Ihr Körper hing in matter Anmut, fast mustergültig ergeben, über seinen Beinen. Ihre nackten Füße lagen im Sand. Er hielt Arme und Oberkörper nicht mehr so fest wie zuvor. Er versank in ihrem Anblick. So hatte er sie seit Wibuta gesehen. Sie war nicht so engelhaft schön wie Kaira und vielleicht nicht so heißblütig wie viele der Feuerländerinnen. Aber für ihn war sie in diesem schattenhaften Moment, in diesem Augenblick zwischen Transzendenz, Tod und Triklinen, das kostbarste Kleinod, welches er je besessen hatte. Und es abzugeben würde ihm nur dann leicht fallen, wenn er selbst die unsichtbare Schönheit in ihr bekäme, die er jetzt nicht greifen konnte, die er nur erahnte, erspürte, erhaschte wie einen dahingleitenden, flüchtigen Traum.

Sie schlug die Augen auf und öffnete die Lippen. Sie wollte ihm scheinbar ganz dringend etwas sagen. Sie gab sich wirklich Mühe, brachte aber nur ein kaum wahrnehmbares Aufstöhnen zustande.

Dafür fing Fiuros an zu sprechen, die Stimme schwer und angelobt, als würde er predigen: „So groß, wie dein Schmerz jetzt ist, so groß war meiner. So tief wie deine Hoffnungslosigkeit, so tief war meine. So untragbar wie deine Trauer, so haltlos war meine. So grenzenlos wie deine Erschöpfung, so vernichtend wie deine Angst ... Ich kenne diese Gefühle, sie alle gehörten auch einmal zu mir. Ich bin davongerannt und habe sie hier gelassen. Du hast sie für mich wiedergefunden. Jetzt brauche ich sie nicht mehr zu verbannen, weil du sie für mich gelebt hast." Jetzt war sie ein Teil von ihm, untrennbar mit ihm verbunden, auf alle Zeit und über den Tod hinaus. Er könnte all seine ungelebte Trauer mit ihr begraben.

„Ich kann nichts mehr sehen", wimmerte Ana-ha in seinen Armen. „Was hast du gemacht? Ich kann nichts mehr sehen ..."

„Und natürlich hattest du recht, Ana-ha. Ich bin ein Nichts, Ich trage nichts in mir, denn es lag ja alles hier. Hier im Sand unter uns. Denn wo Trauer ist, ist auch Freude. Wo Angst ist, wächst Mut, wo Schmerz ist, wartet Erlösung, wo Tod ist, ist Leben ... Das eine kann ohne das andere nicht sein. Genauso wenig wie Licht ohne Dunkelheit. Ankorus hätte das beachten sollen ..."

„Fiuros ..."

„Vielleicht eine Auswirkung der Hitze des Heiligen Feuers. Warte ein bisschen."

„Ich ..."

„Ein bisschen musst du noch durchhalten. Wenn du mit mir redest, können wir es schneller hinter uns bringen. Erzähl mir von deiner Suche. Das war das Letzte, was ich von dir wissen wollte, bevor uns die Dinge ein wenig entglitten sind." Er spielte sanft mit den Fingern in ihren Haaren. Seine Gesten verhielten sich so widersprüchlich zu dem, was er ihr antat, dass es Ana-ha noch mehr ängstigte. Sie musste ihm offenlegen, was er wollte, denn es würde die Chance für Iciclos erhöhen, sie noch lebendig zu finden. Und das war alles, was sie hoffen durfte.

*Iciclos ...*

Ana-ha versuchte, sich sein Gesicht ins Gedächtnis zu rufen, um sich ein wenig zu trösten. Blind vor Schmerz, Angst und Erschöpfung stellte sie sich vor, es wären seine Arme, die sie hielten, sein Atem, den sie fühlte und seine Finger, die sie streichelten. Sie versuchte, sich an ihre Zeiten in den Trainingshallen zu erinnern, an ihre ersten Kämpfe und verbotenen Treffen. An seine Streitereien mit Seiso-me, an sein verschmitztes Grinsen und seinen Sarkasmus. Sie dachte an ihre erste wirkliche Begegnung. Sie hatte damals schon so viel Negatives über ihn gehört, dass sie nicht allzu viel erwartet hatte. Aber er war überhaupt nicht so verstockt gewesen, wie man sich überall erzählte. Er hatte sie lausbübisch angegrinst, als er sich ihr vorgestellt hatte, so als hätte er damit sagen wollen: „Das ist er also, dieser rätselhafte Iciclos Spike, um den sich hier die vielen dunklen Geschichten ranken. Nun sieh selber zu, wie du mit ihm zurechtkommst."

Zur jetzigen Stunde wusste sie genau, was an ihm sie sofort angesprochen hatte. Er war in Thuraliz schon immer so heimatlos gewesen, wie sie sich im Leben fühlte. Warum waren es nicht seine Hände, die jetzt unaufhörlich Wellen in ihre Haare drehten? Bei Fiuros kam es ihr so vor, als sei es eine entgleiste Liebkosung, mit der er entweder einen winzigen Rest Menschlichkeit in sich am Leben erhielt, den er sich nicht zugestehen vermochte oder sie noch zusätzlich tyrannisieren wollte.

„Du hast dich friezen lassen, um Asperitas' Geschenk zu bekommen. Was hast du dir erhofft?" Fiuros' Stimme klang dirigierend, als wollte er sie über ein Hindernis scheuchen. Leider konnte er den Zeitpunkt, an dem sie sich wieder etwas von seinen Angriffen erholt hatte, exakt bestimmen. Mehrmals hatte sie versucht, ihn hereinzulegen, in dem sie einfach sprachlos liegen blieb und nicht antwortete, aber er hatte es durchschaut und sie mit noch heftigeren Attacken zur Rechenschaft gezogen. Jetzt musste sie antworten, sobald es ihr besser ging.

Ana-ha entschied sich für die Wahrheit. „Ich wollte sehen, was mich vom Leben abhält. Ich wollte sehen, warum ich mich nicht heimisch fühlen kann. Aber ich habe nur Licht gesehen."

*Und jetzt ist es um mich herum völlig dunkel ...*

„Das Licht war sicher die Antwort. Nur hast du sie nicht erkannt."

„Licht kann unmöglich mein größter Schmerz sein."

„Wieso nicht? Du sehnst dich so sehr nach dem göttlichen Licht, nach Gerechtigkeit, dass du dabei das Leben ganz vergisst. Wenn du dein Leben immer an diesem hohen Maß misst, kann es nur verlieren. Ist dir das nie in den Sinn gekommen?"

„Nein", flüsterte Ana-ha erschüttert. „Das habe ich so nie gesehen." Sie konnte nicht fassen, dass er recht hatte. Wenn sie ganz tief in sich hineinhorchte, wenn sie ganz ehrlich war – und das war sie in dieser Nacht, denn der Tod hatte alle Grenzen verwischt, denen sie standhalten musste –, dann war es genauso, wie er sagte. Das Leben erschien ihr mit all seinen Eigenschaften nicht wie ein Zuhause. Immer hatte sie das Leben an einer göttlichen Quelle gemessen, unbewusst. Und immer hatte es dabei verloren. Und so verzweifelt sie es auch zu lieben versuchte, konnte es nicht gewinnen. Und ausgerechnet Fiuros musste ihr so etwas sagen.

„Und an was misst du?", wollte Ana-ha jetzt von ihm wissen. „An dem Leid eines Unschuldigen?" Sie blinzelte. Sie konnte ihn wieder erkennen, ein wenig verschwommen, aber er war da. Irgendwie war es beruhigend, auch wenn es nichts änderte.

Fiuros lachte über ihre Frage, als plauderten sie in einer heiteren Runde über Lebensphilosophien. „Nein, Ana-ha", sagte er und schüttelte lächelnd den Kopf. „Ich messe an der Lebendigkeit. Und du warst sehr, sehr lebendig in Wibuta. Es war mir, als seist du eins mit dem Leben, als hättest du all deine Widerstände überwunden, als hätte dir das Leben seine Mysterien eingeflüstert, als hätte es dich geheiligt. Jeder deiner Schritte, jedes Lächeln, jeder Blick war beseelt von Leben und Andacht. Ich habe nie Schöneres gesehen, das schwöre ich dir! Deine Lebendigkeit war Furcht einflößend und schmerzhaft, weil es mir meinen eigenen lächerlichen Tanz gespiegelt hat und ich mich hinterher dem Sterben noch näher gefühlt habe, als all die Jahre zuvor. Ich habe dich in deinem Tanz gehasst und geliebt. Gehasst, weil du mir mein jämmerliches Dasein und deinen eigenen Glanz zur Schau gestellt hast, und geliebt, weil du mir gezeigt hast, dass das Leben niemals stirbt, dass es selbst für mich nicht zu spät ist. Ich stand die ganze Zeit auf der Terrasse. Noch heute sehe ich dich genau vor mir. In den Farben von Wibuta, die, wie du jetzt weißt, auch deine sind. Noch heute atme ich in der Erinnerung die Luft dieser Nacht, diese einzigartige Mixtur aus feierlicher Musik, leisem Gelächter, der Hitze des Sommers, den hellen Fackeln, der berauschenden Schönheit deiner Bewegungen im Feuerglanz und meiner Sehnsucht, dich zu einem Teil von mir zu machen, um zu bekommen, was mir gestohlen wurde.

Ich habe das Leben gesehen und wusste anfangs gar nicht, was mich da so tief berührt hat. Ich konnte es nicht begreifen, weil ich es fast vergessen hatte. Du hast mir Rettung gezeigt, wo es nichts gab. Dafür habe ich dich geliebt. Aber diese Liebe war wie eine Begierde, wie eine Liebe, die durch das Brennglas meines Hasses falsch gebündelt wurde. Und mein verzehrendes Verlangen ist seit dieser Nacht mit jedem Tag gewachsen.

Und jetzt – endlich – habe ich dich hier in meinen Armen. Du bist seit diesem Tag für mich eine Botin, eine Überbringerin des Lebens. Ankorus war der Todesengel. Es ist so ein herrliches Paradoxon. Aber irgendwie ist es auch eine beruhigende Art von Gerechtigkeit." Er fuhr abwesend und beinahe wehmütig mit den Fingerspitzen über ihre Oberarme. Für Blitzlichter von Momentaufnahmen bedauerte er es plötzlich, dass ausgerechnet sie die Trägerin des Larimarpendants war. Für weniger als die Zeitspanne eines Gralsfeuertodes überlegte er sich, was sie für ihn dann hätte sein können und welche andere Möglichkeit er gehabt hätte, um ihr Geheimnis zu bekommen.

Ana-ha ahnte nichts davon und seine poetischen Worte beruhigten sie überhaupt nicht. Auch nicht, wenn sie jetzt wusste, dass er sie erst töten würde, wenn er jene Lebendigkeit von ihr bekommen hatte. Ihr ganzer Körper erbebte vor Furcht, wenn sie sich vorstellte, wie weit er ungehindert gehen konnte. Er würde sie auseinandernehmen wie Kinderhände ihr Lieblingsspielzeug, um dessen Funktion auf den Grund zu gehen. Er würde versuchen, ihre Seele in Einzelteile zu zerlegen. Er würde solange Leid und Schmerz in sie hineinbrennen, bis sie nicht mehr existierte. Hinterher würde er fassungslos danebenstehen, denn er würde nichts gewinnen, selbst, wenn sie ihn für einen Augenblick an diesem Gefühl würde teilhaben lassen. Er konnte es niemals halten, seine Leere würde es vertilgen und das Gefühl verpuffen, weil es nicht sein eigenes war.

*Lass ihn aufhören, oh Gott, bitte lass ihn aufhören, bitte, bitte ... ich werde nie wieder um etwas anderes bitten, ich verspreche es. Ich schwöre es, bitte lass ihn aufhören ...*

„Was war in Wibuta anders als vorher?", fragte er plötzlich. „War es das Feuer? Eine Anbindung an deine Wurzeln, die du nicht kanntest?"

„Nein. Es war wie eine Verzauberung. Ich habe mein Leben geliebt in diesem Tanz, du hast es selbst gesagt."

„Und diese Liebe, diese Lebendigkeit – im Grunde ist es ein und dasselbe – ist alles, was ich will."

Ana-ha schloss die Augen. „Mein Leben und meine Liebe gehören Iciclos. Ich habe sie ihm in Wibuta versprochen!"

„Rührend. Und er hat beides für Emporia geopfert. Also sind sie ja wieder … zu vergeben, oder nicht?“ Er lachte kehlig. „Zurzeit bin ich wohl der einzige Anwärter.“

Und da fiel es ihm wie Schuppen von den Augen, dass er das, was für Iciclos bestimmt war, was Iciclos zustand, in dieser Nacht bekommen würde. Kaira hatte nicht eine Sekunde von dem Wassersymbol gesprochen. Es war sein Verlangen, welches er würde stillen können. Fiuros schloss die Augen. Das war viel besser als das Wassersymbol, denn das würden die anderen sicher ausfindig machen! Er atmete tief durch. Es hatte wirklich hier ein Ende, sein ganzes, elendes Dasein. Er sah in den Himmel. All diese viel gepriesenen Lichter würden ihm bald gehören. Das Sternestrahlen würde auf ihn herabscheinen und ihn mit neuen Träumen segnen.

„Meinst du, du kannst Lebendigkeit stehlen wie Symbole? Glaubst du, wenn du sie aus mir herausholtest, gehörte sie dir? Du wirst sie nicht halten können. Aber wenn du mich gehen lässt, kann ich dir helfen, alles wiederzufinden, was du verloren hast. Dein ganzes Leben, mit allem, was dazugehört …“

Fiuros lächelte. „Du würdest mir sicher alles versprechen. Aber du weißt ja selbst, wie schwer man Worte halten kann.“

„Ich helfe euch sogar, das Wassersymbol zu finden. Dann kannst du dich an Ankorus rächen. Ich frage Seiso-me danach …“ Aller Blutsverwandtschaft und Nächstenliebe zum Trotz: Ankorus war nur ein phantomhafter Name hinter den Toren. Sie selbst besaß hier ein Leben, welches sie schützen musste, welches sie niemals wirklich lieben gelernt hatte und an dem sie jetzt mehr hing als an allem anderen.

„Ach ja, das Heilige Wasser …“ Fiuros wog den Kopf hin und her, als wäre er sich unschlüssig, als hätte sie die reale Möglichkeit, ihn umzustimmen. Er spannte die Hoffnung über ihren Abgrund wie einen rettenden Steig. Ana-ha würde ihre Füße darauf setzen und ihm folgen. Er wusste, dass das an Grausamkeit fast nicht zu überbieten war. „Was glaubst du, was es ist?“

„Ich weiß nicht. Aber Seiso-me wird es mir sagen.“ Allein die Vorstellung, dass sie möglicherweise doch nicht heute und durch seine Hände sterben würde, trieb ihr wieder die Tränen in die Augen.

„Und wie willst du mir helfen?“

„Ich teile das Gefühl der Wibuta-Nacht mit dir.“ Blut strömte in Ana-has Wangen von der Erleichterung, die sie überkam.

„Es ist das Gefühl hinter deiner Sinnsuche. Wie willst du es finden, wenn es dir bislang nicht wieder gelungen ist?“

„Ich will leben“, flüsterte Ana-ha. Ihr Herz schlug schneller.

„Hoffnung ist etwas Wunderschönes, nicht wahr?“

Ana-ha starrte ihn an.

„Leider“, fuhr er fort und die lauernde, schleichende Gefahr kehrte in seine Stimme zurück, „hast du immer noch nichts verstanden. Das Wassersymbol ist mir im Moment völlig egal. Und das Wesentliche bekomme ich nur von dir, wenn du bereit bist, zu sterben. Es wird das Letzte sein, was du fühlst. Du wirst es dir aufheben bis zum Schluss. Und erst dann ist es echt. Es ist die letzte, echte Lebendigkeit der Seele, ihr letzter Tanz, ihre letzte Essenz. Je näher du dem Sterben kommst, desto mehr wirst du leben wollen, desto mehr wirst du dieses Gefühl brauchen. Also mach dir und mir nichts vor: Das Gefühl der Lebendigkeit wirst du so lange vor mir verstecken, wie es dir möglich ist. Und erst, wenn du nichts anderes mehr hast, wenn nichts anderes mehr ist, dann bekomme ich es.“

Ana-ha schüttelte den Kopf, ganz kurz und schnell, verzweifelt über seinen unerwarteten Kurswechsel. „Nein, ich versuche es jetzt gleich, bitte, ich versuche es, lass es mich doch wenigstens versuchen ...“

„Es ist zwecklos, mich umstimmen zu wollen, Ana-ha. Rettung gibt es für dich nicht mehr. Selbst, wenn Iciclos hier wäre. Was könnte er anderes tun, als dir beim Sterben zuzusehen?“ Es war wunderschön mitanzusehen, wie ihre Pupillen so glanzlos schwarz wurden wie sein Universum.

Der Gralsfeuerring um sie stieg höher und höher, ansteigend mit der Heftigkeit seiner Hitze und der Lautstärke ihrer Schreie. Fiuros legte den Kopf zurück und beschwor den Himmel um den ersten Stern seines Firmaments. Der erste Stern, der die Hoffnung trug, die er Ana-ha nahm und die nun seine werden sollte ...

*Ich bin hier ... in der Mitte der Hitze ... mitten im Feuer ... in ihren Adern ... in ihrer Hoffnung ... meiner Hoffnung ... ich liebe es ... ich LIEBE es ...*

Es war wie ein Traumflug durch ihre Seele. Der bunte Flügelschlag des sterbenden Schmetterlings. Eine verbrennende Seele, die alles losließ.

*Ich kann fühlen ... viel mehr als im Feuer ... viel, viel mehr ...*

Fiuros zitterte mit Ana-ha in den Armen. Sein Feuer schmolz ihre Grenzen, machte ihre Gefühle zu seinen und seine zu ihren. Wenn sein Feuer flammte, war er alles ...

Sie flog durch die Welt ihrer Gedanken. Die vielen abgespeicherten Stimmen klangen in ihr nach wie Töne eines Xylofons. Es war, als hätte sie nie einen einzigen Gedanken ihrer Umgebung vergessen. Sie zogen an ihr vorbei und Annini schaute sich alle an. Es waren zu viele. Sie würde Stunden brauchen, um die zu finden, die ihr gehörten. Sie erschrak bei der Erkenntnis, dass sie ihre eigenen vielleicht gar nicht identifizieren konnte. Sie wurde unruhig und ihre Anspannung wuchs.

„Ruhig, Annini, ich habe es gleich", murmelte Lesares neben ihr.

Annini hörte die Stimmen auf sie einreden. Sie sagten ihr, was richtig oder falsch, was vernünftig oder riskant, was tugendhaft und was unwürdig war. Sie gaben ihr alle Meinungen vor und ihr kam der entsetzliche Gedanke, dass sie sich selbst nie eine eigene gebildet hatte. Sie hatte alle Blickpunkte von anderen bekommen. Sie besaß Einstellungen, Ideologien, Glauben und Sehnsüchte fast aller Einwohner Triads. Für ihr junges Alter hatte sie ein uraltes Wissen und etliche, schon längst wieder verworfene Erkenntnisse gesehen. Aber was gehörte tatsächlich zu ihr?

Ratlos tauchte sie weiter ab und dachte an Ana-ha, die sie retten wollte, dachte an ihre Gedanken über Licht und Dunkelheit. Annini sah sich um. Noch benutzte sie nur das Element Luft. Das Feuer konnte sie erst dazu holen, wenn Lesares und Iciclos erfolgreich waren. Ihre Umgebung war in der Meditation blau wie der Himmel. Sie war federleicht, durchlässig wie Wind und hatte den Überblick über alles um sich herum. Plötzlich zogen dicke Wolken auf. „Iciclos", dachte sie erleichtert. „Iciclos bringt den Regen."

Sie lächelte, doch dann versank sie in dicken, braunen Erdmassen. Sie hielt die Luft an und wäre beinah aus der Meditation herausgefallen, so überrascht war sie. Etwas Mächtiges, etwas ganz Schweres zog an ihren Beinen. Annini hatte das Gefühl, in der Erde zu ertrinken. Regen prasselte von oben auf ihren Kopf. Sie sah in den Himmel. Sie hörte auf den Hall der Stimmen. Sie wurden wahrhaftig leiser. Die Schwere war unheimlich. Es war ungewohnt, sich so tief zu spüren. Und der Regen spülte alles weg. Es war, als nähme er die fremden Gedanken und die vielen Welten mit. Die Erde hielt sie fest, brachte sie ganz zu sich, zu ihren eigenen Erfahrungen, zu ihrer eigenen Vergangenheit und Gegenwart. Sie wurde kleiner und gewann doch an Größe und Tiefe. Sie wurde ganz still. Es war ein herrliches Gefühl! Es war wie ein Himmel auf Erden, wie nach einem langen Flug Boden unter den Füßen zu finden. Wie das Ankern in sich selbst!

*Das gebe ich nicht wieder her!*

„Annini, du hast es geschafft, ich kann es fühlen", sagte Iciclos leise. „Los jetzt, versuch dein Glück mit dem Feuer!"

„Nein, noch nicht!" Es war, als hätte Iciclos sie aus einem wunderschönen Traum gerissen, den sie weiterträumen wollte.

„Komm schon, Annini, wir können dir dieses Gefühl nicht ewig zur Verfügung stellen!"

„Noch eine Minute, bitte ..."

„Annini, denk an Ana-ha! Eine Minute kann schon zu viel sein", drängte Iciclos beharrlich.

„Ich möchte nicht, dass es aufhört!"

„Wenn wir heute Erfolg haben, verspreche ich dir damit auf alle Zeiten zu helfen", sagte Iciclos bestimmt. „Aber jetzt musst du weitermachen."

„Auf alle Zeiten", wiederholte Annini und besann sich auf das Element, welches sie liebte wie kein anderes. Welches ihr immer mehr bedeutet hatte als Luft und Triad. Sie fühlte sich in ihrer Mitte. Sie fühlte sich fantastisch und im gleichen Augenblick merkte sie, dass es für die Eindämmung des Gralsfeuers fatal war. Wie sollte sie nur ausgerechnet jetzt ihre Identität aufgeben? Es schien wie eine unmenschliche Forderung. Gerade eben hatte sie sich doch erst abgrenzen können, von all dem, was nicht ihres war. Und nun musste sie den Rest den Flammen schenken?

*Nein, das schaffe ich nicht, das schaffe ich nicht! Das kann niemand von mir verlangen! Wie habe ich je denken können, es sei einfach ...*

„Annini, bitte!", beschwor Lesares sie eindringlich. „Versuche es, versuche es jetzt. Uns bleibt keine Zeit!"

Annini stand auf und trat an das Gralsfeuer heran. Es war das Schwerste, was sie je in ihrem Leben getan hatte. Sie atmete tief durch und knüpfte die stärksten Bande, die sie je mit dem Feuer zusammengehalten hatten. Sie stellte sich vor, wie das Feuer sie schluckte wie eine Opfergabe. Seltsamerweise tat es nicht weh und sie wurde nicht leerer. Sie öffnete sich mit dem Luftelement für die Energie der Flammen. Sie hatte so viel Raum in sich wie nie zuvor und war doch gefüllt von einer fremden Präsenz. Sie öffnete ihre Augen und was sie sah, machte ihr Herz glücklich und betrog ihren Verstand.

Das Gralsfeuer flackerte und lachte mit ihr im Freudentaumel. Es war, als sei sie darin. Sie konnte sich in diesen Flammen sehen und die vertraute und fremde Energie, die sie in sich fühlte, war ein Teil von ihnen. Sie beide waren verbunden mit der Macht eines einzigen Schöpfers, der ihnen diesen Zusammenschluss gestattet hatte. Annini erkannte sich selbst in den Flammen, auch noch, als Iciclos und Lesares längst aufgesprungen waren und die Meditation beendet hatten. Sie wusste, dass sie sich vom heutigen Tage an nie mehr verlieren würde, egal, wie viele Stimmen um sie herum waren. Sie streckte die Hand nach den Flammen aus, als wolle sie sie zur Begrüßung streicheln.

„Verkleinern, Annini, sodass wir darüber kommen", sagte Iciclos leise und eindringlich. Er hatte mit angehaltenem Atem zugesehen und war in seinem ganzen Leben niemals Zeuge einer größeren Weihe gewesen. Doch jetzt musste er diesen Augenblick für Ana-has Sicherheit verkürzen.

Annini nickte und Iciclos hielt abermals die Luft an. Er trat nach vorne. Am liebsten wäre er schon jetzt hindurch gesprungen, aber noch ragte das Feuer bis an die Decke ...

Es war stockdunkel. Das war Sterben. Es gab keine Töne mehr, keine Farben. Keine Sterne. Das trügerisch-gute Gefühl mit der Nacht zu verschmelzen, sich völlig aufzulösen, umklammerte bereits die kalte Hand des Todes. Ihr Geist war erschöpft. Sie wusste nicht, wie lange es schon andauerte. Zeit war in ihrem Schmerz belanglos geworden und nur eine Maßeinheit, die sie vom Tod trennte. Er hatte alles genommen, was ihr Leben ausmachte. Mit der Hoffnung hatte er begonnen, zuerst hatte er sie geschürt und gewartet, bis sie sich an diesen winzigen Strohhalm klammerte wie eine Ertrinkende, dann hatte er sie vernichtet. Er hatte ihre Träume zerfetzt, jeden einzelnen hatte er sich ausbreiten lassen, um ihn dann mit all seiner Macht für immer zu zerstören. Er hatte ihren Glauben mit Schwärze niedergerungen und ihre Suche nach göttlicher Gerechtigkeit verbrannt. Alles, was ihr gehört hatte, hatte sie ihm offenbaren und bloßlegen müssen. Ihre Wut, ihren Zorn, ihren ohnmächtigen Hass auf ihn, ihre Verzweiflung, ihre Trauer. Aber viel wichtiger waren ihm ihre glückseligen Gefühle gewesen. Ihre Freude, ihre Träume, ihre Güte, ihr Begehren, ihre Sehnsucht und ihre Treue: all die wunderbaren Dinge ihres Lebens. Er hatte alles mit List oder grauenhaften Drohungen aus ihr hervorgelockt.

Letztendlich war ihr nur noch eins geblieben: das Gefühl von Wibuta. Die Liebe, die er als Lebendigkeit beschrieb. Aber sie war so tief in ihr drin, dass sie glaubte, sie verloren zu haben. Sie versteckte sich, klammerte sich Kraft ihrer Lebendigkeit ganz fest an ihre sterbende Seele, wie um sie zu retten, um sie im Körper zu halten. Um sie zu bewahren vor dem Nichts. Sie fühlte sich so leer wie die Wüste, zum Sterben leer und allein und sie wusste, dass sie das, was er sich so sehr wünschte, nicht mehr lange würde vor ihm geheim halten können. Aber das Gefühl war nicht für ihn bestimmt. Hätte Iciclos sie doch nur rechtzeitig erreicht …

Sobald sie Fiuros seine Sehnsucht präsentierte, würde sie sterben. Wenn auch nicht körperlich. Aber sie brauchte dringend ein Gefühl. Es war so schrecklich, nichts zu haben, nichts zu sein. In ihrer Not hatte sie sogar begonnen, Fiuros zu empathieren, um wenigstens überhaupt etwas zu spüren. Nur etwas zu spüren, um zu wissen, dass sie noch lebte und nicht schon tot war. Aber Fiuros reflektierte nichts. Kein einziges ihrer Gefühle hatte er in sich behalten und genau das machte ihn in all seinem Verlangen noch zorniger, wütender und ungeduldiger. Seine Hitzeattacken kamen schneller, wilder und jedes Mal dauerten sie länger.

Noch mehrmals hatte Ana-ha in den letzten Stunden versucht, sich von ihm loszureißen, als wollte ihr Verstand die Hilflosigkeit ihres Körpers nicht anerkennen. Jedes Mal war sie ihm unterlegen. Wenn sie gekonnt hätte, hätte sie sich in seine Flammen geworfen, um es zu beenden. Aber Fiuros gab sie keine Sekunde aus seiner todbringenden Umklammerung frei. Er hatte sie wie ein Kind in seinen Armen gewiegt, als sie vor Schmerz und Trauer nicht mehr hatte aufhören können zu weinen. Er hatte ihre Tränen getrocknet und mit Worten beruhigt, die sie schon lange vergessen hatte. Es war, als wollte er seine eigene Trauer damit besänftigen, als würde er ihr den Trost geben, der ihm versagt geblieben war.

Ana-ha sah in die Dunkelheit. Dass ein Himmel so uferlos schwarz und dass Luft so drückend schwer und still sein konnte, dass Feuer so glanzlos und unbeteiligt flackern und jedes Geräusch, jeder Laut in der Stille Schmerzen verursachen konnte, hatte sie nicht gewusst. Dass Trauer eine Form in der Außenwelt bekam, hatte sie sich nie vorstellen können. Und doch war es ihr, als sei sie um sie herum, als blickte sie aus der Nacht auf sie hinunter. Sie war wie ein Spiegel des stärksten Gefühls in ihr, welches sie nicht mehr spürte, weil ihr Körper zu sehr mit den Schmerzen kämpfte. Sie glitt ab in die Leere.

„So fühlt es sich an", sagte Fiuros jetzt zu ihr. „Das ist es, das Sterben." Er blickte in den Himmel. Noch immer war er so leer, wie zu Beginn der Nacht. Er würde erst dann gefüllt sein, wenn er ihr Leben bekam. „Du hast so viel mit deinen Vorfahren gemeinsam, Ana-ha. Das wollte ich dir schon die ganze Zeit sagen. Du musst mir nicht antworten. Ich weiß, dass das im Moment zu anstrengend ist. Ruh dich aus. Ich kann noch ein wenig warten. Was sind Minuten im Vergleich zu Jahren, Ana." Er lächelte, wirklich, er lächelte sie an wie einen Freund, der einem das ganze Leben lang treu war und der nun bereitwillig sein Leben für das des Gefährten gab.

„Lihija und Kemon-rae, sie waren wie du. Beides Feuerländer und beide nicht glücklich, obwohl sie alles hatten. Auch sie wollten das Leben am liebsten überspringen, weil es ihnen ungerecht erschien und nicht wie ein Ort des Glücks oder ein Ort der Heimat. Ihre Suche war ausgerichtet auf die göttliche Dimension. Suchten sie nicht auch nach einem Traum von Gerechtigkeit, nach einem Traum von Liebe? Genau wie du wollten sie das Leben auslassen und direkt bei Gott landen. Genau wie du haben sie nicht begriffen, dass das Leben der Weg dorthin ist. Nie hat uns jemand versprochen, dass das Leben glücklich sein muss. Oder leicht. Lihija und Kemon-rae ist zwar die Öffnung der Tore gelungen, aber die Erfüllung ist ihnen verschlossen geblieben. Sie hatten nichts gewonnen, aber eine Tochter verloren. Wie groß muss ihre Enttäuschung gewesen sein. Wie groß muss deine sein, jetzt, wo du endlich den Schlüssel in der Hand hältst und nicht aufschließen kannst?"

Ana-ha antwortete nicht. Ihr Körper verlor den Kampf.

„Wibuta", flüsterte eine nebelhafte Stimme in ihr. „Denk an deinen Tanz, denk an das Feuer! Denk an Iciclos! Das macht es leichter ...

Nein!", befahl sie sich. „Wenn ich an Wibuta denke, bin ich verloren, dann gibt es kein Zurück mehr."

„Nicht mehr lange, versprochen. Wenn du mir dein Geheimnis zeigst, müssen wir nur noch einmal durch dieses Feuer gehen."

Ana-ha schloss die Augen. Ganz vorsichtig, ganz langsam, beschwor sie ihre Seele, ihr letztes Gefühl freizugeben. Ganz vorsichtig, damit er es nicht merkte. Damit er es nicht stehlen konnte, wie alles andere, was er genommen hatte. Er hatte in ihre Seele gegriffen, als sei sie eine Schatzkammer mit den wertvollsten Reichtümern dieser Welt.

Nie hätte sie gedacht, dass ein Mensch einem anderen die Liebe, die Lebendigkeit, das Wesen, die Essenz des Lebens rauben wollte, um sich selbst damit zu bereichern. Gold und Geld konnte man stehlen. Ebenso Larimare. Und auch das Leben konnte man einem anderen nehmen. Aber Fiuros ging es nicht darum. Er war der mächtigste Feuerelementler und hatte doch keinen freien Willen. Er wollte den Auftrieb, die Tragfähigkeit und die Flügel der Freiheit. Aber noch gehörten sie ihr und sie ließ sich damit forttragen. Die Nächte und Tage, die hinter ihr lagen, zogen im Elementenrausch vorbei: Einem Sonnenuntergang folgte der Sonnenaufgang, die Mondsichel füllte sich und nahm wieder ab, das Meer stieg und fiel und der Sturm des Monsaes wich sanften Brisen. Und irgendwann fiel sie auf den Rasen der Feuerkunstakademie. In ihrem letzten Traum hob sie den Kopf. Sie erkannte alles wieder, als würde es in diesem Augenblick, in diesen Atemzügen, geschehen. Sie spürte den warmen Sommer auf der Haut und das rote, weiche Gras unter ihren Füßen. Sie roch den süßen Duft fremder Gewürze, als sie sich der tanzenden Gruppe näherte ... Es tat so gut, wie der Schmerz verblasste, angesichts dieser Erinnerung ... Sie streckte die Hand in Richtung der Feuerringe ...

*Nicht weiter, nicht weiter ... geh nicht weiter ... aber es ist wunderschön ...*

Fiuros legte sie vorsichtig auf den Boden, in die Mitte seines Feuerkreises. Er ordnete ihre Haare. Er strich sorgfältig ihr Gewand glatt, bis die Falten und Anstrengungen der Nacht daraus verschwunden waren. Er drapierte den Larimar auf ihrer Brust, er wischte ihr ein letztes Mal mit seinen Fingern Tränen und Blut aus dem Gesicht. Dann kniete er sich neben sie, wie zu Beginn des Abends, und wartete.

Er hatte sie mit seiner Feuertaufe dem Tod geweiht. Jetzt würde er bekommen, wonach sein Herz sich seit acht Jahren sehnte. Er beobachtete, wie sich ihre Züge mehr und mehr entspannten, und wusste, dass es nicht mehr lange dauern würde. Er nahm ihren Larimar in seine Hand. Er war warm und seine abgerundete Form schmeichelte seinen Fingern. Aus irgendeinem unerfindlichen Grund war es gut, ihn in der Hand zu halten. Ganz anders als die Male zuvor, als er gedacht hatte, der Verrat würde ihm die Hände versengen, ihm, einem Tachar des Feuers. Er hielt ihn fest und begann zu reden:

„Überall habe ich gesucht, Ana-ha. Ich konnte mich nicht finden. Nicht im Himmel der Nacht, nicht im Gralsfeuer, nicht im Kaeo. Nicht im Spiegelbild des stillsten Gewässers, nicht im Lächeln eines anderen, nicht in Freundschaft. Alle Blicke währten nur kurz, jedes Gefühl rann durch mich hindurch. Es gab nie etwas, das bei mir blieb, außer dem Hass und der Dunkelheit. In allem habe ich gesucht, in allem, was mir begegnete, bis ich dich gefunden habe. Und ich wusste, dass du mir all die wundersamen Dinge zurückbringen könntest, dass ich mich erinnern würde, wie sich Leben anfühlt, wie ich mich selbst anfühle, wenn ich lebe, wenn ich nur dein Innerstes bekäme. Nur du kannst mir das zeigen. Nur du, weil ich mich in Wibuta in dir gefunden habe ... so wie du dich in dieser Nacht in Iciclos gefunden hast und er sich in dir."

Er atmete tief durch. Seine Locken fielen in sein Gesicht, als er sich zu ihr hinunter beugte.

„Ana-ha", flüsterte er. „Zeig mir, was du ihm gezeigt hast, und ich lasse dich los."

Iciclos hatte triumphierend aufgeschrien, als er gesehen hatte, dass sich die Flammen unter Anninis Kommando zu senken begannen. Noch waren sie zu hoch, um einfach darüber zu springen. Millimeterweise fielen sie ab. Seine Ungeduld hätte ihn am liebsten laut rufen lassen und Annini zur Eile angetrieben, aber seine Vernunft hielt seine Stimme im Zaum. Er schlug Lesares mehrfach auf den Rücken und konnte nicht mehr stillstehen. *Gütiger Himmel, gepriesene Tochter Triads und Wibutas, es funktioniert, es funktioniert! Ich komme zu ihr!*

„Nur noch einen Meter, dann können wir es riskieren", sagte Lesares jetzt zu ihm.

„Einen halben!"

„Wir warten diesen Meter ab. Ich lasse dich nicht vorher rüber.

Zum Schluss verliere ich dich in den Flammen und kann Ana-ha nur noch deine verkohlten Überreste mitbringen."

Iciclos lächelte. Er war Lesares dankbar für seine flapsig ausgesprochen Zuversicht, Ana-ha noch lebendig vorzufinden.

„Einen Meter, wie du willst!" Er fuhr sich durch die Haare. Diese Nacht würde die längste in seinem Leben sein, das wusste er jetzt schon. Egal, wie sie ausging, er wäre hinterher um Jahrzehnte älter. Er starrte in das sinkende Gralsfeuer. Annini hatte den Weg eines Tachars beschritten, darin bestand kein Zweifel. Er musste plötzlich laut über die Situation lachen. Es war die wahnsinnige Verzweiflung und die Anspannung der letzten Stunden, die jetzt aus ihm hervorbrach. Jahrhundertelang hatte es keine Großmeister mehr gegeben. In keinem der Reiche. Und nun bekam das Feuerland gleich zwei auf einmal. Zum einen den Emporianer ohne Identität, zum anderen das explosive Feuer-Luft-Gemisch Annini Logan, die bereit war, alles für eine unbekannte Stadt zu opfern. Welche der beiden Möglichkeiten würden die Feuerländer wohl vorziehen? Er bekam einen strafenden Blick von Lesares und unterdrückte die letzten Lacher mühsam. Er stand kurz vor dem Irrsinn. Das war alles, was er zu dieser Stunde ganz sicher wusste.

„Jetzt!", sagte Lesares plötzlich.

Iciclos schluckte und warf ein Auge auf die Flammen. Jetzt, wo er Starterlaubnis hatte, kamen sie ihm doch unheimlich hoch vor. Er versuchte, die Strecke des Anlaufs abzuschätzen. Sie würden bis zum Toreingang zurückgehen müssen.

„Ihr solltet jetzt gleich springen. Ich weiß nicht, wie lange ich dieses Niveau halten kann. Ich kann euch auch nicht mit einer Levitation helfen."

Lesares nickte Iciclos zu. Gemeinsam liefen sie zu dem Wasserfall zurück.

„Wie kommst du eigentlich rüber?", fragte Iciclos Annini, als er schon mit dem Rücken an der Wasserwand stand.

„Ich werde mich über deinen Sender mit Cruso und Seiso-me in Verbindung setzen. Sie sollen mir ein Tor öffnen. Ich kriege das schon hin, keine Sorge. Immerhin bin ich Ana-has Wächterin, diesen Bonus haben nicht viele."

„Sind wir erst mal in der Wüste, können wir euch von unserer Stelle aus ein weiteres Tor öffnen. Dann kommt ihr schneller an. Gegen Fiuros müssen wir uns alle zusammentun. Und nur du kannst gegen seine Flammen etwas ausrichten!"

„Gegen Fiuros kann ich nicht bestehen. Macht euch nichts vor." Annini schüttelte bedauernd den Kopf.

„Aber du wirst wissen, was er denkt und was er plant. Wir werden dich brauchen, also mach schnell!"

„Los jetzt, ihr zwei!", sagte Annini bestimmt. „Sonst steigen die Flammen während eures Fluges."

„Bereit?", fragte Lesares und warf Iciclos einen hastigen Blick zu.

Iciclos nickte. Er war um einiges kleiner als Lesares. Er würde mehr Kraft brauchen, um nach oben zu kommen, dafür war er leichter. Er sah unsicher zu ihm hinüber.

„Ich bin kein Empath, Iciclos, aber ich habe auch Angst."

„Danke, wir sehen uns drüben."

„Klar!" Lesares versuchte ein Grinsen, aber es misslang ihm gründlich. „Viel Glück, Iciclos!"

Sie rannten los, fast im Gleichschritt.

Während er rannte, wurde Iciclos bewusst, dass er überhaupt nicht wusste, wann er abspringen sollte. Er richtete seinen Blick auf einen Punkt über den Flammen aus. Sie waren immer noch so hoch ... Er dachte an Ana-ha, die in diesen Sekunden unter diesem Sakrament vermutlich Höllenqualen litt. Er dachte an Anninis Einweihung und daran, dass ein und dasselbe Element so grundverschieden eingesetzt werden konnte, so wie das Licht Emporias. Er dachte an die letzten Monate, um seine Angst zu besiegen. Kurz bevor ihm die Hitze wie ein frisch geschliffenes Messer über die Haut strich, stieß er sich mit dem linken Fuß mit aller Kraft vom Boden ab. Er reckte sich in die Luft und warf seinen Oberkörper pfeilschnell auf die andere Seite. Er fiel kopfüber. Verkehrt herum sah er das Feuer zucken.

Noch bevor er aufkam, hörte er Lesares schrecklich aufschreien.

*Du hattest recht, Fiuros, ich habe es bewahrt bis zum Schluss. Jetzt will ich so sehr leben, dass ich es brauche ...*

Ana-ha sah sich in der Gruppe neben Iciclos tanzen. Sie war stille Beobachterin ihrer eigenen Offenbarung. Ihr Herz fühlte sich getrieben von dem Gefühl, das Leben wieder zu spüren und der verbliebene Teil in ihr verstand Fiuros jetzt mehr als je zuvor. Und als ob die

Gefühle dieser Nacht sie als Urheberin erkannt hatten, flogen sie wie Verwehungen bunter, glänzender Lichter auf sie zu, versprühten Freudenfunken in ihrem Herz, läuteten wie Glockenspiele im Wind mit den vergessenen Tönen ihrer Seele und mit dem Lied ihrer Liebe. Der Windhauch, das Gras unter ihren Füßen, die verzauberte kleine Welt, die sie betreten hatte. Sie zögerte nicht, sie rannte zu den Tanzenden. Sinnbildlich schlüpfte sie in ihre eigene Rolle, sah durch die cherubinenhaften Augen dieser Nacht das Leben als strahlende Unendlichkeit. Als geschlossenen, göttlichen Kreis, der mit ihnen in den Feuerringen tanzte. In Erinnerung griff sie nach der Ewigkeit. In Erinnerung verstand sie die Ewigkeit, verstand das Leben. Alle Ungerechtigkeiten bekamen ihren Platz im Strom des goldenen Lichterzirkels.

Sie fing Iciclos' scheuen Blick auf und lächelte ...

„Genau das", murmelte Fiuros bedächtig über ihrem Gesicht. „Genau das ist es, was ich möchte. Aber ich brauche deinen Blick!"

*Halte es an, halte es an, hör auf ...*

„Nur noch einmal ein wenig Feuer, Ana-ha, nur noch ein letztes Mal, dann gehört es mir! Öffne deine Augen!"

Ana-ha warf den Kopf hin und her, die Augen geschlossen.

*NEIN ... NIMM ES MIR NICHT WEG ...*

„Mein Feuer wird es aus dir herausholen, so wie es dir alle anderen Gefühle genommen hat. Und das Feuer ist ein Teil von mir. Was du während der Hitze loslässt, schenkst du dem Feuer. Und das Feuer schenkt es mir."

„Du ... bekommst es niemals ... niemals ...", brachte Ana-ha stoßweise hervor. „Es wird niemals ... dein sein, niemals ... dir gehören. Es hat bei ... hat bei all den anderen Gefühlen nicht funktioniert ..."

Fiuros umfasste ihren Nacken mit einer Hand und stoppte ihr wildes Kopfschütteln. „Sie waren nicht wichtig für mich. Deinen letzten Tanz aber werde ich mit dir gemeinsam tanzen. Mach die Augen auf! Oder ich beende es sofort!"

Die Hitze floss aus ihm heraus und in Ana-ha hinein. Immer wieder aufs Neue war es, als würde seine Seele in Strömen fließen, wenn er sie seinem Feuer aussetzte, als berausche sie sich daran. Es war ein schrecklicher, unbeschreiblicher Zauber, der ihn erfasste, und die einzige Art Leben, die er fühlen konnte. Jedes Mal musste er seinen ganzen Willen aufbringen, um sich und sie zurückzuholen.

„Wenn du tust, was ich sage, werde ich dich hinterher noch so lange am Leben lassen, bis er dich gefunden hat."

Ana-ha öffnete mit einem stummen Flehen die Augen. Sie wusste, es war endgültig vorbei. Fiuros hielt ihren Blick zusammen mit der Hitze. Er wartete. Ana-ha versuchte sofort zurückzukehren, an den Ort, der alles für sie und ihn bedeutete. Aber es war schwer, mit dem Wissen, dass es das letzte Mal sein würde ...

„Vielleicht sollte ich dir ein wenig nachhelfen! Ich werde langsam ungeduldig ..." Fiuros hob die rechte Handfläche in die Luft und entfachte sein Gralsfeuer.

Iciclos sprang auf und riss den Kopf herum. Im ersten Moment konnte er es nicht fassen, Lesares noch lebendig zu sehen. Seinem Schrei nach hätte er gedacht, er wäre im Gralsfeuer verbrannt. Aber er lag mit schmerzverzerrtem Gesicht auf dem Boden, gefährlich nahe bei den Flammen. Annini auf der anderen Seite stieß erleichtert Luft aus.

„Verdammter Fehltritt", fluchte Lesares jetzt und kroch ein Stück vom Gralsfeuer weg, dann rappelte er sich auf und humpelte auf Iciclos zu.

Dieser lief ihm entgegen, um ihn zu stützen. „Alles in Ordnung? Kannst du gehen?" Sie hatten keine Zeit zu verlieren. Ana-ha war Fiuros bereits viel zu lange ausgeliefert.

„Es geht schon." Lesares biss die Zähne zusammen, legte den Arm um Iciclos' Schultern und wandte sich noch einmal an Annini: „Sorge dafür, dass alle anderen Toröffnungen gestoppt werden! Sonst landet ihr sonst wo, nur nicht in der Wüste."

Annini nickte. „Endlich zahlt es sich einmal aus, dass meine Eltern beide Akademieleiter sind. Macht euch um die Tore keine Gedanken." Damit verschwand sie aus der Halle.

„Hoffentlich stoßen wir nicht auch noch auf Schwierigkeiten im Zwischenbereich", sagte Iciclos grimmig, als er Lesares vorsichtig in die instabile Torzone führte. „Von Komplikationen habe ich heute nämlich genug."

Lesares quittierte seine Bedenken mit einem Kopfnicken und sagte dann: „Wir können froh sein, dass Fiuros nicht im Entferntesten an die Möglichkeit eines weiteren Tachars gedacht hat, sonst hätte er sein Tor sicher schon geschlossen."

„Und wir wären niemals so schnell in die Wüste gekommen", pflichtete Iciclos Lesares bei. „Selbst mit Annini auf unserer Seite." Er sah sich wachsam um. Von einer dualen Turbulenz war keine Spur zu sehen. Die letzten Meter zerrte er Lesares fast neben sich her und fühlte sich erst sicher, als sie gemeinsam durch die künstlichen Flammen des Feuertores traten.

Gemeinsam blickten sie der Wüstennacht ins schwarze Gesicht. Es war befremdlich, nach so vielen bangen Stunden endlich am Ort des Geschehens angekommen zu sein.

„Verfluchter Mist", sagte Lesares nur.

Alles war dunkel. Iciclos wusste nicht, was er erwartet hatte. Hatte er gedacht, dass Fiuros Ana-ha direkt vor dem Tor in seinen Fängen hatte? Oder war er erst meilenweit mit ihr gelaufen, an einen Ort, den niemand finden würde? Irgendwie hatte er geglaubt, dass das Gralsfeuer das eigentliche Problem darstellte.

„Was sollen wir denn jetzt machen?" Iciclos sah sich ratlos um.

„Du musst ohne mich losziehen", sagte Lesares und deutete auf seinen rechten Knöchel. „Ich werde dich nur aufhalten. Ich hatte wirklich gehofft, wir würden die beiden unmittelbar hier antreffen!"

„Ich weiß nicht mehr, was ich gehofft habe." Iciclos fuhr sich zittrig mit den Händen über das Gesicht und dachte an die schrecklichen Dinge, die er Ana-ha gesagt hatte. Er musste sie finden, sofort. „Du wartest am besten hier und schließt dich mit deinem Sender mit den anderen zusammen."

„Ich kann nicht untätig hier herumsitzen, Iciclos. Ich werde sie ebenfalls suchen, wenn auch ein wenig langsamer."

Dieser nickte ihm zu. „Wir sehen uns."

„Wette drauf. Ich springe nicht jeden Tag mit einem Freund über Heiliges Feuer. Ich will dich nicht hinterher im Selbigen verlieren! Pass auf, wenn du auf Fiuros triffst!"

„Fiuros braucht uns, wenn er nach Emporia möchte. Ich denke nicht, dass er für uns eine Gefahr darstellt."

Blind entschied sich Iciclos für eine Richtung und lief los. Die Ausweglosigkeit seiner Situation wurde ihm nun schlagartig bewusst: Ana-ha und Fiuros konnten überall sein! Er rannte durch die Stille der Wüste, stets Ausschau nach den tödlichen Flammen haltend, die auf Fiuros' Anwesenheit schließen ließen.

Er war schon Kilometer weit vom Feuertor entfernt. Seine Stiefel und Strümpfe hatte er sich längst ausgezogen und davongeworfen. Mit nackten Füßen kämpfte er sich schwerfällig durch den Sand. Er rannte über unüberblickbare Sandwälle und Flächen, die im Mondschein gut einzusehen waren. Immer wieder blieb er stehen, sah über die Silhouette der Hügel am Horizont in der Hoffnung, auf ein Lebenszeichen von Ana-ha zu stoßen, von dem er nicht wusste, wie es aussehen konnte.

Irgendwann brüllte er einfach ihren Namen in die Nacht hinaus, immer wieder. Mit dem innigen Wunsch, sie würde es, wenn er sie schon nicht fand, doch wenigstens hören, wo sie auch war und was immer ihr widerfuhr. Zuerst war seine Stimme noch von Zuversicht durchsetzt. Aber je öfter er schrie, desto resignierter hallte ihr Name wie ein Echo wider. Er drehte sich ratlos um sich selbst, die Geschichten fremder Menschen im Kopf, die besagten, dass man im Kreis lief, wenn man keine Orientierung hatte.

Und in seiner Agonie wandte er seinen Kopf den Sternen zu. Ein ganzes Firmament, eine ganze Unendlichkeit voller Sterne – ein ganzes Meer – die jetzt strahlten, als kannten sie sein Leid und die Grausamkeit der Welt nicht. Aber Iciclos wusste auch, dass sie ihren Platz für lange Zeit hielten, treu und schwerfällig, und er suchte sich den hellsten dieser Götterlichter – wie sie Lesares liebevoll nannte – und begann, in seine Richtung zu laufen. Immer wieder blickte er nach oben. Gleichgültig, welcher der Himmelsrichtungen er folgte, er hielt sie eisern, hoffend, beschwörend, betend, dass die Sterne sich zum letzten Mal als Hilfe erwiesen, die sie ihm in jeder seiner Nächte gewesen waren. Lichter in der Dunkelheit. Lichter Emporias, jener Stadt, die er nicht erreichen konnte und die er sich an den imaginären Himmel des Wasserbeckens gemalt hatte, heimlich und allein, wenn Seiso-me längst den Strand verlassen hatte, weil die Sonne gesunken war. Und in jeder dieser Nächte hatte er sich gefragt, wo Emporia wohl liegen mochte, wenn nicht auf einem dieser Sterne. Und ob das Universum ein Fraktal war, wie Cruso immer sagte. Ob Dimension für Dimension ein Ganzes ergab und doch jede für sich selbst stand?

Aber jetzt, in diesem Moment, waren all diese Fragen hinfällig. Jetzt in diesem Moment zählte nur noch Ana-ha. Jetzt, in diesem Moment, hätte er alles aufgegeben, um sie zu finden. Er hätte auf Emporia, auf Sterne, auf Erkenntnisse, ja selbst auf Unsterblichkeit verzichtet.

# Larimarträger

Der Schock hätte nicht größer sein können, als Fiuros die grünen Flammen auf seiner Hand züngeln sah. Hatte er eben Ana-ha noch in Angst und Schrecken versetzen wollen, war er es jetzt, dem die völlig unerwartete Farbe auf seiner Handfläche beinah die Fassung raubte. Er brauchte eine Weile, um zu begreifen, dass es seine Hand und sein Heiliges Feuer war und er sich Auge in Auge mit dem Symbol des Wasserreiches befinden musste. Fast eine ganze Minute lang starrte er stumm und regungslos in die friedvolle Flamme, leicht betört von deren gespenstischem Schimmer und Unerklärlichkeit.

Dann löschte er geistesgegenwärtig das Gralsfeuer auf seinen Fingern und entfachte es neu, als hätte das Schicksal ihm einen Streich gespielt. Und wieder flackerte grünes Feuer in einem gewaltigen Farbenrausch aus seiner Hand, in allen Schattierungen, allen Grüntönen, so vielen, wie die Wasserelementler Namen für Regen besaßen.

Fiuros schüttelte verzückt den Kopf. Das hatte er heute nicht mehr erwartet. Im Augenblick der Überraschung hatte er die Hitze vergessen, die er gerade über Ana-ha verhängt hatte.

Genauso erstaunt blinzelte diese über die plötzliche Schmerzlosigkeit. Sie dachte an einen Trick, an eine neue Taktik seiner Bosheit. Sie öffnete die Lider nur einen Spaltbreit.

Was sie sah, war das echte Erstaunen eines Kindes. Ihre Lider hoben sich weiter. Sie sah grünes Feuer auf Fiuros' Hand und wusste sofort, dass er den Weg nach Emporia gefunden hatte. Und in all diese Bilder, die sie nur unter größter Vorsicht wahrnahm, mischten sich alte Erinnerungen. An das grüne Leuchten in einer anderen Zeit, an einem anderen Ort, mit anderen Worten. Erinnerungen an ihre Mutter und das grüne Licht vor Atemos Medes' Gesicht. Erinnerungen an den heiligen Raum, an Antares, der den Larimar hielt. Schlagartig wurde ihr bewusst, was damals geschehen war ... diese fest verankerten Bilder, die sie nie losgelassen hatten. Sie begriff, was die Flammenfärbung ausgelöst hatte.

Sie atmete leise ein. Sie wollte Fiuros nicht aus dem Moment reißen, der ihn von ihr trennte und der ihn seine Intention vergessen ließ. Noch schien er vor einem Rätsel zu stehen. Er blickte auf sie hinunter, auf seine Hand, nahm die andere aus ihrem Genick und versuchte es mit dieser.

Ana-ha lächelte, sie hatte gewusst, dass es ebenso funktionieren würde.

„Du weißt es?" Fiuros sah sie misstrauisch an.

„Ja ... Ich bin seine Trägerin", sagte sie leise. Ihr war es, als ob sich ein Kreis schloss, als ob jedes noch so kleinste Teilchen seinen Platz im Mosaik fand, als habe ihr Leben nur aus dem Sinn bestanden, hier und in dieser Art zum Abschluss zu finden.

„Wie bitte?"

„Ich bin die Trägerin des Symbols, des Larimars."

„Aber es kann nicht nur dieser Stein sein", antwortete Fiuros etwas konzeptionslos. „Wir haben es doch getestet."

„Das stimmt ... Es ist nicht nur dieser Stein."

„Was ist es?" Fiuros ließ die Flamme ausgehen.

„Du hast es mir doch erzählt. Die ganze Geschichte."

„Welche Geschichte?"

„Von Raela und Ij..."

„Ijalamá", half Fiuros aus. Dann schwieg er.

Ana-ha sammelte einige Atemzüge lang Kraft, trotzdem war ihre Stimme brüchig und gehorchte ihr kaum:

„Ein kleines Mädchen. Drei Jahre alt vielleicht. Sie läuft mit ihren Eltern und ihrer Zwillingsschwester zu den Toren. Sie sind ... Furcht einflößend groß. Sicher hat sie Angst. Sie verlässt ... ihre Heimat. Irgendetwas passiert, wir wissen nicht, was ... ganz sicher wird sie dabei verletzt. Sie bleibt zurück. Sie ist allein. Was tut sie? Was macht ... ein kleines, verwundetes Mädchen ohne seine Eltern? Ohne Hilfe, ohne einen Menschen, den es kennt? Alles ist ... ohne Hoffnung."

Fiuros schwieg noch immer und betrachtete seine Hände, an denen ihr Blut klebte. Mit nachdenklicher Miene wanderte sein Blick von seinen Händen zu Ana-has Gesicht – wie Trikline hatte er noch gedacht –, von seinen Händen zu ihrem Gesicht. Alles endete in seinen Händen. Alles. Auch das Heilige Wasser. Diese feine Dispersion von Leben in Trauer. Diese hellrote Farbe, diese Vereinigung zweier so wichtiger Dinge. Ana-ha nahm mit einer letzten Anstrengung ihre Kette in beide Hände. Und ehe Fiuros wusste, was sie tat, hatte sie sich die Bänder über den Kopf gestreift.

„Ich schenke ihn dir", flüsterte sie, von der kurzen Bewegung außer Atem und benommen von ihrer letzten Schlussfolgerung. „Er gehört dir." Ihre Finger suchten seine Hand. Der Larimar war ihr Leben, sie hatte es ihm gegeben. Sie hatte ihm gegeben, wonach er verlangt hatte.

Fiuros umschloss das Gut mit tauben Fingern. Er war zu verwirrt, um abzulehnen. Kurze Zeit später öffnete er seine Hand und betrachtete den Stein. Es war, als sog er die Trikline in sich hinein ... den Weg, den er gehen musste, seinen Halt und seinen roten Faden, der ihn bis hierher geführt hatte.

„Es liegt an dir, ob ihr Emporia erreicht. Du bist jetzt frei, frei zu entscheiden, ob du leben willst oder nicht!" Ana-ha schloss die Augen. Es war ihr, als würde sie mit diesen Worten sterben. Als wäre auch sie frei. Frei von ihm. „Es ist das Einzige, was ich wirklich für dich tun kann. Meine beste Hilfe für dich und mein bester Schutz für Emporia. Emporia ist sicher vor deiner Rache, solange du das Symbol nicht aktivieren kannst."

Rettung und Untergang.

Seine Entscheidung war gefallen. Er hatte sie vor lange Zeit in dieser einsamen Wüste gefällt.

Untergang ...

Von was redete sie überhaupt? Warum gab sie ihm ihren Stein? Sie sollte ihm doch etwas ganz anderes schenken? Warum lag sie auf dem Boden und lächelte, wo doch der Tod sie umschlich.

Rettung ...

Er kam sich vor, als wäre er in den Wellenlinien des Steins gefangen. Er fühlte sich auf- und abgetrieben, hin- und hergeschleudert. Er sah in den Horizont. Dort, hinter diesen Hügeln, lag die Wahrheit, lag die Lösung. Nicht hier im Sand, unter dem seine Eltern ruhten, in dem er sich selbst zur Ruhe gebettet hatte, mit all den Gefühlen, die er sich nicht zu leben traute. Nicht hier im Sand, in dem der kleine Junge schlief, so tief und fest, dass ihn keiner zu wecken vermochte. Er starrte auf Ana-ha herab, die er hatte zwingen wollen, sich lebendig dazuzulegen und mitzuträumen, ohne dass es ein Morgen gab.

Rettung und Untergang.

*Du bist frei ...*

Er war niemals frei gewesen. Immer war er an die Furcht vor seinen eigenen Gefühlen gekettet gewesen. Und jetzt waren sie da. Meterhoch. Gewaltig. Die Rettung lag einzig und allein in seinem Heiligen Feuer, in Ana-has Untergang ... mit Worten von Freiheit verhandeln zu wollen ... wie töricht, wie dumm von ihr, ihn mit so einem Angebot bestechen zu wollen ...

„ANA-HA! Ana-ha ..." Iciclos fiel keuchend vor dem Gralsfeuer in den Sand. Als er den Feuerschein entdeckt hatte, hätte ihn kein Monsaes-Sturm mehr aufhalten können. Er war schneller gelaufen als jemals zuvor. Er suchte sie durch die Flammen.

„Was hast du mit ihr gemacht?", schrie er Fiuros zu, nach Atem ringend von seinem Endspurt. Er konnte sie nicht sehen. Seine Lunge stach bei jedem Wort. „Was, zum Teufel, hast du getan?"

„Nichts, was du nicht hättest wissen können." Fiuros stand betont langsam auf und trat Iciclos gegenüber. Seine Angst lag im Sand, zusammen mit der Freiheit.

„Warum hast du ihren Larimar?"

„Sie hat ihn mir geschenkt."

„Das hätte sie niemals freiwillig getan!", wütete Iciclos weiter, der immer noch nicht wusste, ob sie lebte. „Sie hat gesagt, er wäre ihr so wichtig wie ihr Leben!"

„Auch das hat sie mir beinah gegeben. Du bist ein bisschen zu früh. Am besten haust du wieder ab, sonst muss ich dich auch in einen Gralsfeuerring sperren."

„Ich gehe nirgendwo mehr hin."

„Willst du es dir ansehen? Willst du sehen, wie ich ihr die Seele aus den Augen locke? Schau sie dir an!" Fiuros' Flammen wurden so durchlässig, dass Iciclos sie auf dem Boden liegen sehen konnte. Ihr Anblick ließ ihn verstummen und eine eiskalte, unsichtbare Faust drückte sein Herz zusammen. Ihre Augen waren ausdruckslos und leer, so, als wüsste sie nicht mehr, wer sie war. Iciclos sank qualvoll auf die Knie. Sie lag dort wie ein Mahnmal seines gescheiterten Vertrauens.

*Da hat es dich hingeführt, Iciclos, dass du den einzigen Menschen geopfert hast, der dir grenzenloses Vertrauen gewährt hat, den einzigen Menschen, den du wirklich liebst. Dein blindes Misstrauen hat alles zerstört.*

„Was hast du getan?", flüsterte er völlig entsetzt. Ihm war schwindlig vor Angst. „Warum?"

„Sie ist das Ebenbild von Ankorus. Ich hatte keine Wahl."

*Aber du bist jetzt frei ... du könntest es sein ...*

„Nein", stammelte Iciclos elend. „Nein, sie ist nicht das Ebenbild von Ankorus. Du bist es."

Fiuros lachte nur abfällig und gleichgültig über seine Worte. „Meine einzige Gemeinsamkeit mit Ankorus ist der Larimar. Vielleicht ist das später von Vorteil. Und stell dir vor: Ich habe zufälligerweise dein Symbol gefunden."

„Das ist mir egal." Iciclos rappelte sich auf und umrundete den Feuerkreis, bis er direkt vor Ana-ha stand.

„Kannst du mich hören? Ana-ha?" Er setzte sich auf den Boden, um auf gleicher Höhe mit ihr zu sein.

„Es ist zu spät, Iciclos." Fiuros' Stimme hatte eindeutig etwas Belehrendes, als er weitersprach: „Acht Jahre hattest du Zeit. Acht Jahre hast du an das falsche Ziel verschwendet und jetzt ... ist es zu spät."

Iciclos ignorierte ihn. Die Angst fächerte sich in ihm immer weiter auf, er hatte keine Zeit, mit Fiuros zu sprechen.

„Ana-ha?"

Ganz leicht bewegte sie den Kopf in seine Richtung und fing an, über das Trugbild hinter den Flammen zu lächeln. Der Tod schickte ihr seine beste Halluzination voraus. Das Schlimmste lag hinter ihr. Beim letzten, schwersten Hitzesturm hatte sie nicht mehr gewusst, ob sie für Leben oder Tod kämpfen sollte. Fiuros' Feuertanz schien minutenlang angehalten zu haben, sie war darin untergegangen. Sie hatte aufgeben. Sie konnte sich kaum mehr bewegen, nicht mehr sprechen und sie wusste nicht, ob sie sich je wieder erholen würde. Minutenlang war sie blind gewesen. Aber jetzt sah sie schemenhaft das rote Flackern und Iciclos dahinter.

„Ana-ha!" Seine Stimme war wie heilender Balsam. Es war ein unerwartetes Stückchen Himmel in einer grausamen Hölle, ein Licht am Ende des Tunnels, den sie schon betreten hatte. „Ana-ha, hörst du mich?"

„Ja, ja, ich kann dich hören", wollte sie sagen, bemühte sich, die Worte zu artikulieren, aber sie blieben in ihrem Geist. Dafür konnte sie ihn immer deutlicher erkennen. Seine Haare, seine Augen, die schmalen Lippen. Das Feuer erwies ihr eine letzte Gnade und flimmerte hell und leicht wie ein seidenweicher Vorhang. Ana-ha versuchte unter größter Anstrengung den Kopf noch einige Millimeter weiterzudrehen. „Bleib bei mir, geh nicht weg", dachte sie. „Geh nur nicht weg, dann ist alles gut."

Wenn er da war, hier bei ihr, könnte sie die letzte Stufe leichter gehen. Wenn er hier blieb, ob real oder nicht, könnte sie dem Tod viel mutiger entgegentreten. Und sie ließ sich zum allerletzten Mal in das weiche Gras Wibutas fallen, den Blick mit seinem fest verbunden, spürte die Sommernacht und atmete das Leben. Sie sah Iciclos am Feuer tanzen und gleichzeitig vor dem Gralsfeuerring weinen.

Er erinnerte sich an ihr Versprechen, welches sie ihm in dieser Nacht gegeben hatte. Das Versprechen ihrer ganzen Welt, welche heute in Fiuros' Gralsfeuer verglüht war, welche sie ihm jetzt nicht mehr schenken konnte, weil sie nicht mehr zu ihr gehörte. Fiuros hatte sich mit Gewalt all das genommen, was sie ihm versprochen hatte.

Iciclos ballte hinter dem Ring die Fäuste. Hätte er doch in Wibuta die Chance ergriffen, hätte er sie doch genutzt. Hätte er all diese wundervollen Dinge bekommen ... Er wäre für alle Zeiten ein Tänzer geblieben. Aber jetzt war es zu spät. Zu spät hatte er erkannt, dass Emporia ihn nicht für immer glücklich gemacht hätte. Dass er das falsche Ziel verfolgt und den falschen Preis gezahlt hatte. Fiuros dagegen, erkannte er mit Grauen, Verzweiflung und einem Funken Verwunderung, hatte genau gewusst, dass all diese Güter unbezahlbar wertvoll waren und er hatte sie begehrt wie seine Rache. Wäre doch Annini jetzt hier, um die Flammen zu verkleinern. Wenn er doch nur irgendetwas tun könnte.

„Warum", dachte er ohnmächtig. „Warum habe ich nicht früher begriffen?"

Fiuros sank mit tödlicher Grazie neben Ana-ha in den Sand.

„Echtes Glück, Iciclos. Du hättest es haben können. Du bist ein Narr gewesen." Er beugte sich über Ana-ha und drehte ihren Kopf mühelos von Iciclos weg. „Na, komm schon, mir kannst du es doch ebenso gut geben wie ihm", sagte er gerade so laut, dass Iciclos es noch hören konnte.

„NEIN, FIUROS", schrie Iciclos außer sich und mit einem unüberhörbaren Flehen in der Stimme. „NEIN!" Er war drauf und dran, durch das Gralsfeuer zu springen.

Fiuros sah in Ana-has Augen. Wibuta feierte darin den Feuertanz, es war schön, erschreckend schön ... so schön, dass es ihn graute.

*Du bist frei ... bin ich das? Bin ich das?*

Iciclos schrie hinter dem Feuer. Ana-ha hatte ihre Augen so weit geöffnet, dass er fast glaubte, sie sei tot. Fiuros stand ganz kurz vor seinem Ziel. Ana-ha konnte ihre Erinnerung weder stoppen noch willentlich kontrollieren.

„Nein ... NEIN ..." Iciclos ging mehrere Meter zurück. Er würde über die Flammen springen, wenn Fiuros weitermachte. Wenn er Ana-has Leben nahm, würde er seins dazubekommen.

Fiuros hielt Ana-has Kopf in den Händen. Jetzt fehlte nur noch sein Heiliges Feuer. Er zögerte. Er kniete neben ihr und zögerte. Iciclos stand zum Anlauf bereit und wartete. Sie lächelte. Sie lag im Sand und lächelte, während Fiuros schwankte, zwischen Erlösung und Verdammnis. Ihm wurde bewusst, dass er vor Ana-ha kniete und um ihr letztes Geheimnis bettelte, während sie – hier, unter ihm – mit sehr viel mehr Würde und Anstand sterben würde, als er es je könnte. Er hatte sich über ihr Leben erhoben, hatte sich zum Herrn darüber gemacht. Aber im Grunde war er es, der flehte, der vor ihr auf die Knie gefallen war, der so verzweifelt war, dass er sie über Stunden in seinem Martyrium gefangen gehalten hatte. Und sie schenkte ihm den Weg in die Freiheit, der einzig und allein der Weg nach Emporia war.

Iciclos hörte Rufe und Stimmen hinter sich. Er drehte sich um und sah Lesares, Annini, Cruso und Seiso-me in der Dunkelheit auftauchen. Für einen Herzschlag lang war er erleichtert, die Situation nicht mehr allein meistern zu müssen, aber er resignierte sofort wieder. Die anderen würden nicht helfen können. Fiuros war drauf und dran, ein Exempel seiner Rache zu statuieren.

Fiuros kniete immer noch neben Ana-ha, mit den Händen an ihren Schläfen, das Gesicht überzogen von lichterloh flirrenden Schatten seines Feuers. Die anderen hatten sie erreicht und bildeten einen Ring um die Flammen. Sie trauten sich nicht zu sprechen, weil sie weder die Situation noch Fiuros einschätzen konnten. Sie sahen aus wie stumme Wächter aus einer anderen Zeit, die gekommen waren, um das Ende zu sehen.

Annini sprach nach einigen Sekunden als Erste zu Fiuros: „Ihr Tod wird dich nicht bereichern. Ich weiß, dass du das denkst, aber du irrst dich."

Fiuros antwortete nicht. Es war ihm, als würde er fallen und ins Bodenlose stürzen. Ana-ha hatte ihm den Halt unter den Füßen weggezogen und nun befand er sich im endlosen Gleitflug der Furcht. Er konnte sich nicht festhalten, weder an Grausamkeit noch an Rache. Weil er die Nacht nicht mehr sehen konnte, weil sein Feuer verschwand, fing er an zu schreien. Er verlor das Wenige, was er hatte, die wenigen Bilder, in denen er sich gesehen hatte, das Gralsfeuer – sein brennendes Königreich, den Kaeo, seinen fliehenden Frieden, die Rache, seinen rastlosen Wegweiser, die dunkle Nacht, das Leid, der Schmerz und die Angst eines anderen – seinen finstersten Schutz vor tanzenden Träumen. Alles stürzte mit ihm. Fiuros hielt den Larimar umklammert und verlor Ana-has Augen. Er glaubte zu sterben ohne diese Stütze, und er fiel weiter, tiefer als das Nichts.

Irgendwann, nach einer endlosen Zeit, schlug er mit voller Wucht auf dem Untergrund auf. Der Aufprall brach die Vergangenheit entzwei und trennte Rettung von Untergang. Alles schmerzte, jede Faser seines Körpers, sein Brustkorb, sein Herz, alles zog und brannte. Seine Trauer fuhr in ihn hinein, als habe sie jahrelang nur darauf gewartet. Er verspürte das übermächtige Bedürfnis zu weinen. Zu weinen, um der Schmerzen willen, die er seit Jahren in Geist und Seele überall mit hintrug, wo ihn sein Körper hinführte. Immer hatte er sich ihnen verweigert, immer wieder hatte er sie mit seinem Hass bedroht und in ihre Schranken verwiesen, auf dass sie sich nie wieder an die Oberfläche wagten ...

Mit Fiuros' Schreien war das Gralsfeuer gesunken. So weit, dass Annini es ohne Schwierigkeiten verkleinern konnte. Es blieben nur Zentimeter an Höhe zu überwinden. Iciclos und Seiso-me waren sofort in den Feuerkreis gesprungen und hatten Ana-ha herausgeholt. Mehrere Meter entfernt legten sie sie vorsichtig auf den Boden.

Iciclos blieb an ihrer Seite, während Seiso-me sich etwas distanzierte. Er wusste nicht, was er tun sollte. Ratlos sah er von Ana-ha zu Fiuros. Er hatte den Larimar auf Fiuros' Brust gesehen und er konnte sich entfernt vorstellen, was passiert war.

Fiuros hatte das Symbol unbewusst aktiviert und Ana-ha hatte es erkannt. Mit dem Schreck und dem Entsetzen der Nacht, mit dem grünen Licht vor Augen, war die Erinnerung zurückgekehrt und sie hatte das einzig Richtige getan. Das Symbol des Wasserreiches hatte zum dritten Mal seinen Besitzer gewechselt. Er legte den Kopf in den Nacken. Er hätte es verhindern müssen. Er hatte sein Reich und Ana-ha im Stich gelassen. Er hatte versagt.

Die letzten Stunden waren so von Angst besetzt gewesen, dass er gar nicht mehr klar hatte denken können. Cruso und er waren von Wibuta aus einfach aufs Geratewohl losgelaufen, ungeachtet der Fragen und Einwände der Ratsmitglieder, was sie in der Wüste verloren hatten. Seiso-me hatte sich auf Atemos und auf den Hinweis berufen, dass das heilige Symbol in Gefahr sei und sie hatten die Stadt offiziell verlassen können.

Und als sie schon gar nicht mehr an Annini geglaubt hatten, hatte sie sich bei ihnen über ihren Sender gemeldet und um ein Tor in der Wüste gebeten. Mit ihr zusammen hatten sie dann Kontakt zu Lesares bekommen. Und letztendlich war es dessen Tor gewesen, dem sie ihre schnelle Ankunft verdankten. Instinktiv war Lesares, unabhängig von Iciclos, ebenfalls richtig gelaufen, zwar viel langsamer, aber er hatte sich für die kürzere Strecke entschieden. Und nun standen sie alle am Ort des Geschehens und wussten weder, was genau passiert war, noch, was sie tun konnten.

Fiuros hatte aufgehört zu schreien und lag genau wie Ana-ha viele Meter weit von ihm entfernt auf dem Rücken im Sand, nur dass um ihn noch immer der Ring des Gralsfeuers flackerte.

„Sie hat ihm das Symbol übergeben", sagte Annini jetzt neben Seiso-me.

Er nickte nur. „Was glaubst du, ist hier passiert? Kannst du es sehen? Irgendwie?“ Er fühlte sich völlig hilflos.

„Er hat sie durch seinen eigenen Schmerz geschickt, immer wieder. Er wollte sie zerstören, wie Ankorus ihn zerstört hat. Er wollte zusehen, wie sie alles verliert und dabei ihre Gefühle für sich gewinnen. Ein Teil von ihm hat sie geliebt.“

„Geliebt?“ Seiso-me lachte ungläubig auf. Noch immer starrte er nach oben. „So wie ich auch“, dachte er nur, enttäuscht und wehmütig, ängstlich, ob sie sich je wieder erholen würde und doch irrsinnig glücklich über ihre Rettung.

„Du wirst es nicht verstehen, weil du seine Gedanken nicht kennst.“ Annini nickte in Richtung Fiuros. „Sie hat ihm die Freiheit geschenkt, zu wählen.“

„Bei der Übergabe des Larimars?“

„Ja.“

„Dem Larimar sei Dank. Raela sei Dank“, sagte Seiso-me und sah Ana-ha an. War seine Aufgabe hier beendet? Seine Wächterfunktion abgeschlossen?

„Was ist denn nun eigentlich das Wassersymbol?“, mischte sich Cruso ein. „Und warum wusste Antares, dass Atemos Anninis Vater ist?“

„Das Heilige Wasser ist ein symbolischer Zusammenschluss von Leben und Trauer“, erklärte Seiso-me ihm nach einigen Sekunden Überlegung. „Das Leben und die Trauer des Larimarträgers“, ergänzte er weiter. „Eine Mischung aus beidem. Das Blut steht für das Leben, die Lebendigkeit, und die Tränen für Trauer. Ein Zusammenschluss von beidem ergibt das Symbol.“

„Wie einfach und logisch! Verdammt, darauf hätte ich doch kommen müssen!“ Cruso ärgerte sich ein wenig über sich selbst. „Aber es wäre schwierig zu testen gewesen“, murmelte er vor sich hin.

Annini lachte leise und stieß ihn in die Rippen: „Noch ganz der Luftelementler.“

„Nein, nein, ich bin zu hundert Prozent Emporianer.“

„Ich weiß schon von meiner Jugend an über das Symbol des Wasserreiches Bescheid“, erklärte Annini den Umstehenden. „Atemos und Lin waren niemals getrennt.“

„Was?“, entfuhr es Lesares, der im Sand saß und seinen Knöchel behelfsmäßig mit einem Stück seines Gewandes bandagierte. „Sie sind noch ein Paar?“

Annini nickte. „Ich sehe meinen Vater oft. Ich war sehr häufig in Wibuta, wie ihr alle wisst. Ich habe viel von ihm gelernt. Er war damals dabei, als Elana starb. Er und Lin!“

„Und auch damals waren sie schon unzertrennlich“, vermutete Cruso.

„Daher weiß Antares auch alles über mich. Und es war seine Idee, mich zu Ana-has Wächterin zu machen. Seitdem die Symbole in Gefahr waren, hat er seinen eigenen Leuten kaum noch vertraut. Und ich wusste alles über das geheime Wassersymbol. Und auch alles über seine Übergabe.“

„Wie reicht man es weiter?“, wollte Cruso wissen.

„Das Symbol funktioniert bei jedem Träger nur ein einziges Mal. Sobald es mit dem Heiligen Feuer in Berührung kommt und kein Großes Tor dabei geöffnet ist, erlischt seine Kraft.“

„Dann ist jetzt Fiuros der offizielle Larimar- und Symbolträger?“ Cruso sah Seiso-me und Annini an.

Diese nickten gemeinsam.

„Sein Blut und seine Tränen färben jetzt die Flammen des Großen Feuertores“, erklärte Seiso-me. „Und er kann es nicht so einfach verschenken. Jeder Träger muss es aktivieren, bevor er es weitergibt. Daher kommt er nur nach Emporia zurück, wenn er sich seiner Vergangenheit stellt.“

„Wie kam es denn zu diesem Symbol? Alle haben ja immer gerätselt, was in dem Konferenzraum so streng gehütet wird.“

„Im Konferenzraum ist nur ein Abbild von Blut, Tränen und Träger zu sehen.“ Seiso-me warf einen vorsichtigen Blick auf Fiuros, der mit geschlossenen Augen am Boden lag. „Raela selbst hat vor hundert Jahren das Symbol erschaffen!“

„Wie denn das?“ Lesares stand auf und humpelte auf die kleine Gruppe zu. Auch er warf immer wieder Blicke auf Fiuros und Ana-ha. Keiner von ihnen traute sich, Fiuros anzusprechen, und Ana-ha lag bei Iciclos, einige Meter von ihnen entfernt. Ruhe schien für sie derzeit das Beste zu sein.

Seiso-me seufzte tief, als er Lesares’ Blick folgte. Warum konnte er nicht derjenige sein, der bei ihr saß? Warum nicht er? Es tat so weh, dass er sich lieber auf seine Antworten konzentrierte: „Sie kam nicht durch das Tor. Auch die Oberen wissen nicht, wieso. Aber man fand sie im Feuertor. Sie war verletzt, sie weinte, Blut und Tränen fielen in das Feuer. Das Heilige Wasser hatte sich verflüchtigt, was allerdings nichts mit ihrem Zurückbleiben zu tun hatte. Und das Feuer hat die nächstbeste Flüssigkeit als Symbol akzeptiert. Jedoch war damit auch schon seine Funktion verbraucht.

Atemos' und Antares' Vorfahren fanden das Mädchen und sahen die grünen Flammen. Sie waren sich allerdings nicht wirklich sicher, ob die beiden Flüssigkeiten tatsächlich das neue Symbol waren, denn es funktionierte bei den nächsten Versuchen nicht mehr. Als Raela starb, bekam ihre Tochter den Larimar: Elana. Sie trug ihn symbolisch. Niemand glaubte ernsthaft noch daran, dass Blut und Tränen jemals irgendein Tor öffnen konnten. Und es sollte ja auch verschlossen bleiben. Raela starb kurz nach Elanas Geburt. Und als diese Jahre später selbst eine Tochter bekam und todkrank wurde, starteten Atemos und Antares einen letzten Versuch.

Man wollte das Symbol aktivieren und es an Ana-ha weitergeben. Die Initiative ging von Antares aus. In den Zeiten größter Unstimmigkeiten war es sicher nicht leicht für ihn, ausgerechnet seinen ultimativen Gegner darum zu bitten. Er berief sich auf die gemeinsame Vergangenheit ihrer Großeltern, das geheime Wissen und die Unantastbarkeit der Symbole. Zunächst hat Atemos auf stur geschaltet. Antares hat ihn schließlich einfach während einer Übungseinheit überrumpelt. Die Zeit wurde knapp und Elana ging es immer schlechter. Er hatte keine Zeit, tagelang auf Atemos' Antwort zu warten. Er nahm Elana und Ana-ha einfach mit ... und dabei hat er zufälligerweise Lin und Atemos überrascht! Das Glück war ganz sicher auf seiner Seite. Nicht, dass er je an Erpressung gedacht hätte. Aber Atemos war in Zugzwang. Immerhin war er der Zweite Vorsitzende, der in Kürze seine Stelle als Akademieleiter antreten sollte. Und so ermöglichte er Antares den Zutritt in den Saal des Gralsfeuers. Er, Lin und die Wasserelementler begaben sich unverzüglich dorthin."

Annini lächelte, als sie ihm ins Wort fiel: „Der Spruch an der Tür im Oberen Rat der Feuerkunstakademie ist von meiner Mutter. Atemos hat er so gut gefallen, dass er ihn in die Tür eingraviert hat. Eigenhändig. Hat immer sehr geheimnisvoll getan, wollte wohl den wahren Autor nicht preisgeben. Es wäre ja auch lachhaft für die Feuerländer, den Spruch einer Luftelementlerin dort vorzufinden." Sie grinste leicht.

„Nun", fuhr Seiso-me fort. „Ich denke, uns ist allen klar, was sich im Gralsfeuersaal zugetragen hat. Sie gaben Elanas Blut und ihre Tränen in die heiligen Flammen ... und zur großen Freude von Antares färbte sich das Feuer ein weiteres Mal. Mit Sicherheit waren es Tränen der größten Trauer, die Elana geweint hatte. Sie war todkrank. Sie ließ ihre Tochter zurück. Sie weinte um das Leben, welches sie geben musste. Das Blut steht in allen Fällen immer für das Leben, welches weiterläuft, unaufhaltsam."

Alle schwiegen und hingen den Gedanken nach, welche Seiso-mes Worte in ihnen ausgelöst hatten. Jeder suchte in den Ereignissen und vielen Zusammenschnitten der Geschichte, welche sie hier an diesem Ort und zu dieser Stunde verbanden, ihren Sinn. Die dramatische Wende ihrer Schicksale, die plötzlichen Bekenntnisse, die vielen aufgedeckten Geheimnisse und Lügen, all das spukte durch ihre Köpfe. Den großen Zusammenhang und die Lücken ihres Verständnisses konnten sie sich aber nur mit Fiuros' oder Ana-has Hilfe erschließen. Doch diese lagen immer noch wortlos im Sand.

Und die nächste schicksalhafte Frage türmte sich vor ihnen auf. Sie äußerten sie alle nicht ... noch nicht. Aber sie hatten sie in ihren Köpfen. Alle stellten sich dieselbe Frage: Was ist mit Emporia?

„Ana-ha", flüsterte Iciclos ganz leise, so, als ob er sie nicht zu grob aus der Sanftmut der Stille reißen wollte, die sie vor der Wirklichkeit schützte. „Ana-ha, hörst du mich?"

Sie nickte so schwach, dass es auch Einbildung gewesen sein könnte.

„Versuch, die Augen zu öffnen. Ich bin es, Iciclos", fügte er schnell hinzu, als ihm klar wurde, dass Fiuros genau das von ihr am Ende immer wieder verlangt hatte. Er lächelte ein wenig, als sich ihr Wimpernkranz millimeterweise anhob. „Kannst du mich sehen?"

Sie nickte wieder, diesmal eindeutig.

„Er wird dir nichts mehr tun."

Sie nickte ein drittes Mal. Sprechen konnte sie nicht. Sie wusste nicht, ob sie die Fähigkeit, Laute zu artikulieren, verloren hatte oder ob ihr nur die Kraft dazu fehlte. Sie hätte ihm gerne so viele Dinge auf einmal gesagt. Aber die Augen fielen ihr wieder zu, obwohl es so schön war, Iciclos anzusehen. Sie fühlte sich betäubt und ihr Körper war dankbar, einfach nur liegen zu dürfen und Ruhe zu finden vom Schmerz der vergangenen Stunden. Immer noch war ein Rest der Hitze in ihrem Körper, immer noch brannten ihre Adern und ihre Haut. Immer noch zuckte sie in regelmäßigen Abständen zusammen, in panischer Furcht vor einer weiteren Feuerattacke. Jedes Mal verkrampfte sich ihr ganzer Körper, obwohl sie wusste, dass sie in Sicherheit war. Das hatte sie bereits gewusst, als Fiuros ihren Blick losgelassen und die letzte, todbringende Hitze gestoppt hatte.

Aber das Entsetzen der Nacht saß zu tief. Sie konnte nicht sofort von Tod auf Leben umstellen. Das Glück schien noch zu unwirklich. Und ein vertrauter Teil in ihr fühlt sich ausgebrannt und leer. Sie wusste nicht, ob es ihr je gelingen würde, diesen Teil wieder zu füllen, doch der stärkere Teil würde leben. Der stärkere Teil hatte verstanden, dass ein Leben nicht glücklich sein musste, um sinnvoll zu sein. Der stärkere Teil hatte verstanden, dass man das Leben nicht an Göttlichkeit messen durfte. „Das Leben siegt immer", hatte Antares schon so oft zu ihr gesagt. Nie hatte sie diesen Satz wirklich verstanden. Erst jetzt. Fiuros hatte das Gleiche nur anders formuliert: „Du hast mir gezeigt, dass das Leben niemals stirbt."

In all der Trauer, in all dem Leid, in all den schrecklichen Dingen, die geschahen, ohne dass jemand Schuld hatte, aber auch in denen, die die Menschen einander antaten, in all diesen Dingen irrte das Leben weiter. Vielleicht angeschlagen, vielleicht blind, vielleicht stumm, vielleicht verzweifelt, aber doch vorwärts. Das Leben war ein Heiligtum. Öffnete man ihm die Tür, rannte es Tore ein.

„Ana-ha?" Iciclos klang ängstlich.

Sie öffnete ihre Augen.

„Kannst du sprechen?" Er war so nahe bei ihr. Sie hätte die Hände ausstrecken können, um ihn zu berühren, aber sie hatte zu wenig Kraft.

Sie schüttelte den Kopf, versuchte ein kurzes Lächeln.

„Aber du verstehst mich doch, oder? Du erinnerst dich an mich?" Er grinste schief, erleichtert und besorgt zugleich.

Sie nickte und jetzt hatte er keine Zeit mehr zu verlieren. Nie wieder würde er seine Zeit sinnlos vergeuden. Er nahm ihre Hand.

„Ich liebe dich." Das war das Wichtigste, was er ihr zu sagen hatte.

Sie lächelte.

„Ich möchte nur noch dort sein, wo du bist."

Sie lächelte noch mehr.

„Damals in Wibuta, Ana-ha, wir waren wie blind für das, was wir fühlten. Wir, die besten Empathen aus Thuraliz ..." Er lachte kurz auf, seine Augen glitzerten und er musste heftig schlucken, als er auf sie hinunter sah. „Na ja, fast die besten. Warum haben wir es nie beieinander gesehen?"

Und weil er ihr etwas zurückgeben wollte, irgendetwas, für all die letzten Monate, für all die Lügen, für seinen schlimmsten Verrat und für seine überwältigende Liebe, schenkte er ihr nun seine eigene Welt. Alles, was er war und alles, was ihn ausmachte. Emporia lag darin, aber auch Thuraliz. Aber am allermeisten sein rebellisches, misstrauisches Herz. Er breitete es einfach vor ihr aus, ohne Reue, ohne Scham. Er war Iciclos Spike: Er war ein Kämpfer und er würde für sie kämpfen. Er gab niemals auf, auch jetzt nicht. Er würde bei ihr bleiben, bis an das Ende seiner Welt. Er würde sie nie wieder allein lassen.

Ana-ha drückte ganz schwach seine Finger. Sie verstand ihn ohne Worte. Alles, was er sagen wollte.

Iciclos blieb lange Zeit bei ihr im Sand. Er war so glücklich über ihre Rettung, dass er selbst Fiuros verzeihen würde. Noch vor knapp vier Stunden hatte er sich geschworen, ihn für immer in der Hölle des Frizins gefangen zu halten, aber jetzt waren all diese Gedanken wie weggeblasen. Jetzt, wo er Ana-ha lebendig vor sich hatte, wo er sie wieder ansehen und berühren konnte und sich immer wieder versicherte, dass es kein Traum war, fühlte er sich zum ersten Mal seit vielen, vielen Jahren wirklich vom Glück gesegnet. Und er musste beinah lachen und weinen zur gleichen Zeit, als ihm klar wurde, dass das Glück ihn nie verlassen hatte, sondern dass er selbst sich nur so verbittert dagegen gewehrt hatte.

Und selbst als Ana-ha längst in einen unruhigen Schlaf gefallen war, saß er bei ihr und lauschte der Schönheit ihrer Atemzüge, sah in das Gesicht, welches er auswendig kannte, und dankte dem Leben ... für alles.

# Teil Sechs

## Emporia

# Die Tränen des Trägers

Mehrere Stunden waren vergangen. Sie hatten geschwiegen und gewartet. Emporla brannte sich immer stärker in ihr Bewusstsein. Ana-ha schlief die meiste Zeit, Fiuros lag noch immer mit weit ausgestreckten Armen auf dem Wüstenboden. Er war wach. Trotz der Trauer war sein Geist ruhig. Und er spürte ein weiteres Gefühl in sich, zuerst nur ganz fein, wie das zarte Gewebe eines Seidenspinners, dann wunderbar und groß. Er wusste nicht, wie man es nannte. Aber nach einer Weile erkannte er, dass es Dankbarkeit sein musste.

Er erschrak heftig, weil er dachte, es jetzt wieder zu verlieren. Aber das Gefühl wich nicht von ihm, wie all die Jahre zuvor. Er hielt es mit neu gewonnener Kraft fest in seinem Körper. Er spürte es in den kribbelnden Fingerspitzen, spürte es in seinen ausgebreiteten Armen, spürte es heiß in seiner Brust und wie einen sprudelnden Fluss durch seinen ganzen Kreislauf strömen. Und als er merkte, dass es wirklich zu ihm gehörte, dass er es war, der fühlte, er es war, der auf dem Sand lag, er es war, der atmete und er es war, der lebte, sah er in den Himmel. Und endlich – er hatte ja so lange darauf gewartet, er hätte tausend Wörter für seine Sehnsucht erfinden können – konnte er die Sterne sehen, seine Träume ...

Ana-ha hatte ihn wahrhaftig befreit. Sie hatte ihm in letzter Sekunde den Rettungsanker übergeben. Jetzt war er frei. Er atmete tief durch, während er nach oben sah. Fast glaubte er, noch nie etwas von reinerer Schönheit gesehen zu haben als diesen Nachthimmel mit seinen Abermillionen von funkelnden, sprühenden Lichtern, doch er wusste, dass es sein Inneres war, das neu interpretierte. Der Himmel über ihm hatte nie anders ausgesehen. Er schloss kurz die Augen.

Diese Nacht war noch lange nicht vorbei. Er dachte an das, was er getan hatte. Er dachte daran, dass keiner der Anwesenden ihm je verzeihen würde. Er dachte an Ana-ha, deren Leben er vielleicht zerstört und deren Wesen er sich hatte aneignen wollen. Nie würde er sich das selbst vergeben können. Und der größte Schmerz stand ihm noch bevor.

Langsam richtete er sich auf. Vorsichtig, als könne er mit jeder Bewegung wieder alles verlieren. Sein Kopf war plötzlich wie leer gefegt, als er die anderen sah. Es gab nichts zu sagen. Er konnte nicht mit bloßen Worten um Verzeihung bitten. Aber er konnte etwas tun. Etwas für Cruso, etwas für Lesares, etwas für Iciclos und somit auch etwas für Ana-ha. Er stand mehrere Meter von der Gruppe entfernt, als er die Hände leicht hob.

Er dankte dem Feuer für seine Freundschaft in all den Jahren, er dankte der Schöpferkraft für die Elemente, er dankte dem Himmel für die Sterne und er dankte Ana-ha für die Freiheit. Und während er im Geiste alles zu sich rief, welchem er Dank schuldete, öffnete sich in einem gewaltigen Bogen hinter ihm das Große Feuertor.

Ein orangerot-lodernder Flammenstrahl spannte sich hundert Meter weit über den Himmel wie eine majestätische Arkade. Er blendete die Wüstennacht und verlieh dem Sand unter ihm ein rotes Gewand. Und dann stürzten die Flammen, wie von unsichtbaren Bogenschützen geschossen, als leuchtende Fackeln vom Himmel hinunter auf den Boden, bis die Wand aus Feuer ehrfürchtig hinter Fiuros flackerte. Ganz klein sah er vor seinem Elemententor aus. Mit in die Luft ragenden Armen konzentrierte er sich ganz und gar auf den Heimweg nach Emporia.

„Mein Gott", wisperte Annini ergriffen. „Ich glaube, ich habe noch nie etwas Großartigeres gesehen." Ihre dunklen Augen funkelten im Schein des mächtigen Tores, dessen Element sie zur Hälfte im Blut trug. Sie konnte sich dem Strahlen nicht entziehen und ging wie gebannt auf Fiuros zu. Lesares und Cruso folgten ihr. Der Kraft des Elementes wohnte eine unüberwindliche Energie bei. Selbst Seiso-me fühlte sich angezogen.

„Das ist fantastisch!" Annini strahlte über das ganze Gesicht. Sie starrte die Feuerwand hinauf. Sie fühlte, sie roch, sie atmete das Element in sich hinein, als hätte sie es noch nie in ihrem Leben zuvor gesehen, als müsse sie es augenblicklich in seiner Ganzheit erfassen. „Das ist die Kraft, eine der vier, die uns die neue, alte Welt erschließt."

„Bereit für Emporia?" Fiuros ließ die Arme sinken und blickte Annini verlegen an. Er mied den Blick seiner Kameraden. Doch Cruso ließ ihm keine Chance.

„Unsere letzte Nacht." Er blieb vor Fiuros stehen. „Wir werden von dir hören, was geschehen ist. Vielleicht nicht heute, vielleicht nicht morgen, aber ganz gewiss sehr bald. Ana-ha soll entscheiden, was mit dir in Emporia passieren soll."

Fiuros nickte nur, dankbar über diese Reaktion.

„Wenn wir nach Emporia möchten, müssen wir es heute Nacht vollbringen. Wir haben alle Symbole, wir sind ungestört. Keiner wird verletzt. Und keiner hält uns auf", sagte Lesares entschieden.

„Ich komme mit nach Emporia", ertönte jetzt von hinten Seiso-mes energische Stimme. „Ich bin der Erste Wächter des heiligen Symbols. Und wenn Fiuros jetzt sein Träger ist, dann werde ich ihm folgen. Außerdem werde ich Ana-ha nicht allein lassen. Sie wird Iciclos sicher nach Emporia begleiten wollen."

„Vielleicht will Iciclos die Elementenreiche gar nicht mehr verlassen?", gab Cruso zu bedenken.

„Ana-ha würde ihn drängen zu gehen, wenn sie es könnte!", sagte Seiso-me überzeugt. „Ich komme mit, genauso wie Iciclos und Ana-ha." Er schwieg kurz, dann fügte er an: „Ihr seid vielleicht froh, wenn ihr ein wenig Unterstützung Ankorus gegenüber habt. Je mehr wir sind, desto bessere Chancen haben wir."

„Meine Hilfe braucht ihr jetzt ohnehin", warf Annini dazwischen. „Fiuros muss im Feuertor das Heilige Wasser ins Feuer geben. Das wird ihn viel Kraft kosten. Ich werde in dieser Zeit das Große Tor für ihn offen halten. Seiso-me, du öffnest für Iciclos das Wassertor. Er sollte lieber bei Ana-ha bleiben. Fiuros muss vorher allerdings dort Heiliges Feuer entfachen."

„Lesares und ich öffnen die anderen Tore und nehmen die passenden Symbole mit", fügte Cruso hinzu.

„Wunderbar", fasste Lesares zusammen. „Und weiß jemand, was passieren wird?"

Seiso-me schüttelte den Kopf. „Nein, aber wenn wir Pech haben, öffnet sich eine andere Dimension."

„WAS?", entfuhr es Lesares, Annini und Cruso gleichzeitig.

„Antares sagte mir vor einigen Monaten, dass es ebenfalls eine Dimension nahe der Dunkelheit gibt."

„Nun, dann sollten wir uns den Rückweg offen halten", sagte Annini trocken.

„Wie soll das funktionieren? Keiner weiß, wie lange die Passage offen ist und ob es möglich ist, zurückzukommen", überlegte Seiso-me. „Denkt an Raela! Sie blieb alleine hier. Wenn ihre Eltern die Option zur Umkehr gehabt hätten, hätten sie es sicher getan."

„Dann bleibt es ein Risiko."

„Ich gehe zuerst", sagte Fiuros jetzt leise. „Annini soll ihren Kontakt mit mir geistig halten. Sie wird an meinen Gedanken spüren, ob ich in Emporia angekommen bin oder nicht."

„Nein, über eine solche Entfernung kann ich das nicht, Fiuros." Annini schüttelte den Kopf.

„Also ich riskiere es", sagte Cruso jetzt. „Vielleicht irrt sich Antares auch."

„Ich gehe ebenfalls!", schloss sich Lesares an.

„Ich sowieso!" Annini lächelte.

Fiuros nickte ihnen zu. Dann blickte er zu Iciclos hinüber. Ana-ha lag immer noch bewegungslos neben ihm. Am liebsten wäre er zu ihr gelaufen, um sich davon zu überzeugen, dass sie lebte. Aber er würde sich ihr von sich aus nicht nähern, nicht einmal gedanklich. Nie wieder.

„Dann sollten wir jetzt die anderen Tore öffnen", sagte Seiso-me. „Wir sollten nicht mehr so lange damit warten, sonst werden wir hier gefunden und ihr an eurer Rückkehr gehindert."

„In Emporia ...", fing Lesares stockend an. „Was machen wir mit Ankorus?"

„Wir werden ihn stürzen und einsperren lassen", gab Fiuros spontan Auskunft, als hätte er nie etwas anderes im Sinn gehabt. „Oder verbannen."

„Was, wenn er mächtiger ist?"

„Wir sollten weniger grübeln und anfangen zu handeln!", entschied Cruso energisch und begann, sich einen geeigneten Platz für seine Toröffnung zu suchen. „Lasst uns anfangen!"

Als Ana-ha die Augen öffnete, flirrte die Luft über ihr in den kräftigsten Farben, die sie je gesehen hatte. Für einen kurzen Moment fuhr sie zusammen, weil sie dachte, es sei Fiuros' Heiliges Feuer und ihre Wahrnehmung der Farben nur eine weitere Gaukelei ihrer schwindenden Sinne. Aber als sie Iciclos' Gesicht vor der bunten Pracht sah, atmete sie erleichtert aus und die Erinnerung kehrte vollständig zurück.

„Sie haben die Tore geöffnet, Ana-ha", sagte Iciclos leise. „Wir müssen nicht mit ihnen gehen. Emporia ist nicht wichtiger als Thuraliz."

Ana-ha versuchte, zu antworten, aber es gelang ihr noch immer nicht. Sie bewegte ihre Finger, ängstlich, weil sie nicht wusste, ob der Schmerz verschwunden war. Aber erstaunlicherweise hinterließ das Öffnen und Schließen ihrer Hände nur ein leichtes Prickeln an der Hautoberfläche. Sie horchte in ihren Körper hinein. Sie war stark genug, sich aufzurichten. Und nach einigen Minuten half Iciclos ihr beim Aufstehen. Der Wechsel der Perspektiven gab ihr die Gewissheit, dass es wirklich vorbei war. Sie sah sich um. Die vier Tore waren vollständig geöffnet. Selbst, wenn sie hätte sprechen können, wäre ihr nichts beim Anblick dieser vier überdimensionalen Rundbögen eingefallen. Ihre Strahlkraft war immens, sie repräsentierten die Urkräfte der vier Elemente.

„Seiso-mes Tor", erklärte Iciclos und deutete auf den hellblauen Bogen, der die Nacht wie ein Mysterium durchbrach. Direkt gegenüber dem Feuertor fiel das Wasser vom Himmel, geheimnisvoll, unergründlich in seiner Tiefe und ohne Ursprung. Ana-ha sah nach oben. Der höchste Punkt maß sicher über hundert Meter. Das Wasser fiel so zeremoniell, als wüsste es, welchem Zweck es diente. Ganz klar forderte diese Toröffnung alle Fähigkeiten eines Elementlers. Kein Wunder hatte Iciclos von ihr das Frizin lernen wollen. Diese Wasser schienen wie die Geburtsstunde aller Fähigkeiten ihres Heimatreiches zu sein. Nur dem Ruf eines Elementlers, der sie ausnahmslos beherrschte, würden sie folgen.

Ana-ha blieb viele Minuten davor stehen, beobachtete, wie sich das Mondlicht auf der Wasseroberfläche brach. Das Wasser erinnerte sie daran, wer sie gewesen war, auch, wenn das Feuer einen Teil davon geschluckt hatte. Ihr Element würde ihr das Verlorene nicht wiederbringen, aber es war schön, ihre Bindung daran so kraftvoll zu spüren. Und doch hatte sie das Gefühl, als hätte sie auch einen Teil seiner Sprache verlernt. Nach einer Weile drehte sie sich zum Erdtor. Massige Wolken mineralischer Erde fielen zu Boden, durchbrochen von Blättern, grün wie frische Minze. Das Geräusch konnte man nicht beschreiben. Es war schwächer als das Schlagen einer Trommel, aber im Rhythmus und Klang um einiges reiner. Die Energie war fremd, aber beruhigend. Gegenüber lag das Lufttor. Weit und hell strömte dort von oben ein Sog zur Erde, als würde es ausatmen.

Ana-ha sah in den Himmel. Sie sammelte sich ein wenig, bevor sie ihren Blick auf das Feuertor lenkte. Dieses Element kannte sie jetzt besser als kaum ein anderer.

Die Energie des Tores war niederdrückend gewaltig, als müsste sie vor ihr auf die Knie fallen. Aber sie war jetzt ein Teil von ihr und sie konnte dieser Kraft nicht davonlaufen. In ihrer Vergangenheit kreuzte sich das Feuer mit dem Wasser. Und während die Linie des Feuers hinter diesen vier Toren mit dem Licht weitergelaufen war, hatte man sie hier an das Wasser gebunden. Sie hatte vieles heute Nacht verstanden, aber nicht alles. Ein Gefühl sagte ihr, dass noch ein Bruchstück fehlte und dass es nicht in dieser Dimension zu finden war.

„Wir können hier bleiben", sagte Iciclos noch einmal.

Ana-ha schüttelte den Kopf. Sie wusste, dass es jahrelang Iciclos' innigster Wunsch gewesen war, Emporia wiederzusehen. Sie konnte den Zeitpunkt, an dem ihre Entscheidung, ihn zu begleiten, unumstößlich geworden war, nicht exakt bestimmen. Aber Emporia war in dieser Nacht ihr Trost gewesen. Der helle Himmel ohne Nacht hatte ihr eine Zeit lang geholfen, diese Nacht zu überleben. Jetzt wollte sie Emporia sehen. Außerdem lag ein Teil ihrer eigenen Vergangenheit dort.

„Bist du sicher?" Iciclos sah sie prüfend an. „Fiuros wird ebenfalls mitgehen. Und Ankorus ist gefährlich", wandte er ein. Er wollte Ana-ha keiner weiteren Gefahr mehr ausliefern.

Ana-ha nickte ihm zu. I*ch weiß.*

Iciclos nahm ihre Hand: „Ich möchte nicht, dass wir mitgehen. Hier bist du sicher."

Ana-ha schüttelte wieder den Kopf. Energisch und beharrlich. *Ich gehe und du gehst mit!*

Iciclos seufzte, als er empathisch herausdeutete, wie groß ihre Entschlossenheit war. Er hatte sich geschworen, sie nie wieder allein zu lassen. Und obwohl sie es ihm nicht erklären konnte, erahnte er ihre

Beweggründe. „Also gut", stimmte er widerwillig zu und erntete dafür erneut Ana-has Lächeln. Er war dankbar, dass sie lächelte nach dieser Nacht. Es kam ihm vor, als hätte sein Leben nur noch diesen einzigen, großartigen Sinn: ihr Lächeln zu erhalten.

„Wir müssen warten, bis sie die heiligen Symbole platziert haben und ...", Iciclos stockte kurz, „... bei Fiuros wird die Vereinigung wohl am längsten dauern."

Ana-ha sah sich suchend um. Fiuros war nirgendwo zu sehen. Annini stand vor seinem Tor und hielt es offen. Cruso, Lesares und Seiso-me liefen am Rande ihrer Tore auf und ab, wartend.

„Annini gibt uns ein Zeichen, wenn es für die anderen Zeit wird, die Vereinigung vorzunehmen. Sie hält geistigen Kontakt zu Fiuros."

Ana-ha dachte an das, was er tun musste. Sie dachte daran, dass er keinen Trost bekommen hatte, dachte an seine Hände, die ihr hatten helfen wollen, wo er selbst versagt hatte. Sie dachte an all seine Worte, an seine eigene, hoffnungslose Suche, dachte an den kleinen Jungen aus Emporia, der hier gestrandet war und vergeblich auf Trost und Hilfe gewartet hatte. Ihm zuliebe sollte sie bei Fiuros sein. Sie hatte ihn wählen lassen. Und hatte er sich am Schluss nicht für die Rettung entschieden? Jetzt war sie verpflichtet, ihm zu helfen, schon Iciclos und den anderen zuliebe. Und je eher sie Fiuros gegenübertrat, desto leichter würde es auch für sie werden. In Emporia würde sich der Kontakt nicht vermeiden lassen. Ihr Verstand hatte recht, aber ihr Gefühl sträubte sich mit Haut und Haaren. Aber wenn sie jetzt nicht sofort ging, wäre sie vielleicht diejenige, die in alle Ewigkeiten gefangen wäre. Gefangen von der Nacht und dem Schmerz, der Hilflosigkeit und ihrer Wut darüber. Gerade jetzt, wo Fiuros ihr das Patentrezept für das Leben auf alle Zeit in die Seele gebrannt hatte.

Noch ehe Iciclos sie zurückhalten konnte, rannte sie auf das Feuertor zu. Sie versuchte schneller zu sein als ihre Furcht. Das Flackern sprühte ihr entgegen und beinah glaubte sie, es in ihren Adern zu spüren. Aber sie musste hindurch. Wenn sie es jetzt schaffte, würde sie es immer wieder schaffen. Ana-ha schloss ganz fest die Augen, hielt die Luft an, riskierte weitere Schritte. Die Hitze tat körperlich weh, überall, der Schmerz des Feuers war konsequent in ihrem Körper verankert, aber sie wollte zu Fiuros. Nicht zu Fiuros, dem Erwachsenen, sondern zu dem kleinen Jungen, zu dem er werden musste.

*Nur noch einmal ein wenig Feuer ...*

Vieles würde sie niemals vergessen. Viele seiner Sätze würden sie immer begleiten. Viele Dinge würde sie überwinden müssen. Nicht nur das Feuer vor ihr.

*Das Leben siegt immer, Ana-ha Lomara Diluvia. Das Leben, nicht die Furcht!*

*Nur noch ein letztes Mal ...*

*Das Leben, nicht die Furcht! Beweise es mir!*

Mit drei großen Sprüngen und bebendem Herzen überwand sie die Grenze zwischen Realität und Illusion. Mit einem Stoßseufzer Erleichterung und aufwallendem Stolz landete sie im Zentrum ihrer Ängste.

Fiuros kauerte auf dem Boden. Das Feuer, welches er mit Blut und Tränen besänftigen musste, war keine Illusion eines Toröffners, es war um ihn herum und überall in seinem Tor verteilt. Ana-ha blieb atemlos am Rand stehen. Das Feuer war wie ein Dämon in ihrem Körper. Es war kein Gralsfeuer, aber in seiner Art ähnlich. Fiuros trug die Kette um den Hals und hielt den Larimar in den Fingern, als er den Kopf in ihre Richtung drehte.

Erschrocken ließ er ihn los.

„Ana-ha", flüsterte er entsetzt. Wogen aus Reue und Dankbarkeit brachen sich in einer trockenen Feuerflut auf seinem Gesicht. Er hob die Hand ganz leicht, das Feuer wich ehrfürchtig zurück und gab ihr den Weg zu ihm frei. Langsam, sehr langsam ging sie auf ihn zu.

„Du solltest nicht hier sein." Fiuros' Gesicht zeigte größere Furcht als ihres. „Ich bin mir nicht sicher, ob es vorbei sein wird ... alles, was ich sage ..."

Ana-ha schüttelte abwehrend den Kopf. Je dichter sie herankam, desto mehr erweckte Fiuros den Eindruck, als wollte er vor ihr flüchten. Er fürchtete sie wie ein Kind einen wahrhaftigen Engel, den es nur in Wundergeschichten geben durfte.

„Keine Worte", begann er wieder stockend. „Keine Worte reichen ..."

Von hinten legte sie eine Hand zaghaft auf seine Schulter. Es war wie die Berührung eines weißen Flügels.

„Niemals werden Worte reichen ... ich habe keine, es tut mir leid, dass ich noch nicht einmal Worte habe ..."

Ana-ha legte die zweite Hand auf seine andere Schulter. Zwei Flügel stützen ihn, wo er es nicht schaffte, die Beine vom Boden abzuheben. Zwei Flügel, die zittrig waren, aber die die Kraft besaßen, die ihm jetzt fehlte.

Fiuros ließ den Kopf hängen, sodass sie nur auf seine Locken sehen konnte. „Ich habe Angst!", flüsterte er kaum hörbar.

Ana-ha spürte ihre Hände beben. Sie hatte auch Angst. Hier, in seiner Nähe zu sein, war viel mehr, als sie selbst von sich erwartet hatte. Vieles hätte sie jetzt gerne gesagt. Aber sie konnte nur bei ihm stehen und hoffen, dass er es schaffte.

„Ich will ... dieses Gefühl ... nicht spüren ..." Fiuros brach ab. Er erahnte, dass sie nicht sprechen konnte und dass nicht nur ihm die Worte fehlten. Aber sie hatte überlebt. Überlebt auf eine großartige Weise, die ihn an Wunder glauben ließ und die ihm jetzt einen Sturzflug hinab erlaubte, um hinterher wieder aufzusteigen, mit den Flügeln, die sie ihm lieh.

Ana-ha kniete sich neben ihn. Sie deutete auf den Larimar und malte auffordernd die Wellenlinien der Trikline in die Luft.

„Ich weiß, ich weiß!" Fiuros stützte sich mit den Händen auf dem Boden ab. Sein Rücken krümmte sich, als habe er unerträgliche Schmerzen.

Ana-ha blieb bei ihm sitzen. Sie sah, dass er eine tiefe Schnittwunde an seinem linken Arm hatte, aus der unablässig Blut sickerte. Vermutlich hatten sie vorgesorgt, um ihm wenigstens eine der beiden wichtigen Flüssigkeiten bereitzustellen. Ihr Mitleid pochte tiefer in ihr als die Furcht. Es war schön zu denken, dass er mit dem Zulassen der Trauer einen Teil von sich heilen konnte. Aber würde es reichen? Was, wenn es ihm jetzt nicht gelang? Sie sah, wie er sich immer mehr verkrampfte, wie er sich wehrte und es doch zuließ, wie er immer tiefer zu Boden ging, so weit, dass der Larimar an seinem Band die Erde berührte. Ihre Finger strichen über seinen Rücken.

Fiuros rief sich bewusst die Vergangenheit ab, Bilder, die er bislang nie ertragen hatte. Er sah Sala und Tores. Er sah seine Eltern lebendig vor sich. Er erinnerte sich. An das Glück, welches er erlebt hatte. Wie sie ihn geliebt hatten! Wie sie ihn beschützt hatten! Wie sie ihm das kostbarste Geschenk der Liebe gemacht hatten, einfach damit, dass sie gelebt hatten. Dass sie da waren. Nie wieder war er so geliebt worden wie damals. Und jetzt waren sie weg. Für immer. Er könnte schreien vor Ungerechtigkeit. Ankorus hatte ... nein, nein, der falsche Weg ... die

Flügel hatten kurz aufgehört zu schlagen. Er erinnerte sich ... wie sie ihn geliebt hatten ... seine offene Wunde, die nie verheilt war ... die er nur betäubt hatte ... er hatte sie so sehr geliebt ... jahrelang war er allein gewesen, in einem fremden Land ... jahrelang hatte er geschwiegen ... die Liebe, die er erfahren hatte, sie war so stark ... sie machte so verletzlich ... seine Schultern zuckten unruhig. Und schließlich fielen seine Tränen. Klar und echt und wunderschön fielen sie ins Feuer. Sie perlten herab wie Diamanten, die sich aus einer Kette lösten.

„Nein, aus keiner Kette", dachte Ana-ha. „Von einem Band, von einer Fessel." Sie nahm behutsam und unaufgefordert seinen Arm und hielt ihn leicht über die Flammen. Sekundenlang wurde es ganz still in seinem Tor. Das Blut tropfte langsamer als die Tränen, dafür dicker und kräftiger. Leise. Ganz still. Die Flammen flackerten lautlos. Es war keine melancholische Ruhe, sondern ein euphorisches Einatmen einer größeren Macht, höchstens vergleichbar mit der Wirkung des Kaeos. Und dann, schlagartig, färbten sich sämtliche Lohen im Torinneren grün. Grün, so different grün, wie das Gralsfeuer auf Fiuros' Hand geflackert hatte. Nur war dieses Feuer größer und gewaltiger. Fiuros' Kopf hing dicht über den Flammen. Er war ganz unten am Boden und schwebte doch längst in der Luft.

Ana-ha stand auf. Sie wusste, dass er den Rest allein bewältigen konnte. Annini gab in dieser Sekunde vermutlich für alle anderen das Zeichen, die Vereinigung ihrer Tore mit den dualen Symbolen zu starten und sie wollte bei Iciclos sein, wenn es soweit war.

Der Weg hinaus war leicht und Iciclos stand bereits wartend neben dem Feuertor. Sie lief in seine Arme. Auf seine Frage, wie es gelaufen sei, lächelte sie nur und deutete auf Annini.

„Normalerweise wäre ich der Toröffner", sagte Iciclos jetzt leise. „Es ist merkwürdig und unbegreiflich für mich, dass gerade Seiso-me uns das Tor offenhält und mithilft, die Symbole zu vereinigen, die er sich zu schützen geschworen hat. Hättest du mir das gestern erzählt ..." Er schüttelte den Kopf.

Sie liefen zum Mittelpunkt, der sich aus den vier quadratisch angeordneten Toren ergab. Sie wussten nicht, was geschehen würde. Die äußeren Flammen des Feuertores waren bereits grün gefärbt. Annini lief auf sie zu. Seiso-mes Tor war das nächste, welches die Farbe wechselte.

„Grundgütiger“, entfuhr es Iciclos. „Das sieht aus wie der Blutrausch tausender Kriege.“

Seiso-me kam durch den roten Wasserfall aus dem Tor gerannt. „Es hat funktioniert“, schrie er schon von Weitem.

„Das sehen wir“, rief Annini zurück. Im gleichen Augenblick stürzte Fiuros aus seinem Tor und Luft- und Erdtor tauschten beinah zeitgleich ihre Farben. Ein brauner Sturm fegte zu Boden und in Lesares' Tor rieselte die Erde dagegen plötzlich fast weiß hinab. Die beiden Toröffner spurteten heraus auf den Schnittpunkt zu, an dem die anderen bereits alle versammelt waren.

„Was passiert jetzt?“, brüllte Lesares in die Menge. Er musste sich wirklich um Lautstärke bemühen, denn das Getöse der Elemententore schwoll in einem monotonen Rhythmus immer stärker an. Es knisterte, brodelte, rauschte und hämmerte, als wollten sich die vier Urelemente beharrlich überbieten.

„Keine Ahnung. Wir wissen nicht, wie sich der Übergang bildet“, rief Seiso-me zurück.

„Warum ist das so laut? Ist das normal?“, kreischte Annini hektisch.

„Selbst, wenn es nicht normal ist ... jetzt ist zu spät“, schrie Iciclos. Sie liefen im Kreis, alle nach außen gekehrt, um den Mittelpunkt herum.

„Meine Güte“, stöhnte Annini auf. „Ich hoffe, wir bereuen nicht, was wir getan haben.“

„Was ist jetzt?“ In der plötzlichen Lautlosigkeit, die sich wie das beste Luftreichvakuum geisterhaft über den Platz gesenkt hatte, klangen Crusos Worte beklemmend schrill.

Alle starrten auf die Elemententore, als könnten sie in kürzester Zeit zusammenbrechen.

Dann geschahen mehrere Dinge gleichzeitig.

Das Wasser aus Seiso-mes Tor hörte auf zu fallen. Die Flammen stellten das Flackern ein. Der braune Sog blieb mitten in der Bewegung stehen und die Erde tanzte nur noch als Standbild im Rahmen von Lesares' Tor. Kaum hatten sie das zur Kenntnis genommen – es blieb weder Zeit für Zwischenrufe noch Einwände –, schoss aus jedem der Tore ein zischender Lichterglanz empor in den Himmel. Irgendwo über ihnen, in exorbitanter Höhe, vereinigten sich die vier Helligkeiten mit einer gewaltigen Explosion. Blitzend bildete sich eine einzige Strömung weißen Lichtes, in der unverkennbar alle vier Elementenkräfte miteinander verbunden waren. So schwer wie Erde fiel sie plötzlich vom Himmel, so wie Luft war sie durchscheinend und blendete wie gleißendes Feuer. Ihr Sturz glich einem Fluss, gespeist aus einer himmlischen Quelle. Die Lichtwehe ergoss sich über die offenmündigen Toröffner, bis sie komplett von ihr eingehüllt waren.

Die Nacht wich zurück, wie von Himmelsgeschöpfen verjagt, wurde sie weiß und hell und verdampfte in dem Ausguss der Lichtflut. Sekundenlang sahen sie nichts als weißes Strahlen, hielten sich die Hände schützend vor die Gesichter, verloren sich aus den Augen, begannen sich zu rufen und fanden sich schließlich wieder, als das Licht wie Dunst auseinanderstob. Der Wüstensand, die Nacht, die Tore, der Sternenhimmel ... alles war verschwunden. Der Boden unter ihren Füßen wurde hart und grau, die Sicht begrenzt. Und obwohl die Nacht vertrieben war, wurde es nicht hell, sondern dämmrig und trüb.

„Oh nein", keuchte Seiso-me entsetzt, als er sich umsah. „Wir sind in der falschen Dimension gelandet!" Er sah weder eine Stadt noch die versprochenen Tageshelle.

„Warum ist es hier so diesig wie an einem Regentag?" Annini drehte sich im Kreis.

„Weil wir der Dunkelheit näher gekommen sind", gab Seiso-me zurück, die Stimme zittrig. „Wir müssen sofort umkehren!"

„Gute Idee", bemerkte Iciclos trocken. „Leider hat sich unser Reisegefährt von uns verabschiedet." Seine Finger gruben sich in Ana-has Schultern, während er dem Licht hinterher blickte.

„Das glaube ich nicht!", rief Cruso verzweifelt. „Das ist unmöglich!" Er lief ein wenig voran, um etwas zu erkennen, das ihn an Emporia erinnerte.

Fiuros sagte nichts. Mit scharfer Wachsamkeit entzündete er einen Feuerball auf seiner Hand und hielt ihn in den verhangenen Tag. Urplötzlich erhellte sich die Umgebung ein wenig, wurde durchzogen von den hellen Flammenstrahlen, die einen roten Kranz um die Füße der Toröffner legten.

„Das ist Emporia", keuchte Iciclos plötzlich erschrocken und sprang dabei sogar ein Stück zurück. Er erkannte das halbmondförmige Pflaster des öffentlichen Platzes wieder. „Was ist denn hier passiert?"

Er ließ sich auf den Boden sinken und seine Hände fuhren fahrig über die blanken Steine. Aus der Nähe betrachtet waren sie immer noch so weiß wie in seinen Träumen. „Emporia“, dachte er und konnte es nicht glauben. „Ich bin zu Hause. Zu Hause.“

Nach acht langen Jahren war er endlich wieder in seiner Dimension angekommen. Er schüttelte den Kopf. Es schien nicht real. Die Freude, es geschafft zu haben, wurde überschattet von dem trüben Licht, das um sie herum lag wie ein Trauerschleier.

„Wir sind in der Heimat“, wiederholte er noch einmal, wie um die anderen und auch sich selbst zu überzeugen. Er stand wieder auf und rannte ein paar Meter weiter vor in das Dämmerlicht. War das sein Emporia? In seiner Fantasie war er bei der Vorstellung, nach Hause zu kommen, immer gerannt. Durch alle Gassen und Straßen Emporias, immer dem Licht hinterher, welches keinen Anfang und kein Ende fand.

*Das ist es. Das ist der Moment, den du Jahre lang herbeigesehnt hast.*

Ihm schwindelte es bei dieser Vorstellung.

„Emporia“, rief er in die Luft, als könnte er es finden in all dem Dunst, als wäre es nur versteckt oder die Dunkelheit nur ein Nachhang ihrer Überquerung. Er verlor die anderen aus den Augen und blieb stehen. Etwas, keine zehn Meter weiter vor ihm, zog seine Aufmerksamkeit an. Es war die öffentliche Gesetzestafel des Stadthauses.

„Es gibt sie noch“, schoss es ihm durch den Kopf, während er darauf zulief. „Es ist alles wie immer. Aber wieso ist es so dunkel?“ Er blieb vor der Glasscheibe stehen. Ein einziger Spruch zog sich über das Pergament im Inneren, wo früher eine ganze Seite Gesetze aufgelistet worden war, auch das Verbot, sich mit dem Licht zu verbünden. Iciclos beugte sich so weit vor, bis ihm die Kühle der Scheibe entgegenkam, und las den Text:

*Wer sich mir verschließt, verschließt sich der Göttlichkeit. Wer sich der Göttlichkeit verschließt, stirbt.*

Galt das für Emporia? Wo waren all die Menschen? Wo war Ankorus? Wo waren die Stadträte und seine Eltern? Emporia wirkte wie ausgestorben. Und – Iciclos vermochte es sich nicht einzugestehen, weil es so schrecklich schmerzte wie zehn Minuten Frizin – Emporia war unheimlich.

„Iciclos", hörte er ein Rufen. Es war Fiuros. „Wir sollten uns nicht trennen."

„Er hat recht", dachte Iciclos, blieb aber trotzdem stehen. Die Häuser, der Himmel, alles war da und doch nicht das, was er kannte. Nur der Geruch der Stadt, der war immer noch derselbe. Ein Hauch Silber vermischt mit einem Schwall kristallklarem Wasser – das hatte er früher so nie beschreiben können, aber das alte Element hatte ihn vieles gelehrt – dem nahen Wald und natürlich dem Licht, dessen Geruch kein Duft war, sondern nur das pure reine Sein des Lebens. Als er diese Mischung bewusst tief bis in seinen Bauch hinunter atmete und dabei die Augen schloss, kam es ihm vor, als habe er Emporia nie verlassen. Oh Gott, es war so schön gewesen. Wie ein Palast aus engelweißen Edelsteinen, gezimmert mit Mörtel aus Licht, das die feinen Ritzen durchdrang.

Seine Schultern sanken herab. Trotz der schweren Nacht und des großen Glücks, das ihm widerfahren war, hatte sein Innerstes bei der Vorstellung, Ana-ha und Emporia zu bekommen, fürchterlich gekribbelt und gebebt. Aber vielleicht wäre es zu viel Glück nach zu vielen einsamen Jahren gewesen?

Langsam ging er zu den anderen zurück, die immer noch an demselben Ort standen. Seine Enttäuschung über Emporia konnte er nicht verbergen. In seiner Vorstellung hatte er das Lichtwasser aus den Flüssen geschöpft und getrunken, ungeduldig und hastig, um Emporia zu spüren, um die Wahrheit zu begreifen, dass er da war, endlich da war. Er wäre durch die Kiefernwälder gewandert, hätte sich vom süßen Geruch betören lassen und sich auf den Nadeln am Boden ein Nachtlager gebaut unter einem Himmel, der niemals schwarz wurde. Acht Jahre und das dazugehörige Gefühl der Fremdheit, des Verlassenseins und der Schwere wären verblasst, als hätte es sie nie gegeben. Emporia war für ihn ein wunderbares Gefühl, ein Gefühl der Unbeschwertheit und des Ausgelassenseins, trotz der damaligen Verhältnisse. Das Licht hatte stets versprochen, dass alles gut würde, so wie in den handgeschriebenen Sammlungen ihrer Legenden. Er hatte seine Heimkehr so oft bildlich erlebt, dass dieses Emporia einfach nicht wirklich sein konnte. Es fühlte sich nicht so an, wie es sollte.

Iciclos seufzte tief. Das Hochgefühl wäre auch zu groß gewesen. Beides zu bekommen, was man liebte. Als er Ana-ha in der Gruppe stehen sah, blieb er stehen. „Du Narr", schalt er sich selbst. „Da ist es doch, dein großes Glück."

*Echtes Glück, du hättest es haben können ...*

Er hatte heute Nacht doch seine Lektion gelernt!

Er strahlte plötzlich über das ganze Gesicht, fast hätte er Emporia damit erhellen können. Sein kurzer Schmerz war wie weggewaschen. Sie war wichtiger. Sie weckte das gleiche Gefühl in ihm. Das wog die Schwere, die sich in sein Herz hatte stehlen wollen, wieder auf. Er nahm die letzten Schritte leicht und beherzt und nahm Ana-has Hand in seine.

„Warum leuchtest du eigentlich mit Gralsfeuer?", wollte Annini von Fiuros wissen, der sich mit einem Feuerball auf der Hand langsam im Kreis drehte.

„Ich wollte sehen, wo wir sind und gleichzeitig testen, ob ich noch in der Lage bin, Heiliges Feuer zu entfachen."

„Warum solltest du es nicht sein?"

„Ich weiß es nicht, es war so ein komischer Gedanke."

„Also ich kann deine Gedanken immer noch lesen, Fiuros. Und wenn meine Kräfte mich nicht verlassen haben, sollten euch eure auch zur Verfügung stehen. Und du bist immerhin ein Großmeister."

Fiuros tat ihre Bemerkung mit einer hastigen Handbewegung ab und legte einen Finger auf seine Lippen. „Still! Da ist etwas!"

Sie lauschten angestrengt. Zunächst hörte man nichts. Doch dann kam es näher. Es war ein alles übertönendes Flüstern in der Dunkelheit. Wie ein Raunen umkreiste es den großen Platz.

„Was kann das sein?", wisperte Annini erschrocken.

Plötzlich sah es so aus, als würden Gold- und Silberfäden aus der Luft gezogen, als webte sich daraus ein Lichtschein in weiter Entfernung. Und noch ehe jemand Annini antworten konnte, öffneten sich die Schlacken vor ihnen wie ein Vorhang. Das Leuchten kam näher und erhellte ihre ängstlichen Gesichter. Es ging dem Mann voraus, der sich durch die Dunstschwaden zu ihnen einen Weg bahnte. Sein Glorienschein war farbig wie die Sternenwinde am äußersten Rande des Erdreiches. Als er die Ankömmlinge sah, nickte er ihnen zu. Ernst und nachdenklich, aber nicht feindlich.

„Ankorus", flüsterte Fiuros. Und noch einmal: „Ankorus."

# Leben und Göttlichkeit

Er hatte sich kaum verändert. Sogar sein majestätisches Gewand war dasselbe: der feine Stoff, der aus weißem Leinen mit Goldfäden durchwirkt war und die kleinen Spiralen, die sich darauf in einem immerwährenden Tanz vergnügten. Ankorus Amonaries, der Hüter Emporias, stand vor ihnen.

Iciclos' Knie wurden weich und er hatte schlagartig ein flaues Gefühl im Magen. Wie auch damals bildete sich in Windeseile eine undurchdringbare Mauer aus Emporianern um sie herum. Karun Olas, Custos Obsidialis und weitere herrschaftlich gekleidete Männer, die er noch von früher kannte, standen keine fünf Meter hinter dem Stadthüter, die Arme verschränkt. Ihren Mienen nach hießen sie die Verbannten keineswegs willkommen. Das Raunen aus dem Hintergrund wurde lauter.

„So wie damals", schoss es Iciclos durch den Kopf und sein Herz schlug so schnell, als wolle es eine Hetzjagd gewinnen. „Es ist wie vor acht Jahren." Ein schrecklicher Gedanke setzte sich in ihm fest: Was, wenn Ankorus sie erneut loswerden wollte?

Dieses Mal würde ihm die Strafe einer Verbannung nicht ausreichen. Wer wusste auch, ob er überhaupt noch Tore öffnen konnte. Dieses Mal würde er sie töten müssen, wenn er sich ihrer entledigen wollte.

Ankorus stand eine Weile vor ihnen und sah sie an, als wolle er mit seinem Blick die Pein und die Jahre der Verbannung aus ihnen herausziehen, um abzuschätzen, ob sie eine Gefahr darstellten.

„Willkommen in der Heimat", sagte er schließlich. Seine Stimme war weich und süß wie Milch und Honig, als er ihre Namen nacheinander nannte und sich die ihrer Freunde sagen ließ. Iciclos hätte gerne geglaubt, dass er es ehrlich meinte. Doch dafür war Emporia zu dunkel.

Ankorus sah nicht überrascht aus, sie zu sehen.

„Habt ihr uns erwartet?", hörte er Lesares fragen, der mit einer weitläufigen Handbewegung auf die Umstehenden deutete.

Ankorus nickte. „Wir dachten uns, dass etwas Großes im Gange ist. Die Luft wurde in Wolkenhöhe auseinandergerissen und färbte sich in die Farben der Elemente. Es war spektakulär, ein echtes Entzweibrechen des Himmels. Mein Larimar erhitzte sich stark und so kombinierte ich die Fakten und dachte mir schon, dass ihr einen Rückweg in die Lichtdimension gefunden habt. Natürlich hätten es auch andere Toröffner sein können, aber so recht glauben wollte das niemand."

Vereinzelte Stimmen hinter ihm riefen die Namen der Verbannten, erstaunt und ungläubig. Iciclos erkannte Lesares' jüngeren Bruder Demmyon, der sich aus den hinteren Reihen nach vorne kämpfte und dabei immer wieder Lesares' Namen rief. Ganz kurz suchte Iciclos in der Menschenmenge die Gesichter seiner Eltern, fand sie aber nicht. Insgeheim war er dankbar dafür. Er hätte nicht gewusst, was er ihnen sagen sollte und ob er überhaupt mit ihnen reden wollte. Das alles, Emporia, die Vergangenheit, die Gegenwart ... es schien so unwirklich wie ein Traum, den er betreten hatte, oder wie ein Prüfungstor, das er schließen konnte, wenn er wollte.

„Lesares!" Demmyon war es gelungen, sich nach vorne durchzudrängen. Er blieb wie versteinert vor seinem Bruder stehen, der auf ihn zugestolpert war. „Ich glaube es nicht." Demmyon schüttelte den Kopf. Lesares blinzelte verdächtig lange. Dann lachten sie gleichzeitig auf und fielen sich gegenseitig um den Hals. Tränen liefen Lesares über das Gesicht, seine Schultern bebten. Iciclos' Herz wurde bei der Wiedersehensfreude der Brüder ganz leicht.

Lesares und Demmyon redeten gleichzeitig aufeinander ein und Demmyon zeigte in die Menge, in der sich Lesares' restliche Familie sammelte.

„Wo ist Faiz?", fragte Cruso jetzt in die allgemeine Unruhe. Seine Stimme war fast schrill, sein Gesicht aschfahl. Vermutlich dachte er daran, dass auch er von jemandem begrüßt werden sollte.

„Faiz", wiederholte Demmyon, leicht erschütterte, und ließ Lesares los. Vorsichtig legte er Cruso die Hand auf den Arm. Fast hatte es geklungen, als sei der Name hier nicht mehr bekannt. Iciclos sah von Cruso zu Ankorus.

Dieser antwortete: „Es hat einen Unfall gegeben. Kurz nachdem ihr uns verlassen hattet."

„Einen Unfall?", echote Cruso schwach.

„Faiz hat sich den Gesetzen Emporias widersetzt. Es tut mir leid für dich, Cruso."

„Nein ..." Cruso starrte Ankorus an. Es dauerte mehrere Sekunden, bis er die Wahrheit begriff. Dann taumelte er unbeholfen auf Ankorus zu, als würde ihm die Realität harte Schläge verpassen. „Du lügst. Du hast sie getötet!"

Noch bevor er auf Ankorus losgehen konnte, packte Fiuros ihn am Arm. Er schüttelte nur den Kopf. Cruso schwankte, als sei er selbst tödlich verwundet worden. Er schlug die Arme vor sein Gesicht, wie um die Wahrheit abzuwehren, dann blieb er wie erstarrt stehen. Iciclos ließ Ana-has Hand los und nahm Cruso in den Arm. Er konnte sich lebhaft vorstellen, was in seinem Freund vor sich ging.

„Ich habe sie nicht getötet, Cruso. Wie könnte ich." Ankorus seufzte. „Frag die Emporianer, wenn du mir nicht glaubst."

„Es ist wahr", bestätigte Custos Ankorus' Worte ohne jegliches Mitgefühl in der Stimme. Neben dem Stadthüter sah er uralt aus. „Faiz hat sich mehrmals gegen Ankorus gestellt. Ihr Tod war ein bedauerlicher Unfall, so wie der meines Sohnes laut euren Worten."

Cruso war in sich zusammengesunken. Demmyon trat zu ihnen und flüsterte: „Wir mussten sie außerhalb der Stadt beerdigen. Es geschah gar nicht lange, nachdem ihr uns verlassen hattet." Er hatte Tränen in den gelben Augen. Er beugte sich zu dem zitternden Cruso. „Wir haben gewartet. Jeden Tag haben wir auf euch gewartet. Wir dachten, ihr kämt viel früher nach Hause. Wir waren uns so sicher, dass ihr kommt." Er sah kurz zu Ankorus, der leise mit seinen Stadträten sprach: „Einige misstrauten Ankorus nach eurer Verbannung. Wenn ihr nur ein paar Monate später wieder zurückgekommen wärt, wäre sicher vieles anders gelaufen. So fraß die Zeit die Zweifel und der Alltag gab Ankorus recht. Und die wenigen, die sich auflehnten ..." Demmyon brach ab und sah Cruso teilnahmsvoll an. „Die Wenigen, die den Mut hatten, alles aufzudecken, unterlagen Ankorus. Faiz wusste viel zu viel."

Cruso löste sich aus Iciclos' Umarmung. Er schien betäubt vor

Schmerz und Verwirrung. Und neben seinem Leben, das hier für ihn zu Ende schien, lief das andere weiter. Lesares' Familie und einige alte Freunde kamen, Hände wurden geschüttelt, die Heimkehrer begrüßt, von vielen zurückhaltend und vorsichtig, immer mit Blick auf den Stadthüter und seine Männer.

Iciclos fühlte sich wie benommen. Dass Faiz wirklich tot war, dass sich Demmyon immer wieder zu Ankorus umdrehte, bevor er sprach, dass die Menschen sich kaum an sie herantrauten, all das zeigte mit erschreckender Deutlichkeit, wie groß Ankorus' Einfluss in Emporia war. Es war viel schlimmer, als er erwartet hatte.

Und Cruso ... Für ihn musste es wie der furchtbarste Albtraum sein. Er hatte jahrelang gehofft, jahrelang die Treue gehalten. Am Schluss hätte er beinah sogar ihre Freundschaft verraten für einen Traum, der nicht mehr war als vergessener Staub, draußen vor Emporias Mauern. Erneut fiel Iciclos auf, dass seine Eltern auch nicht da waren. Immer wieder sah er sich verstohlen um, fast wie ein Dieb, der nicht ertappt werden wollte. Sollte er, wenn er sie entdeckte, einfach in der Menge verschwinden?

Lebten sie noch?

„Lassen wir die Vergangenheit ruhen", sagte Ankorus irgendwann, nachdem sich die erste Euphorie gelegt hatte und die Emporianer ruhiger wurden. Er streckte Cruso die Hand entgegen. „So, wie wir diejenigen ruhen lassen sollten, deren Licht erloschen ist. Wir wollten euch heute wieder als Freunde bei uns aufnehmen." Cruso ignorierte seine Finger und wandte sich ab.

„Wir sind gerne bereit, das Vergangene ruhen zu lassen", sagte Fiuros jetzt zu Ankorus. Mittlerweile war er ebenso groß wie dieser. „Aber wir bestehen darauf, dass die Menschen die Wahrheit erfahren. Wir werden hier nicht mit der alten Lüge leben."

Ankorus zeigte ein Lächeln, welches er nur dem Himmel gestohlen haben konnte. „Du bist wirklich erwachsen geworden, Fiuros. Du siehst aus wie dein Vater. Sag mir, wieso sind deine Eltern nicht hier? Hat es ihnen in den Elementenreichen besser gefallen als in Emporia?"

Fiuros schnappte nach Luft, als sei er in eiskaltes Wasser gestoßen worden.

„Du hast seine Eltern bei der Torpassage getötet", antwortete Iciclos jetzt so laut für ihn, dass es alle umstehenden Emporianer hören mussten. „Das ist die Wahrheit, von der er gesprochen hat. Eine davon."

„Was für ein Unsinn. Ich wollte euch lediglich bestrafen, nicht töten!", widersprach Ankorus und schüttelte gespielt ungläubig den Kopf.

„Du bist derjenige, der hätte verbannt werden müssen, denn du warst der Einzige, der das Licht zu schlechten Zwecken missbrauchte", presste Fiuros jetzt durch die Zähne hervor. „Aber die Menschen haben deine Lügen geglaubt. Und was haben sie heute davon?" Er drehte sich zu den Emporianern hin. „Eine dunkle Stadt!"

„Ich wollte euch heute wirklich als Freunde willkommen heißen", sagte Ankorus jetzt etwas verärgert und hob die Hand, um das Stimmengewirr um ihn herum zur Ruhe zu bringen. „Aber scheinbar seid ihr nicht dazu bereit. Seht euch Lesares an. Er ist angekommen. Er fordert mich sicher nicht heraus, irgendwelche vergangenen Geschichten neu aufzurollen. Seiner Familie geht es bislang gut. Sicher will er, dass das so bleibt." Lesares und Demmyon erstarrten bei der nicht ausgesprochenen Drohung und Ankorus fuhr fort: „Was immer damals geschehen ist, lasst es uns vergessen. Fangen wir neu an!"

Sein Blick blieb auf Ana-ha hängen. „Ihr habt Freunde mitgebracht. Wie ich sehe auch die Trägerin des Larimars." Er ging auf sie zu und legte ihr die Hände auf die Schultern. Iciclos ließ es widerwillig geschehen. „Oder soll ich lieber sagen, die ehemalige Trägerin des Larimars." Ankorus sah zu Fiuros, um dessen Hals der türkisfarbene Stein an den Lederbändern hing.

„Sie hat ihn mir geschenkt. Das Schicksal geht die seltsamsten Wege", sagte dieser, immer noch mit deutlichem Zorn in der Stimme.

Ankorus beachtete ihn gar nicht und sprach Ana-ha direkt an: „Du und ich, wir stammen aus einer Linie. Es ist wahrhaftig nicht zu übersehen." Er lachte warmherzig. „Und wie ich spüre, bin ich nicht der Einzige, der nach der Göttlichkeit sucht."

Ana-ha lächelte. Sein Licht machte sie ein wenig trunken. Es gab vor, ihre Wunden stillen zu können und sie dort zu berühren, wo die letzte Glut noch immer glomm.

„Wie war dein Name gleich?", wollte Ankorus jetzt wissen und trat wieder einen Schritt zurück.

„Ana-ha Lomara", antwortete Fiuros für sie. „Sie hat alle Worte verloren."

„Ana-ha Lomara", wiederholte Ankorus leise. Er sah zu Fiuros, dann sagte er zu ihr: „Ich weiß, was er heute Nacht getan hat. Ich weiß, was du fühlst und wie sehr du gelitten hast. Ich weiß, wo du berührt werden musst, damit es dir besser geht und du deine Sprache wiederfindest."

Fiuros tänzelte unbeholfen auf der Stelle, sichtlich schockiert und deutlich beschämt über Ankorus' Wissen.

„Du willst doch, dass es ihr besser geht, oder?", wandte sich Ankorus an ihn. „Du willst es ungeschehen machen. Überzeugt euch von meinem Element und sagt mir dann noch einmal, dass ich es missbrauche." Ankorus wartete.

Man konnte den Kampf in Fiuros sehen. Er sah Iciclos an, als wollte er ihn um Erlaubnis bitten. Dieser nickte kurz. Sie konnten diese Chance für Ana-ha nicht verstreichen lassen, andererseits: Es steckte bestimmt viel mehr hinter Ankorus' schmeichelnden Worten. Niemand brauchte einen weiteren Beweis seiner Herrlichkeit. Außer Ana-ha. Und das waren sie ihr alle schuldig.

„Du kannst sie mit Heiligem Feuer nicht heilen, Fiuros. Du wirst deinen Fehler niemals wiedergutmachen können", sagte Ankorus zu dem zögernden jungen Mann.

„Woher weißt du das alles?", fragte Iciclos tonlos. „Wie kannst du sehen, was geschehen ist?"

„Das Licht steht über allen Elementen. Eure gesamten Kräfte werden von meinem Licht durchzogen und so kann ich erkennen, wofür ihr sie benutzt habt. Ana-ha ..." Er sah zu ihr hinunter, fast so verständnisvoll, wie Antares sie immer angesehen hatte, wenn er ihr versprochen hatte, dass das Leben immer siegte. Seine langen Haare kitzelten an ihren Schultern. „Du hast dein Leben lang versucht, mit dem Wasser das Leben zu ergründen. Tiefsinnig, so wie die Melodie des Wassers spielt. Du hast Dinge getan, vor denen viele sich grauen. Du bist immer bis an die äußerste Grenze gegangen, nur, um Göttlichkeit zu erfahren, um in deinem Leben Sinn zu finden."

Ana-ha nickte stumm.

„Du und ich ... uns verbindet das Streben nach Höherem. Deine Freunde haben natürlich recht. Ja, ich habe das Licht zu meinen Zwecken benutzt. Die Emporianer wissen das schon lange. Es war irgendwann nicht mehr vor ihnen zu verbergen." Seine Mundwinkel zuckten ein wenig. „Aber ich wollte niemals eine Macht auf Erden. Meine Zwecke dienten natürlich Größerem. Ich liebe Emporia, ja. Aber es muss mehr geben. Dieses Licht hier ist nur das helle Willkommensgeheiß einer greifbaren Macht über uns." Jetzt runzelte er kurz die glatte Stirn, dann seufzte er auf. „Wir waren ein paar Mal so dicht davor."

Das Licht um ihn herum zog feine Kreise, zart und ergreifend wie das Anstimmen eines überirdischen Gesangs. Ana-ha fühlte sich in diesem Licht wunderbar geborgen und sicher. Entschlossen trat sie auf Ankorus zu, der ihr ohne weitere Worte die Fingerspitzen leicht wie Federn auf die Schläfen legte. Sie schloss die Augen und überließ sich dem kühlen Streicheln der Lichtströme, die dorthin flossen, wo das Feuer am schlimmsten getobt hatte. Als hätte sie nur noch Licht statt Blut in den Adern, fühlte sie sich plötzlich wunderbar sorglos und getragen und in einem immerwährenden Kreislauf geliebt und gefangen, fast wie in der Nacht von Wibuta.

*Das ist das Licht Emporias. Das ist das Licht, nachdem sich Iciclos so lange gesehnt hat. Wie hätte er es vergessen sollen in unserer Welt ...*

Die erfrischende Brise aus Licht füllte sie aus, nahm die Erschöpfung der Nacht, die ihre Seele immer noch lähmte. Das Licht war nicht fordernd wie das Gralsfeuer, sondern herrlich geduldig.

Nach fünf Minuten ließ Ankorus langsam die Hände sinken. „Das hat dir gefehlt, nicht wahr?"

„Ja", lächelte Ana-ha. Sie war nicht verwundert darüber, dass sie plötzlich wieder sprechen konnte. Sie hatte es bei der ersten Berührung von Ankorus' Händen gespürt.

Iciclos legte den Arm um ihre Schultern und zog sie zu sich. „Da hat dein Licht ja wirklich mal eine Glanzleistung vollbracht", sagte er nur.

„Wie kann diese Kraft schlecht sein, frage ich euch?" Ankorus wandte sich an die Menschen um sich herum, aber auch an die Heimkehrer.

„Sie ist nicht schlecht", stimmte Lesares zu. „Vorausgesetzt, du benutzt sie nicht, um Menschen zu täuschen."

„Lesares, ich will niemanden mehr täuschen. Alle Emporianer kennen mich und meine Ziele. Glaub mir, die alten Zeiten sind endgültig vorbei."

„Inwiefern vorbei?"

„Wir haben höhere Ziele als das Leben in Emporia. Die Menschen nehmen die Dämmerung in Kauf, weil sie mit mir in die nächste Dimension gelangen möchten."

„Eine Dimension noch näher am Licht?“ Seiso-me schüttelte den Kopf. „Es kann niemals gut gehen, die Elemente noch weiter herauszufordern.“

„Seiso-me Leskartes war dein Name, nicht? Sei unbesorgt, wir müssen die Elemente nicht dazu benutzen“, erklärte Ankorus. „Aber die Konstellation heute ist ausgesprochen günstig für einen erneuten Versuch.“

„Was für einen Versuch?“, hakte Ana-ha vorsichtig nach.

Ankorus lächelte duldsam. „Ana-ha Lomara“, sagte er langsam mit der Fürsorglichkeit eines liebenden Vaters. „Du gehörst zu mir. Ich verstehe deine Sehnsucht nach Liebe und Göttlichkeit von allen Menschen am besten.“ Er sah zu ihr hinunter und Ana-ha hatte das aberwitzige Gefühl, dass er sie wirklich verstand, dass er dieselbe Sehnsucht hatte. „Wir haben die gleichen Vorfahren. Lihija und Kemon-rae. Feuerländer, das weißt du.“ Er fuhr fort, als sie nickte. „Beiden haben wir zu verdanken, dass es Emporia gibt. Ohne deine und meine Urgroßeltern gäbe es diese wunderbare Stadt mit ihren weiteren Möglichkeiten nicht.“

„Aber sie hinkten der Göttlichkeit hinterher“, sagte Ana-ha nur. Fiuros hatte es ihr erzählt. Trotz der Nacht hatte sie es nicht vergessen.

„Nein, sie hinkten ihr nicht hinterher. Sie haben sie entdeckt, das Licht! In dieser Dimension ist man Gott unmittelbar näher als in den vier alten Reichen.“

„Das glaube ich nicht und letztendlich waren sie Verlierer. Sie haben ihre Tochter verloren.“ Ana-ha spähte zu Iciclos. Sie wollte ihn bei sich haben, aber mehrere Emporianer hatten sich zwischen sie und ihre Freunde gereiht und sie wusste nicht, ob es eine Taktik von Ankorus war oder sie nur weitere Bekannte begrüßten.

Ankorus fuhr fort: „Sie haben Raela nicht verloren. Sie haben sie absichtlich zurückgelassen.“

„Wie bitte?“

„Sie teilten die Kinder auf. Wie klug und bedacht von ihnen! Stell dir vor, sie wären in den Tod gelaufen! Ihre Linie wäre komplett ausgelöscht gewesen. So haben sie eines ihrer Kinder mitgenommen und eines in den Reichen gelassen, welches die Suche dann hätte weiterführen können! Was für ein Opfer! Ein Opfer für die Göttlichkeit. Wir alle müssen Opfer bringen.“ Er sah kurz zu Iciclos hinüber, bevor er weitersprach: „Raela war das Lieblingskind deiner Urgroßmutter. Daher entschied sie sich dafür, sie zurückzulassen. Was für eine sagenhafte, selbstlose Entscheidung, nicht wahr? Raela bekam das Leben. Sie sollte auf jeden Fall überleben, wenn die Vereinigung der Tod gewesen wäre. Ijalamá bekam die Göttlichkeit." Seine Worte tropften wie warmer Frühlingsregen auf sie hinab. Ana-ha sackten die Beine weg und Ankorus stützte sie. „Es war eine lange Nacht für dich. Doch hier bist du sicher. Hier bist du willkommen. Hier endet deine Sehnsucht. Und ich verspreche dir noch viel Größeres."

„Göttlichkeit, Leben ..."

„Ijalamá Göttlichkeit zu schenken, dem Kind, welches man weniger liebte, ist ein Akt der bedingungslosen Opferbereitschaft."

„Und Raela bekam das Leben", dachte Ana-ha benommen. Ihr wurde es ganz elend bei dem Gedanken. Raela bekam das Leben, welches sie zu früh verloren, welches Elana zu früh verloren und welches sie selbst nie geliebt hatte. Als ob es nichts wert sei, weil man dafür seine Familie hatte aufgeben müssen. War das der Hintergrund für ihre verzweifelte Suche? Hatten die Toröffner schon den Grundstein dafür gelegt? Zog es sich durch ihre Generationen, die verzweifelte Suche nach Höherem, weil es ihnen verwehrt worden war? Weil sie nur das Leben bekommen hatten? Emporia wurde noch dunkler vor ihren Augen.

„Ana-ha, ihr habt das Leben geschenkt bekommen aus Liebe. Aber du dachtest immer, es sei nicht genug. Deshalb hast du immer nach Höherem gestrebt."

Ana-ha nickte stumm.

„Hättest du meine Möglichkeiten besessen, wärst du wie ich. Hättest du dieses Licht zu deiner Verfügung gehabt, hättest du es nicht genutzt?"

„Doch", musste Ana-ha zugeben. „Doch, ich hätte es benutzt. Ich bin mir ganz sicher." Iciclos, Lesares, Tores und Cruso hatten es auch getan. Nur mit einem völlig anderen Hintergrund wie Ankorus. Sie hatten Erkenntnisse für alle gewollt.

Göttlichkeit und Leben. Leben und Göttlichkeit. Die Worte kribbelten. Sie hatte sie schon einmal gehört. Im Erdreich. „In den Reichen bildeten sich zwei Lager heraus", hatte Annini gesagt. „Die einen wollten die Göttlichkeit, die anderen das Leben." Damals schon hatte irgendetwas in ihr reagiert, sie hatte nur nicht gewusst, warum. Doch jetzt kannte sie den Grund. Schlagartig. Es waren die letzten Worte ihrer

Mutter gewesen. Es war kein „Ich liebe dich“ gewesen. Das hatte sie nicht sagen müssen, das hatte sie gewusst. „Leben oder Göttlichkeit. Du musst dich niemals entscheiden. Es ist eins!“ Das hatte sie gesagt. Und damit alle Vergangenheit weggespült. Das Leben war das heilige Sakrament der Göttlichkeit, ihr Symbol. Ana-ha schloss die Augen. Sie war wahrhaftig angekommen. In Iciclos' Heimat endete die Suche endgültig.

In Ankorus' Umarmung richtete sie sich wieder auf. Er lächelte, ließ sie los.

„Gib mir den Larimar!“ Ankorus wandte seine volle Aufmerksamkeit dem hochgewachsenen jungen Mann zu, der sich jetzt beinah so klein fühlte, als wäre kaum ein Jahr seit ihrer letzten Begegnung vergangen.

„Er ist mein Eigentum. Und ich verschenke ihn nicht.“

Ankorus lächelte noch breiter. „Wir standen schon einmal hier. Es kommt mir so vor, als sei es erst gestern gewesen.“ Er streckte die Hand aus. „Gib ihn mir freiwillig, dann geschieht dir nichts.“

„Wer garantiert mir das? Du?“ Fiuros griff nach dem Stein und umschloss ihn ganz fest mit seinen Fingern.

Ankorus lachte, als würden ihn seine Worte gut unterhalten. Er ging auf Fiuros zu.

Annini und Seiso-me sprangen wie abgesprochen gleichzeitig vor ihn und stellten sich Ankorus in den Weg.

„Ich bin der Wächter dieses Steins und der Wächter der Tränen und des Blutes des Trägers. Du bekommst ihn nicht“, sagte Seiso-me mutig. „Du hast keinerlei Rechte. Er stammt aus Ana-has Linie und sie hat ihn an Fiuros vergeben.“

Annini nickte nur zustimmend und verschränkte die Arme vor der Brust.

„Fiuros, sei nicht dumm und gefährde nicht unnütz das Leben deiner Freunde.“ Ankorus' Lichtaura wurde eine Spur greller. „Dieser Larimar wird zusammen mit meinem noch ganz andere Tore öffnen. Cruso ...“ Er streckte einladend die Hand in Richtung des Trauernden. „Wäre es nicht großartig, die Vergangenheit zurückzuholen?“ Cruso sah ihn mit feuchten Augen an. „Du könntest Faiz all die Dinge sagen, die du ihr nicht mehr sagen konntest. Ich wäre sogar so großzügig und würde ihr ihre Fehler verzeihen.“

„Er lügt!“, schrie Annini. „Glaub ihm nicht! Er denkt gar nicht daran, die Vergangenheit zu verändern! Alles, was er will, ist eine weitere Dimension, noch näher am Licht!“

„Wer sich der Göttlichkeit verschließt, verschließt sich mir“, sagte Ankorus lieblich und doch mit universeller Gewalt zu Annini. „Wer sich mir verschließt, stirbt! Das ist das einzige Gesetz, welches hier noch gilt.“

„Gib ihm den Larimar“, verlangte Ana-ha von Fiuros.

Annini und Seiso-me sollten nicht ihr Leben für etwas opfern, das Ankorus sowieso bekam, auch wenn sie jetzt so stolz und selbstbewusst vor Fiuros standen, wie sie sie noch nie zuvor gesehen hatte.

Fiuros sah Ana-ha zögernd an, dann den Larimar. Der letzte Sommer zog durch seine Gedanken: Der türkisfarbene Stein auf dem Boden der Trainingshalle, der Stein in seiner Hand, der Stein um Ana-has Hals, der Stein im Kreis seines Feuers. Der Stein der Tränen. Der Stein des Blutes. Es schien fast ein ganzes Leben lang her, dabei waren es erst wenige Stunden. Ana-ha hatte ihm damit die Freiheit geschenkt. Für ihn hatte der Larimar seine Dienste getan, für Ana-ha ebenfalls. Es gab keinen Grund, Ankorus den Willen zu verweigern, zumal auch keinen, der zwei oder drei Leben aufwiegen konnte. Langsam zog er sich den Stein mit den Lederbändern über den Kopf.

„Larimar, Triklin“, dachte er. „Ich bin deinem Weg gefolgt. Ankorus sagte mir einmal, dein Kristallsystem, deine Dreh- und Spiegelachsen, besäßen keine Symmetrie und so war es. Mein Weg war nie vorhersehbar, auch, wenn ich das dachte. Und wenn das immer so ist, kann auch er seinen Weg nicht voraussagen. Ich danke dir für alles, was du für mich getan hast.“

Fiuros hatte die Kette in den Händen und schob Seiso-me und Annini behutsam zur Seite. „Ich schenke ihn dir“, sagte er zu Ankorus. „Gehe sorgsam mit ihm um, denn seine Symbolik ist das Kostbarste, was ich je erfahren habe.“ Er trat dicht vor Ankorus. Seine Hände streiften seine Haare, als er ihm die Kette umlegte. Er tat es ohne Hass, ohne bösen Willen und ohne Bedauern, ganz anders als auf der Terrasse der Feuerkunstakademie, als er Ana-ha diese Kette um den Hals gehängt hatte.

Der türkisfarbene Larimar fiel exakt auf die gleiche Höhe wie sein Gegenstück. Sie hingen Seite an Seite, und wenn man nah genug davor stand, konnte man die weißen Trikline in ihrer Verlängerung sehen.

Ankorus nickte Fiuros zu. „Das war die richtige Entscheidung." Er sah prüfend auf die Steine hinab. Ana-ha wusste instinktiv, dass er sie hätte zusammenfügen können, wenn er es gewollt hätte. Licht hätte den Bruch gekittet. Aber aus einem unerfindlichen Grund tat er es nicht.

„Opferbereitschaft", sagte Ankorus dann, „ist unser aller Pflicht." Er wandte sich wieder an Ana-ha: „Lihija opferte eine Tochter für die Göttlichkeit. Den Menschen, den sie von allen auf dieser Welt am meisten liebte, ließ sie zurück. Wer sagt uns, dass es nicht dieser Akt war, der das Tor überhaupt geöffnet hat? Vielleicht wäre es sonst verschlossen geblieben? Vielleicht hat sich die große Macht davon beeindrucken lassen?" Er legte seinen Kopf schräg, als er sie ansah. „Ich habe euch ja gesagt, dass ich eure Ankunft erahnt habe. Ich spürte es an meinem Larimar. Mein Stein hat auf den Wechsel des Trägers reagiert. Eine unbeschreibliche Woge aus Erneuerung und Glück stahl sich aus seiner Mitte. Etwas Ähnliches beschrieb mir mein Vater einmal, aber er konnte es sich damals nicht erklären. Ich war gerade Mitte zwanzig und hatte noch keinen Gedanken an den Stein verschwendet. Ein Fehler, sicherlich. Als ich heute das Gleiche fühlte und zudem noch bemerkte, dass mein Stein sich immer mehr erhitzte, wusste ich, dass etwas Gewaltiges im Gange sein musste. Eine Überwärmung des Steins gab es zuletzt vor acht Jahren." Er sah kurz zu Fiuros. „Ich brauchte nur die Fakten richtig zu deuten, um zu wissen, dass eure Ankunft kurz bevorstand. Und ich habe mich darauf vorbereitet. Wir haben hier gewartet. Ihr habt viel länger gebraucht, als wir alle dachten. Und nun bekommen die Emporianer, was ich ihnen schon so lange versprochen habe. Die wirklich göttliche Dimension."

„Es gibt keine göttliche Dimension", widersprach Ana-ha. „Das Leben ist die göttliche Dimension. Schade, dass dir das abhandengekommen ist."

„Ana-ha, sieh dir meine Larimare an! Beide Steine gehörten einst den zwei Menschen, die Lihija liebte. Wie wir wissen, hat mein eigener Stein damals geholfen, die Tore zu öffnen."

Ana-ha nickte mit einem ganz schrecklichen Gefühl in der Magengegend.

„Dann weißt du auch, dass sein Hass, mein Licht und der Stein der vier Elemente das Tor in dein Heimatreich öffneten?"

Ana-ha schüttelte den Kopf.

„Hass trennt Elemente, Liebe führt sie zusammen, ein uralter Glaube, fast so alt wie die Menschheit selbst. Aber ich gehe noch einen Schritt weiter. Wenn wir annehmen, dass die vier heiligen Symbole die Menschen damals nach Emporia gebracht haben, was bringt uns nun von hier aus noch weiter? Wir brauchen keine Symbole, dafür aber eine symbolische Handlung. Wir besitzen das Licht und ich möchte fest glauben, dass es eben jene opferbereite Haltung ist, die schon Lihija besessen hat, die uns dabei helfen könnte. Und die Trennung beider Steine. Die ersten Toröffner haben die Steine getrennt. Einer blieb in der Dimension zurück, aus der sie kamen, den anderen nahmen sie mit! Was, wenn es hier ebenso funktioniert? Ein Stein bleibt in Emporia, den anderen nehmen wir mit? Selbst wenn die Steine nicht der Auslöser sind, so besitzen sie doch jetzt schon eine ungeheure Symbolkraft! Fiuros hat es selbst gesagt. Seine Symbolik ist das Kostbarste. Mit einer Gabe des Lichtes, unserem Element dieser Dimension, und den beiden heiligen Steinen sollte es möglich sein, ein weiteres Tor zu öffnen. Wir müssen nur all das zusammenbinden. Das Opfer, das Licht und die Steine."

„Du bist verrückt", sagte Ana-ha fassungslos über seine Gedankengänge. Ihr wurde klar, dass ihr Großcousin einen fürchterlichen Plan haben musste. Sie wusste nur noch nicht, was er opfern wollte.

„Ja, verrückt nach dem Absoluten." Ankorus lächelte. „Und ich bin leider nicht mehr in der Lage, ein Opfer zu bringen, denn es gibt außer dem Licht nichts, was ich liebe und was die Liebe verdient."

Er beschrieb eine flüchtige Geste in der Luft, Ana-ha hätte sie beinah übersehen, doch die Reaktion der Emporianer kam blitzartig und sie selbst waren unvorbereitet. Innerhalb von Sekunden waren Iciclos und Seiso-me gefangen von Ankorus Stadträten, die sie zu ihr und dem Stadthüter zerrten. Ihren anderen Freunden und den wenigen Verwandten wurde ein Durchkommen zu ihnen unmöglich gemacht.

„Nein", schrie Ana-ha auf und überlegte sich, ob sie Ankorus im Ernstfall friezen könnte.

Lesares, Cruso, Annini und Fiuros versuchten verzweifelt, die Mauer der Emporianer zu durchbrechen, aber Ankorus stählte sie mit Lichtstrahlen und machte sie unüberwindlich. Die vier beriefen sich auf ihre Elemente, aber es geschah nichts.

„Deine Freunde können dir mit ihren Elementenkräften nicht beistehen, Ana-ha", erklärte Ankorus ihr jetzt. „Und du selbst kannst sie nicht benutzen. Die Kräfte der Elemente sind schwach im Vergleich zu denen des Lichts. Fiuros ist vielleicht in der Lage, Feuer zu entfachen, weil er es in sich trägt, weil er ein Großmeister ist! Aber viel ausrichten kann er damit nicht."

„Was hast du vor?", fragte Ana-ha leise. Sie fühlte sich ... ungeschützt ... auf eine ganz andere Art als bei Fiuros. Sie war nicht allein. Alle Freunde waren bei ihr und das war das Problem.

Ankorus sah Ana-ha durchdringend an, so, als sähe er bis auf den Grund ihrer Seele. Dann begann er zu sprechen: „Iciclos und Seiso-me. Zwei Menschen, die du liebst. Zwei Steine. Jeder bekommt einen." Die Theatralik, mit denen er seine Ketten nacheinander abnahm, verhieß nichts Gutes. Ein bisschen wehmütig sah er aus, seine Schätze abgeben zu müssen.

„Was machst du?" Ana-ha fasste ihn am Arm. Am liebsten hätte sie ihm die Steine aus den Fingern gerissen, aber sie traute sich nicht, weil sie nicht wusste, wozu er fähig war. Ankorus verzog keine Miene und sah sie nachsichtig an:

„Das Opfer! Du liebst sie beide sehr, das kann ich mit meinem Licht sehen. Jeden auf seine Weise!"

„Das Opfer?"

„Einer wird überleben, Ana-ha!"

# Der Wächter des Lebens

„WAS?!" Sie hatte sich verhört! Sie träumte! Sie lag noch in der Wüste. So musste es sein.

Ihre Finger krallten sich stärker um Ankorus' Unterarm. Doch wie durch eine unsichtbare Gewalt verlor sie ihn und stand plötzlich in einem Kegel aus purem Licht. Sie konnte sich bewegen, aber nur auf einem sehr begrenzten Raum. An der Schnittstelle von Licht und Dunst war eine Sperre, die sie nicht durchbrechen konnte.

„Ein Name wird fallen. Und derjenige stirbt. Aber er wird uns mit seinem Tod ein wundervolles Geschenk machen: Göttlichkeit! Es ist eine Ehre, für ein solches Vorhaben sein Leben zu lassen!" Ankorus drehte sich zu seinen Auserwählten um.

Iciclos und Seiso-me konnten sich nicht wehren, als Ankorus zu ihnen trat. Sie hatten jedes Wort mit angehört. Der Stadthüter winkte seine Männer zur Seite, es gab ein kurzes Zwischenspiel aus Licht und Schatten und sie waren ebenso gefangen wie Ana-ha, in einem Kegel aus feinster Helligkeit, der schrecklicher schien als das dunkelste Verlies.

Ankorus schritt zu Seiso-me. Für ihn selbst war die Schranke nicht hinderlich, aber er durchbrach sie nicht vollständig. Er nahm seinen eigenen Larimar und legte ihn Seiso-me um den Hals: „Ich kenne dich nicht, Seiso-me Leskartes, aber du bist heute von großer Wichtigkeit. Sei dankbar, dass du an dem Ereignis teilhaben darfst, worüber die Welt noch in Jahrhunderten sprechen wird. Größeres wirst du sicher nie wieder erleben."

Seiso-me blinzelte nur. Der Schock spannte sich über sein Gesicht wie ein Laken und genau wie Ana-ha rätselte er noch, ob er nicht in den Klauen eines schrecklichen Traums festsaß.

Ankorus klopfte ihm aufmunternd auf die Schultern. „Keine Angst, Seiso-me. Es dient einem edlen Zweck. Dazu wolltest du doch deine Kräfte immer benutzen, nicht? Dem Noblen, dem Verantwortungsvollen." Dann veränderte sich sein Gesichtsausdruck hin zu bitterem Ernst: „Sollte einer von euch versuchen, den Larimar abzulegen, werde ich eure Freunde nacheinander töten! Diesbezüglich gibt es keine weitere Vorwarnung mehr."

Diese Ankündigung brachte Leben in Seiso-mes Gesicht. Er sah aus, als hätte er Ankorus am liebsten eigenhändig gevierteilt.

Dieser hatte seinen Platz vor Iciclos eingenommen. Es war wie damals vor acht Jahren. Er, gefangen von Ankorus' Ausläufern der Macht, konnte keinen Widerstand mehr leisten.

„Du bekommst ihren Stein", sagte Ankorus jetzt leise und wieder sahen sie sich in die Augen. Blau und braun, Blick um Blick. Sehr lange.

Doch Iciclos hatte seinen Stolz schon Stunden zuvor seiner Liebe geopfert, daher war er viel schutzloser als damals und seine Augen tränten, als Ankorus ihm das Band umlegte. Er hatte große Angst, die Liebe, die er gerade erst gewonnen hatte, wieder zu verlieren. Es war zu früh. Er hatte viel zu wenig Zeit für die Liebe gehabt, zu wenig Zeit. Ankorus würde ihn töten, egal, was Ana-ha sagte. Er würde sterben, er war sich sicher. So wie er ihn jetzt ansah, so wie er sich zu ihm herabbeugte ... Fast fühlte er das Wispern des Lichtes um Ankorus, das ihm mit kalter, klarer Stimme ins Ohr hauchte: „Dich werde ich töten, nur dich. Sie liebt dich. Die Göttlichkeit wird sich weiden an dieser Liebe."

*Bitte Ankorus, nicht mich ...*

Seine Augen flehten, wo ihm die Worte versagten.

Ankorus' Mund zuckte, dann fuhr er ihm kopfschüttelnd durch das blonde Haar. Vielleicht, weil er diese Geste noch von früher kannte, vielleicht, um der alten Zeiten willen und um sich zu verabschieden.

„Möglicherweise hast du Glück, Iciclos. Vielleicht liebt sie Seiso-me mehr als dich." Ankorus lachte, weil er die Wahrheit längst kannte und weil Wahrheit in seinem Universum sowieso nur ihm allein gehörte.

„Ankorus ..." Ana-ha konnte kaum stehen. Emporia kreiste um sie herum und die Fassungslosigkeit raubte ihr Atem und Sinne. Das war nicht wahr! Sie wollte in der Wüste aufwachen.

„So, Ana-ha, es ist an der Zeit, der Göttlichkeit ein Geschenk zu machen", forderte Ankorus selbstgerecht.

„Nein", flüsterte Ana-ha entsetzt. Ihre Welt löste sich auf. Es fing ganz langsam an. Die Konturen wurden unscharf und die Ränder dunkel.

„Sei weise und klug. Mach es wie Lihija! Sie opferte den Menschen, den sie am meisten liebte. Tu es für die Göttlichkeit. Sie wird dich belohnen. Und zögere nicht zu lange!"

„Du kannst mich nicht zwingen."

„Doch, das kann ich", entgegnete Ankorus ruhig. Er sah sie abschätzend an, um zu überprüfen, ob er sie davon überzeugen musste. „Es muss keine weiteren Opfer geben, nur dieses eine." Seine Stimme war unerschütterlich neutral. „Sieh dir die Emporianer an. Sie vertrauen mir wie Schutzbefohlene. Willst du wirklich, dass ich einen nach dem anderen töte? Oder sieh deine Freunde an. Sollen sie alle sterben, weil du nicht bereit bist, ein Opfer zu bringen?"

„Nein!"

„Dann musst du wählen!"

Ana-ha spürte das Grauen in all ihren Gliedern, als sie in die Gesichter von Iciclos und Seiso-me blickte. Seiso-me sah sie an. Er wusste, dass es nur sein Name sein konnte, der fallen würde. Er wusste, wie sehr sie Iciclos liebte.

„Seiso-me", flüsterte es in ihrem Kopf.

Bilder rüttelten an ihrem Herz. Seiso-me und sie in den Bachläufen, barfuß und kichernd, mit all der purpurnen Farbe des Sprudelbaums an Kleidung, Fingern und Armen. Ihr erstes Lachen nach dem Tod ihrer Mutter. Seiso-me und sie, etwas älter, fluchend beim Lernen der schwierigen Formeln für Wasser, Erde, Feuer und Luft. Seiso-me und sie im Regen vor der Akademie, fast erwachsen, lachend und nass, die Regenwörter singend, als wären sie selbst das Geheimnis des Lebens. Seiso-me und sie, ernst, vor dem Frizin. Seiso-me und sie in der Trainingshalle. Seiso-me, der das Große Tor für Iciclos öffnete. Seiso-me und sie, hier, bei Ankorus …

Oh Gott! Nein! Sie konnte nicht Seiso-me sagen. Ihr Herz sollte stehen bleiben, wenn sie seinen Namen nannte. Sie sollte im Gralsfeuer verbrennen, wenn sie seinen Namen aussprach. Aber … wenn sie seinen Namen nicht nannte, musste sie Iciclos' nennen!

Ankorus hatte sie völlig in der Hand.

Mit ihrer verbliebenen Kraft sah sie zu Iciclos. Sie konnte kaum den

Kopf heben. Noch nie hatte sie eine größere Angst in seinem Blick gesehen. Und ein ganz furchtbares Gefühl breitete sich in ihr aus. Iciclos wusste, dass sie ihn liebte. Er wusste, dass ihre Wahl unmöglich auf ihn fallen konnte. Trotzdem hatte er so große Furcht! Warum? Iciclos kannte Ankorus besser als sie selbst. Wusste er etwas, das sie nicht wusste?

Ankorus stand mittlerweile hinter Seiso-me und Iciclos und hielt ihnen seine Hände über die Köpfe. Es sah aus, als sammelte er ein Leuchten in seinen Handflächen. Ein Leuchten für den tödlichen Lichtstoß, der die nächste Dimension öffnen sollte.

Es war zu still auf dem großen Platz. Ana-ha hielt sich die Hände vor den Mund, um ihr Aufstöhnen zu unterdrücken und wünschte sich augenblicklich, ihre Sprache wieder zu verlieren. Stumm sein. Taub und blind oder alles und mehr, aber sich nicht entscheiden müssen. Sie drehte sich im Kreis, Hilfe suchend.

„ANKORUS!", schrie Fiuros aus dem Hintergrund. „Das kannst du nicht von ihr verlangen! Nimm mein Leben! Du wolltest es ohnehin. NIMM MEIN LEBEN!" Er tobte hinter der Lichtmauer, mit der Ankorus sie abschirmte, und Ana-has Herz verzieh ihm in diesem Augenblick all die Dinge, die er ihr heute angetan und gesagt hatte.

Ankorus zeigte sich nur wenig beeindruckt: „Dein Leben ist nicht genug für die Göttlichkeit."

„Dann nimm meins", entschied Ana-ha jetzt und ihre Stimme zitterte bei jedem Wort.

„Das ist kein wirkliches Opfer. Damit machst du es dir zu leicht!" Ankorus sah sie an. Ein Blick voller Güte, als wüsste er, was für sie richtig oder falsch wäre. Mit solch einem Menschen konnte sie nicht verhandeln. Sie könnte sich das Herz herausreißen und er würde ihrem Todesflüstern lauschen, ihrem letzten Seiso-me oder Iciclos und gewiss sein, dass sie im Tod noch ihre Lektion über Opferbereitschaft lernte.

„Wenn du keinen wählst ... ich kann auch beide töten", lächelte Ankorus jetzt und senkte die Handflächen nach unten. „Auch das ist ein Opfer! Den Larimar können wir auch ohne den Träger mitnehmen."

Die Dunkelheit um Ana-ha wurde noch größer. Ankorus verschwand beinah. Ana-ha ließ sich fallen. Das war gut!

Was hatte er gerade gesagt?

„NEIN!", schrie sie. „Ich wähle ... bitte warte ... ich wähle ..." Ankorus lächelte nachsichtig: „Jedes Opfer tut weh, Ana-ha. Je stärker der

Schmerz, desto größer das Opfer, desto gewaltiger die Energie dahinter, desto besser für die Göttlichkeit!"

„Du wirst kein Menschenleben mehr für deine Göttlichkeit opfern", sagte jetzt jemand in der Menge. Er hatte nicht sehr laut gesprochen, aber durch die Ruhe auf dem großen Platz hallte jedes seiner Worte.

Ana-ha drehte sich um und sah in ein Gesicht, das sie kannte und liebte ... nur war es um einige Jahre älter. Ihr Hals schnürte sich so eng zusammen, dass sie kaum atmen konnte. Der Mann wirkte abgemagert und schwächlich, als ob er jeden Augenblick in sich zusammenfallen könnte.

„Sakalos", lachte Ankorus nur. „Was machst du denn hier? Hatte ich dir nicht gesagt, du sollst dein Haus nicht mehr verlassen?"

„Iciclos!" Sakalos sah zu seinem Sohn. Er blickte ihn an, als wäre seine Erscheinung nur eine Sinneswidrigkeit. Er machte ein paar unbeholfene Schritte durch die Menge. Er wankte und wäre sicher umgefallen, wenn die Emporianer nicht so eng zusammengestanden hätten. An der Mauer aus Licht und Menschen blieb er stehen.

„Sakalos, geh nach Hause. Du hast hier nichts verloren!" Ankorus machte zum ersten Mal ein wirklich böses Gesicht.

„Iciclos!" Der Mann nahm keine Notiz von Ankorus und die Umstehenden konnten zusehen, wie sein Körper sich beim Anblick seines einzigen Kindes mit Leben füllte.

„Ich weiß, wer damals wirklich Schuld trug, Iciclos." Seine Stimme wurde leiser, aber fester: „Ich weiß, dass ihr unschuldig wart!" Ana-ha sah von ihm zu Iciclos. Heiße Tränen liefen über die Wangen des Gefangenen. Seine Lippen zitterten und wollten Wörter formen, die nicht kamen. Stattdessen weinte er. So sehr hatte er sich insgeheim danach gesehnt, diese Worte zu hören. Er schlang die Arme um sich selbst, eine einsame Umarmung.

„Sei still!", herrschte Ankorus Sakalos an. „Keiner möchte deine Lügen hören."

„Wie viele Menschen müssen noch sterben?"

„So viele wie nötig!"

„Er wird euch alle töten", schrie Sakalos um sich. „Wann begreift ihr das endlich? Glaubt ihr, dass er in der nächsten Dimension Ruhe geben wird? Er hört niemals auf!"

„Sakalos, es grenzt an ein Wunder, dass du noch lebst! Ein Beweis meiner unendlich währenden Güte! Strapaziere nicht unnötig meine Geduld und verschwinde!"

„Er hat so viele Menschen getötet. Immer fand er einen anderen Grund, eine andere Möglichkeit, sein heiliges Tor zu öffnen. Immer starben dabei Emporianer! Meistens die, die ihm am meisten vertrauten! Er benutzt euch! Und jetzt will er zum zweiten Mal das Leben meines Sohnes!"

„Wir müssen alle Opfer bringen", sagte Ankorus leichtfertig. „So, wie Ana-ha jetzt."

„Was ist, wenn sich kein Tor öffnet? Wenn es wieder verschlossen bleibt wie die Male zuvor?", wollte Sakalos wissen. Er hatte sich vollständig aufgerichtet. „Lass die beiden gehen. Du wirst nichts erreichen."

„Wir haben jetzt beide Steine, doppelte Kräfte! Und wir haben Ana-ha. Wir sind von jetzt an zu zweit. Sie und ich, aus einer einzigen Linie."

„Und du meinst, das beeindruckt die Göttlichkeit?"

Ankorus tat seine Bemerkung mit einer Handbewegung ab. „Wenn du jetzt nicht sofort still bist, werde ich Iciclos ein wenig von dem Schmerz der Gerechtigkeit kosten lassen, bevor Ana-ha wählt!" Sakalos wurde weiß wie Kreide, ein entsetztes Raunen ging durch die Menge und Ankorus lachte kurz. „Das wäre sicher nicht in deinem Sinne. So stirbt er nahezu schmerzfrei, sollte sein Name fallen! Und wir ... wir machen jetzt weiter, bevor ihr auf dumme Gedanken kommt", sagt er nur. „Sakalos, du wirst dich in der anderen Dimension verantworten müssen. Nun, Ana-ha, bei dir waren wir stehen geblieben. Sakalos hat dir eine kurze Denkpause verschafft. Also?"

Ana-ha hob den Kopf.

„Nun?" Ankorus' Hände vibrierten leicht.

Iciclos und Seiso-me spürten das letale Licht über ihnen. Es schien ihnen vom Scheitel bis zur Stirn. Sie wandten die Gesichter zueinander wie Zwillinge, die genau das gleiche fühlten. So viele Jahre hatten sie sich verachtet, hatten sich das Leben schwer gemacht, hatten gestritten und sich eingeredet, wie verschieden sie seien. Dabei liebten sie exakt die gleichen Dinge: Die gleiche Frau hatten sie ins Herz geschlossen, genau wie ihre jeweilige Heimat. Und für beides wären sie gestorben. In ihren Gesichtern war kein Mut und kein Heldentum mehr. Blanke Angst und Entsetzen spiegelten sie sich gegenseitig und den winzigen

Teil Brüderlichkeit, der nur die verbindet, die gemeinsam dem Tod ins Auge sehen. Aber sie standen allein. Jeder für sich. Im Licht.

„Ich gebe dir höchstens noch eine halbe Minute. Dann ist mein Licht bereit für die Toröffnung!"

„Nein ... ich kann nicht ... ich kann nicht ..." Ana-ha wurde geschüttelt vor Entsetzen.

„Du wirst es sowieso tun. In einer halben Minute ist es vorbei. In weniger als dreißig Sekunden hast du es hinter dir und mir den Namen genannt! Du kannst ihn schreien oder rufen. Du darfst ihn auch flüstern, wenn du das möchtest. Hauptsache, ich höre ihn. Wenn ich ihn nicht höre, werden beide sterben. Und wir machen mit den nächsten zwei von deinen Freunden weiter! Vielleicht mit Annini und Lesares?"

Sie würde es tun. Sie musste es tun. Um einen zu retten. Sie musste einen Namen sagen.

*Seiso-me ... Iciclos ... Seiso-me ... Iciclos ... Seiso...*

Ana-ha stöhnte auf. Es klang wie ein verzweifeltes Luftholen nach Leben, wo keines mehr war. Es klang wie ein grauenerfülltes Gebet zu einem gnadenlosen Gott.

Ankorus hob interessiert die Augenbrauen und ließ die Handflächen ein Stück nach unten sinken. Er wartete.

Sie würde es tun! Er wartete ...

Alles war falsch. Kaira, der Andere, der Weg, der Larimar, Fiuros, die Freiheit, Seiso-me und Iciclos! Zwei Steine, Leben und Göttlichkeit.

„Lihija hat auch für keines ihrer Kinder den Tod gewählt", sprudelte es aus ihr hervor. „Im Gegenteil: Sie wählte den bestmöglichsten Schutz für ihr Lieblingskind. Das Leben. Das andere nahm sie mit. Ich wähle für Iciclos das Leben, und Seiso-me und ich begleiten dich, wohin auch immer ... bitte, so machen wir es. Iciclos bleibt in Emporia, und ich und Seiso-me gehen mit dir in die Dimension, die sich öffnet."

„Nicht Leben oder Tod spielen eine Rolle, sondern das größte Opfer. Und wir haben hier doch ganz andere Möglichkeiten als Lihija und Kemon-rae. Außerdem wollen wir eine Dimension weiter. Das Opfer muss also denkwürdiger sein als das von Lihija! Das bedeutet den Tod." Ankorus' Hände strahlten jetzt wie zwei Sonnen. Er hatte sein Gesicht zum Himmel erhoben und sein Lichterkranz wurde größer und größer.

„Und du hast dich gerade für Iciclos entschieden!" Er blickte Ana-ha ins Gesicht. Er sah aus wie ein Gott. Die Hand über Seiso-mes Kopf verlor ihr Licht. Dafür wurde seine linke so hell, dass die Emporianer erschrocken aufschrien und ihre Gesichter bedeckten.

Iciclos schloss die Augen vor den todbringenden Strahlen. Ihm war klar gewesen, dass er Ana-has Entscheidung nicht überleben würde, ganz gleich, welchen Namen sie genannt hätte. Ankorus hatte ihn zum Sterben auserkoren.

„NEIN!", schrie Ana-ha flehentlich auf. „Nein! Ich habe mich nicht für Iciclos entschieden!" Sie wollte aus dem Lichtkegel rennen. Sie wollte Ankorus wegstoßen, ihn und seine Hände, weg von Iciclos, weg von Seiso-me, weg von ihren Freunden, weg von Tod und Dimensionen. Vor Stunden hatte sie gedacht mit Fiuros in der Hölle zu sein, aber Ankorus' Himmel war weitaus schrecklicher als die dunkelste Nacht. Sie schrie verzweifelt auf, als sich das Licht unter Ankorus' Hand plötzlich in allen Spektralfarben färbte, genau über Iciclos. Es leuchtete wie eine Regenbogenflut und wirbelte immer schneller unter den Fingern des Stadthüters.

„BITTE! Helft ihm doch!"

Gralsfeuerbälle durchbrachen plötzlich die Menge. Der Menschenwall brach laut gellend auseinander und die Emporianer stoben in alle Richtungen davon. Der Larimar um Iciclos' Hals färbte sich tiefschwarz. Sein Gesicht war so hell erleuchtet, dass man die Konturen nicht mehr sehen konnte. Er zitterte und bebte am ganzen Körper, seine Hände ausgestreckt in ihre Richtung. Ana-ha hasste Ankorus bei diesem Anblick mit einer Bedingungslosigkeit, die sie hätte töten lassen.

Weitere Gralsfeuergeschosse rasten durch das Dämmerlicht. Die Emporianer flohen zu Ankorus und den Lichtkegeln. Sie waren überall um Ana-ha herum, schrien auf den Stadthüter ein, hielten die Arme vor das Gesicht und warfen sich zu Boden. Und in diesem Chaos bekam keiner mit, was wirklich geschah. Mehrere Feuerbälle durchbrachen die Lichtschranken. Sie explodierten in Feuerfunken. Seiso-me, Iciclos und sie waren plötzlich frei und das Licht schoss aus Ankorus' Hand.

„NEEINNN!" Ana-ha stürzte auf Iciclos zu.

Seiso-me taumelte. Ein Schritt. Zwei Schritte. Er stockte kurz. Sein Larimar war ebenfalls pechschwarz.

Er atmete ein.

Er wusste, dass das, was er jetzt tat, alles veränderte. Er wusste es, weil das Leben immer siegte und niemals starb. Er wusste es, weil Naturgesetze gelegentlich gebrochen wurden, aber die Göttlichkeit dahinter letztendlich gleich blieb. Und sie kannte nur dieses eine Gesetz: Leben. Es hatte bisher nie den passenden Moment und die rechten Worte gegeben, Ana-ha seine Liebe zu beweisen. Aber diese Liebeserklärung, mit der er sich ihr jetzt offenbarte, war vielleicht genug, um auch einen kleinen Teil ihres Herzens für immer zu gewinnen. Er war der Wächter ihres ehemaligen Larimars, den jetzt Iciclos trug, der Wächter von Blut und Tränen, der Wächter des Lebens. Er war Seiso-me Leskartes: Er war und blieb ein Träumer. Ein Träumer machte keine Pläne. Ein Träumer für immer.

Er atmete aus.

Seiso-me stieß Iciclos heftig und entschlossen zur Seite, als das Licht herabschoss. Die Wucht der Strahlen entlud sich mit der Gewalt von hunderttausend Sonnen. Sie fuhren in Seiso-me, durch den Scheitel hinab in sein Herz bis hin zu seinen stolpernden Füßen, aus denen sie herausflossen und die Emporianer zurückspringen ließen.

Seiso-me öffnete noch den Mund, um zu schreien, aber es ging viel zu schnell. Das Licht flutete durch seinen ganzen Körper, durchstrahlte ihn mit allen Farben des Regenbogens und in blendender Helligkeit. Und obwohl es tötete, war es in seiner Schönheit überirdisch und zog alle Blicke auf sich. Keiner konnte wegsehen, in diesem Moment, als es durch Seiso-me Leskartes strömte. Seine Augen waren weit geöffnet, als könnte er sie alle sehen: Ana-ha, wie sie auf die Knie fiel, Iciclos, der sich vor ihr auf den Boden warf, Fiuros, der mitten im Wurf innehielt, Lesares, Cruso und Annini, die auf ihn zustürmten, als gäbe es keine Barrieren mehr. Doch sein Blick wurde leer und trüb, noch ehe einer von ihnen Luft für den Aufschrei geholt hatte.

Und der Larimar um Seiso-mes Hals fing an zu strahlen. Schwarzes Licht, so dunkel, dass Emporia in der Nacht ertrank. Die Lichtstadt verschwand und Ankorus blieb keine Zeit mehr zu handeln. Seiso-mes Körper kippte zur Seite. Das Leuchten durchzuckte ihn in einem letzten, gewaltigen Sturm und erlosch, noch ehe er auf dem Boden aufschlug.

Emporia schrie auf. Es war ein kalter, markerschütternder Schrei, von dem keiner sagen konnte, ob ihn die Emporianer gemeinsam ausgestoßen hatten oder ob es das Licht war, welches in der Dunkelheit nach Rettung rief. Immer mehr Nacht floss aus Seiso-mes Larimar.

Irgendwann hob Ana-ha den Kopf und sah, was Ankorus' Stein vollbrachte. Mitten in der Finsternis, keine drei Meter von ihrem Großcousin entfernt, bildete sich ein Tor, machtvoll und majestätisch, so wie sich nur die schwarzen Löcher im Universum drehen, wenn sie die Sterne verschlucken. Ana-ha sah das Phänomen schon ein zweites Mal in dieser unendlich langen Nacht. Das erste Mal war es in Fiuros' Augen gewesen, nun die Spirale hinter Ankorus.

Dieser taumelte ein wenig von der Schwärze fort, irritiert und benommen von dem plötzlichen Wechsel der Verhältnisse. Er hob die Hand, in der das Licht verblasste, und richtete sie auf Iciclos.

„Das falsche Opfer", sagte er dünn lächelnd. „Ich wusste von Anfang an, dass Iciclos sterben muss, um die Göttlichkeit zu rufen."

„Nein!" Ana-ha warf sich über Iciclos, um ihn vor Ankorus zu schützen, sie riss ihm den getrübten Larimar vom Hals und umklammerte ihn mit den Fingern. Er war schwer, so schwer, viel schwerer als zuvor, fast so schwer wie ihr Herz bei Seiso-mes Anblick, der keine vier Meter von ihr entfernt immer noch mit leeren Augen in die Dunkelheit sah. Ankorus würde diesen Stein nur zusammen mit ihrem Leben bekommen, das schwor sie sich. *Oh mein Gott, Seiso-me ...*

Die Finsternis, die aus seinem Larimar geflossen war, hatte jetzt innegehalten. Fast respektvoll.

Ana-ha sprang auf. Das Tor hinter Ankorus war ihre Chance. Sie hatte gesehen, dass es hinter seinem Rücken das emporianische Licht in sich hineinatmete. Ankorus' Aura verlor mehr und mehr an Kraft. Seiso-me hatten sie diese Chance zu verdanken: Wenn sie sie jetzt nicht nutzten, wäre sein Opfer umsonst gewesen.

„Da ist es, das Tor, welches du dir gewünscht hast! Für das du das Leben vieler Menschen gefordert hast!", stieß sie hervor. „Aber es ist nicht hell, sondern so dunkel wie dein Schatten, den hier keiner mehr sehen kann! Worauf wartest du? Los, geh hinein!" Ana-ha lachte und weinte, verrückt vor Kummer. Sie ging auf ihn zu. Sie hatte keine Angst. Die Wut auf ihn fegte sie einfach davon. „Vielleicht wartet dahinter ja die Dimension, die du suchst? LOS! GEH! WORAUF WARTEST DU?" Sie hatte noch niemals in ihrem Leben lauter geschrien. Sie streckte beide Hände aus und schubste Ankorus zurück.

„Wenn ich gehe, gehst du mit mir!" Ankorus fasste sie am Arm, zog sie zu dem schwarzen Wirbel.

Iciclos und Fiuros schrien gleichzeitig auf. Fiuros war zuerst bei ihnen, einen Feuerball auf der ausgestreckten Hand.

Ankorus ignorierte ihn. Er sprach nur zu Ana-ha: „Du und ich und der Larimar! Du hast das Leben bekommen, weil du die Liebe warst. Weil Raela die Liebe war. Das Lieblingskind! Und wir hier, wir waren weniger als Nichts, wir waren nicht einmal geduldet. Ijalamá war ein Nichts. Sie war der ungeliebte Zwilling, den man nicht wollte. Den man besser zurückgelassen hätte. Sie war der Schmerz, in den Lihija jeden Tag sehen musste. Sie war die falsche Entscheidung. Die Reise hatte nicht den Tod gebracht. Und nicht die Göttlichkeit. Das falsche Opfer. Und so hat sie es an uns alle weitergegeben. Wir waren alle die Opfer von Lihija. Jede Generation. Wenn ich gehe, nehme ich dich mit, damit du jeden Tag in mein Gesicht sehen musst. Damit du in den Schmerz schauen kannst. In das, was du nicht mehr hast, in das, was du verloren hast, hinter dem dunklen Tor, welches dein dummer, dummer Freund geöffnet hat, um es dir leicht zu machen. Mein Gesicht wird dich jeden Tag aufs Neue die Lektion der Opferbereitschaft lehren." Ankorus machte einen Schritt in den Wirbel, Ana-ha mit seinem restlichen Licht an sich gebunden.

„NEIN!" Fiuros umfasste Ana-has Handgelenk auf der anderen Seite, den Feuerball zum Wurf bereit.

„Du willst immer noch diese Nacht sühnen." Ankorus lachte gehässig. Sein Licht schmälerte sich weiter. „Sie wird dich niemals lieben, Fiuros. So wie Sala mich niemals liebte! Du konntest nichts dafür, aber Sala wäre die Einzige für mich gewesen, die mich hätte befreien können. Gerade du solltest das verstehen. Sala wäre meine Rettung gewesen." Ankorus trat wieder ein Stück aus dem Wirbel hervor. „Ana-ha geht mit mir. Sie wird das Opfer unserer Vorfahren wiedergutmachen. Dafür werde ich sorgen!"

„Ich bin frei, auch wenn Ana-ha mich nicht liebt. Ich bin frei, weil ich neu gewählt habe. Ich bin frei, weil ich mich entschieden habe, frei zu sein. Du hast Sala getötet und dich damit an das gefesselt, was dir blieb. An das Licht, deinen einzigen Gott!" Alle seine Freunde standen hinter ihm. Es waren mehr, als er gedacht hatte. „Der Übergang ist nicht besonders stabil, wenn du gehen willst, dann jetzt", sagte Fiuros. „Aber Ana-ha bleibt in dieser Dimension!"

„Dafür musst du mich erst töten!"

„Nein, das brauche ich nicht." Er hatte gesehen, dass das Licht fast vollständig aus Ankorus gewichen war. Wenn seine Theorie stimmte, wäre er jetzt wieder verletzlich und angreifbar wie ein Mensch. Und nicht mehr unüberwindlich wie ein Götterdämon.

Er warf seinen Feuerball auf Ankorus und betete, dass es funktionieren würde. Mit einem Aufschrei des Schmerzes bezeugte dieser die Richtigkeit seiner Vermutung und war so überrascht, dass er Ana-ha losließ.

Fiuros zog Ana-ha zu sich auf die sichere Seite. Ankorus war allein. Lichtlos, geschlagen, menschlich. Seine Überwältigung war jetzt so mühelos verlaufen, dass es niemand so recht glauben konnte.

„Was ist die Illusion, Ankorus?" Ana-ha sah in das Spiegelbild ihrer Augen. „Licht oder Dunkelheit?"

„Das ist die falsche Frage, Ana-ha."

„Was ist wahr?"

„Die Wahrheit liegt immer im Fragenden!"

„Dann entscheide ich es selbst?"

„Natürlich. Jeden Tag." Er machte Anstalten, sich von der Spirale zu entfernen.

„Zurück!", gebot Fiuros ihm Einhalt. „Du wirst durch dieses Tor gehen. Es ist zu gefährlich, jemanden mit solchen Kenntnissen über das Licht in Emporia zu haben."

„Und solltest du den Weg nicht finden", sagte Cruso und stellte sich neben Fiuros, „weisen wir ihn dir gerne!"

„Es gäbe nichts, was ich lieber tun würde!" Iciclos reihte sich ein und verschränkte die Arme vor der Brust. Von hinten legte sich ein Arm um seine Schultern:

„Du bist unserer nicht mehr würdig, Ankorus Amonaries!" Sakalos drückte Iciclos an sich. „Du hast das Leben von so vielen von uns auf dem Gewissen. Verlass diese Dimension und komm nie wieder zurück."

„Ich höre sie irgendwie deinen Namen rufen", lächelte Iciclos fein. Ankorus' Licht war endgültig erloschen und die Emporianer bekamen einen neuen Sonnenaufgang. Es wurde heller.

Ankorus drehte sich hin und her. Blickte zu den Emporianern, mit deren Hilfe er nicht mehr rechnen konnte, blickte auf das Tor, blickte in die Menge, dann auf Fiuros und den nächsten Feuerball in seiner Hand. Diesmal war es reinstes Gralsfeuer, welches in seiner Handfläche sprühte. Ankorus zögerte kurz ... dann hob er beide Arme zur Seite wie ein Märtyrer und trat rückwärts an die schwarze Spirale. Sie zerrte an seinem Körper, als wolle sie ihn verschlingen. Sein helles Gewand wurde schwarz von dem dunklen Wind.

„Ich werde zurückkommen. Es gibt immer einen Weg", war das Letzte, was er sagte, bevor sein Körper von den schwarzen Wirbeln erfasst wurde.

„Das glaube ich nicht", rief Fiuros ihm hinterher. „Für uns alle ist nämlich die Dunkelheit die Illusion!"

Und während sich die schwarze Spirale schloss, als sei sie vollständig gesättigt, erwachte Emporia endgültig zu neuem Leben. Das Licht tauchte die Menschen auf dem großen Platz in sein silbernes Strahlen. Es hob sich vom Boden über ihre Köpfe hinweg in den Himmel, an dem es funkelnd zerfloss wie ein Feuerwerk aus Kristallen und wieder zurückfiel wie ein tröstender Regen, beinahe so, als wüsste es, wie sehr es gebraucht würde, in diesem Moment, der schrecklich und schön war ... so, wie das Leben.

Im selben Augenblick erkannte Iciclos, dass er beides bekommen hatte: das Licht und die Liebe. Sein Herz wurde vor Dankbarkeit schwer, obwohl er sich so leicht fühlte, wie er es in Emporia immer getan hatte.

*Ich finde ein Wort für dich, Seiso-me. Eines, das erzählt, was du für mich getan hast, eines, das schöner ist als alle einundfünfzig Regenwörter deiner Heimat.*

# Triklin

Emporia schlief noch, als Iciclos sich allein auf den Weg vor die hellen Mauern aufmachte. Der erste Schnee tanzte vom Himmel, reinweiß, pudrig und genauso schön, wie er ihm in all den Jahren in Erinnerung geblieben war. Die Sonne blinzelte verschlafen zwischen den Schneeflocken hindurch, als er sich vor Seiso-mes Grab auf den Boden kniete. Sie hatten ihn neben Faiz beerdigt, weil Ana-ha der Platz an dem lebendigen Bachlauf so gut gefallen hatte und weil er Emporias Abendsonne zugewandt war, etwas, das sie an die Sonnenuntergänge von Thuraliz erinnerte und das ins Gedächtnis rief, was Seiso-me einst liebte. Iciclos wusste, wie wichtig Ana-ha diese symbolischen Zeichen waren.

„Symbole sind viel machtvoller, Iciclos, als wir uns das je erträumt hätten", predigte sie ihm immer wieder, beinahe so, wie sie ihm früher die Eigenschaften des Wassers gepriesen hatte. Sie alle waren sich natürlich einig, dass Seiso-mes selbstlose Entscheidung, sich für Iciclos zu opfern, das dunkle Tor geöffnet hatte, zusammen mit den beiden Steinen und Ankorus' Licht. Jeder der Larimare mitsamt seinen Triklinen war bislang an den Toröffnungen beteiligt gewesen.

Bei der ersten wurden sie getrennt und Ana-has Stein wurde zu einem heiligen Symbol. Bei der zweiten hatte der Stein von Ankorus die Tore in die Elementenreiche geöffnet, einen Schritt zurück, wieder näher Richtung Dunkelheit. Bei der dritten Toröffnung hatte wiederum Ana-has Stein den Weg hinauf aufgetan. Und beim letzten Versuch hatte Ankorus auf die symbolische Kraft beider Steine gehofft, die nun wieder in einer Dimension vereint waren. Als das Licht jedoch in Seisome fuhr, hatte Ankorus' Larimar wieder den Weg zurück gewählt. Hätte das Licht, wie von ihm geplant, Iciclos getroffen, hätte sich vielleicht wirklich die nächsthöhere Lichtdimension geöffnet.

Jedoch gab Iciclos oft zu bedenken, dass beide Steine schwarz gestrahlt hatten und dass möglicherweise auch die Überdosis Licht in Ankorus zu einem Zusammenbruch aller Dimensionen geführt haben könnte. Schließlich lebten sie noch immer in der Dualität und diese sei nun mal von Natur aus auf Ausgleich bedacht.

Welche Theorie auch immer stimmte: Seiso-me hatte nicht nur Iciclos' Leben gerettet, sondern auch das aller Emporianer und das der Heimkehrer. Dafür verehrte man ihn, hier, in einer Stadt, die nie seine Heimat gewesen war.

Wenn Iciclos an den Wasserelementler dachte, kam es ihm vor, als würde er sich an einen guten Freund aus alten Tagen erinnern, obwohl ihre Kameradschaft tatsächlich nicht länger als zwölf Stunden gedauert hatte. Und er fand es ironisch, dass Seiso-me nun in der Dimension zu Hause war, die Ankorus unbedingt hatte betreten wollen.

Lange Zeit saß Iciclos an Seiso-mes Hügelgrab, beobachtete den lautlos fallenden Schnee und das Licht und war überrascht, als er erkannte, dass es beides Elemente waren, die er schätzte und liebte. Das Licht und das Wasser. Und sie funkelten in einem eifrigen Wettstreit um seine Aufmerksamkeit, fast, als rangen sie um seine Gunst. Iciclos musste über diesen Gedanken lächeln, er konnte ihn nicht verleugnen. Und er wusste, dass Seiso-me dieses Licht auch geliebt hätte.

„Tja, mein Freund, mein Träumer in der Ewigkeit", sagte er schließlich laut. „Du hast mir ein ganzes Stückchen Arbeit beschert. Ich habe wirklich lange nach einem Wort für dich gesucht. Letztendlich versuchen wir alles auszudrücken: das Leben, die Trauer, das Geheimnis der Liebe. Aber am Ende sehen wir ein, dass Worte nicht ausreichen, niemals reichen, dass sie nur Symbole sind, für etwas, das wir nicht fassen können. Du weißt, dass ich mich immer besser artikulieren konnte als du ... nichts für ungut, Seiso-me.

Wir wollen das Vergangene ruhen lassen ... und ja, ich hatte viele Wörter für dich. Eines schöner als das andere. Aber keines hat mir gefallen. Weißt du, warum? Ja, sicher weißt du es. Keines hatte irgendeine Bedeutung. Sie waren alle leer. Nichts als Buchstaben. Zusammengefügte Buchstaben mit einem harmonischen Klang, aber keinem Gehalt ... fast wie Ankorus' Erscheinung, bin ich immer versucht zu denken.

Aber ich weise diesen Namen strikt von mir. Er hat bei der Suche nach einem Wort, nach einem Begriff für dich und deine Tat, nichts verloren. Und doch brachte er mich auf eine Idee, denn er war schließlich der Urheber aller Dinge."

Er schüttelte den Kopf, so, als könne Seiso-me ihn dort sitzen sehen. „Weißt du, manchmal haben wir Angst, dass er zurückkommen könnte. Du wirst es nicht glauben, aber jedes Mal ist es Fiuros, der uns beruhigt und der uns sagt, dass Ankorus sicher die Schwärze vorziehen wird, wenn er sie erst einmal gesehen hat. Er macht dabei immer ein sehr wichtiges Gesicht. Die Emporianer zollen ihm Respekt und ich erwische Ana-ha dabei, wie sie über ihn lächelt."

Er wurde ernst, als er weitersprach, und seine Stimme hörte sich traurig an. „Ich glaube, sie hat ihm alles verziehen. Diese schreckliche Nacht und den Schmerz. Sie redet nie darüber. Aber manchmal, wenn sie Fiuros ansieht, denke ich, die zwei sind durch viel mehr verbunden als nur durch die Seelen ihrer Zwillingssteine. Annini hat mir letzte Woche gesagt, dass es mich nicht wundern solle, immerhin hätten sie alles voneinander gesehen. Seiso-me ...", Iciclos fuhr mit den Fingern durch den Schnee vor sich, der aussah, als hätte man eine Handvoll Diamanten hineingeworfen, „... ich weiß, es klingt verrückt, aber ich glaube, er wird deinen Platz als ihr bester Freund einnehmen. Ich sollte dankbar sein. Und doch glaube ich, dass Ana-ha einen Teil von sich in der Wüste verloren hat. Gestern ..."

Er lachte plötzlich und legte den Kopf in den Nacken, weil ihm gleichzeitig die Tränen in die Augen schossen, die er zurückdrängen wollte. Sie saßen so locker, seine Tränen. Als hätten sie einen Nachholbedarf von acht Jahren. „Gestern sagte sie zu mir, dass sie endlich Antares' Worte verstehen könne, wenn er immer sagte, dass das Leben siegen würde. Er hätte ihr das Werkzeug von Anfang an mit auf den Weg gegeben, aber sie hätte nur stets auf die Instrumente gestarrt und sie nicht benutzen können. Ich finde diesen Vergleich sehr schön, noch dazu, wo du es schon immer konntest. Meine Güte, Seiso-me, ich verdanke dir viel mehr als mein Leben ..."

Iciclos ließ die Tränen einfach laufen. Wieder schwieg er eine lange Zeit. Die Schneedecke wuchs weiter, das Glitzern trieb vom Himmel in dem leicht silbernen Wind, den er so sehr vermisst hatte. Ankorus' Machenschaften hatten auch das Leben seiner Mutter gefordert. Erst zu diesem Zeitpunkt waren seinem Vater endlich die Zusammenhänge klar geworden. Sie näherten sich langsam an, Sakalos und er, das Verständnis füreinander wuchs.

„Ich hatte bisher zu wenig Zeit alles zu verarbeiten. Wir hatten alle zu wenig Zeit. Kaira lag bei mir immer richtig. Und bei dir hat sie geschwiegen. Vielleicht, weil auch sie keine Worte für deine Tat hatte. Ich weiß es nicht. Annini hat auf alle Fälle recht behalten. Ihr geht es hier wirklich besser. Fiuros sagt, es sei, weil sie das Feuerelement weniger benutzte und Abstand zum Luftreich hätte. Vielleicht ist das so. Es gibt so vieles, was wir nicht wissen.

Übrigens glaubt Ana-ha ganz fest daran, dass du der Andere bist. Du hast alles verändert. Und da wären wir wieder bei dem Grund angekommen, weshalb ich hier sitze. Ich habe zu guter Letzt doch noch ein Wort für dich gefunden. Kein neues Wort, vielleicht auch nicht das schönste Wort, so wie ich es dir versprochen hatte, aber doch ein Wort mit Resonanz und Sinn. Es hat für alle hier eine Bedeutung. Für mich sagt dieses Wort alles in zwei Silben. Es ist unsere Geschichte. Es ist der Leitfaden nach Emporia. Es ist dein Weg in den Tod und unser Weg ins Leben. Es ist dein Opfer. Für mich klingt es nach Sonnenstrahlen und Hoffnung. Ich weiß, du brauchst dieses Wort nicht mehr, Seiso-me. Trotzdem ... Wir brauchen es für dich."

Und dann versuchte er etwas, das er acht Jahre lang nicht mehr getan hatte. Er hatte sich nie getraut, das Licht der Elementenreiche zu benutzen, aus Angst, enttäuscht zu werden, weil es ihm schwach und kränklich erschienen war im Vergleich zu dem von Emporia.

Er atmete tief ein, bis er die Helligkeit in sich spürte. Sie kitzelte ihn so sehr, dass er lachen musste. Seine Brust und sein Zwerchfell wurden heiß und sein Herz warm vor Freude. Es war wie die wundervolle Umarmung einer großen Sehnsucht. Er konnte es noch!

*Ich habe dich vermisst all die Jahre. Wo warst du denn nur?*, schien es zur Begrüßung zu flüstern. Und der silberne Wind, der das Licht trug, wehte durch ihn hindurch, bis hin zu den Schneeflocken, die sich immer noch in ihrem stillen Reigen wiegten. Der Glanz kräuselte sich in Wellen um die Flocken, hob sie und drehte sie um ihre eigene Achse wie ein Karussell aus Strahlen. Dann drang das Licht in die Kristalle und bildete feine Linien aus Eis.

„Licht und Wasser und ein Wort für dich, Seiso-me."

# Triklin

Ganz kurz nur schwebten die Schneeflocken mit Licht gebunden über dem Grab, dann fielen sie herab und deckten es zu.

„Ich hätte es nicht mit Licht und Wasser schreiben müssen. Es war eine symbolische Tat. Ana-ha sagt mir täglich, wie wichtig sie sind, um das Leben zu begreifen und zu bewältigen. Triklin steht in unserer aller Herzen, dort, wo das Wasser es nicht abträgt und das Licht niemals untergeht."

Iciclos richtete sich auf. Es war gut. Er hatte seinen Frieden mit Seiso-me schon vor Monaten geschlossen. Das hier war sein Abschied.

Nur noch einmal wandte er sich um.

„Das Leben ist wie ein Luftreichpuzzle. Ein sich selbst ähnliches Muster. Alles schachtelt sich in sich selbst. Wie außen so auch innen. Erde, Luft und Wasser stehen stellvertretend für Körper, Geist und Seele und nicht zuletzt das Feuer für den freien Willen in uns. Wie mächtig er sein kann, hast du mich mit deinem Opfer gelehrt, Seiso-me. Das Licht ist wie der Stoff, der all das zusammenhält. Die Dimensionen unserer Heimat – sie liegen so weit auseinander – und sind sich doch so nah. Alles, was von eurer Seite aus nötig war, waren Tränen und Blut. Die Trauer im Leben, das ewig fließt, fort und fort, und alle Tränen auf seinem Weg mitnimmt."

*... doch habt Acht in der Dunkelheit ...*

*... ist immer noch ein Licht ...*

# Die Autorin

Uta Maier lebt mit ihrem Mann und ihren drei Kindern am Rande des sagenumwobenen Odenwalds. Schon in ihrer Kindheit schrieb sie kurze Erzählungen, verlor dieses Hobby aber lange Zeit aus den Augen und stellte sich dem realen Leben.

Erst eine langwierige Erkrankung, die Suche und das Finden von Spiritualität und der Wunsch, die Seele anderer mit Geschichten zu berühren, führten sie letztendlich zu ihrer früheren Leidenschaft, dem Schreiben, zurück.

So entstand ihr erster Fantasy-Roman *Triklin*, der fantastische und spirituelle Elemente in sich vereint. Derzeit arbeitet sie an einem Manuskript für ein Kinderbuch.

# Papierfresserchens MTM-Verlag

## Die Bücher mit dem Drachen

**Laura Schmolke**
***Aviranes - Das Licht der Elfen***
**ISBN: 978-3-86196-075-1, 16,40 Euro**

Als die fünfzehnjährige Alisha erfährt, dass sie aus einer magischen Parallelwelt namens Aviranes stammt und die Enkelin des dort herrschenden grausamen Tyrannen ist, ändert sich ihr Leben grundlegend.

Gemeinsam mit ihrer Mutter Celia begibt sie sich auf den Weg nach Aviranes. Dort will sie die sechs versprengten Widerstandsgruppen einen und für den Frieden kämpfen. Doch schnell erkennt sie, dass nicht alles so einfach ist, wie es auf den ersten Blick scheinen mag ...

**Bastien Anderie-Meyer**
***Die Legende von Marana***
**ISBN: 978-3-86196-072-0, 17,90 Euro**

In einer geheimnisvollen Welt voller Magie, Piraten und Tiermenschen gibt es einen Jungen, der nicht weiß, wohin er gehört: Zezaya. In ihm ruhen zerstörerische Kräfte, die immer häufiger ausbrechen und es für jeden lebensbedrohlich machen, sich in seiner Nähe aufzuhalten.

Auf einer Reise zum magischen Zentrum der Welt erhofft er sich, herauszufinden, wie er sie kontrollieren kann, bevor sie beginnen, ihn gänzlich zu beherrschen. Doch das Schicksal führt ihn gewaltsam von seinem Weg ab, in die alles entscheidende Schlacht zwischen den blutrünstigsten Piraten der Welt, der durch Spione infiltrierten Marine, den sagenumwobenen Elementschwertkämpfern und den mächtigsten Magiern, die allesamt den Fortgang der Welt entscheiden werden ...

**Veronika Serwotka, Helen Arnoldt, Julia Pogreth, Julia Mäurer**
***Goldener Vogel - Die Freiheit der Weltmeere***
**ISBN: 978-3-86196-071-3, 12,90 Euro**

Das Straßenkind Eve muss tatenlos zusehen, wie ihr Dorf von Piraten überfallen wird und den gehässigen Flammen der Freibeuter zum Opfer fällt. Ihr einziger und bester Freund Targo wird entführt und vierzehn Jahre vergehen, ehe sich die beiden an einem verheißungsvollen Tag wiedersehen.

Inzwischen ist Eve der Kapitän einer kleinen Piratenmannschaft und rettet den berüchtigtsten Piraten der Karibik, Targo, vorm Strick. Zusammen erleben sie das Abenteuer ihres Lebens, denn ein bedeutender Schatz, von der englischen Regierung verzweifelt gesucht, winkt mit der unglaublichen Belohnung, seinen Finder von allen Missetaten loszusprechen.

**Luisa Henke**
***Flammenkind***
**ISBN: 978-3-86196-073-7, 13,50 Euro**

Nach außergewöhnlichen Geschehnissen in seinem Heimatdorf macht sich das adoptierte Bauernmädchen Flayne auf die Suche nach seiner wahren Herkunft.

In Begleitung des Elfen Drelyn, der entschlossen ist, einen Drachen zu töten, und des Diebs Halian, der sowohl seiner Heimatstadt Galda, als auch seiner Vergangenheit zu entfliehen versucht, begibt sich Flayne auf die gefährliche Reise nach Norden in das Reich der Waldelfen.

**Papierfresserchens MTM-Verlag**
**Heimholzer Straße 2, D- 88138 Sigmarszell**
**www.papierfresserchen.de**
**info@papierfresserchen.de**